Fuimos *los* afortunados

Fuimos
los
afortunados

GEORGIA HUNTER

Traducción de Marta Carrascosa

◖ UMBRIEL

Argentina • Chile • Colombia • España
Estados Unidos • México • Perú • Uruguay

Título original: *We Were the Lucky Ones*
Editor original: Penguin Books, un sello de Penguin Random House LLC, New York
Traducción: Marta Carrascosa

1.ª edición: abril 2024

Plaza de los Reyes Magos, 8, piso 1.º C y D – 28007 Madrid
www.umbrieleditores.com

ISBN: 978-84-10085-06-0
E-ISBN: 978-84-10159-46-4
Depósito legal: M-3.289-2024

Fotocomposición: Urano World Spain, S.A.U.
Impreso por: Romanyà Valls, S.A. – Verdaguer, 1 – 08786 Capellades (Barcelona)

Impreso en España – *Printed in Spain*

Para mi abuelo, Addy, con amor y admiración.
Y para mi marido, Robert, con todo mi corazón.

La familia Kurc

Marzo 1939

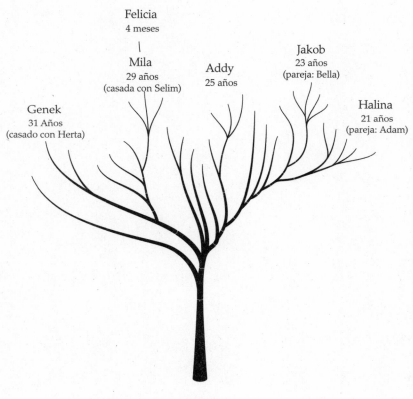

Felicia
4 meses

Mila
29 años
(casada con Selim)

Addy
25 años

Jakob
23 años
(pareja: Bella)

Genek
31 Años
(casado con Herta)

Halina
21 años
(pareja: Adam)

Sol y Nechuma
52 y 50

Basada en hechos reales.

Al final del Holocausto, el 90 % de los tres millones de judíos que había en Polonia habían sido aniquilados; de los más de treinta mil judíos que vivían en Radom, sobrevivieron menos de trescientos.

PARTE I

1

Addy

No tenía planeado quedarse toda la noche. Su plan era salir del Grand Duc sobre la medianoche y dormir unas horas en la Gare du Nord antes de tomar el tren de vuelta a Toulouse. Ahora —mira su reloj— son casi las seis de la mañana.

Montmartre causa ese efecto en él. Los clubes de jazz y los cabarets, la multitud de parisinos, jóvenes y rebeldes, incapaces de dejar que nada, ni siquiera la amenaza de la guerra, apague su espíritu; resulta embriagador. Se termina el coñac y se levanta, lucha contra la tentación de quedarse para una última copa; seguro que hay un tren nocturno que puede tomar. Pero piensa en la carta que tiene doblada en el bolsillo de su abrigo y se queda sin aliento. Debería marcharse. Agarra su abrigo, la bufanda y el sombrero, se despide de sus compañeros con un *adieu* y se abre paso entre las mesas del club, todavía medio llenas de clientes que fuman cigarrillos de la marca Gitanes y bailan al ritmo de *Time on My Hands* de Billie Holiday.

Cuando la puerta se cierra tras él, Addy respira hondo y saborea el aire fresco, puro y frío en sus pulmones. La escarcha de la Rue Pigalle ha empezado a derretirse y la calle de adoquines brilla como un caleidoscopio de grises bajo el cielo de finales del invierno. Sabe que para llegar al tren tendrá que andar deprisa. Se gira y echa un vistazo a su reflejo en la ventana del club, aliviado al ver que el joven que le devuelve la mirada está presentable, a pesar de haber pasado la noche en vela. Está recto, con los pantalones ceñidos a la cintura, los puños bien doblados y arrugados, el pelo oscuro peinado hacia atrás como a él le gusta, ordenado, sin raya. Se rodea el cuello con la bufanda y se dirige a la estación.

Addy supone que en otras partes de la ciudad las calles están tranquilas, desiertas. La mayoría de los escaparates con verjas de hierro no abren hasta el mediodía. Algunos, cuyos dueños han huido al campo, no abren. En los carteles de los escaparates se lee: FERMÉ INDÉFINIMENT. Pero aquí, en Montmartre, el sábado se ha convertido en domingo sin que nadie se dé cuenta y las calles están llenas de artistas, bailarines, músicos y estudiantes. Salen a trompicones de los clubes y cabarets, riéndose y comportándose como si no tuvieran nada de qué preocuparse. Addy hunde la barbilla en el cuello del abrigo mientras camina y levanta la vista justo a tiempo para esquivar a una joven con un vestido de lamé plateado que camina en su dirección con pasos largos.

—*Excusez-moi, Monsieur.* —Sonríe, sonrojada bajo un sombrero de plumas amarillas. Addy hace una semana podría haber entablado conversación con ella.

—*Bonjour, Mademoiselle.* —Inclina la cabeza y continúa su camino.

Cuando Addy dobla la esquina de la Rue Victor Masse, donde ya ha empezado a haber cola fuera de Mitchell's, la cafetería que abre toda la noche, siente un olorcillo a pollo frito que le revuelve el estómago. A través de la puerta de cristal del restaurante puede ver a los clientes charlando con tazas de café humeante y platos colmados de desayunos americanos. *En otra ocasión,* se dice a sí mismo, y sigue hacia el este en dirección a la estación.

Cuando Addy saca la carta del bolsillo de su abrigo, el tren apenas ha salido de la terminal. Desde que llegó ayer, la ha leído varias veces y no ha pensado en nada más. Pasa los dedos por encima del remite. *Warszawska 14, Radom, Polonia.*

Puede imaginarse a su madre a la perfección, sentada ante su escritorio de madera satinada con la pluma en la mano, el sol iluminando la suave curva de su mandíbula. La echa más de menos de lo que nunca imaginó cuando se marchó de Polonia a Francia hace seis años. En ese momento tenía diecinueve años y había pensado mucho en quedarse en Radom, donde estaría cerca de su familia, y donde esperaba poder hacer una carrera musical; llevaba componiendo desde que era un adolescente y no podía imaginar nada más satisfactorio que pasarse el día frente a un teclado escribiendo canciones. Fue su madre quien le instó a solicitar plaza en el prestigioso Institut Polytechnique de Grenoble y quien insistió en que fuese una vez fue aceptado.

«Addy, has nacido para ser ingeniero —decía, recordándole la vez que, a los siete años, había desmontado la radio rota de la familia, había esparcido las piezas por la mesa del comedor y luego la había vuelto a montar como si fuese nueva—. No es tan fácil ganarse la vida con la música —decía—. Sé que es tu pasión. Tienes un don para ello, y debes perseguirlo. Pero primero, Addy, un título».

Addy sabía que su madre tenía razón. Así que se fue para ir a la universidad, con la promesa de que volvería a casa cuando se graduase. Pero, en cuanto dejó atrás el ambiente pueblerino de Radom, se abrió ante él una nueva vida. Cuatro años más tarde, con título en mano, le ofrecieron un trabajo bien remunerado en Toulouse. Tenía amigos en todo el mundo: París, Budapest, Londres, Nueva Orleans. Tenía un nuevo gusto por el arte y la cultura, por el *paté de foie gras* y la perfección mantecosa de un *croissant* recién hecho. Tenía una casa propia (aunque diminuta) en el corazón de Toulouse y el lujo de volver a Polonia siempre que quisiera, cosa que hacía al menos dos veces al año, para Rosh Hasaná y para la Pascua Judía. Y tenía sus fines de semana en Montmartre, un barrio tan impregnado de talento musical que no era de extrañar que los lugareños compartieran una copa en el Hot Club con Cole Porter, asistieran a una actuación improvisada de Django Reinhardt en Bricktop's o, como había hecho el propio Addy, contemplaran asombrados cómo Josephine Baker atravesaba al trote del zorro el escenario de Zelli's con su guepardo domesticado con collar de diamantes. Addy no podía recordar un momento de su vida en el que se hubiera sentido más inspirado para plasmar notas sobre el papel, tanto que había empezado a preguntarse cómo sería mudarse a Estados Unidos, el hogar de los grandes, la cuna del jazz. Soñaba con que tal vez en Estados Unidos podría probar suerte añadiendo sus propias composiciones al canon contemporáneo. Era tentador, si no supusiera alejarse aún más de su familia.

Al sacar la carta de su madre del sobre, un pequeño escalofrío recorre la espina dorsal de Addy.

Querido Addy:

Gracias por tu carta. A tu padre y a mí nos encantó tu descripción del Palais Garnier. Aquí estamos bien, aunque Genek todavía está furioso por lo de su degradación, y no lo culpo. Halina sigue siendo la misma de siempre, tan impulsiva que a menudo me pregunto si podría explotar. Estamos esperando a que Jakob anuncie su compromiso con Bella, pero ya conoces a tu hermano, ¡no se le puede meter prisa! He estado disfrutando de las tardes que he pasado con la pequeña Felicia. Me muero por que la conozcas, Addy. ¡Le ha empezado a crecer el pelo de color rojo canela! Un día de estos dormirá toda la noche. La pobre Mila está agotada. No dejo de recordarle que se volverá más fácil.

Addy da la vuelta a la carta y se remueve en su asiento. Aquí es donde el tono de su madre se oscurece.

Cariño, tengo que contarte que en el último mes aquí han cambiado algunas cosas. Rotsztajn ha cerrado las puertas de la herrería; difícil de creer después de casi cuarenta años en el negocio. Kosman también ha trasladado a su familia y al negocio de los relojes a Palestina, después de que su tienda sufriera demasiados ataques vandálicos. No estoy contándote estas noticias para preocuparte, Addy, es solo que no me sentía bien ocultándotelas. Lo que me lleva al propósito principal de esta carta: tu padre y yo pensamos que deberías quedarte en Francia para la Pascua Judía y esperar hasta el verano para visitarnos. Te echaremos mucho de menos, pero ahora mismo creemos que es peligroso viajar, sobre todo, a través de las fronteras alemanas. Por favor, Addy, piénsatelo. El hogar es el hogar, aquí estaremos. Mientras tanto, escríbenos cuando puedas. ¿Cómo va la nueva composición?

Con amor,
Mamá

Addy suspira a la vez que intenta dar sentido a todo aquello una vez más. Ha oído hablar de tiendas que cierran, de familias judías que se van a Palestina. Las noticias de su madre no le sorprenden. Lo que le inquieta es su preocupación. Ya había mencionado que las cosas habían empezado a cambiar a su alrededor: se puso furiosa cuando Genek fue despojado de su título de abogado; pero la mayoría de las cartas de Nechuma son alegres y optimistas. El mes pasado, le preguntó si la acompañaría a una representación de Moniusko en el Gran Teatro de Varsovia y le habló de la cena de aniversario que Sol y ella habían disfrutado en Wierzbicki's, de cómo el propio Wierzbicki los había recibido en la puerta, ofreciéndose a prepararles algo especial, fuera del menú.

Esta carta es distinta. Addy se da cuenta de que su madre tiene miedo.

Sacude la cabeza. En sus veinticinco años de vida, nunca ha visto a Nechuma expresar miedo de ningún tipo. Ni él ni ninguno de sus hermanos y hermanas se han perdido nunca una Pascua Judía juntos en Radom. Para su madre no hay nada más importante que la familia, y ahora le está pidiendo que se quede en Toulouse durante la festividad. Al principio, Addy se había convencido de que estaba demasiado nerviosa. Pero ¿lo estaba?

Mira por la ventanilla la familiar campiña francesa. El sol asoma por detrás de las nubes; los campos se tiñen de sutiles colores primaverales. El mundo parece inofensivo, igual que siempre. Sin embargo, las palabras de advertencia de su madre han alterado su equilibrio, lo han desequilibrado.

Addy cierra los ojos, piensa en la última visita a casa en septiembre y busca alguna pista, algo que pudiera haber pasado por alto. Según recuerda, su padre había jugado su partida semanal de cartas con un grupo de compañeros comerciantes —judíos y polacos— bajo el fresco de águilas blancas del techo de la farmacia Podworski; el padre Król, sacerdote de la iglesia de Santa Bernardina y admirador del virtuosismo de Mila al piano, se había pasado por allí para ofrecer un recital. Para Rosh Hashaná, la cocinera había preparado *challah* glaseado con miel, y Addy se había quedado escuchando a Benny Goodman, bebiendo Côte de Nuits y echándose unas risas con sus hermanos hasta altas horas de la madrugada. Incluso Jakob, tan reservado como de costumbre, había dejado su cámara y se había unido a la camaradería. Todo parecía relativamente normal.

Y, entonces, a Addy se le queda seca la garganta al considerar un pensamiento: ¿y si las pistas habían estado ahí, pero él no había estado prestando la atención suficiente? O peor aún, ¿y si las hubiera pasado por alto simplemente porque no quería verlas?

Recuerda la esvástica recién pintada en la pared del Jardin Goudouli de Toulouse. El día que oyó a sus jefes en la fábrica de ingeniería cuchichear sobre si debían considerarlo una carga para la empresa; pensaban que no los había oído. Las tiendas cerradas en todo París. Las fotografías en los periódicos franceses de las consecuencias de la *Kristallnacht* (la Noche de los Cristales Rotos) de noviembre: escaparates destrozados, sinagogas quemadas hasta los cimientos, miles de judíos huyendo de Alemania, llevando consigo en una carretilla lámparas de mesa, patatas y ancianos.

Sin duda, las señales estaban ahí. Pero Addy las había minimizado, les había quitado importancia. Se había dicho a sí mismo que no había nada malo en un pequeño grafiti; que, si perdía su trabajo, encontraría uno nuevo; que los acontecimientos que se desarrollaban en Alemania, aunque eran inquietantes, ocurrían al otro lado de la frontera y los contendrían. Sin embargo, ahora, con la carta de su madre en mano, ve con alarmante claridad las advertencias que había decidido ignorar.

Addy abre los ojos, de repente mareado por un simple pensamiento: *Deberías haber vuelto a casa hace meses.*

Mete la carta en el sobre y la desliza de nuevo en el bolsillo de su abrigo. Decide que escribirá a su madre. En cuanto llegue a su apartamento de Toulouse. Le dirá que no se preocupe, que volverá a Radom como estaba previsto, que quiere estar con la familia ahora más que nunca. Le hablará de que la nueva composición está progresando bien, y de que está deseando tocarla para ella. Ese pensamiento lo reconforta, ya que se imagina a sí mismo ante las teclas del Steinway de sus padres, con su familia reunida a su alrededor.

Addy vuelve a dejar caer la mirada sobre la plácida campiña. Decide que mañana comprará un billete de tren, preparará su documentación para viajar y hará las maletas. No esperará a la Pascua Judía. Su jefe se enfadará con él por marcharse antes de lo previsto, pero a Addy le da igual. Lo único que importa es que en unos días estará de camino a casa.

15 DE MARZO DE 1939: *Un año después de la anexión de Austria, Alemania invade Checoslovaquia. Hitler encuentra poca resistencia y al día siguiente establece el Protectorado de Bohemia y Moravia desde Praga. Con esta ocupación, el Reich gana no solo territorio, sino también mano de obra cualificada y una enorme reserva de armamento fabricado en esas regiones, suficiente para armar a casi la mitad de la Wehrmacht de entonces.*

2

Genek

G enek levanta la barbilla y una pluma de humo serpentea desde sus labios hacia el techo de azulejos grises del bar.

—Esta es mi última jugada —declara.

Al otro lado de la mesa, Rafal lo mira.

—¿Tan pronto? —Le da una calada de su propio cigarrillo—. ¿Tu mujer te prometió algo especial si llegabas a casa a una hora decente? —Rafal le guiña un ojo y exhala. Herta se había unido al grupo para cenar, pero se había marchado antes.

Genek se ríe. Rafal y él son amigos desde la escuela primaria, cuando gran parte de su tiempo lo pasaban acurrucados sobre las bandejas del almuerzo discutiendo a cuál de sus compañeras de clase invitar al baile *studniówka* de fin de curso, o a quién preferían ver desnuda: a Evelyn Brent o a Renée Adorée. Rafal sabe que Herta no es como las chicas con las que Genek solía salir, pero le gusta darle la tabarra cuando Herta no está cerca. Genek no puede culparlo. Hasta que conoció a Herta, las mujeres habían sido su debilidad (las cartas y los cigarrillos también, para ser sinceros). Con sus ojos azules, un hoyuelo en cada mejilla y un encanto irresistible al más puro estilo de Hollywood, había pasado la mayor parte de su veintena disfrutando del papel de ser uno de los solteros más codiciados de Radom. En aquel entonces, no le había importado lo más mínimo la atención. Pero entonces llegó Herta y todo cambió. Ahora es diferente. *Ella* es diferente.

Bajo la mesa, algo roza la pantorrilla de Genek. Mira a la joven que está sentada a su lado.

—Ojalá te quedases —dice, sus ojos se clavan en los de él. Genek acaba de conocer a la chica esa noche: Klara. No, Kara. No se acuerda. Es una amiga de la mujer de Rafal que está de visita desde Lublin. Curva una comisura de los labios en una sonrisa tímida, con la punta de su zapato tipo Oxford todavía pegada a la pierna de él.

En su vida anterior podría haberse quedado. Pero a Genek ya no le interesa flirtear. Sonríe a la chica, sintiendo un poco de lástima por ella.

—En realidad, he terminado —dice, dejando las cartas sobre la mesa. Apaga su cigarrillo Murad, dejando que la colilla sobresalga como un diente torcido en el abarrotado cenicero, y se levanta—. Caballeros, señoras, siempre es un placer. Nos vemos. Ivona —añade, dirigiéndose a la mujer de Rafal y señalando con la cabeza a su amigo—, de ti depende que no se meta en líos. —Ivona se ríe. Rafal vuelve a guiñarle un ojo. Genek se despide haciendo un gesto con dos dedos y se dirige a la puerta.

La noche de marzo es inusualmente fría. Se mete las manos en los bolsillos del abrigo y sale a toda prisa hacia la calle Zielona, saboreando la perspectiva de volver a casa con la mujer a la que ama. De alguna manera, supo que Herta era su chica en cuanto la vio, hace dos años. Ese fin de semana sigue nítido en su memoria. Estaban esquiando en Zakopane, una estación de esquí situada entre las cumbres de los Tatras polacos. Él tenía veintinueve años, Herta veinticinco. Habían compartido telesilla y, en el trayecto de diez minutos hasta la cima, Genek se había enamorado de ella. Para empezar, por sus labios, carnosos y en forma de corazón, que era lo único que podía ver de ella tras la lana de color blanco crema de su gorro y su bufanda. Pero también por su acento alemán, que lo obligaba a escucharla de una forma a la que no estaba acostumbrado, y por su sonrisa, tan desinhibida, y por la forma en que, en mitad de la montaña, inclinó la cabeza hacia atrás, cerró los ojos y dijo: «¿No te encanta el olor a pino en invierno?». Él se rio, pensando, por un momento, que estaba bromeando antes de darse cuenta de que no era así; su sinceridad era un rasgo que llegaría a admirar, junto con su amor descarado por la naturaleza y su tendencia a encontrar la belleza en las cosas más sencillas. La había seguido por la pista, intentando no pensar demasiado en el hecho de que ella era el doble de esquiadora que él jamás sería, y luego se deslizó junto a ella en la cola del teleférico y la invitó a cenar. Cuando dudó, él sonrió y le dijo que ya había reservado un trineo tirado por caballos. Ella se rio y, para deleite de Genek, aceptó la invitación. Seis meses después, le propuso matrimonio.

Dentro de su apartamento, Genek se alegra de ver un resplandor por debajo de la puerta del dormitorio. Encuentra a Herta en la cama, con su colección favorita de poemas de Rilke apoyada en las rodillas. Herta es de Bielsko, una ciudad del oeste de Polonia en la que se habla sobre todo alemán. En las conversaciones, rara vez utiliza el idioma con el que creció, pero le gusta leer en su lengua materna, sobre todo poesía. No parece darse cuenta de que Genek entra en la habitación.

—Debe de ser un verso muy interesante —bromea Genek.

—¡Oh! —dice Herta, levantando la vista—. No te había escuchado entrar.

—Me preocupaba que estuvieses dormida. —Genek sonríe. Se quita el abrigo, lo deja sobre el respaldo de una silla y se sopla en las manos para calentárselas.

Herta sonríe y deja el libro sobre su pecho, ayudándose de un dedo para no perder la página.

—Has llegado a casa mucho antes de lo que pensaba. ¿Has perdido todo nuestro dinero en la mesa? ¿Te han echado?

Genek se quita los zapatos, la americana y se desabrocha los puños de la camisa.

—En realidad, iba ganando. Ha sido una buena noche. Pero aburrida sin ti. —Contra las sábanas blancas, con su vestido amarillo pálido, los ojos muy marcados, los labios perfectos y el pelo castaño cayendo en ondas sobre sus hombros, Herta parece sacada de un sueño, y eso le recuerda a Genek una vez más lo inmensamente afortunado que es por haberla encontrado. Se desviste hasta quedar en ropa interior y se mete en la cama junto a ella—. Te he echado de menos —dice, apoyándose en un codo y besándola.

Herta se relame los labios.

—Déjame adivinar, tu última copa… Bichat.

Genek asiente, se ríe. La besa de nuevo y su lengua encuentra la de ella.

—Amor, deberíamos tener cuidado —susurra Herta, separándose.

—¿No tenemos cuidado siempre?

—Es que... ya casi me toca.

—Ah —dice Genek, saboreando su calor, el dulce residuo floral del champú en su pelo.

—Sería una estupidez dejar que ocurriera ahora —añade Herta—, ¿no crees?

Unas horas antes, durante la cena, habían hablado con sus amigos de la amenaza de guerra, de lo fácil que Austria y Checoslovaquia habían caído en manos del Reich y de cómo las cosas habían empezado a cambiar en Radom. Genek había despotricado por su degradación a asistente en el bufete de abogados y había amenazado con trasladarse a Francia.

«Al menos allí —había estado que echaba humo—, podría utilizar mi título».

«No estoy tan segura de que vayas a estar mejor en Francia —había dicho Ivona—. El Führer ya no solo tiene como objetivo los territorios de habla alemana. ¿Y si esto es solo el principio? ¿Y si Polonia es la siguiente?».

La mesa se había calmado un momento antes de que Rafal rompiera el silencio.

«Imposible —había afirmado, con un movimiento despectivo de la cabeza—. Puede que lo intente, pero lo detendrán».

Genek estuvo de acuerdo.

«El ejército polaco nunca lo permitiría —había dicho».

Ahora, Genek recuerda que fue durante esa conversación cuando Herta se levantó para excusarse.

Su mujer tiene razón, por supuesto. Debían tener cuidado. Traer un niño a un mundo que empieza a parecer estar preocupantemente al borde del abismo sería imprudente e irresponsable. Pero al estar tan cerca, Genek no puede pensar en otra cosa que no sea en su piel, en la la curva de su muslo contra el suyo. Sus palabras, como las diminutas burbujas de su última copa de champán, salen flotando de su boca y se disuelven en el fondo de su garganta.

Genek la besa una tercera vez y, al hacerlo, Herta cierra los ojos. Piensa que va medio en serio. Se acerca a ella para apagar la luz y la siente ablandarse bajo sus pies. La habitación se oscurece y él desliza una mano bajo la bata.

—¡Estás frío! —grita Herta.

—Lo siento —susurra.

—No, no lo sientes. Genek...

Le besa el pómulo, el lóbulo de la oreja.

—La guerra, la guerra, la guerra. Ya estoy cansado de ella y ni siquiera ha empezado. —Desplaza sus dedos desde las costillas hasta la cintura.

Herta suspira y suelta una risita.

—Estoy pensando en algo —añade Genek, con los ojos abiertos como si acabara de tener una revelación—. ¿Y si no hay guerra? —Mueve la cabeza, incrédulo—. Nos habremos privado para nada. Y Hitler, el muy cabrón, habrá ganado. —Esboza una sonrisa.

Herta le pasa un dedo por el hueco de la mejilla.

—Estos hoyuelos son mi perdición —dice mientras niega con la cabeza. Genek sonríe con más ganas y Herta asiente—. Tienes razón —accede—. Sería una tragedia. —El libro cae al suelo con un ruido sordo y ella se gira hacia él—. *Bumsen der krieg.*

Genek no puede evitar reírse.

—Estoy de acuerdo. Que le den a la guerra —dice, y tira de la manta por encima de sus cabezas.

3

Nechuma

Radom, Polonia – 4 DE ABRIL DE 1939 (Pascua Judía)

Nechuma ha dispuesto la mesa con su mejor vajilla y cubertería, ha colocado cada plato en su sitio, sobre un mantel de encaje blanco. Sol ocupa la cabecera de la mesa, con su gastada Hagadá encuadernada en cuero en una mano y una copa de plata pulida para el *kiddush* en la otra. Se aclara la garganta.

—Hoy… —dice, levantando la mirada hacia los rostros familiares que rodean la mesa—, honramos lo más importante: nuestra familia y nuestra tradición. —Sus ojos, que de normal están flanqueados por líneas de expresión, están serios, y su voz es un barítono sobrio—. Hoy —continúa—, celebramos la Fiesta de las Matzot, el momento de nuestra liberación. —Echa un vistazo al texto—. Amén.

—Amén —repiten los demás y toman un sorbo de vino. Se pasan una botella y se rellenan los vasos.

La estancia se queda en silencio cuando Nechuma se levanta para encender las velas. Se dirige al centro de la mesa, prende una cerilla y la rodea con la palma de la mano, acercándola con rapidez a cada mecha; espera que los demás no noten que la llama tiembla entre sus dedos. Cuando las velas están encendidas, pasa una mano por encima tres veces y se tapa los ojos mientras recita la bendición de apertura. Se coloca en el extremo de la mesa, frente a su marido, cruza las manos sobre el regazo y sus ojos se encuentran con los de Sol. Asiente con la cabeza, indicándole que empiece.

Cuando la voz de Sol vuelve a inundar la sala, la mirada de Nechuma se desliza hacia la silla que ha dejado vacía para Addy, y su pecho se llena de un dolor familiar. Su ausencia la consume.

La carta de Addy había llegado hacía una semana. En ella, agradecía a Nechuma su franqueza y le pedía por favor que no se preocupara. Escribió que volvería a casa en cuanto pudiera reunir sus documentos para viajar. Estas noticias aliviaron y preocuparon a Nechuma. No había nada que desease más que tener a su hijo en casa para la Pascua Judía, salvo que sabía que en Francia estaba a salvo. Había intentado ser sincera, había esperado que comprendiese que ahora Radom era un lugar lúgubre, que viajar por las regiones ocupadas por los alemanes no merecía la pena, pero quizá se había contenido demasiado. Después de todo, los Kosman no eran los únicos que habían huido. Había más. No le había hablado de los clientes polacos que habían perdido en la tienda últimamente, ni de la sangrienta pelea que había estallado la semana anterior entre dos equipos de fútbol de Radom, uno polaco y otro judío, ni de cómo los jóvenes de cada equipo seguían paseándose con los labios partidos y los ojos morados, mirándose con odio. Lo había ocultado todo para evitarle el dolor y la preocupación, pero al hacerlo, ¿lo habría expuesto a un peligro mayor?

Nechuma había respondido a la carta de Addy, implorándole que tuviera cuidado en el viaje, y luego supuso que estaba de camino. Desde entonces, todos los días se sobresalta al oír pasos en el vestíbulo, el corazón le palpita cuando piensa que se encontrará a Addy en la puerta, con una sonrisa en su atractivo rostro y maleta en mano. Pero los pasos nunca son suyos. Addy no ha venido.

«Tal vez ha tenido que aclarar algunas cosas en el trabajo —sugirió Jakob a principios de semana al ver su creciente preocupación—. No creo que su jefe lo dejara irse sin avisarle con un par de semanas de antelación».

Pero lo único en lo que podía pensar Nechuma era: *¿Y si le han retenido en la frontera? ¿O algo peor?* Para llegar a Radom, Addy tendría que viajar hacia el norte a través de Alemania, o hacia el sur a través de Austria y Checoslovaquia, países que habían caído bajo el dominio nazi. La posibilidad de que su hijo caiga en manos de los alemanes —un destino que podría haberse evitado si hubiera sido más franca con él, si hubiera sido más firme al pedirle que se quedara en Francia— le ha quitado el sueño durante días.

Mientras los ojos se le llenan de lágrimas, los pensamientos de Nechuma retroceden en el tiempo a otro día de abril, durante la Gran Guerra, hace un cuarto de siglo, cuando Sol y ella tuvieron que pasar la Pascua acurrucados en el sótano de un edificio. Los habían desahuciado de su piso y, como muchos de sus amigos de entonces, no tenían a dónde ir. Recuerda el hedor sofocante de los desechos humanos, el aire espeso de los quejidos incesantes de los estómagos vacíos, el estruendo de los cañones a lo lejos, el rítmico raspar de la hoja de Sol contra la madera mientras tallaba leña vieja con un cuchillo de pelar con el fin de esculpir figuritas para que jugaran los niños y arrancándose astillas de los dedos. La festividad había llegado y se había ido sin que nadie la recordara, ni siquiera el tradicional Séder. De algún modo, vivieron tres años en aquel sótano, con los niños alimentándose de su leche materna mientras los funcionarios húngaros vivían en su apartamento escaleras arriba.

Nechuma mira a Sol al otro lado de la mesa. Esos tres años, aunque casi acabaron con ella, ahora han quedado lo más lejos posible, casi como si le hubieran ocurrido a otra persona. Su marido nunca habla de aquella época; por suerte, sus hijos no recuerdan la experiencia de forma palpable. Ha habido pogromos desde entonces —siempre los habrá—, pero Nechuma se niega a contemplar el regreso a una vida en la clandestinidad, una vida sin la luz del sol, sin la lluvia, sin la música y el arte y el debate filosófico, las riquezas más simples y nutritivas que ha llegado a apreciar. No, ella no volverá a ocultarse como una criatura salvaje; no volverá a vivir así nunca más.

No podría llegar a eso.

Vuelve a pensar en su infancia, en el sonido de la voz de su madre que le cuenta cómo, durante su infancia en Radom, era normal que los niños polacos le tiraran piedras en la cabeza en el parque, cómo hubo disturbios en toda la ciudad cuando se construyó la primera sinagoga. La madre de Nechuma se encogió de hombros. Decía: «Aprendimos a mantener la cabeza gacha y a tener a nuestros hijos cerca». Y, como era de esperar, los ataques, los pogromos, pasaron. La vida siguió, como antes. Como siempre.

Nechuma sabe que la amenaza alemana, como las anteriores, también pasará. Y, de todos modos, ahora su situación es muy diferente de la que tenían durante la Gran Guerra. Sol y ella han trabajado sin descanso para ganarse la vida, para establecerse entre los profesionales más destacados de la ciudad. Hablan polaco, incluso en casa, mientras que muchos de los judíos de la ciudad solo hablan yidis, y en lugar de vivir en el casco antiguo como la mayoría de los judíos menos acomodados de Radom, poseen un apartamento señorial en el centro de la ciudad, con cocinera y criada y los lujos de las cañerías interiores, una bañera que ellos mismos importaron de Berlín, un frigorífico y, su posesión más preciada, un piano de media cola Steinway. Su tienda de telas es próspera; Nechuma se esmera en sus viajes para comprar tejidos de la mejor calidad, y sus clientes, tanto polacos como judíos, vienen de lugares tan lejanos como Cracovia para comprarse ropa de mujer y seda. Cuando sus hijos tuvieron la edad de ir a la escuela, Sol y Nechuma los enviaron a escuelas privadas de élite, donde, gracias a sus camisas a medida y a su perfecto polaco, se integraron a la perfección con la mayoría de los estudiantes, que eran católicos. Además de proporcionarles la mejor educación posible, Sol y Nechuma esperaban dar a sus hijos la oportunidad de eludir el trasfondo antisemita que había definido la vida judía en Radom desde mucho antes de lo que ninguno de ellos pudiera recordar. Aunque la familia estaba orgullosa de su herencia judía y formaba parte de la comunidad judía local, Nechuma eligió para sus hijos un camino que esperaba que los condujera hacia las oportunidades y los alejara de la persecución. Es un camino que sigue manteniendo, incluso cuando, a veces, en la sinagoga o comprando en una de las panaderías judías del casco antiguo, ve que uno de los judíos más ortodoxos de Radom la mira con cara de desaprobación, como si su decisión de mezclarse con los polacos hubiera mermado de algún modo su fe judía. Se niega a que la molesten estos encuentros. Ella sabe cuál es su fe y, además, para Nechuma la religión es algo privado.

Se pellizca los omóplatos por la espalda y siente el peso de su pecho levantarse de sus costillas. No es propio de ella estar tan preocupada, tan distraída. *Contrólate*, se reprende. *La familia estará bien*, se recuerda a sí misma. *Tienen ahorros. Tienen contactos. Addy aparecerá. El correo no es fiable; lo más probable es que cualquier día llegue una carta explicando su ausencia. Todo irá bien.*

Mientras Sol recita la bendición de las *karpas,* Nechuma sumerge una ramita de perejil en un cuenco de agua salada y su mano roza la de Jakob. Suspira y siente que la tensión empieza a desaparecer de su mandíbula. Qué dulce es Jakob. Él la mira y sonríe, y el corazón de Nechuma se llena de gratitud por el hecho de que siga viviendo bajo su techo. Adora su compañía, su calma. Es distinto a los demás. A diferencia de sus hermanos, que vinieron al mundo con la cara roja y llorando, Jakob llegó tan blanco como las sábanas del hospital y en silencio, como si imitara los gigantescos copos de nieve que caían en paz sobre el suelo frente a su ventana aquella invernal mañana de febrero de hace veintitrés años. Nechuma nunca olvidaría los momentos de angustia antes de que por fin llorase —estaba segura de que no sobreviviría a ese día—, o cómo, en el momento en que lo tuvo entre sus brazos y lo miró a sus ojos oscuros, él la miró fijamente, con la piel de la frente arrugada con un pequeño pliegue, como si estuviera sumido en sus pensamientos. Fue entonces cuando comprendió cómo era. Callado, sí, pero astuto. Igual que sus hermanos y hermanas que habían nacido antes y después que él, una versión diminuta de la persona que llegaría a ser.

Observa el momento en que Jakob se inclina para susurrarle algo a Bella al oído. Bella se lleva una servilleta a los labios y reprime una sonrisa. En su cuello, un broche capta la luz de las velas: una rosa dorada con una perla de marfil en el centro, un regalo de Jakob. Se lo regaló unos meses después de que se conocieran en la escuela secundaria. En ese momento, él tenía quince años y ella catorce. Por aquel entonces, lo único que Nechuma sabía de Bella era que se tomaba en serio sus estudios, que procedía de una familia humilde (según Jakob, su padre, que era dentista, aún estaba pagando los préstamos que había pedido para costear la educación de sus hijas) y que hacía muchas de sus prendas, una revelación que impresionó a Nechuma y la llevó a preguntarse cuáles de las blusas más elegantes de Bella eran compradas en una tienda y cuáles hechas a mano. Poco después de que Jakob le regalase el broche, declaró que Bella era su alma gemela.

«¡Jakob, cariño, tienes quince años… y os acabáis de conocer! —había exclamado Nechuma».

Pero Jakob no exageraba, y aquí están, ocho años después, inseparables. Nechuma cree que es cuestión de tiempo que se casen. Quizá Jakob le proponga matrimonio cuando se haya calmado el ambiente de la guerra. O tal vez esté esperando a ahorrar lo suficiente para permitirse una casa propia. Bella también vive con sus padres, a pocas manzanas al oeste, en el Boulevard Witolda. Sea como fuere, Nechuma no duda que Jakob tenga un plan.

En la cabecera de la mesa, Sol parte en dos un trozo de matzá con suavidad. Coloca una mitad de la matzá en un plato y envuelve la otra en una servilleta. Cuando los niños eran pequeños, Sol se pasaba semanas planeando el escondite perfecto para la matzá, y cuando llegaba el momento de desenterrar el afikomán escondido, los niños correteaban como ratones por el apartamento en su busca. Quien tenía la suerte de encontrarlo, regateaba sin piedad hasta que inevitablemente se marchaba con una sonrisa orgullosa y suficientes zlotys en la palma de la mano como para comprarse una bolsa de caramelos de dulce de leche *krówki* en la tienda de golosinas de Pomianowski. Sol era un hombre de negocios y se hacía el duro —lo llamaban el Rey de los Negocios—, pero sus hijos sabían muy bien que en el fondo era tan blando como un montón de mantequilla recién batida y que, con la paciencia y el encanto necesarios, podrían sacarle hasta el último zloty que tuviera en el bolsillo. Por supuesto, hace años que no esconde la matzá; cuando eran adolescentes, sus hijos acabaron por boicotear el ritual: «Ya somos un poco mayores para eso, ¿no crees, papá?», pero Nechuma sabe que en cuanto su nieta Felicia aprenda a andar, retomará la tradición.

Le toca a Adam leer en voz alta. Levanta su Hagadá y la mira a través de unas gafas de montura gruesa. Con la nariz fina y los pómulos acentuados a la luz de las velas parece casi regio. Adam Eichenwald llegó a la casa de los Kurc hace varios meses, cuando Nechuma puso un cartel de SE ALQUILA HABITACIÓN en el escaparate de la tienda de telas. Su tío había muerto hacía poco y había dejado a la familia con un dormitorio vacío, y la casa, incluso con los dos más jóvenes todavía allí, había empezado a quedarse vacía. A Nechuma no había nada que le gustase más que una mesa llena. Cuando Adam entró en la tienda para preguntar, ella se mostró encantada; le ofreció la habitación de inmediato.

«Qué joven más guapo —había exclamado Terza, la hermana de Sol, cuando este se marchó—. ¿Tiene treinta y dos años? Parece que tuviera diez años menos».

«Es judío e inteligente —había añadido Nechuma».

¿Qué probabilidades había de que el chico, licenciado en arquitectura por la Universidad Nacional Politécnica de Leópolis, dejara el nº 14 de la calle Warszawska soltero? Y, efectivamente, unas semanas después, Adam y Halina estaban juntos.

Halina. Nechuma suspira. Nacida con una inexplicable mata de pelo rubio miel y ojos verdes incandescentes, Halina es la más joven y la más pequeña de sus hijos. Sin embargo, lo que le falta en estatura lo compensa en personalidad. Nechuma nunca ha conocido a una niña tan obstinada, tan capaz de conseguir (o evitar) prácticamente cualquier cosa. Recuerda la vez que, con quince años, Halina convenció a su profesor de matemáticas para que no le bajase la nota cuando descubrió que se había saltado las clases para ver la matiné de *Trouble in Paradise* el día del estreno, y cuando, con dieciséis años, convenció a Addy para que tomase con ella un tren nocturno a Praga en el último minuto para poder despertarse en la Ciudad de las Cien Torres el día del cumpleaños de ambos. Adam, bendito sea, quedó claramente prendado de ella. Por suerte, ha demostrado ser muy respetuoso en presencia de Sol y de Nechuma.

Cuando Adam termina de leer, Sol reza una oración sobre la matzá restante, parte un trozo y pasa el plato. Nechuma escucha mientras el suave crujido del pan ácimo se extiende por la mesa.

—*Baruch a-tah A-do-nai* —canta Sol, pero se detiene en seco cuando lo interrumpe un llanto agudo. Felicia. Mila se disculpa y se levanta de su asiento para agarrar a la niña de la cuna, que está en un rincón de la habitación. Da unos golpecitos con los pies y susurra a Felicia en el oído con suavidad para tranquilizarla. Cuando Sol vuelve a empezar, Felicia se retuerce bajo los pliegues de su fular, con la cara arrugada y enrojecida. Cuando grita por segunda vez, Mila se disculpa y corre por el pasillo hasta el dormitorio de Halina. Nechuma la sigue.

—¿Qué pasa, cariño? —susurra Mila, frotándole la encía superior a Felicia con un dedo, como ha visto hacer a Nechuma, para tranquilizarla. Felicia gira la cabeza, arquea la espalda y llora más fuerte.

—¿Crees que tiene hambre? —pregunta Nechuma.

—Le di de comer no hace mucho. Creo que solo está cansada.

—Dámela —dice Nechuma y agarra a su nieta de los brazos de Mila. Felicia tiene los ojos cerrados y las manos cerradas en puños. Sus berridos vienen en ráfagas cortas y estridentes.

Mila se sienta con pesadez a los pies de la cama de Halina.

—Lo siento mucho, mamá —dice, esforzándose por no gritar por encima de los llantos de Felicia—. Odio que estemos causando tanto alboroto. —Se frota los ojos con la palma de las manos—. Apenas me oigo pensar.

—No pasa nada —dice Nechuma, estrechando a Felicia contra su pecho y meciéndola con suavidad. Después de unos minutos, los llantos disminuyen a gemidos y pronto vuelve a estar tranquila, con expresión pacífica. *Es fascinante la alegría de tener a un bebé en brazos*, piensa Nechuma, aspirando el dulce aroma de Felicia.

—Soy una estúpida por haber supuesto que esto sería fácil —dice Mila. Cuando levanta la vista, tiene los ojos inyectados en sangre y la piel que hay debajo de ellos de un púrpura translúcido, como si la falta de sueño le hubiera dejado un moratón. Nechuma se da cuenta de que lo intenta. Pero es duro ser madre primeriza. El cambio la ha dejado hecha polvo.

Nechuma sacude la cabeza.

—No seas tan dura contigo misma, Mila. No es lo que tú pensabas, pero era de esperar. Con los niños nunca es lo que crees que va a ser.

—Mila se mira las manos y Nechuma recuerda cómo, cuando era más joven, no había nada que su hija mayor deseara más que ser madre: cómo cuidaba de sus muñecas, las acunaba en el pliegue de su brazo, les cantaba, incluso fingía que les daba el pecho; cómo se enorgullecía de cuidar de sus hermanos pequeños, ofreciéndose a atarles los zapatos, a vendarles las rodillas ensangrentadas, a leerles antes de dormir. Sin embargo, ahora que tiene una hija, Mila parece abrumada, como si fuera la primera vez que tiene a un bebé entre sus brazos.

—Ojalá supiera qué estoy haciendo mal —dice Mila.

Nechuma se sienta con cuidado a su lado, a los pies de la cama.

—Lo estás haciendo bien, Mila. Te lo dije, los bebés son difíciles. Sobre todo, el primero. Casi me vuelvo loca cuando nació Genek, al intentar entenderlo. Lleva su tiempo.

—Han pasado cinco meses.

—Dale unos cuantos más.

Mila se queda callada durante un instante.

—Gracias —susurra después, mirando a Felicia, que duerme plácidamente en brazos de Nechuma—. Me siento como si fuese una miserable fracasada.

—No lo eres. Solo estás cansada. ¿Por qué no llamas a Estia? En la cocina ya está todo hecho; puede ayudarnos mientras terminamos de comer.

—Buena idea. —Mila suspira, aliviada. Deja a Felicia con Nechuma mientras va a buscar a la criada. Cuando Nechuma y ella vuelven a sus asientos, Mila mira a Selim.

—¿Estás bien? —le pregunta, y ella asiente con la cabeza.

Sol echa una cucharada de rábano picante en un trozo de matzá y los demás hacen lo mismo. No tarda en volver a cantar. Cuando termina la bendición del *korekh*, por fin llega la hora de comer. Se pasan los platos y el comedor se llena con el murmullo de la conversación y el roce de las cucharas de plata sobre la porcelana mientras se apilan platos con arenque salado, pollo asado, *kugel* de patata y *charoset* de manzana dulce. La familia bebe vino y habla en voz baja, evitando con prudencia el tema de la guerra y preguntándose en voz alta por el paradero de Addy.

Al oír el nombre de Addy, el dolor vuelve a invadir el pecho de Nechuma, trayendo consigo una orquesta de inquietudes. Lo han detenido. Encarcelado. Deportado. Está herido. Tiene miedo. No tiene forma de ponerse en contacto con ella. Vuelve a mirar el asiento vacío de su hijo. *¿Dónde estás, Addy?* Se muerde el labio. *No lo hagas,* se amonesta, pero ya es demasiado tarde. Ha estado bebiéndose el vino demasiado deprisa y ha perdido los estribos. Se le cierra la garganta y la mesa se funde en una borrosa franja blanca. Está a punto de romper a llorar cuando siente una mano sobre la suya, debajo de la mesa. La de Jakob.

—Es la raíz de rábano picante —susurra, agitando la mano libre frente a su cara, parpadeando—. Me pasa siempre. —Se seca disimuladamente el rabillo del ojo con la servilleta. Jakob asiente con la cabeza y le rodea los dedos con fuerza.

Meses más tarde, en un mundo distinto, Nechuma recordará esta noche, la última Pascua Judía en la que estuvieron casi todos juntos, y deseará con cada célula de su cuerpo poder revivirla. Recordará el olor familiar del *gefilte*, el tintineo de la plata sobre la porcelana, el sabor del perejil, salado y amargo en la lengua. Añorará el tacto de la piel suave de bebé de Felicia, el peso de la mano de Jakob sobre la suya bajo la mesa, el calor inducido por el vino en la boca del estómago que le pedía que creyera que al final todo podría salir bien. Recordará lo contenta que parecía estar Halina al piano después de comer, cómo habían bailado juntos, cómo habían hablado de que echaban de menos a Addy, asegurándose los unos a los otros que pronto volvería a casa. Lo repetirá todo una y otra vez, cada momento bonito, y lo saboreará, como las últimas peras *klapsa* perfectas de la temporada.

23 DE AGOSTO DE **1939:** *La Alemania nazi y la Unión Soviética firman el Pacto de No Agresión Molotov-Ribbentrop, un acuerdo secreto en el que se esbozan los límites específicos de la futura división de gran parte del norte y el este de Europa entre las potencias alemana y soviética.*

1 DE SEPTIEMBRE DE **1939:** *Alemania invade Polonia. Dos días después, en respuesta, Gran Bretaña, Francia, Australia y Nueva Zelanda declaran la guerra a Alemania. En Europa, da comienzo la Segunda Guerra Mundial.*

4

Bella

Radom, Polonia – 7 DE SEPTIEMBRE DE 1939

Bella está sentada, con las rodillas pegadas al pecho y un pañuelo en el puño. Apenas distingue la silueta cuadrada de una maleta de cuero junto a la puerta de su habitación. Jakob está sentado en el borde de la cama, a sus pies, y el aire frío de la noche sigue pegado al tweed de su abrigo. Se pregunta si sus padres le habrán oído subir las escaleras del segundo piso de puntillas por el pasillo hasta su habitación. Hacía años que le había dado a Jakob una llave de casa para que la visitase cuando quisiera, pero nunca se había atrevido a venir a estas horas. Mete los dedos de los pies entre el colchón y el muslo de él.

—Nos envían a Leópolis para luchar —dice Jakob, sin aliento—. Si pasa algo, nos vemos allí. —Bella busca el rostro de Jakob entre las sombras, pero solo ve el contorno ovalado de su mandíbula y el blanco de sus ojos.

—Leópolis —susurra y asiente. Anna, la hermana pequeña de Bella, y su nuevo marido, Daniel, viven en Leópolis, una ciudad a trescientos cincuenta kilómetros al sureste de Radom. Anna le había rogado a Bella que considerara la posibilidad de mudarse cerca de ella, pero Bella sabía que no podía dejar a Jakob. Desde que se conocieron, hace ocho años, nunca han vivido a más de cuatrocientos metros de distancia.

Jakob le toma las manos y entrelaza sus dedos con los de ella. Se los lleva a la boca y los besa. A Bella el gesto le recuerda al día en que le dijo por primera vez que la quería. Se habían agarrado de las manos, con los dedos entrelazados, sentados uno frente al otro en una manta extendida sobre la hierba del parque Kościuszki. Tenía dieciséis años.

«Eres tú, preciosa —había dicho Jakob en voz baja». Sus palabras fueron tan puras, la expresión de sus ojos color avellana tan inocente, que a ella le entraron ganas de llorar, aunque entonces se había preguntado qué creería saber un chico tan joven sobre el amor. Hoy, a los veintidós años, no hay nada de lo que esté más segura. Jakob es el hombre con el que pasará su vida. Y ahora se va de Radom, sin ella.

El reloj de la esquina da una sola campanada y Jakob y ella se estremecen, como picados por un par de avispas invisibles.

—¿Cómo... cómo vas a ir hasta allí? —Habla en voz baja. Teme que, si levanta la voz, se quiebre y se le escape el sollozo que le brota de la garganta.

—Nos han citado en la estación a la una y cuarto —dice Jakob, mira hacia la puerta y le suelta las manos. Le pone las palmas sobre las rodillas. Su tacto es fresco a través del algodón del camisón—. Tengo que irme. —Apoya el pecho en sus espinillas y la frente en la de ella—. Te quiero. —Respira, las puntas de sus narices se tocan—. Más que a nada. —Cierra los ojos mientras él la besa. Se acaba demasiado rápido. Cuando abre los ojos, Jakob se ha ido, y tiene las mejillas húmedas.

Bella se levanta de la cama y se acerca a la ventana, el suelo de madera está frío y liso bajo sus pies descalzos. Descorre un poco la cortina y mira hacia el Boulevard Witolda, dos pisos más abajo, busca algún signo de vida, el parpadeo de una linterna, cualquier cosa, pero la ciudad lleva semanas a oscuras; incluso las farolas están apagadas. No ve nada. Es como si estuviera mirando a un abismo. Abre la ventana para escuchar pasos, el lejano zumbido de un bombardero alemán. Pero la calle, igual que el cielo, está vacía. El silencio es pesado.

En una semana han pasado muchas cosas. Haces seis días, el 1 de septiembre, los alemanes invadieron Polonia. Al día siguiente, antes del amanecer, empezaron a caer bombas en las afueras de Radom. La pista de aterrizaje improvisada fue destruida, junto con muchas curtidurías y fábricas de calzado. Su padre había tapiado las ventanas y se habían refugiado en el sótano. Cuando cesaron las explosiones, los habitantes de Radom cavaron trincheras —polacos y judíos hombro con hombro— en un último intento por defender la ciudad. Pero las trincheras fueron inútiles. Bella y sus padres tuvieron que volver a esconderse mientras caían más bombas, esta vez a plena luz del día, lanzadas por aviones Stuka y Heinkel que volaban bajo, sobre todo en el casco antiguo, a unos cincuenta metros del piso de Bella. El ataque aéreo se prolongó durante días, hasta que la ciudad de Kielce, a sesenta y cinco kilómetros al suroeste de Radom, fue conquistada. Fue entonces cuando corrió el rumor de que pronto llegaría la Wehrmacht, una de las fuerzas armadas del Tercer Reich, y cuando las radios empezaron a emitir avisos desde las esquinas, ordenando a los jóvenes que se alistaran. Miles de hombres salieron de Radom a toda prisa hacia el este para alistarse en el ejército polaco, con el corazón lleno de patriotismo e incertidumbre.

Bella se imagina a Jakob, Genek, Selim y Adam pasando por delante de las tiendas de ropa y las fundidoras de hierro de la ciudad, caminando en silencio hacia la estación de tren, que de alguna manera se había salvado de los bombardeos, con unas pocas pertenencias escondidas en sus maletas. Según Jakob, en Leópolis los esperaba una división de la infantería polaca. Pero ¿sería cierto? ¿Por qué Polonia había esperado tanto para movilizar a sus hombres? Ha pasado solo una semana desde la invasión y los informes ya son desalentadores: el ejército de Hitler es demasiado grande, se mueve demasiado rápido, los polacos son superados en número por más de dos a uno. Gran Bretaña y Francia han prometido ayudar, pero hasta ahora Polonia no ha visto ninguna señal de apoyo militar.

A Bella se le revuelve el estómago. Esto no tenía que haber pasado. Ellos ya deberían estar en Francia. Ese era su plan, mudarse en cuanto Jakob terminase la escuela de derecho. Él encontraría un puesto en una empresa en París, o en Toulouse, cerca de Addy; trabajaría como fotógrafo, igual que su hermano componía música en su tiempo libre. Jakob y a ella habían quedado encantados con las historias de Addy sobre Francia y sus libertades. Allí se casarían y formarían una familia. Si tan solo hubieran tenido la previsión de irse antes de que viajar a Francia fuera demasiado peligroso, antes de que dejar atrás a sus familias fuera demasiado angustioso. Bella intenta imaginarse a Jakob con los dedos alrededor de la culata de madera de un fusil de asalto. ¿Podría disparar a un hombre? Se da cuenta de que es imposible. Es *Jakob*. No está hecho para la guerra; no hay una gota de sangre hostil en su cuerpo. El único gatillo que puede apretar es el de su cámara.

Desliza la ventana con cuidado para cerrarla. *Deja que los chicos lleguen sanos y salvos a Leópolis,* reza una y otra vez, mirando fijamente la negrura aterciopelada que se extiende debajo.

Tres semanas después, Bella está estirada en un estrecho banco de madera que recorre la longitud de un carro tirado por caballos, agotada pero incapaz de dormir. ¿Qué hora es? Diría que primera hora de la tarde. Bajo la lona del carro no hay luz suficiente para ver las manecillas de su reloj de pulsera. Incluso fuera es casi imposible saberlo. Cuando deja de llover, el cielo, cubierto por nubes, permanece gris plomo. Bella no tiene ni idea de cómo se las arregla su conductor delante, expuesto a ese clima durante tantas horas. Ayer llovió tanto y tan fuerte que la carretera desapareció bajo un río de barro, y los caballos tuvieron que forcejear para mantener el equilibrio. El carro estuvo a punto de volcar dos veces.

Bella cuenta los días contando los huevos que quedan en la cesta de provisiones. Empezaron su viaje en Radom con una docena, y esta mañana les queda solo el último, es decir, es 29 de septiembre. Normalmente, ir en carreta hasta Leópolis llevaría como mucho una semana. Pero con la incesante lluvia, el camino ha sido arduo. Dentro del carro el aire es húmedo y huele a moho; Bella se ha acostumbrado a la sensación de tener la piel pegajosa y la ropa siempre húmeda.

Escuchando el crujido del vagón debajo de ella, cierra los ojos y piensa en Jakob, recordando la noche en que vino a despedirse, el frescor de sus manos en sus rodillas, el calor de su aliento en sus dedos cuando los besó.

Era 8 de septiembre, justo un día después de su partida hacia Leópolis, cuando la Wehrmacht llegó a Radom. Los alemanes enviaron primero un solo avión, y Bella y su padre lo siguieron mientras volaba bajo sobre la ciudad, dando una vuelta antes de lanzar una bengala naranja.

«¿Qué significa? —preguntó Bella mientras el avión retrocedía y luego desaparecía en una extensión gris de nubes hinchadas y poco densas. Su padre guardó silencio—. Papá, soy una mujer adulta. Dímelo —dijo Bella con firmeza».

Henry apartó la mirada.

«Significa que ya vienen —contestó, y en su expresión, la curva cerrada hacia abajo de su boca, el pliegue de piel entre sus ojos, vio algo que nunca antes había visto: su padre estaba asustado».

Una hora más tarde, justo cuando empezaba a llover, Bella observaba desde la ventana del piso de su familia como filas y filas de las fuerzas de tierra marchaban hacia Radom, sin encontrar resistencia. Los oyó antes de verlos, sus tanques, caballos y motocicletas retumbando en el barro desde el oeste. Contuvo la respiración cuando aparecieron, temerosa de mirar y temerosa de apartar la vista, con los ojos clavados en ellos mientras avanzaban por el Boulevard Witolda con uniformes verde botella y gafas moteadas por la lluvia, tan poderosos, tan numerosos. Invadieron las calles vacías de la ciudad y, al anochecer, ocuparon los edificios gubernamentales, proclamando la ciudad como suya con un enfático *Heil Hitler* mientras izaban sus banderas con la esvástica. Fue un espectáculo que Bella nunca olvidaría.

Una vez que la ciudad fue ocupada de forma oficial, todos desconfiaban, judíos y polacos por igual, pero desde el principio fue obvio que el objetivo de los nazis eran los judíos. Los que se aventuraban a salir se arriesgaban a ser acosados, humillados y golpeados. Los habitantes de Radom aprendieron rápido a abandonar la seguridad de sus hogares solo para los recados más urgentes. Bella solo salió una vez, para comprar pan y leche, desviándose a la tienda polaca más cercana cuando descubrió que el mercado judío que solía frecuentar en el barrio antiguo había sido saqueado y cerrado. Se limitó a las callejuelas y caminó con paso rápido y decidido, pero a la vuelta tuvo que esquivar una escena que la atormentó durante semanas: un rabino rodeado de soldados de la Wehrmacht, con los brazos inmovilizados en la espalda; los soldados se reían mientras el anciano luchaba en vano por liberarse, con la cabeza sacudiéndose de un lado a otro con violencia. Bella no se dio cuenta de que la barba del rabino estaba ardiendo hasta que pasó junto a él.

Pocos días después de que los alemanes tomaran Radom, llegó una carta de Jakob. «Amor mío», escribió con letra apresurada, «ven a

Leópolis en cuanto puedas. Nos han alojado en apartamentos. El mío es lo suficientemente grande para dos personas. No me gusta que estés tan lejos. Te necesito aquí. Por favor, ven». Jakob incluyó una dirección. Para su sorpresa, sus padres accedieron a dejarla ir. Sabían lo mucho que Bella extrañaba a Jakob. Henry y Gustava razonaron que, al menos en Leópolis, Bella y su hermana Anna podrían cuidarse la una a la otra. Apretando la mano de su padre contra su mejilla en señal de gratitud, Bella se sintió aliviada. Al día siguiente, llevó la carta a Sol, el padre de Jakob. Sus padres no tenían dinero para contratar a un chófer. En cambio, los Kurc tenían los medios y los contactos, y ella estaba segura de que estarían dispuestos a ayudarla.

Sin embargo, al principio Sol se opuso a la idea.

«De ninguna manera. Es demasiado peligroso viajar sola —dijo—. No puedo permitirlo. Si te pasara algo, Jakob nunca me lo perdonaría».

Leópolis no había caído, pero se rumoreaba que los alemanes tenían rodeada la ciudad.

«Por favor —suplicó Bella—. No puede ser peor de lo que es aquí. Jakob no me habría pedido que fuese si no creyera que es seguro. Necesito estar con él. Mis padres están de acuerdo… Por favor, *Pan Kurc*. *Prosze*».

Durante tres días, Bella planteó el caso a Sol, y durante tres días él se negó. Al final, al cuarto día, accedió.

«Alquilaré un carro —dijo, sacudiendo la cabeza como si estuviera decepcionado con su decisión—. Espero no arrepentirme».

Menos de una semana después, las cosas estaban preparadas. Sol había encontrado un par de caballos, un carro y un cochero, un señor mayor y ágil llamado Tomek, con las piernas arqueadas y barba canosa, que había trabajado para él durante el verano y que conocía bien la ruta. Según dijo Sol, Tomek era de confianza y bueno con los caballos. Sol le prometió que, si llevaba a Bella sana y salva a Leópolis, podría quedarse con los caballos y el carro. Tomek no tenía trabajo y aceptó la oferta.

«Ponte lo que quieras llevarte —había dicho Sol—. Será menos llamativo».

Los viajes civiles aún estaban permitidos en lo que una vez fue Polonia, pero los nazis emitían nuevas restricciones cada día.

Bella escribió a Jakob enseguida para contarle sus planes y se marchó al día siguiente con dos pares de medias de seda, una falda acanalada azul marino (la favorita de Jakob), cuatro blusas de algodón, un jersey de lana, su pañuelo de seda amarillo —un regalo de cumpleaños de Anna—, un abrigo azul y su broche de oro, que se colgó del cuello con una cadena y se metió en la camisa para que no lo vieran los alemanes. En el bolsillo del abrigo, junto a los cuarenta zlotys que Sol insistió en que llevara, metió un pequeño costurero, un peine y una foto de su familia. En lugar de una maleta, llevaba la chaqueta de invierno de Jakob y una hogaza de pan campesino hueca con su cámara Rolleiflex escondida dentro.

Desde que salieron de Radom han cruzado cuatro puestos de control alemanes. En cada uno de ellos, Bella se metió la barra de pan bajo el abrigo y fingió estar embarazada.

«Por favor —suplicaba con una mano en el vientre y la otra en la espalda—, tengo que llegar a Leópolis antes de que nazca el bebé».

Hasta ahora, la Wehrmacht se ha apiadado de ella y le ha hecho señas para que siguiera adelante.

La cabeza de Bella se mece con suavidad en el banco mientras avanzan hacia el este. Once días. No tienen radio y por lo tanto no tienen acceso a las noticias, pero se han acostumbrado al gruñido amenazante de los aviones de la Luftwaffe, el ruido de explosivos detonando a lo lejos sobre lo que solo podían suponer que era Leópolis. Hace unos días, parecía que la ciudad estaba sitiada. Pero aún más desconcertante fue el silencio que se produjo a continuación. ¿Había caído la ciudad? ¿O los polacos habían logrado mantener a raya a los alemanes?

Bella se pregunta constantemente si Jakob estará a salvo. Seguro que lo han llamado para defender la ciudad. Tomek le ha preguntado dos veces a Bella si quería dar la vuelta, para intentar viajar más tarde. Pero Bella insiste en que continúen. En su carta le dijo a Jakob que vendría. Debe cumplir su promesa. Abandonar ahora, a pesar de la incertidumbre, sería de cobardes.

—Mierda —dice Tomek desde su asiento, y en un instante su voz es engullida por los gritos.

—¡Alto! ¡Alto *sofort*!

Bella se incorpora y mueve los pies hacia el suelo. Se mete la barra de pan en el abrigo, aparta la puerta de lona del vagón. Fuera, un prado pantanoso de hombres con túnicas verdes ceñidas. Wehrmacht. Hay soldados por todas partes. Bella se da cuenta de que esto no es un puesto de control. Debe ser el frente alemán. Cuando se acercan tres soldados de mandíbula cuadrada con gorras grises y mosquetones de madera, un escalofrío le recorre las vértebras. Todo en ellos: sus expresiones marcadas, sus andares rígidos, sus uniformes arrugados... es implacable.

Bella baja del carro y espera, dispuesta a mantener la calma.

El soldado que está al mando, empuñando un rifle, levanta la mano libre y la empuja con la palma hacia ella.

—*Ausweis!* —ordena. Gira la palma hacia el cielo—. *Papiere!*

Bella se queda congelada. Sabe muy poco alemán.

Tomek susurra:

—Tus papeles, Bella.

Un segundo soldado se acerca al lugar donde va el conductor y Tomek le entrega su documentación a la vez que mira a Bella por encima del hombro. Ella no se atreve a entregar su documento de identidad, porque dice bien claro que es judía, una verdad que seguramente le hará más mal que bien, pero no tiene otra opción. Ofrece su documento de identidad a una distancia prudencial y espera, conteniendo la respiración, a que el soldado lo examine. Sin saber a dónde mirar, sus ojos van de la insignia de su cuello a los seis botones negros que recorren su túnica y a las palabras GOTT MIT UNS inscritas en la hebilla de su cinturón. Bella entiende estas palabras: DIOS ESTÁ CON NOSOTROS.

Al final, el soldado levanta la vista, tiene los ojos grises y despiadados como las nubes, y frunce los labios.

—*Keine Zivilisten von diesem Punkt!* —espeta, devolviéndole su documentación. Algo sobre civiles. Tomek se mete los papeles en el bolsillo y toma las riendas de nuevo.

—¡Espera! —Bella respira, con una mano en el vientre, pero el soldado jefe ladea el fusil y levanta la barbilla hacia el oeste, en la dirección por la que habían venido.

—*Keine Zivilisten! Nach Hause gehen!*

Cuando Bella abre la boca para protestar, Tomek sacude la cabeza con rapidez, con sutileza. *No lo hagas.* Tiene razón. Crean o no que está embarazada, estos soldados no van a saltarse ninguna regla. Bella se da la vuelta y se lanza de vuelta a la carreta, derrotada.

Tomek hace girar a los caballos sobre sus ancas y empiezan a volver sobre sus pasos, hacia el oeste, lejos de Leópolis, lejos de Jakob. A Bella le da vueltas la cabeza. Se agita, demasiado irritada como para quedarse quieta. Saca el pan de su abrigo, lo deja en el banco y se arrastra hasta la trampilla de la puerta trasera, abriéndola lo suficiente como para ver el exterior. Los hombres del prado parecen pequeños, como soldados de juguete, empequeñecidos por las colosales nubes que se ciernen sobre ellos. Deja caer la pesada tela y vuelve a verse envuelta por las sombras.

Han llegado tan lejos. ¡Están tan cerca! Bella presiona con las yemas de los dedos la suave piel de sus sienes, buscando una solución. Podrían regresar al día siguiente, esperar a tener más suerte, un grupo de alemanes más indulgentes. *No.* Sacude la cabeza. Están en el frente. En realidad, ¿qué posibilidades hay de que los dejen pasar? De repente le entra una sensación de claustrofobia por todas esas capas, se quita el abrigo de franela y sube por el banco hasta la parte delantera del carro, donde otra lona la separa de Tomek. La levanta y mira hacia el asiento del jinete. Empieza a lloviznar.

—¿Podemos volver a intentarlo mañana? —grita Bella por encima del ruido sordo de los cascos en el camino empapado.

Tomek niega con la cabeza.

—No funcionará —dice.

Bella siente que el calor le sube por el cuello hasta las orejas.

—¡Pero no podemos volver! —Mira la caja de provisiones a sus pies—. No tenemos comida para otros once días de viaje. —Observa cómo los hombros de Tomek se balancean de un lado a otro, absorbiendo el vaivén del carro, y su cabeza se mueve como si estuviera borracho. Tomek no contesta.

Bella deja caer la lona y se desploma sobre el banco. Tomek y ella no han hablado mucho desde que salieron de Radom; Bella había intentado entablar una conversación trivial al principio del viaje, pero le resultaba extraño conversar con alguien a quien apenas conocía y, además, no había mucho que decir. Seguro que Tomek tenía tantas ganas de llegar a Leópolis como ella. Está a pocos kilómetros de cumplir su parte del trato con Sol. Decide que se lo recordará, pero cuando vuelve a agarrar la lona, de repente los caballos se desvían de la carretera. Agarrándose al banco que tiene debajo, Bella se sostiene mientras la carreta se inclina sobre un terreno irregular. *¿Qué pasa? ¿A dónde vamos?* Las ramitas chasquean como petardos bajo las ruedas y las ramas arañan la cubierta del carro desde arriba. Deben de estar en el bosque. Su mente se desvía hacia un rincón oscuro: *Tomek no me dejaría aquí sola en el bosque, ¿verdad?* Una mentira sencilla le aseguraría a Sol que la había llevado sana y salva a Leópolis. El corazón de Bella se acelera. Decide que no. Tomek no se atrevería. Pero mientras el carro avanza, no puede evitar preguntarse: *¿O sí?*

Al final, los caballos se detienen y Bella baja del carro a toda prisa. El cielo se ha oscurecido varios tonos; pronto igualará el color del resbaladizo pelaje negro de los caballos. Tomek baja del asiento del conductor. Con el sombrero negro y la gabardina oscura, apenas se lo ve entre las sombras. Bella lo mira fijamente, con el pulso aún acelerado, mientras él empieza a quitar las bridas a los caballos.

—Siento el silencio —dice, deslizando las cabezadas de las bocas de los caballos—. Nunca se sabe quién puede estar escuchando. —Bella asiente, a la expectativa—. Estamos a unos tres kilómetros de una carretera secundaria que lleva a Leópolis —continúa Tomek—. Hay un claro más adelante. Un prado. Imagino que no hay nadie, pero tendrás que arrastrarte por él para estar a salvo. La hierba debe ser lo bastante alta como para que no te vean. —Bella entrecierra los ojos en dirección al claro, pero está demasiado oscuro para ver nada. Tomek asiente, como si se asegurara a sí mismo que su plan funcionará—. Una vez que cruces el prado, tendrás que caminar hacia el sureste a través del bosque durante más o menos una hora, y luego llegarás a la carretera. Para entonces creo que habrás bordeado el frente... —Hace una pausa—. A menos que los alemanes tengan rodeada la ciudad... en ese caso tendrás que esperar a que avancen, o cruzar la línea del frente por tu cuenta. En cualquier caso —dice, mirándola por fin a los ojos—, creo que estarás mejor sin mí.

Bella mira fijamente a Tomek, digiriendo la implicación de su plan. Viajar sola, y a pie... suena escandaloso. Estaría loca si se lo planteara. Puede oírse a sí misma explicándole la idea a Jakob, a su padre; sus respuestas serían las mismas: «No lo hagas».

—Otra opción es dar la vuelta y regresar lo más rápido posible, y buscar algo de comida por el camino —dice Tomek en voz baja.

Lo más seguro sería volver a casa, pero Bella sabe que no puede. Su mente se agita. Trata de tragar, pero la parte posterior de su garganta es como papel de lija y en su lugar tose. *Tomek tiene razón.* Sin el carro será menos visible. Y si se topa con alemanes, es más probable que la dejen pasar a ella que a un viejo, una joven y un carro de dos caballos. Se muerde la comisura interna del labio inferior y guarda silencio durante un minuto.

—*Tak* —dice al fin, mirando en dirección al claro. Sí, decide. ¿Qué otra opción tiene? Está a unas pocas horas de Leópolis. De Jakob. Su *ukochany,* su amor. Ahora no puede dar marcha atrás. Apoya una mano en el marco del carro, con los miembros de repente pesados por el peso de su decisión. Si hay soldados patrullando el prado, duda que pueda cruzarlo sin ser vista. Y si llega al otro lado... no sabe quién o qué puede estar acechando bajo el manto del bosque. *Suficiente,* se reprende en silencio. *Has llegado hasta aquí. Puedes hacerlo.*

—*Tak* —respira, asintiendo—. Sí, esto funcionará. Tiene que funcionar.

—De acuerdo, pues —dice Tomek, en voz baja.

—Muy bien, pues. —Bella se pasa una mano por el pelo castaño, espeso como la lana por tantos días sin lavarlo; se había dado por vencida tratando de pasar un peine por él. Se aclara la garganta—. Me iré ya mismo.

—Será mejor que te vayas por la mañana —dice Tomek—, cuando no esté tan oscuro. Me quedaré contigo hasta el amanecer.

Por supuesto. Necesitará la luz del día para encontrar el camino.

—Gracias —susurra Bella, dándose cuenta de que Tomek también tiene un viaje traicionero por delante. Sube de nuevo al carro, rebusca en la caja de provisiones el último huevo duro. Cuando lo encuentra, lo pela y se vuelve hacia Tomek—. Toma —le dice, partiéndolo por la mitad.

Tomek duda antes de aceptarlo.

—Gracias.

—Dile a *Pan* Kurc que hiciste todo lo que pudiste para llevarme a Leópolis. Si… —Se endereza—, cuando lo consiga, le escribiré para hacerle saber que estoy a salvo.

—Lo haré.

Bella asiente, y entre ellos se hace un silencio mientras contempla lo que acaba de aceptar. ¿Se despertaría Tomek y entraría en razón, dándose cuenta de que el plan era demasiado arriesgado? ¿Intentaría disuadirla por la mañana?

—Descansa —dice Tomek mientras se vuelve hacia los caballos.

Bella se obliga a sonreír.

—Lo intentaré. —Mientras sube al carro, se detiene—. Tomek —dice, sintiéndose culpable por cuestionar sus intenciones. Tomek levanta la vista—. Gracias, por haberme traído hasta aquí.

Tomek asiente.

—Buenas noches —dice Bella.

En el interior del carro, Bella aplana el abrigo de Jakob en el suelo, se pone encima y se estira sobre su espalda. Se lleva una mano al corazón y la otra al abdomen, respira con lentitud, dispuesta a relajarse. Mientras parpadea en la oscuridad, se dice a sí misma que es la decisión correcta.

A la mañana siguiente, Bella se despierta al amanecer de un sueño ligero e intranquilo. Se frota los ojos y busca a tientas la trampilla de la puerta lateral del carro. Fuera, unos pocos rayos de luz han empezado a colarse entre las nubes, iluminando a duras penas los espacios entre las ramas de los árboles. Tomek ya ha levantado su tienda y su colchoneta y ha preparado a los caballos. La saluda con la cabeza y vuelve al trabajo. Parece que no ha cambiado de opinión. Bella se mete una patata cocida en el bolsillo y deja tres para Tomek. Después de abrocharse el abrigo y a continuación el de Jakob, toma la barra de pan y baja del carro. Por muy duro que sea el viaje, no le importará dejar atrás el espacio estrecho y enmohecido que ha sido su hogar durante casi dos semanas.

Tomek está ajustando una de las bridas de un caballo. A medida que Bella se acerca, tiene ganas de conocerlo mejor, lo suficiente como para darle un abrazo, un abrazo de algún tipo que le dé fuerzas, que le infunda el valor que necesita para llevar a cabo su plan. Pero no lo tiene. Apenas lo conoce.

—Quiero decirte lo mucho que aprecio lo que has hecho por mí —dice extendiendo la mano. De repente, para ella, es importante reconocer el pequeño pero inmensurable papel que Tomek ha desempeñado en su vida. Tomek le agarra la mano. Su agarre es sorprendentemente fuerte. A su lado, los caballos se inquietan. Uno de ellos sacude la cabeza y su mordaza tintinea; el otro resopla, da zarpazos en el suelo. Ellos también están listos para llegar al final de su viaje—. Ah, Tomek, casi se me olvida —añade Bella, sacándose un billete de diez zlotys del bolsillo—. Necesitarás algo de comida, un par de patatas no bastarán. —Le tiende el zloty—. Acéptalo. Acéptalo, por favor.

Tomek se mira los pies y luego vuelve a mirar a Bella. Acepta el billete.

—Buena suerte —dice Bella.

—Lo mismo digo. Que Dios te bendiga.

Bella asiente y luego se da la vuelta y comienza a abrirse camino al amparo del bosque en dirección al prado.

Después de unos minutos, llega al límite del claro y se detiene, escudriñando el espacio abierto en busca de señales de vida. El prado, hasta donde ella puede ver, está vacío. Echa un vistazo por encima del hombro para ver si Tomek está mirando, pero bajo los robles solo hay sombras vacías. ¿Se ha ido ya? Se estremece al darse cuenta de lo sola que está. *Tú estuviste de acuerdo*, se recuerda a sí misma. *Estás mejor sola.*

Se sube la falda por encima de las rodillas y se hace un nudo flojo en el muslo, luego mete el pan bajo el abrigo de Jakob y lo ajusta para que la hogaza descanse sobre su espalda. Ya está. Ahora puede moverse con más facilidad. En cuclillas, coloca las palmas de las manos y luego las rodillas en el suelo, en silencio.

La tierra se aplasta a su paso, el barro frío se le enrosca entre los dedos y le pinta las extremidades de negro alquitrán. La hierba es larga y está afilada y húmeda por el rocío; le corta el rostro y la espalda sin descanso. En pocos minutos, una de sus mejillas sangra y está empapada hasta en la ropa interior. Ignorando el barro, la humedad y el escozor en la mejilla, se arrodilla un momento para escudriñar la arboleda a cien metros por delante y luego mira por encima del hombro. *Aún no hay señales de alemanes. Bien.* Vuelve a agacharse y se apoya sobre las manos, desearía haberse puesto pantalones y ahora se da cuenta de lo inútil que era la vanidad de querer estar guapa para Jakob.

Mientras se desliza por el prado, piensa en sus padres y en la comida que compartieron la noche anterior a su partida. Su madre había preparado *pierogi* hervidos rellenos de setas y col, los favoritos de Bella, que su padre y ella habían devorado. Sin embargo, Gustava apenas había tocado la comida de su plato. A Bella se le oprime el pecho al imaginarse a su madre con un *pierogi* intacto delante. Siempre había sido delgada, pero desde la llegada de los alemanes estaba demacrada. Bella lo había achacado al estrés de la guerra, y le había dolido marcharse al ver a su madre tan frágil. Recuerda que, al día siguiente, cuando subió al carro de Tomek, miró hacia la ventana y vio a sus padres de pie junto a ella: su padre rodeando con un brazo la delgada figura de su madre, su madre con las palmas de las manos pegadas al cristal. Lo único que pudo distinguir fueron sus siluetas, pero por la forma en que Gustava temblaba, supo que estaba llorando. Le hubiera gustado saludar con la mano, dejar a sus padres con una sonrisa que dijera que estaría bien, que volvería, que no se preocuparan. Pero el Boulevard Witolda estaba plagado de Wehrmacht; no podía arriesgarse a revelar su partida con un gesto de la mano. Se dio la vuelta, apartó la lona de la puerta del carro y subió.

Bella da un respingo cuando su rodilla golpea algo duro, una roca. Jadea por el dolor y sigue arrastrándose, dándose cuenta de lo rápido que se han desarrollado las últimas dos semanas. La marcha de Jakob, la invasión alemana, la carta, el acuerdo con Tomek. Estaba frenética cuando salió de Radom, solo pensaba en llegar a Leópolis para estar con Jakob. Pero ¿y sus padres? ¿Estarán bien solos? ¿Y si les pasa algo mientras está fuera? ¿Cómo los ayudará? ¿Y si le pasa algo a *ella*? ¿Y si nunca llega a Leópolis? *Para*, se regaña. *Estarás bien. Tus padres estarán bien.* Se repite lo mismo una y otra vez, hasta que cualquier otro escenario posible desaparece de su conciencia.

Bella intenta escuchar señales de peligro mientras se arrastra, pero sus oídos se llenan con el estruendo de su pulso. Nunca habría imaginado que caminar a gatas le costaría tanto trabajo. Todo le pesa: los brazos, las piernas, la cabeza. Es como si estuviera anclada a la tierra, oprimida por sus apéndices, por sus innumerables capas de ropa, por la cámara de Jakob, por los músculos que se adhieren a sus huesos y el sudor que cubre su piel a pesar del frío de la mañana. Le duelen las articulaciones, todas, las caderas, los codos, las rodillas, los nudillos; cada vez están más rígidas. *Maldito barro.* Hace una pausa, se seca la frente con el dorso de la mano y mira por encima de las hojas de hierba; está a mitad de camino de la línea de árboles. Faltan cincuenta metros. *Ya casi has llegado,* se dice a sí misma, resistiendo el impulso de tumbarse unos minutos para descansar. *Ahora no puedes parar. Descansa cuando llegues al bosque.*

Concentrándose en la cadencia de su respiración (dos veces por la nariz y tres por la boca), Bella se pierde en un ritmo delirante cuando un fuerte crujido atraviesa el cielo matutino y rompe el silencio. Se tumba con rapidez boca abajo y aplana el cuerpo contra el suelo, protegiéndose la nuca con las manos. No cabe duda de lo que era ese sonido. Un disparo. ¿Habría otro? ¿De dónde había salido? ¿Están tras ella? Espera, con todos los músculos del cuerpo en tensión, pensando qué hacer: ¿correr? ¿O permanecer escondida? Su instinto le dice que se haga la muerta. Y así se queda tumbada, con la nariz a un centímetro del césped, respirando el olor a miedo y a tierra mojada, contando los segundos que pasan. Pasa un minuto, luego dos, mientras escucha, esforzándose, el prado le juega malas pasadas: ¿era el viento agitando la hierba? ¿O eran pasos?

Al final, cuando ya no puede aguantar más, Bella presiona las palmas de las manos contra el barro y, a cámara lenta, levanta el torso. A través de la hierba, escudriña el horizonte. Por lo que puede ver, está despejado. Tal vez el disparo había sonado más cerca de lo que estaba. Sin pensar en la posibilidad de que procediera de la dirección hacia la que se dirige, empieza a arrastrarse de nuevo, ahora más deprisa; ya no tiene los músculos agarrotados por el cansancio, sino por una aterradora sensación de urgencia.

Puedes hacerlo. No estás lejos. Solo tienes que estar allí cuando llegue, Jakob. En la dirección que enviaste. Espérame. Con cada bocanada de aire, repite esas palabras. *Por favor, Jakob. Solo tienes que estar allí.*

12 DE SEPTIEMBRE DE 1939 – BATALLA DE LEÓPOLIS: *La batalla por el control de la ciudad comienza con enfrentamientos entre las fuerzas polacas y las alemanas que rodean Leópolis, que superan ampliamente a las polacas tanto en infantería como en armamento. Los polacos resisten casi dos semanas de combate terrestre, fuego de artillería y bombardeos de la Luftwaffe alemana.*

17 DE SEPTIEMBRE DE 1939: *La Unión Soviética cancela todos los pactos que tiene con Polonia e invade el país desde el este. El Ejército Rojo se dirige a toda velocidad hacia Leópolis. Los polacos retroceden, pero el 19 de septiembre los soviéticos y los alemanes tienen rodeada la ciudad.*

5

Mila

Radom, Polonia – 20 DE SEPTIEMBRE DE 1939

En cuanto Mila abre los ojos, lo siente: algo no va bien. El apartamento está demasiado tranquilo, demasiado en silencio. Respira hondo y se sienta, con la columna recta. *Felicia.* Se levanta de la cama y corre descalza por el pasillo hasta la habitación de la niña.

La puerta se abre sin hacer ruido y Mila parpadea en la oscuridad, dándose cuenta de que había olvidado mirar el reloj. Se acerca en silencio a la ventana y, al descorrer la gruesa cortina de damasco, un rayo de luz suave y polvorienta ilumina la habitación. Debe de estar amaneciendo. A través de los barrotes de madera de la cuna de Felicia distingue vagamente el bulto de una silueta. Se acerca de puntillas a la barandilla de la cuna.

Felicia está tumbada de lado, inmóvil, con la cara tapada por el *koc* rosa que tiene sobre la oreja. Mila se agacha, levanta la pequeña manta de algodón y apoya la palma de la mano en la nuca de Felicia con suavidad, a la espera de una respiración, de un susurro, de cualquier cosa. Mila se pregunta por qué, incluso cuando su hija duerme, le preocupa que le haya ocurrido algo terrible. Por fin, Felicia se mueve unos centímetros, suspira y rueda hacia el otro lado; en cuestión de segundos, vuelve a quedarse quieta. Mila exhala. Sale de la habitación dejando la puerta entreabierta.

Pasa los dedos por la pared y se dirige en silencio a la cocina. Mira el reloj al final del pasillo; falta poco para las seis de la mañana.

—¿Dorota? —dice Mila en voz baja. Casi todas las mañanas se despierta con el silbido de la tetera mientras Dorota prepara el té. Pero aún es temprano. Dorota, que se queda durante la semana en el pequeño cuarto para el servicio junto a la cocina, no suele empezar el día hasta las seis y media. Estará durmiendo.

—¿Dorota? —vuelve a decir Mila; sabe que no debería despertarla, pero no puede quitarse de encima la sensación de que algo va mal. Mila razona que tal vez aún se está adaptando a la sensación de despertarse sin Selim a su lado. Han pasado casi dos semanas desde que su marido, acompañado por Genek, Jakob y Adam, fue enviado a Leópolis para unirse al ejército polaco. Selim prometió que escribiría nada más llegar, pero aún no ha recibido ninguna carta.

Mila sigue las noticias de Leópolis de una forma obsesiva. Por lo que dicen los periódicos, la ciudad está sitiada. Y como si con los alemanes no bastara, hace dos días las radios informaban de que la Unión Soviética se había aliado con la Alemania nazi. Los pactos de paz que habían establecido con Polonia se han roto y ahora se dice que el Ejército Rojo de Stalin se acerca a Leópolis desde el este. Sin duda, muy pronto los polacos se verán obligados a rendirse. En secreto, espera que lo hagan; entonces, tal vez, su marido vuelva a casa.

La primera noche sin Selim en Radom, Mila luchó contra el sueño, porque cuando sucumbió a él, se despertó bañada en sudor frío, temblando de miedo, convencida de que sus sangrientas pesadillas eran reales. Una noche era Selim, la siguiente uno de sus hermanos; sus cuerpos destrozados, sus uniformes empapados de sangre. Mila estaba al borde del colapso cuando Dorota, cuyo hijo también había sido llamado a filas, la rescató de esa espiral de decadencia.

«No pienses así —la regañó una mañana mientras Mila desayunaba después de otra noche agotadora—. Tu marido es médico; no estará en el frente. Y tus hermanos son listos. Se cuidarán los unos a los otros. Sé positiva. Por tu bien y por el suyo —dijo, señalando la habitación de la niña».

—¿Dorota? —repite Mila por tercera vez, enciende la luz de la cocina y ve que la tetera está fría. Llama a la puerta de Dorota con suavidad. Pero el golpeteo de sus nudillos contra la madera es respondido con silencio. Gira la manilla, abre la puerta de un empujón y echa un vistazo al interior.

La habitación está vacía. Las sábanas y la manta de Dorota están dobladas y apiladas a los pies de la cama. Un clavo solitario sobresale de la pared del fondo, donde antes colgaba un crucifijo biselado, y las pequeñas estanterías que Selim había instalado están vacías, excepto una, en la que hay un trozo de papel doblado por la mitad y colocado en forma de tienda de campaña. Mila apoya una mano en la puerta, de repente le tiemblan las piernas. Al cabo de un minuto, se obliga a tomar la nota y a desdoblarla. Dorota le ha dejado dos palabras: *Przykro mi*. «Lo siento».

Mila se lleva una mano a la boca.

—¿Qué has hecho? —susurra, como si Dorota estuviera a su lado, envuelta en su delantal manchado de comida, con el pelo plateado recogido en un moño con forma de alfiletero. Mila había oído rumores de otras criadas que se habían marchado (algunas para huir del país antes de que cayera en manos de los alemanes, otras simplemente porque las familias para las que trabajaban eran judías), pero no había considerado la posibilidad de que Dorota la abandonase. Selim le pagaba bien, y parecía genuinamente feliz con su trabajo. Nunca había habido un cruce de palabras entre ellas. Y adoraba a Felicia. Pero por encima de todo eso, estaba el hecho de que, en los últimos diez meses, mientras Mila lidiaba con su nueva maternidad, Dorota se había convertido en algo más que una criada para ella: se había convertido en una confidente, una amiga.

Cuando Mila se sienta con lentitud, el colchón de Dorota gime debajo de ella. Se pregunta: *Pero ¿qué voy a hacer sin ti?*, a la vez que poco a poco sus ojos se llenan de lágrimas. Radom es un caos; ahora más que nunca necesita una aliada. Apoya las palmas de las manos sobre las rodillas y baja la barbilla, sintiendo el peso de la cabeza que le tira de los músculos entre los omóplatos. Primero Selim, sus hermanos, Adam, ahora Dorota. Se han ido. Una semilla de pánico brota en algún lugar profundo de sus entrañas y su pulso se acelera. ¿Cómo se las arreglará sola? Los hombres de la Wehrmacht han demostrado ser unos brutos, y no han dado señales de irse pronto. Han profanado la hermosa sinagoga de ladrillo de la calle Podwalna, la han saqueado y la han convertido en un establo; han cerrado todas las escuelas judías; han congelado las cuentas bancarias de los judíos y han prohibido a los polacos hacer negocios con judíos. Todos los días boicotean otra tienda: primero fue la panadería de Friedman, luego la juguetería de

Bergman y después la zapatería de Fogelman. Mire donde mire, hay enormes pancartas rojas con la esvástica; carteles que dicen: EL JUDAÍS-MO ES DELINCUENCIA con horribles caricaturas de judíos con nariz de tucán; ventanas pintadas con la misma palabra de cuatro letras, como si *Jude* fuera una especie de maldición y no parte de la identidad de una persona. Parte de su identidad. Antes, se habría llamado a sí misma madre, esposa, pianista profesional. Pero ahora no es más que una simple *Jude*. Ya no puede salir sin ver a alguien ser acosado por la calle, o sacado de su casa y robado y golpeado, sin motivo aparente. Cosas que había dado por sentadas, como ir al parque con Felicia en brazos o salir de casa, ya no son seguras. Últimamente ha sido Dorota la que se ha aventurado a buscar comida y provisiones, ha sido Dorota la que ha ido a buscar su correspondencia a la oficina de correos, ha sido Dorota la que ha entregado notas y las ha traído de casa de sus padres en la calle Warszawska.

Mila mira fijamente al suelo, escuchando el débil tictac del reloj del pasillo, el sonido de los segundos pasar. Dentro de tres días será Yom Kippur. No es que importe: los alemanes han lanzado octavillas por toda la ciudad con una orden que prohíbe a los judíos celebrar servicios religiosos. Lo mismo habían hecho en Rosh Hashaná, aunque Mila había hecho caso omiso del mandato y se había escabullido de noche a casa de sus padres; más tarde se arrepintió cuando oyó historias de otros que habían hecho lo mismo y habían sido descubiertos: a un hombre de la edad de su padre lo hicieron correr por el centro de la ciudad llevando una piedra pesada sobre la cabeza; a otros los obligaron a transportar somieres de metal de una punta a otra de la ciudad mientras los azotaban con porras de un metro de largo; a un joven lo pisotearon hasta la muerte. Mila había decidido que en este Yom Kippur, Felicia y ella expiarían sus culpas en la seguridad de su apartamento, a solas.

¿Y ahora qué? Las lágrimas se derraman por sus mejillas. Solloza en silencio, demasiado paralizada para limpiarse los ojos o la nariz. Mira alrededor de la habitación vacía, sabe que debería estar furiosa: Dorota la ha abandonado. Pero no está enfadada. Está aterrorizada. Ha perdido a la única persona en la que podía confiar. Una persona que parecía entender mucho mejor que ella cómo cuidar de su hija. Mila desearía

poder preguntarle a Selim qué hacer. Después de todo, fue Selim quien insistió en que contrataran a Dorota cuando Felicia era una recién nacida y Mila estaba desesperada. Al principio, Mila se había resistido, su orgullo era demasiado grande como para aceptar que una extraña la ayudara a criar a su hija, pero al final Selim había estado en lo cierto: Dorota fue su salvadora. Y ahora Mila vuelve a estar en crisis, pero sin la mano firme de su marido para guiarla. La realidad de su situación la invade con rapidez y Mila se estremece: ahora su seguridad, y con ella la de Felicia, está en sus manos.

La bilis le sube por la garganta y puede saborearla, fuerte y agria. Se le contrae el estómago cuando un par de imágenes pasan ante ella: la primera, una foto que había visto en el periódico *Tribune*, tomada poco después de la caída de Checoslovaquia, de una mujer morava llorando, con un brazo levantado en señal de saludo nazi; la segunda, una escena de una de sus pesadillas: un soldado vestido de verde le arranca a Felicia de los brazos. *Dios mío, por favor, no dejes que me la quiten.* Mila tiene arcadas. Su vómito cae sobre el linóleo que hay entre sus pies formando una mancha húmeda. Cierra los ojos y tose, luchando contra otra oleada de náuseas y, con ella, una punzada de arrepentimiento. *¿En qué estabas pensando al tener tanta prisa por formar una familia?* Selim y ella llevaban casados menos de tres meses cuando descubrieron que estaba embarazada. Estaba tan segura de sí misma que no había nada que deseara más que tener un hijo. Muchos hijos. Una *orquesta* de niños, solía bromear. Felicia era una niña muy quisquillosa y la maternidad le costó mucho más de lo que esperaba. Y ahora la guerra. Si hubiera sabido que, antes del primer cumpleaños de Felicia, Polonia podría haber dejado de existir… le vuelven a dar arcadas, y en ese horrible y nocivo momento sabe lo que tiene que hacer. Sus padres le habían pedido que volviera a la calle Warszawska cuando Selim se marchó a Leópolis. Pero Mila había optado por quedarse. Ahora, este apartamento era su hogar. Y, además, no quería ser una carga. Se dijo que la guerra terminaría pronto. Selim volvería y continuarían donde lo habían dejado. Se había dicho que Felicia y ella podían arreglárselas solas, y, además, tenía a Dorota. Pero ahora…

El llanto de Felicia rompe el silencio y Mila da un respingo. Se limpia la boca con la manga de la bata, se guarda la nota de Dorota en el bolsillo y se levanta, agarrándose a la pared para estabilizarse cuando la habitación empieza a dar vueltas. *Respira, Mila.* Decide que ya se limpiará más tarde y pasa con cuidado sobre el charco del suelo. En la cocina se enjuaga la boca y se salpica la cara con agua fría.

—¡Ya voy, cariño!

Felicia vuelve a gemir.

Felicia está de pie junto a la barandilla de la cuna, agarrada con fuerza y con ambas manos, con el *koc* en el suelo. Cuando ve a su madre, sonríe con alegría y muestra cuatro dientes pequeños, dos en la encía superior y dos en la inferior.

Los hombros de Mila se relajan.

—Buenos días, cielo —susurra, le da la manta a Felicia y la levanta de la cuna. Hace dos meses, cuando Mila le quitó el pecho, Felicia había empezado a dormir toda la noche. Felicia era una bebé más feliz y Mila ya no se sentía como si estuviera al borde de un ataque de nervios. Felicia rodea el cuello de su madre con los brazos y Mila saborea el peso de la mejilla de su hija, cálida contra su pecho. Se recuerda a sí misma que esto es en lo que estaba pensando. En esto.

—Te tengo —susurra, con una mano en la espalda de Felicia.

Felicia levanta la cabeza, se vuelve hacia la ventana y señala con el índice.

—¿Eh? —entona, el sonido que hace cuando siente curiosidad por algo.

Mila sigue su mirada.

—*Tam* —dice—. ¿Afuera?

—*Ta* —imita Felicia.

Mila se acerca a la ventana y juega a señalar todo lo que ve: cuatro palomas moteadas, posadas junto a una chimenea; el globo blanco y opaco de una farola; al otro lado, tres portales de piedra arqueados y, sobre ellos, tres grandes balcones de hierro forjado; un par de caballos tirando de un carruaje. Mila ignora la cruz gamada que cuelga de una ventana abierta, los escaparates pintados, el letrero de la calle recién pintado (ya no vive en *Zeromskiego*, sino en *Reichsstrasse*). Mientras Felicia observa a los caballos pasar por debajo de ella, Mila le da besos en la parte superior de la frente, dejando que el pelo canela de su hija, el poco que tiene, le haga cosquillas en la nariz.

—Tu papá te echa mucho de menos —susurra, pensando en cómo Selim hacía reír a Felicia metiéndole la nariz en la barriga, fingiendo estornudar—. Pronto volverá a casa con nosotras. Hasta entonces, estamos tú y yo —añade, tratando de ignorar el sabor de la bilis, todavía vivo en su garganta cuando asimila la enormidad de la situación. Felicia la mira con los ojos muy abiertos, casi como si lo entendiera, luego se acerca el *koc* a la oreja y vuelve a apoyar la mejilla en el pecho de Mila.

Más tarde, Mila decide que preparará una bolsa con algo de ropa y su cepillo de dientes, el *koc* de Felicia y una pila de pañales, y recorrerá las seis manzanas que la separan de la casa de sus padres, en el nº 14 de Warszawska. Ha llegado la hora.

6

Addy

Toulouse, Francia – 21 DE SEPTIEMBRE DE 1939

Addy está escondido en una cafetería con vistas a la gigantesca Place du Capitole, con un bloc de notas encuadernado en espiral abierto ante él. Deja el lápiz y se masajea el músculo entre el pulgar y el índice.

Pasar los fines de semana sentado en una mesa de un bar componiendo se ha convertido en su rutina. Ya no viaja a París: le parece demasiado frívolo perderse en el jolgorio de la vida nocturna de Montmartre con su patria en guerra. En su lugar, se dedica a su música y a sus viajes semanales al consulado polaco en Toulouse, donde lleva meses intentando conseguir un visado para viajar, el papeleo necesario para regresar a Polonia. Hasta ahora, el esfuerzo ha sido exasperantemente infructuoso. En su primera visita, en marzo, tres semanas antes de la Pascua Judía, el funcionario echó un vistazo al pasaporte de Addy y sacudió la cabeza, empujando un mapa sobre su escritorio y señalando los países que separaban a Addy de Polonia: Alemania, Austria, Checoslovaquia. Dijo: «No pasarás los controles», y le dio unos golpecitos con el dedo en la línea del pasaporte de Addy marcada como RELIGIA. ZYD, decía la designación, abreviatura de ZYDOWSKI. «Judío». Addy comprendió que su madre tenía razón y se odió por haber dudado de ella. No solo era que fuese demasiado peligroso para él viajar a través de las fronteras alemanas, sino que, al parecer, también era ilegal. Aun así, Addy había vuelto al consulado una y otra vez, con la esperanza de convencer al funcionario de que le concediera algún tipo de exención, de cansarlo con su persistencia. Pero en cada visita le decían lo mismo. Imposible. Y así, por primera vez en sus veinticinco años, se había perdido la Pascua en Radom. También se había perdido Rosh Hashaná.

Cuando no está en el trabajo, escribiendo a casa, componiendo música o acosando a las secretarias del consulado, Addy hojea los titulares de *La Dépêche de Toulouse*. Cada día, a medida que la guerra va a peor, su ansiedad aumenta. Esta mañana ha leído que el Ejército Rojo Soviético está atravesando Polonia desde el este y ha intentado tomar Leópolis. Sus hermanos están en Leópolis; según su madre, han sido reclutados en el ejército junto con el resto de los jóvenes de Radom. Parece que la ciudad caerá en cualquier momento. Polonia caerá. ¿Qué será de Genek y Jakob? ¿De Adam y Selim? ¿Qué será de Polonia?

Addy está bloqueado. Su vida, sus decisiones, su futuro... no tiene el control sobre nada. Es un sentimiento al que no está acostumbrado, y lo odia. Odia el hecho de que no tiene cómo llegar a casa, no tiene cómo llegar a sus hermanos. Por suerte, al menos está en contacto con su madre. Se escriben a menudo. En su última carta, enviada pocos días después de la caída de Radom, describió la angustia de despedirse de Genek y de Jakob la noche que se fueron a Leópolis, lo doloroso que fue ver a Halina y a Mila hacer lo mismo con Adam y Selim, y cómo fue ver a los alemanes marchar hacia Radom. Decía que la ciudad fue ocupada en cuestión de horas. «Hay soldados de la Wehrmacht por todas partes».

Addy echa un ojo a sus hojas, agradecido por la distracción de su música. Al menos, esto es suyo. Nadie puede quitársela. Desde que Polonia entró en guerra, ha escrito con tenacidad y está a punto de terminar una nueva composición para piano, clarinete y contrabajo. Cierra los ojos y toca un acorde en un teclado imaginario que descansa sobre su regazo, preguntándose si tendrá potencial. Ya ha tenido un éxito comercial: una pieza grabada por la talentosa cantante Vera Gran que cuenta la historia de un joven que escribe a su amada. *List*, «la carta». Addy compuso *List* justo antes de marcharse de Polonia a la universidad y nunca olvidará lo que sintió al oír la canción por primera vez en directo, cómo cerró los ojos y escuchó la melodía que había creado mientras salía de los altavoces de su radio, cómo se le hinchó el pecho de orgullo cuando después anunciaron su nombre, acreditándolo como compositor. En aquel entonces, había fantaseado con la idea de que *List* sería la pieza que lo llevaría a dedicarse a la música.

List fue un éxito en Polonia, hasta el punto de que Addy se había convertido en una especie de celebridad en Radom, lo que, por supuesto, provocaba las constantes burlas de sus hermanos.

«¡Hermano, un autógrafo, por favor! —decía Genek cuando Addy estaba en casa de visita».

En aquel momento, a Addy no le importó llamar la atención, ni el hecho de que en las bromas de su apuesto hermano mayor percibiera una pizca de envidia. No cabía duda de que sus hermanos se alegraban por él. También estaban orgullosos de él; lo habían visto componer desde que sus pies apenas llegaban a los pedales del piano de cola de sus padres. Comprendían lo mucho que significaba para él esta primera oportunidad. Addy sabía que lo que su hermano deseaba en secreto era la vida que llevaba en la gran ciudad. Genek había visitado Toulouse, se había reunido con Addy una vez en París; cada vez, se había marchado murmurando acerca de lo glamorosa que parecía la vida de Addy en Francia en comparación con la suya. Por supuesto, ahora las cosas son distintas. Ahora, no hay nada de glamoroso en vivir en un país donde Addy está prácticamente preso. Incluso con su ciudad natal invadida por alemanes, Addy haría cualquier cosa por volver.

En la plaza, las últimas luces del día proyectan un resplandor rosado sobre la fachada de columnas de mármol del Capitole. Addy observa cómo una bandada de palomas levanta el vuelo mientras una anciana se dirige hacia una serie de pórticos techados situados al oeste, y se acuerda de una noche del verano pasado en la que sus amigos y él se sentaron al atardecer en una cafetería de una plaza similar a Montmartre y bebieron unas copas de *sémillon*. Addy repite la conversación de aquella noche y recuerda cómo, cuando surgió el tema de la guerra, sus amigos pusieron los ojos en blanco.

«Hitler es *un bouffon* —habían dicho—. Toda esta palabrería sobre la guerra es puro escándalo, *une agitation*. No va a pasar nada».

«*Le dictateur déteste le jazz!* —había declarado un amigo—. ¡Odia el jazz incluso más que a los judíos! ¿No te lo imaginas paseando por la Place de Clichy con las manos sobre las orejas? —La mesa había estallado en carcajadas. Addy se había reído con ellos».

Agarra el lápiz y vuelve a su cuaderno. Traza una frase melódica, y luego otra, y escribe deprisa, desea que el lápiz siga el ritmo de la música que tiene en la cabeza. Pasan dos horas. A su alrededor, las mesas empiezan a llenarse de hombres y mujeres que se disponen a cenar, pero Addy apenas se da cuenta. Cuando por fin levanta la vista, el cielo se ha vuelto de un azul bígaro. Se hace tarde. Paga la cuenta, se guarda el cuaderno bajo el brazo y cruza la plaza en dirección a su apartamento en la Rue de Rémusat.

Entra en el patio de su edificio, abre el buzón y echa un vistazo rápido al pequeño fajo de cartas. Nada de casa. Decepcionado, sube cuatro tramos de escaleras, cuelga el gorro, se quita los zapatos y los coloca con esmero en un felpudo de paja junto a la puerta. Deja el correo sobre la mesa, enciende la radio, llena una tetera con agua y la pone a hervir.

Su casa es pequeña y está ordenada, solo tiene dos habitaciones: un dormitorio diminuto y una cocina lo bastante grande como para tener una mesa para dos, pero le sirve; es el único de sus cuatro hermanos que sigue soltero, a pesar de las insistencias de su madre. Abre la nevera y examina lo que hay dentro: un poco de *camembert* cremoso, medio litro de leche de cabra, dos huevos moteados, una manzana roja Malus —como las que su madre le ponía para merendar cuando era pequeño, cortadas en rodajas y cubiertas de miel (a Addy le gusta tener siempre una a mano)—, un trozo de lengua de vaca al vapor envuelto en papel de carnicería y una tableta de chocolate suizo negro a medio comer. Agarra el chocolate. Con cuidado de no romperlo, despega el papel de plata y parte una porción del cacao agridulce, dejando que se derrita en su boca durante un instante.

—*Merci, la Suisse* —susurra mientras se sienta en la mesa.

En lo alto de su pila de correo está la última reseña de *Jazz Hot*. Addy hojea los titulares. STRAYHORN SE ASOCIA CON ELLINGTON PARA COMPONER. Dos de sus compositores de jazz favoritos. Toma nota mental de estar atento a sus trabajos. Debajo de *Jazz Hot* hay un sobre azul pálido que no había visto antes. Cuando lo ve, le da un vuelco el corazón y los restos de chocolate se le agrian en la lengua. Lo alza y le da la vuelta. En la parte superior hay escritas tres palabras: COMMANDE DE CONSCRIPTION. Es una orden de reclutamiento militar.

Addy lee la carta dos veces. Le han ordenado incorporarse a un cuerpo polaco del ejército francés. Debe presentarse de inmediato en L'hôpital de La Grave para someterse a un reconocimiento médico y realizar los trámites necesarios; su servicio comenzará en Parthenay, Francia, el 6 de noviembre. Addy deja la orden sobre la mesa y se queda mirándola un buen rato. *El ejército.* Y pensar que esta mañana se lamentaba por sus hermanos, lidiando con la idea de verlos vestidos de uniforme, aterrorizado por su destino. Ahora, sus circunstancias no son diferentes a las de ellos.

Le pitan los oídos y tarda un momento en darse cuenta de que el agua ha empezado a hervir. Se levanta para apagar el fuego y se pasa una mano por el pelo. A medida que el silbido de la tetera se hace más tenue, Addy se sorprende por la rapidez con que las cosas pueden cambiar en este nuevo mundo. Cómo, en un segundo, pueden decidir su futuro por él. Vuelve a por el aviso de reclutamiento y se dirige a la ventana de la cocina, que da a la esquina de la Place du Capitole. Apoya la frente en el cristal. El clarinete de Sidney Bechet suena con delicadeza a través de los altavoces de su radio, pero él no presta atención. *El ejército.* Han llamado a filas a varios amigos suyos, pero todos son franceses. Esperaba que, como extranjero, pudiera quedar exento. Piensa que tal vez haya una manera de librarse de esto. Pero la letra pequeña en la parte inferior de la hoja sugiere lo contrario. No presentarse al servicio dará lugar a la detención y el encarcelamiento. *Merde.* Goza de buena salud. Está en edad de combatir. No, no hay escapatoria. *Merde. Merde. Merde.*

Cuatro pisos más abajo, la cruz occitana de Moretti, incrustada en los adoquines, queda reflejada bajo las farolas como un gigantesco tatuaje de granito. Arriba, una luna creciente va apareciendo. Addy se pregunta cómo es posible que en medio de tanta serenidad se esté librando una guerra al otro lado de la frontera. ¿Dónde están ahora Genek y Jakob? ¿Esperan órdenes? ¿Estarán en combate en este preciso instante? Mira al cielo y se imagina a sus hermanos hombro con hombro en una trinchera, ajenos a la luna creciente, con la mente puesta únicamente en los morteros que vuelan sobre sus cabezas.

A Addy se le humedecen los ojos. Se mete una mano en el bolsillo del pantalón y saca su pañuelo, un regalo de su madre. Se lo había regalado hacía un año, la última vez que estuvo en casa para Rosh Hashaná. Dijo que había encontrado la tela en Milán, en uno de sus viajes para comprar: un suave lino blanco al que había cosido a mano un pequeño ribete y bordado sus iniciales en la esquina, «AAIK». *Addy Abraham Israel Kurc.*

«Es precioso —había dicho Addy cuando su madre le había dado el pañuelo».

«Oh, no es nada —había respondido Nechuma, pero Addy sabía cuánto esmero había puesto en hacerlo y el orgullo que sentía por su trabajo».

Frota el pulgar sobre el bordado e imagina a su madre trabajando en la trastienda, con un rollo de tela delante, una cinta métrica, unas tijeras y un alfiletero de seda roja a su lado. La ve midiendo el hilo, enroscando un extremo entre los dedos y llevándoselo a los labios para humedecerlo antes de pasarlo por el ojo imposiblemente pequeño de una aguja.

Addy respira hondo, siente el subir y bajar de su pecho. *Todo saldrá bien,* se dice a sí mismo. Detendremos a Hitler. Francia aún no ha visto ningún combate; por lo que se sabe, la guerra terminará antes de que lo haga. Tal vez sus amigos de Toulouse, que habían empezado a llamarla *drôle de guerre,* la falsa guerra, tuvieran razón, y solo sea cuestión de tiempo que pueda volver a Polonia, con su familia, a la vida que había dejado atrás cuando se trasladó a Francia. Addy piensa en cómo, hace un año, si alguien le hubiera ofrecido un trabajo en Nueva York, probablemente habría aprovechado la oportunidad. Ahora, por supuesto, haría cualquier cosa —cualquier cosa— por estar en casa, sentado a la mesa del comedor de su madre, rodeado de sus padres, de sus hermanos. Vuelve a guardarse el pañuelo en el bolsillo. El hogar. La familia. No hay nada más importante. Ahora lo sabe.

22 DE SEPTIEMBRE DE 1939: *La ciudad de Leópolis se rinde ante el Ejército Rojo Soviético.*

27 DE SEPTIEMBRE DE 1939: *Polonia cae. De inmediato, Hitler y Stalin dividen el país: Alemania se apodera de la zona occidental (Radom, Varsovia, Cracovia, Lublin) y la Unión Soviética de la zona oriental (Leópolis, Pinsk, Vilna).*

7

Jakob y Bella

Leópolis, la Polonia ocupada por la Unión Soviética
— 30 DE SEPTIEMBRE DE 1939

Bella comprueba el número de latón que hay sobre la puerta roja.
—Treinta y dos —susurra en voz baja, y lo compara dos veces
con la dirección garabateada del puño y letra de Jakob en la
carta que ha llevado consigo desde Radom: *Calle Kalinina, n° 19. Apartamento 32.*

Lleva la cámara de Jakob colgada del cuello y su abrigo sobre el
antebrazo, doblado para ocultar las capas de barro que ha acumulado
por el camino. Nunca antes había estado tan sucia. Se había quitado un
par de medias rotas, maldiciendo la pérdida, y se había esforzado por
sacudirse el barro de las suelas de los zapatos y limpiarse la cara, lamiéndose el pulgar y frotándose las mejillas, pero sin un espejo el esfuerzo era inútil. Tiene el pelo tan desordenado como una mata de
espinas y aún está húmeda bajo la ropa. Cuando levanta los brazos, el
olor es espantoso. ¡Cómo necesita un baño! Debe de tener un aspecto
horrible. *No importa. Ya estás aquí. Lo has conseguido. Tú solo llama a la
puerta.*

Su puño se detiene a unos centímetros de la puerta. Respira hondo
y despacio, se humedece los labios y golpea la madera con los nudillos
con delicadeza, inclina la cabeza hacia delante y escucha. Nada. Vuelve a llamar, esta vez más fuerte. Está a punto de llamar por tercera vez
cuando oye el débil sonido de unos pasos. El corazón le palpita al ritmo de los pasos y, por un segundo, entra en pánico. ¿Y si, después de
haber venido hasta aquí, no la recibe Jakob, sino un desconocido?

—¿Quién es?

Se le escapa una bocanada de aire, una carcajada, la primera en semanas, y se da cuenta de que ha estado conteniendo la respiración. *Es él.*

—¡Jakob! ¡Jakob, soy yo! —dice a la puerta, poniéndose de puntillas, de repente ligera como una pluma. Antes de poder añadir—: Soy Bella. —Se oye un rápido chasquido metálico, un cerrojo que se desliza y la puerta se abre con fuerza, arrastrando consigo el vacío de aire. Y entonces, ahí está él, su amor, su *ukochany*, mirándola, en su interior, y bajo las capas de mugre y sudor y hedor, de algún modo se siente hermosa.

—¡Eres tú! —susurra Jakob—. ¿Cómo has...? Rápido, entra. —Tira de ella y cierra la puerta tras de sí. Deja el abrigo y la cámara en el suelo y, cuando se levanta, él le pone las manos sobre los hombros. La abraza con suavidad, recorriéndola con la mirada, estudiándola. Bella ve en sus ojos la preocupación, el cansancio, la incredulidad. Lo que sea que haya sucedido aquí en Leópolis lo ha marcado. Parece que lleva días sin dormir.

—Kuba —dice, llamándolo como hace a veces, por su nombre hebreo, sin querer hacer otra cosa que no sea asegurarle que está bien, que ya está aquí, que no tiene que preocuparse por nada. Pero él aún no está preparado para hablar. La atrae hacia sí, envolviéndola tanto que apenas puede respirar, y en ese instante ella sabe que hizo bien en venir.

Con los brazos metidos debajo de los de él, apoya la cabeza en el familiar pliegue de su cuello y le recorre la espalda con los antebrazos. Huele como siempre: a virutas de madera, cuero y jabón. Puede sentir el latido de su corazón contra el suyo, el peso de su mejilla sobre su cabeza. Bajo la camisa, sus omóplatos sobresalen como un bumerán, más afilados de lo que ella recuerda. Se quedan así durante un minuto, hasta que Jakob se echa hacia atrás y la levanta con él, hasta que sus pies se despegan del suelo. Se ríe, da vueltas sobre sí mismo, y pronto la habitación se desenfoca y ella también se ríe. Cuando los dedos de sus pies tocan el suelo, Jakob se inclina hacia delante. Ella deja que el peso de su torso se disuelva en sus brazos, y cuando él la inclina, echa la cabeza hacia atrás y nota que la sangre le llega a los oídos. La acuna allí durante un instante, entre sus brazos —la exultante postura final de un baile de salón— antes de ponerla en pie.

Jakob vuelve a mirarla fijamente, sujetándole ambas manos, con una expresión repentinamente seria.

—Lo has conseguido —dice y niega con la cabeza—. Recibí tu carta justo después de que empezaran los enfrentamientos armados. Luego nos movilizaron y cuando regresé aún no estabas aquí. Bella, si hubiera sabido que las cosas iban a ponerse tan mal te prometo que nunca te habría pedido que vinieras. He estado muy preocupado.

—Lo sé, amor. Lo sé.

—No pudo creerme que estés aquí.

—Estuvimos a punto de volver, en varias ocasiones.

—Tienes que contármelo todo.

—Lo haré, pero primero un baño, por favor. —Bella sonríe.

Jakob suspira, su mirada se suaviza.

—¿Qué habría hecho yo si…?

—Shh, *kochanie*. No pasa nada, cariño. Estoy aquí.

Jakob hunde la barbilla para que su frente descanse con suavidad sobre la de Bella.

—Gracias —susurra y cierra los ojos—, por haber venido.

Están sentados ante una pequeña mesa cuadrada en la cocina, con las manos alrededor de unas tazas de té negro caliente. Bella aún tiene el pelo mojado por el baño, la piel del cuello y las mejillas sonrosadas; se había lavado y se había quedado en remojo durante tres minutos antes de que Jakob diera unos golpecitos en la puerta del lavabo, se desnudara y se metiera en la bañera con ella.

—Honestamente no pensé que fuese a funcionar —dijo Bella. Acaba de terminar de explicar el plan de Tomek, lo muerta de miedo que estaba por que la descubrieran, la hicieran volver o la hicieran prisionera. Resulta que Tomek tenía razón sobre la línea del frente alemán y pudo esquivarla cruzando el prado donde él la había dejado. Pero cuando llegó al bosque del otro lado, perdió el sentido de la orientación y se desvió hacia el norte, caminando durante horas hasta que al final tropezó con un par de vías de tren, que siguió hasta una pequeña estación en las afueras de la ciudad. Allí, a pesar de estar embarrada y en un estado lamentable, se abrió paso a través de un último control, compró un billete de ida con los zlotys que le quedaban y recorrió los últimos kilómetros hasta Leópolis en tren.

—Cuando llegué aquí me llevé una sorpresa —dice Bella—, no vi Wehrmacht por las calles, esperaba encontrarme la ciudad abarrotada.

Jakob niega con la cabeza.

—Los alemanes se han ido —dice en voz baja—. Ahora Leópolis está ocupada por los soviéticos. Hitler sacó a sus hombres unos días antes de la caída de Polonia.

—Espera… ¿qué?

—Leópolis cayó apenas tres días antes de que Varsovia…

—¿Polonia ha… ha caído? —Bella ya no tiene color en las mejillas.

Jakob le toma la mano.

—¿No te has enterado?

—No —susurra Bella.

Jakob traga saliva, parece no saber por dónde empezar. Se aclara la garganta, y le explica de la forma más concisa posible lo que Bella se ha perdido, le explica cómo los polacos de Leópolis habían esperado durante días la ayuda del Ejército Rojo, que se encontraba justo al este de la ciudad, cómo pensaban que los soviéticos habían sido enviados para protegerlos y cómo, al cabo de un tiempo, quedó claro que no era así. Describe cómo, cuando la ciudad se rindió definitivamente, el general Sikorski, jefe del ejército polaco, negoció un pacto que permitió a los oficiales polacos abandonar la ciudad…

—El general dijo: «Registraos ante las autoridades soviéticas y volved a casa». —Jakob hace una pausa, mira por un momento su taza—. Pero justo después de que se marcharan los alemanes, la policía soviética detuvo a un montón de oficiales polacos, sin dar explicaciones. Fue entonces cuando me deshice de mi uniforme —añade Jakob—, y decidí que sería mejor esconderme aquí a esperarte.

Bella observa cómo la nuez de Adán de Jakob se mueve a lo largo de su garganta. Se queda atónita.

—Unos días después —continúa Jakob—, después de que Varsovia cayese, Hitler y Stalin dividieron Polonia en dos. Justo por la mitad. Los nazis tomaron el oeste, el Ejército Rojo el este. Estamos en el lado soviético, aquí en Leópolis… Por eso no viste alemanes.

Bella apenas puede hablar. *Los soviéticos están del lado de los alemanes. Polonia ha caído.*

—¿Tuviste... tuviste que...? —Pero se interrumpe, las palabras se le quedan atascadas en el paladar.

—Hubo enfrentamientos —dice Jakob—. Y bombardeos. Los alemanes lanzaron un montón de bombas. Vi morir a gente, vi cosas horribles... pero no. —Suspira, mirándose las manos—. No tuve que... No pude herir a nadie.

—¿Y dónde está tu hermano, Genek? ¿Y Selim? ¿Y Adam?

—Genek y Adam están aquí en Leópolis. Pero Selim... no hemos sabido nada de él desde que los alemanes se retiraron.

A Bella se le cae el alma a los pies.

—¿Y los oficiales que arrestaron?

—Nadie los ha visto desde entonces.

—Dios mío —susurra.

El dormitorio está oscuro, pero por el sonido de la respiración de Jakob a su lado, Bella sabe que él también está despierto. Casi había olvidado lo agradable que era acostarse en un colchón para dormir; era el paraíso comparado con las tablas de madera del carro de Tomek. Se gira hacia Jakob y le pasa una pantorrilla desnuda por encima de la rodilla.

—¿Qué deberíamos hacer? —Jakob coloca la pierna de ella entre las suyas. Nota que la mira. Él encuentra su mano, la besa y acerca la palma a su pecho.

—Deberíamos casarnos.

Bella se ríe.

—He echado de menos ese sonido —dice Jakob, y Bella podría jurar que está sonriendo.

Claro que ella se refería a qué deberían hacer a continuación, es decir: ¿deberían quedarse en Leópolis o volver a Radom? Aún no han hablado de cuál es la opción más segura. Se presiona la nariz y luego los labios contra los de él, y mantiene el beso unos segundos antes de separarse.

—¿Hablas en serio? —susurra—. No puedes hablar en serio. —*Jakob*. No esperaba que saliera el tema del matrimonio. Al menos no en su primera noche juntos de nuevo. Al parecer, la guerra lo ha envalentonado.

—Claro que hablo en serio.

Bella cierra los ojos, sus huesos se hunden con pesadez en la cama. Decide que mañana pueden hablar del plan.

—¿Era una proposición? —pregunta.

Jakob le besa la barbilla, las mejillas, la frente.

—Supongo que depende de cuál sea tu respuesta —dice al final.

Bella sonríe.

—Ya sabes cuál es mi respuesta, amor. —Se da la vuelta y él aprieta las rodillas contra las suyas; la rodea con los brazos, envolviéndola en su calor. Encajan a la perfección.

—Entonces, todo arreglado —dice Jakob.

Bella sonríe.

—Todo arreglado.

—Tenía tanto miedo de que no lo lograras.

—Tenía tanto miedo de no encontrarte.

—No volvamos a hacerlo.

—¿No volvamos a hacer el qué?

—Quiero decir... que no nos separemos nunca, nunca más. Fue... —La voz de Jakob se desvanece en un susurro—. Fue horrible.

—Horrible —Bella está de acuerdo.

—A partir de ahora, juntos, ¿vale? Pase lo que pase.

—Sí. Pase lo que pase.

8

Halina

Radom, la Polonia ocupada por los alemanes
– 10 DE OCTUBRE DE 1939

Halina agarra un cuchillo con la mano libre, se aparta un mechón de pelo rubio de los ojos y se balancea sobre las rodillas. Presiona un grupo de tallos de remolacha rosa contra la tierra, flexiona la mandíbula, levanta la hoja y la baja con toda la fuerza que puede reunir. *Golpea*. A primera hora del día aprendió que, si ponía suficiente fuerza en ello, podía cortar los tallos de un solo movimiento en lugar de tener que hacerlo dos veces con cada planta. Pero eso fue hace horas. Ahora está agotada. Nota como si los brazos fueran de roble, como si se le fueran a desprender de los hombros en cualquier momento. Ahora necesita dos intentos, a veces tres. *Golpea*.

Hace poco, sus hermanos han escrito desde Leópolis, donde los soviéticos les han asignado trabajos de oficina. ¡Trabajos de oficina! Las noticias han comenzado a irritarla. ¿Por qué ella, precisamente ella, ha acabado en el campo? Antes de la guerra, Halina trabajó como asistente de su cuñado Selim en su laboratorio médico, donde llevaba bata blanca y guantes de látex; nunca tuvo las manos sucias. Piensa en su primer día en el laboratorio, en lo segura que estaba de que el trabajo le resultaría tedioso, y cómo, al cabo de una semana, descubrió que la investigación —las minucias de todo aquello, el potencial diario de nuevos descubrimientos— era sorprendentemente gratificante. Haría cualquier cosa por volver a su antiguo trabajo. Pero el laboratorio, al igual que la tienda de sus padres, ha sido confiscado, y si un judío se quedaba sin trabajo, los alemanes se encargaban enseguida de darle uno nuevo. A sus padres los enviaron a una cafetería alemana, a su hermana Mila a un taller de confección, a remendar uniformes que llegaban del frente alemán. Halina no tiene ni idea de por qué le han asignado este trabajo en concreto; creía que era una broma, incluso se había reído cuando el funcionario de la agencia de empleo improvisada de la ciudad le entregó un papel con las palabras GRANJA DE REMOLACHA escritas en la parte superior. No tiene ni una pizca de experiencia cosechando verduras. Pero está claro que eso no importa. Los alemanes tienen hambre y las plantas están listas para salir de la tierra.

Halina se mira las manos y frunce el ceño, asqueada. Apenas puede reconocerlas; la remolacha las ha teñido de fucsia oscuro, y en cada grieta hay suciedad: bajo las uñas, en los pequeños pliegues de piel alrededor de los nudillos, entre las ampollas abiertas que le marcan las palmas. Y su ropa está aún peor. Está casi destrozada. Los pantalones no le importan tanto (menos mal que había decidido llevar pantalones y no falda), pero le gustaba mucho la blusa de gasa, y los zapatos son otra historia. Son su par más nuevo, unos zapatos de cordones con la puntera ligeramente cuadrada y un pequeño tacón plano. Los había comprado durante el verano en Fogelman's y se los había puesto hoy suponiendo que le asignarían una tarea en la oficina de negocios de la granja, quizás en contabilidad, y que no estaría de más ir arreglada para impresionar a sus nuevos jefes. Antes eran de un bonito marrón oscuro pulido, pero ahora están desgastados y descoloridos, y apenas puede ver la intrincada perforación decorativa de los laterales. Es una pena. Tendrá que pasar horas con una aguja de coser arreglándolos. Ha decidido que mañana se vestirá con su peor ropa y quizá pida prestadas algunas de las cosas que Jakob se dejó.

Se sienta sobre los talones, se seca el sudor de la frente con el dorso de la mano y asoma el labio inferior mientras vuelve a soplar el mechón de pelo que le hace cosquillas en la cara. ¿Cuánto tiempo pasará antes de que pueda cortárselo? Radom lleva ocupado treinta y tres días. Los judíos ya no pueden ir a la peluquería, lo cual es un problema, ya que Halina está desesperada por cortarse el pelo. Halina suspira. Es su primer día en la granja y ya está harta. *Golpea.*

Parece que ha pasado una eternidad desde que empezó el día. Aquella mañana la recogió un oficial de la Wehrmacht que vestía un uniforme verde planchado con una esvástica en el brazo y un bigote tan fino que parecía haber sido dibujado sobre el labio con un carboncillo. La saludó con una mirada desde el interior de la visera de su gorra y una sola palabra: *Papiere!* (al parecer, los saludos eran algo demasiado bueno para los judíos), y luego le pasó el pulgar por encima del hombro.

—Sube. —Halina había subido con cautela al camión y se había sentado entre otros ocho trabajadores. Reconoció a todos menos a uno.

Mientras circulaban bajo los castaños que flanqueaban la calle Warszawska (se negaba a llamarla por su nuevo nombre alemán, *Poststrasse*), Halina agachó la cabeza por miedo a que la reconocieran; pensó en lo embarazoso que sería que alguien de su vida anterior viera cómo se la llevaban así.

Pero cuando el camión se detuvo en la esquina de la calle Kościelna, levantó la vista y, para su horror, se fijó en una antigua compañera de colegio que estaba junto a la entrada de la tienda de golosinas Pomianowski. En la escuela secundaria, Sylvia había deseado con todas sus fuerzas ser amiga de Halina, a la que había seguido durante casi un año antes de que se hicieran amigas. Hacían los deberes juntas y se visitaban los fines de semana. Un año, Sylvia invitó a Halina a su casa por Navidad; por insistencia de Nechuma, Halina llevó una lata de galletas de almendra en forma de estrella de su madre. Habían perdido el contacto desde la graduación; lo último que Halina supo fue que Sylvia había aceptado un trabajo como auxiliar de enfermería en uno de los hospitales de la ciudad. Todo esto pasó por su mente mientras el camión estaba parado, mientras las antiguas amigas se miraban desde el otro lado del adoquinado. Por un momento, Halina pensó en saludar, como si fuera totalmente normal que estuviera apiñada allí, en la parte trasera de un camión, ella y otros ocho judíos, de camino al trabajo, pero antes de que pudiera levantar una mano, Sylvia entrecerró los ojos y apartó la mirada; ¡había fingido que no la conocía! A Halina le hirvió la sangre por la humillación y la furia, y cuando al fin el camión se puso en marcha, se pasó la siguiente media hora pensando en las cosas que le gustaría decirle a Sylvia la próxima vez que se cruzase con ella.

Siguieron avanzando y avanzando, el paisaje urbano se desvanecía con rapidez, las calles de dos carriles y las fachadas de ladrillo del siglo XVII daban paso a un mosaico de huertos y pastos y estrechos caminos de tierra rodeados de pinos y alisos. Halina se había tranquilizado cuando llegaron a la granja, pero tenía las nalgas magulladas de tanto traqueteo, lo que le hizo odiar aún más el día.

Cuando aparcaron, no había ningún edificio a la vista, solo tierra e hileras de tallos frondosos. Fue entonces cuando Halina se dio cuenta, al contemplar las hectáreas de tierras de labranza, de que no se trataba de un trabajo de oficina. El oficial los alineó junto al camión y les arrojó cestas y sacos de arpillera a los pies.

—*Stämme* —dijo señalando los sacos—. *Rote rüben* —añadió, pateando una cesta. Aunque sabía suficiente alemán para defenderse, «tallos» y «remolacha» todavía no estaban en su vocabulario, pero era fácil descifrar las instrucciones. Los tallos en el saco, las remolachas en la cesta. Un segundo después, el oficial entregó a cada judío un cuchillo de hoja larga y sin filo. Miró a Halina mientras tomaba el suyo—. *Für die stämme* —dijo, apoyando una mano en la empuñadura de madera desgastada de la pistola que llevaba colgada del cinturón. Su bigote se transformó, junto con la curva de sus labios, en una especie de aguijón. *Qué valiente por su parte darnos cuchillos tan grandes*, pensó Halina.

Y así fue. *Golpear. Desgarrar. Agitar. Meter. Golpear. Desgarrar. Agitar. Meter.*

Quizá debería guardarse un par de remolachas para llevárselas a su madre. Antes de que les racionaran la comida, Nechuma rallaba remolachas asadas y las mezclaba con rábano picante y limón para hacer *ćwikła* con arenque ahumado y patatas cocidas. A Halina se le hace la boca agua; han pasado semanas desde su última comida decente. Pero algo en ella sabe que una remolacha de más en la cena no valdría las consecuencias de que la viesen robando.

Suena un silbato y ella levanta la vista para ver la silueta de un camión a unos cien metros, y junto a él, un oficial alemán, probablemente el que los trajo, agitando la gorra sobre su cabeza. Desde su parcela puede distinguir a dos de los otros, que ya caminan en su dirección. Mientras se levanta, sus músculos gritan. Ha pasado demasiadas horas doblada en ángulo recto. Deja caer el cuchillo sobre las remolachas de la cesta y apoya el mango de mimbre en el pliegue del codo. Con una mueca de dolor, agarra el saco lleno de tallos, se pasa la correa de hilo por el hombro opuesto y empieza a cojear hacia el camión.

El sol se ha ocultado tras la línea de árboles, lo que da al cielo un tono rosado, como teñido por el jugo de las plantas que ha pasado el día cosechando. Se da cuenta de que pronto necesitará un abrigo más grueso. El oficial vuelve a silbar, indicándole que acelere el paso, y ella lo maldice en voz baja. Su cesta pesa casi quince kilos. Camina todo lo rápido que le permiten sus articulaciones, preguntándose si alguna de las remolachas que ha sacado acabará en la cafetería donde trabajan sus padres. Llevan allí una semana.

«No está tan mal… —dijo su madre después del primer día—, quitando el hecho de tener que preparar comida deliciosa que nunca probaremos».

En el camión, el oficial del bigote de lápiz espera con la palma de la mano extendida.

—*Das messer* —dice. Halina le entrega el cuchillo, deja la bolsa y la cesta en la plataforma del camión y sube. Los demás ya están sentados y todos parecen estar igual de desaliñados que ella. Después de recoger a un último trabajador, se preparan para volver a casa, con el trabajo del día a sus pies, demasiado cansados para hablar.

—Mañana a la misma hora —ladra el alemán, mientras el camión se detiene frente al nº 14 de la calle Warszawska. Es casi de noche. Le entrega a Halina sus papeles a través de la ventanilla de la cabina del camión, junto con un pequeño trozo de pan rancio de cien gramos, su compensación por el día.

—*Danke* —dice Halina, agarrando el pan e intentando disimular su sarcasmo con una sonrisa, pero el oficial se niega a mirarla y se marcha a toda velocidad antes de que la palabra haya salido de sus labios—. *Szkop* —susurra mientras se da la vuelta y cojea hasta su casa, buscando la llave en el bolsillo de su abrigo.

Dentro, Halina se encuentra a Mila en el vestíbulo, colgando el abrigo; acaba de volver del taller de uniformes. Felicia está sentada en una alfombra persa, agita un sonajero de plata y sonríe con su tintineo.

—Dios mío —jadea Mila, sorprendida por la aparición de Halina—. ¿Dónde demonios te han metido?

—He estado cultivando —dice Halina—. Arrastrándome por los campos todo el día. ¿Te lo puedes creer?

—Tú, en una granja —comenta Mila, reprimiendo una carcajada—. No sé a quién se le ha ocurrido eso.

—Lo sé. Fue horrible. Lo único en lo que podía pensar —dice Halina, mantiene el equilibrio sobre un pie junto a la puerta para descalzarse y hace una mueca de dolor al volver a abrirse una ampolla— era en si Adam pudiera verme, arrastrándome a cuatro patas por el suelo, ¡como un animal! Cómo se reiría. ¡Mira mis zapatos! —grita—. Dios, qué asco. —Estudia sus calcetines, asombrada por la tierra que también han acumulado, y se los quita con cuidado de no ensuciar el suelo—. ¿Qué es eso? —pregunta, señalando un lazo de tela alrededor del cuello de Mila.

—Ah —dice Mila mirándose el pecho—. Olvidé que lo llevaba. Es algo que hice… no sé cómo lo llamarías, ¿un arnés, supongo? —Se gira y señala el punto en el que la tela se entrecruza entre sus omóplatos—. Puedo meter a Felicia aquí. —Se gira de nuevo, palmea el lazo que cuelga a lo largo de su torso—. La mantiene oculta en el camino de ida y vuelta al taller.

Mila se lleva a Felicia todos los días al trabajo, aunque técnicamente no está permitido llevar niños. *Ningún menor de doce años en el trabajo.* Es uno de los muchos decretos alemanes cuyo incumplimiento se castiga con la muerte. Pero Mila no puede dejar de trabajar —todo el mundo tiene que trabajar— y tampoco puede dejar a Felicia, que no tiene ni un año, sola todo el día en el apartamento mientras ella está fuera.

Halina admira el ingenio y el valor de su hermana. Se pregunta si ella, en el lugar de Mila, tendría el descaro de entrar en un taller con un niño atado al pecho de forma ilegal. Mila ha cambiado desde que Selim se fue. Halina piensa a menudo en cómo, cuando todo era fácil, la maternidad era dura para Mila, y ahora que todo es difícil, es un papel que parece venirle de un modo más natural. Es como si una especie de sexto sentido se hubiera apoderado de ella. Halina ya no se preocupa por si, con una noche más de insomnio, Mila podría venirse abajo.

—¿A Felicia le gusta estar ahí? ¿En el arnés? —pregunta Halina.

—No parece importarle.

Halina va de puntillas a la cocina mientras Mila empieza a arreglar la mesa para la cena. Aunque sus comidas ya no son lo que eran, Nechuma sigue insistiendo en que utilicen la vajilla de plata y porcelana.

—¿Qué hace Felicia mientras tú te pasas el día cosiendo? —pregunta.

—La mayoría del tiempo juega debajo de mi mesa de trabajo. Duerme la siesta en una cesta de retales. Ha tenido una paciencia increíble —añade Mila. La alegría se ha evaporado de su voz.

Inclinada sobre el fregadero, Halina se pasa agua por las manos y los brazos, imaginando a su sobrina de once meses jugando bajo una mesa durante horas y horas. Le gustaría poder hacer algo para ayudarla.

—¿Nada de Selim hoy? —pregunta.

—No.

El agua salpica contra la pila metálica del lavabo y Halina se queda callada unos segundos. Genek, Jakob y Adam han escrito para dar a conocer sus nuevas direcciones en Leópolis, para saber cómo están. En sus cartas dicen que no han visto a Selim desde que los soviéticos tomaron el poder. Halina sufre mucho por su hermana. Debe de ser terrible no saber dónde está su marido, si es que está vivo. Ha intentado consolar a Mila varias veces con su propio punto de vista, que es: no tener noticias es mejor que tener malas noticias; pero incluso ella sabe que la desaparición de Selim no puede ser algo bueno.

En su última carta, Adam había confirmado lo que habían leído en el *Tribune* y en el *Radomer Leben* —los periódicos eran su única fuente de información ahora que les habían quitado la radio—, que el ejército polaco estaba en Leópolis y los alemanes se habían retirado, dejando la ciudad en manos del Ejército Rojo. Adam describió la vida bajo los soviéticos como: «No es horrible». Decía que había mucho trabajo. De hecho, había encontrado un trabajo. El sueldo era lamentable, pero era un trabajo. También podría encontrar uno para Halina. Y tenía noticias, algo que tenía que compartir con ella en persona. Firmó su carta con «Con amor», y añadió una posdata: «Creo que deberías venir a Leópolis».

A pesar de su recelo a vivir bajo el régimen soviético, la idea de mudarse a Leópolis entusiasma a Halina. Echa mucho de menos a

Adam, su tranquilidad, su tacto suave y confiado, ese tacto que le hizo darse cuenta de que los chicos con los que había salido antes eran unos ineptos comparados con el hombre que es él. Haría cualquier cosa por volver a estar con él. Halina se pregunta si su noticia podría ser una proposición. Ella tiene veintidós, él treinta y dos. Llevan mucho tiempo juntos; casarse parece el siguiente paso lógico. Piensa en ello a menudo, su corazón se acelera ante la idea de que pida su mano y luego se estremece al darse cuenta de que estar con Adam significaría dejar Radom. Le dé las vueltas que le dé, no le parece bien abandonar a sus padres. Con Jakob y Genek en Leópolis, ¿quién si no iba a cuidar de ellos? Mila tiene que ocuparse de Felicia, y Addy sigue atrapado en Francia; en su última carta decía que había recibido órdenes de alistarse, que en noviembre se uniría al ejército. Así que solo queda ella. Y, de todos modos, aunque pudiera justificar el viaje a Leópolis por poco tiempo con la intención de regresar, el viaje en sí sería casi imposible, ya que el último de los decretos nazis le ha quitado el derecho a salir de su casa o a viajar en tren sin un pase especial. Por ahora, no tiene elección. No se moverá de aquí.

Poco después, la voz de Sol resuena en el apartamento mientras llama a su nieta.

—¿Dónde está mi bombón?

Felicia sonríe y se levanta tambaleándose, dando tumbos por el pasillo desde el comedor, con los brazos extendidos hacia delante como pequeños imanes, tirando de ella hacia los brazos de su *dziadek*. Halina y Mila la siguen. Felicia se ríe cuando Sol la agarra en brazos, gruñe juguetón y le mordisquea el hombro hasta que sus risitas se convierten en chillidos. Nechuma aparece detrás de él, y Halina y Mila saludan a sus padres, intercambiando besos.

—Madre mía —jadea Nechuma, mirando la ropa de Halina—. ¿Qué ha pasado?

—He estado recolectando. ¿Alguna vez me habías visto tan asquerosa?

Nechuma estudia a su hija pequeña y sacude la cabeza.

—Nunca.

—¿Y tú? ¿Qué tal en la cafetería? —pregunta Halina, colgando el abrigo de su madre.

Nechuma levanta el pulgar, envuelto en un vendaje manchado de sangre.

—Aparte de esto, fue un aburrimiento.

—¡Madre! —Halina toma la mano de Nechuma para poder mirarla más de cerca.

—Estoy bien. Si los alemanes nos dieran cuchillos decentes no me cortaría tan a menudo. ¿Pero sabéis qué? Un poco de sangre en su *kartoflanka* no matará a nadie. —Sonríe, complacida por su secreto.

—Deberías tener más cuidado —la regaña Halina.

Nechuma aparta la mano e ignora el comentario.

—Tengo un regalo para nosotros —dice, sacando de debajo de la blusa un pañuelo lleno de un puñado de peladuras de patata—. Solo unas pocas —dice al ver que Halina enarca las cejas—. Las he pelado gruesas. Mira, aquí tenemos casi media patata.

Halina se queda boquiabierta.

—¿Las robaste? ¿De la cafetería?

—Nadie me vio.

—Pero ¿y si lo hubieran hecho? —El tono de Halina es severo, probablemente demasiado. No es propio de ella hablar así a su madre y sabe que debería disculparse, pero no lo hace. Una cosa es que Mila cuele a un bebé en su puesto de trabajo, no tiene más remedio que hacerlo, y otra que su madre robe a los alemanes y luego se encoja de hombros.

La estancia se queda en silencio. Halina, Mila y sus padres se miran, formando un cuadrado. Al final, Mila habla:

—No pasa nada, Halina, nos hace falta. Felicia está esquelética, mírala. Gracias, mamá. Ven, vamos a preparar sopa.

9

Jakob y Bella

Leópolis, la Polonia ocupada por la Unión Soviética
— 24 DE OCTUBRE DE 1939

Bella avanza con cuidado para no pisarle los talones a Anna. Las hermanas se mueven despacio, de forma deliberada, y hablan en susurros. Son las nueve de la noche y las calles están desiertas. En Leópolis no hay toque de queda como en Radom, pero el apagón sigue vigente y, con las farolas apagadas, es casi imposible ver.

—No puedo creerme que no hayamos traído una linterna —susurra Bella.

—He recorrido este camino esta mañana —dice Anna—. Quédate cerca, sé a dónde voy.

Bella sonríe. Deslizarse por las callejuelas a la tenue luz azul de la luna le recuerda a las noches en que Jakob y ella salían a hurtadillas a las dos de la mañana para hacer el amor en el parque, bajo los castaños.

—Es justo aquí —susurra Anna.

Suben un pequeño tramo de escaleras y entran en la casa por una puerta lateral. Dentro está aún más oscuro que en la calle.

—Quédate aquí un momento mientras enciendo una cerilla —dice Anna mientras rebusca en su bolso.

—Sí, señora —dice Bella entre risas. Durante toda su vida ha sido ella la que ha mandado de Anna, y no al revés. Anna es la pequeña, la niña de la familia. Pero Bella sabe que detrás de la cara bonita y la fachada tranquila, su hermana es inteligente a más no poder, capaz de hacer todo lo que se proponga.

A pesar de ser dos años más joven, Anna fue la primera en casarse. Ella y su marido, Daniel, viven en la misma calle que Bella y Jakob en Leópolis, una situación que ha aliviado el dolor de Bella por dejar atrás a sus padres. Las hermanas se ven a menudo y hablan de cómo convencer a sus padres para que se trasladen a Leópolis. Pero en sus cartas, Gustava insiste en que Henry y ella se las arreglan solos en Radom. «La clínica dental de tu padre sigue aportando algunos ingresos», escribe en su última carta. «Ha estado tratando a los alemanes. No tiene sentido que nos mudemos, al menos todavía no. Tan solo prometedme que nos visitaréis cuando podáis y que escribiréis a menudo».

—¿Cómo diablos encontraste este lugar? —pregunta Bella. No le había dado ninguna dirección, solo le había dicho que la siguiera. Habían serpenteado por tantos callejones estrechos que había perdido el sentido de la orientación.

—Lo encontró Adam —dijo Anna, que intenta encender una cerilla una y otra vez sin conseguir una chispa—. Por la resistencia —añade—. Parece ser que lo han utilizado antes, como una especie de piso franco. Está abandonado, así que no deberíamos recibir visitas sorpresa. —Por fin, una cerilla prende, emitiendo una nube de azufre de olor penetrante y un halo de luz ámbar—. Adam dijo que había dejado una vela junto al grifo —murmura, arrastrando los pies hacia el lavabo, con una mano sobre la llama. Adam también había encontrado al rabino, cosa que Bella sabía que no era tarea fácil. Cuando la ciudad de Leópolis cayó en desgracia, los soviéticos despojaron a los rabinos de sus títulos y les prohibieron ejercer. Adam dijo que Yoffe fue el único rabino que pudo encontrar, no temía oficiar una boda con la condición de que se celebrase en secreto.

En el tenue resplandor de la cerilla, la habitación empieza a tomar forma. Bella mira a su alrededor, la sombra de una tetera sobre la encimera, un cuenco con cucharas de madera sobre el mostrador, una cortina opaca colgando de una ventana sobre el fregadero. Al parecer, quienquiera que viviera aquí se marchó con prisas.

—Es muy bonito que Adam haga esto por nosotros —dice Bella, más para sí misma que para su hermana. Había conocido a Adam hacía un año, cuando alquiló una habitación en el apartamento de los Kurc. Lo conocía sobre todo por ser el novio de Halina, tranquilo, sereno y bastante callado; a menudo apenas se oía su voz en la mesa. Pero desde que llegó a Leópolis, Adam ha sorprendido a Bella con su capacidad para orquestar lo imposible: fabricar a mano documentos de identidad falsos para la familia. Por lo que saben los rusos, Adam trabaja en un huerto a las afueras de la ciudad, cosechando manzanas, pero en la resistencia, se ha convertido en un cotizado falsificador. Por ahora, cientos de judíos se han hecho con sus documentos de identidad, los cuales produce con una mano tan meticulosa que Bella podría jurar que son reales.

Una vez le preguntó cómo era capaz de hacer que pareciesen tan auténticos.

«Son auténticos. Al menos los sellos lo son —había dicho, explicándole cómo había descubierto que podía eliminar los sellos oficiales del gobierno de los documentos de identidad existentes con un huevo recién hervido y pelado—. Levanto el original cuando el huevo aún está caliente —dijo Adam—, y luego hago rodar el huevo sobre la nueva identificación. No preguntes por qué, pero funciona».

—¡La encontré! —La oscuridad las envuelve de nuevo al tiempo que Anna busca a tientas otra cerilla. Un momento después, la vela está encendida.

Bella se quita el abrigo y lo deja sobre el respaldo de una silla.

—Aquí hace frío —susurra Anna—. Lo siento. Con la vela en la mano se dirige desde el fregadero hasta situarse junto a Bella.

—No pasa nada. —Bella reprime un escalofrío—. ¿Ya ha llegado Jakob? ¿Y Genek? ¿Herta? Qué silencio.

—Todos están aquí. Imagino que estarán acomodándose en el vestíbulo.

—¿Así que no voy a casarme en la cocina? —Bella se ríe y luego suspira, dándose cuenta de que a pesar de las veces que se había dicho a sí misma que se casaría con Jakob en cualquier sitio, la idea de casarse con él aquí, en una casa fantasmal y sombría de una familia que nunca conocerá, estaba empezando a inquietarla.

—Por favor. Tienes demasiada clase para una boda en una cocina. Bella sonríe.

—No pensé que estaría nerviosa.

—Es el día de tu boda, ¡por supuesto que estás nerviosa!

Las palabras resuenan en su interior y Bella se queda inmóvil.

—Ojalá mamá y papá estuvieran aquí —dice, y al oírse a sí misma, se le llenan los ojos de lágrimas. Jakob y ella habían hablado de esperar a que terminara la guerra para casarse, y así celebrar una ceremonia más tradicional en Radom con sus familias. Pero nadie sabía cuándo terminaría la guerra. Decidieron que ya habían esperado lo suficiente. Los Tatar y los Kurc habían dado su bendición desde Radom. Prácticamente les habían rogado a Jakob y a Bella que se casaran. Aun así, Bella odia que sus padres no puedan estar con ella, odia que, a pesar de lo feliz que es ahora que está con Jakob, también se sienta culpable. Se pregunta si está bien celebrarlo mientras su país está en guerra. Mientras sus padres están solos en Radom; sus padres, que durante toda su vida le han dado tanto a pesar de tener tan poco. La memoria de Bella se remonta al día en que Anna y ella volvieron del colegio y encontraron a su padre en el salón con un perro de aspecto desaliñado a sus pies. Su padre les dijo que el cachorro era un regalo de uno de sus pacientes que había pasado una mala racha y no podía pagar la extracción de una muela. Bella y Anna, que habían suplicado por un perro desde que eran pequeñas, chillaron de alegría y corrieron a abrazar a su padre, que las rodeó con los brazos, riéndose mientras el perro les mordisqueaba los tobillos, juguetón.

Anna le aprieta la mano.

—Lo sé —dice—, ojalá pudieran estar aquí. Pero ellos quieren esto para ti con todas sus fuerzas. No te preocupes por ellos. Esta noche no.

Bella asiente.

—Es solo que es tan diferente a lo que imaginaba —susurra.

—Lo sé —vuelve a decir Anna, con voz suave.

Cuando eran adolescentes, Bella y Anna se tumbaban en la cama y hablaban durante horas, inventando historias sobre el día de sus bodas. En aquel momento, Bella podía verlo con claridad: el aroma dulzón del ramo de rosas blancas que su madre le haría llevar; la sonrisa de su padre al levantarle el velo para besarle la frente bajo la jupá; la emoción de Jakob al deslizarle un anillo en el dedo índice, símbolo de su amor, que ella llevaría consigo toda la vida. Su boda, de haber sido en Radom, habría estado lejos de ser lujosa, eso lo sabe. Habría sido sencilla. Preciosa. Lo que no habría sido era una ceremonia clandestina, celebrada en el frío cascarón de una casa abandonada y a oscuras a quinientos kilómetros de sus padres. Sin embargo, Bella se recuerda a sí misma que, después de todo, había elegido venir a Leópolis. Jakob y ella habían decidido casarse aquí. Su hermana tiene razón: sus padres llevaban años deseando esto para ella. Debería centrarse en lo que tiene, no en lo que no tiene, sobre todo esta noche.

—Nadie podría haberlo previsto —añade Anna—. Pero piénsalo —dice, con una voz cada vez más alegre—, la próxima vez que veas a *Mama i Tata*, ¡serás una mujer casada! Cuesta creerlo, ¿verdad?

Bella sonríe y aparta las lágrimas.

—Sí, en cierto modo —susurra, pensando en la carta de su padre, que había llegado hacía dos días. En ella, Henry describía la alegría que Gustava y él sintieron al enterarse de su intención de casarse. «Te queremos mucho, querida Bella. Tu Jakob es un alma buena, ese chico, y tiene una buena familia. Lo celebraremos, todos, cuando estemos juntos de nuevo». En lugar de enseñársela a Jakob, Bella la había metido debajo de la almohada y había decidido que se la dejaría leer esa misma noche, cuando volvieran a su piso, ya convertidos en marido y mujer.

Con el estómago encogido, Bella pasa las manos por el corpiño de encaje de su vestido.

—Estoy tan contenta de que me quepa —dice, exhalando—. Es tan bonito como lo recordaba.

Cuando Anna se comprometió con Daniel, su madre, a sabiendas de que no podían permitirse el tipo de vestido que Anna querría de una modista, decidió confeccionárselo ella misma. Bella, Anna y ella rebuscaron entre las páginas de *McCall's* y *Harper's Bazaar* los diseños que les gustaban. Cuando Anna por fin eligió su favorito —inspirado en imágenes cinematográficas de Barbara Stanwyck—, las mujeres Tatar se pasaron una tarde entera en la tienda de telas de Nechuma, estudiando detenidamente rollos de diversos satenes, sedas y encajes, maravillándose de lo lujoso que resultaba cada uno al frotarlo entre los dedos. Nechuma les vendió los materiales que habían elegido a precio de coste, y Gustava tardó casi un mes en terminar el vestido: con cuello en V, corpiño blanco ribeteado de encaje, largas mangas estilo Gibson fruncidas, botones en la espalda, falda acampanada que caía justo hasta el suelo y un fajín de raso blanco empolvado atado a la cadera. Anna, encantada, lo consideró una obra maestra. En secreto, Bella esperaba poder ponérselo algún día.

—Me alegro de haberlo traído —dice Anna—. Estuve a punto de dejárselo a mamá, pero no podía desprenderme de él. Ay, Bella. —Anna se aparta para mirarla—. ¡Qué guapa estás! Vamos —dice, ajustando el broche de oro que cuelga del cuello de Bella para que quede perfectamente centrado en el hueco entre sus clavículas—, antes de que me ponga a llorar. ¿Estás lista?

—Casi. —Bella saca un tubo metálico del bolsillo de su abrigo. Quita la tapa, gira la parte inferior media vuelta y se aplica con cuidado unos toquecitos de pintalabios de color rojo pimienta. Desearía tener un espejo.

—Me alegro de que hayas traído esto también —dice frotándose los labios antes de volver a guardar el tubo en el bolsillo—. Y de que hayas querido compartirlo —añade. Cuando el pintalabios fue retirado del mercado (el ejército tenía mejores usos para el petróleo y el aceite de ricino), la mayoría de las mujeres que conocían se aferraron fervientemente a lo que quedaba de sus provisiones.

—Por supuesto —dice Anna—. Entonces... *gotowa*?

—Lista.

Con la vela en una mano, Anna guía a Bella con cuidado a través de una puerta.

El vestíbulo está tenuemente iluminado por dos pequeños portavelas apoyados en los balaustres de la escalera. Jakob está al pie de la escalera. Al principio, lo único que Bella distingue de él es su silueta: su torso estrecho, la suave inclinación de sus hombros.

—Esta la dejaremos para más tarde —dice Anna, apagando la vela. Le da a Bella un beso en la mejilla—. Te quiero —le dice radiante y se dirige a saludar a los demás. Bella no puede verlos, pero oye susurros: *Och, jaka pie‚kna!* ¡Preciosa!

Una segunda silueta permanece inmóvil junto a su novio, y la luz de las velas capta el rizo de una larga barba plateada. Bella comprende que debe ser el rabino. Se acerca al resplandor titilante de las votivas, y al deslizar su codo por el de Jakob, siente que la opresión entre sus costillas desaparece. Ya no está nerviosa ni tiene frío. Está flotando.

Los ojos de Jakob se humedecen cuando se encuentran con los de ella. Con los tacones de marfil de su hermana, es casi tan alta como él. Le planta un beso en la mejilla.

—Hola, cariño —le dice, sonriendo.

—Hola —responde Bella con una sonrisa. Uno de los espectadores se ríe.

El rabino extiende una mano. Su rostro es un laberinto de arrugas. Bella cree que debe de tener unos ochenta años.

—Soy el rabino Yoffe —dice. Su voz, al igual que su barba, es áspera.

—Un placer —dice Bella, le toma la mano e inclina la barbilla. Siente sus dedos frágiles y agarrotados entre los de ella, como un puñado de ramitas—. Gracias por esto —dice, consciente del riesgo que ha corrido por estar allí.

Yoffe se aclara la garganta.

—Bueno. ¿Empezamos?

Jakob y Bella asienten.

—*Yacub* —comienza Yoffe—, repite después de mí.

Jakob hace todo lo posible por no equivocarse con las palabras del rabino Yoffe, pero es difícil, en parte porque su hebreo es rudimentario, pero sobre todo porque está demasiado distraído con su novia como para retener un pensamiento en la mente durante más de unos segundos. Está espectacular con ese vestido. Pero no es el vestido lo que lo cautiva. Nunca había visto su piel tan suave, sus ojos tan brillantes, su sonrisa, incluso entre las sombras, un arco de Cupido tan perfecto y radiante. Sobre el fondo de ébano de la casa abandonada, envuelta en el resplandor dorado de la luz de las velas, parece angelical. No puede apartar los ojos de ella. Así que reza a trompicones, sin pensar en sus palabras sino en la imagen de la que pronto será su esposa, memorizando cada una de sus curvas, deseando poder hacerle una foto para mostrarle más tarde lo hermosa que es.

Yoffe saca un pañuelo del bolsillo del pecho y lo coloca sobre la cabeza de Bella.

—Da siete vueltas —le ordena, dibujando un círculo imaginario en el suelo con el dedo índice— alrededor de *Yacub*. —Bella retira el codo del de Jakob y obedece. Sus tacones chasquean con suavidad sobre las tablas de madera del suelo mientras hace un círculo, y luego dos. Cada vez que pasa, Jakob susurra: «Eres exquisita». Y cada vez, Bella se sonroja. Cuando vuelve al lado de Jakob, Yoffe reza una oración corta y vuelve a meterse la mano en el bolsillo, esta vez para sacar una servilleta de tela doblada en dos. La abre y deja al descubierto una bombilla pequeña con el filamento roto: ahora, una bombilla que funciona es demasiado valiosa como para romperla.

—No os preocupéis, ya no funciona —dice, envolviendo la bombilla, y se inclina despacio para colocarla a sus pies. Algo cruje y Jakob se pregunta si serán las tablas del suelo o una de las articulaciones del rabino—. En medio de esta feliz ocasión —dice Yoffe, enderezándose—, no debemos olvidar lo frágil que es la vida. La rotura del cristal es un símbolo de la destrucción del templo de Jerusalén, de la corta vida del hombre en la Tierra. —Hace un gesto a Jakob y luego al suelo. Jakob apoya un pie en la servilleta con suavidad, resistiendo el impulso de dar un pisotón por miedo a que alguien lo oiga.

—*Mazel tov!* —gritan en voz baja los demás desde las sombras, esforzándose también por contener sus vítores. Jakob toma las manos de Bella y entrelaza sus dedos con los de ella.

—Antes de terminar —dice Yoffe, haciendo una pausa para mirar de Jakob a Bella—, me gustaría añadir que, incluso en la oscuridad, veo vuestro amor. En vuestro interior, estáis llenos, y a través de vuestros ojos, brilla. —Jakob aprieta con fuerza la mano de Bella. El rabino sonríe, mostrando que le faltan dos dientes. Entonces se pone a cantar mientras recita una bendición final:

Bendito eres, Señor Dios nuestro, soberano del mundo,
que creaste la alegría y el festejo, el novio y la novia,
el regocijo, el júbilo, el placer y el deleite,
el amor y la fraternidad, la paz y la amistad...

Los demás cantan y aplauden bajito mientras Jakob y Bella sellan la ceremonia con un beso.

—Mi *mujer* —dice Jakob, mientras su mirada baila por el rostro de Bella. La palabra es nueva y maravillosa en sus labios. Le roba un segundo beso.

—Mi *marido*.

De la mano, se giran para encontrarse con sus invitados, que emergen de las sombras del vestíbulo para abrazar a los recién casados.

Unos minutos más tarde, el grupo se reúne en el comedor para una cena improvisada, una comida que han traído a escondidas bajo sus abrigos. No es nada del otro mundo, pero sí una delicia: hamburguesas de carne de caballo, patatas cocidas y cerveza casera.

Genek golpea con suavidad un tenedor contra un vaso prestado y se aclara la garganta.

—Por *Pan i Pani Kurc* —dice con el vaso en alto—. *Mazel tov!*

Jakob sabe lo difícil que le resulta a Genek bajar la voz.

—*Mazel tov* —dicen los demás.

—¡Y solo han tardado nueve años! —añade Genek con una sonrisa. A su lado, Herta ríe—. Pero en serio. A mi hermano pequeño, y a su deslumbrante novia, a la que todos adoramos desde el primer día, que vuestro amor sea eterno. *L'chaim!*

—*L'chaim* —repiten los demás al unísono.

Jakob levanta la copa, sonríe a Genek y desea, como hace a menudo, haberle pedido matrimonio antes. Si hubiera pedido la mano de Bella hace un año, lo habrían celebrado con una boda como Dios manda, con padres, hermanos, tíos y tías a su lado. Habrían bailado al ritmo de Popławski, habrían bebido champán en copas altas y se habrían atiborrado a tarta de jengibre. Sin duda, la noche habría terminado con Addy, Halina y Mila turnándose para tocar el piano y cantando una serenata a sus invitados con una melodía de jazz o un nocturno de Chopin. Mira a Bella. Habían acordado que era lo correcto, casarse aquí en Leópolis, y aunque ella nunca se lo ha dicho, él sabe que debe sentir un anhelo similar... por la boda que pensaron que tendrían. La boda que se merecía. *Olvídalo,* se dice Jakob, apartando la familiar punzada de arrepentimiento.

Alrededor de la mesa, los vasos se tocan en los bordes, sus fondos cilíndricos captan la luz de las velas mientras los novios y los invitados beben a sorbos sus cervezas. Bella tose y se tapa la boca, arqueando las cejas, y Jakob se ríe. Hacía meses que no bebían y es una cerveza fuerte.

—¡Qué potente! —dice Genek, con sus hoyuelos dibujando sombras en las mejillas—. Estaremos todos borrachos antes de que nos demos cuenta.

—Creo que ya estoy borracha —dice Anna desde la otra punta de la mesa.

Mientras los demás se ríen, Jakob se vuelve y apoya la mano en la rodilla de Bella bajo la mesa.

—Tu anillo te aguarda en Radom —susurra—. Siento no habértelo dado antes. Estaba esperando el momento perfecto.

Bella niega con la cabeza.

—Por favor.—dice—. No necesito un anillo.

—Sé que esto no es...

—Calla, Jakob —susurra Bella—. Sé lo que vas a decir.

—Te lo voy a compensar, amor. Te lo prometo.

—No lo hagas. —Bella sonríe—. De verdad, esto es perfecto.

A Jakob se le llena el corazón. Se inclina más hacia ella y le roza la oreja con los labios.

—No es como lo habíamos imaginado, pero quiero que sepas que nunca he sido tan feliz como en este momento —susurra.

Bella vuelve a sonrojarse.

—Yo tampoco.

10

Nechuma

Radom, la Polonia ocupada por los alemanes
– 27 DE OCTUBRE DE 1939

Nechuma ha hecho acopio de los objetos de valor de la familia y los ha colocado en filas ordenadas sobre la mesa del comedor. Juntas, Mila y ella hacen inventario.

—Deberíamos llevarnos todo lo que podamos —dice Mila.

—Sí —coincide Nechuma—. También le dejaré algunas cosas a Liliana. —Los hijos de Nechuma crecieron jugando a *kapela* en el patio del edificio con los hijos de Liliana; los Kurc y los Sobczak están muy unidos.

—No puedo creer que nos vayamos —susurra Mila.

Nechuma apoya las manos en el respaldo de caoba tallada de una silla de comedor. Nadie ha dicho esas palabras todavía, al menos no en voz alta.

—Yo tampoco.

Un par de soldados de la Wehrmacht habían llamado a su puerta temprano con la noticia.

—Tenéis hasta el final del día para recoger vuestros efectos personales y marcharos —dijo uno de ellos, mostrándole a Sol un trozo de papel con su nueva dirección estampada en la parte superior—. Os reincorporaréis al trabajo mañana. —Nechuma había fulminado con la mirada al hombre desde el lado de su marido y él le había devuelto la mirada, observándola con la cara desencajada, como si hubiera ingerido algo podrido—. Los muebles se quedan —añadió, antes de darse la vuelta para marcharse.

Nechuma había lanzado un puño al aire y había susurrado una retahíla de blasfemias una vez cerrada la puerta, y luego había ido resoplando por el pasillo hasta la cocina para envolverse el cuello con un paño frío.

La visita de los soldados no fue una sorpresa, por supuesto. Nechuma intuía que era solo cuestión de tiempo antes de que los nazis vinieran. En Radom había muchos alemanes; necesitaban casas, y el apartamento de cinco dormitorios de los Kurc era espacioso, y su calle, una de las más deseadas de Radom. Cuando dos familias judías del edificio fueron desalojadas la semana anterior, Sol y ella empezaron a prepararse. Habían contado y lustrado la plata, habían escondido unos cuantos rollos de tela detrás de una pared falsa en el salón, incluso se habían puesto en contacto con el comité que asignaba nuevas direcciones a los judíos desahuciados para solicitar un espacio que estuviera limpio y fuera lo bastante grande para que cupieran todos, Halina, Mila y Felicia incluidas. Sin embargo, nada podía preparar a Nechuma para lo que sentiría al abandonar el domicilio que había sido su hogar durante más de treinta años, el nº 14 de Warszawska.

«Vamos a hacer las maletas deprisa y acabemos con esto —declaró una vez que se calmó».

Mientras Nechuma y Mila amontonaban sus posesiones más preciadas, Sol y Halina iban y venían del piso de dos habitaciones que les habían asignado en la calle Lubelska, en el casco antiguo, cargando ollas de cobre y lamparitas de noche, una alfombra persa, un óleo sobre lienzo que habían comprado hacía años en París, un saco lleno de sábanas, un costurero y una pequeña lata de especias de cocina. Sin saber cuándo podrían volver a su casa, llenaron las maletas de ropa para todas las estaciones.

Al mediodía, Sol declaró que el piso estaba casi lleno.

«Cuando metamos los objetos de valor —dijo—, no tendremos sitio para mucho más».

No fue una sorpresa, pero Nechuma sintió un gran pesar. Sabía que la bañera, la mesa de escribir y el piano tendrían que quedarse, al igual que el antiguo tocador que había tapizado con brocado de seda francés; el cabecero de latón con sus preciosas molduras festoneadas y los postes redondeados, un regalo sorpresa de Sol en su décimo aniversario; el armario de porcelana con espejos que había pertenecido a su bisabuela; la cesta de hierro forjado del balcón que llenaba cada primavera de geranios y azafranes, también los echaría de menos. Pero ¿cómo iban a dejar atrás el retrato del padre de Sol, Gerszon, que colgaba en el salón? ¿Los manteles color añil y las estatuillas de marfil que había ido coleccionando de sus viajes? ¿El cuenco de cristal de vidrio soplado con uvas que había colocado en el alféizar de la ventana del salón para captar la luz de la mañana?

La tarde se había esfumado mientras Nechuma paseaba por el apartamento, recorriendo con los dedos los lomos de sus libros favoritos y rebuscando en cajas de dibujos y trabajos que había guardado de la época escolar de sus hijos. Aunque no les servirían de nada en el nuevo piso, mientras les daba la vuelta entre las manos, Nechuma se dio cuenta de que esas eran las cosas que importaban. Eran las cosas que los definían. Al final, se permitió llevarse una maleta de recuerdos de la que no podía separarse: una colección de valses de Chopin para pianoforte, una serie de fotos familiares y un libro de poesía de Peretz. Metió en la maleta la partitura de una pieza que Addy aprendió a tocar a los cinco años: una canción de cuna de Brahms, con la nota de su profesor de piano garabateada en el margen: *Muy bien, Addy, sigue así.* Un portarretratos dorado con el año 1911 grabado y, dentro, una foto de Mila, sin pelo y con los ojos grandes, no más grande de lo que Felicia es ahora. Los diminutos zapatos de cuero rojo que Genek, Addy y Jakob calzaron cuando dieron sus primeros pasos. La pinza rosa descolorida que Halina se había empeñado en llevar todos los días durante años. Colocó con cuidado el resto de las cosas de sus hijos en cajas, que luego empujó hasta el fondo de su armario más profundo, rezando por volver pronto a ellas.

Ahora, en la mesa del comedor, Nechuma dispone un cuenco de plata y un cucharón para los Sobczak. Decide que el resto se lo llevarán ellos.

—Empecemos con la porcelana —dice. Levanta de la mesa una taza de té con bordes dorados y delicadas peonías rosas pintadas bajo el borde. Envuelven las tazas y los platillos en servilletas de lino, los meten en una caja, luego pasan a la plata: dos juegos, uno heredado de la madre de Sol y el otro de la de Nechuma.

—Pensé en cubrirlas con tela y coserlas a una camisa para que parecieran botones —dice Nechuma, señalando las dos monedas de oro que había colocado sobre un montón de zlotys, la parte de sus ahorros que pudieron retirar antes de que les congelaran las cuentas bancarias.

—Buena idea —dice Mila. Agarra un espejo de mano de plata y se mira un segundo, arruga la nariz al ver las ojeras—. Era de tu madre, ¿verdad? —pregunta.

—Lo era.

Mila coloca el espejo con cuidado en la caja y dobla unos metros de seda italiana de color marfil y encaje francés blanco en cuadrados sobre él.

Nechuma apila los zlotys y los enrolla, junto con las monedas de oro, en una servilleta, que desliza en su bolso.

La mesa está vacía, salvo por una pequeña bolsa de terciopelo negro. Mila la toma.

—¿Qué es esto? —pregunta—. Pesa.

Nechuma sonríe.

—Dame —dice—. Te lo enseñaré. —Mila le entrega la bolsa y Nechuma afloja la cuerda que sujeta el cierre—. Abre la mano —dice, vaciando su contenido en la palma de Mila.

—Oh. —Mila respira—. Oh, madre mía.

Nechuma mira el collar que brilla en la palma de la mano de su hija.

—Es amatista —susurra—. Lo compré hace unos años, en Viena. Tenía algo… No pude resistirme.

Mila le da la vuelta a la piedra púrpura y sus ojos se abren de par en par al captar la luz de la lámpara de araña.

—Es precioso —dice.

—¿A que sí?

—¿Por qué nunca te lo has puesto? —pregunta Mila; lo acerca a su propio escote, sintiendo el peso de la piedra y la cadena de oro apoyada en su clavícula.

—No lo sé. Es un poco ostentoso. Siempre me he sentido cohibida llevándolo.

Nechuma recuerda cómo, el día que vio el collar por primera vez, la idea de poseer semejante extravagancia había hecho que le temblaran las rodillas. Era 1935; había estado en Viena de compras y lo vio en el escaparate de una joyería cuando volvía a la estación. Se lo probó y, en un impulso poco habitual en ella, decidió que debía llevárselo, y en el mismo instante en el que salió de la tienda se preguntó si se arrepentiría de su decisión. Se dijo a sí misma que era una inversión. Y, además, se lo había ganado. La tienda llevaba varios años funcionando bien, y la mayoría de sus hijos eran independientes, estaban terminando sus últimos años de universidad y se ganaban la vida por sí mismos. Era una cantidad desorbitada, sí, pero recuerda que también era la primera vez en su vida que podía justificar un derroche con facilidad.

Nechuma se sobresalta al oír golpes en la puerta. Ha perdido la noción del tiempo. Los soldados de la Wehrmacht deben de haber vuelto para acompañarlas a la salida. Mila deja caer el collar en su bolsa con rapidez y Nechuma se lo mete en la camisa, entre los pechos.

—¿Lo puedes ver? —pregunta.

Mila niega con la cabeza.

—Quédate aquí —susurra Nechuma—. No les quites los ojos de encima —añade, dejando su bolso sobre la caja de objetos de valor a sus pies. Mila asiente.

Nechuma se vuelve y endereza la espalda, inspira hondo, recobrando la compostura. En la puerta levanta la barbilla, casi sin darse cuenta, mientras les dice a los soldados de la Wehrmacht, en un alemán rudimentario, que su marido y su hija llegarán pronto a casa para ayudarlas a cargar con sus últimas cosas.

—Necesitamos otros quince minutos —dice con frialdad.

Uno de los soldados mira su reloj.

—*Fünf minuten* —espeta—. *Schnell.*

Nechuma no dice nada. Se aparta de la puerta y resiste el impulso de escupir en las lustrosas botas de cuero del oficial. Con los dedos alrededor de la llave del apartamento —aún no está preparada para entregarla—, recorre su casa por última vez, entra en cada habitación con rapidez, busca algo que se le haya olvidado meter en la maleta, se obliga a saltar por encima de las cosas que decidió antes que no podía llevarse; si mira demasiado, se arrepentirá, y dejarlas atrás será una tortura. En su dormitorio, ajusta la base de una lámpara para que quede alineada con el frente de su cómoda y alisa una arruga de la sábana. Dobla y vuelve a doblar una toalla de lino en el tocador. Tira de una cortina de la habitación de Jakob para igualarla con la otra. Ordena como si esperara compañía.

En el salón, el cual ha dejado para el final, Nechuma se detiene un segundo de más, contempla el espacio donde sus hijos habían practicado horas y horas al piano, donde durante tantos años se habían reunido después de las comidas con alguien a las teclas. Se acerca al instrumento y pasa la mano por la tapa pulida. Despacio, sin hacer ruido, cierra la tapa sobre las teclas. Al girarse, observa las paredes de roble de la habitación, el escritorio junto a la ventana que da al patio, donde le encantaba, más que nada, sentarse a escribir; el sofá de terciopelo azul con sus sillones a juego, la repisa de mármol sobre la chimenea, las estanterías que van del suelo al techo repletas de música: Chopin, Mozart, Bach, Beethoven, Chaikovski, Mahler, Brahms, Schumann, Schubert; y de las obras de sus autores polacos favoritos: Sienkiewicz, Żeromski, Rabinovitsh, Peretz. Nechuma camina en silencio hasta su mesa de escritorio y quita un poco de polvo de la superficie de madera satinada, agradecida por haberse acordado de meter en la maleta su material de escritura y su pluma estilográfica favorita. Mañana escribirá a Addy a Toulouse para contarle las circunstancias y darle su nueva dirección.

Addy. El hecho de que pronto vaya a dejar Toulouse para alistarse en el ejército inquieta muchísimo a Nechuma. Ya ha soportado la tensión de tener dos hijos en el ejército. Al menos, el servicio de Genek y Jakob fue corto; Polonia había caído enseguida. En cambio, Francia aún no se ha unido a la guerra. Si los franceses se involucran, y parece solo cuestión de tiempo que lo hagan, no se sabe cuánto durará el enfrentamiento. Addy podría ir de uniforme durante meses. Años. Nechuma se estremece, rezando por poder contactar con él antes de que parta hacia Parthenay. También tendrá que escribir a Genek y a Jakob a Leópolis. Sus hijos se pondrán furiosos al saber que la familia ha sido expulsada de su casa.

Nechuma mira al techo mientras los ojos se le llenan de lágrimas. *Es temporal*, se dice a sí misma. Deja salir una bocanada de aire y mira el retrato de su suegro, que la observa fijamente, con mirada austera, penetrante. Traga saliva y asiente con respeto.

—Cuida de nuestra casa, ¿vale? —susurra. Se lleva los dedos a los labios y luego a la pared, y se dirige lentamente hacia la puerta.

11

Addy

Bajo las ramas verdes de una hilera interminable de cipreses, una docena de pares de suelas de cuero crujen sobre la tierra. Los hombres han estado caminando desde el amanecer; pronto anochecerá.

Addy se ha pasado las últimas horas escuchando el ritmo sincronizado de las pisadas a sus espaldas, sin prestar atención a las ampollas de sus pies y pensando en Radom. Han pasado seis meses desde que tuvo noticias de su madre: recibió su última carta a finales de octubre, justo antes de marcharse de Toulouse. Le había escrito para decirle que la familia estaba a salvo, excepto Selim, que había desaparecido; que sus hermanos seguían en Leópolis; que Jakob y Bella pronto se casarían. «Han cerrado la tienda. Nos han puesto a trabajar», escribió Nechuma, detallando sus nuevos puestos de trabajo. Había toques de queda y raciones, y los alemanes eran despreciables, pero Nechuma había insistido en que lo único que importaba era que gozaban de buena salud y que, en general, se les tenía en cuenta. Antes de despedirse, dijo que dos familias judías de su edificio habían sido desalojadas y obligadas a vivir en pisos minúsculos en el casco antiguo. «Me temo», escribió, «que seremos los siguientes».

En su respuesta, Addy le había rogado a su madre que le avisara de inmediato si se veía obligada a mudarse, y que le enviara las direcciones de Jakob y Genek, pero no había recibido respuesta antes de salir de Toulouse. Ahora está de viaje, es imposible localizarlo. Se le ha hecho un nudo en el pecho, y a medida que pasan los días y las semanas, se va haciendo más estrecho. Detesta el malestar de sentirse tan lejos, tan impotentemente alejado de su familia en Polonia.

Addy enciende la linterna de su casco y se esfuerza en ser positivo. Pensar en lo peor es fácil. No debe caer en esa trampa. Y así, en lugar de imaginar a sus padres y hermanas expulsados de su hogar y trabajando como esclavos en alguna cocina o fábrica bajo la vigilancia de la Wehrmacht, piensa en Radom, el *antiguo* Radom, el que recuerda. Piensa en que la primavera en su ciudad natal siempre ha sido su época favorita del año, porque es la estación de las cenas de Séder y de los cumpleaños, el suyo y el de Halina. En primavera, los ríos Radomka y Mleczna, que flanquean la ciudad, son caudalosos y alimentan los campos de centeno y los huertos, y las copas de los castaños de Indias que bordean la calle Warszawska empiezan a echar hojas y ofrecen sombra a los clientes que visitan las tiendas de cuero, jabones y relojes de pulsera. En primavera, las jardineras que adornan los balcones de la calle Malczewskiego se llenan de rojo carmesí, de amapolas rojas, una bienvenida tregua tras los largos y grises inviernos; en primavera, el parque Kościuszki bulle de vendedores de pepinos en vinagre, remolacha rallada, queso ahumado y puré de centeno agrio en el mercado de los jueves; es la época en la que Anton, el vecino de los Kurc, invita a los niños del edificio a ver a sus crías, que apenas parecen pájaros, diminutas y cubiertas de plumón color crema, que ni siquiera son capaces de levantar la cabeza. Cuando era un niño, Addy adoraba ver cómo la bandada de palomas de Anton volaba desde su ventana hasta el tejado del edificio, donde arrullaban con suavidad y presidían el patio durante unos minutos antes de regresar por la ventana a la caja de madera que su cuidador había construido para ellas.

Addy sonríe ante esos recuerdos, pero vuelve al presente y las imágenes se desvanecen cuando un sonido se filtra en su mente. Un crujido. Se pone rígido y se detiene, alza el codo a un ángulo de noventa grados, con la palma de la mano hacia delante y la punta de los dedos hacia el cielo. Enseguida, los soldados que tiene detrás se quedan quietos. Addy ladea la barbilla y escucha. Ahí está otra vez, el susurro, viene de un grupo de arbustos de saúco en la base de un ciprés, unos metros más adelante. Quita el seguro de su rifle.

—Preparaos —susurra en polaco, apoya con suavidad el dedo índice en la curva metálica del gatillo y apunta el arma hacia los arbustos. Detrás de él, se escucha el suave chasquido de doce seguros deslizándose. El ruido continúa. Addy se plantea disparar, pero decide esperar. ¿Y si no es más que un mapache? ¿O un niño?

Hace un año, podía contar con los dedos de una mano las veces que había empuñado un arma. Cuando Addy era pequeño, su tío los invitaba de vez en cuando a sus hermanos y a él a cazar faisanes, y mientras Genek parecía disfrutar del deporte, Addy y Jakob preferían quedarse atrás, calentitos junto al fuego, ya que todo el proceso de sacar a un pájaro de su escondrijo les parecía poco atractivo. Ahora, pensar en la responsabilidad que asume cada vez que apunta con su rifle lo marea.

Sus hombres y él apuntan los cañones en dirección al grupo de arbustos y esperan. Al cabo de un minuto, aparece algo pequeño en la base de uno de los arbustos, triangular, negro y brillante. Un segundo después, un par de ramas inferiores se separan y emerge un sabueso. Olisquea el cielo cada vez más oscuro y luego mira con indiferencia por encima del hombro a los hombres que lo observan, a los trece cañones que apuntan en su dirección. Addy exhala y da las gracias por no haberse apresurado a disparar. Baja el rifle.

—Nos has asustado, *kapitan* —dice, pero el sabueso, indiferente, se da la vuelta y trota por el camino, en dirección al este.

—Tenemos un nuevo guía —bromea Cyrus desde la retaguardia—. Capitán Patas. —Un murmullo de risas.

—Vamos —dice Addy. Vuelven a poner los seguros y los hombres siguen su marcha, el aire a su alrededor se llena de nuevo con el ruido constante de las botas al pisar la tierra.

Sobre ellos, la capa de nubes es tupida. El aire es fresco y huele a lluvia. Addy decide que acamparán dentro de uno o dos kilómetros, antes de que la luz se vaya y empiece a llover. Mientras tanto, deja que su mente se escape a Toulouse y piensa en lo distinta que es su vida ahora de la que tenía hace seis meses.

Addy había abandonado a regañadientes su apartamento de la Rue de Rémusat el 5 de noviembre y se había presentado a filas en Parthenay con la Segunda División de Fusileros Polacos del Ejército francés, la 2DSP, el día 6, tal y como se le había ordenado. Después de ocho semanas de entrenamiento básico, se le otorgó un uniforme oficial del Ejército francés y se le asignó, gracias a su título de ingeniero y a su dominio tanto del francés como del polaco, el rango de *sergent de carrière*, que lo ponía al mando de doce *sous-officiers*. Addy disfrutaba de la compañía de los demás miembros del 2DSP; estar rodeado de un grupo de jóvenes polacos llenaba un poco el vacío que lo había consumido desde que le negaron el derecho a regresar a casa, pero eso era lo único que le resultaba reconfortante del ejército. Aunque hacía todo lo posible por disimularlo, se sentía incómodo con el rifle entre las manos, y cuando su capitán ladraba órdenes en su dirección, su instinto era reírse. Durante las maniobras, componía música en su cabeza para distraerse de la monotonía de las carreras de velocidad y las prácticas de tiro. A pesar de su aversión por el ejército, descubrió que los días eran mejores si aceptaba la rutina. Al cabo de un tiempo, lucía sus galones de doble raya con cierto orgullo y descubrió que se le daba bastante bien dirigir a su pequeño pelotón. Bueno, al menos, en la logística; en llevar a sus hombres del punto *a* al punto *b* y, entretanto, descubrir sus puntos fuertes y distribuir las tareas. Por ejemplo, cuando estaban de viaje, Bartek preparaba las comidas cada noche en el campamento. Padlo cocinaba. Novitski se subía al árbol más alto de los alrededores para confirmar que estaba despejado. Sloboda enseñaba a sus hombres a tirar con seguridad las granadas WZ-33 que llevaban en el cinturón, y qué hacer si una bala se quedaba atascada en el cañón de sus Berthiers debido a un fallo de carga. Y Cyrus, el mejor de todos si Addy tuviese que elegir, gritaba canciones de marcha para matar el tiempo. Hasta ahora las favoritas eran *Marsz Pierwszej Brygady* y, por supuesto, el himno más patriótico de Polonia, *Boże coś Polskę*.

Hace un par de días, el pelotón de Addy, junto con los demás de la 2DSP, recibió la orden de marchar cincuenta kilómetros al este, hacia Poitiers. Addy calcula que les quedan por recorrer unos veinte kilómetros. Desde Poitiers continuarán unos setecientos kilómetros más en convoy militar hasta Belfort, en la frontera suiza, y desde Belfort se unirán al Octavo Ejército francés en Colombey-les-Belles, una ciudad que no queda lejos de la frontera alemana, que se encuentra en la Línea Maginot de defensa de Francia. Addy nunca ha estado en Poitiers, ni en Belfort, ni en Colombey-les-Belles, pero las ha estudiado en un mapa. No están cerca.

—¡Cyrus! —grita Addy por encima del hombro, necesitado de una distracción—. Una canción, por favor.

Desde el final de la línea llega un «¡Sí, señor!» y tras una pausa, un silbido. Al oír las primeras notas, Addy agudiza el oído. Reconoce la canción de inmediato. La pieza se llama *List*. Es suya. Los demás también la reconocen, y se unen, y el silbido se hacen más fuerte.

Addy sonríe. No le ha hablado a nadie de su sueño de ser compositor, ni de la pieza que escribió antes de la guerra, un éxito lo bastante grande, al parecer, como para que su pelotón se la supiese de memoria. Addy piensa que tal vez sea una señal. Quizás escucharla ahora sea un indicio de que es solo cuestión de tiempo que se reencuentre con su familia. Después de todo, es una canción sobre una carta. El nudo en el pecho de Addy se afloja. Tararea con sus hombres, redactando su próxima carta a casa mientras marcha: «Madre, no vas a creerte lo que he escuchado hoy en el campo...».

10 DE MAYO DE 1940: *Los nazis invaden Países Bajos, Bélgica y Francia. A pesar de la defensa de los Aliados, los Países Bajos y Bélgica se rinden al cabo de un mes.*

3 DE JUNIO DE 1940: *Los nazis bombardean París.*

22 DE JUNIO DE 1940: *Los gobiernos de Francia y Alemania llegan a un armisticio que divide a Francia en una «zona libre» en el sur, bajo el liderazgo del mariscal Petain, con base en Vichy, y una «zona ocupada» controlada por Alemania en el norte y a lo largo de la costa atlántica francesa.*

12

Genek y Herta

Leópolis, la Polonia ocupada por los soviéticos
– 28 DE JUNIO DE 1940

Llaman a la puerta en mitad de la noche. Genek abre los ojos de golpe. Herta y él se sientan en la cama y parpadean en la oscuridad. Vuelven a llamar, y entonces, dan una orden.

—*Otkroitie dveri!*

Genek se desprende de la sábana y busca a tientas en la oscuridad el interruptor de la lamparita de noche y entrecierra los ojos mientras se acostumbra a la luz. El aire de la pequeña habitación es cálido, sofocante; con el apagón aún vigente en Leópolis, las cortinas están siempre echadas. Ya no se puede dormir con las ventanas abiertas. Se pasa el dorso de la mano por la frente, secándose un poco de sudor.

—No creerás que... —susurra Herta, pero es interrumpida por más gritos.

—*Narodnyy Komissariat Vnutrennikh Del!* —La voz de fuera es lo suficientemente alta como para despertar a los vecinos.

Genek maldice. Herta abre mucho los ojos. Son ellos. La policía secreta. Salen de la cama.

En los nueve meses que han pasado desde que se instalaron en Leópolis, Genek y Herta han oído historias de estas redadas en mitad de la noche, de hombres, mujeres y niños sacados de sus casas por el dinero que les debían falsamente, por ser considerados rebeldes o simplemente por ser polacos. Los vecinos de los acusados decían que oían los golpes, los pasos, el ladrido de un perro y, por la mañana, nada; las casas estaban vacías. Las personas, familias enteras, desaparecían. Nadie sabía a dónde se las habían llevado.

—Será mejor que contestemos —dice Genek, convenciéndose a sí mismo de que no tiene nada que temer. ¿Qué podría tener la policía secreta en contra de él? No ha hecho nada malo. Se aclara la garganta—. Ya va —dice, tomando una bata y, en el último momento, su cartera de la cómoda. Se la mete en el bolsillo. Herta se pone el camisón y lo sigue por el pasillo.

En el momento en que Genek abre la puerta, un grupo de soldados armados con rifles irrumpe en el apartamento, formando un semicírculo a su alrededor. Genek siente el codo de Herta rodear el suyo mientras cuenta los parches de la hoz y el martillo, así como las gorras con picos azul y granate; en total son ocho hombres. ¿Por qué tantos? Mira fijamente a los intrusos, con los puños cerrados y el vello de la nuca erizado. Los soldados lo miran con las mandíbulas cerradas hasta que uno de ellos da un paso al frente. Genek lo examina. Es bajito, con la complexión de un luchador en cuclillas y una evidente arrogancia: es el que manda. Una pequeña estrella roja sobre su visera se balancea arriba y abajo mientras asiente a sus hombres, que giran obedientemente sobre sus talones y se alejan de ellos por el pasillo.

—Esperad —protesta Genek, frunciendo el ceño al ver la parte de atrás de sus túnicas—. ¿Qué derecho tenéis...? —casi dice *cockroaches*, pero se contiene— ¿Qué derecho tenéis a registrar mi casa? —Puede sentir cómo la sangre empieza a palpitarle en las sienes.

El oficial a cargo saca una hoja de papel de un bolsillo del pecho. La despliega con cuidado y lee.

—¿Gerszon Kurc? —Suena como *Gairzon Koork*.

—Yo soy Gerszon.

—Tenemos una orden para registrar el piso. —El polaco del oficial suena a chino, su acento es tan marcado como su línea media. Agita el papel en la cara de Genek durante un instante como si quisiera demostrar su credibilidad, luego lo vuelve a doblar y se lo guarda en el bolsillo. Genek puede oír los estragos que se están produciendo en las habitaciones contiguas: cajones sacados de una cómoda, muebles deslizados por el suelo de madera, papeles esparcidos.

—¿Una orden? —Genek entrecierra los ojos—. ¿Por qué motivos? —Mira el fusil del oficial, que cuelga de su costado. Le habían enseñado fotos de las carabinas soviéticas en el ejército, pero Genek aún no había visto ninguna de cerca. Esta parece una M38. O quizás una M91/30. Sabe dónde buscar el seguro. Está quitado—. ¿Qué demonios está pasando?

El oficial ignora la pregunta.

—Espera aquí —dice, con los dedos metidos en su cinturón estilo Sam Browne mientras camina por el pasillo, despreocupado, como si el lugar fuera suyo.

Al quedarse sola en el vestíbulo, Herta suelta el codo de Genek y se rodea el pecho con los brazos, estremeciéndose al oír el ruido de algo pesado chocar contra el suelo.

—Cabrones —susurra Genek en voz baja—. ¿Quién se creen...?

Herta lo mira a los ojos.

—Que no te oigan —susurra.

Genek se muerde la lengua y respira con fuerza a través de las fosas nasales. Le resulta casi imposible mantenerse callado. Camina con las manos en las caderas. El abogado que lleva dentro le pide a gritos que exija ver la orden, no puede ser real, pero algo le dice que no servirá de nada.

Al cabo de unos minutos, el grupo de hombres uniformados se reúne de nuevo en la puerta. Están de pie, con los pies plantados a la anchura de los hombros, los pechos hinchados como gallos, todavía empuñando sus armas. El que está al mando señala a Genek.

—Te llevamos para interrogarte, *Koork* —dice.

—¿Por qué? —pregunta Genek entre dientes—. No he hecho nada malo.

—Solo unas preguntas.

Genek mira con desprecio al ruso, disfruta del hecho de que es una cabeza más alto que él, que el oficial debe mirar hacia arriba para hacer contacto visual.

—¿Y entonces podré volver a casa?

—Sí.

Herta se adelanta.

—Voy contigo —dice. Es una afirmación, su tono es contundente. Genek la mira, contempla la posibilidad de discutir, pero ella tiene razón: es mejor que vaya. ¿Y si vuelve el NKVD?

—Ella viene conmigo —dice Genek.

—Bien.

—Tenemos que vestirnos —dice Herta.

El oficial mira su reloj y luego alarga sus dedos del medio.

—Tenéis tres minutos.

En el dormitorio, Genek se pone unos pantalones y una camisa de botones. Herta se pone una falda y busca su maleta debajo de la cama.

—Por si acaso —dice—. Quién sabe cuándo volveremos. —Genek asiente y saca su propia maleta. Por mucho que se resista a admitirlo, puede que Herta tenga razón al suponer lo peor. Mete algo de ropa interior, sus botas nuevas del ejército, una foto de sus padres, una navaja, su peine de carey, una baraja de cartas y su agenda. Toma su bata y se mete la cartera en el bolsillo del pantalón. Herta mete en la maleta un pequeño montón de medias, ropa interior, un cepillo para el pelo, dos pantalones y una prenda de lana. En el último momento deciden llevarse los abrigos de invierno y avanzan deprisa por el pasillo hasta la cocina para recoger lo que queda de una barra de pan, una manzana y algo de fiambre salado de la despensa.

—Mi cartera —susurra Herta—. Casi se me olvida. —Se escabulle hacia el dormitorio. Genek la sigue, pero frunce el ceño al recordar que su cartera está casi vacía.

—¡Vamos! —ladra el oficial desde el vestíbulo.

—¿La has encontrado? —pregunta Genek. Pero Herta no contesta. Está de pie junto a la puerta del armario, con las manos en la cabeza y el pelo castaño entre los dedos.

—No está —susurra.

Genek se lleva la mano a la boca para no maldecir.

—¿Qué había dentro?

—Mi carné de identidad, algo de dinero… mucho dinero. —Herta se toca la muñeca izquierda—. Mi reloj tampoco está. Estaba… en mi mesita de noche, creo.

—Gusanos —susurra Genek.

El oficial vuelve a gritar, y Genek y Herta se dirigen en silencio hacia el vestíbulo.

Veinte minutos más tarde, se sientan en un pequeño escritorio frente a un oficial vestido con la misma gorra azul real y granate que llevaban los hombres que los habían traído. La estancia está vacía, salvo por un retrato de Joseph Stalin colgado en la pared detrás del escritorio; Genek puede sentir los gruesos ojos del secretario general clavados en él como los de un buitre y lucha contra el impulso de arrancar la foto de la pared y hacerla pedazos.

—Dices que eres *polaco*. —El oficial que tiene enfrente no intenta enmascarar el disgusto en su voz. Entrecierra los ojos ante un papel que tiene en las manos. Genek se pregunta si será la supuesta orden judicial.

—Sí. Soy polaco.

—¿Dónde naciste?

—Nací en Radom, a 350 kilómetros de aquí.

El agente deja el papel sobre la mesa y Genek reconoce de inmediato que la letra es la suya. Se da cuenta de que el papel es un formulario, un cuestionario que le hicieron rellenar al firmar un contrato de alquiler con el administrador de su apartamento de la calle Zielona, poco después de que los soviéticos tomaran el control de Leópolis en septiembre. El acuerdo estaba escrito en papel con membrete soviético; Genek no había pensado en ello mucho en aquel momento.

—¿Tu familia sigue en Radom?

—Sí.

—Polonia cayó hace nueve meses. ¿Por qué no has vuelto?

—Encontré trabajo aquí —dice Genek, aunque sea una verdad a medias. Si es honesto, es reacio a volver a casa. Las cartas de su madre mostraban una imagen atroz de Radom: los brazaletes que los judíos estaban obligados a llevar en todo momento, el toque de queda en toda la ciudad, las jornadas laborales de doce horas, las leyes que le prohibían usar las aceras, ir al cine, caminar hasta la oficina de correos sin un permiso especial. Nechuma explicó cómo a ellos y a miles de personas que vivían en el centro de la ciudad los habían desahuciado de su casa y los habían obligado a pagar un alquiler por un espacio de una fracción de su tamaño en el casco antiguo. «¿Cómo vamos a pagar un alquiler si nos han quitado el negocio, han confiscado nuestros ahorros y nos han puesto a trabajar como esclavos por casi nada?», se indignaba. Ella lo había instado a quedarse. «Estás mejor en Leópolis», escribió.

—¿Qué tipo de trabajo?

—Trabajo para un bufete de abogados.

El funcionario lo mira con desconfianza.

—Eres judío. Los judíos no son aptos para ser abogados.

Las palabras chisporrotean como gotas de agua en una sartén caliente.

—Soy ayudante en el bufete —dice Genek.

El oficial se inclina hacia delante en su silla de madera y apoya los codos en el escritorio.

—¿Entiendes, Kurc, que ahora estás en suelo *soviético*? —Genek separa los labios, tentado de soltar: «No, señor, se equivoca; está en suelo polaco», pero se lo piensa mejor, y es en ese momento cuando comprende el motivo de su detención. Recuerda que en el cuestionario había una casilla que debía marcar para aceptar la ciudadanía soviética. La había dejado en blanco. Le había parecido falso declararse a sí mismo cualquier cosa que no fuese polaco. ¿Cómo podía hacerlo? La Unión Soviética es, y siempre ha sido, enemiga de su patria. Y, además, había pasado todos los días de su vida en Polonia, había luchado por Polonia. No pensaba renunciar a su nacionalidad solo porque hubiera cambiado una frontera. Genek siente subir la temperatura de su cuerpo al darse cuenta de que el cuestionario no era una mera formalidad, sino una especie de prueba. Una manera de los soviéticos para eliminar a los orgullosos de entre los débiles. Al rechazar la ciudadanía, se había etiquetado a sí mismo como resistencia, alguien que podía ser peligroso. ¿Por qué si no iban a ir a por él? Aprieta los labios, negándose a admitir que la afirmación del oficial es cierta, y mira al hombre a los ojos con frialdad y obstinación.

—Y, sin embargo —continúa el oficial, presionando con el índice el cuestionario—, *sigues* diciendo que eres polaco.

—Ya se lo he dicho. Soy *polaco*.

Las venas del cuello del oficial adquieren un color más intenso que el púrpura de los ribetes de su cuello.

—¡Ya no existe tal cosa llamada *Polonia*! —brama, expulsando una bola de saliva por la boca.

Aparecen un par de soldados jóvenes y Genek los reconoce como dos de los hombres que registraron su piso. Genek los mira fijamente, preguntándose si habrá sido uno de ellos quien robó el bolso de Herta.

Malhechores. Y entonces se acabó. El oficial los despide con un gesto de la barbilla, y Genek y Herta son escoltados fuera de las dependencias policiales, hacia la estación de tren.

El interior del vagón está oscuro, hace calor, el aire es pantanoso y apesta a desechos humanos. Debe de haber unas tres docenas de cadáveres hacinados, pero no pueden asegurarlo, es difícil saberlo, y han perdido la cuenta de cuántos han muerto. Los prisioneros están sentados hombro con hombro, con las cabezas balanceándose al unísono mientras el tren avanza sobre raíles torcidos. Genek cierra los ojos, pero es imposible dormir sentado, y pasarán horas antes de que le toque estirarse. Un hombre se pone en cuclillas sobre un agujero abierto en el centro del vagón y Herta siente arcadas. El hedor es insoportable.

Es 23 de julio. Llevan veinticinco días confinados en el vagón de ganado; Genek ha hecho un pequeño corte en el suelo con su navaja por cada día. En algunos, el tren avanza en línea recta, hacia la noche, sin aminorar la marcha. En otros, se detiene y las puertas se abren de par en par para revelar una pequeña estación con un letrero de nombre irreconocible. De vez en cuando, un alma valiente de un pueblo cercano se acerca a las vías, compadeciéndose: «Pobre gente... ¿a dónde los llevan?». Algunos se acercan con una barra de pan, una botella de agua, una manzana, pero los guardias rusos se apresuran a espantarlos, maldiciendo con sus M38 preparadas. En la mayoría de las paradas, algunos vagones se desvían hacia el norte o el sur. Pero el vagón de Genek y Herta sigue su camino. Por supuesto, no se les ha dicho cuándo ni dónde van a bajar, pero presionando sus caras contra las grietas de las paredes del vagón saben que se dirigen hacia el este.

Cuando subieron al vagón en Leópolis, Genek y Herta se esforzaron por conocer a los demás. Todos son polacos, católicos y judíos. La mayoría, al igual que ellos, fueron secuestrados en mitad de la noche, con historias similares: detenidos por negarse a obtener la ciudadanía soviética, igual que Genek, o por algún delito inventado que no tenían forma de demostrar que no habían cometido. Algunos están solos, otros tienen un hermano o una esposa al lado. Hay varios niños a bordo.

Al principio, Genek y Herta se sentían cómodos hablando con los demás presos, compartiendo historias de sus vidas y de las familias que habían dejado atrás; les hacía sentir que no estaban solos. Independientemente de lo que les esperara, a los prisioneros los ayudaba saber que estaban juntos en esto. Pero al cabo de unos días, ya no tenían mucho de qué hablar. Cesó la cháchara y un silencio fúnebre se apoderó del vagón, como la ceniza sobre un fuego moribundo. Algunos lloraron, pero la mayoría durmió o simplemente se sentó en silencio, replegándose en sí mismos, agobiados por el miedo a lo desconocido, la realidad de que dondequiera que los enviaran estaba muy, muy lejos de casa.

El estómago de Genek ruge cuando el tren se detiene. No recuerda qué se siente al no tener hambre. Al cabo de unos minutos, un pestillo metálico se levanta y la pesada puerta del vagón se abre, bañando a los prisioneros con la luz del día. Se frotan los ojos y los entrecierran para ver el mundo exterior. Enmarcado en la puerta, el paisaje es desolador: llanura, tundra interminable y, a lo lejos, bosque. Son los únicos humanos a la vista. Nadie se levanta. Saben que no deben intentar bajar del tren hasta que se les dé la orden de hacerlo.

Un guardia con gorra estrellada sube al vagón, pasando por encima de las piernas y entre cuerpos llenos de pulgas. En el rincón más alejado se detiene, se agacha y pincha el hombro de un preso recostado contra la pared con la barbilla apoyada en el pecho. El anciano no se da cuenta. El guardia vuelve a darle un codazo, y esta vez el torso del hombre se inclina hacia la izquierda, su frente cae pesadamente sobre el hombro de la mujer que está a su lado y que lanza un grito ahogado.

El guardia parece molesto.

—¡Stepan! —grita, y pronto un camarada con una gorra a juego aparece en la puerta—. Otro más.

El nuevo guardia sube a bordo.

—¡Moveos! —ladra, y los polacos de la esquina se ponen en pie. Herta mira hacia otro lado mientras los soviéticos se agachan para levantar el cuerpo inerte y arrastrar los pies hacia la puerta abierta. Genek alza la vista cuando pasan junto a él, pero la cara del hombre está oculta; lo único que puede ver es un brazo, colgando en un ángulo incómodo, con la piel de un amarillo enfermizo, del color de la flema. En la puerta, los guardias cuentan hasta tres y gruñen mientras sacan el cadáver del tren.

Herta se tapa los oídos, está preocupada por si grita al oír el ruido de otro cadáver al chocar contra el suelo. Es el tercero del que se deshacen de esta manera. Tirado como basura, abandonado a su suerte junto a las vías del tren. Durante un tiempo, había sido capaz de ignorar lo horrible que era. Se permitió insensibilizarse. A veces, fingía que todo era una farsa, algo sacado de una película de terror, y dejaba que su mente fluyera lejos de su cuerpo físico mientras se observaba a sí misma desde arriba. Otras veces, su mente la sacaba por completo del tren, evocando una imagen de un universo alternativo, por lo general rescatada de su pasado, de su infancia en Bielsko: la opulenta sinagoga de la calle Maja, con su ornamentada fachada neorrománica y sus torrecillas gemelas de estilo morisco; las vistas del valle y del hermoso castillo de Bielsko desde la cima del monte Szyndzielnia; su parque a la sombra favorito, a un par de manzanas del río Biala, donde ella y su familia iban de pícnic cuando era pequeña. Se quedaba allí todo el tiempo que podía, consolada por los recuerdos. Pero la semana pasada, cuando murió la bebé, una niña pequeña no mayor que la sobrina de Genek, no pudo soportarlo más. La niña había muerto de hambre. La madre se había quedado sin leche; no dijo nada durante días, se quedó sentada en silencio, con el torso envuelto alrededor del bulto sin vida que llevaba en brazos. Una tarde, los guardias se dieron cuenta. Y cuando separaron a la niña de su madre, los demás estallaron en gritos: «¡Por favor! ¡Es injusto! Dejadla en paz, ¡por favor!»; pero los guardias le dieron la espalda y arrojaron el pequeño cuerpo fuera del tren como habían hecho con los demás, y las súplicas de los prisioneros pronto se vieron ahogadas por el aullido desesperado de una mujer a la que le habían partido el corazón en dos, una mujer que se negaba a comer, cuyo dolor era demasiado intenso como para soportarlo, y cuyo propio cuerpo sin vida sería arrojado del tren cuatro días más tarde.

Fue el suave golpe del cuerpo del bebé contra la tierra lo que quebró a Herta, haciendo que el entumecimiento diera paso a un odio que ardía tan dentro de ella, que se preguntaba si sus órganos podrían arder.

Un tercer gorro azul se acerca con un cubo de agua y una cesta de pan: hogazas del tamaño de una caja de cigarrillos, duras como la corteza. Genek toma una, parte un trozo y se lo da a Herta. Ella niega con la cabeza, demasiado asqueada como para comer.

La puerta se cierra y el interior del vagón vuelve a quedar a oscuras. Genek se rasca el cuero cabelludo y Herta le tiende la mano.

—Eso solo lo empeorará —susurra. Genek se desploma, sin saber qué le da más asco: si el hecho de estar atrapado en un mundo de decadencia ineludible o el ejército de piojos que ha proliferado en su cuero cabelludo sucio. Se ajusta la maleta bajo las rodillas dobladas y respira por la boca para evitar el fétido olor a muerte y putrefacción. Al cabo de un momento le dan un golpecito en el hombro. La lata de agua comunal ha llegado hasta él. Suspira, moja el pan en el agua pútrida y le pasa la lata a Herta. Ella bebe un pequeño sorbo y se la entrega al cuerpo que tiene a su derecha.

—Es asqueroso —susurra Herta, limpiándose la boca con el dorso de la mano.

—Es lo único que tenemos. Sin ella moriremos.

—El agua no. Lo demás. Todo.

Genek toma la mano de Herta.

—Lo sé. Lo único que tenemos que hacer es bajar de este tren, y entonces nos las arreglaremos. Estaremos bien. —En la oscuridad, puede sentir los ojos de Herta sobre él.

—¿Lo estaremos?

Cuando Genek reflexiona sobre si es él el responsable de que estén aquí, lo invade un sentimiento de culpa que ya le resulta familiar. Si hubiera pensado por un momento en las posibles consecuencias de negarse a la ciudadanía soviética, si hubiera marcado por voluntad propia la casilla del cuestionario aquel fatídico día, las cosas serían diferentes. Seguramente seguirían en Leópolis. Apoya la cabeza contra la pared del vagón que tiene detrás. En aquel momento parecía tan obvio.

Renunciar a su ciudadanía polaca le habría parecido una traición. Herta le jura que ella tampoco habría declarado su lealtad a los soviéticos, que habría hecho lo mismo si hubiera estado en su lugar, pero, *oh*, si pudiera volver atrás en el tiempo...

—Lo estaremos. —Genek asiente, tragándose sus remordimientos. Vayan donde vayan, tiene que ser mejor que el tren—. Lo estaremos —repite, desea un poco de aire fresco. Un poco de claridad. Cierra los ojos, atormentado por la sensación de impotencia que se ha instalado en su interior como un puñado de piedras desde que subieron al tren. La odia. Pero ¿qué puede hacer? Su ingenio, su encanto, su apariencia, las cosas en las que ha confiado durante toda su vida para salir airoso de los problemas, ¿de qué le servirán ahora? La única vez que sonrió a un guardia, pensando que podría ganárselo a base de cumplidos, el desgraciado lo amenazó con darle un puñetazo en su cara de niño bonito.

Tiene que haber una salida. A Genek se le revuelve el estómago y de repente siente el impulso de rezar. No es una persona devota, y desde luego no ha pasado mucho tiempo rezando, la verdad es que no le ha visto el sentido. Pero tampoco está acostumbrado a sentirse tan vulnerable. Decide que, si alguna vez ha habido un momento para pedir ayuda, es este. No le hará daño a nadie.

Y entonces, Genek reza. Reza para que su éxodo de un mes llegue a su fin; por una situación habitable una vez que les permitan bajar del tren; por su salud y por la de Herta; por la seguridad de sus padres, por la de sus hermanos, sobre todo por la de su hermano Addy, al que no ve desde hace más de un año. Reza para que llegue el día en que pueda reunirse de nuevo con su familia. Fantasea con que, si la guerra termina pronto, quizá pueda verlos en octubre, para Rosh Hashaná. Qué bonito sería empezar juntos el Año Nuevo judío.

Genek repite en silencio sus súplicas, una y otra vez, hasta que alguien en el vagón empieza a cantar. Un himno: *Boże coś Polskę*. «Dios salve a Polonia». Otros se unen y el canto se hace más fuerte. Mientras las palabras resuenan en el oscuro y húmedo vagón, Genek canta en voz baja. *Dios, por favor, protege a Polonia. Protégenos. Protege a nuestras familias. Por favor.*

NOVIEMBRE DE 1939 – JUNIO DE 1941: *Más de un millón de hombres, mujeres y niños polacos son deportados por el Ejército Rojo a Siberia, Kazajistán y el Asia soviética, donde se enfrentan a trabajos físicos forzados, condiciones de vida miserables, climas extremos, enfermedades y hambre. Mueren de mil en mil.*

7 DE SEPTIEMBRE DE 1940: *El bombardeo de Londres. Durante cincuenta y siete noches seguidas, los aviones alemanes lanzan bombas sobre la capital británica. Los ataques aéreos de la Luftwaffe se extienden a otras quince ciudades británicas durante treinta y siete semanas. Churchill se niega a rendirse y ordena a la Real Fuerza Aérea que mantenga un contraataque implacable.*

27 DE SEPTIEMBRE DE 1940: *Alemania, Italia y Japón firman el Pacto Tripartito, y forman la alianza del Eje.*

3 DE OCTUBRE DE 1940: *El gobierno francés de Vichy promulga una ley, el Statut des Juifs, que suprime los derechos civiles de los judíos que viven en Francia.*

13

Addy

Addy camina por la acera ante la entrada escalonada del Hôtel du Parc. Aún no son las ocho de la mañana, pero tiene las pilas cargadas, cada fibra de su cuerpo vibra con una energía nerviosa. Sabe que debería haber comido algo y se sacude el frío mientras camina. Ya ha empezado a parecer uno de los inviernos más fríos de la historia en Francia. Un hombre trajeado y rubio sale del hotel y Addy se detiene un segundo, recordando la foto más reciente de Souza Dantas que ha visto en el periódico. No era él. Luiz Martins de Souza Dantas, embajador de Brasil en Francia, es moreno y tiene unos rasgos anchos. Es más corpulento. Addy ha pasado el último mes aprendiendo todo lo que ha podido sobre él. Por lo que ha averiguado, el embajador es un hombre conocido. Es muy querido, sobre todo en París, donde su nombre es una especie de celebridad en los círculos sociales y políticos de élite de la ciudad. Souza Dantas fue trasladado de París a Vichy cuando Francia cayó en manos de Alemania en junio. Él y otros embajadores de potencias amigas del Eje: la Unión Soviética, Italia, Japón, Hungría, Rumania, Eslovaquia. Su nueva oficina está en el Boulevard des États-Unis, pero Addy ha oído rumores de que duerme en el Hôtel du Parc, y que ha estado expidiendo de una forma discreta e ilegal visados para judíos a Brasil.

Addy consulta su reloj; son casi las ocho. La embajada abrirá pronto. Exhala por las comisuras de los labios mientras contempla las consecuencias de que su plan no funcione. ¿Qué pasaría entonces? Por mucho que le duela admitirlo, volver a Polonia está descartado. Con Francia en manos de los nazis, no solo resulta imposible conseguir un visado de tránsito, sino que la idea de quedarse en el país también parece imposible. No hay futuro seguro para él en la Europa controlada por el Eje.

Addy se lo había pensado dos veces antes de solicitar un visado brasileño, ya que se decía que el dictador casi fascista de Brasil, Getúlio Vargas, simpatizaba con el régimen nazi. Pero ya le habían denegado visados para Venezuela, Argentina y, tras esperar dos días en una cola que rodeaba la manzana de la embajada, para Estados Unidos. Se le acababan las opciones.

Por supuesto, huir a Brasil significaría poner un océano de distancia entre Addy y su familia, una idea que lo atormenta en lo más hondo. Hace trece meses que no sabe nada de su madre en Radom. A menudo se pregunta si le habrá llegado alguna de sus cartas, si se sentirá herida o traicionada al enterarse de su plan de abandonar Europa. *No. Por supuesto que no,* se asegura a sí mismo. Su madre querría que se fuera mientras pudiera. Y, de todas formas, no será menos localizable en Brasil de lo que lo ha sido durante los últimos meses en Francia. Aun así, marcharse sin la tranquilidad de saber que sus padres y sus hermanos están a salvo, sin que conozcan su plan ni sepan cómo ponerse en contacto con él, le parece mal. Para tranquilizar su conciencia, Addy se recuerda a sí mismo que si consigue un visado —y, gracias a él, una dirección más permanente— podrá dedicar toda su energía a localizar a su familia una vez que esté instalado en un lugar seguro.

Ojalá conseguir un visado brasileño fuese una tarea más fácil. Su primer intento fue un fracaso. Estuvo esperando en la embajada durante diez horas bajo una lluvia helada, junto a muchas otras personas que buscaban con desesperación un permiso para embarcar rumbo a Río, para que una de las empleadas de Souza Dantas le dijera, disculpándose, que no quedaban visados por expedir. Volvió a su hostal y pasó las siguientes noches en vela, dándole vueltas a cómo convencer a la joven para que hiciera una excepción, pero lo veía en sus ojos: no había nada que pudiera obligarla a saltarse las normas. Tendría que apelar a la persona por encima de ella, al propio embajador.

Addy ensaya su alegato y busca en el bolsillo su documentación: un certificado de la embajada polaca en Toulouse que lo autoriza a emigrar a Brasil si este país lo considera merecedor de un visado.

—*Monsieur Souza Dantas, je m'appelle Addy Kurc* —recita en voz baja, deseando poder hablar en el portugués nativo del embajador—. *Plaisir de vous rencontrer.* Es usted un hombre muy ocupado, pero si me permite un momento de su tiempo, me gustaría decirle por qué le interesaría concederme un visado para su hermoso país. —¿Demasiado atrevido? No, debe ser atrevido. Si no, ¿por qué Souza Dantas le ofrecería su tiempo? Si pudiera explicarle qué título tiene, su experiencia en ingeniería eléctrica, el embajador lo tomaría en serio. Brasil es un país en desarrollo, necesitan ingenieros.

Addy se ajusta la bufanda entre las solapas del abrigo y se ve reflejado en una de las ventanas de la planta baja del hotel; por un momento, su nerviosismo se disipa al observarse a sí mismo como a través de los ojos del embajador. Su aspecto es elegante, arreglado, profesional. Decide que el traje ha sido una decisión acertada. Addy había pensado en ponerse su uniforme militar, que lleva consigo a todas partes. Con los respetables galones triples de un *sergent-chef*, ascenso que obtuvo poco después de llegar a Colombey-les-Belles, a menudo, su uniforme militar le resulta útil: a veces lo lleva debajo de su ropa de civil, por si tiene que cambiarse deprisa. Pero en traje es él mismo, y está más confiado. Además, si se hubiera puesto el uniforme, se habría arriesgado a que Souza Dantas le preguntara cómo y cuándo había sido desmovilizado. Y técnicamente, no lo había sido.

Para Addy, el proceso de abandonar el ejército fue rápido y poco convencional. Salió poco después de que Francia claudicase y Alemania ordenase el cese de todas las unidades del ejército francés, salvo unas pocas. Las que quedaron cayeron bajo dominio alemán. Habría esperado sus papeles oficiales de desmovilización, pero descubrió que, con la aplicación del reciente *Statut des Juifs* de Hitler, miles de judíos que estaban en Francia estaban siendo despojados de sus derechos, arrestados y deportados. Así que, en lugar de esperar a que lo detuvieran, Addy había tomado prestada una máquina de escribir y los papeles de desmovilización de un amigo como referencia y había falsificado un documento para sí mismo, una maniobra peligrosa, pero había intuido que le quedaba poco tiempo. Por suerte, hasta ahora sus papeles han funcionado. Nadie se ha preocupado mucho en mirarlos: ni su jefe de pelotón, ni el agente del Bureau Polonais de Toulouse donde había solicitado permiso para emigrar de Polonia, ni el conductor del camión militar francés a bordo del cual había hecho autostop hasta Vichy. Sin embargo, no tiene ningún interés en tentar a la suerte con Souza Dantas.

Addy reacciona al oír unos pasos en la escalera. Se gira para ver acercarse a un caballero de facciones anchas y hombros aún más anchos, y se da cuenta al instante; es *él*. Souza Dantas. Todo en el hombre es directo y modesto: sus pantalones azul marino planchados y su abrigo de lana, el maletín de cuero, incluso su paso es eficiente y formal. El corazón de Addy se llena de adrenalina. Se aclara la garganta.

—*Senhor Souza Dantas* —dice, y saluda al embajador al pie de la escalera con un fuerte apretón de manos, a la vez que acalla la voz en su cabeza que le recuerda que su solicitud para obtener un visado brasileño ya ha sido rechazada. Que nadie más se lo llevará. Que este plan tiene que funcionar; es su única opción. *Mantén la calma*, se recuerda Addy. *Este hombre puede ser la persona más importante de tu vida ahora mismo, pero no tienes que parecer desesperado. Sé tú mismo.*

14

Halina

El río Bug, entre la Polonia ocupada por los alemanes
y la ocupada por los soviéticos – ENERO DE 1941

Halina recoge la falda de su abrigo de lana y hunde un palo en el agua, acercándose a la orilla opuesta del río Bug. El agua helada le rodea las rodillas y le tira de los pantalones. Al detenerse mira por encima del hombro. Es más de medianoche, pero la luna, llena y redonda como un pastel de *szarlotka*, bien podría ser un foco en el cielo nocturno despejado; puede ver a su prima Franka a la perfección.

—¿Seguro que estás bien? —pregunta temblando. El rostro pecoso de Franka está contraído por la concentración. Se mueve despacio, con un brazo extendido para mantener el equilibrio y el otro enganchado en el asa de una cesta de mimbre que lleva pegada al costado.

—Sí.

Halina se había ofrecido a llevar la cesta, pero Franka insistió.

—Tú ve delante —había dicho—, busca agujeros.

Halina no está preocupada por la cesta como tal. Está preocupada por el dinero que hay dentro. Habían envuelto sus cincuenta zlotys en un trozo de tela y los habían metido por un pequeño agujero en el forro de la cesta, donde esperaban que estuvieran seguros y ocultos en caso de que les registrasen. Inclinándose hacia la corriente, Halina piensa en cómo, antes de la guerra, cincuenta zlotys no eran nada. Un pañuelo de seda nuevo, tal vez. Una noche en el Gran Teatro de Varsovia. Ahora es una semana de comida, un billete de tren, una forma de salir de la cárcel. Ahora es un salvavidas. Halina clava el palo en el lecho del río y da otro paso a tientas, con el reflejo blanquiazul de la luna bailando a su alrededor.

En sus cartas, Adam continúa prometiéndole que estaría mejor en Leópolis, que la vida bajo los soviéticos no era tan mala como la vida en Radom bajo los alemanes, tal como ella la había descrito. Halina sabía que tenía razón. Odiaba vivir en aquel piso pequeño y estrecho del casco antiguo, donde Mila y Felicia dormían en un dormitorio, sus padres en otro y ella en un sofá demasiado pequeño en el salón. Detestaba que no hubiera nevera y que a menudo pasaran días sin agua corriente. Se pisaban constantemente. Y para empeorar las cosas, la Wehrmacht había empezado a cercar secciones del barrio. Todavía no lo habían dicho, pero estaban construyendo un gueto. Una prisión. Pronto, los judíos de la ciudad estarían completamente aislados de los que no eran judíos. Según Isaac, un amigo de la policía judía, ya habían hecho lo mismo en Lublin, Cracovia y Łódź. A los judíos de Radom aún se les permitía entrar y salir del casco antiguo, pero todos sabían que era cuestión de tiempo que las cuerdas fueran sustituidas por muros y el barrio quedase sellado.

«Ven a Leópolis y empezaremos de cero», escribió Adam. «Bella encontró una manera. Tú también lo harás. Y luego traeremos a tus padres, y a Mila». *Empezar de cero*. Sonaba prometedor, incluso romántico, a pesar de las circunstancias. Halina estaba segura de que Adam y ella se casarían pronto. Pero también estaba segura de que su conciencia no le permitiría abandonar a sus padres y a su hermana en Radom, por muy duras que fuesen las condiciones de vida.

Durante semanas, Halina se dijo a sí misma que no podía irse a Leópolis. Pero eso cambió cuando recibió una carta de Adam en la que le pedía que se reuniera con un colega en la escalinata del Czachowski Mauzoleum de Radom a una hora y un día concretos. Acudió con un nudo en el estómago, y fue entonces cuando se enteró de que Adam había sido reclutado por la resistencia.

«Ya se ha ganado la reputación de ser el mejor falsificador de Leópolis —dijo su amigo, que no había dicho su nombre y a quien Halina no se lo había preguntado—. Quería que lo supieras y te ha pedido que vinieras a Leópolis. Creo que el viaje merecería la pena —añadió, antes de desaparecer por la calle Koscielna».

Esas debían de ser las «noticias» que Adam mencionó y que, por supuesto, no podía compartir por escrito. A Halina no le sorprendió.

Adam era la persona más meticulosa que había conocido. *Impecable,* recordó haber pensado, cuando le mostró por primera vez uno de sus dibujos de arquitectura; una representación de un vestíbulo de la estación de tren. Sus líneas eran limpias y modernas; su estética, perfecta y práctica. Citó al famoso modernista Walter Gropius, su ídolo, y dijo: «Intento diseñar "sin engaños"».

Con esa información, Halina decidió que iría a Leópolis. Habría hecho el viaje sola, pero su prima Franka no se lo permitió.

«Voy contigo —declaró—, quieras o no».

Sus padres temían el viaje, y era comprensible. Según las cartas de Jakob, su hermano Genek había desaparecido de Leópolis una noche a finales de junio. Selim seguía sin aparecer. Sus padres admitían que Radom era un lugar miserable, pero al menos estaban juntos. Y, de todos modos, con los viajes de civiles judíos ilegales —castigados con la muerte según el decreto— parecía un riesgo demasiado grande. Pero Halina se comprometió a encontrar la forma de llegar sana y salva a Leópolis y prometió que no se quedaría mucho tiempo.

«Adam dice que puede conseguirme un trabajo —dijo—. Volveré a Radom en unos meses con dinero suficiente y documentos de identidad para que podamos respirar un poco más tranquilos. Y con la ayuda de Adam —añadió—, quizá pueda encontrar algunas respuestas sobre lo que les ha pasado a Genek y Herta, y a Selim».

Una vez que Halina hubo decidido que iría, Sol y Nechuma asintieron, sabían que no tenía sentido intentar convencerla de lo contrario.

El agua le ha llegado a los muslos. Halina maldice, ojalá hubiera sido bendecida con la altura de Franka. *Maldita sea,* hace frío. Si la profundidad aumenta se verá obligada a nadar. Franka y ella son buenas nadadoras, aprendieron juntas un verano en el lago, donde les enseñaron sus padres, pero esta agua no se parece en nada a las hermosas aguas del lago Garbatka. Esta agua está fría como el hielo, es negra como el azabache y se desliza a gran velocidad. Nadar en ella sería peligroso. Correrían el riesgo de sufrir hipotermia. Y la cesta... ¿se mantendrá seca? Halina piensa de nuevo en el dinero, en lo que le había costado a su madre reunir los cincuenta zlotys. *Razón de más para ir a Leópolis, para reponer nuestros ahorros. El frío no es nada,* se dice a sí misma. *Todo es parte del plan.*

La noche anterior se alojaron en casa de los Salinger, en Liski; son unos amigos de la familia a los que Halina había conocido en la tienda de telas hacía unos diez años. La señora Salinger era la única mujer que Halina conocía capaz de sentarse a hablar durante horas sobre seda. Nechuma la adoraba y esperaba con impaciencia sus visitas, que la señora Salinger hacía dos veces al año antes de que la tienda fuese cerrada.

La pequeña ciudad de Liski está situada a quince kilómetros del río Bug, la línea divisoria entre la Polonia ocupada por los alemanes y la ocupada por los soviéticos. La señora Salinger les dijo a Halina y a Franka que los puentes sobre el río estaban vigilados por soldados a ambos lados y que la forma más segura de atravesarlo era cruzando por el agua.

«El río es estrecho, y hemos oído que el agua es menos profunda en Zosin —explicó la señora Salinger—. Pero Zosin está plagado de nazis —advirtió—, y el río corre rápido. Debéis tener cuidado de no caer. El agua está helada. —El sobrino de la señora Salinger había hecho el mismo viaje a la inversa justo la semana anterior, dijo—. Según Jurek, después de cruzar, puedes seguir el río en dirección sur hasta Ustylluh y hacer autostop para llegar a Leópolis».

Aquella mañana, la señora Salinger había llenado la cesta de Halina y Franka con una pequeña hogaza de pan, dos manzanas y un huevo cocido —«¡un festín!», había exclamado Halina—; susurró: «Buena suerte», y les dio un beso en la mejilla a las chicas cuando se marcharon.

Halina y Franka se dirigieron a Zosin por carreteras secundarias para evitar que los soldados alemanes las vieran y las interrogaran, y trataron de no pensar demasiado en lo que pasaría si las pescaban sin un *ausweis*, el permiso especial necesario para viajar fuera. El viaje duró casi tres horas. Llegaron a Zosin al anochecer; merodearon por la orilla del río en busca del tramo de agua más estrecho que pudieron encontrar y esperaron a que oscureciera para iniciar la travesía.

La parte del río que han elegido no tiene más de diez metros de ancho; Halina calcula que están casi a mitad de camino de la orilla más lejana.

—¿Sigues bien? —pregunta, apoyándose en su palo mientras se gira de nuevo para mirar por encima del hombro. Franka ha empezado a quedarse atrás. Levanta la vista un momento y asiente con la cabeza, con el blanco de los ojos moviéndose arriba y abajo a la luz de la luna. Cuando Halina vuelve a prestar atención al abismo líquido que tiene delante, percibe un destello en su periferia. Un pequeño estallido de luz. Se queda inmóvil, con la mirada fija en la dirección de la que procede. Desaparece por un momento, pero vuelve a verlo. Un destello. Dos destellos. ¡Tres! Linternas. En los árboles al este, bordeando el campo en el lado opuesto del río. Deben ser de soldados soviéticos. ¿Quién si no estaría en medio del frío a estas horas de la noche? Halina mira a ver si Franka se ha dado cuenta, pero su prima tiene la barbilla pegada al pecho mientras se esfuerza por atravesar el río. Halina escucha a ver si hay voces, pero solo oye el ruido constante del agua en movimiento. Espera un minuto más y decide no decir nada. Se dice a sí misma que no hay por qué alarmarse. Franka no necesita distraerse. Pronto habrán cruzado, y una vez en tierra firme pueden agacharse y esperar a que pasen los dueños de las linternas.

Bajo sus pies, el barro del lecho del río da paso a las rocas y, tras unos pasos, Halina tiene la sensación de caminar sobre canicas. Se plantea dar media vuelta, buscar un sitio que sea mejor y menos profundo para cruzar. Quizá podrían volver mañana, o en un día de lluvia, cuando las nubes sean más espesas, cuando estén mejor camufladas. Pero ¿qué sentido tiene? No importa por dónde crucen, porque no hay forma de saber la profundidad del agua. Además, no conocen a nadie en Zosin. ¿Dónde se quedarían? Morirán congeladas si intentan pasar la noche fuera. Halina escudriña la arboleda. Por suerte, los puntos de luz han desaparecido. Solo les quedan cuatro metros, cinco como mucho. *Tendremos más suerte en el lado de los rusos,* se reafirma, y sigue adelante.

—Estamos a medio… —dice Halina, pero sus palabras se ven interrumpidas por un estridente «¡zas!» y el claro golpe de un cuerpo contra el agua a sus espaldas. Halina voltea la cabeza a tiempo para ver a Franka, con la boca curvada en una *o* perfecta, desaparecer, su grito silenciado al desvanecerse bajo la superficie del río.

—¡Franka! —Halina suelta un grito ahogado, conteniendo la respiración. Pasa un segundo, luego dos. Y nada.

Tan solo el sonido del agua, el reflejo ondulado de la luna y el cielo nocturno, algunas burbujas donde antes estaba su prima. Halina recorre el río buscando desesperadamente algún movimiento.

—¡Franka! —susurra, con los ojos muy abiertos.

Al final, varios metros río abajo, Franka sale del agua, escupiendo, jadeando, con los mechones de pelo pegados a los ojos.

—¡La cesta! —grita Franka, extendiendo la mano hacia una esfera beige que ha aparecido frente a ella. Se lanza hacia el asa, pero la corriente es demasiado rápida. La cesta se sumerge en el agua y desaparece.

—¡Nooo! —El pánico en la voz de Halina atraviesa el aire. Sin pensar, suelta el palo, contiene la respiración y se lanza al agua con los brazos extendidos. El frío es espantoso. Le corta las mejillas, la envuelve como una armadura, y por un momento se queda paralizada, su cuerpo congelado, un tronco atrapado en la corriente. Levanta la cabeza, toma aire y nada con fuerza, estirando el cuello para mantener la barbilla fuera del agua. Apenas distingue la cesta, cuya asa se balancea como una boya en un mar agitado, varios metros río abajo.

—Para —grita Franka detrás de ella—. ¡Déjala! —Pero Halina nada con más fuerza, las súplicas de su prima se alejan cada vez más en la distancia hasta que lo único que oye es el sonido de su respiración y el golpeteo del agua contra sus oídos. Avanza desesperada, raspándose una rodilla en el lecho del río. Podría ponerse de pie, pero sabe que si lo hace la cesta desaparecerá. Da patadas de rana con las piernas y dirige la mirada río abajo, luchando contra el entumecimiento que se apodera de su cuerpo y contra el impulso de abandonar, de nadar hasta la orilla y descansar.

Al doblar un pequeño recodo, el río se ensancha y la corriente afloja durante un momento. La cesta se ralentiza y se desliza plácidamente por un remolino; la superficie del agua es ahora tan lisa y brillante como la cubierta lacada del viejo Steinway de sus padres. Halina empieza a reducir la distancia. Cuando el río se estrecha y la corriente vuelve a subir, la tiene al alcance de la mano. Haciendo acopio de las últimas fuerzas que le quedan en sus músculos agarrotados, saca el torso del agua y arremete con un brazo y los dedos abiertos hacia adelante.

Cuando abre los ojos, se sorprende al ver la cesta en su mano. Sus extremidades podrían ser inútiles, no siente nada. Deja que sus pies se hundan en el lecho del río y recupera el equilibrio. Se levanta despacio, con el cuerpo pegado al agua para resistir la corriente, y se abre paso entre las rocas resbaladizas hasta la orilla opuesta, agarrando el asa de la cesta con tanta fuerza que sus dedos, blancos hasta los nudillos, empiezan a acalambrarse y tiene que soltarlos con la mano libre una vez que está a salvo.

En tierra firme, Halina se desploma sobre la orilla embarrada, con los hombros agitados y el corazón golpeándole el pecho. Agachada, mira dentro de la cesta. La comida ha desaparecido. Mete los dedos en la ranura del forro y busca el panel de lona encerada. ¡Los zlotys!

—¡Están aquí! —susurra, olvidando por un momento el horrible frío que tiene. Se quita el abrigo y lo golpea contra una roca antes de echárselo sobre los hombros. Los escalofríos la invaden. Pronto tendrán que encontrar un refugio.

Apresurándose río arriba, solo pasan unos minutos antes de que pueda oír el grito de Franka.

—¡Estoy aquí! —grita Halina, agitando la mano, con el cuerpo aún cargado de adrenalina. Franka también ha conseguido cruzar el río y corre por la orilla en dirección a Halina. Halina levanta la cesta por encima de su cabeza en señal de triunfo—. ¡Hemos perdido la comida, pero los zlotys están ahí! —sonríe.

—¡Gracias a Dios! —Franka jadea. Rodea a Halina con los brazos—. Se me ha resbalado el pie con una piedra. Lo siento mucho. —Abraza a Halina—. ¡Mírate, pareces un gato ahogado!

—¡Tú también! —grazna Halina, y bajo la luz azul acerada de la luna, entumecidas por el frío, chorreando y temblando desde la cabeza hasta los pies, se ríen, primero en voz baja y luego más fuerte, hasta que las lágrimas brotan de sus ojos, calientes y saladas, y apenas pueden respirar.

—¿Y ahora qué? —pregunta Franka, una vez que han recuperado la compostura.

—Ahora caminamos. —Halina desliza su brazo a través del de Franka, soplando calor en su mano libre mientras empiezan a caminar hacia el este, hacia la arboleda.

Tan rápido como han emprendido el camino, Franka se detiene.

—¡Mira! —jadea. Ya no sonríe—. ¡Linternas! —Hay media docena, por lo menos.

—El Ejército Rojo —susurra Halina—. Tienen que ser ellos. *Kurwa.* Tenía la esperanza de que se hubieran ido ya. Deben habernos oído.

—¿Sabías que estaban ahí? —Franka abre mucho los ojos.

—No quería asustarte.

—¿Qué hacemos? ¿Huimos?

Halina se muerde con fuerza el interior de las mejillas para evitar que le castañeen los dientes. También había pensado en huir. Pero entonces, ¿qué? No, han llegado hasta aquí. Echa los hombros hacia atrás, decidida a mantenerse fuerte, al menos en apariencia, tanto por el bien de Franka como por el suyo.

—Hablaremos con ellos. Vamos. Tenemos que encontrar algo de calor. Quizá nos ayuden.

Halina aprieta el codo de Franka, convenciéndola.

—¿Ayudarnos? ¿Y si no lo hacen? ¿Y si disparan? Podríamos nadar un poco río abajo, escondernos.

—¿Y morir congeladas? Míranos; no sobreviviremos ni una hora más con este frío. Mira, ya nos han visto. Estaremos bien, tranquila.

Caminan, tentativas, hacia la constelación de luces parpadeantes. Cuando están a diez metros de los soldados, una silueta grita desde detrás de una de las luces.

—*Ostanovka!*

Halina deja la cesta a sus pies y Franka y ella levantan las manos por encima de la cabeza.

—¡Somos aliadas! —grita Halina, en polaco—. No tenemos armas. —Se le seca la boca al ver que avanzan diez cuerpos uniformados. Cada uno de ellos sostiene una larga linterna metálica en una mano y un rifle en la otra; ambos apuntan a Halina y a Franka. Halina gira una mejilla para evitar la ráfaga de luz blanca que se clava en sus ojos—. He venido a buscar a mi prometido y a mi hermano a Leópolis —dice con voz firme. Los soldados se acercan. Halina se mira la ropa mojada, mira a Franka, que tiembla de frío—. Por favor —dice entrecerrando los ojos—, tenemos hambre y nos morimos de frío. ¿Pueden ayudarnos a encontrar algo de comer, una manta, un refugio para pasar la noche? —Su aliento, atrapado por la luz, se escapa en fugaces volutas grises.

Los soldados forman un círculo alrededor de las jóvenes. Uno de ellos levanta la cesta y mira dentro. Halina contiene la respiración. *Distráelo*, piensa. *Antes de que encuentre los zlotys.*

—Te ofrecería algo de comer —continúa Halina—, pero nuestro único huevo ya ha llegado a Ustylluh. —Tiembla de forma dramática, dejando que sus dientes golpeen entre sí como castañuelas. El soldado levanta la vista y ella sonríe mientras él estudia su rostro; luego estudia el de Franka, examinando su ropa mojada, sus zapatos empapados de barro. *No es mayor que yo,* se da cuenta Halina. *Quizás incluso más joven. Diecinueve, veinte años.*

—Tú vienes a ver familia. ¿Y ella? —interroga el joven soldado en polaco rudimentario, apunta con la linterna a Franka.

—Ella...

—Mi madre está en Leópolis —dice Franka, antes de que Halina pueda responder—. Está muy enferma, no tiene a nadie que la cuide. —Su tono es tan claro, tan directo, que Halina debe hacer un esfuerzo para no parecer sorprendida. Franka es un libro abierto; el arte del engaño nunca le ha resultado fácil. Al menos, no hasta ahora.

El soldado guarda silencio un instante. El agua del río gotea de los codos de las jóvenes y cae con una caricia sobre la tierra a sus pies. Al final, el soldado sacude la cabeza, y en su expresión Halina puede percibir un atisbo de simpatía, o tal vez de diversión. Siente que la tensión se disuelve en su cuello y que un poco de sangre vuelve a sus mejillas.

—Venid con nosotros —ordena el soldado—. Pelareis patatas, pasareis la noche en nuestro campamento. Por la mañana discutiremos si sois libres de marcharos. —Le da a Halina la cesta. Ella la acepta despreocupada, se la pasa por el codo y luego toma la mano de Franka mientras comienzan a dirigirse hacia el norte, flanqueadas a ambos lados por hombres de uniforme. Nadie habla. En el aire solo se oye la cadencia de sus pasos: el golpeteo de las pesadas botas y el crujido de las suelas mojadas sobre la hierba. Al cabo de unos minutos, Halina mira a Franka, pero su prima se queda mirando al frente mientras camina, inexpresiva. Halina la conoce tan bien que detecta el ligero temblor de su mandíbula. Franka está aterrorizada. Halina le aprieta la mano para decirle que todo irá bien. Al menos, espera que así sea.

Caminan durante casi una hora. A medida que su adrenalina disminuye, Halina no puede pensar en otra cosa que no sea el frío, el dolor en las articulaciones de las manos y los pies, y en la punta de la nariz que ya no está entumecida, sino que le arde. ¿Le preocupa que se le congele mientras se mueve? ¿Tendrá que amputarse la nariz si al llegar al campamento se la encuentra negra? *Basta,* se dice a sí misma, y obliga a su mente a pensar en otra cosa.

Adam. Piensa en Adam. Se imagina a sí misma en la puerta de su piso de Leópolis, rodeándole el cuello con los brazos mientras le cuenta cómo se cayó Franka y cómo ella nadó helada por el Bug. Suena bastante demente cuando lo repite en su mente. ¿En qué estaba pensando al saltar así al agua? ¿Lo entendería Adam? Está segura de que sus padres no, pero él sí. Incluso podría admirarla por ello.

Mira al soldado a su derecha. También es joven. Ronda los veinte. Y también tiene frío. Tiembla bajo su abrigo del ejército, parece abatido, como si prefiriera estar en cualquier otro sitio que no fuese este. Halina piensa que, tal vez, bajo las grandes armas y los uniformes de aspecto importante, estos jóvenes sean inofensivos. Quizá estén tan ansiosos como ella por que acabe la guerra. Juraría que había visto a uno de ellos, el más alto de todos, mirando a Franka. Conoce esa mirada, en parte curiosidad, en parte anhelo; suele estar dirigida a ella. Decide que aumentará su encanto. Elogiará el patriotismo de los soldados, los convencerá con una sonrisa de que lo mejor para ellos es dejarlas seguir su camino. Tal vez Franka pueda coquetear un poco con el alto, prometer escribir, dejarlo con un beso. ¡Un beso! Cuánto tiempo ha pasado desde que sintió los labios de Adam sobre los suyos. La sangre de Halina se calienta un grado mientras se convence a sí misma de que su plan funcionará. Tendrán que mantener la guardia en alto, por supuesto, pero conseguirá lo que quiere. Siempre lo ha hecho, es lo que mejor se le da.

Es su tercera noche en el campamento improvisado. Bajo una manta de lana, Halina escucha desde su tienda cómo Franka y Yulian cuchichean junto al fuego. Halina había dejado a la pareja unos minutos antes, sentada junto a una llama menguante, con el abrigo de invierno de Yulian sobre los hombros de Franka. Franka ha vuelto a sorprender a Halina con su coquetería. Halina la ha visto con chicos antes. Cerca de un enamorado, o de alguien a quien intenta impresionar, a menudo Franka flaquea. Halina se maravilla con que, al parecer, no le cueste nada seducir a un chico cuando está fingiendo. Halina se pregunta si Yulian acabará dándose cuenta de que no es más que un gran bache en el camino que, espera, las llevará a Leópolis.

Tenía la esperanza de que ya estuviesen en camino. Estos últimos días han sido difíciles. Los soldados las han tratado con brusca cortesía, pero Halina es demasiado consciente de que Franka y ella son dos chicas guapas lejos de casa, rodeadas de hombres solitarios; le preocupa lo que pueda pasar si los soldados deciden no ser corteses. Hasta ahora, parece que Yulian se contenta con hablar.

Se echa el aliento a los dedos de los pies para entrar en calor. La manta le ayuda, pero sigue teniendo un frío glacial. Por fin tiene la ropa seca y no se atreve a quitársela para dormir. Cierra los ojos y se queda medio dormida, temblando, para despertarse unos minutos después al oír a alguien arrastrándose en el interior de la tienda. Se levanta con rapidez, con las manos cerradas en puños, medio esperando encontrarse con la silueta de uno de los soviéticos acercándose a ella. Pero solo es Franka. Suspira y vuelve a tumbarse.

—Me has asustado —susurra Halina, con el corazón acelerado.

—Lo siento. —Franka se desliza bajo la manta y la levanta sobre sus cabezas para que puedan hablar sin ser oídas—. Yulian me ha dicho que nos sacará de aquí —susurra—. Mañana. Dice que ya ha hablado con su capitán sobre dejarnos ir. —Halina puede oír el alivio en la voz de Franka—. Dijo que nos llevaría por la mañana a la estación de tren más cercana.

—Bien hecho —susurra Halina.

—Prometí que seguiría en contacto.

Halina sonríe.

—Claro que lo prometiste.

—Sabes, no es tan malo —dice Franka y, por un segundo, Halina se pregunta si está bromeando o si Franka se ha ablandado con él de verdad—. ¿Te lo imaginas? —añade Franka—, ¿Yulian y yo? Nuestros hijos serían gigantes —dice, y la idea provoca un ataque de risa ahogada en ambas.

—Prefiero no imaginármelo —dice Halina, tirando de la manta hasta la barbilla. Se da la vuelta y aprieta su cuerpo contra el de Franka.

—Estoy bromeando —susurra Franka.

—Lo sé.

Halina cierra los ojos y deja que su mente viaje a Adam, como suele ocurrir en la oscuridad. Se pregunta cómo serían sus hijos. Es prematuro pensar en el futuro, pero no puede evitarlo. Con suerte, Franka y ella estarán en camino mañana. Por fin. *Una noche más, Adam. Voy para allá.*

PARTE II

15

Addy

El Mediterráneo – 15 DE ENERO DE 1941

El muelle es una nube de cuerpos. Algunos gritan, presas del pánico, mientras se abren paso a codazos hacia la pasarela; otros hablan en voz baja, como si alzar la voz pudiera privarlos del privilegio de subir a bordo del barco; según les han dicho, se trata de uno de los últimos buques de pasajeros autorizados a zarpar de Marsella con refugiados a bordo. Addy avanza con paso firme entre la multitud, con una cartera de cuero marrón en una mano y un billete de ida en segunda clase en la otra. El frío de enero apremia, pero él apenas lo nota. Cada pocos minutos, levanta el cuello, escudriña la muchedumbre y reza por ver una cara conocida. Un deseo imposible, pero no puede evitar aferrarse a la más mínima posibilidad de que su madre hubiera recibido su última carta, de que se hubiera marchado con la familia a Francia. «Cueste lo que cueste», había escrito, «por favor, id a Vichy. Allí hay un hombre llamado Souza Dantas. Tenéis que hablar con él de los visados». Había incluido los detalles de la dirección de Souza Dantas, tanto la del hotel como la de la embajada. Addy suspira, ahora la proposición le parece absurda. Han pasado quince meses desde la última vez que supo algo de su madre. Aunque hubiera recibido la carta, ¿qué probabilidades habría de que una familia entera consiguiera salir de Polonia? En el remoto caso de que su madre encontrase una forma de salir, nunca dejaría atrás a los demás.

Con cada paso que se acerca al barco, a Addy se le forma un nudo en el pecho. Se lleva una mano a las costillas del lado izquierdo, al lugar donde le duele. Bajo los dedos, puede sentir el latido de su corazón, el pulso parece un reloj, marcando los segundos que faltan hasta que desaparezca del continente. Hasta que un océano lo separe de las personas que más quiere. No ayuda que el puñado de refugiados polacos que ha conocido en el muelle —aquellos que tienen la suerte de seguir en contacto con su familia en Polonia— describan lo que saben sobre cómo está su país en términos que Addy no puede comprender: guetos superpoblados, palizas públicas, miles de judíos que mueren de frío, hambre y enfermedades a diario. Una joven de Cracovia le contó a Addy que se habían llevado a su marido, profesor de poesía, junto con varias docenas de intelectuales de la ciudad a la muralla del castillo de Wawel, donde fueron alineados y fusilados. Después le dijo, con las lágrimas salpicándole las mejillas, que sus cuerpos rodaron colina abajo hasta caer al río Vístula. Addy la había abrazado mientras lloraba en su hombro, y luego había intentado con todas sus fuerzas borrar la imagen de su mente. No podía soportarlo.

Mientras se acerca al barco, Addy hace inventario de los idiomas que se hablan a su alrededor: francés, español, alemán, polaco, holandés, checo. La mayoría de sus compañeros de viaje llevan maletas pequeñas como la suya: en ellas, el puñado de pertenencias con las que esperaban empezar sus nuevas vidas. En la de Addy hay un jersey de cuello vuelto, una camisa, una camiseta interior, un par de calcetines de repuesto, un peine de púas, un pequeño trozo de jabón del ejército, hilo dental, una maquinilla de afeitar, un cepillo de dientes, una agenda, tres cuadernos de bolsillo de cuero (ya llenos), su disco favorito de 78 RPM de la obra de Chopin, *Polonaise, op. 40, n° 1,* y una fotografía de sus padres. En el bolsillo de la camisa lleva un cuaderno medio lleno; en el del pantalón, unas monedas y el pañuelo de lino de su madre. Lleva mil quinientos zlotys y dos mil francos —los ahorros de toda su vida— en su cartera de piel de serpiente, junto con los dieciséis documentos que ha reunido para salir del ejército y conseguir un visado brasileño.

El encuentro de Addy con el embajador Souza Dantas en Vichy había sido breve.

«Déjele su pasaporte a mi secretaria —le dijo Souza Dantas cuando estuvieron lo bastante lejos del hotel para que nadie los oyese—.

Dígale que lo envío yo y vuelva mañana a por él. Su visado lo esperará en Marsella. Tendrá una validez de noventa días. Hay un barco que sale para Río cerca del 20 de enero, el *Alsina*, creo. No sé cuándo, o si habrá otro. Debería subirse. Tendrá que renovar el visado cuando llegue a Brasil».

«Por supuesto —dijo Addy, dándole las gracias profusamente al embajador y sacando la cartera—. ¿Cuánto le debo? —Pero Souza Dantas se limitó a negar con la cabeza, y entonces, Addy comprendió que el embajador no estaba arriesgando su trabajo y su reputación por dinero».

Al día siguiente, Addy recuperó su pasaporte. En la parte superior, con el puño y letra del embajador, estaba escrito: *Válido para viajar a Brasil*. Besó las palabras, así como la mano de la secretaria de Souza Dantas, se deshizo de algunas pertenencias y viajó hacia el sur haciendo autostop. Llevaba su uniforme militar, con la esperanza de que le ayudara a conseguir un aventón; el tren habría sido más rápido, pero quería evitar los controles de la estación.

Cuando llegó a Marsella, Addy se dirigió de inmediato a la embajada, donde, por increíble que pareciese, lo esperaba su visado. Estaba marcado con el número cincuenta y dos. Después de mirarlo durante un buen rato, lo metió en su pasaporte y medio andando, medio trotando, se dirigió al puerto. Al ver el enorme casco negro del *Alsina* asomando sobre el puerto, rio y lloró al mismo tiempo, abrumado por la esperanza y la expectación de lo que le depararía el mundo libre y devastado por la idea de dejar atrás Europa y, con ella, a su familia.

«¿Saben de otros barcos que zarpen hacia Brasil en los próximos meses? —preguntó en la oficina marítima».

«Hijo —dijo el agente que había detrás de la ventanilla, sacudiendo la cabeza—, considérate afortunado de salir en este».

El agente tenía razón. Cada vez eran menos los barcos de pasajeros autorizados a navegar hacia las Américas. Pero Addy se negaba a perder la esperanza. Había pasado la tarde acurrucado en un rincón de un café cercano al puerto, escribiendo una carta a su madre.

10 de enero de 1941

Querida madre:

Rezo para que mis cartas te hayan llegado y que tú y los demás estéis bien. He conseguido un pasaje a Brasil en un barco llamado Alsina. *Partimos dentro de cinco días, el 15 de enero, hacia Río de Janeiro. El capitán calcula que llegaremos a Sudamérica en dos semanas. Nada más llegue te escribiré de nuevo con una dirección en la que puedas localizarme. Recuerda lo que te dije sobre el embajador Souza Dantas en Vichy. Por favor, cuídate. Cuento los minutos hasta tener noticias tuyas.*

Siempre con amor,
Addy

Antes de salir de la cafetería, Addy entró en el lavabo, donde se quitó el uniforme y se puso el traje. Pero en lugar de guardar el uniforme en la mochila, como siempre hacía, lo enrolló y lo metió en la papelera.

El camarote de Addy es pequeño. Se quita los zapatos y entra arrastrando los pies. Procura no rozar la destartalada litera que le llega hasta los hombros, donde el cabecero de madera de nogal y la ropa de cama amarilla parecen haber dejado atrás su mejor época hace una década. Frente al colchón hundido hay un pequeño banco de caoba y algunas estanterías de poca profundidad. Deja los zapatos en el estante inferior y la cartera en el banco, cuelga el abrigo y el sombrero de fieltro en el gancho de la puerta del lavabo y se asoma al interior. El lavabo —la razón por la que compró un billete de segunda clase— también es muy pequeño. Dentro, una alcachofa de ducha se sostiene de una manguera metálica sujeta a la pared sobre el inodoro, y un pequeño espejo redondo cuelga sobre un minúsculo lavabo de porcelana. Addy siente un cosquilleo en la piel al pensar en una ducha caliente: ha pasado casi una semana desde la última. Se desnuda de inmediato.

Después de doblar la camisa, el chaleco y los pantalones en un montón ordenado sobre la cama, agarra el jabón, el peine y la maquinilla de afeitar y entra en el lavabo, aún en calzoncillos y calcetines. Coloca el grifo de la ducha en su soporte de pared y gira la palanca metálica a la posición de agua caliente. La presión es pésima, pero el agua está tibia y, mientras lo moja, nota cómo suaviza la tensión de sus hombros. Tararea mientras se enjabona, con ropa interior y todo, hasta que forma una espuma satisfactoria, y gira en un pequeño círculo para enjuagarse. Cuando la ropa interior está sin espuma, se la quita y la cuelga sobre el lavabo, se enjabona de nuevo y deja que el agua corra sobre su piel desnuda un segundo antes de abrir la palanca de la ducha. Alcanza la única toalla blanca que hay colgada de una barra en la parte de atrás de la puerta del lavabo y se seca sin dejar de canturrear. Frente al espejo, se cepilla los dientes, se peina y se afeita, deslizando los dedos por el cuadrado de la mandíbula para examinar de cerca los lugares que podría haber pasado por alto. Por último, escurre la ropa mojada y la cuelga para que se seque. Se pone la ropa interior de repuesto y el traje, y sonríe; se siente como si fuera una persona nueva.

En cubierta, Addy se abre paso entre una multitud de refugiados, saludando con la cabeza y captando fragmentos de conversaciones mientras se dirige hacia la proa del barco: «¿Te has enterado de que Zamora ha subido a bordo?», pregunta alguien a su paso. Addy se pregunta si reconocería a Zamora si se topara con él; seguramente el expresidente de España ha comprado un billete en primera clase, una cubierta más arriba. La mayoría de las conversaciones que escucha Addy son sobre la ingeniosa planificación y el incesante esfuerzo para conseguir visados. «Hice cola durante dieciocho días seguidos. Pagué al empleado de la embajada. Es horrible tener que dejar atrás a mis hermanas».

Hay varias suposiciones sobre cuántos refugiados hay a bordo: «Yo he oído que seiscientos... el barco está construido para trescientos... no es de extrañar que vaya tan lleno... esa pobre gente de tercera clase debe de ser muy desgraciada». La cubierta de segunda clase es pequeña, pero Addy sabe que eso no es nada en comparación con los camarotes de abajo, en la tercera clase.

Más o menos la mitad de los refugiados con los que se encuentra Addy son judíos, varios de los cuales mencionan el nombre de Souza Dantas. «Si no fuese por el embajador...». Los otros son una mezcla de españoles que huyen del régimen de Franco, socialistas franceses y artistas considerados degenerados, y otros «indeseables» de toda Europa, todos en busca de seguridad en Brasil. La mayoría han dejado atrás a sus familias —hermanos, padres, primos, incluso hijos adultos— y ni un alma sabe, con exactitud, qué le deparará el futuro. Pero a pesar de la incertidumbre, ahora que todo el mundo se ha instalado a bordo, el ambiente se ha transformado en una expectación vertiginosa. Con el *Alsina* listo para zarpar a las cinco en punto, ahora el aire huele a esperanza y libertad.

Addy recorre el barco hasta llegar a la proa, donde descubre una puerta azul marino con un cartel de latón y se ríe de su buena suerte: Salon de musique, premiere classe. ¡Un salón de música! Contiene la respiración al alcanzar el pomo y se entristece al descubrir que está cerrado. Se dice a sí mismo que tal vez alguien abra, se acerca a la barandilla y observa a un grupo de hombres y mujeres pasar deambulando. Al cabo de unos minutos, la puerta azul se abre y sale un joven tripulante vestido de blanco; Addy espera a que desaparezca entre la multitud y atrapa la puerta con la punta del pie justo antes de que se cierre. Dentro, se encuentra frente a una escalera. Sube los escalones de dos en dos.

El salón está vacío. El suelo de madera de cerezo brilla bajo un mosaico de suaves alfombras de lana en rojo, dorado y añil. Las ventanas que van del suelo al techo a lo largo de la pared que da a estribor ofrecen una vista del puerto, y la pared de enfrente está adornada con espejos, lo que hace que la estancia parezca más grande de lo que es. Hay columnas de madera pulida en las esquinas y una amplia puerta arqueada que conduce a lo que Addy supone que son los camarotes de primera clase. Un sofá de cuero, unas cuantas mesas redondas y una docena de sillas se reúnen en un extremo del salón, y en el otro, encaramado en un rincón —el corazón le da un vuelco al verlo—, un piano de cola Steinway.

Mientras se acerca, evalúa el instrumento. Supone que fue fabricado a principios del siglo xx, antes de la Gran Depresión, cuando los fabricantes empezaron a reducir el tamaño de sus instrumentos. Addy sopla sobre la tapa y parpadea cuando una columna de polvo levita sobre el instrumento, que brilla a la luz del sol. Bajo las teclas, una elegante banqueta redonda con patas de nogal tallado y pies de delfín de hierro fundido lo invita a sentarse. Addy da una suave vuelta a la banqueta para ajustar la altura y se acomoda en la superficie lisa y ligeramente desgastada. Levanta la tapa y apoya las manos en las teclas, de repente abrumado por la nostalgia de su hogar. Flexiona un tobillo y suspende un dedo sobre el pedal del piano. Hace meses que no se permite el lujo de tocar, pero no le cabe duda de qué pieza tocará primero.

Cuando las notas iniciales del *Vals en Fa menor, Op. 70, n° 2* de Chopin llenan la sala, Addy inclina la cabeza hacia delante y cierra los ojos. De pronto, tiene doce años, está sentado en una banqueta bajo las teclas del piano de sus padres en Radom, donde Halina, Mila y él se turnaban para practicar durante una hora todos los días después de la escuela. Cuando estuvieron lo bastante avanzados, aprendieron a tocar a Chopin, cuyo nombre era prácticamente sagrado en la casa de los Kurc. Addy aún recuerda la sensación de triunfo que invadió su corazón cuando terminó su primer estudio sin cometer un solo error. «El maestro Chopin estaría muy orgulloso», le había dicho su madre en voz baja, acariciándole el hombro.

Cuando Addy abre los ojos, se sorprende al ver a una pequeña multitud reunida a su alrededor. Todos van muy elegantes. Las mujeres llevan sombreros cloche y abrigos refinados con cuello de castor; los hombres lucen fedoras, bombines y trajes a medida de tres piezas. En el aire se percibe una pizca de colonia, un agradable respiro del mal olor corporal que impregna los espacios comunes de la cubierta inferior. Un tipo de refugiados diferente, sí, pero Addy sabe que, bajo las finas pieles y los tweeds, todos en el barco huyen del mismo destino.

—*Bravo! Che bello.* —Un italiano detrás de él sonríe cuando la última nota de Addy se instala en el salón.

—*Encore!* —grita la mujer a su lado. Addy sonríe y levanta las manos.

—*Pourquoi non?* —Se encoge de hombros. No necesita que se lo pregunten dos veces.

Cuando termina una pieza, se anima a tocar otra, y con cada *encore* el público de Addy crece, junto con su entusiasmo. Toca los clásicos sudando la gota gorda: Beethoven, Mozart, Scarlatti. Se quita el abrigo y se desabrocha el cuello. Mientras los curiosos siguen congregándose, pasa a melodías pop de sus compositores de jazz estadounidenses favoritos: Louis Armstrong, George Gershwin, Irving Berlin. Va por la mitad de *Caravan*, de Duke Ellington, cuando suena la bocina del barco.

—¡Nos vamos! —grita alguien. Addy termina *Caravan* con una cadencia improvisada y se levanta. De repente, el salón se llena de conversaciones. Toma su abrigo y los sigue mientras el gentío se reúne en la cubierta de estribor para ver al *Alsina* alejarse del muelle, con sus motores rugiendo. La bocina vuelve a sonar, una larga y gutural despedida que flota en el aire durante varios segundos antes de adentrarse en el mar.

Y entonces se mueven, al principio muy poco, como a cámara lenta hacia un sol anaranjado que se cierne sobre las brillantes aguas del Mediterráneo. Algunos de los pasajeros aplauden, pero la mayoría, como Addy, se limitan a mirar mientras se dirigen hacia el oeste, pasan por el espléndido Palais du Pharo de Napoleón iii, del siglo xix, los fuertes de piedra rosa y el solitario faro en la entrada del Vieux Port. Cuando el *Alsina* llega a aguas más profundas, el sol ha desaparecido y el mar es más negro que azul. El barco se dirige hacia el sur y el paisaje se transforma en una interminable extensión de mar abierto. Addy sabe que en algún lugar más allá del horizonte, a medida que el barco aumenta la velocidad, está África. Más allá, las Américas. Mira por encima del hombro la larga estela de espuma que se disipa a su paso, una Marsella en miniatura.

—*Adieu*, por ahora —susurra mientras la ciudad desaparece.

Llevan más de una semana en el mar y ya es un habitual del salón de primera clase, que se ha transformado en una especie de sala de conciertos: un escenario donde los pasajeros se reúnen cada noche para cantar, bailar, tocar lo que mejor se les da, un lugar donde perderse en la música, las artes, y olvidarse, al menos durante un instante, de los mundos que han dejado atrás. Han desplazado el piano de un rincón al centro de la sala, han colocado varias filas de sillas en semicírculo a su alrededor y han aparecido otros instrumentos: un tambor africano, una viola, un saxofón, una flauta. El talento musical a bordo es asombroso. Una noche, Addy estuvo a punto de caerse de la banqueta cuando levantó la vista y vio no solo a los hermanos Kranz entre el público —había crecido escuchando su concierto de piano en la radio—, sino también, junto a ellos, al excelente violinista polaco Henryk Szeryng. Addy calcula que esta noche hay más de cien personas apretujadas en el salón.

Pero solo puede mirar a una.

Está sentada a su derecha, a las dos en punto, en la segunda fila de sillas, junto a una mujer con los mismos ojos pálidos, piel de marfil y postura recta y segura de sí misma. Sin duda, se trata de madre e hija. Addy se recuerda a sí mismo no mirar fijamente. Se aclara la garganta y decide que la última pieza de la noche será una de las suyas, *List*. La mira entre estrofas. Hay muchas mujeres guapas a bordo, pero esta es diferente. No puede tener más de dieciocho años. Lleva una blusa blanca con cuello y, entre las solapas, un collar de perlas brillante. Tiene el pelo rubio ceniza ondulado en un moño suelto a la altura de la nuca. Se pregunta de dónde es y cómo no se había fijado en ella antes. Decide que se presentará antes de que acabe la noche.

Addy remata su actuación con una reverencia y el salón se llena de aplausos cuando abandona la banqueta. Atraviesa la abarrotada sala, mira de nuevo a la chica y sus miradas se cruzan. Addy sonríe, con el corazón acelerado. Ella le devuelve la sonrisa.

Es medianoche cuando Ziembiński, director y actor al que el público también ha llegado a querer, cierra la velada con una lectura teatral de *Les Voix Intérieures* de Victor Hugo. Cuando la multitud empieza a disiparse, Addy espera en silencio justo detrás de la puerta arqueada de los camarotes de primera clase, apartando la mirada para no verse envuelto en conversaciones con los pasajeros, una tarea nada sencilla. Unos minutos después, aparecen la chica y su madre. Addy corrige su postura y, mientras pasan, tiende una mano a la madre. «Es lo que distingue a los caballeros de los niños —le dijo una vez Nechuma—.

Cuando una madre da su aprobación, entonces puedes presentarte a su hija».

—*Bonsoir, Madame...* —se aventura Addy, con el brazo extendido entre ambos.

La madre de la chica se detiene en seco, aparentemente irritada por haber sido molestada. La forma en que se comporta, con los hombros echados hacia atrás y los labios apretados, le recuerda a Addy a su antigua profesora de piano en Radom, una mujer formidable cuyas rígidas normas lo empujaron a convertirse en el músico que es hoy en día, pero con la que no le gustaría compartir una copa. De mala gana, acepta su mano.

—Lowbeer —dice con un ligero acento, sus ojos azules como el hielo recorren el torso de Addy—. *De Prague* —dice, cuando su mirada por fin se encuentra con la de él. Tiene la cara alargada y los labios pintados de malva. Son checoslovacas.

—Addy Kurc. *Plaisir de vous rencontrer.* —Addy se pregunta cuánto francés entiende la pareja.

—*Plaisir* —responde Madame Lowbeer. Tras un segundo de silencio, la mujer se vuelve hacia su hija—. *Puis-je vous présenter ma fille, Eliska.*

Eliska. Ahora puede ver que su blusa está cosida con un lino fino y que su falda azul marino hasta la rodilla es de cachemira. Piensa que su madre estaría impresionada, y luego se traga el familiar nudo, la preocupación que se le enrosca en el corazón cada vez que piensa en su madre. *Ya no puedes hacer nada más,* se dice a sí mismo. *Volverás a escribirle en Río.*

Eliska ofrece su mano. Sus ojos azules como los de su madre vuelven a encontrarse con los de Addy.

—*Votre musique est très belle* —dice, sosteniendo la mirada de Addy. Su francés es perfecto y su apretón de manos firme. Addy encuentra su confianza atractiva y sorprendente a la vez. Se percata de que esta joven es algo más que una cara bonita. Deja que su mano se separe de la de ella e inmediatamente se arrepiente. Hacía un año que no sentía el tacto de una mujer, no se había dado cuenta de cuánto lo anhelaba. Las yemas de sus dedos están cargadas de electricidad. Todo su cuerpo está cargado de electricidad.

—En el barco te llaman el Maestro de Ceremonias, ¿sabes? —Cuando Eliska sonríe, dos pequeños hoyuelos se forman en la comisura de sus labios. Se lleva una mano a las perlas que ostenta en la clavícula.

—Eso he oído —responde Addy, e intenta, de una forma desesperada, no parecer nervioso—. Me alegro de que disfrutes del piano. La música siempre ha sido mi pasión. —Eliska asiente, sin dejar de sonreír. Tiene las mejillas sonrojadas, aunque no parece que lleve colorete—. Praga es una ciudad fascinante. Entonces sois checoslovacas —dice Addy, apartando la mirada de Eliska para dirigirse a su madre.

—Sí, ¿y tú?

—Soy de Polonia. —Una puñalada en las tripas. Addy ya ni siquiera sabe si su país natal existe. Una vez más, aparta la preocupación, negándose a que arruine el momento.

A Madame Lowbeer le tiembla la nariz, como si fuera a estornudar. Está claro que Polonia no es la respuesta que había previsto, o quizá la que esperaba. Pero a Addy no le importa. Mira de madre a hija, con una ráfaga de preguntas pasando por su mente: *¿Cómo acabasteis en el Alsina? ¿Dónde está vuestra familia? ¿Dónde está el señor Lowbeer? ¿Cuál es tu canción favorita? ¡Me la aprenderé y la tocaré cien veces si eso significa que mañana volverás a sentarte a mirarme!*

—Bueno —dice Madame Lowbeer, su sonrisa se tensa—, es tarde. Debemos dormir. Gracias por el concierto; ha sido agradable. —Con una rápida inclinación de cabeza en dirección a Addy, entrelaza el codo con el de su hija y se dirigen a través de la puerta arqueada hacia su camarote, con las suelas de sus zapatos de tacón pulidas golpeando con suavidad el suelo de madera.

—*Bone nuit*, Addy Kurc —dice Eliska por encima del hombro.

—*Bonne nuit!* —responde Addy, un poco demasiado alto. Cada parte de él desea que Eliska se quede. ¿Debería pedírselo? Se había sentido tan *bien* coqueteando con ella. Se había sentido tan normal. No, esperará. *Sé paciente*, se dice a sí mismo. *Otra noche.*

16

Genek y Herta

Altynay, Siberia – FEBRERO DE 1941

Nada podría haber preparado a Genek y a Herta para el invierno de Siberia. Todo está congelado: el suelo de tierra de los barracones. La paja esparcida sobre su cama de madera. Los pelos del interior de sus narices. Incluso su saliva, mucho antes de que llegue al suelo. Es increíble que todavía haya agua en la boca del pozo.

Genek duerme totalmente vestido. Esta noche lleva puestas las botas, el gorro, un par de guantes que compró cuando empezó a nevar en octubre y su abrigo de invierno —menos mal que en el último momento pensó en traérselo de Leópolis— y, aun así, le duele el frío. La sensación es intensa. No es como el dolor sordo entre los omóplatos después de haber pasado horas empuñando el hacha, sino más bien una palpitación profunda e implacable que le recorre desde los talones, los huesos de las piernas, las tripas y los brazos y le provoca espasmos involuntarios en todo el cuerpo.

Genek enrosca y desenrosca los dedos de las manos y de los pies, asqueado ante la idea de perder alguno. Desde noviembre, casi todos los días alguien en el campo se ha despertado y ha encontrado un apéndice negro por la congelación; cuando ocurre, a menudo no queda más remedio que amputarlo. Una vez vio a un hombre retorcerse de dolor mientras le amputaban el dedo pequeño del pie con la hoja sin filo de una navaja; Genek estuvo a punto de desmayarse. Acerca su cuerpo al de Herta. Los ladrillos que había calentado junto al fuego y envuelto en una toalla para ponerlos a sus pies se han enfriado. Está tentado de quemar un poco más de leña, pero ya han utilizado los dos troncos que tenían asignados, y salir a hurtadillas bajo la vigilancia de Romanov para robar un poco más del montón sería una insensatez.

Esta tierra dejada de la mano de Dios se ha vuelto contra ellos. Hace seis meses, cuando llegaron, el aire era tan cálido que apenas podían llenarse los pulmones. Genek nunca olvidaría el día en que el tren se detuvo y las puertas se abrieron de par en par para revelar un pinar. Había saltado al suelo agarrando el puño de Herta en una mano y su maleta en la otra, con el cuero cabelludo lleno de piojos y la piel de las vértebras llena de costras por haberse apoyado en la pared de madera astillada del vagón durante cuarenta y dos días y noches. *Bien*, pensó, mirando a su alrededor. Estaban solos en el bosque, muy lejos de casa, pero al menos aquí podían estirar las piernas y orinar en privado.

Habían caminado durante dos días bajo el calor abrasador de agosto, deshidratados y mareados por el hambre, antes de llegar a un claro con un largo barracón de troncos de una sola planta que parecía haber sido construido a toda prisa. Cuando por fin dejaron las maletas, con los cuerpos exhaustos, apestosos y pegajosos de sudor, Romanov, el guardia de pelo negro y ojos de acero asignado a su campamento, les dio la bienvenida con unas palabras elegidas:

«El pueblo más cercano —dijo Romanov— está a diez kilómetros al sur. Los aldeanos han sido advertidos de vuestra llegada. No quieren saber nada de vosotros. Este —ladró señalando el suelo— es vuestro nuevo hogar. Aquí trabajaréis, aquí viviréis; nunca volveréis a ver Polonia».

Genek se había negado a creer lo que decía: se decía a sí mismo que era imposible que Stalin se saliera con la suya. Pero a medida que los días se convertían en semanas y luego en meses, la tensión de no conocer su futuro empezó a afectarlo. ¿Era así? ¿Era así como estaban destinados a vivir sus vidas, talando troncos en Siberia? ¿No volverían a casa, como había prometido Romanov? De ser así, Genek no estaba seguro de poder vivir consigo mismo. No pasaba un solo día sin que recordara que era su propio orgullo el que los había metido en este horrible campo, una verdad que le pesaba tanto que temía que pronto se derrumbase.

Pero lo peor de todo, lo que más atormentaba a Genek más que cualquier otra cosa, era el hecho de que ya no solo era responsable de su mujer. En ese momento, ella no lo sabía, pero Herta estaba embarazada de poco cuando dejaron Leópolis, una sorpresa, por supuesto, que habrían celebrado si aún vivieran en Polonia. Cuando se dieron cuenta, llevaban semanas encerrados en el tren. Herta había mencionado justo antes de su detención que tenía un retraso, pero teniendo en cuenta el estrés al que estaban sometidos, a ninguno de los dos le pareció extraño. Un mes después, seguía sin venirle la regla. Seis semanas después, su cintura se había engrosado lo suficiente a pesar de la falta de comida como para anunciar la llegada del bebé. Ahora, está a semanas de dar a luz a su hijo, en pleno invierno siberiano.

Genek se estremece cuando un altavoz se enciende, escupiendo estática en el aire gélido. Se queja. Durante todo el día y hasta bien entrada la noche, los altavoces vomitan propaganda, como si los incesantes desvaríos fueran a convencer a los prisioneros de que el comunismo es la respuesta a sus problemas. La fanática ideología revolucionaria les llena los oídos todo el día, y ahora, que casi hablan ruso, Genek puede entender la mayoría de las tonterías, por lo que le resulta imposible ignorarlas. Rodea a su mujer con un brazo con cuidado y apoya la palma de la mano en su vientre, esperando una patada; Herta dice que el bebé está más activo por la noche, pero no hay ningún movimiento. Respira con dificultad. Es un misterio que pueda dormir a pesar del frío y el estruendo de la megafonía. Debe de estar agotada. Sus jornadas son extenuantes. La mayoría de los días consiste en talar árboles en medio del frío, transportar troncos desde el bosque a través de ciénagas resbaladizas y heladas y sobre dunas de nieve azotadas por el viento hasta un claro, y apilarlos en trineos para que los caballos se los lleven. Genek delira al final de cada turno de doce horas, y no está embarazado. En las últimas dos semanas ha empezado a suplicarle a Herta que se quede aquí por las mañanas, temeroso de que se esfuerce demasiado en el trabajo, de que el bebé llegue mientras ella está varada en medio del bosque, con nieve hasta las rodillas. Pero ya han vendido todos los recuerdos y prendas de ropa de los que pueden prescindir para obtener comida extra, y ambos saben que en el momento en que Herta deje de trabajar, sus raciones se reducirán a la mitad. «Si no trabajas, no comes», les recuerda Romanov a menudo. ¿Y después qué?

Por fin, los altavoces se apagan y Genek exhala y relaja la mandíbula. Parpadea en la oscuridad y promete en silencio que este será el primer y último invierno que pasen en este infierno helado. No tiene fuerzas para sobrevivir a otro. *Tú nos trajiste aquí, tú puedes encontrar una salida.* Él encontrará una salida. Tal vez puedan escapar. ¿Pero a dónde irían? Pensará en *algo*. Un medio para proteger a su familia. Su esposa, su hijo que aún no ha nacido. Ellos son lo único que importa. Y pensar que lo único que habría hecho falta era una marca y la voluntad de fingir lealtad a los soviéticos hasta el final de la guerra. Pero no, era demasiado orgulloso. En su lugar, se marcó a sí mismo como parte de la resistencia. *Joder*, ¿en qué los ha metido?

Genek cierra los ojos y desea con todo su ser poder retroceder en el tiempo. Que pudiera transportarlos a un lugar mejor, un lugar más seguro. Un lugar más cálido. En su mente, viaja a las cristalinas aguas del lago Garbatka, donde sus hermanos y él pasaban interminables tardes de verano nadando y jugando al escondite en los manzanos de los alrededores. Visita las soleadas costas de Niza, donde Herta y él pasaron una semana tomando el sol en una playa de guijarros negros, bebiendo vino espumoso y deleitándose con generosas raciones de *moules frites*. Por último, su memoria se traslada a Radom. Lo que daría por sentarse a cenar en Wierzbicki's, por acomodarse con sus amigos para ver una película tras otra en el cine local.

Por un momento, Genek se pierde, los recuerdos lo envuelven como mantas, aliviando el frío. Pero vuelve de golpe a su gélido barracón cuando, en la distancia, un lobo aúlla, y su triste llamada hace eco a través de los árboles en las afueras del campamento. Abre los ojos. El bosque está lleno de lobos, los ve de vez en cuando mientras trabaja, y por la noche los aullidos se han vuelto más fuertes, más cercanos. Se pregunta cuánta hambre tendría que pasar una manada antes de aventurarse en el campamento. El miedo a ser despedazado y devorado por un lobo parecía infantil, como algo con lo que su padre le hubiera amenazado en broma cuando se negaba a comerse la col de niño, pero aquí, en los bosques de una Siberia cubierta de nieve, parece espeluznantemente posible.

Mientras Genek piensa en la manera exacta de defenderse de un lobo hambriento, el corazón empieza a golpearle las costillas y su mente se llena de horribles escenarios hipotéticos: ¿y si no es lo suficientemente fuerte y, al final, gana el lobo? ¿Y si hay una complicación en el parto de Herta? ¿Y si el bebé, como los tres últimos nacidos en el campamento, no lo consigue? O peor, ¿y si el bebé sobrevive y Herta no? Queda un médico viviendo entre ellos. Dembowski. Ha prometido ayudar a traer al mundo a su hijo. Pero Herta... Las probabilidades de supervivencia de un prisionero medio en Altynay se reducen cada día. De los más de trescientos polacos que llegaron al campo en agosto, más de una cuarta parte han muerto de hambre, neumonía, hipotermia y, aunque no se detiene a pensar en ello, al dar a luz. Sus cuerpos descansan en el bosque, expuestos a la nieve y a los lobos, el suelo está demasiado helado como para un entierro decente.

Otro aullido. Genek levanta la cabeza y mira hacia la puerta. Una pizca de luz de la luna brilla por debajo. En lo alto, distingue las sombras de los carámbanos suspendidos de las vigas del barracón, apuntando como puñales al suelo de tierra. Vuelve a apoyar la mejilla en la estera de paja y aprieta su cuerpo tembloroso contra el de su mujer, dispuesto a conciliar el sueño.

17

Addy

Dakar, África Occidental – MARZO DE 1941

Addy y Eliska están sentados mirando al mar y observan cómo un sol líquido se hunde en el horizonte. Una brisa fresca agita las hojas gigantes de los cocoteros que hay tras ellos. Esta es su tercera visita a la Plage de la Voile d'Or, que tiene forma de medialuna. Entre el Parc Zoologique y un antiguo cementerio cristiano, la playa está a una hora a pie del puerto de Dakar. En cada visita, la han tenido toda para ellos.

Addy se quita unas motas plateadas de arena de los antebrazos, que en las últimas diez semanas se han dorado hasta adquirir el tono del pan de molde tostado. En enero, cuando zarpó de Marsella, nunca imaginó que acabaría en África, bronceado. Pero desde que las autoridades británicas detuvieron al *Alsina* en Senegal —a su capitán le dijeron: «Este es un barco francés, y Francia ya no es amiga de los Aliados»—, la piel de Addy se había acostumbrado al implacable sol de África Occidental.

El *Alsina* lleva dos meses anclado. Los pasajeros no tienen ni idea de cuándo —o si— se les permitirá zarpar de nuevo. La única fecha que Addy sabe con certeza, una fecha de la que es muy consciente, es la de dentro de dos semanas, cuando expire su visado.

—Haría cualquier cosa por nadar —dice Eliska, rozándole el hombro a Addy.

Al principio, cuando los lugareños les dijeron que el mar estaba infestado de tiburones blancos, no se lo creyeron. Pero entonces vieron los titulares del periódico —ATAQUE DE TIBURONES, AUMENTA EL NÚMERO DE MUERTOS— y empezaron a ver sombras bajo la superficie del agua desde la proa del *Alsina,* largas y grises como submarinos. En la playa, se veían docenas de dientes afilados en forma de corazón que se les clavaban en las plantas de los pies si no tenían cuidado al pisar.

—Yo igual. ¿Acaso debemos *tentar a la suerte,* como dicen los americanos? —Addy sonríe, pensando en aquella noche, dos años y medio atrás, en la que aprendió la expresión. Había estado en un cabaret de Montmartre y se había sentado junto a un saxofonista que resultó ser de Harlem. Willie. Addy recuerda muy bien aquella conversación. Le había contado a Willie que su padre había vivido una breve temporada en Estados Unidos, una aventura que siempre había intrigado a Addy, y había acribillado al pobre Willie con un sinfín de preguntas sobre la vida en Nueva York. Horas más tarde, para mayor diversión de Addy, Willie pronunció algunos de los modismos típicos de Estados Unidos, que Addy garabateó en su cuaderno. *Tentar a la suerte, mucha mierda* y *por los pelos* eran algunas de sus favoritas.

Eliska se ríe, y niega con la cabeza.

—¿«Tentar a la suerte»? ¿Esa la entendiste? —pregunta. Addy está obsesionado con los dichos americanos y se resiste a admitir que en ocasiones los destroza.

—Seguramente no. Pero ¿qué me dices?

—Lo haré si tú lo haces —dice Eliska, entrecerrando los ojos como desafiándole a aceptar la oferta.

Addy sacude la cabeza, maravillado por la facilidad con la que Eliska puede reírse del peligro. Aparte de quejarse del calor, no ha parecido inmutarse por su escala de dos meses en Dakar. Se vuelve hacia ella, le sopla juguetón en el pelo rubio que tiene sobre la oreja y estudia su cuero cabelludo de la misma forma que su madre solía estudiar la piel de los pollos en el mercado de Radom.

—Tienes muy buena pinta —dice, poniendo la mano en forma de «c»—. Es hora de cenar. Seguro que los tiburones tienen hambre. —Aprieta la rodilla de Eliska.

—*Netvor!* —grita Eliska, apartándole la mano de un manotazo.

Addy le agarra la mano.

—*Netvor!* Esto es nuevo.

—*Tu es un nevtor* —dice ella—. *Un mostre! Tu comprends?* —Hablan francés, pero Eliska le enseña a Addy una docena de palabras checas al día.

—*Monstre?* —bromea Addy—. ¡Eso no ha sido nada, *Bebette!* —La rodea con los brazos y le muerde la oreja mientras ruedan hacia atrás y sus cabezas caen con suavidad sobre la arena.

Habían descubierto la playa dos semanas antes. El aire fresco y el aislamiento son un paraíso. El resto de los pasajeros del barco no se atreven a aventurarse tan lejos por su cuenta, y los lugareños no parecen tener mucho interés en la playa.

—Con lo oscura que es su piel y todo eso, ¿por qué iban a hacerlo? —bromeó una vez Eliska, lo que llevó a Addy a preguntarle si había visto alguna vez a un negro. Como muchos otros a bordo del *Alsina*, no los había visto hasta que pisó Dakar. De hecho, la mayoría de los refugiados europeos del *Alsina* se negaban a conversar con los africanos occidentales, un comportamiento que Addy consideraba absurdo. Al fin y al cabo, el racismo —la misma raíz de la ideología nazi— era la razón por la que la mayoría de ellos habían huido de Europa.

«¿Por qué no iba a querer conocer a los africanos? —había planteado él cuando Eliska le preguntó por qué creía necesario mezclarse con los lugareños—. No somos mejores que ellos. Y, además —añadió—, la gente lo es todo, así es como se conoce un lugar».

Desde que llegaron, se había hecho amigo de varios de los tenderos de las tiendas del puerto, incluso intercambió con uno una foto de Judy Garland arrancada de una revista que se había dejado un pasajero en el salón de primera clase del *Alsina* por una colorida pulsera de cuerda que Addy había atado a la muñeca de Eliska.

Addy comprueba su reloj, se levanta y tira de Eliska para que se ponga en pie.

—¿Ya es la hora? —Eliska hace un mohín.

—*Oui, ma cherie.*

Cargan con sus zapatos mientras vuelven a la playa en la dirección de la que habían venido.

—Odio irme de aquí. —Eliska suspira.

—Lo sé. Pero no podemos permitirnos llegar tarde. —Habían convencido a un centinela para que les diera un permiso especial para desembarcar del *Alsina* entre el mediodía y las seis de la tarde. Si rompían el toque de queda, el privilegio sería revocado.

—¿Cómo está Madame Lowbeer hoy? —pregunta Addy mientras caminan.

Eliska se ríe entre dientes.

—¡La Grande Dame! Es... cómo se dice... una *bourru*. Es una cascarrabias.

En el último mes, la madre de Eliska ha dejado muy claro que no hay nada de aceptable en que Addy corteje a su hija. Eliska le asegura que no tiene nada que ver con el hecho de que sea judío —los Lowbeer también son judíos, al fin y al cabo—, sino con que es polaco y, según Magdaléna, su hija, educada en un internado suizo y con un futuro brillante, es demasiado buena para un polaco. Sin embargo, Addy está decidido a ganarse a Madame Lowbeer, y se ha esforzado por tratarla con el mayor respeto y deferencia.

—No te preocupes por mi madre. —Eliska resopla—. No le gusta nadie. Ya se le pasará. Dale tiempo. Las circunstancias son un poco... *étrange*, ¿no crees?

—Supongo —dice Addy, aunque nunca ha conocido a nadie a quien no le gustase.

Caminan despacio, disfrutando del espacio abierto que los rodea, charlando sobre música, cine y sus platos favoritos. Eliska rememora su infancia en Checoslovaquia, a su mejor amiga, Lorena, del colegio internacional de Ginebra, sus veranos en la Provenza; Addy habla de sus cafés favoritos de París, de su sueño de visitar Nueva York y los clubes de jazz de Harlem, para escuchar a algunos de los grandes en persona. Da gusto conversar así, como podrían haberlo hecho antes de que sus mundos se pusieran patas arriba.

—¿Qué es lo que más echas de menos de la vida antes de la guerra? —pregunta Eliska, levantando la mirada hacia él mientras caminan.

Addy no se lo piensa dos veces.

—¡El chocolate! El negro, de Suiza —sonríe. El *Alsina* había agotado su provisión de chocolate hacía semanas.

—¿Y tú? —pregunta Addy—. ¿Qué es lo que más echas de menos?

—Echo de menos a mi amiga Lorena. Podía contarle cualquier cosa. Supongo que sigo haciéndolo en mis cartas, pero por escrito no es lo mismo.

Addy asiente. Addy quiere decirle: «También echo de menos a la gente. Echo de menos a mi familia», pero no lo hace. Los padres de Eliska están separados, y no está muy unida a su padre, que ahora está en Inglaterra, al igual que muchos de sus amigos, incluida Lorena. Tiene un tío que vive en Brasil, y eso es todo, su familia termina ahí. Addy también sabe que, a pesar de sus quejas diarias, Eliska quiere mucho a su madre. No se imagina lo que sería vivir sin la Grande Dame. No pasa las noches en vela como Addy, preocupado a más no poder por la suerte de los seres queridos que ha dejado atrás. Para él es diferente. A veces, es insoportable. No tiene ni idea del paradero de sus padres, sus hermanos, sus primos y tías y tíos, su sobrina bebé; ni siquiera sabe si están *vivos*. Lo único que sabe es lo que dicen los periódicos, y nada es prometedor. Los últimos titulares confirman lo que le han contado los polacos del *Alsina*: que los nazis han empezado a acorralar a comunidades enteras de judíos, obligándolos a vivir de cuatro en cuatro y de cinco en cinco en barrios aislados. Guetos. La mayoría de las grandes ciudades tiene ahora uno, algunas dos. A Addy se le revuelve el estómago al pensar en sus padres desahuciados, obligados a abandonar la casa donde había pasado los primeros diecinueve años de su vida, la casa que tanto les había costado conseguir. Pero no puede hablar de los titulares con Eliska, ni de su familia. Lo ha intentado varias veces, sabe que el mero hecho de oír sus nombres en voz alta los haría sentir más presentes, más *vivos,* al menos en su corazón. Pero cada vez que aborda el tema, ella hace caso omiso.

«Te pones muy triste cuando hablas de tu familia —le dice—. Seguro que están bien, Addy. Hablemos solo de las cosas que nos hacen felices. Las cosas que nos esperan».

Y así, le ha seguido la corriente y, si es totalmente sincero, se ha dejado distraer, encuentra en su frívola conversación un momento de alivio del aplastante peso de lo que no sabe.

Al doblar una curva, ven la silueta de las torres de vapor cilíndricas del *Alsina* que sobresalen en el horizonte. Desde lejos, el barco parece un juguete comparado con la monstruosidad anclada a su lado: un acorazado de doscientos cincuenta metros de eslora con cuatro torretas que se elevan cuatro pisos hacia el cielo. Los británicos también han detenido al *Richelieu*, al igual que al *Alsina*. Cuándo podrá volver a navegar cualquiera de los dos buques sigue siendo un misterio.

Cuando Madame Lowbeer se queja de la desesperación de su situación, Addy dice: «Deberíamos dar las gracias. Tenemos un techo sobre nuestras cabezas y comida para comer. Podría ser peor». De hecho, podría ser mucho peor. Podrían estar hambrientos, obligados a mendigar por sobras, a rebuscar granos de arroz podrido en una cuneta, como habían visto hacer a algunos de los niños de África Occidental la semana anterior. O podrían quedarse atrapados en Europa. Aquí, al menos, tienen un sitio donde reposar sus cabezas por la noche, un suministro interminable de garbanzos, y, más importante, un visado en un país donde se les permitirá una vida en libertad. Un nuevo comienzo.

En el puerto, Addy vuelve a comprobar su reloj. Con unos minutos de sobra, se detienen en un quiosco. Su corazón se hunde al leer los titulares. GLASGOW ES ATACADA POR LA LUFTWAFFE, reza la portada del *West Africa Journal*. Cada día empeoran las noticias sobre la guerra en Europa. Los países caen, uno tras otro. Primero Polonia, luego Dinamarca y Noruega, partes de Finlandia, Holanda, Bélgica, Francia y los bálticos. Italia, Eslovaquia, Rumania, Hungría y Bulgaria se unen a las potencias del Eje. Addy se pregunta por el paradero de Willie y sus amigos de Montmartre, que tanto se burlaron de la idea de la guerra. ¿Se habrán quedado en Francia o habrán huido como él?

Addy sabe que dentro de unas semanas será la Pascua Judía, la tercera que se verá obligado a pasar fuera de casa. ¿Su familia intentará encontrar una manera de celebrarla este año? Se le forma un nudo en la garganta y se da la vuelta con la esperanza de que Eliska no note la tristeza en sus ojos. *Eliska*. Se está enamorando. *¡Enamorando!* ¿Cómo puede sentirse así con tanta preocupación consumiéndolo? No tiene una explicación, salvo que no puede evitarlo. Se siente bien. Y con todo lo que está ocurriendo a su alrededor, eso ya es un regalo. Agarra el pañuelo de su madre y se seca con disimulo las lágrimas que se le han formado en el rabillo del ojo.

Eliska enlaza su brazo con el de él.

—¿Listo? —pregunta.

Addy asiente, obligándose a sonreír mientras se dirigen al barco.

7 DE ABRIL DE 1941: *Se sellan las puertas de los dos guetos de Radom, lo que confina a unos veintisiete mil judíos en el gueto principal de la calle Wałowa y a otros cinco mil en el gueto más pequeño de Glinice, a las afueras de la ciudad. Con apenas unas seis mil quinientas habitaciones entre los dos guetos, están masificados de una forma drástica. Las condiciones de vida y las raciones de comida empeoran cada día y las enfermedades se propagan con rapidez.*

18

Mila y Felicia

Radom, la Polonia ocupada por los alemanes – MAYO DE 1941

Los susurros viajan con rapidez entre los trabajadores, como una ráfaga de viento a través de la hierba alta.

—*Schutzstaffel.* —Militares alemanes—. Ya vienen. —El color desaparece de las mejillas de Mila. Levanta la vista de lo que está cosiendo y, con las prisas, se pincha el dedo índice con la aguja.

Hace más de un mes que se sellaron las puertas de los dos guetos de Radom. La mayoría de los judíos de la ciudad —los que aún no residían en el gueto— recibieron un aviso de diez días a finales de marzo para abandonar sus hogares. Unos pocos afortunados pudieron intercambiar apartamentos con polacos cuyas casas estaban dentro de los límites del gueto. Pero la mayoría tuvo que darse prisa para encontrar un lugar donde vivir, lo cual era muy difícil porque los guetos ya estaban demasiado llenos, incluso antes de que empezaran a llegar los refugiados judíos de Przytyk, un pueblo cercano que los alemanes habían convertido en un campo militar. Los Kurc, por supuesto, habían sido obligados a abandonar su apartamento y a trasladarse al casco antiguo hacía año y medio. En cierto modo, tuvieron suerte de no tener que participar en la carrera desenfrenada por encontrar un sitio en el que vivir. En su lugar, se quedaron en su piso de dos habitaciones de la calle Lubelska, observando desde la ventana del segundo piso cómo los demás llegaban en masa.

Sin embargo, en abril, poco después del cierre del gueto, la Wehrmacht que se había establecido en la ciudad fue sustituida por la Schutzstaffel, que trajo consigo una nueva era de maldad. Era fácil reconocerlos por sus uniformes negros como escarabajos y su insignia en forma de «S»; las SS se enorgullecían de ser los alemanes más *puros* de todos. Entre los judíos se extendió con rapidez el rumor de que, para convertirse en miembro de las SS, los oficiales tenían que demostrar el origen racial de sus familias, remontándose al siglo XVIII.

«Estos tipos son creyentes de los de verdad —advirtió Isaac, un amigo de Mila—. No somos nada para ellos. Recordadlo. Somos menos que perros. —Como miembro de la policía judía, Isaac se vio en la nada envidiable situación de trabajar codo con codo con las SS y vio de cerca de lo que eran capaces».

Ha habido rumores en el taller de una redada. Ocurre a menudo: un grupo de las SS irrumpe sin aviso previo en uno de los lugares de trabajo del gueto y ordena a los judíos que se pongan en fila para contarlos y comprobar sus permisos. Para vivir en el gueto, los judíos deben tener documentos que los consideren aptos para trabajar. La mayoría de los que no tienen papeles —los ancianos, los enfermos o los más jóvenes— ya han sido deportados. Los pocos que quedan permanecen escondidos; prefieren correr el riesgo de ser descubiertos —y asesinados en el acto— a ser separados de sus familias, sobre todo ahora que han empezado a llegar a Wałowa noticias sobre las condiciones de vida en los campos de trabajo de esclavos a los que son enviados los deportados. Mila, que intenta no pensar en lo que ocurrirá si descubren a Felicia, se ha pasado las últimas semanas ideando un plan, una forma de esconder a su hija en caso de que haya una redada; y rezando por el regreso de su hermana.

Halina había escrito en febrero. Dijo que Franka y ella habían llegado a Leópolis y que había encontrado trabajo en un hospital; que volvería a casa en cuanto pudiera, con algunos ahorros y con los «dibujos» que Adam había prometido. Mila esperaba que «pronto» significase en las próximas semanas. Sus raciones mensuales duraban como mucho diez días. El hambre crecía cada día; parecía que la espina dorsal de Felicia se agudizaba cuando Mila le pasaba las yemas de los dedos por la espalda, engatusándola para que se durmiera. De vez en cuando, Nechuma conseguía un huevo o dos en el mercado negro, pero cuando lo hacía le costaba cincuenta zlotys, o un mantel, o una de sus tazas de té de porcelana. Están agotando sus ahorros y casi han consumido las provisiones que habían traído de casa, una realidad alarmante, si se tiene en cuenta que no se ve el fin de esta vida en cautividad.

Es horrible, la rutina: el hambre, el trabajo, la claustrofobia de vivir unos encima de otros. Ya no existe la intimidad. No hay espacio para pensar. Cada día las calles están más sucias, huelen peor. Los únicos seres que prosperan en el gueto son los piojos, que han crecido tanto que los judíos han empezado a llamarlos «rubitos». Cuando te encontrabas uno, lo quemabas y esperabas que no fuese portador de tifus. Mila y sus padres se están desanimando. Necesitan a Halina más que nunca, necesitan el dinero y las identificaciones, pero lo que más necesitan es su convicción. Su fuerza de voluntad. Necesitan a alguien que les levante el ánimo, que pueda mirarlos a los ojos y decirles con confianza que hay un plan. Un plan que los sacará del gueto.

Mila deja de coser, el ojal de la túnica a medio terminar, y se chupa una gota de sangre del dedo.

—Felicia —susurra, apartando la silla del banco de trabajo y asomándose entre sus rodillas. Debajo de la mesa, Felicia levanta la vista de su bobina de hilo y juega a pasarla de una mano a la otra.

—*Tak?*

—Ven.

Felicia extiende los brazos y Mila la levanta con cuidado hasta la cadera; luego, medio andando, medio trotando, se dirige a la esquina más alejada de la habitación, a una pared forrada con largos rollos de viscosa, lana y restos de tela reciclada, y junto a ellos, una hilera de sacos de papel; cada uno es casi el doble del tamaño de Felicia, están llenos de retales de tela. Deja a Felicia en el suelo y mira por encima del hombro hacia la puerta de la esquina de enfrente. Algunos levantan la vista de sus labores, pero siguen a lo suyo.

Mila se pone en cuclillas para que sus ojos estén a la altura de los de Felicia y toma las manos de la niña entre las suyas.

—¿Te acuerdas del día que jugamos al escondite? —pregunta, conteniendo la respiración e intentando no hablar demasiado rápido. No tiene mucho tiempo, pero Felicia debe entender exactamente lo que Mila va a decirle—. ¿Te acuerdas de que te escondiste aquí y fingiste ser una estatua? —Mila mira hacia los sacos de papel. La primera vez que jugaron, Mila tuvo que interpretar lo que significaba «ser una estatua», y Felicia se rio al ver a su madre inmóvil, como si la hubieran esculpido en un bloque de mármol.

Felicia asiente, de repente con una expresión seria, como la de una niña mucho mayor que dos años y medio.

—Necesito que te escondas por mí, amor. —Mila abre el saco que había marcado en la esquina inferior con una pequeña x, levanta de nuevo a Felicia y la deja con suavidad dentro—. Siéntate, cariño —le dice.

Dentro del saco, Felicia dobla las rodillas hacia el pecho y luego nota que el suelo se mueve debajo de ella cuando su madre empuja el saco para que quede a ras de la pared.

—Inclínate hacia atrás —le dice Mila desde arriba. Felicia apoya vacilante la espalda contra el hormigón frío—. Te voy a tapar bien —le dice su madre—. Estará oscuro, pero solo será un rato. Quédate quieta, como hemos practicado. Como una estatua. No hagas ruido, no muevas un músculo hasta que venga a buscarte, ¿vale? ¿Lo has entendido, cariño? —Los ojos de su madre están muy abiertos, no parpadea. Habla demasiado rápido.

—Sí —susurra Felicia, aunque no entiende por qué su madre la deja aquí, a oscuras, sola. La última vez le pareció un juego. Recuerda a su madre haciendo de estatua, lo ridícula que le había parecido. Hoy, no hay nada de lo que reírse en la urgencia de la voz de su madre.

—Buena chica. Como una estatua —susurra su madre, llevándose un dedo a los labios e inclinándose para darle un beso en la coronilla. *Está temblando*, piensa Felicia. *¿Por qué tiembla?*

Un segundo después, la bolsa de papel se cierra y los oídos de Felicia se ven invadidos por un crujido mientras el mundo a su alrededor se vuelve negro. Se esfuerza por oír el leve golpeteo de los tacones de su madre al cruzar la sala, pero lo único que consigue distinguir es el zumbido de las máquinas de coser y el sutil crujido rítmico del saco de papel, a un dedo de distancia de sus labios, moviéndose junto a su respiración.

Pero al cabo de un momento, se oyen sonidos nuevos. Una puerta que se abre. Un alboroto repentino: voces de hombres que gritan palabras extrañas, sillas que raspan el suelo. Luego se oyen pasos, muchos pasos, que avanzan a la vez por su lado, hacia el otro extremo de la sala. La gente, los trabajadores, se marchan. Los hombres siguen gritando hasta que los últimos pasos se disipan. Una puerta se cierra de golpe. Y entonces todo se queda en silencio.

Felicia espera durante varios latidos, con los tímpanos en tensión. Unos jirones de algodón le hacen cosquillas en los codos y los tobillos, y tiene unas ganas terribles de moverse, de rascarse en los sitios que le pican, de gritar. Pero aún puede sentir el temblor en el tacto de su madre y decide que será mejor que se quede sentada en silencio, como le han ordenado. Parpadea en la oscuridad. Al cabo de un rato, justo cuando empieza a dolerle el trasero, la puerta se abre con un chasquido. De nuevo, pasos. Se pone tensa y enseguida se da cuenta de que no son los de su madre. Sus dueños recorren la estancia y sus botas caen con fuerza sobre el suelo. Pronto se oyen voces que acompañan a los pasos. Más palabras extrañas. A Felicia el corazón le late con fuerza contra el pecho, con tanta fuerza que se pregunta si la gente de la sala podrá oírlo. Aprieta los ojos y aspira con delicadeza el aire oscuro y claustrofóbico, susurrándose a sí misma en silencio que se quede *quieta como una estatua, quieta como una estatua, quieta como una estatua.* Los pasos se acercan. Ahora el suelo palpita debajo de ella con cada pisada. Quienquiera que sea debe estar a centímetros de ella. ¿Qué harán si la encuentran? Y entonces lo oye: un crujido horrible, algo pesado, una bota quizá, que choca con rapidez contra el saco de papel que hay junto al suyo. Jadea y se tapa la boca con las manos. Temblorosa, siente algo caliente y húmedo entre las piernas y se da cuenta demasiado tarde de que se ha meado.

Los hombres empiezan a gritar de nuevo, con una voz cantarina.

—¡Sal, sal de dondequiera que estés! —Una lágrima resbala por la mejilla de Felicia. Tan silenciosa como puede, se tapa la cara con las manos, preparándose para el golpe que seguramente llegue. Cuando lo haga, la descubrirán y la atraparán… ¿a dónde la llevarán? Contiene la respiración y desea con toda su alma de dos años y medio que los hombres se vayan.

19

Halina y Adam

Leópolis, la Polonia ocupada por los soviéticos – MAYO DE 1941

En medio del sueño de Halina, su hermano Genek ha escapado del infierno al que no le cabe duda que ha estado sometido y ha regresado a Leópolis. Está frente a su apartamento, y llama a la puerta, porque su piso ha sido confiscado y necesita un lugar donde quedarse. Halina se gira hacia un lado, nota el calor de Adam junto a ella y se le revuelve el estómago al darse cuenta de que no está soñando. Los golpes son reales.

Desorientada, se incorpora y agarra el brazo de Adam.

—¿Qué hora es? ¿Has oído eso? ¿Quién diablos… quién podría ser? —Una pequeña parte de ella todavía cree, o quiere creer, que es Genek.

Adam alcanza la lámpara de su mesilla de noche.

—Franka, ¿tal vez? —sugiere, frotándose los ojos con las palmas de la mano.

Cuando Halina y Franka llegaron a Leópolis en enero, Franka había encontrado un apartamento a dos manzanas al sur del de Adam. La visita a menudo, pero nunca en mitad de la noche. Halina sale de la cama, se pone la bata y mira el reloj: es la una y media de la mañana. Se queda inmóvil y espera a que llamen de nuevo. Llega un momento después, esta vez más rápido: *pum, pum, pum, pum, pum,* el carnoso borde exterior de un puño golpeando rápido y con fuerza contra la madera.

—¡NKVD!

Halina abre mucho los ojos.

—*Kurwa* —maldice en voz baja.

Por lo que ella sabe, han pasado meses desde que Stalin envió su último tren de «indeseables» al este. El NKVD había venido a por Genek; sus vecinos lo confirmaron, una llamada como esta después de la medianoche. Lo más probable es que también vinieran a por Selim. Lo ha buscado y buscado y no ha encontrado rastro de él. ¿Ahora están aquí por ella? ¿Por Adam?

Al principio, Halina y Adam hablaron del tema de vivir separados por esta misma razón. El trabajo de Adam en la resistencia es arriesgado; si lo atrapan, no cabe duda de que sería deportado o asesinado, pero Halina fue tajante. Dijo: «No crucé un río a pie y casi muero de hipotermia para que viviéramos a una calle de distancia. Tienes una identificación falsa perfecta. Si vienen a por ti, úsala». Adam había aceptado y, poco después, se casaron en una tranquila ceremonia de quince minutos, con Jakob y Bella como testigos. Ahora, Halina se pregunta si debería haber insistido tanto en que Adam y ella compartieran domicilio.

Adam salta de la cama y se pone una camisa por encima.

—Déjame ir, a ver qué...

—¡Halina Eichenwald! —dice una segunda voz a través de la puerta, más grave, también en ruso—. Abra de inmediato o será arrestada.

—¿Yo? —susurra Halina. Desde que empezó a trabajar en el hospital, ha aprendido a entender y a hablar ruso—. ¿Qué podrían querer de mí? —Se alisa el pelo detrás de las orejas, con el pulso acelerado. Se habían preparado para recibir un golpe en la puerta por Adam, pero no habían pensado qué hacer si era por ella.

—Déjame... —Adam lo intenta de nuevo, pero esta vez es Halina quien lo interrumpe.

—¡Ya voy, un momento! —dice en voz alta. Se vuelve hacia Adam mientras se anuda el cinturón de algodón de la bata alrededor de la cintura—. Saben que estoy aquí —dice—. Es inútil esconderse.

—Ahora sí —susurra Adam, con las mejillas enrojecidas—. Nuestras identificaciones... podríamos haberlas usado.

Halina se da cuenta de su error.

—Seguro que no es nada —dice—. Vamos. —Se apresuran a recorrer el pasillo juntos.

Hasta ahora, vivir en Leópolis ha sido relativamente fácil. Utilizan sus nombres reales porque, como judíos, reciben el mismo trato que los polacos de la ciudad. Franka trabaja de asistenta, Adam es ingeniero ferroviario y Halina es ayudante técnica en el hospital militar de la ciudad. Viven en apartamentos en el centro de la ciudad; a diferencia de Radom, Leópolis todavía no tiene gueto. Sus días son sencillos. Van a trabajar, vuelven a casa, ganan lo suficiente para salir adelante. Halina ahorra lo poco que puede para cuando regrese a Radom. Y, por supuesto, Adam trabaja en su tiempo libre en las identificaciones. En general, la vida en Leópolis ha sido tranquila. Los han dejado tranquilos. Hasta ahora.

En la puerta, Halina hace acopio de toda su confianza. Tan erguida como se lo permite su pequeña estatura, quita el pestillo. Fuera, dos oficiales del NKVD la saludan con rápidas y severas inclinaciones de cabeza.

—¿Qué puedo hacer por ustedes? —pregunta Halina en ruso, con una mano todavía aferrándose al pomo de la puerta.

—Pani Eichenwald —empieza diciendo uno de los oficiales—, tiene que venir ahora mismo al hospital con nosotros.

—¿Qué ocurre?

—Necesitamos su sangre. El doctor Levenhed nos espera en el laboratorio.

Levenhed es el superior de Halina. Se pasa el día examinando sangre, encontrando coincidencias para transfusiones y analizando muestras para detectar enfermedades infecciosas. El trabajo de Halina consiste en ayudar a preparar los análisis y anotar los resultados mientras Levenhed observa una placa a través del microscopio.

—¿A qué se refiere con… mi *sangre*? —pregunta Halina, incrédula.

—Tenemos un general ingresado. Ha perdido mucha sangre. Levenhed dice que usted es compatible. —Hacerse un análisis de sangre cuando empezaban a trabajar allí era un requisito para todo el personal del hospital. A Halina no le habían dicho qué tipo era cuando le hicieron los análisis, pero al parecer la información estaba archivada.

—¿Y nadie del hospital puede ser donante?

—No. Vamos.

—Lo siento, pero no es un buen momento. No me encuentro bien —miente Halina. Es escéptica. ¿Qué pasa si todo esto es solo una treta, una excusa inteligente para sacarla por la puerta, para que el NKVD pueda arrestarla y enviarla lejos?

—Me temo que eso no nos concierne. La necesitan de inmediato. Vístase rápido.

Halina contempla la posibilidad de oponer resistencia, pero sabe que no debe hacerlo.

—De acuerdo —susurra. Mientras regresa al dormitorio, Adam la sigue de cerca. Se dice a sí misma que no es una trampa. ¿Por qué el NKVD se inventaría una historia tan elaborada cuando, por todo lo que ha oído, no necesitaban ningún pretexto para arrestarla? Y, si iban a ser deportados, ¿por qué vendrían solo a por ella, y no a por Adam?

—Voy contigo —declara Adam cuando llegan al dormitorio.

—Estoy segura de que no lo permitirán —dice Halina—. Levenhed estará en el hospital. Confío en él, Adam. Y si solo necesitan mi sangre, por la mañana estaré de vuelta.

Adam sacude la cabeza y Halina puede ver el miedo en sus ojos.

—Si no vuelves en unas horas, iré a por ti.

—De acuerdo. —Halina se pregunta por el general ruso, por sus actos. ¿Darle su sangre y mantenerlo con vida la convertiría en cómplice de sus actos? Se quita esa idea de la cabeza, recordándose a sí misma que no es decisión suya. Hasta ahora ha podido evitar los problemas porque ha hecho lo que le han pedido. Si necesitan su sangre, que así sea.

En el hospital, todo sucede con rapidez. La acompañan al laboratorio y por el camino se entera de que esa misma noche han traído al general para una operación urgente. Una vez sentada, un médico con bata blanca le ordena que se suba las mangas.

—¿Las dos? —pregunta Halina.

—*Da*.

Halina se remanga la blusa hasta por encima del codo y observa cómo el hombre de la bata, que ella supone que es médico, coloca un par de agujas, un torniquete de goma, un bastoncillo de algodón, dos vendas, un frasco de alcohol y un pequeño ejército de tubos para recoger la sangre en una bandeja metálica a su lado, cuenta doce. Un minuto después, le acerca una aguja al brazo, la inclina hacia arriba e introduce la punta en una vena. Le duele, más de lo que debería, pero aprieta la mandíbula y se niega a hacer una mueca de dolor. Es una marioneta para estos hombres, pero al menos esto —la fuerza que transmite su expresión— puede controlarlo. En pocos segundos, el primer tubo de ensayo se tiñe de un rojo púrpura intenso. El médico le retira el torniquete de la parte superior del brazo con una mano y sustituye el tubo lleno por otro vacío, con la aguja aún clavada en el brazo. Una enfermera espera detrás de él y, cada vez que un tubo se llena, lo retira a toda prisa. Al llegar al sexto tubo, la sangre de Halina fluye con lentitud y el médico le pide que abra y cierre el puño hasta llenar el tubo. Al final, retira la aguja y le pone una venda alrededor del pliegue del codo, y luego dirige su atención en silencio hacia el otro brazo.

Son las tres de la madrugada cuando permiten que Halina vuelva a casa. Ha donado casi un litro de sangre. Está mareada y no sabe si el general ha sobrevivido a la noche, si la transfusión ha tenido éxito. Pero no le importa. Lo único que quiere es volver con Adam. El médico garabatea una nota y se la entrega mientras ella se marcha.

—Por si alguien pregunta por qué estás en la calle —dice. El NKVD que la había recogido la había llevado en coche al hospital. Por la nota deduce que no la llevarán a casa. *Menos mal*, piensa Halina. Se alegra de haberse librado de ellos. La acepta y se marcha sin decir nada.

Su piso está a siete manzanas del hospital. Hace el recorrido a diario, lo conoce bien. Pero en plena noche, la ciudad le resulta extraña. Las calles están oscuras, vacías. Cada vez que pisa los adoquines, está más convencida de que alguien la sigue o la espera, entre las sombras. *Solo estás cansada*, se dice a sí misma. *Deja de ser una paranoica.* Pero no puede evitarlo. Con lo agotada que está, no es ella misma. Para empezar, tiene frío. Estamos en mayo, pero las noches siguen siendo frías. No para de tiritar. Además, la cabeza le da vueltas y siente los miembros pesados, como si estuviera borracha. A mitad de camino, asustada por la sensación de ser espiada, se quita los zapatos y reúne las fuerzas que le quedan para trotar las tres últimas manzanas hasta su piso.

Antes de que pueda sacar una llave del bolsillo, la puerta se abre de golpe y aparece Adam, aún vestido.

—Gracias a Dios —dice—. Estaba a punto de salir. Entra, rápido.

—La sujeta por el brazo y ella hace una mueca cuando su pulgar presiona el hematoma en el pliegue del codo—. Halina, ¿estás bien?

—Estoy bien —dice. Sonríe, un débil intento de disimular el dolor y su delirio. Si Adam supiera cuánta sangre le habían sacado, se pondría hecho una furia, y todavía más furioso por no poder impedirlo—. Solo estoy cansada —añade.

Adam cierra la puerta y la acerca a él. Ella puede sentir los latidos de su corazón a través de la camiseta.

—Estaba muy preocupado —susurra.

La energía que Halina había utilizado para correr hasta casa ha desaparecido y de repente le parece que va a desmayarse.

—Estaré bien por la mañana —dice—, pero necesito acostarme.

—Sí, claro. —Adam la ayuda a acostarse. Le ajusta la almohada y le pone una manta sobre los hombros antes de traerle un vaso de agua y unos trozos de manzana, que deja en la mesita de noche.

—Me cuidas muy bien —susurra Halina. Ya tiene los ojos cerrados, le pesa la respiración—. Nos cuidas.

Adam le aparta el pelo a un lado y le da un beso en la frente.

—Me alegro de que hayas vuelto —le dice. Se desviste, apaga la luz y se mete en la cama—. Estaba muerto de miedo.

Halina puede sentir cómo el sueño la arrastra hacia su abismo.

—¿Adam? —pregunta. Está a unos segundos de quedarse dormida.

—Sí, amor.

—Gracias.

MAYO DE 1941: *El dictador brasileño Getúlio Vargas comienza a imponer restricciones en el número de judíos permitidos en el país, calificándolos de «indeseables y no integrables». Enfurecido por el número de visados que Souza Dantas ha concedido sin permiso en Francia, Vargas empieza a rechazar a los refugiados que buscan la libertad en Brasil y promulga la ley 3175, obligando al embajador Souza Dantas a retirarse.*

20

Addy

Casablanca, el Marruecos ocupado por los franceses
— 20 DE JUNIO DE 1941

Addy estudia el puerto de Casablanca, la fila de autobuses aparcados junto al muelle, los soldados de piel oscura que han formado un túnel humano a los pies de la pasarela. Según el capitán del *Alsina*, se había enviado el barco de Dakar a Casablanca «para unas reparaciones». Pero los hombres armados que ordenan desembarcar a los refugiados no parecen ni de lejos un equipo de reparación.

Así que esto es Marruecos, piensa Addy para sí mismo.

Al final, el *Alsina* había pasado casi cinco sofocantes meses atracado en Dakar. Cuando por fin levó anclas en junio, los visados de noventa días para viajar a Sudamérica de la mayoría de los pasajeros ya habían caducado. *¿Qué vamos a hacer? ¿Y si Vargas no nos renueva los papeles? ¿A dónde iremos?* El hecho de desviarse hacia el norte, hacia Europa, no contribuyó a mejorar los ánimos de los pasajeros, que cada día estaban más agitados. Nadie creyó que se dirigiesen a Casablanca por razones técnicas. Para calmar la histeria de los refugiados, el capitán del *Alsina* prometió ponerse en contacto con las autoridades competentes a fin de garantizar el pasaje a Río: dijo que enviaría un telegrama a la embajada brasileña en Vichy, con la petición de que se ampliaran los visados de los pasajeros para compensar las semanas que habían pasado sin poder moverse. Pero nadie sabe si ese telegrama llegó a enviarse o a recibirse, ya que el capitán, la tripulación y los refugiados a bordo fueron expulsados del barco poco después de atracar en Casablanca. A los pocos pasajeros que podían pagar un hotel se les ofreció la opción de alojarse en el centro de la ciudad, pero la mayoría fueron escoltados a un campo de detención a las afueras a la espera de una decisión del gobierno marroquí amigo del Eje sobre si se permitiría al *Alsina* volver a zarpar.

Mientras Addy desciende por la pasarela del barco, los soldados agitan sus fusiles hacia los autobuses y gritan a la multitud de extranjeros que se extiende por el muelle: *Allez! Allez!* Addy sube a un autobús y encuentra asiento junto a una ventanilla que da al muelle, busca a las Lowbeer, que sin duda se encuentran entre el grupo de pasajeros de primera clase reunidos a la sombra de la proa del *Alsina* a la espera de ser trasladados a la ciudad. Observa a la multitud, pero es imposible ver nada a través del cristal sucio. Se arrodilla en su asiento, baja la ventanilla unos centímetros y mira a través de la abertura. Cuando el autobús se aleja, ve a Eliska, o al menos cree verla, la parte superior de su cabeza rubia; parece estar de puntillas, mirando en su dirección. Mete la mano por la rendija de la ventanilla, saluda, preguntándose si sabrá que es él. Un segundo después, el autobús se aleja, levantando una nube de polvo y humo a su paso.

Avanzan durante cuarenta y cinco minutos antes de que el vehículo se detenga en una zona desértica rodeada de alambre de espino. Mientras Addy entra, mira el cartel de madera de la entrada: KASHA TADLA. El campamento está infestado de moscas y envuelto en un ineludible olor a excrementos, gracias a varios agujeros excavados en la tierra que sirven de retretes. Addy pasa dos noches incómodas durmiendo codo con codo con un par de españoles en una tienda hecha para una persona antes de decidir que ya está harto de Kasha Tadla. La mañana de su tercer día, se acerca a un guardia situado en la entrada del campamento y, en un francés perfecto, se ofrece a ir a la ciudad a por algunos suministros que el grupo necesita con desesperación.

—Nos hemos quedado sin papel higiénico y sin jabón. Tenemos muy poca agua. Sin esas cosas, la gente enfermará. Morirá. —Pasa a la página de su cuaderno de bolsillo donde ha garabateado: *papier hygiénique, savon, eau embouteillée*—. Hablo vuestro idioma y sé lo que necesitamos. Llévame a la ciudad; compraré algunas provisiones. —Addy hace sonar el cambio que lleva en el bolsillo y añade—: Tengo algunos francos; compraré lo que quepa en mi mochila y lo pagaré todo yo.

—Sonríe y luego se encoge de hombros, como si acabara de ofrecerle un favor generoso: «Lo tomas o lo dejas». Tras una breve pausa, el guardia acepta.

Dejan a Addy en lo alto del Boulevard Ziraoui y le dicen que vuelva al mismo lugar en una hora, con provisiones.

—¡Una hora! —exclama Addy mientras se pone en marcha, esquivando carros tirados por burros y respirando los aromas penetrantes y desconocidos de un colorido mercado de especias mientras serpentea por el centro de Casablanca. Por supuesto, no volverá en una hora. La única intención que tiene es localizar a las Lowbeer, lo que por suerte no es tan difícil como creía. Las encuentra en un café al aire libre, bebiendo French 75 en copas altas; en medio de un grupo de hombres de rostro alargado con túnicas y tazas de té, destacan como una pareja de periquitos en una bandada de palomas. Eliska salta de su silla al verlo. Tras una breve y emotiva reunión, Addy sugiere que vuelvan al hotel, donde él puede pasar desapercibido. Le parece presuntuoso pedir su protección, pero seguramente el guardia que lo espera en el Boulevard Ziraoui no tardará en venir a buscarlo, al darse cuenta de que lo han engañado. Madame Lowbeer accede a regañadientes, con la condición de que Addy duerma en el suelo mientras esperan noticias sobre el destino del *Alsina*.

Cinco días más tarde, las autoridades marroquíes declaran al *Alsina* barco enemigo, alegando que han descubierto contrabando a bordo. A Addy y a las Lowbeer les cuesta creer esta acusación, pero tanto si el barco transporta mercancías ilegales como si no, las autoridades han tomado una decisión. El *Alsina* no abandonará Casablanca. Los detenidos en Kasha Tadla son liberados y, junto con los que se habían librado del campamento de tiendas, se les reembolsa el 75 % del coste de sus billetes. Dejan a los pasajeros a su suerte. Addy y las Lowbeer se plantean quedarse en Casablanca, con la posibilidad de que las autoridades les expidan visados marroquíes, pero luego se lo piensan mejor. Casablanca ya ha sufrido bastantes guerras, y Marruecos, que ahora está bajo el gobierno de Vichy, seguramente no sea una opción más segura que Francia.

Tienen que moverse rápido. Hay seiscientos refugiados, la mayoría están desesperados por encontrar una salida. Necesitan un plan, y lo necesitan rápido. Tras varios días recabando información de todas las fuentes posibles —expertos, funcionarios del gobierno, trabajadores del puerto, periodistas— se enteran de que hay barcos que zarpan hacia Brasil desde España. Según los periódicos, España y Portugal siguen manteniéndose neutrales. De inmediato, Addy y las Lowbeer deciden viajar al norte, a la Península Ibérica, y descubren que los únicos barcos que se dirigen a Sudamérica parten de Cádiz, un puerto situado en el oeste de España. Sin embargo, para llegar hasta allí, primero tendrán que encontrar la manera de llegar a Tánger, una ciudad de la costa norteafricana que está situada a trescientos cuarenta kilómetros de Casablanca, y luego cruzar el estrecho de Gibraltar, un estrecho tramo de agua que canaliza prácticamente todo lo que entra y sale del Mediterráneo desde el Atlántico; un tramo de agua que había sido bombardeado con dureza el año anterior por la Fuerza Aérea francesa de Vichy, y que ahora está bajo la estricta vigilancia y fortificación de la Marina británica. Si consiguen cruzar el estrecho hasta Tarifa, tendrán que dirigirse hacia el norte otros cien kilómetros hasta Cádiz. No será fácil. Pero, por lo que saben, es la única opción que tienen. Hacen las maletas deprisa y Addy se encarga de organizar el transporte a Tánger.

El puerto de Tánger está abarrotado de barcos que cruzan el estrecho desde y hacia Tarifa. Addy cuenta tres portaaviones británicos, un puñado de barcos de carga y docenas de barcos de pesca. Las Lowbeer y él caminan por los muelles, debatiendo a qué buque deben acercarse. Hay una oficina de venta de billetes en el otro extremo del puerto, pero seguramente les exigirán visados para comprarlos. Deciden que será mejor contratar a un capitán por su cuenta.

—¿Y él? —Addy señala a un pescador con la piel agrietada por el sol y la barba desgreñada sentado en la popa cuadrada de su barco, almorzando. Su esquife es pequeño, de casco plano y pintura azul descascarillada. Addy espera que sea lo bastante discreto como para cruzar el estrecho sin llamar la atención y lo bastante funcional como para llevarlos sanos y salvos hasta Tarifa. Una bandera española descolorida ondea con suavidad desde la angosta proa de la embarcación. Sin embargo, el pescador niega con la cabeza ante la primera oferta de Madame Lowbeer.

—*Peligroso* —dice.

Madame Lowbeer se quita el reloj.

—*Esto también* —dice ella, que sorprende a Addy con su español.

El pescador entorna los ojos hacia el muelle como si intentara descifrar si alguien de la autoridad podría estar observando, y luego vuelve a mirar al trío durante un momento, considerando sus opciones. Addy agradece su aspecto: puede que sean refugiados, pero están lo bastante bien vestidos como para parecer dignos de confianza.

—*El reloj* —acaba farfullando el pescador.

Madame Lowbeer desliza el reloj en su bolso.

—*Primero, Tarifa* —dice con frialdad. El pescador gruñe y les hace señas para que suban a bordo.

Addy sube primero al esquife para ayudar a cargar sus pertenencias. Por suerte, en Casablanca, Madame Lowbeer había decidido enviar sus tres enormes maletas a su hermano en Brasil. Ahora viajan con maletas de cuero de tamaño similar a la de Addy. Una vez que han guardado sus cosas, Addy les tiende la mano mientras las mujeres suben con cautela a la barca, fijándose en un pequeño charco de agua aceitosa que se ha acumulado en el suelo de la popa.

El viaje es movidito. Madame Lowbeer vomita dos veces por la borda. Las mejillas de Eliska adquieren un tono blanco fantasmal. Nadie habla. En varias ocasiones, Addy contiene la respiración cuando está seguro de que su pequeño esquife está a punto de ser engullido por la estela de un buque de carga. Mantiene la mirada fija en la costa rocosa de Tarifa, y reza para que puedan llegar sin ser vistos —y a flote— a territorio español.

ENTRE EL 22 Y EL 30 DE JUNIO DE 1941: *En un inesperado giro de los acontecimientos, Hitler le da la espalda a Stalin y rompe el pacto de no agresión germano-soviético. Ataca todo el frente oriental, incluida la Polonia ocupada por los rusos. La invasión, de gran alcance, recibe el nombre en clave de Operación Barbarroja. En Leópolis, tras una semana de encarnizados combates, los soviéticos son derrotados; sin embargo, antes de retirarse, el NKVD asesina a miles de intelectuales, activistas políticos y criminales polacos, judíos y ucranianos recluidos en las cárceles de la ciudad. Los alemanes culpan de manera pública a los judíos de estas masacres y declaran que las víctimas eran en su mayoría ucranianas. Por supuesto, esto enfurece a la milicia ucraniana proalemana, la cual, junto con los* Einsatzgruppen *(escuadrones de la muerte de las SS) actúa contra los judíos que habitan en la ciudad. Miles de hombres y mujeres judíos que no han encontrado la forma de esconderse son desnudados, apaleados y asesinados en las calles.*

21

Jakob y Bella

Leópolis, la Polonia ocupada por los soviéticos
– 1 DE JULIO DE 1941

L eópolis ha caído. La locura comenzó a finales de junio, poco después del ataque sorpresa de Hitler a la Unión Soviética, que fue cuando Jakob, Bella, Halina y Franka se escondieron.

Llevan más de una semana encerrados en el sótano de su edificio. Un amigo polaco llamado Piotr les trae noticias y comida cuando puede: una improvisada organización de ayuda humanitaria.

«La ciudad está plagada de Einsatzgruppen y lo que parece ser una milicia ucraniana —dijo Piotr la primera vez que vino a ver cómo estaban—. Van a por los judíos. —Cuando Jakob preguntó por qué, Piotr explicó que el NKVD había asesinado a la mayoría de los presos de las cárceles de la ciudad antes de huir, miles de los cuales eran ucranianos, y que culpaban a los judíos—. No tiene mucho sentido —dijo—. Cientos de los reclusos eran judíos, pero eso no parece importarles».

Se escucha un solo golpe desde arriba. Piotr. No era ningún secreto que él también sería perseguido por los alemanes si lo descubrían ayudando a los judíos. Jakob se levanta.

—Iré yo —dice, enciende una vela y se dirige de puntillas a la escalera. Junto con las noticias del pogromo, Piotr suele traer comida: paquetes pequeños con pan y queso. Suele venir una vez al día, por la tarde.

—Ten cuidado —susurra Bella.

Ayer, diez días después del comienzo del pogromo, Piotr dijo que el periódico estimaba que la cifra de judíos muertos en la ciudad ascendía a la friolera de tres mil quinientos. Diez, veinte, incluso cien,

Bella podía creérselo. ¿Pero miles? La cifra es demasiado espantosa para ella, y no puede olvidar que no sabe nada de su hermana desde la invasión. Una y otra vez imagina el hermoso cuerpo de Anna entre los que están esparcidos por las calles; Piotr dice que tiene que pasar por encima de los cadáveres para llegar a la puerta de su casa. Bella le ha rogado a Piotr que visite el piso de Anna; ha ido dos veces, y dos veces ha vuelto con la noticia de que sus llamadas a la puerta no han obtenido respuesta.

Escucha a Jakob subir las escaleras. Pronto se oye otro golpe, el de Jakob, seguido de cuatro rápidos toques recíprocos, el código de Piotr que indica que es seguro abrir la puerta. Las bisagras chirrían, y un piso más abajo, Bella exhala, escuchando el leve murmullo de una conversación.

—Todo va a salir bien —dice Halina, sentándose a su lado.

Bella asiente, admirando la fortaleza de su cuñada. Adam también ha desaparecido. Había insistido en permanecer arriba durante el pogromo, alegando que la resistencia lo necesitaba ahora más que nunca. Halina aún no tiene noticias suyas y, sin embargo, aquí está, ofreciéndole consuelo a Bella.

Las mujeres se sientan en silencio y escuchan. Al cabo de un rato, la conversación se detiene y Bella se pone tensa. El silencio se prolonga dos, tres, cuatro segundos, luego casi medio minuto.

—Algo va mal —susurra. Puede sentirlo en el pavor que florece en su caja torácica; sea lo que fuere, no quiere saberlo. Al final, la puerta de arriba chirría, el cerrojo se cierra y unos pasos se dirigen despacio hacia la escalera. Cuando Jakob llega al sótano, Bella apenas puede respirar.

Jakob le da la vela y una barra de pan a Halina y se sienta.

—Bella —dice en voz baja.

Bella levanta la vista, sacude la cabeza. *Por favor, no.* Pero en la cara de Jakob puede ver que su instinto tiene razón. *Oh, cielos, no.*

Jakob traga saliva y mira al suelo durante un segundo antes de separar los dedos. En la palma de la mano hay una nota.

—Piotr la encontró, sobresalía por debajo de la puerta de Anna. Lo siento mucho, Bella.

Bella mira el papel arrugado como si fuera una bomba a punto de estallar. Apoya la parte baja de la espalda en la pared y aparta la mano de Jakob cuando él la toca. Jakob y Halina intercambian una mirada de preocupación, pero Bella no se da cuenta. La paraliza la idea de que lo que tenga su marido, lo que sepa, la destruirá. Que, en un abrir y cerrar de ojos, todo cambiará. Jakob espera pacientemente, en silencio, hasta que Bella por fin reúne el valor para aceptar la nota. Sujeta el papel arrugado con ambas manos y enseguida reconoce la letra de su hermana.

Nos están llevando. Creo que van a matarnos.

Bella respira hondo, de repente inestable, como si el suelo bajo sus pies hubiera cedido. Arruga la nota y, mientras las paredes empiezan a girar, su mundo se oscurece. Se lleva la mano a la frente y llora.

22

Halina

Leópolis, la Polonia ocupada por los alemanes
— 18 DE JULIO DE 1941

—¿Preparada? —pregunta Wolf.

Se detienen en la esquina de una calle, a una manzana del campo de trabajo. Halina asiente con la cabeza y observa el recinto, una estructura de cemento de mala calidad rodeada por una valla de alambre de espino. En la entrada, un guardia con un pastor alemán pisándole los talones. Sabe que si las cosas no salen según lo previsto se pasará mucho tiempo mirando la valla desde dentro. Pero ¿qué otra opción le queda? No puede quedarse de brazos cruzados. La destruirá. Y tal vez a Adam también, si no lo ha destruido ya.

—Será mejor que te vayas —dice Wolf—. Antes de que piensen que estamos tramando algo.

Halina echa un vistazo calle abajo a las mesas frente a una cafetería a dos manzanas al este de donde están, el punto de encuentro que habían acordado.

—De acuerdo —dice Halina. Toma aire y se endereza.

—¿Estás seguro de que quieres hacer esto sola? —Wolf niega con la cabeza, como si quisiese que ella se negara.

Halina dirige su atención al campo.

—Sí, estoy segura.

Wolf, un conocido de Adam de la resistencia, había insistido en caminar con ella hasta el campo desde el centro de la ciudad, pero Halina se mostró inflexible en que se quedase atrás una vez que llegaran; razonó que, al menos de esa manera, si su plan fracasaba, podría volver a Leópolis y buscar ayuda.

Wolf asiente. Una pareja de polacos agarrados del brazo pasa junto a ellos. Espera a que pasen y se inclina para darle a Halina un beso en la mejilla.

—Buena suerte —susurra, antes de enderezarse y dirigirse a la cafetería.

Halina traga saliva. *Esto es una locura.* Piensa que debería estar de camino a Radom, con el calor del verano sofocándole los pulmones. Su padre había enviado un camión. «Hay rumores de otro pogromo en Leópolis», escribió Sol después de enterarse del primero. «Venid a Radom. Estaréis mejor aquí con nosotros». Jakob, Bella y Franka se habían ido esa mañana. Halina se había quedado.

Había estado en casa hacía siete semanas, a principios de junio. Había llevado documentos de identidad y algunos zlotys que había ahorrado, aunque ninguno de los dos les serviría de nada a sus padres y a Mila en el gueto; el mercado negro estaba prácticamente acabado y dentro de los muros de Wałowa no servía de nada un documento de identidad ario. Halina había pensado en quedarse en Radom, pero su trabajo en el hospital le proporcionaba algunos ingresos —habría sido una tontería dejarlo— y Adam estaba demasiado aferrado a los esfuerzos de la resistencia de Leópolis como para volver. Además, no había sitio para los dos en el minúsculo piso del gueto. Se quedó poco tiempo y regresó a Leópolis con los documentos para viajar aprobados por su supervisor en el hospital y con un juego de plata de su abuela, bien envuelto en una servilleta. «Llévatelo», había insistido Nechuma antes de marcharse. «Quizá puedas utilizarlo para ayudarnos a salir de aquí». Y entonces Hitler violó su pacto con Stalin y desató a sus Einsatzgruppen en Leópolis; se produjo una masacre, y su padre envió el camión para rescatar a su familia. Le había dolido rechazar su petición de volver a casa, y detesta pensar en lo que le habría costado el camión. Sabe que la familia la necesita. Pero no puede irse de Leópolis sin Adam. Y Adam ha desaparecido.

Halina recuerda aquel día, hace poco más de dos semanas, cuando los combates cesaron en Leópolis y por fin pudo salir de su escondite. Corrió medio kilómetro hasta su antiguo apartamento y lo encontró vacío. Adam no estaba. Al parecer, se había marchado a toda prisa: se había llevado su maleta, algo de ropa y su documento de identidad falso que estaba detrás del cuadro de acuarelas de la cocina. Halina había buscado en el apartamento una nota, una pista, cualquier cosa que pudiera revelarle a dónde había ido, pero no había encontrado nada. Durante los tres días siguientes visitó varias veces cada uno de los lugares que habían designado como puntos seguros para reunirse en caso de emergencia: la puerta arqueada bajo los escalones que conducían a la catedral de San Jorge, la fuente de piedra frente a la universidad, la parte trasera del café escocés... pero Adam no estaba en ningún sitio.

Cuando Wolf llamó a su puerta, Halina pudo reconstruir qué había sucedido. Según Wolf, los alemanes se habían presentado en casa de Adam una noche durante el pogromo. Se lo habían llevado a un campo de trabajo a las afueras del centro de Leópolis. Wolf lo sabía porque alguien de la resistencia había conseguido sobornar a un guardia del campo para que pasara notas a través de la valla que rodeaba la propiedad. La nota de Adam había llegado a manos de Wolf la semana anterior: «Por favor, ve a ver cómo está mi mujer», decía. Había firmado la nota con el nombre que Halina y él usaban en sus documentos falsos: Brzoza. La resistencia había estado intentando dar con una manera de sacarlo, pero sin suerte. Escuchar esas noticias fue un gran alivio, al menos Adam estaba vivo, pero, también, el no saber qué tenían los alemanes preparado para él hacía que Halina sintiese escalofríos. Si sabían de su implicación en la resistencia, era hombre muerto.

«Tengo algo de plata —le dijo a Wolf—, un juego de cubiertos».

Wolf había asentido con cautela.

«Podría funcionar —dijo—. Vale la pena intentarlo».

Halina rodea con los dedos las asas de cuero del bolso que cuelga de su hombro. *Solo tendrás una oportunidad*, se recuerda a sí misma. *No la eches a perder.* El corazón le late a mil por hora mientras se dirige hacia el guardia de la entrada del recinto, como si estuviera a punto de subir a un escenario, de actuar ante un público implacable.

El pastor alemán es el primero en fijarse en ella y ladra, forcejeando contra la correa, con el pelaje negro y tostado de los hombros en punta y enfurecido. Halina no se inmuta. Mantiene la barbilla en alto y hace todo lo posible por transmitir seguridad en sus pasos. Con la correa sujeta con firmeza alrededor de su muñeca, el guardia permanece de pie con los pies abiertos para mantener el equilibrio. Cuando Halina llega hasta él, el pastor alemán está casi histérico. Halina sonríe al guardia y espera a que el perro se calme. Cuando deja de ladrar, rebusca en su bolso el carné de identidad.

—Me llamo Halina Brzoza —dice en alemán. Al igual que el ruso, el alemán le resulta fácil; lo perfeccionó cuando los nazis invadieron Radom. Rara vez lo habla, pero, para su sorpresa, las palabras fluyen con naturalidad por su lengua.

El guardia no habla.

—Me temo que habéis confundido a mi marido con un judío —continúa Halina, entregando al guardia su documento de identidad falso—. Está dentro y he venido a por él. —Se pega el bolso al costado, sintiendo el bulto de los cubiertos contra las costillas. La última vez que había usado estos cuchillos y tenedores fue en la mesa de sus padres. Si alguien le hubiera dicho que algún día podrían valer la vida de su marido, se habría reído. Mira al guardia mientras examina su identificación. A diferencia de algunos alemanes de la ciudad, cuyos cuellos parecen tan anchos como sus cráneos, este es largo y angosto. Las sombras se acumulan en las cuencas de sus ojos y bajo sus pómulos. Halina se pregunta si sus rasgos siempre habrán sido así de afilados, o si estará tan hambriento como ella. Como el resto de Europa.

—¿Y por qué iba a creerla? —le pregunta al final el guardia, devolviéndole su identificación.

El sudor ha empezado a acumularse en el labio superior de Halina. Piensa con rapidez.

—*Por favor* —resopla, sacudiendo la cabeza como si el guardia la hubiera ofendido—. ¿Acaso parezco judía? —Lo mira fijamente, con sus ojos verdes, sin pestañear, y reza para que su asertividad, en la que se ha acostumbrado a confiar, pueda ayudarla—. Está claro que ha habido un error —dice—. Y, de todos modos, ¿qué haría un judío con plata de esta calidad? —Saca la plata de su bolso y desenvuelve una esquina de la servilleta para revelar el mango de una cuchara. Brilla bajo el sol—. Es de la bisabuela de mi marido. Que era alemana, por cierto —añade Halina—. Era una Berghorst. —Pasa el pulgar por encima de la «B» grabada; en silencio, da las gracias a su madre por haber insistido en que se la llevase cuando se marchó de Radom, y envía una disculpa a su difunta abuela, que creció como una orgullosa Baumblit.

El guardia parpadea al ver la plata. Mira a su alrededor, asegurándose de que nadie haya visto lo mismo que él. Vuelve a mirar a Halina, baja la barbilla y sus ojos grises como la seda se encuentran otra vez con los de ella.

—Escúcheme —dice. Su voz se ha reducido casi a un susurro—. No sé quién es usted, y francamente no me importa si su marido es judío o no. Pero si dice que su marido es de origen alemán —hace una pausa y mira la plata en las manos de Halina—, estoy seguro de que el jefe puede ayudarla.

—Entonces lléveme ante él —dice Halina, sin vacilar.

El guardia niega con la cabeza.

—Nada de visitas. Deme lo que tiene ahí y yo se lo llevaré.

—No se ofenda, Herr...

El alemán duda.

—Richter.

—Herr Richter. Pero no me separaré de esto hasta que me haya entregado a mi marido. —Vuelve a guardar la plata en el bolso y se la mete con fuerza en el pliegue del codo. Por dentro tiembla, pero mantiene las rodillas inmóviles y la expresión serena.

El guardia entrecierra los ojos y parpadea. Parece que no está acostumbrado a que le digan lo que tiene que hacer. Al menos no un civil.

—Pedirá mi cabeza —dice Richter con frialdad.

—Entonces conserve su cabeza. Y quédese con la plata. Para usted —responde Halina—. Parece que le vendría bien. —Contiene la respiración, preguntándose si ha ido demasiado lejos. No había querido decir lo último como un insulto, pero había sonado como tal.

Richter se lo piensa durante un instante.

—Su nombre —dice al final.

Halina nota que se le relajan un poco los hombros.

—Brzoza. Adam Brzoza. Gafas redondas, piel pálida. Es el único que no tiene pinta de judío.

Richter asiente.

—No prometo nada —dice—. Pero vuelva en una hora. Traiga su plata.

Halina asiente.

—Muy bien, pues. —Se da la vuelta y se aleja a paso ligero del campo.

En la cafetería, encuentra a Wolf sentado en una mesa al aire libre, con una taza de café de achicoria delante mientras finge interés por un periódico. Cuando ella se sienta frente a él, el guardia ha desaparecido de su puesto.

—¿Tienes una hora libre? —pregunta Halina, aferrándose al asiento de su silla para mantener las manos firmes, agradecida por el hecho de que las mesas de alrededor estén vacías.

—Claro —dice Wolf, y entonces baja la voz—. ¿Qué ha pasado? No podía ver nada.

Halina cierra los ojos un momento, exhala y desea que su pulso disminuya. Cuando levanta la vista, ve que Wolf se ha puesto pálido, que está tan nervioso como ella.

—Le ofrecí la plata —dice—. Intentó llevársela en ese momento, pero le dije que podía quedársela en cuanto me entregara a mi marido.

—¿Parecía que iba a cumplir?

—Es difícil saberlo.

Wolf sacude la cabeza.

—Adam siempre dijo que tenías agallas.

Halina traga saliva, de repente agotada.

—Todo es una farsa. Esperemos que se la haya creído.

Mientras Wolf hace señas a la camarera, Halina contempla cómo la guerra, hasta hace poco, le ha parecido surrealista en muchos sentidos. Durante un tiempo, su familia se las apañó. Se decía a sí misma que pronto la vida volvería a la normalidad. Ella estaría bien. Su familia estaría bien. Sus padres habían sobrevivido a la Gran Guerra. Con el tiempo, se desharían de las horribles cartas que les habían repartido y empezarían de nuevo. Pero entonces las cosas comenzaron a desmoronarse. Primero fue Selim, luego Genek y Herta… se fueron. Desaparecidos. Luego fue la hermana de Bella, Anna. Y ahora, Adam. Al parecer, los judíos *desaparecían* a su alrededor. Y de repente, las consecuencias de esta guerra eran innegablemente reales, una comprensión que hizo que Halina entrara en una espiral mientras luchaba con el conocimiento que tanto temía y detestaba: no podía hacer nada. Desde entonces ha empezado a pensar lo peor, imaginando a Selim, Genek y Herta encerrados en prisiones soviéticas, muriéndose de hambre, e inventándose una larga lista de las atrocidades a las que sin duda Adam había sido sometido en el campo de trabajo, diciéndose a sí misma que si él, de entre todas las personas —con su aspecto y su carné de identidad—, no había sido capaz de librarse de su cautiverio a estas alturas, entonces debía de ser una situación funesta.

¿Y Addy? No han sabido nada de él desde que la familia se trasladó al gueto, hace casi dos años. ¿Se habrá alistado en el ejército como dijo que haría? Francia ha claudicado. ¿Existe ya el ejército francés? Rebusca a menudo en su memoria el sonido de la voz de Addy, pero desiste cuando descubre que no puede recordarla. Desea con todas sus fuerzas que dondequiera que estén Genek, Herta, Selim y él, estén a salvo. Que puedan sentir cuánto les echa de menos la familia.

Una camarera trae una segunda taza de café y la coloca en un platillo que Halina tiene delante. Halina da las gracias con un asentimiento y mira el reloj, descorazonada al ver que solo han pasado cinco minutos. Se da cuenta de que va a ser una hora larga, se quita el reloj y lo deja bajo el borde del plato para poder ver la hora con más discreción. Y entonces espera.

23

Genek y Herta

Altynay, Siberia – 19 DE JULIO DE 1941

Herta arrastra la rama de un pequeño pino hacia un claro del bosque. Józef, que tiene cuatro meses, está atado a su pecho con una sábana. Herta camina con cuidado, escudriñando el suelo en busca de víboras y escorpiones medio enterrados, canturreando para distraerse del ruido de su estómago. Pasarán horas antes de que reciba su rebanada de pan y, si tiene suerte, un trocito de pescado seco.

Józef se retuerce y Herta baja el tronco al suelo, se pasa el algodón de la manga de la camisa manchada de sudor por la frente y entrecierra los ojos para mirar al cielo. El sol está justo encima; Ze, como han empezado a llamar al bebé, debe de tener hambre. Encuentra un lugar a la sombra bajo un alto alerce en el borde del claro y baja con cuidado para sentarse con las piernas cruzadas. Desde allí, puede ver a Genek y a algunos más a unos cincuenta metros de distancia, apilando troncos junto al río. Sus figuras se ven borrosas bajo el calor de julio, como si hubieran empezado a derretirse.

Herta saca con cuidado a Józef de su arnés de sábanas y lo tumba delicadamente de cara a ella en el espacio entre sus piernas, apoyando su cabeza sobre sus tobillos. Solo lleva un pañal de tela y su piel, como la de ella, es rosada y está pegajosa al tacto.

—Qué calor, ¿verdad, mi amor? —le dice en voz baja, deseando que las sofocantes temperaturas amainen, pero sabiendo que pasará al menos otro mes antes de que lo hagan, y que el calor del verano, a pesar de su intensidad, es mucho más tolerable que el frío que los envolverá en octubre. Józef levanta la vista con los ojos celestes de su padre, mirándola fijamente de la única manera que sabe, sin pestañear ni juzgar, y por un momento Herta no puede hacer más que sonreír. Se desabrocha la blusa y sigue su mirada mientras él estudia las ramas del alerce—. ¿Hay pájaros ahí arriba? —pregunta con una sonrisa.

Aunque Genek nunca lo admitirá (se refiere a Altynay como una «franja interminable de paisaje de mierda siberiano»), el bosque, a pesar del calor sofocante y las circunstancias infernales, es bonito de una forma que no se puede negar. Aquí, al parecer lo más lejos posible de la civilización, rodeada de pinos, abetos y alerces —todos los tonos de verde que pueda imaginar— y de grandes cielos abiertos y ríos de aguas negras que serpentean entre los árboles en su viaje hacia el norte, Herta no es más que un destello en el telón de fondo de la naturaleza. Está en paz. Cierra los ojos mientras Józef mama, disfrutando de la suave brisa, del canto de las golondrinas y las aguzanieves entre las ramas, agradecida por la bendición de tener un hijo sano a su lado.

Józef nació poco antes de la medianoche del 17 de marzo, sobre el suelo sucio y helado de sus barracones. Herta había cargado troncos el día de su llegada, respirando entre contracciones que iban y venían cada diez, luego cada siete, luego cada cinco minutos, antes de acabar pidiéndole a su amiga Julia que buscara a Genek, no estaba segura de si podría volver sola al campamento. «Cuando cuentes tres minutos entre contracciones —había dicho el doctor Dembowski—, entonces sabrás que el bebé está al caer». Julia había regresado sola, explicándole que Genek había sido enviado al pueblo a hacer un recado y que su marido, Otto, lo cubriría en cuanto regresara. Julia ayudó a Herta a ponerse en pie y caminó con ella, despacio, agarradas del brazo, hasta el campamento, donde llamó a Dembowski.

Dos horas más tarde, cuando Genek llegó, apenas se podía reconocer a Herta. A pesar del frío ártico, estaba empapada en sudor, con los ojos cerrados mientras yacía en posición fetal, inspirando y espirando en rápidos y pesados ataques a través de unos labios en forma de «o» como si intentara apagar una llama rebelde. Tenía mechones de pelo oscuro y húmedo pegados a la frente. Julia se sentó a su lado y le masajeó la espalda entre contracción y contracción. «Has llegado», exclamó Herta cuando se dio la vuelta para ver a Genek, rodeándole las manos y apretándoselas con fuerza. Julia les deseó suerte y se marchó, y Herta soportó otras seis horas de dolor que le partió la pelvis antes de que llegara el momento, por fin, gracias a Dios, de empujar. Eran las doce menos cuarto cuando, con Genek al lado de Herta y Dembowski agachado entre sus rodillas, Józef respiró por primera vez. Al oír el llanto de su bebé y el *to chłopiec* definitivo de Dembowski —«es un niño»—, Herta y Genek se sonrieron con los ojos húmedos y cansados.

Aquella noche, metieron a Józef entre los dos en su cama de paja, envuelto en la bufanda de lana de Herta y abrigado con dos camisas de Genek y un gorrito de punto que se pasaba entre los bebés que nacían en el campamento; lo único que podían ver de él eran sus ojos, que rara vez abría, y el color rosado de sus labios. Se preocupaban por si estaba lo bastante abrigado o por si rodarían sobre él por la noche. Pero pronto se apoderó de ellos un profundo cansancio, que borró sus temores como nubes de ventisca sobre el sol, y al cabo de unos minutos los tres Kurc se quedaron profundamente dormidos.

En pocos días, Józef empezó a ganar peso, Herta volvió a trabajar y Genek y ella se acostumbraron a dormir con un bulto entre ambos. El único problema serio era por las mañanas, cuando Józef se despertaba lloriqueando con los ojos congelados. Herta aprendió a frotarle los párpados con gotas calientes de leche materna para que los abriera.

Ahora, Herta se asombra con que le cueste creer que hayan pasado cuatro meses desde que nació su hijo. Ha marcado el paso del tiempo con su primera sonrisa, su primer diente, el día en que fue capaz de darse la vuelta sobre sí mismo de la barriga a la espalda. Se pregunta qué será lo siguiente: ¿se chupará el dedo? ¿Empezará a gatear? ¿Dirá sus primeras palabras? Herta ha escrito a casa cada vez que se producía un hito, anhelando tener noticias de su familia en Bielsko. Sin embargo, no sabe nada de ellos desde antes de que Genek y ella abandonaran Leópolis. La última carta que había recibido era de su hermano Zigmund; sus noticias eran descorazonadoras. «Cada vez quedan menos judíos en Bielsko», escribió. Al parecer, algunos se habían marchado al comienzo de la guerra para alistarse en el ejército polaco. Otros habían sido embarcados en trenes y nunca regresaron. Zigmund escribió: «Le he suplicado a la familia, rogándoles que se fueran o que se escondieran, pero el embarazo de Lola está demasiado avanzado como para viajar con seguridad». Herta se da cuenta de que el bebé de su hermana ya tendrá casi un año. «Y nuestros padres», añadió Zigmund, «son demasiado testarudos como para marcharse. Les sugerí que fuéramos a Leópolis, pero se negaron». Herta piensa en la criatura que aún no ha conocido, se pregunta si será tía de un niño o de una niña, si llegará el día en que Ze pueda conocer a su primo o prima. De momento parece imposible, separados por una extensión de tierra tan grande, con el mundo desmoronándose a su alrededor.

A menudo, Herta reza por su familia. Por mucho que sea capaz de aprovechar al máximo su estancia en Altynay, no hay nada que desee más que volver a una vida en libertad. Una parte de ella desearía poder viajar en el tiempo y pasar al final de la guerra. Pero también hay una parte de ella que reza para que el tiempo se detenga. Porque no se sabe lo que le deparará el futuro. ¿Y si, al final de la guerra, regresa a Polonia y descubre que su familia ya no está allí? Es una idea que no concibe. Es como mirar directamente al sol. No puede hacerlo. No lo hará. Así que se lo quita de la cabeza y busca consuelo en el hecho de que, por ahora, al menos en este momento, Genek y ella están sanos y su hijo es perfecto.

Al anochecer, Herta encuentra a Genek en sus barracones, con una sonrisa.

—¿Buenas noticias? —pregunta. Desata a Józef de su pecho, deja la sábana en el suelo de tierra y lo tumba sobre ella. De pie, apoya una mano en la mejilla de su marido y se da cuenta de lo bonito que es ver sus hoyuelos.

Los ojos de Genek brillan.

—Creo que por fin han cambiado las tornas —dice—. Herta, puede que pronto los soviéticos estén de nuestro lado.

Hace un mes se enteraron de que Hitler había roto su pacto con Stalin y había invadido la Unión Soviética. Al parecer, la noticia había conmocionado al mundo entero, pero no había hecho nada para cambiar su situación en Altynay.

Herta inclina la cabeza ante esta noticia.

—Eso pensábamos también al principio de la guerra, ¿no?

—Cierto. Pero esta tarde Otto y yo oímos a los guardias susurrar algo sobre trasladar prisioneros al sur para formar un ejército.

—¿Un ejército?

—Cariño, creo que Stalin nos va a conceder la amnistía.

—*Amnistía*. —Herta se maravilla ante la palabra. Un indulto. ¿Pero por qué? ¿Por ser polacos? Es un concepto difícil de digerir. Pero Herta decide que, si eso significa que serán liberados, claro que dará la bienvenida a una amnistía—. ¿A dónde iríamos? —se pregunta en voz alta. Por lo que han oído, no hay una Polonia a la que volver.

—Quizá Stalin esté pensando en enviarnos a luchar.

Herta mira a su marido, su figura demacrada, sus entradas, el hueco sobre la clavícula. A pesar de todo, sigue siendo guapo, pero ambos saben que no está en condiciones de luchar. También piensa en el resto de personas del campamento, la mayoría están enfermas, hambrientas o ambas cosas. Aparte de Otto, que nació con la constitución natural de un boxeador de peso pesado, ninguno de los prisioneros está en condiciones de combatir. Abre la boca para expresar su preocupación, pero, al ver la esperanza en los ojos de Genek, se traga la idea, arrodillándose junto a Józef, que está ocupado practicando su nuevo truco de rodar sobre su estómago. Herta intenta imaginárselo: Genek, al lado de los soviéticos, luchando por Stalin, por el hombre que los había exiliado y condenado a una vida de trabajo. Parece dar pasos hacia atrás. Se pregunta qué significaría esto para ella y para Józef: ¿qué sería de ellos si enviaran a Genek al frente?

—¿Sabes cuándo se concederá la amnistía? —pregunta, mientras Józef rueda con suavidad sobre su espalda. Józef agita los brazos, feliz, mostrando dos réplicas en miniatura de los hoyuelos de su padre.

—No —dice Genek, se agacha para sentarse a su lado. Aprieta la rodilla de Józef y el bebé resopla, encantado. Genek sonríe—. Pero pronto, creo. Pronto.

24

Addy

Addy tiene por costumbre levantarse temprano, mucho antes que los demás presos, y caminar por el sendero que rodea la pequeña Isla Flores. Necesita hacer ejercicio y, sobre todo, estar solo durante una hora, juntas, ambas cosas lo ayudan a mantener la cordura. El paisaje también ayuda. La bahía de Guanabara es preciosa al amanecer, cuando está más tranquila, como un reflejo del cielo. A las diez de la mañana, está repleta de barcos que se dirigen al ajetreado puerto de Río de Janeiro.

Esta mañana, Addy se despertó antes del amanecer con la estridente cavatina de un martín pescador posado en el alféizar de su ventana. Sintió la tentación de volver a dormirse, porque en su sueño estaba en casa, en Radom, y su familia estaba tal y como cuando se había ido. Su padre estaba sentado a la mesa del comedor leyendo la edición de fin de semana del *Radomer Leben*, y su madre enfrente, canturreando mientras cosía un parche de cuero en el codo de un jersey. En el salón, Genek y Jakob jugaban a las cartas, Felicia correteaba agarrada a un muñeco de trapo por los tobillos y Mila y Halina compartían el banco del piano de media cola, turnándose ante las teclas, con la Sonata *Claro de luna* de Beethoven en el atril. La única persona que faltaba en el sueño era él. Pero no le importaba; podría haber contemplado la escena durante horas, contento de quedarse flotando sobre ella, disfrutando de su calidez, sabiendo que todo iba bien. Pero el martín pescador era insistente, y al final, el sueño de Addy se desvaneció y él se levantó, suspiró mientras se quitaba el sueño de los ojos, se vistió y se dispuso a salir a dar un paseo.

En el sendero, arranca flores, cada una con un nombre que se ha vuelto familiar en las últimas tres semanas: amarilis, hibisco, azalea y su favorita, el ave del paraíso, que, con su corona de follaje en forma de abanico y sus pétalos rojos y azules tecnicolor, se asemeja a un pájaro en vuelo. Hay una especie de lirio en la isla al que parece ser alérgico. Cuando tropieza con él, estornuda durante los quince minutos siguientes en el pañuelo de su madre, que lleva siempre consigo como si fuese un talismán.

De vuelta en la cafetería, Addy coloca su ramo de flores en un vaso con agua y lo deja en la mesa donde él y las Lowbeer suelen reunirse para desayunar. Aparece un empleado y Addy lo saluda con una sonrisa y un: *Bom dia, tudo bem?*, las primeras palabras en portugués que aprendió al llegar.

—*Estou bem, sim, senhor* —le responde el empleado y le tiende a Addy una taza de yerba mate.

Addy se lleva el té al porche, donde gira la silla para mirar al oeste, hacia la costa de Río. Desde que su barco llegó a Sudamérica, el sabor amargo de la yerba se ha ido apoderando de él. Cuando se lleva la taza a los labios, percibe la paz de la mañana, el olor del trópico y el canto de los pájaros. En circunstancias normales, podría cerrar los ojos y disfrutar de la belleza de todo ello. Pero las circunstancias, por supuesto, no son ni mucho menos normales. Hay demasiado en juego como para que pueda relajarse de verdad. Así que se queda mirando la costa, reflexionando sobre los últimos meses, sobre lo que ha tenido que hacer para llegar a esta isla de la costa de Brasil.

Resulta que el pescador que había elegido en Tánger consiguió llevar a Addy y a las Lowbeer sanos y salvos a Tarifa, a pesar de que su esquife era bastante precario. Desde allí, viajaron en autobús hasta el puerto de Cádiz, donde les informaron de que un barco español llamado *Cabo do Hornos* zarparía en una semana rumbo a Río. «Os venderé los billetes —dijo el agente de Cádiz—, pero no puedo garantizar que os dejen bajar del barco con visados caducados». No era lo que querían oír, pero, por lo que sabían, el *Hornos* era la única esperanza, una especulación que se confirmó cuando empezaron a reconocer las caras de otros del *Alsina* en el puerto, pasajeros que también habían tenido la suerte de cruzar el estrecho hasta Cádiz. Addy y las

Lowbeer no tardaron en comprar billetes de ida a bordo del *Hornos*, asegurándose a sí mismos que si llegaban hasta Sudamérica, no los harían volver.

Cuando por fin embarcaron, Addy se vio obligado a reconocer que solo le quedaban un puñado de francos. Empezaría de nuevo en Brasil con casi nada, una verdad con la que luchó mientras el *Hornos* navegaba hacia el suroeste, en dirección a Río. El viaje duró diez días. Ninguno de los refugiados a bordo durmió mucho, ya que al embarcar les habían advertido de que al menos media docena de barcos antes que ellos habían sido devueltos a España, lo que llevó a algunos a amenazar con el suicidio. «Saltaré, lo juro —le dijo un español a Addy—, me pegaré un tiro antes de dejar que lo haga Franco».

Addy, Eliska y Madame Lowbeer se aferraron a sus visados caducados y a la firme esperanza de que el capitán del *Alsina* hubiera podido enviar un telegrama a la embajada brasileña en Vichy, tal y como había prometido. Quizá si la petición hubiera llegado a Souza Dantas, el embajador podría ayudarles. Aunque no fuese así, siempre cabía la posibilidad de que el presidente de Brasil, Getúlio Vargas, comprendiese sus circunstancias y les prolongase los papeles a su llegada. Al fin y al cabo, no era culpa suya que el viaje hubiese durado tanto.

Era 17 de julio cuando el *Cabo do Hornos* atracó en Río y, por un golpe de suerte, se permitió desembarcar a sus pasajeros. Addy estaba muy contento. Sin embargo, la libertad duró poco. Tres días más tarde, Addy, las Lowbeer y los otros treinta y siete pasajeros del *Alsina* que habían llegado en el *Hornos* con visados caducados fueron recibidos a la puerta de sus casas por la policía brasileña y escoltados de vuelta al puerto, donde los embarcaron en un buque de carga y los enviaron a siete kilómetros de la costa, a Isla Flores, donde ahora estaban detenidos.

«Nos tienen como rehenes —se quejó Madame Lowbeer tras su primer día en la isla—. *C'est absurde*».

No se les dio ninguna explicación de por qué estaban siendo retenidos. Lo único que podían suponer era que sus visados habían caducado, una corazonada que se verificó cuando uno de los pasajeros, que hablaba portugués con fluidez, vislumbró una notificación escrita que indicaba la intención de Vargas de enviar a los refugiados de vuelta a España.

Addy toma otro sorbo de té. Se niega a creer que, después de seis meses, vaya a acabar donde empezó, en la Europa desgarrada por la guerra. Los pasajeros del *Alsina* han llegado hasta aquí. Seguro que alguien convence al presidente para que los deje quedarse. El tío de Eliska, tal vez. Él los acogió esos primeros días en Río. Parecía una buena persona. Tenía dinero. Pero, una vez más, ¿qué acceso tiene un civil al presidente? Necesitarán a alguien con influencia. Como dice a menudo Madame Lowbeer: «Tendremos nuestros visados cuando sobornemos a la persona adecuada». Las Lowbeer tienen los medios para sobornar, pero Addy no tiene ni idea de quién es la persona «adecuada». Está seguro de que, sin contactos en Brasil, sin dominar el idioma y sin ahorros, será de poca ayuda. Ha hecho todo lo posible para llegar hasta aquí; el resto, por duro que sea admitirlo, escapa a su control.

Según las Lowbeer, de momento tienen esperanzas en Haganauer, un pasajero del *Alsina* cuyo abuelo en Río tiene una relación poco convincente con el ministro de Asuntos Exteriores de Brasil. Hace una semana, Haganauer sobornó a un guardia de la isla para que enviara una carta a su abuelo en la que le explicaba las circunstancias, con la esperanza de que este presentase una petición al ministro en nombre de los rehenes. Todos estaban de acuerdo en que el plan prometía. Sin embargo, hasta que se hiciese realidad, no quedaba más remedio que esperar.

Addy se termina el té y sostiene la taza de cerámica entre las palmas de las manos, mientras piensa en Eliska, en el lugar de la base del cuello que le besó la noche anterior cuando se excusó para «un sueño reparador». En Dakar decidieron que estaban destinados a casarse, una idea a la que Madame Lowbeer se opuso con vehemencia. Pero Addy no se inmuta por su rechazo. Con el tiempo, se asegura a sí mismo, convencerá a la Grande Dame de que es digno de la mano de su hija.

Observa una barcaza que se dirige al puerto de Río, preguntándose, como hace a menudo, qué pensaría su familia de Eliska. Es inteligente y es judía. Es apasionada y tiene buena dicción, es capaz de mantener un buen debate. Seguro que sus hermanos la tendrían en alta estima. Su padre también. ¿Pero su madre? A veces oye a Nechuma, que le dice que está perdiendo el norte, que Eliska está demasiado mimada para ser la esposa que Addy se merece. Reconoce que está mimada, pero sabe que esa no es la verdadera razón por la que su madre se opondría.

«Las relaciones empiezan por la sinceridad —le dijo una vez Nechuma—. Esa es la base, porque estar enamorado significa ser capaz de compartirlo todo: tus sueños, tus defectos, tus miedos más íntimos. Sin esas cosas, la relación se vendrá abajo».

Addy se ha pasado horas reflexionando sobre las palabras de su madre, avergonzado de admitir que, a pesar de todo lo que Eliska y él hablan de Praga, Viena y París —esas instantáneas glamurosas de sus vidas antes de la guerra—, sigue sin poder hablar libremente con ella sobre su familia. Han pasado casi dos años desde la última vez que tuvo noticias de sus padres y de sus hermanos. ¡Dos años! Por fuera mantiene la alegría que lo caracteriza, pero por dentro la incertidumbre lo está destrozando. Se está derrumbando. En cambio, Eliska es brillante y perspicaz, y parece estar muy segura de su futuro. Por instinto, Addy sabe que ella no sería capaz de entender por qué por las noches sueña con Radom y no con Río, por qué a menudo desea despertarse en casa, en su antigua habitación de la calle Warszawska, a pesar de las circunstancias. Pasa un pulgar por el borde de su taza. Eliska también ha perdido mucho, eso lo sabe. La marcha de su padre cuando era joven fue dura para ella y, quizá por eso, se ha convencido a sí misma de que no sirve de nada vivir en el pasado. Addy ha empezado a darse cuenta de que el mundo de Eliska no permite la retrospección ni el dolor.

No tienes que elegir entre Radom y Río, se recuerda Addy. Al menos, no en este momento. *Ahora estás aquí, en una isla casi desierta de Sudamérica, con una mujer a la que amas.* Addy cierra los ojos, y, por un momento, intenta imaginar una vida sin Eliska. Una vida sin nada que lo una a las raíces europeas que tienen en común. Una vida sin su sonrisa, su tacto, su capacidad incondicional para encontrar la alegría mirando hacia delante en lugar de hacia atrás. Pero no puede.

25

Jakob y Bella

Afueras de Radom, la Polonia ocupada por los alemanes
– FINALES DE JULIO DE 1941

Jakob y Bella se agazapan detrás de una pared de suministros en la parte trasera del camión de reparto, con las rodillas pegadas al pecho, apoyándose el uno en el otro. Franka, sus padres Moshe y Terza, y su hermano Salek están escondidos en la pared de enfrente. Delante, el conductor maldice. Los frenos chirrían cuando empiezan a aminorar la marcha. Desde que salieron de Leópolis, solo se han detenido dos veces para repostar; si no, han seguido las instrucciones de Sol y se han dirigido hacia el noroeste, hacia Radom.

Ahora, el camión se mueve despacio. A través de las paredes se oyen voces. Alemanes.

—*Anhalten!* ¡Detengan el vehículo!

—No pares —susurra Jakob en voz alta—. Por favor, no pares.

—¿Qué pasará si los descubren? Llevan sus documentos falsos, pero es obvio que los están transportando de forma ilegal. ¿Por qué si no estarían escondidos?

Junto a Jakob, Bella está callada, imperturbable. Es como si, desde que perdió a Anna, se hubiera vuelto inmune al miedo. Jakob nunca la había visto tan desconsolada. Haría cualquier cosa por ayudarla. Si tan solo hablara con él. Pero lo ve en sus ojos, aún le duele demasiado. Necesita tiempo.

La rodea con un brazo y la abraza mientras el camión se detiene. Decide que, si los dejan continuar, les ofrecerá su cámara a los alemanes. Pero tan rápido como se había detenido, el camión da un bandazo con el motor a toda velocidad. Se desvían con violencia y, por un momento, parece como si estuvieran en equilibrio sobre dos ruedas. Las cajas se caen por la fuerza de la gravedad. Fuera, las voces alemanas aumentan, furiosas, amenazadoras. Cuando el camión acelera, se oye una salva de disparos y una bala atraviesa las paredes de madera, a centímetros de la cabeza de Jakob, dejando dos pequeños agujeros a su paso. En medio del caos, Bella y él doblan sus cuerpos entre las rodillas. Jakob se sostiene la nuca con una mano y Bella con la otra y rezan mientras el motor gruñe y chirría por el esfuerzo. *Más rápido. Conduce más rápido.* El chasquido de los disparos los persigue mucho tiempo después de que los gritos se hayan disipado.

Al principio, Bella se había opuesto a la idea de volver a Radom, aferrándose a la esperanza de que Anna siguiera viva. «Tengo que encontrar a mi hermana», había espetado, sorprendiendo a Jakob por la rabia de su tono. Cuando pudieron salir de su escondite, descubrieron que los alemanes habían levantado campos de detención en los alrededores de Leópolis, donde encarcelaban de forma indefinida a cualquier persona «sospechosa»; Bella se había obsesionado con visitar esos campos, por si acaso su hermana estaba recluida en alguno de ellos. A Jakob no le gustaba la idea de que se acercara a un campo de detención alemán, pero sabía que no podía oponerse. Así que, durante una semana, Bella recorrió los campos, arriesgándose a que la encerraran. Pero no encontró rastro de Anna ni de su marido, Daniel. Al final, Bella se enteró por una vecina de lo que había ocurrido exactamente: Anna y Daniel también se habían escondido, junto con el hermano de Daniel, Simon, la primera vez que los alemanes invadieron Leópolis. La segunda noche del pogromo, un grupo de soldados de la Wehrmacht irrumpió en su apartamento con una orden de arresto contra Simon, llamándolo «activista». Simon no estaba allí, se había ido a buscar comida. Los soldados dijeron: «Entonces te llevaremos a ti», y agarraron a Daniel por el brazo. No tuvo más remedio que irse, y Anna insistió en acompañarlo. La vecina dijo que también se habían llevado a muchas más personas, que una amiga suya vivía en una granja cercana y había visto cómo los sacaban de los vehículos y los llevaban a la linde de un bosque, y que había oído los disparos, como si fueran fuegos artificiales, hasta bien entrada la noche.

A regañadientes y con mucho dolor, Bella renunció a su búsqueda, y al final aceptó la oferta de Sol de enviarles un camión. Desde entonces, apenas ha hablado.

El camión frena un poco y Jakob levanta la cabeza. *Por favor, otra vez no.* Está atento a los disparos, a los gritos, pero solo oye el ruido del motor diésel del camión. Cierra los ojos y reza para que estén a salvo. Reza para que la vida en el gueto sea mejor que la que han dejado atrás en Leópolis. Es difícil imaginar que pueda ser peor. Por lo menos estarán cerca de su familia. De lo que queda de ella.

A su lado, Bella se pregunta si llegarán vivos a Radom. Si lo consiguen, tendrá que enfrentarse a sus padres. Henry y Gustava están en el gueto más pequeño de Radom, Glinice, a varios kilómetros de la ciudad. Tendrá que contarles lo que le ha ocurrido a su hija menor.

Han pasado casi tres semanas desde que Anna desapareció. Bella cierra los ojos, y siente un dolor familiar en el pecho, profundo y hueco, como si le faltara una parte de ella. Anna. Desde que tiene uso de razón, Bella ha imaginado que sus hijos crecerían junto a los de *Anna*, una fantasía que le había parecido casi posible cuando, justo antes del pogromo, Anna le había insinuado que Daniel y ella tenían una noticia emocionante que compartir. Por un momento, Bella había apartado la guerra de su mente y se había dejado llevar por el sueño de tener hijos, de que los primos se criaran juntos. Ahora, su hermana nunca tendrá hijos, ni conocerá a los suyos. Unas lágrimas frescas recorren la mandíbula de Bella mientras se traga esa verdad fría e imposible de creer.

ENTRE EL 25 Y EL 29 DE JULIO DE 1941: *Un segundo pogromo arrasa Leópolis. Este pogromo, conocido como los Días de Petlura, supuestamente organizado por nacionalistas ucranianos y alentado por los alemanes, tiene como objetivo a los judíos acusados de colaborar con los soviéticos. Se estima que unos dos mil judíos son asesinados.*

26

Addy

Isla Flores – 12 DE AGOSTO DE 1941

—¿Qué clase de barco es? —pregunta Eliska. Addy había avistado la pequeña embarcación gris aquella mañana durante su paseo por la isla. En cuanto Eliska se despertó, la llevó al muelle donde estaba amarrada para que la viera con sus propios ojos.

—Parece un barco de la Marina.

—¿Crees que es para nosotros?

—No puedo imaginar para quién más podría ser.

Addy y Eliska imaginan un sinfín de escenarios a los que podría llevarlos el barco. ¿Los llevaría a Río, el «destino de llegada» que figuraba en sus billetes del *Alsina*, con fecha de principios de febrero, seis meses después? ¿O el barco sería un simple medio para entregarlos a un buque de pasajeros más grande, con destino a Europa? En este último caso, ¿los enviarían de vuelta a Marsella? ¿O los dejarían en otro lugar? ¿Podrían solicitar nuevos visados? Y en caso de que así fuese, ¿seguirían existiendo embarcaciones de pasajeros autorizadas a cruzar el Atlántico desde Europa?

A mediodía, llaman a los detenidos del *Alsina* a la cafetería y por fin las preguntas de Addy y Eliska tienen respuesta.

—Hoy es vuestro día de suerte —anuncia un oficial vestido de blanco, aunque por su tono es difícil saber si está bromeando o no. Haganauer traduce.

—El presidente Vargas os ha concedido un permiso para prorrogar vuestros visados —continúa diciendo el oficial.

Los refugiados exhalan de forma colectiva. Alguien grita de alegría.

—Recoged vuestras pertenencias —ordena el oficial—. Os vais en una hora.

Addy sonríe. Rodea a Eliska con los brazos y la levanta del suelo.

—Por supuesto y para que quede claro —añade el oficial, con la palma de la mano en alto como para amortiguar cualquier tipo de jolgorio que estuviera a punto de desatarse—, el presidente puede revocar el privilegio en cualquier momento y por cualquier motivo.

—Siempre hay una cláusula —sisea Madame Lowbeer. Pero a los refugiados les da igual. Les han permitido quedarse. La cafetería se llena del ruido de las manos que se tocan y de los besos que se dan en las mejillas mientras hombres y mujeres se abrazan, ríen y lloran.

Dos horas más tarde, Addy y las Lowbeer forman una fila en forma de serpentina que recorre el muelle de la isla. Los rumores —sobre quién convenció a Vargas para que autorizase la entrada del grupo de refugiados vagabundos y sin visado en el país— corren en secreto de oreja a oreja, aunque nadie se atreve a preguntar. Mejor no sacar el tema.

Una vez que están a bordo, Addy y Eliska guardan sus maletas, ayudan a Madame Lowbeer a encontrar un asiento dentro y se dirigen a la parte frontal del barco. Allí, agarrados a una barandilla metálica de la proa, observan cómo uno de los tripulantes desenrolla una cuerda de una cornamusa del muelle. Un motor ronronea y, mientras se alejan, Addy echa un último vistazo a la pequeña isla que ha sido su hogar durante los últimos veintisiete días. Mientras la embarcación avanza despacio marcha atrás, cambiando el color del agua de añil a blanco, se da cuenta de que una parte de él la echará de menos. La isla, con sus fragantes flores silvestres y la interminable sinfonía del canto de los pájaros, había traído consigo una sensación de tranquilidad. En Isla Flores, Addy no podía hacer otra cosa que no fuese pasear, beber té de yerba y esperar. En cuanto llegue a Río como un hombre libre, su destino volverá a estar en sus manos. Tendrá que aprender el idioma, solicitar un permiso de trabajo, encontrar un lugar donde vivir, un trabajo, una manera de sobrevivir. No será fácil.

El barco completa su media vuelta y fija su proa hacia el oeste, hacia el continente. Addy y Eliska respiran el aire salado e inclinan los torsos sobre el mar resplandeciente, con los ojos entrecerrados hacia las cúpulas de granito del Pão de Açúcar que custodian la bahía de Guanabara. El trayecto es corto —quince minutos a lo sumo—, pero los segundos pasan muy despacio.

—Está pasando de verdad —declara Eliska con asombro mientras el barco atraca—. Toda la espera, la anticipación... aquí termina el viaje. Es increíble que hayan pasado siete meses desde que salimos de Marsella.

—Está ocurriendo de verdad —repite Addy, tira de Eliska hacia él y se inclina para darle un beso. Sus labios son cálidos, y cuando ella levanta la vista hacia él, sus ojos son de un azul brillante y cristalino.

Al desembarcar, los refugiados son conducidos a un edificio de aduanas de ladrillo blanco y se les ordena esperar, una tarea casi imposible. Tres horas más tarde, una vez completado el papeleo, Addy, Eliska y Madame Lowbeer salen a toda prisa del edificio de aduanas y se dirigen a la Avenida Rodrigues Alves. Addy pide un taxi y, en un abrir y cerrar de ojos, van a toda velocidad hacia el sur, hacia el apartamento del tío de Eliska en Ipanema.

A la mañana siguiente, Addy se despierta, agarrotado por haber dormido en el suelo, con un golpecito en el hombro.

—¡Vamos a explorar! —susurra Eliska, poniéndose en pie de un salto para preparar café.

Addy se viste y mira por una ventana los adoquines de la Rua Redentor y luego el cielo de la mañana, mientras hace sonar unas monedas que lleva en el bolsillo. Está casi sin blanca y se niega a vivir del dinero de las Lowbeer. Pero hace sol y hace meses que deberían haberlo celebrado.

—*Vamos* —dice.

Eliska escribe una nota a su madre prometiéndole que volverá al atardecer.

—¿A dónde vamos? —pregunta cuando salen del edificio de su tío. Por la forma en que salta a su lado, Addy se da cuenta de lo contenta que está por conocer su nuevo hogar.

—¿Qué tal Copacabana? —sugiere y se dice a sí mismo que está bien compartir la emoción de Eliska, compartir su entusiasmo sobre lo que significa empezar de cero. *Adelante, disfrútalo. Al menos, por ella.* Mañana, podrá preocuparse por un trabajo, por un apartamento, por su familia, y por cómo los va a localizar ahora que ha llegado, por fin, a una ciudad con una oficina de correos. Una ciudad donde espera que se le permita quedarse, indefinidamente.

—Copacabana. *Parfait!*

Caminan hacia el sur hasta el paseo marítimo y luego hacia el este a lo largo de la costa de Ipanema. Al cabo de unos minutos llegan a una enorme roca con forma de casco y se dan cuenta de que ninguno de los dos sabe dónde está Copacabana. Eliska sugiere que compren un mapa, pero Addy señala a una mujer en la playa que lleva lo que parece ser el típico atuendo de la gente de Río: bañador, túnica de algodón y sandalias de cuero.

—Preguntémosle —dice.

La mujer sonríe ante la pregunta y levanta dos dedos, señalando su dedo índice.

—*Aqui estamos en Ipanema* —explica—. *A próxima praia é Copacabana* —dice y señala hacia una enorme roca al final de la playa.

—*Obrigado* —dice Addy y asiente para indicar que la entiende—. *Muito bonita* —añade, pasando una palma por la costa, y la mujer sonríe.

Addy y Eliska rodean la roca llamada Arpoador, y en pocos minutos llegan al extremo sur de una larga cala en forma de medialuna, una mezcla perfecta de arena dorada y olas color cobalto.

—Creo que hemos llegado —dice Addy en voz baja.

—*Ces montagnes!* —susurra Eliska.

Se detienen un momento, y contemplan un horizonte dominado por un pico tras otro de ondulantes crestas verdes.

—Mira, puedes subir a esa —dice Addy, señalando la más alta de las cúpulas, donde un teleférico asciende hacia la cima.

A medida que avanzan, el paseo marítimo, un mosaico de piedras en blanco y negro, se ondula bajo sus pies formando un patrón que se asemeja a una ola gigante. Addy se queda un rato mirando el mosaico, asombrado por el trabajo que debe haber costado para colocar tantas piedras que, de cerca, sorprenden por su forma y orientación. Son los lugares donde el negro se encuentra con el blanco, los bordes perfectos, los que evocan una sensación de armonía. *Estamos caminando sobre el arte,* piensa Addy, mirando hacia la costa e imaginando cómo se vería la escena a través de los ojos de su madre, su padre, sus hermanos. Piensa que les encantaría estar aquí, y tan pronto como piensa en ello, lo invade un sentimiento de culpa. ¿Cómo es posible que esté aquí, ¡en el paraíso!, mientras su familia está sufriendo quién sabe qué horrores insondables? Una sombra de melancolía recorre su rostro, pero antes de que pueda apoderarse de él, Eliska señala la playa.

—Por lo visto, tenemos que trabajar en nuestro bronceado —dice, riéndose al ver cómo su tez, bronceada según sus estándares europeos, se ve pálida en comparación con la de las figuras de piel morena que hacen malabares con balones de fútbol en la arena.

Addy traga saliva, contempla el espectáculo y saborea la alegría en la voz de Eliska.

—Copacabana —susurra.

—Copacabana —canturrea Eliska, levantando la vista hacia él, apoyando en las palmas de sus manos las mejillas de él y besándolo.

Addy se enternece. Sus besos detienen el tiempo. Cuando sus labios rozan los suyos, sus pensamientos se desvanecen.

—¿Tienes sed? —pregunta Eliska.

—Siempre. —Addy asiente.

—Yo también. Tomemos algo.

Se detienen junto a un pequeño carro azul que vende refrescos bajo un paraguas rojo en el que se lee: *Bem-vindo ao Brasil!*

—¡Cocos! —exclama Eliska—. ¿Para comer o para beber? —Hace una pantomima de la diferencia con la esperanza de que el vendedor la entienda.

El joven brasileño de la sombrilla se ríe, divertido por el entusiasmo de Eliska.

—*Para beber* —dice.

—¿Aceptas francos? —pregunta Addy levantando una moneda.

El vendedor se encoge de hombros.

—Estupendo. Nos llevaremos uno —dice Addy, y Eliska y él observan asombrados cómo el vendedor selecciona un coco, le corta la parte superior con un golpe seco con un machete de un metro de largo, deja caer dos pajitas en su interior y se lo tiende.

—*Agua de coco* —anuncia triunfante.

Addy sonríe.

—*Primeira vez que visita o Brasil?* —pregunta el vendedor. Para el ciudadano corriente, debe de parecer que están de vacaciones.

—*Si, primeira visita* —dice Addy, imitando el acento del vendedor.

—*Bem-vindos* —sonríe el vendedor.

—*Obrigado* —responde Addy.

Eliska sostiene el coco mientras Addy paga. Vuelven a darle las gracias al vendedor antes de continuar por el paseo de mosaicos. Eliska da el primer sorbo.

—Es diferente —dice unos segundos después y le pasa el coco a Addy.

Lo sujeta con las dos manos: es peludo y pesa más de lo que esperaba. Se lo lleva a la nariz con cautela, percibe su delicado olor a nuez y vuelve a levantar la vista hacia el horizonte. *Os encantaría estar aquí,* piensa, transmitiendo el sentimiento a través del Atlántico. *No se parece en nada a casa, pero os encantaría.* Bebe un sorbo, y saborea de una forma extraña el sabor lechoso, un poco dulce, y desconocido del *agua de coco* en su lengua.

30 DE JULIO DE 1941: *Se firma el acuerdo Sikorski-Mayski en Londres. Un pacto entre la Unión Soviética y Polonia.*

12 DE AGOSTO DE 1941: *Los soviéticos conceden la amnistía a los ciudadanos polacos que han sobrevivido a su detención en campos de trabajo por toda Siberia, Kazajistán y el Asia soviética, con la condición de que luchen por los soviéticos, ahora en el bando de los Aliados. Miles de polacos inician un éxodo a Uzbekistán, donde se les informa de que se está formando un ejército bajo el mando del nuevo comandante del reformado Ejército Polaco (también conocido como II Cuerpo Polaco), el general Władysław Anders. El propio Anders acaba de ser liberado tras dos años de confinamiento en la prisión de Lubyanka, en Moscú.*

27

Genek y Herta

Aktyubinsk, Kazajistán – Septiembre de 1941

Dejaron su campamento hace tres semanas, en agosto, casi un año exacto desde su llegada. A Genek y a Herta, el viaje desde Altynay les recuerda al que los llevó hasta allí en muchos aspectos, pero esta vez las puertas superiores de los vagones de ganado están abiertas y hay más personas enfermas que sanas. Han designado dos de los vagones de la parte de atrás como vagones para enfermos, para los que padecen malaria y tifus, y en veintiún días han muerto más de una docena de ellos. Genek, Herta y Józef se las han arreglado para evitar la enfermedad: llevan pañuelos sobre la boca y la nariz y mantienen a Józef, que ya tiene seis meses, metido en su fular sobre el pecho de Herta tantas horas al día como pueda tolerar. Hambrientos y faltos de sueño, hacen todo lo posible por ser optimistas: después de todo, ya no son prisioneros.

—¿Dónde estamos? —se pregunta en voz alta uno de los exiliados cuando el tren se detiene.

—La señal dice «Ak-ty-ubinsk» —responde alguien.

—¿Dónde demonios está Aktyubinsk?

—Creo que en Kazajistán.

—Kazajistán —susurra Genek mientras se levanta para contemplar desde el vagón de ganado su entorno, una tierra tan ajena a él como el lujo de un retrete, una camisa limpia, una comida decente, una noche de sueño reparador. La estación es como las demás: indescriptible, con un largo andén de madera en el que de vez en cuando se ve algún farol de gas de hierro forjado.

—¿Se puede ver algo? —pregunta Herta. Está sentada en el suelo y, con Józef dormido en brazos, no quiere moverse.

—No mucho.

Genek está a punto de volver a su sitio junto a Herta cuando algo le llama la atención. Asoma la cabeza por encima de la puerta del coche, parpadea y vuelve a parpadear. *Que me parta un rayo.* Varios metros más abajo, en el andén, dos hombres uniformados hacen rodar un carro rebosante de lo que parece ser pan recién horneado. Sin embargo, no es el pan lo que le entusiasma. Son los emblemas del águila blanca bordados en las gorras de cuatro esquinas de los soldados. Son soldados polacos. ¡Polacos!

—¡Herta! ¡Tienes que ver esto!

Ayuda a Herta a ponerse en pie y ella se aprieta junto a él en la puerta, donde se han reunido media docena de personas más para vislumbrar lo que Genek ha visto. Sí, hay soldados polacos en Aktyubinsk. La esperanza estalla en el pecho de Genek. Alguien detrás de él aplaude, y en un instante el ambiente en el vagón de tren se vuelve eléctrico. La puerta se abre y los exiliados salen, con una sensación de mayor agilidad de la que han tenido en meses.

—Una hogaza por cabeza —gritan los tenientes con dos estrellas en un polaco inconfundible mientras enjambres de cuerpos, delgados hasta los huesos, envuelven sus carros. Un segundo par de soldados los sigue empujando una reluciente urna de plata con una inscripción en letra cursiva irregular: KOFE. Hace dos años, Genek habría rechazado la idea de tomar café de grano. Pero hoy, no se le ocurre un regalo mejor. La bebida está caliente y es dulce y, junto con el pan que aún está caliente, Herta y él se lo beben con entusiasmo.

Los exiliados no dejan de hacer preguntas.

—¿Por qué estáis aquí? ¿Hay aquí un campamento del ejército? ¿Nos alistamos ahora?

Los tenientes detrás de los carros sacuden la cabeza.

—Aquí no —explican—. Hay campamentos en Wrewskoje y en Tashkent. Nuestro trabajo es alimentaros y asegurarnos de que continuéis vuestro camino hacia el sur. Todo el Ejército polaco de la URSS está en camino. Nos reorganizaremos en Asia Central.

Los exiliados asienten, con la cara desencajada cuando suena el silbato del tren. No quieren irse. Suben a regañadientes y se inclinan sobre las vías mientras el tren se aleja, con un gesto furioso. Uno de los tenientes saluda con dos dedos en polaco, lo que provoca un estruendo entre los exiliados, que devuelven el saludo en masa, con el corazón acelerado por el repiqueteo de las ruedas del tren al acelerar. Genek rodea a Herta con un brazo, besa la cabeza de Józef y sonríe, con el ánimo avivado por la visión de sus compatriotas, por el *kofe* que le calienta la sangre, el pan en la barriga y el viento en la cara.

El pan y el café de la estación de Aktyubinsk serían lo más parecido a una comida que encontrarían en su viaje. A medida que avanzan hacia Uzbekistán, los exiliados pasan días sin comer. Genek y Herta no saben cuándo ni dónde parará el tren. Cuando se detiene, los que tienen algo que intercambiar o unas pocas monedas en el bolsillo hacen trueques con los lugareños, que flanquean las vías con cestas de delicias entre los brazos: hogazas redondas de pan *lepyoshka*, yogur *katik*, semillas de calabaza, cebollas rojas y, más al sur, melones dulces, sandías y albaricoques secos. Sin embargo, la mayoría de los exiliados, incluidos Genek y Herta, saben que no deben perder el tiempo mirando con hambre una comida que no pueden permitirse, sino que, cuando el tren se detiene, saltan de los vagones y hacen cola para ir al baño y al grifo de agua, o a un *kipyatok*, como lo llaman los uzbekos. Esperan mientras los restos secos y vacíos de semillas de *semyechki* se arremolinan a sus pies, escuchan atentamente el siseo del vapor, el primer tirón de la locomotora, y se acercan a la puerta del tren, que indica que su transporte se marcha, como suele ocurrir, sin previo aviso. En cuanto oyen el ruido del tren, corren para volver al coche, hayan podido o no ir al baño o llenar los cubos de agua. Nadie quiere quedarse atrás.

Tras otras tres semanas de viaje, por fin, Genek se encuentra en la cola de un centro de reclutamiento improvisado en Wrewskoje. Un joven oficial polaco atiende el mostrador.

—¡Siguiente! —grita el oficial. Genek da un paso adelante, tan solo dos cuerpos lo separan de su futuro en el II Cuerpo Polaco. Esa mañana, cuando ocupó su puesto, la fila daba dos vueltas a la pequeña manzana de la ciudad, pero no le importó. Por primera vez desde que tiene uso de razón, siente que tiene un propósito. Piensa que tal vez su destino siempre haya sido luchar por Polonia. En todo caso, es una oportunidad para redimirse, para corregir la mala decisión que les costó a Herta y a él un año de sus vidas.

A Genek aún no le han dicho nada sobre cuándo o dónde se presentarán al servicio los reclutas aceptados. Espera que su estancia en Uzbekistán no sea larga. El piso de una sola habitación que les han asignado, aunque es mejor que los barracones de Altynay, es caluroso, está sucio y plagado de roedores. Las primeras noches, Herta y él se despertaron sobresaltados por la sensación desconcertante de unos pies diminutos que les rozaban el pecho.

—Debe de haber algún error —dice el recluta que está al principio de la cola.

—Lo siento —responde el funcionario que está detrás del mostrador.

Genek se inclina para escuchar.

—No, tiene que ser un error.

—No, señor, me temo que no —se disculpa el funcionario—. El ejército de Anders no acepta judíos.

A Genek se le revuelve el estómago. *¿Qué?*

—Pero... —balbucea el hombre—, quiere decir que he venido hasta aquí... pero *¿por qué?*

Genek observa cómo el oficial levanta un trozo de papel y lee:

—«Según la ley polaca, una persona de ascendencia judía no pertenece a Polonia, sino a una nación judía». Lo siento, señor —dice sin malicia, pero con una eficacia que sugiere que está deseando seguir adelante.

—Pero ¿qué se supone que...?

—Lo siento, señor, no depende de mí. Siguiente, por favor.

Una vez zanjada la cuestión, el hombre se retira de la línea murmurando en voz baja.

Nada de judíos en el ejército de Anders. Genek sacude la cabeza. No le extrañaría que los alemanes privaran a un judío del derecho a luchar por su país, pero ¿los polacos? Si no puede alistarse, no sabe cómo se las arreglarán Herta y él. Lo más probable es que los arrojen de nuevo a los lobos, a una vida de trabajo forzado. A la mierda, Genek está que echa humo.

—Siguiente, por favor.

Un solo cuerpo lo separa ahora del oficial del mostrador de reclutamiento, del papeleo que se le pedirá que rellene. Cierra los puños. En su frente se acumulan gotas de sudor. *Ese formulario es decisivo,* le dice una voz interna. *Es cuestión de vida o muerte. Ya has pasado por esto antes. Piensa. No has llegado tan lejos para que te rechacen.*

—Siguiente, por favor.

Antes de que el hombre que tiene delante tenga la oportunidad de alejarse del escritorio, Genek se cala la gorra sobre la frente y se escabulle con sigilo de la cola.

Mientras se abre camino por la ciudad árida y en ruinas, su mente va a mil por hora. Más que nada, está enfadado. Está ofreciendo sus fuerzas, incluso su vida, para luchar por Polonia. ¿Cómo se atreve su país a privarlo de este derecho por su religión? Para empezar, no estaría metido en todo este lío si no se hubiera etiquetado a sí mismo tan tercamente como polaco. Tiene ganas de gritar, de golpear una pared. Pero entonces recuerda su año en Altynay y se ordena a sí mismo pensar con claridad. *Necesito el ejército,* se recuerda a sí mismo. *Es la única salida.*

Se detiene en la esquina de una calle, a la entrada de una pequeña mezquita. Con la mirada fija en su robusta cúpula dorada, se le ilumina la bombilla. Andreski.

Sobre el papel, Genek y Otto Andreski tienen poco en común. Otto es un católico devoto, un antiguo obrero de fábrica con el ceño siempre fruncido y el pecho tan grande como un tambor; Genek es un judío ágil y con hoyuelos que ha pasado toda su carrera, hasta hace poco, detrás de la mesa de un bufete de abogados. Otto es un bruto, Genek un galán. Pero a pesar de sus diferencias, la amistad que forjaron en los bosques de Siberia es sólida. Últimamente, en sus escasos ratos libres, se dedican a lanzar un juego de dados tallados a mano o a jugar al *kierki* con la baraja de Genek, que ahora está en un estado lamentable por el uso excesivo, pero que de algún modo sigue completa. Herta y Julia Andreski también se han hecho muy amigas, incluso han descubierto que compitieron en equipos de esquí rivales en la universidad.

—Necesito que me enseñes a ser católico —dice Genek esa misma noche. Acaba de explicar a Otto y a Julia lo sucedido en el centro de reclutamiento—. A partir de ahora —anuncia—, si alguien pregunta, Herta y yo somos católicos.

Genek es un buen estudiante. En pocos días, Otto le ha enseñado a rezar el *Padre Nuestro* y el *Ave María*, a santiguarse con la mano derecha y no con la izquierda, a pronunciar el nombre del papa actual, Pío xii, nacido Eugenio Maria Giuseppe Giovanni Pacelli. Una semana más tarde, cuando Genek por fin se anima a volver al centro de reclutamiento, saluda al joven oficial que está detrás del mostrador con un fuerte apretón de manos y una sonrisa llena de confianza. Su mirada azul es firme y su mano no tiembla cuando escribe las palabras «católico romano» en la casilla de religión del formulario de reclutamiento. Y cuando su nombre, junto con el de Herta y Józef como miembros de su familia, se añade a la lista como miembro oficial del II Cuerpo Polaco de Anders, da las gracias al oficial con un saludo y un «Dios te bendiga».

En la víspera de su primer día oficial como nuevos reclutas, Otto invita a Genek y a Herta a su piso para celebrarlo. Genek lleva sus cartas. Se pasan el alijo secreto de vodka de Otto, sorbiendo de una petaca de lata abollada entre las manos del juego acordado, *oczko*.

—Por nuestros nuevos amigos cristianos —brinda Otto, se bebe un trago y le pasa la petaca a Genek.

—Por el papa —añade Genek, bebiendo un trago y pasándole la lata a Herta.

—Por un nuevo capítulo —dice Herta, mirando a Józef, dormido en una pequeña cesta a su lado, y por un momento los cuatro se quedan en silencio mientras cada uno se pregunta qué les depararán exactamente los próximos meses.

—Por Anders —chista Julia, aligerando el ambiente, alcanzando la petaca y sosteniéndola victoriosa sobre su cabeza.

—¡Por ganar esta puta guerra! —aúlla Otto, y Genek se ríe, ya que la perspectiva de ganar una guerra que se libra a mundos de distancia de Wrewskoje (una ciudad polvorienta de Asia Central cuyo nombre apenas puede pronunciar), parece tan improbable como absurda.

El vodka vuelve a llegar a Genek.

—*Niech szcze̜s'cie nam sprzyja* —dice con la lata en alto. *Que la suerte esté de nuestra parte.* Parece que andan escasos de buena suerte. Y algo le dice que la necesitarán.

7 DE DICIEMBRE DE 1941: *Japón bombardea Pearl Harbor.*

11 DE DICIEMBRE DE 1941: *Adolf Hitler le declara la guerra a Estados Unidos; ese mismo día, Estados Unidos le declara la guerra a Alemania y a Italia. Un mes después, las primeras fuerzas americanas llegan a Europa, desembarcan en Irlanda del Norte.*

20 DE ENERO DE 1942: *En la Conferencia de Wannsee celebrada en Berlín, el líder del Reich, Reinhard Heydrich, esboza un plan de «solución final» para deportar a los millones de judíos que quedan en los territorios conquistados por Alemania a campos de exterminio en el este.*

28

Mila y Felicia

Afueras de Radom, la Polonia ocupada por los alemanes
– MARZO DE 1942

Dentro del vagón, hace calor, a pesar del aire frío del mes de marzo azotándoles las mejillas por la ventanilla que está abierta. Mila y Felicia llevan más de una hora de pie, demasiado apretadas como para poder sentarse, pero el ambiente es alegre, casi vertiginoso por la emoción. Por todo el vagón circulan susurros de libertad, de lo que se sentirá, de cómo sabrá. Son los pocos que han sido afortunados, los cuarenta y tantos judíos del gueto de Wałowa que han entrado en la lista: médicos, dentistas, abogados —los *profesionales más liberales y cultos de Radom*— seleccionados para emigrar a Estados Unidos.

Al principio, Mila se mostró escéptica. Todos. En diciembre Estados Unidos había declarado la guerra a las potencias del Eje. En enero habían enviado tropas a Irlanda. ¿Por qué iba Hitler a ofrecer un grupo de judíos a un país que se había autoproclamado como enemigo? Pero había enviado un grupo a Palestina el mes anterior y, a pesar de lo que todo el mundo pensaba —que seguramente los judíos no habían sido enviados a Palestina sino a la muerte—, en el gueto empezaron a correr rumores de que habían llegado sanos y salvos a Tel Aviv. Así que cuando surgió la oportunidad, Mila se apuntó enseguida a la lista. Lo creía: era su oportunidad.

Felicia está de pie con los brazos alrededor del muslo de Mila y confía en el equilibrio de su madre para mantener el suyo.

—¿Qué se ve ahora, *Mamusiu*? —pregunta. Hace la misma pregunta cada pocos minutos. Es demasiado pequeña como para ver por la ventana.

—Árboles, cariño. Manzanos. Pastos. —De vez en cuando Mila se la sube a la cadera para que Felicia pueda ver. Mila le ha explicado a dónde van, pero la palabra «América» tiene poco significado en la mente de Felicia, una niña de tres años y medio. «¿Y papá?», le había preguntado cuando Mila le habló por primera vez del plan, y el sentimiento casi le había roto el corazón a Mila. A pesar de no tener recuerdos de él, a Felicia le preocupaba que Selim regresase a Radom y se encontrase con que su madre y ella habían desaparecido. Mila le había asegurado lo mejor que pudo que le enviaría una dirección en cuanto llegaran a América, que Selim podría reunirse con ellas allí o que podrían regresar a Polonia una vez terminada la guerra. «Lo que pasa es que, ahora mismo —había dicho Mila—, quedarse aquí no es seguro». Felicia había asentido, pero Mila sabía que a la niña le resultaba difícil entenderlo todo. La propia Mila no tenía ni idea de qué esperar.

Lo único que estaba claro era lo peligrosa que se había vuelto la vida para Felicia en el gueto. Esconderla en aquel saco de retales de tela —y luego marcharse— fue una de las cosas más difíciles que Mila había hecho nunca. Nunca olvidaría cómo esperó fuera del taller mientras las SS llevaban a cabo su redada, rezando para que Felicia permaneciera quieta como le había ordenado, rezando para que los alemanes pasaran de largo, rezando por haber hecho lo correcto al dejar a su niña allí sola en el taller. Cuando las SS se retiraron y Mila y los demás pudieron volver por fin a sus mesas, Mila corrió hacia la pared de retales de tela, casi histérica, llorando con lágrimas ardientes de agradecimiento mientras sacaba a su hija, temblorosa y mojada, del saco.

Aquel día, en el taller, Mila se prometió encontrar un lugar más seguro para esconder a Felicia: algún lugar fuera del gueto, donde a las SS no se les ocurriera buscarla. Hacía unos meses, en diciembre, había metido a su hija en un colchón relleno de paja y había aguantado la respiración mientras dejaba caer el colchón desde la ventana del segundo piso. Su edificio estaba en el perímetro del gueto. Isaac esperaba abajo. Como miembro de la policía judía, se le permitía salir de los muros del gueto. El plan era que él llevase a Felicia a casa de una familia católica, donde podría vivir, bajo su cuidado, haciéndose pasar por aria. Por suerte, la aterradora caída de dos pisos fue un éxito. El colchón amortiguó la caída de Felicia, tal como estaba previsto. Mila había llorado con el puño cerrado al ver a Isaac llevándose a Felicia de la mano, tan petrificada por dejar a su hija al cuidado de otra persona como aliviada de que Felicia hubiera sobrevivido a la caída. Sin embargo, cualquier otro lugar tenía que ser más seguro que el gueto, donde las enfermedades se propagaban como la pólvora y donde, al parecer, todos los días se descubría y se mataba a un judío sin papeles, demasiado viejo o demasiado enfermo, con un tiro en la cabeza o una paliza, y se lo dejaba morir en la calle a la vista de todos. Aquella noche, incapaz de conciliar el sueño, Mila se repitió una y otra vez que había hecho lo correcto.

Sin embargo, al día siguiente, Mila encontró una nota de Isaac bajo la puerta del piso, decía: *Oferta renunciada. Devolución del paquete a las 22.* Mila nunca llegaría a saber qué había salido mal, si la familia había cambiado de opinión o si consideraban a Felicia demasiado judía para hacerla pasar por suya. A las diez de la noche la devolvieron al gueto, agarrada con los nudillos blancos a una soga de sábanas que colgaba de la misma ventana del segundo piso. Para empeorar las cosas, una semana más tarde, con fiebre y sin aliento, a Felicia le diagnosticaron un caso grave de neumonía. Mila nunca había deseado tanto el regreso de Selim: seguro que atendería a su hija con más eficacia que cualquiera de los médicos de la clínica de Wałowa. La recuperación de Felicia fue lenta; en dos ocasiones Mila pensó que podría perderla. Al final, fue el vapor de una rama de eucalipto hervida que Isaac introdujo de contrabando lo que consiguió abrirle la tráquea, permitiéndole respirar de nuevo y, al final, curarse.

Pocos días después de que Felicia se recuperara del todo, las SS anunciaron que enviarían a América a un grupo selecto de judíos de Wałowa. Y ahora, aquí están. Mila intenta imaginar lo que significa ser estadounidense, e imagina hogares cálidos con despensas bien abastecidas, niños felices y sanos, y calles en las que, judío o no, uno es libre de caminar, trabajar y vivir como los demás. Felicia apoya una mano sobre la cabeza y observa las copas sin hojas de las hayas a través de la ventanilla del vagón. La idea de una nueva vida en Estados Unidos es una perspectiva emocionante. Pero, por supuesto, también es devastador, porque significa dejar atrás a su familia. A Mila se le forma un nudo en la garganta. La despedida de sus padres en el gueto estuvo a punto de acabar con su determinación. Se lleva una mano al estómago, donde el dolor sigue presente, como una puñalada reciente. Intentó convencer a sus padres de que pusieran sus nombres en la lista, pero se negaron.

«No —dijeron—, no aceptarán a un par de viejos tenderos. Ve tú —insistieron—. Felicia se merece una vida mejor que esta».

En su cabeza, Mila hace inventario de los objetos de valor de sus padres. Les quedan veinte zlotys y han vendido la mayor parte de su porcelana, seda y plata. Tienen un rollo de encaje, que podrían intercambiar si lo necesitasen. Y, por supuesto, está la amatista, de la que, por suerte, Nechuma aún no ha tenido que desprenderse. Y mejor que cualquier riqueza, ahora tiene a Halina. Halina y Adam volvieron a Radom poco después de la llegada de Jakob y Bella. Viven fuera de los muros del gueto con sus documentos de identidad falsos y, con la ayuda de Isaac, consiguen colar de vez en cuando un huevo o un par de zlotys en el gueto. Sus padres también tienen cerca a Jakob. Su plan, le dijo a Mila antes de irse, era pedir trabajo en la fábrica de las afueras donde trabajaba Bella. Estaría a menos de veinte kilómetros y prometió ver cómo estaban Sol y Nechuma a menudo. Mila se recuerda a sí misma que sus padres no están solos, y eso la reconforta.

Fuera se oyen silbidos, chirridos de frenos. El tren aminora la marcha. Mila mira por la ventanilla, sorprendida de no ver más que campos abiertos a ambos lados de la vía. *Es un lugar extraño para parar.* Quizá las espere otro tren que las lleve el resto del trayecto hasta Cracovia, donde, según les han dicho, un grupo de estadounidenses de la Cruz Roja las escoltará hasta Nápoles. La puerta se abre y Mila y los demás reciben la orden de bajar. Fuera del vagón, los ojos de Mila siguen la longitud de las vías que se extienden ante ellos; están vacías. Se le revuelve el estómago. Y tan pronto como se da cuenta de que algo va mal, el grupo se ve rodeado por una multitud de hombres. Enseguida se da cuenta de que son ucranianos. Corpulentos, de pelo oscuro y pecho ancho, no se parecen en nada a los alemanes de piel clara y rasgos afilados que los habían amontonado en el vagón de tren horas antes en la estación de Radom. Los ucranianos gritan órdenes, y Mila aprieta la mano de Felicia con fuerza, cuya situación se vuelve evidente y horrible al instante. *Por supuesto.* ¿Cómo pudo ser tan ingenua? Se habían ofrecido voluntarias para esto, pensando que era su billete a la libertad. Felicia la mira, con los ojos muy abiertos, y Mila hace todo lo posible por evitar que se le doblen las rodillas. Fue decisión suya. Ella les había hecho esto.

Organizan al grupo en dos filas, los hacen adentrarse veinte metros en el campo y les entregan palas.

—Cavad —grita en ruso uno de los ucranianos, con las manos alrededor de la boca en lugar de un megáfono, y el cañón metálico de su fusil que capta los rayos del sol de la tarde—. ¡Cavad o disparamos!

Cuando los judíos empiezan a cavar, los ucranianos caminan en círculos a su alrededor, con los dientes descubiertos como perros salvajes, ladrando órdenes o insultos por encima del hombro.

—Tú, con los niños —grita uno de ellos. Mila y las otras tres, con los niños a su lado, levantan la vista—. Trabaja más rápido. Tú cava dos agujeros.

Mila le indica a Felicia que se siente a sus pies. Mantiene la barbilla baja, con un ojo siempre puesto en su hija. Cada tanto mira a los demás de reojo. Algunos sollozan, las lágrimas ruedan en silencio por sus mejillas y caen sobre la tierra fría que hay a sus pies. Otros parecen aturdidos, con los ojos vidriosos, derrotados. Nadie levanta la vista. Nadie habla. El único sonido que llena el aire de marzo es el del acero contra la tierra fría y dura. Al poco rato, Mila tiene las manos agrietadas y le sangran, y la parte baja de la espalda resbaladiza por el sudor. Se quita el abrigo de lana y lo deja en el suelo a su lado; en cuestión de segundos, se lo arrebatan y lo añaden a un montón de ropa junto al tren.

Los ucranianos siguen vigilando de cerca, asegurándose de que las manos se muevan y los cuerpos estén ocupados. Un oficial con uniforme de capitán observa la escena desde su posición junto al tren. Parece ser alemán, de las SS. *Obersturmführer,* tal vez. Mila ha empezado a reconocer los distintos rangos militares nazis por sus insignias, pero está demasiado lejos para saber con seguridad qué cargo ocupa exactamente este hombre. Sea quien fuere, es obvio que es el que manda. Mila se pregunta qué se le pasó por la cabeza cuando le asignaron este trabajo. Hace una mueca cuando su peso sobre el mango de madera de la pala le arranca otro trozo de carne del tamaño de una moneda de la palma de la mano. *Ignóralo,* se ordena, negándose a sentir el dolor. Se niega a sentir lástima por sí misma. Con el suelo casi congelado, avanza despacio. Está bien. Así gana tiempo. Unos minutos más en la tierra para estar con su hija.

—*Mamusiu* —susurra Felicia, tirando de los pantalones de Mila. Se sienta con las piernas cruzadas a los pies de su madre—. *Mamusiu,* mira.

Mila sigue la mirada de Felicia. Uno de los judíos en el campo ha dejado caer su pala y camina hacia el alemán junto al tren. Mila lo reconoce como el doctor Frydman, que antes de la guerra era un destacado dentista en Radom. Selim solía visitarlo. Un par de ucranianos también se dan cuenta, y preparan sus rifles, apuntando en su dirección. Mila contiene la respiración. *¡Va a hacer que lo maten!* Pero el capitán hace un gesto a sus subordinados para que bajen las armas.

Mila exhala.

—¿Qué ha pasado? —susurra Felicia.

—Shh, shh, *chérie.* Está bien —susurra Mila mientras presiona con el pie la hoja de su pala—. Quédate quieta, ¿vale? Quédate aquí, donde pueda verte. Te quiero, mi pequeña. Quédate cerca de mí. —Mila observa mientras el doctor Frydman conversa con el alemán. Parece estar hablando rápido, tocándose la mejilla. Al cabo de un minuto, el capitán asiente y señala por encima del hombro.

El doctor Frydman inclina la barbilla, y luego camina rápidamente hacia un vagón de tren vacío y sube al interior. *Se ha librado. ¿Por qué?* En Radom, siempre se recurría a los judíos del gueto para que ayudaran a los alemanes. Mila piensa que tal vez el doctor haya hecho algún trabajo dental para el capitán en el pasado y el alemán se haya dado cuenta de que volverá a necesitar sus servicios.

A Mila se le revuelve el estómago. Desde luego, no le ha hecho ningún favor. Sería mejor que agarrase a Felicia y corriera para salvar sus vidas. Echa un vistazo a la línea de árboles, pero está a doscientos metros más allá de las vías. No. No pueden correr. Les dispararían al instante.

Un viento afilado levanta una nube de tierra por el campo, y Mila se apoya en la pala; con los ojos llenos de arena, parpadea mientras contempla su realidad: no hay favores que devolver. No hay a dónde huir. Están atrapadas.

Mientras piensa en lo inevitable, un disparo atraviesa el aire. Gira la cabeza a tiempo para ver caer al suelo a un hombre situado en una fila contigua a la suya. *¿Había intentado huir?* Mila se tapa la boca y mira a Felicia de inmediato.

—¡Felicia! —Pero su hija está paralizada, con los ojos clavados en el cuerpo que yace boca abajo sobre la tierra, en la sangre que brota de la parte posterior de su cráneo—. ¡Felicia! —vuelve a decir Mila.

Por fin, su hija se vuelve. Tiene los ojos muy abiertos y la voz muy débil.

—*Mamusiu?* ¿Por qué...?

—Mírame, cariño —suplica Mila—. Mírame, solo a mí. Todo va a estar bien. —Felicia tiembla.

—Pero ¿por qué...?

—No lo sé, amor. Ven. Siéntate más cerca. Aquí, junto a mi pierna, y mírame. ¿Vale? —Felicia se arrastra hasta la pierna de su madre y Mila le toma la mano con rapidez. Felicia se la da y Mila se inclina para darle un beso rápido—. No pasa nada —susurra.

Mientras se levanta, el aire se llena de gritos.

—¿Quién será el próximo en huir? —se burlan las voces—. ¿Lo veis? ¿Veis lo que pasa? ¿Quién será el siguiente?

Felicia mira fijamente a su madre con los ojos llenos de lágrimas, y Mila se muerde el interior de las mejillas para no derrumbarse. No debe llorar, no ahora, no delante de su hija.

29

Jakob y Bella

La fábrica Armee-Verpflegungs-Lager, en las afueras
de Radom, la Polonia ocupada por los alemanes
– MARZO DE 1942

Jakob agita un pañuelo mientras se acerca a la entrada de la fábrica.
—*Schießen Sie nicht!* ¡No dispare! —jadea, su respiración va y viene
en un ritmo disonante de bocanadas cortas y superficiales. Ha trotado casi dieciocho kilómetros cargando con la maleta y la cámara para
llegar hasta allí, y está muy poco en forma. Le dolerán los músculos
del brazo derecho durante una semana y tiene las plantas de los pies
hinchadas y con varios abscesos a causa del viaje, pero aún no se ha
dado cuenta.

Un guardia de las SS apoya una mano en la pistola y entrecierra
los ojos en dirección a Jakob.

—No dispare —vuelve a suplicar Jakob cuando está lo bastante
cerca como para entregarle su identificación—. Por favor, he venido a
ver a mi mujer. Está… —Dirige una mirada a la daga que cuelga de
una cadena del cinturón del guardia y, de repente, se le traba la lengua—. Meestáesperando. —Sale como una palabra larga.

El guardia estudia los papeles de Jakob. Son los auténticos; en el
gueto y aquí en la fábrica, no tiene sentido hacerse pasar por alguien
que no es.

—De dónde eres —pregunta el guardia, estudiando la documentación de Jakob, aunque es más una afirmación que una pregunta.

—Radom.

—Edad.

—Veintiséis.

—Fecha de nacimiento.

—1 de febrero. 1916.

El guardia interroga a Jakob hasta que está seguro de que es el joven que sus papeles dicen que es.

—¿Dónde está tu identificación?

Jakob traga saliva. No tiene una.

—Solicité una, pero... por favor, Estoy aquí por mi esposa... es por sus padres, están muy enfermos. Tiene que saberlo. —Jakob se pregunta si la mentira es tan obvia como la siente en la lengua. El guardia se dará cuenta—. Por favor —suplica Jakob—. Es grave. —Se le ha acumulado una capa de sudor en la frente que brilla bajo el sol del mediodía.

El guardia lo mira fijamente durante un momento.

—Quédate aquí —gruñe al final, señalando con los ojos al suelo antes de desaparecer por una puerta sin marca.

Jakob obedece. Deja la maleta a sus pies y espera, estrujando su gorro de fieltro entre las manos. La última vez que vio a Bella fue hace cinco meses, en octubre, justo antes de que la destinaran a trabajar en la fábrica Armee-Verpflegungs-Lager, a la que todo el mundo se refería simplemente como AVL. Entonces vivían con sus padres en el gueto de Glinice, muy cerca de la fábrica. Bella aún estaba destrozada. Los días eran largos y miserables, y poco podía hacer él para consolarla mientras se hundía en la desesperación por la pérdida de su hermana. Jakob nunca olvidaría el día en que se marchó. Estaba en la entrada del gueto, con los dedos enroscados en los barrotes de hierro de la verja, viendo cómo la escoltaban hasta un camión que esperaba. Bella se había dado la vuelta antes de subir, con expresión triste, y Jakob le había lanzado un beso y había visto, con los ojos húmedos, cómo se llevaba la mano a los labios; no sabía si pretendía devolverle el beso o si tenía la mano allí para no llorar.

Poco después de que Bella se fuera a la fábrica, Jakob pidió que lo trasladaran al gueto de Wałowa, para poder vivir con sus padres. Bella y él se comunicaban por carta. A Jakob le daba un poco de paz leer sus palabras: apenas había hablado desde la desaparición de Anna, pero parecía que escribir le resultaba más fácil. Bella le contó que en la AVL le habían asignado la tarea de remendar botas de cuero y cartucheras rotas del frente alemán. «Deberías venir conmigo», decía en su última carta. «El supervisor de aquí es soportable. Y hay mucho más espacio en los barracones de la fábrica que en el gueto. Te echo de menos. Mucho. Por favor, ven».

Al leer esas palabras —*te echo de menos*— Jakob supo que encontraría la manera de estar con ella. Significaría dejar a sus padres, pero tenían a Halina para cuidar de ellos. Identificaciones falsas si las necesitaban. Un pequeño alijo de patatas, harina y algo de repollo que su madre había almacenado antes del invierno. La amatista. Estaría cerca. Dieciocho kilómetros. Razonó que podría escribirles, visitarlos si lo necesitaba.

Pero también estaba su trabajo, y la perspectiva de dejarlo era desalentadora. En el gueto, un trabajo era un salvavidas: si te consideraban lo bastante hábil para trabajar, en la mayoría de los casos, merecías vivir. Cuando los alemanes descubrieron que Jakob sabía manejar una cámara, le asignaron un trabajo como fotógrafo. Todas las mañanas salía por las puertas arqueadas de Wałowa para hacer fotos de lo que le pidiera su supervisor: armas, arsenales, uniformes y, a veces, incluso mujeres. De vez en cuando, su supervisor reclutaba a un par de chicas rubias polacas que, por unos zlotys o una cena, estaban más que dispuestas a posar para Jakob sin más ropa que un jirón de pelo reservado para ese fin. Al final de la jornada, Jakob entregaba sus fotos sin saber quién las iba a ver ni por qué.

Sin embargo, hoy sería diferente. Había recibido su encargo como siempre, pero había salido de la oficina de su supervisor con un bolsillo lleno de cigarrillos Yunak y un encargo que no completaría. Si se ve obligado a regresar a Wałowa, con su rollo de película aún en blanco, puede que su plan le cueste la vida.

Jakob mira el reloj. Son las dos de la tarde. Dentro de tres horas, su jefe se dará cuenta de que ha desaparecido.

La puerta de la fábrica se abre y aparece Bella, vestida con los mismos pantalones azul marino y camisa blanca que llevaba cuando se marchó. Un pañuelo amarillo le cubre todo el pelo excepto una pequeña parte. Sonríe al verlo y a Jakob se le encoge el corazón. Una sonrisa.

—Hola, cielo —dice. Se abrazan con rapidez.

—¡Jakob! No sabía que vendrías —dice Bella.

—Lo sé, lo siento, no quería… —Jakob hace una pausa y Bella asiente, comprensiva. Sus cartas han estado censuradas durante meses; habría sido una tontería escribirle y contarle sus planes.

—Iré a hablar con el capataz —dice Bella, mirando por encima del hombro al guardia que se encuentra unos metros detrás de ella—. ¿Tu hermana ha conseguido salir?

En su última carta, Jakob le había contado a Bella el plan de Mila de mudarse a Estados Unidos.

—Se fue esta mañana —dice—. Felicia y ella.

—Bien. Eso es un alivio. Me alegro de que hayas venido, Kuba —dice Bella—. Quédate aquí. —El guardia la sigue al interior y Jakob se acuerda un segundo demasiado tarde de los cigarrillos: había querido pasárselos a Bella a escondidas para que los usara como soborno. Jakob se maldice en silencio y vuelve a tener que esperar fuera, con el gorro en la mano.

Dentro, Bella se dirige a la mesa del capataz, el oficial Meier, un alemán de huesos grandes, frente ancha y bigote espeso y bien cuidado.

—Mi marido viene del gueto —empieza a decir y decide que es mejor ir al grano. Ahora su alemán es fluido—. Está aquí, fuera. Es un trabajador excelente, Herr Meier. Goza de buena salud y es muy responsable. —Bella hace una pausa. Los judíos no piden favores a los alemanes, pero no tiene otra opción—. Por favor, se lo ruego, ¿puede encontrarle un trabajo aquí en la fábrica?

Meier es un hombre decente. En los últimos tres meses se ha portado bien con Bella: en Yom Kippur le permitió comer después de que anocheciera y visitar a sus padres de vez en cuando en el gueto de Glinice, que está a poca distancia de la fábrica. Bella es una trabajadora eficiente, casi el doble de productiva que la mayoría de los demás empleados de la fábrica. Quizá por eso la trata bien.

Meier se pasa el pulgar y el índice por el bigote. Examina a Bella y entrecierra los ojos, como si buscase un motivo oculto.

Bella se quita de la cadena que lleva al cuello el broche de oro que Jakob le regaló hace tantos años.

—Por favor —dice, dejando caer la pequeña rosa con la perla incrustada en la palma de la mano y ofreciéndosela a Meier—. Es lo único que tengo. —Bella espera con el brazo extendido—. Por favor. No se arrepentirá.

Al final, Meier se inclina hacia delante, apoya los antebrazos en el escritorio, sus ojos se cruzan con los de ella.

—Kurch —dice con su marcado acento alemán—. Guárdatelo, Kurch. —Suspira y sacude la cabeza—. Haré esto por ti, pero no lo haré por nadie más. —Se vuelve hacia el vigilante que está en posición junto a la puerta de su despacho—. Adelante. Déjalo entrar.

30

Mila y Felicia

Afueras de Radom, la Polonia ocupada por los alemanes
– Marzo de 1942

El montón de tierra junto a lo que Mila sabe que será su tumba
ha crecido hasta tener medio metro de altura.

—Más hondo —grita un ucraniano que pasa haciendo la ronda.

Mila tiene las palmas de las manos llenas de sangre y todo el torso
empapado de sudor, a pesar del frío de marzo. Se quita el jersey, se lo
pone a Felicia sobre los hombros y se envuelve la mano derecha, la
más dolorida, con la bufanda. Aprieta la suela del zapato contra la cabeza de la pala, ignora el escozor y vuelve a mirar hacia las vías del
tren para observar la escena.

El oficial está de pie, con los brazos cruzados sobre el pecho, en la
parte delantera del tren. Unos vagones más allá, una docena de ucranianos parecen estar aburridos mientras juguetean con sus gorras, ha-
ciéndolas girar entre sus dedos, con los rifles colgados a la espalda.
Algunos patean el suelo. Otros hablan, moviendo los hombros al oír el
comentario de alguno de ellos. *Bárbaros*. Dos judíos más se han unido
al doctor Frydman; al parecer, también han hecho favores especiales y
se han librado. Con la mandíbula apretada, Mila levanta otro montón
de tierra del agujero que tiene a sus pies y lo vierte sobre su pila.

—Mira —susurra alguien detrás de ella. Una joven rubia ha dejado
caer la pala. Se dirige a toda velocidad hacia las vías, hacia el alemán,
con los hombros hacia atrás, el abrigo negro ceñido a la cintura y la
falda ondeando tras ella. A Mila le da un vuelco el corazón al acordarse
de su hermana Halina, la única mujer que conoce con ese tipo de valentía. Cuando los demás empiezan a cuchichear y a señalar, uno de los

ucranianos que están junto al tren levanta su rifle y apunta; los demás siguen su ejemplo. La joven fugitiva levanta las manos.

—¡No disparéis! —grita en ruso, y acelera el paso hasta trotar mientras se acerca a los hombres. Los ucranianos preparan sus armas y Mila contiene la respiración. Felicia también mira. Los tiradores miran al alemán, esperando su aprobación, pero el oficial inclina la barbilla y fija la mirada en la pequeña e intrépida judía que se acerca. Mueve la cabeza y dice algo que Mila no puede descifrar, y los ucranianos bajan las armas poco a poco.

Mila vislumbra el perfil de la joven cuando llega a las vías. Es guapa, de rasgos finos y la piel del color de la porcelana. Incluso desde lejos, es fácil ver que tiene el pelo de un rubio fresa que solo puede ser real. El pelo peroxidado, habitual ahora en el gueto —cualquier cosa para parecer menos judío—, era fácil de detectar. Mila observa cómo la mujer gesticula despreocupada con una mano, la otra la apoya sobre la cadera, y dice algo que hace reír al alemán. Mila parpadea. Se lo ha ganado. *Así de fácil.* ¿Qué le ha ofrecido? ¿Sexo? ¿Dinero? Mila se revuelve con una mezcla de repugnancia hacia el oficial y celos de la hermosa e impasible rubia.

Un guardia del perímetro grita y los judíos vuelven en silencio a su excavación. Mila intenta imaginarse a sí misma adoptando un rostro atrevido y provocativo y pavoneándose por el prado. Pero ella es una madre, por el amor de Dios; e incluso cuando era joven nunca tuvo el talento de Halina para flirtear. Le dispararían incluso antes de llegar al tren. Y en el caso de que lograra llegar hasta el alemán, ¿qué podría decirle para seducirlo y que la salvara? *No tengo nada que...*

Y entonces se le ocurre una idea. Se le eriza la columna vertebral.

—¡Felicia! —susurra. Felicia levanta la vista, sorprendida por la intensidad de su voz. Mila habla en voz baja, para que los demás no la oigan—. Mírame a los ojos, amor... ¿ves a esa mujer de ahí, junto al tren? —Mila mira hacia el vagón y Felicia la sigue con la mirada. Asiente con la cabeza. Mila respira de forma entrecortada. Está temblando. No hay tiempo para dudar: «Tú metiste a tu hija en esto; al menos puedes *intentar* que salga de esta». Mila se arrodilla un momento, finge sacarse una piedrecita del zapato, para que Felicia y ella puedan mirarse a los ojos. Habla despacio—. Quiero que corras hacia ella

226

y finjas que es tu madre. —Felicia frunce el ceño, confusa—. Cuando llegues hasta ella —continúa Mila—, agárrate a ella y no la sueltes.

—No, *Mamusiu*…

Mila acerca un dedo a los labios de su hija.

—No pasa nada, estarás bien, tú solo haz lo que te digo.

A Felicia se le llenan los ojos de lágrimas.

—*Mamusiu, ¿tú también vendrás?* —Su voz apenas es audible.

—No, cariño, ahora no. Necesito que hagas esto… sola. ¿Lo entiendes? —Felicia asiente, con la mirada baja. Mila alcanza la barbilla de Felicia, levantándola para que sus ojos se encuentren de nuevo—. *Tak?*

—*Tak* —susurra Felicia.

Mila apenas puede respirar, la tristeza en los ojos de su hija y el plan que está a punto de ponerse en marcha la ahogan. Asiente con toda la valentía que puede.

—Si los hombres preguntan, esa mujer es *twoja Mamusia*. ¿Vale?

—*Moja Mamusia* —repite Felicia, pero las palabras le saben extrañas y mal en la boca, como algo venenoso.

Mila se levanta y vuelve a mirar a la mujer junto al tren, que ahora parece estar contando una historia; el alemán está embelesado. Le quita el jersey de los hombros a Felicia.

—Vete, cariño —susurra, señalando el tren con la cabeza. Felicia se pone en pie, la mira y le suplica con los ojos: *¡No me hagas esto!* Mila se pone en cuclillas y presiona con rapidez los labios sobre la frente de Felicia. Al levantarse, se apoya en la pala; no siente las piernas y, de repente, todo le parece mal. Abre la boca, todas las partes de sí misma que son madre le arañan la garganta, rogándole que cambie de opinión. Pero no puede. No hay otra opción. Es lo único que se le ocurre.

—¡Ve! —ordena Mila—. ¡Rápido!

Felicia se vuelve hacia el tren, mira por encima del hombro y Mila vuelve a asentir.

—¡Ahora! —susurra Mila.

Mientras Felicia corre, Mila intenta seguir cavando, pero está paralizada de cuello para abajo y lo único que consigue es ver, sin aliento, cómo la escena que ha planeado se desarrolla a cámara lenta ante ella. Durante unos segundos interminables, nadie parece percatarse del pequeño cuerpo que atraviesa el prado. Felicia ha recorrido un tercio del trayecto hasta el tren cuando uno de los ucranianos por fin la ve y señala. Los demás levantan la vista. Uno de ellos grita una orden que Mila no entiende y levanta el fusil. De repente, todos los ojos del prado se fijan en la pequeña figura de su hija, que corre con las rodillas en alto y los brazos abiertos, como si fuera a caerse en cualquier momento.

—*Mamusiu!* —El grito de Felicia corta el aire, estridente, agudo, desesperado. A pesar de que lo estaba esperando, a Mila se le parte el corazón al oír a su hija llamar «madre» a la mujer rubia. Sus ojos saltan entre Felicia, el alemán y el ucraniano con el rifle en alto, a la espera de la autorización—. *Mamo! Mamo!* —berrea Felicia entre jadeos, una y otra vez mientras se acerca a las vías. El alemán observa a Felicia, mueve la cabeza, aparentemente confuso. La joven mira a Felicia y luego a sus espaldas. Ella también está perpleja. Los ucranianos del perímetro giran la cabeza y escudriñan el prado, intentando descifrar de dónde ha salido la niña. *Que ninguno se atreva a señalar,* ordena Mila en silencio, agradecida por no haber empezado a cavar un segundo agujero, para Felicia. Nadie se mueve. Tras unos segundos más lentos, Felicia alcanza el tren, y sus gritos se disipan al rodear con los brazos las piernas de la rubia guapa, hundiendo la cara en su abrigo.

Mila sabe que debería volver a cavar, pero no puede evitar mirar fijamente a la joven, que contempla la pequeña cabeza de una niña que se aferra a sus muslos. Cuando la mujer levanta la vista, mira hacia el prado, en dirección a Mila. *Por favor, por favor, por favor,* piensa Mila. *Tómala. Levántala. Por favor.* Pasa otro segundo, luego dos. Al final, la mujer se inclina y levanta a Felicia hasta su cadera. Dice algo inaudible, lleva una mano a la nuca de Felicia y le da un beso en la mejilla. Los ucranianos se miran entre sí y luego gritan a los judíos que los observan que vuelvan al trabajo. Mila exhala, mira hacia abajo y se tranquiliza. Se dice a sí misma que está bien, que ya puede respirar. Cuando levanta la vista, Felicia ha rodeado el cuello de la mujer con los brazos y ha apoyado la cabeza en su hombro, con la caja torácica aún agitada por el esfuerzo de la carrera.

—¡Ropa fuera! ¡Todo! ¡Ya!

Los judíos miran a su alrededor, aterrorizados. Despacio, dejan las palas y empiezan a desatarse los cordones, a desabrocharse el cinturón, a bajarse la cremallera. Mila se abrocha el botón superior de la blusa con dedos temblorosos. Algunas de las demás ya están medio desnudas, tiritando, con la piel pálida y desnuda sobre la tierra marrón a sus pies.

—¡Deprisa!

Los judíos permanecen de pie tratando de cubrir su desnudez con las manos de forma débil mientras los ucranianos se agachan para tomar su ropa. Mila se niega a desnudarse. Sabe que apenas quedan unos segundos antes de que alguien se fije en ella y la obligue a hacerlo, pero en el momento en que se quite la camisa, todo habrá terminado. Su hija verá cómo fusilan a su madre con sus propios ojos. Hace girar el anillo de boda en torno a su dedo y, por un instante fugaz, se permite la indulgencia de recordar cuando Selim deslizó el grueso aro de oro sobre su nudillo, lo llenos de esperanza que estaban… y entonces, parpadea.

Sin vacilar, sale disparada hacia el tren, corre por la tierra llena de hoyos y sigue los pasos de su hija. Se mueve tan rápido como le permiten sus piernas. Las pirámides de tierra recién cavada, las tumbas sombrías, los soldados uniformados y los cadáveres de carne blanca se desdibujan en su periferia mientras corre, no mira fijamente a su hija, sino a la única persona que puede ayudarla: el alemán. Es consciente de que en cualquier momento se producirá un disparo y una bala la hará caer al suelo. Con la vista perdida, cuenta los segundos que pasan para mantener la calma. El aire frío le abrasa los pulmones y el esfuerzo le quema las pantorrillas. La joven del tren, que aún sujeta a Felicia, se ha girado para que Felicia no pueda ver a Mila acercándose.

Y entonces, de algún modo, como un milagro, los veinte metros quedan atrás. Mila está en el tren, ilesa, de pie junto al alemán, jadeante, con las piernas temblorosas mientras presiona su anillo de boda en la palma de su mano.

—Muy caro —dice, tratando de recuperar el aliento, obligándose a no establecer contacto visual con Felicia, que se ha girado al oír su voz. El capitán mira a Mila, hace girar el anillo de oro entre sus dedos, lo muerde. Ahora, Mila ve por las rayas plateadas de sus hombros que es *Hauptsturmführer*. Desearía tener más curvas, o los labios más anchos, o algo gracioso o coqueto que decir que pudiera persuadirlo de perdonarle la vida. Pero no es así. Lo único que tiene es el anillo.

Un rifle se dispara. A Mila se le doblan las rodillas y, por instinto, se cubre la nuca con las manos. En cuclillas, mira a través de los codos. Descubre que el disparo no iba dirigido contra ella, sino contra alguien en el prado. Esta vez, una mujer. Al igual que Mila, había intentado huir. Mila se levanta despacio e inmediatamente mira a Felicia. La mujer a la que había llamado «madre» hacía un momento le ha tapado los ojos a Felicia con la mano que tiene libre y le está susurrando algo al oído, y el corazón de Mila se llena de gratitud. Los ucranianos del perímetro gritan mientras se abalanzan sobre su última víctima, que desaparece cuando uno de los soldados arroja su cadáver a un agujero.

—Una maldita conmoción —dice el alemán, metiéndose el anillo de Mila en el bolsillo—. Esperad aquí —resopla, dejando a las mujeres solas junto al tren.

Mila, que aún respira con dificultad, mira a la joven rubia.

—Gracias —susurra, y la mujer asiente. Felicia se gira y hace contacto visual con Mila.

—*Mamusiu* —susurra, con una lágrima resbalándole por la curva de la nariz.

—Shhh, shhhh, está bien —susurra Mila. Es lo único que puede hacer para no acercarse a su hija y abrazarla—. Ya estoy aquí, cariño. No pasa nada. —Felicia vuelve a hundirse en la solapa del abrigo de la desconocida.

En el campo, los soldados siguen gritando.

—¡En fila! —ordenan. Sus voces son frías, distantes. Mientras los judíos tiemblan junto a sus tumbas, la *Hauptsturmführer* ordena a los ucranianos que también formen una fila.

—Ven —dice Mila, pasándole un brazo por la cintura a la mujer. Se dirigen a toda prisa hacia el vagón casi vacío para reunirse con los demás que se han salvado. En cuanto los soldados las pierden de vista,

Mila estrecha a Felicia entre sus brazos, absorbiendo su calor, el olor de su pelo, el contacto de su mejilla con la suya. El grupo se arrastra hasta un rincón donde se apiñan, de espaldas al prado. Fuera se oyen sollozos. Mila apoya la palma de la mano en la oreja de Felicia, acunándole la cabeza contra su pecho para intentar bloquear el sonido.

Felicia cierra los ojos con fuerza, pero ya lo ha entendido. Sabe lo que está a punto de ocurrir. Y al oír el primer chasquido amortiguado, algo en la mente de la niña de tres años y medio comprende que nunca olvidará ese día: el olor de la tierra fría e implacable, la forma en que el suelo se sacudió debajo de ella cuando el hombre de la fila de al lado intentó huir; la forma en que su sangre se derramó por el agujero en su cabeza como el agua de una jarra que se ha volcado; el dolor en su pecho mientras corría como nunca había corrido antes, en dirección a una mujer que nunca antes había visto; y ahora, el sonido de los disparos, uno tras otro, una y otra vez.

31

Addy

Río de Janeiro, Brasil – MARZO DE 1942

Desde que había llegado a Brasil en agosto, Addy ha descubierto que la mejor manera de evitar pensar demasiado en lo que no sabe, en el universo alternativo que ha dejado atrás, es seguir moviéndose. Si se mantiene lo bastante ocupado, podrá ver Río en todo su esplendor. Es capaz de apreciar la piedra caliza y las montañas arboladas de la ciudad, ramificaciones de la Serra do Mar, que sobresalen por detrás de la hermosa costa; el olor siempre presente y tentador del bacalao frito y salado; las estrechas y bulliciosas calles adoquinadas del centro, donde las coloridas fachadas de la época colonial portuguesa se rozan con los modernos rascacielos comerciales; los árboles de jacarandá púrpura que florecen en lo que el calendario dice que es otoño, pero que en realidad es la primavera de Brasil.

Addy y Eliska han pasado casi todos los fines de semana desde que llegaron explorando las calles de Ipanema, Leme, Copacabana y Urca, dejándose llevar por sus narices hasta los diversos vendedores que venden de todo, desde *pamonhas* de maíz dulce hasta gambas especiadas en brochetas, sabroso *refeição* y *queijo coalho* a la parrilla. Cuando pasan por delante de un club de samba, Addy anota la dirección en su cuaderno y regresan esa misma noche para beber caipiriñas con hielo con los lugareños, que les parecen muy simpáticos, y escuchar música nueva y llena de vida, que no se parece a nada que hayan oído antes. La mayoría de las noches, Eliska paga la cuenta.

Cuando Addy está solo, su vida se ve consumida por preocupaciones más prácticas, como si podrá o no pagar el alquiler del mes siguiente. Ha tardado casi siete meses en obtener el permiso de trabajo.

Durante esos meses, ha luchado por ganarse la vida con trabajos esporádicos que le pagaban por debajo de la mesa, primero en una imprenta y después en una agencia de publicidad, donde lo contrataron como dibujante. Los trabajos estaban mal pagados, pero sin permiso no podía hacer otra cosa que esperar. Dormía en el suelo de su estudio de veinticinco metros cuadrados en Copacabana, tendido sobre una alfombra de algodón (un regalo que recibió tras instalar el sistema eléctrico en casa de un nuevo amigo), hasta que por fin pudo ahorrar lo suficiente como para comprar un colchón. Se bañó bajo los grifos de una ducha pública en la playa de Copacabana hasta que pudo pagar la factura del agua. Descubrió un aserradero al norte de la ciudad dispuesto a venderle madera vieja por casi nada, y pudo construir un somier, una mesa, dos sillas y una estantería. En un mercadillo de São Cristóvão, convenció a un vendedor para que le vendiera una vajilla y una cubertería a un precio asequible. El mes pasado, a pesar de que Eliska le había insistido en que se diera un buen festín de churrasquería, compró algo más caro, algo que le duraría: una radio de válvulas Crosley Super Six. La encontró de segunda mano. Estaba rota y, para regocijo de Addy, a un precio muy bajo. Le llevó veinte minutos desmontarla y averiguar el problema, que era muy sencillo: un poco de carbón acumulado en la resistencia. Era fácil de arreglar. Escucha la radio de forma religiosa. Escucha las noticias de Europa y, cuando las noticias son demasiado sombrías, gira el selector de emisoras hasta que encuentra música clásica, que lo tranquiliza.

Al igual que en Isla Flores, Addy se levanta temprano en Río y comienza con sus ejercicios matutinos, que realiza en la alfombra junto a la cama. Hoy aún no son las siete y ya está sudando. Es el final del verano en Río y el calor es sofocante, pero a él ha llegado a gustarle. Mientras está tumbado boca arriba como si pedalease en una bicicleta, puede oír la reja de las puertas metálicas que se levantan al abrirse las cafeterías y los quioscos de prensa tres pisos más abajo, en la Avenida Atlântica. A una manzana al este, un sol abrasador que se eleva sobre el Atlántico azota la playa de arena blanca de Copacabana. Dentro de unas horas, la cala en forma de medialuna estará repleta de su público habitual de los sábados: mujeres bronceadas en bañadores ceñidos a la figura bajo sombrillas rojas y hombres en bañador corto jugando partidos de fútbol interminables.

—*Eins, zwei, drei*... —cuenta Addy, con las manos detrás de la cabeza mientras gira el torso de izquierda a derecha, llegando con los codos a las rodillas. Eliska le preguntó una vez por qué contaba siempre en alemán. «Con todo lo que está pasando en Europa...», le dijo, inclinándose sobre la cama para mirarlo extrañada. Era lo más cerca que habían estado de hablar de la guerra. En realidad, Addy no tenía una explicación, salvo que cuando se imaginaba a un sargento de instrucción presionándolo para que completara sus ejercicios, siempre se imaginaba a un alemán de mandíbula cuadrada.

Una vez terminadas las sentadillas, Addy se levanta y rodea con los dedos la barra de madera que ha colgado en la puerta, cuenta diez dominadas y luego se queda colgando, con el cuerpo relajado, disfrutando de la sensación de su columna vertebral alargándose hacia el suelo. Satisfecho, se ducha rápido y se viste con unos pantalones cortos de lino, una camiseta blanca de algodón con el cuello en forma de pico, zapatillas de lona y un sombrero panamá de paja. Desliza un par de gafas de sol de montura metálica recién compradas en la parte delantera de su camiseta, toma un sobre que descansa sobre la cama, se lo mete en el bolsillo trasero y sale del apartamento cerrando la puerta tras él.

—*Bom dia!* —canturrea Addy bajo el toldo de su zumería al aire libre favorita en la Rua Santa Clara, con la camisa ya pegada a la espalda por el sudor. Desde detrás del mostrador, Raoul le sonríe. Addy conoció a Raoul un día en la playa mientras jugaban al fútbol. «No eres de por aquí, ¿verdad?», se había burlado Raoul al ver el pecho pálido de Addy. Más tarde, cuando descubrió que Addy nunca había probado una guayaba, insistió en que le hiciera una visita al día siguiente a su chiringuito especializado en zumos. Desde entonces, Addy procura pasarse por el bar siempre que puede. No se cansa de probar los distintos sabores. Mango. Papaya. Piña. Fruta de la pasión. Río no sabe nada parecido a París.

—*Bom dia! Tudo bem?*

—*Tudo bem* —responde Addy. Ya habla portugués con fluidez—. *Você?*

—Ninguna queja, amigo. El sol brilla, y hace un calor del demonio, lo que significa que será un día movidito. Vamos a ver —se dice Raoul a sí mismo, mirando a su alrededor los productos dispuestos en el mostrador frente a él—, ¡ah! Hoy tengo un regalo especial para ti... *açai*. Muy buena para ti, una especialidad brasileña. No dejes que el color te asuste.

Addy y Raoul charlan mientras Raoul prepara el zumo de Addy.

—¿A dónde vas hoy? —pregunta Raoul.

—Hoy estoy de celebración —dice Addy, triunfante.

Raoul exprime zumo de naranja con su prensa y lo mezcla con el puré de *açai* de color púrpura oscuro en el vaso de Addy.

—*Sim?* ¿Qué celebras?

—¿Sabes que por fin llegó mi permiso de trabajo? Pues he encontrado trabajo. Un trabajo de verdad.

Las cejas de Raoul se alzan. Levanta el vaso que tiene en la mano.

—*Parabéns!*

—Gracias. Dentro de una semana empiezo a trabajar en Minas Gerais. Quieren que viva allí unos meses, así que este fin de semana me despido por el momento, de ti, amigo, y de Río.

Addy había oído hablar del trabajo en el interior de Brasil hacía varios meses. El proyecto, llamado Rio Doce, consistía en construir un hospital para una pequeña aldea. Se presentó enseguida para el puesto de ingeniero eléctrico jefe, pero cuando se reunió con los directores del proyecto, estos negaron con la cabeza, alegando que sin la documentación adecuada estaban atados de pies y manos. Le dijeron: «Perfecciona tu portugués y vuelve cuando tengas un permiso de trabajo». La semana pasada, el día que le dieron el permiso, Addy se puso en contacto con los gestores. Lo contrataron al instante.

—Te echaremos de menos en Copacabana —dice Raoul, y busca un plátano detrás de él. Se lo lanza a Addy—. Yo invito —le guiña un ojo.

Addy agarra el plátano y deja una moneda sobre el mostrador. Prueba un sorbo de su bebida.

—Ahh —dice, lamiéndose el zumo morado del labio superior—. Delicioso. —Se forma una cola detrás de él—. Eres un hombre muy solicitado —añade Addy, dándose la vuelta para marcharse—. Nos vemos en unos meses, *amigo*.

—*Ciao, amigo!* —Raoul lo sigue mientras se da la vuelta para marcharse.

Addy se mete el plátano en el bolsillo de atrás, junto al sobre, y mira el reloj mientras baja por la Rua Santa Clara. Tiene todo el día por delante hasta las tres, cuando ha quedado con Eliska en la playa de Ipanema para darse un baño. Desde allí, irán a cenar a casa de un expatriado que conocieron hace unas semanas en un bar de samba de Lapa. Pero antes debe enviar su carta.

Su cara es conocida en la oficina de correos de Copacabana. Todos los lunes pasa por allí con un sobre con la dirección de la casa de sus padres, en la calle Warszawska, para preguntar si ha llegado algo para él. Hasta ahora, la respuesta ha sido un «no» constante y comprensivo. Han pasado dos años y medio desde que recibió noticias de Radom. Por mucho que intente no pensar en ello, sus viajes a la oficina de correos son un recordatorio constante. A medida que pasan las semanas y los meses, la agonía de preguntarse qué habrá sido de su familia empeora. Algunos días le quita el apetito y le llena las tripas de un dolor sordo que perdura toda la noche. Otros, le envuelve el pecho como un alambre de acero y está seguro de que, en cualquier momento se cortará, rompiéndole el corazón en pedazos. Los titulares del *Rio Times* no hacen más que aumentar su ansiedad: 34.000 judíos asesinados en las afueras de Kiev, 5.000 muertos en Bielorrusia y muchos miles más en Lituania. Estos asesinatos son masivos, mucho mayores que cualquier pogromo, las cifras son demasiado horribles como para poder imaginárselas; si Addy piensa demasiado en ellos, imaginará a sus padres, sus hermanos y hermanas como parte de las estadísticas.

Brasil también se prepara para la guerra. Vargas, que, como Stalin, viró su lealtad hacia los Aliados, ha combatido a los submarinos alemanes frente a la costa sur del Atlántico, ha enviado suministros de hierro y caucho a Estados Unidos y, en enero, empezó a permitir la construcción de bases aéreas estadounidenses en sus costas septentrionales. La implicación de Brasil en la guerra es real, pero, a menudo, Addy se maravilla porque en Río no se enteraría. Al igual que en París en los días anteriores a la guerra, aquí hay vida y música. Los restaurantes están llenos, las playas abarrotadas, los clubes de samba vibran. A veces, Addy desearía poder desconectar, como parecen poder hacer los lugareños, sumergirse en su entorno y olvidarse por completo de la guerra, del mundo intangible de muerte y destrucción que yace, desmoronándose, a nueve mil kilómetros de distancia. Pero tan pronto como el pensamiento entra en su conciencia, se reprende a sí mismo, invadido por la vergüenza. ¿Cómo se atreve a dejar de estar atento? El día que desconecte, el día que se deje llevar, se resignará a vivir sin familia. Hacerlo significaría darlos por muertos. Así que se mantiene ocupado. Se distrae con su trabajo y con Eliska, pero nunca olvida.

Addy saca la carta de su bolsillo trasero, recorre con los dedos su antigua dirección en Radom, pensando en su madre. En lugar de imaginarse lo peor, se ha puesto a recrear en su cabeza el mundo que ha perdido. Piensa en cómo, los domingos, el día libre de la cocinera, Nechuma preparaba la cena familiar con esmero mientras desmenuzaba semillas de comino entre los dedos sobre un picadillo de col lombarda y manzanas. Piensa en cómo, cuando era pequeño, ella lo levantaba cada vez que entraban y salían del apartamento para que pudiera pasar los dedos por la mezuzá que colgaba en el arco de la puerta de su edificio. Cómo se inclinaba sobre su cama y le daba un beso en la frente por las mañanas para despertarlo, con un ligero olor a lilas por la crema fría que se había untado en las mejillas la noche anterior. Addy se pregunta si a su madre aún le duelen las rodillas con el frío, si el tiempo ha mejorado lo suficiente como para plantar los azafranes en la cesta de hierro del balcón, si es que aún tiene balcón. *¿Dónde estás, mamá? ¿Dónde estás?*

Addy sabe que es muy posible que, en medio de la guerra, sus cartas no lleguen a su madre. O que le lleguen y sean las cartas de ella las que no le llegan a él. Addy desearía tener un amigo en un país neutral de Europa que pudiera reenviarle la correspondencia. Por supuesto, también existe la posibilidad de que sus cartas lleguen a su antigua dirección, pero la familia ya no esté allí. Es insoportable imaginar a sus padres confinados en un gueto, o peor. Había empezado a escribir a su médico, a su antiguo profesor de piano y al conserje del edificio de sus padres, pidiéndoles que compartieran con él algunas noticias, que le transmitieran sus misivas si conocían el paradero de sus padres y hermanos. Aún no ha recibido respuesta, pero se niega a dejar de escribir. Poner palabras en un papel, entablar una conversación, ver la palabra

Radom garabateada en la cara de un sobre son cosas que lo mantienen con los pies en la tierra.

Addy empuja la puerta de la oficina de correos de Copacabana y respira su familiar aroma a papel y tinta.

—*Bom dia, senhor Kurc* —dice su amiga Gabriela desde su puesto habitual tras el mostrador.

—Buenos días, Gabi —responde Addy. Le entrega su carta, ya sellada. Gabriela niega con la cabeza mientras la acepta. Ya no tiene que preguntar.

—Hoy no hay nada —dice.

Addy asiente en señal de comprensión.

—Gabi, la semana que viene me mudo al interior por unos meses, por un trabajo. En caso de que llegue algo mientras estoy fuera, ¿podrías guardármelo?

—Claro. —Gabriela sonríe con amabilidad, de una forma que le dice que no es el único que espera noticias del extranjero.

Al salir de la oficina de correos, Addy tiene el corazón encogido y se da cuenta de que no solo le pesa el destino de su familia, sino algo más. En la última semana, Eliska ha sacado dos veces el tema de la boda; le ha pedido que piense en el tipo de comida que podrían servir y después le ha sugerido que hablen de la luna de miel. En ambas ocasiones él ha cambiado de tema, dándose cuenta de que es imposible contemplar una boda con su familia todavía en paradero desconocido.

Addy deja que su mente retroceda en el tiempo hasta la playa de Dakar, donde Eliska y él se habían aferrado el uno al otro con la misma fuerza que a la idea de una vida en libertad, arrastrados por una corriente rápida de peligro e incertidumbre... ¿Llegarían a Río? ¿Los enviarían de vuelta a Europa? Se dijeron que, pasase lo que pasase, ¡estarían juntos! Ahora, por fin están a salvo. Ya no hay pescadores a los que sobornar, ni visados caducados por los que agonizar, ni largas caminatas de una hora hasta una playa desierta para hacer el amor en privado. Pero ahora, por primera vez en su relación, discuten. Discuten sobre a quién incluir en sus planes para salir a cenar: según ella, los amigos de Eliska son más divertidos; los de él, demasiado intelectuales. «Nadie quiere sentarse a hablar de Nietzsche», se quejó una vez. Discuten sobre cosas sin importancia, como la ruta más rápida para ir al mercado o si merece la pena gastarse el dinero en las alpargatas del escaparate. («Yo creo que no», dirá Addy, a sabiendas de que Eliska acudirá sin falta a su próxima cita con ellas puestas). Discuten sobre qué emisora sintonizar en la radio: «Olvídate de las noticias, Addy —dijo una vez Eliska, exasperada—. Son demasiado deprimentes. ¿Podemos escuchar música?».

Addy suspira. Lo que daría por pasar una hora con su madre, por pedirle consejo sobre la mujer con la que piensa casarse. «Habla con ella —diría Nechuma—. Si la quieres, debes ser sincero con ella. Sin secretos». Pero habían hablado. Habían sido sinceros el uno con el otro. Habían hablado de que las cosas entre ellos eran diferentes en suelo sudamericano. Una vez, incluso hablaron de poner fin a su compromiso. Pero ninguno de los dos está dispuesto a rendirse todavía. Addy es el ancla de Eliska, y Eliska, el hilo de Addy al mundo que dejó atrás. En los ojos de ella, ve a Europa. Ve un recuerdo de su antigua vida.

Mientras camina de manera instintiva hacia el Teatro Municipal, Addy recuerda las palabras de Eliska de la semana anterior, cuando volvió a confiarle lo preocupado que estaba por perder el contacto con su familia. «Te preocupas demasiado —le había dicho—. Lo odio, Addy. Odio ver la tristeza en tus ojos. Aquí somos libres como pájaros; relajémonos, disfrutemos un poco». *Libres como pájaros.* Pero no puede sentirse libre cuando hay tanto de él que ha desaparecido.

32

Mila y Felicia

Radom, la Polonia ocupada por los alemanes – ABRIL DE 1942

Desde la masacre, que es como todo el mundo empezó a llamarla cuando Mila, Felicia y los otros cuatro fueron devueltos al gueto, es como si las SS hubieran desatado a la bestia. Quizá se dieron cuenta de lo que eran capaces de hacer, o antes se contenían. Ya no se contienen. La violencia en Wałowa aumenta cada día. Ha habido otras cuatro redadas en las semanas que han pasado desde que Mila regresó. En una de ellas, los judíos fueron conducidos a la estación de tren y metidos en vagones de ganado; en otra, simplemente los llevaron a un muro perimetral y los fusilaron. Ya no hay listas, ni falsas promesas de una vida en libertad en Palestina o en Estados Unidos. En su lugar, hay redadas, fábricas registradas, judíos alineados y contados. Los alemanes siempre están contando. Y cada día matan a un judío que se esconde o que no tiene papeles para trabajar. A algunos incluso los matan a tiros. La semana pasada, cuando Mila y su amiga Antonia volvían de trabajar en la fábrica, un par de soldados de las SS pasaron por la calle, desenfundaron sus pistolas, se arrodillaron y empezaron a disparar, como si estuvieran practicando tiro al blanco. Mila se metió sin hacer ruido en un callejón, dando las gracias porque Felicia no estuviera con ella, pero Antonia entró en pánico y se cruzó en su camino. Mila se arrodilló y rezó mientras el sonido de varios disparos más rebotaba en las paredes de ladrillo de los apartamentos de dos plantas que bordeaban la calle. Cuando por fin retrocedió el taconeo de las botas alemanas, se atrevió a salir y encontró a Antonia a pocos metros, inmóvil, boca abajo sobre los adoquines y con un agujero de bala entre los omóplatos. *Podría haber sido yo,* pensó, asqueada por ver que hacía tiempo que el poco orden que había existido cuando se levantó el gueto se había perdido. Ahora, los alemanes mataban por gusto. Sabe que cualquier día podría ser el último.

—Recuerda, camina solo con calcetines, y no hagas mucho ruido cuando juegues —explica Mila. Mira el reloj. No debe llegar tarde. Aterrorizada por lo que podría pasar si descubrieran a Felicia en la fábrica, Mila ha empezado a dejarla en el piso para que se las arregle sola mientras ella trabaja.

—Por favor, *Mamusiu*, ¿puedo ir contigo? —suplica Felicia. No quiere quedarse sola en casa.

Pero Mila se muestra inflexible.

—Lo siento, amor. Estás mejor aquí —razona—. Ya te lo he dicho: ya eres una niña grande y apenas cabes debajo de mi mesa en el taller.

—¡Puedo ser pequeña! —suplica Felicia.

A Mila se le humedecen los ojos. Cada mañana es la misma historia y es horrible oír la desesperación en la voz de su hija, decepcionarla. Pero Mila no debe ceder. Es demasiado peligroso.

—No es seguro —explica Mila—. Y no será por mucho tiempo. He estado pensando en una nueva forma de sacarnos de aquí. A las dos. Debemos tener paciencia. Llevará algún tiempo prepararlo.

—¿Estaremos con papá? —pregunta Felicia. Mila parpadea. Es la tercera vez en la última semana que Felicia pregunta por Selim. Mila no puede culparla por ello.

Cuando estaba más abatida, dedicaba horas a hablarle a Felicia de Selim, una forma de engañarse pensando que, hablando de él, él volvería, le daría algunas respuestas, algún consejo sobre cómo sobrevivir, cómo mantener a salvo a Felicia. Le había contado a Felicia innumerables anécdotas de su apuesto padre médico: cómo se subía las gafas por la nariz, cómo se le arrugaron las comisuras de los labios cuando Mila le contó que se había quedado embarazada a los pocos meses de casarse —como si la fuerza de su amor necesitara una manifestación física— y, más tarde, después de que Felicia naciera, cómo la hacía reír contándole los dedos de los pies, soplándole besos en la barriga, jugando sin parar a ponerse las manos en la cara y luego quitarlas para hacerle una cara distinta. Felicia puede narrar estas historias, junto con los detalles de su rostro, como si los recordase a partir de su propia memoria.

Mila ha puesto tantas esperanzas en el regreso de Selim, que es comprensible que su hija asumiera que cualquier plan para garantizar su seguridad lo incluiría a él. Pero las probabilidades de que su marido esté vivo han empezado a ser irrisorias, y Mila sabe que cuanto más se aferre a esta fantasía, más peligrosa será. Han sido dos años de preocupación constante. De miedo constante a lo peor. Mila ha tenido suficiente. No puede más. Tiene que dejarlo marchar, asumir la responsabilidad por ella y por Felicia. Sabe que será menos angustioso llorarlo que preocuparse sin cesar por él. Ha decidido que, hasta que estén a salvo, debe creer que está muerto. Es la única forma de mantener la cordura.

Pero ¿cómo decírselo a Felicia? ¿Cómo explicarle a su hija de casi cuatro años que quizá nunca conozca a su padre? «Tienes que prepararla —le ha dicho Nechuma una y otra vez—. No puedes darle esperanzas; te guardará rencor por ello». Su madre tiene razón. Pero Mila aún no está preparada para la conversación ni para el desengaño que le seguirá. En su lugar, intentará una táctica nueva. Contará parte de la verdad. Toma las manos de Felicia y las estrecha entre las suyas.

—Quiero creer que tu padre volverá con nosotras con todas mis fuerzas. Pero no sé dónde está, cariño.

Felicia sacude la cabeza.

—¿Le ha pasado algo?

—No. No lo sé. Pero lo que sí sé es que, si está bien, esté donde esté, estará pensando en ti. En nosotras. —Mila esboza una sonrisa. Habla en voz baja—. Intentaremos encontrarlo, te lo prometo. Será mucho más fácil preguntar cuando salgamos del gueto. Pero hasta entonces, debemos pensar en lo mejor para nosotras. Tú y yo. ¿De acuerdo?

Felicia mira al suelo.

Mila suspira. Se pone en cuclillas ante Felicia, le rodea los brazos con los dedos y espera a que levante la vista. Cuando lo hace, tiene lágrimas en los ojos.

—Sé que estar sola todo el día es horrible —dice Mila en voz baja—. Pero tienes que saber que es lo mejor. Aquí estás a salvo. Ahí fuera... —Mila mira hacia la puerta, negando con la cabeza—. ¿Lo entiendes?

Felicia asiente.

Mila vuelve a mirar el reloj. Llega tarde. Tendrá que correr hasta el taller. Le recuerda a Felicia lo del pan en la despensa, lo de andar con calcetines, lo del sitio en el armario, el rincón secreto donde debe esconderse y quedarse quieta, como una estatua, si alguien llama a la puerta mientras Mila está trabajando.

—Adiós, cariño —dice Mila, dándole un beso en la mejilla a Felicia.

—Adiós —susurra Felicia.

Fuera, Mila cierra la puerta del apartamento y cierra también los ojos un momento, y, como cada mañana, reza para que los alemanes no asalten el piso mientras ella no está, para poder volver dentro de nueve horas y encontrar a su hija justo donde la dejó.

Felicia frunce el ceño. Su mente zumba. Su padre está en alguna parte, está segura. Volverá con ellas. Puede que su madre no lo crea, pero ella sí. Se pregunta por millonésima vez qué sentirá al conocerlo, se lo imagina levantándola en volandas, calmándole el hambre como por arte de magia, colmándola de felicidad. Su madre había mencionado una forma de sacarlas del gueto. Quizás esta nueva idea las lleve hasta su padre. Los hombros de Felicia se hunden al recordar los dos planes anteriores. El colchón. La lista. Ambos fueron horribles. Con cada uno de ellos, había acabado donde empezó, y peor parada. A menudo, su madre habla de esperar. De ser *paciente*. Odia esa palabra.

Mila tarda varias semanas en reunir lo que necesita para que su plan funcione: un par de guantes, una manta vieja, tijeras, dos agujas, varios trozos de hilo negro, dos botones, un puñado de retales de tela y un periódico. Lo que se lleva de la fábrica se lo mete con discreción en el sujetador o bajo la cintura, muy consciente de que el último trabajador al que registraron y sorprendieron con una bobina de hilo en el bolsillo de su abrigo de invierno fue asesinado en el acto.

Cada noche, desde la ventana del segundo piso de la vivienda, aprieta la nariz contra el cristal y recorre con la mirada los apartamentos de ladrillo que bordean el perímetro del gueto, estudia cada una de las tres puertas de la entrada principal en la esquina de las calles Wałowa y Lubelska: un arco ancho para vehículos, flanqueado por dos aberturas más estrechas para peatones. Y cada noche ocurre lo mismo: las esposas de los alemanes llegan justo antes de las seis, vestidas con sus elegantes abrigos y gorros de fieltro. Entran por la puerta para vehículos y se congregan en la entrada empedrada del gueto, esperando a que sus maridos, los guardias del gueto, sean relevados de sus funciones. Algunas llevan a sus bebés en brazos, otras agarran las manos de niños pequeños. Mientras las mujeres se reúnen, los cerca de trescientos judíos que regresan de los campos de trabajo fuera del gueto son conducidos a través de las dos puertas peatonales más pequeñas. A las seis en punto, los guardias, junto con sus esposas e hijos, desaparecen bajo el arco de entrada de vehículos, y las tres puertas al mundo exterior se cierran herméticamente para no volver a abrirse hasta la mañana siguiente.

Mila mira la hora. Faltan diez minutos para las seis. En la entrada del gueto, un niño se separa de su madre para rodear con sus brazos la pierna de uno de los guardias. Se pregunta quién de estos desconocidos vivirá en la antigua casa de sus padres. ¿Cuál de las esposas se baña en la bañera de porcelana de su madre? ¿Cuál de los hijos practica escalas en su querido Steinway? La idea de que una familia nazi se acomode en el número 14 de Warszawska la pone enferma.

Observa cómo se cierran las puertas del gueto. Las seis en punto.

Mila decide que, esta vez, su plan funcionará. Tiene que funcionar. Felicia y ella escaparán. Y lo harán a plena luz del día, para que todos los malditos guardias las vean.

Es después del toque de queda y el gueto está tranquilo. Mila y su madre están ante su pequeña mesa de cocina, con las provisiones ordenadas delante de ellas. Hay una sola vela encendida.

—Lástima que me dejé los patrones en la tienda —dice Nechuma en voz baja, mientras corta una hoja de periódico en forma del cuerpo de un abrigo—. Tendrás que abrigarte bien —añade—. No tenemos nada para forros. Mila asiente mientras se arrodilla para fijar el patrón improvisado de su madre a la manta que ha extendido por el suelo, mientras recorta la lana con cuidado a lo largo de los bordes del papel. Nechuma y ella se intercambian las tijeras, repitiendo el proceso para las mangas, las solapas, el cuello y los bolsillos del abrigo. Y luego, sentadas en lados opuestos de la mesa, empiezan a coser.

Las horas pasan a medida que las mujeres trabajan. De vez en cuando se miran, con los ojos vidriosos, y sonríen. Hacía mucho tiempo que no cosían juntas y se siente bien, un recuerdo lejano de las tardes, mucho antes de que naciera Felicia, en las que se sentaban a arreglar un dobladillo o remendar una costura; a menudo era durante esas tardes, una al lado de la otra, cuando se producían las conversaciones más significativas.

Cerca de las tres de la madrugada, Nechuma va de puntillas a la despensa y saca un cajón para revelar una caja fuerte que hay escondida debajo. Vuelve con cuatro billetes de cincuenta zlotys.

—Toma —dice—. Los necesitarás. —Mila agarra dos de los billetes y desliza los otros dos por la mesa.

—Quédate con esto —dice—. Estaré bien. Pronto estaré con Halina.

Halina había abandonado Radom tres semanas antes, cuando a Adam le asignaron un trabajo en el ferrocarril de Varsovia, en el que reparaba las vías destruidas por la Luftwaffe antes de la caída de la ciudad. Franka, su hermano y sus padres se habían ido con ella. Halina había escrito en cuanto se instaló, instando a Mila a que fuera a Varsovia: «Hemos encontrado un piso en el centro de la ciudad», escribió; Mila sabía que eso significaba que vivían fuera de los muros del gueto, como arios. «Estoy intentando que nuestros padres consigan trabajo en la fábrica de armas de Pionki. Para ti, hay muchos trabajos en Varsovia. Franka tiene un trabajo cerca. Aquí tenemos todo lo que necesitas. Por favor, ¡busca la manera de venir!».

Nechuma vuelve a deslizar los billetes por la mesa.

—Aquí tenemos trabajo y nuestras cartillas de racionamiento. Estaréis solas durante un tiempo —dice, señalando hacia la ventana—. Necesitaréis esto más que nosotros.

—Mamá, es lo último…

—No, no lo es. —Nechuma se golpea con suavidad el esternón con el índice. Mila casi lo había olvidado. El oro. Dos monedas, cubiertas de algodón de marfil; su madre las había camuflado como botones—. Y está la amatista —añade Nechuma—. Si es necesario, la usaremos.

—Lo que quedaba de la plata había comprado la vida de Adam. Todo lo demás lo habían vendido o intercambiado por raciones extra de comida, mantas y medicinas. Por suerte, aún no se habían visto obligados a desprenderse de la piedra púrpura de Nechuma.

—Entonces, de acuerdo. —Mila mete dos billetes en cada lado del cuello del abrigo antes de coserlo.

Cuando ideó su plan, Mila les había pedido a sus padres que huyeran a Varsovia con ella, pero insistieron en que era demasiado peligroso. «Ve a buscar a tu hermana y a Franka, llévate a Felicia a un lugar seguro —le dijeron—. Nosotros solo te estorbaremos». A Mila le costó admitirlo, pero tenían razón. Sin ellos, tenían más posibilidades de escapar con éxito. Sus padres se movían despacio y aún conservaban el leve acento yidis de su infancia. Hacerse pasar por arios les resultaría más difícil. Halina había mencionado en su carta una fábrica en Pionki, un plan para trasladar allí a Sol y a Nechuma. Mientras tanto, seguían teniendo trabajo, y todos sabían que un trabajo era lo único que importaba en el gueto.

Cuando una luz plateada y opaca llena la habitación, Nechuma deja la aguja en el suelo. Mila barre los jirones de tela sobrantes de la mesa en la palma de la mano y los esconde bajo el fregadero. Han terminado. Mila se envuelve el cuello con una bufanda, un mosaico de retazos de uniformes de las SS, y luego mete los brazos en las mangas de su nuevo abrigo. Nechuma se levanta, pasa los dedos por las costuras, busca hilos sueltos en los ojales, observa el dobladillo que cuelga a un centímetro del suelo. Alisa una solapa y tira de una manga para que quede totalmente lisa. Por último, da un paso atrás y asiente.

—Sí —susurra—. Esto es bueno. Funcionará. —Se seca una lágrima con el rabillo del ojo.

—Gracias —jadea Mila, rodeando a su madre con los brazos, estrechándola.

Al día siguiente, Mila vuelve a casa del taller a las cinco y media. Está vistiendo a Felicia en el vestíbulo cuando Nechuma regresa de la cafetería.

—¿Dónde está papá? —pregunta Mila, mientras pone una tercera camiseta sobre la cabeza de Felicia. Se preocupa cuando sus padres tardan más de unos minutos en volver al piso.

—Hoy lo han puesto a fregar platos —dice Nechuma—. Tuvo que quedarse unos minutos para limpiar. Ya vendrá.

—¿Por qué necesito tanta ropa, *Mamusiu*? —pregunta Felicia, mirando a su madre con ojos curiosos.

—Porque sí —susurra Mila, poniéndose en cuclillas para que su rostro quede a la altura del de su hija. Le peina unos mechones de pelo canela y se los coloca detrás de la oreja—. Nos vamos esta noche, *chérie*. —Había esperado a propósito para compartir los detalles de su plan con Felicia; ya estaba bastante nerviosa y no quería que Felicia también lo estuviera.

Un destello de emoción se extiende por el rostro de Felicia.

—¿Nos vamos del gueto?

—*Tak*. —Mila sonríe. Y entonces sus labios se tensan—. Pero es muy importante que hagas exactamente lo que yo te diga —añade, aunque sabe que Felicia lo hará. Mila abrocha un segundo par de pantalones alrededor de la estrecha cintura de su hija, la ayuda a ponerse el abrigo de invierno y un par de calcetines en las manos a modo de manoplas. Por último, le calza a Felicia un gorrito de lana y le mete las puntas del pelo por debajo.

Nechuma le entrega a Mila un pañuelo abultado con su ración de pan del día. Mila se lo desliza por la camiseta.

—Gracias —susurra. En la cocina, saca del cajón con falso fondo el documento de identidad que Adam le hizo y se lo mete en el bolso. De vuelta en el vestíbulo, se pone el abrigo nuevo, la bufanda, el gorro y los guantes. Por último, en lugar de sujetarse el brazalete en la manga como haría de costumbre, lo sujeta entre los dientes y los puños y lo rompe por la costura. Felicia jadea.

—No te preocupes —le dice Mila. Aunque es demasiado joven para llevar uno, Felicia sabe lo que les pasa a los judíos en el gueto si los descubren sin brazalete. Mila se sujeta la tira blanca de algodón al brazo, de modo que la estrella de David azul quede hacia fuera, y levanta el codo. Nechuma cose los extremos con dos puntadas pequeñas y corta el hilo sin hacer nudos. Mientras Mila se ajusta la banda, oye a su padre en la escalera.

—¡Ahí está! —Sol sonríe, con los brazos extendidos mientras atraviesa la puerta. Se agacha para levantar a Felicia, la hace girar y le da un beso en la mejilla—. Madre mía —dice—, ¡pareces un elefante con toda esta ropa! —Felicia suelta una risita. Adora a su *dziadek*, le encanta cuando la abraza tan fuerte que apenas puede respirar, cuando le canta la nana del gatito de los ojos que parpadean (le dijo una vez que era la que le cantaba su madre cuando él era niño), cuando la hace girar en círculos hasta que se marea y la lanza al aire y la atrapa para que parezca que vuela.

—No lo vas a necesitar, ¿verdad? —pregunta Sol mientras deja a Felicia en el suelo, con los ojos repentinamente serios, señalando el brazo de Mila.

—Solo hasta que llegue a la puerta —dice Mila, tragando saliva.

—Claro. Por supuesto. —Sol asiente.

Mila mira el reloj. Son las seis menos cuarto.

—Tenemos que irnos. Felicia, dale un abrazo a tu *babcia* y a tu *dziadek*. —Felicia levanta la vista, de repente disgustada. No sabía que sus abuelos se iban a quedar. Nechuma se arrodilla y estrecha a Felicia contra su pecho.

—*Do widzenia* —murmura Felicia, dándole un beso en la mejilla a su abuela. Nechuma cierra los ojos durante unos segundos. Cuando se levanta, Sol se inclina y Felicia le rodea el cuello con los brazos—. *Do widzenia, dziadku* —le dice con la nariz metida en el hueco de la clavícula.

—Adiós, calabacita —susurra Sol—. Te quiero.

Es lo único que Mila puede hacer para no ponerse a llorar. Rodea a su padre con los brazos, y luego a su madre, estrechándolos contra ella, y espera, reza para que no sea la última vez que estén juntos.

—Te quiero, Myriam —susurra su madre, llamándola por su nombre hebreo—. Que Dios os proteja.

Y entonces, Mila y Felicia se marchan.

Mila escanea la calle en busca de las SS. Al no ver a ninguno, toma a Felicia de la mano y juntas se dirigen hacia las puertas del gueto. Se mueven deprisa, el viento les azota las mejillas. Es casi de noche y, mientras caminan, su aliento, de un gris translúcido, se evapora en la noche.

Cuando están a una manzana de las puertas y los guardias quedan a la vista, Mila se abre el abrigo.

—Ven —dice en voz baja y señala su zapato—. Súbete aquí sobre mi pie y agárrate a mi pierna. —Mila puede sentir el pequeño cuerpo de Felicia empujar contra ella, sus brazos se envuelven alrededor de su muslo—. Ahora agárrate. —Felicia levanta la vista y asiente, abre mucho los ojos cuando Mila la envuelve con su abrigo. Ahora caminan más despacio hacia las puertas, Mila hace todo lo que puede para caminar sin cojear a pesar de los once kilos de más que lleva en una pierna.

Hay quince, tal vez veinte, guardias apostados en cada uno de los dos arcos peatonales de la entrada del gueto, cada uno con un rifle colgado al hombro. Varios de ellos cuentan en voz alta cuando una multitud de judíos entra arrastrando los pies por las puertas, ciegos de cansancio por su jornada de trabajo fuera del gueto.

—¡Deprisa! —grita uno de los guardias, agitando una porra sobre su cabeza como si fuese un látigo.

Mila arquea el cuello, escudriñando a los judíos de ojos cansados que pasan, como si estuviera allí para saludar a alguien en particular: su marido, tal vez, o su padre. Nadie parece darse cuenta mientras ella se abre paso poco a poco entre la multitud hacia las puertas del gueto. Pronto se encuentra a escasos metros de la gran puerta para vehículos del centro, donde, como había previsto, una docena de esposas alemanas han empezado a reunirse, envueltas en abrigos y con sus hijos de mejillas sonrosadas acompañándolas.

Le duele la pierna por el peso añadido de Felicia. Se detiene a mirar el reloj. Faltan siete minutos para las seis. Temblorosa, contempla por milésima vez las consecuencias de una huida fallida. *¿Me he vuelto loca?*, se pregunta. *¿Merece la pena arriesgarse?* Y entonces su mundo se oscurece y vuelve a la redada, acurrucada en un vagón de tren vacío, con los brazos alrededor de la cabeza de Felicia en un intento inútil de protegerla de la escena atroz, a pesar de que ambas oyeron los disparos, el estruendo de los cadáveres frágiles y desnudos desplomándose sobre la tierra helada a apenas unos veinte metros de ellas.

El labio superior de Mila está húmedo por el sudor. *Puedes hacerlo*, susurra, deshaciéndose de sus dudas. *Cuenta*, piensa. Es la técnica de su padre, una que ha usado desde que era una niña. «A la de tres», diría él, y sin importar cuál fuese el desafío —arrancar un diente, extraer una astilla de debajo de una uña, verter agua oxigenada sobre una rodilla ensangrentada—, contar lo hacía más fácil.

A su derecha, un caballo y un carro que transportan alimentos del Consejo Judío atraviesan ruidosamente la entrada de vehículos y se detienen mientras media docena de miembros de las SS registran el contenido del carruaje, gritan y el estruendo de la entrada aumenta de forma repentina. Mila sabe que esta es la distracción que necesita.

«A la de tres». Mila aguanta la respiración y cuenta. «Una... dos... tres», da la espalda a las puertas, abre su abrigo y se agacha, tocándole la cabeza a Felicia. En un segundo, Felicia está a su lado, agarrándola de la mano. Mila levanta la mano libre y se arranca la banda blanca del brazo, sintiendo el electrizante desgarro de los dos puntos de su madre al soltarse. Arruga la banda y se la mete en el bolsillo con rapidez. Se dice a sí misma que nadie la ha visto. *A partir de este momento, eres un ama de casa alemana que ha venido a ver a uno de los guardias. Eres una persona libre. Piensa como tal. Actúa como tal.*

—Quédate a mi lado —ordena Mila con calma—. Mira al frente, hacia el gueto. No mires detrás de ti. —En la periferia, Mila puede ver que varias de las mujeres alemanas que están a su izquierda han localizado a sus maridos. Charlan en parejas, con los brazos cruzados sobre el pecho para mantener el calor. Aprieta la mano de Felicia—. Despacio —susurra, y juntas empiezan a avanzar hacia la puerta, como a cámara lenta, para pasar desapercibidas. Mila intenta relajar los músculos tensos del cuello y la mandíbula, imitar la expresión distendida y los gestos de las mujeres alemanas que la rodean. Pero a medida que se acercan a las puertas, la sensación de un cuerpo demasiado cerca del suyo la desconcierta. Se gira justo cuando una esposa joven, con la cabeza girada en la otra dirección, la embiste por detrás.

—*Entschuldigen Sie mich* —se disculpa la mujer, ajustándose el sombrero. Huele a champú.

Mila sonríe y levanta la mano libre.

—*Es ist nichts* —dice en voz baja, sacudiendo la cabeza. La mujer mira a Mila con unos ojos azules como el cristal durante un momento, baja la mirada hacia Felicia. Y luego desaparece, se pierde entre la multitud. Mila exhala y vuelve a apretar la mano de Felicia. Siguen adelante, arrastrando los pies hacia la entrada, hacia la puerta para vehículos. Más esposas se pasean por detrás de ellas, inclinan la barbilla de vez en cuando en dirección a Mila, pero parece que miran a través de ella. *Eres una de ellas*, se recuerda Mila a sí misma. Reza para que pasen desapercibidas, siempre que se mantengan de espaldas a la entrada y se muevan con discreción. *Ahora, despacio. Pie derecho, pie izquierdo. Pausa. Pie derecho, pie izquierdo. Pausa. No tan rápido*, se dice a sí misma y afloja el agarre de la mano de Felicia que lleva el calcetín. *Derecha. Izquierda. Derecha. Izquierda. Constante, ya casi está.*

El último de los judíos ha entrado en el gueto, y Mila observa por el rabillo del ojo cómo se cierran las puertas peatonales y se ponen candados. De repente, cuando un guardia la roza, golpeándole el codo con algo duro, aprieta los labios justo a tiempo para acallar un grito que casi se le escapa de la garganta.

—¡Moveos! —grita el guardia, pero avanza sin detenerse.

Al final, Mila percibe una estructura en lo alto. Están bajo la entrada principal, la puerta arqueada para los vehículos. Una ráfaga de viento les azota la espalda y Mila agarra su sombrero para que no se lo lleve el viento. Se tapa la frente con el ala y mira a Felicia, que tiene la cara blanca pero la expresión de su rostro es de una calma asombrosa. *Concéntrate*, se recuerda Mila. *¡Estás muy cerca! Cuenta los pasos. Uno... dos...* Se arrastran hacia atrás. *Tres... cuatro...* En el quinto paso, Mila ve la pared exterior de la entrada y el cartel que dice: PELIGRO DE EN-FERMEDADES CONTAGIOSAS: PROHIBIDA LA ENTRADA.

Apenas puede creérselo. Han conseguido salir de los muros del gueto. Pero comprende que los próximos pasos son los más importantes. Este es el momento que había repetido en su mente una y otra vez como si fuera una escena de una película, hasta que se convenció de que su plan podía funcionar.

Haciendo acopio del último gramo de coraje que le queda, Mila inspira con fuerza. Ha llegado el momento.

—¡Vamos! —susurra. Gira ciento ochenta grados, tirando de Felicia con ella.

Y entonces, con el gueto a sus espaldas, caminan. *Derecha, izquierda; despacio, no demasiado deprisa,* piensa Mila, resistiéndose al instinto de correr. *Derecha, izquierda, derecha, izquierda.* Intenta echar los hombros hacia atrás, mantener la barbilla en alto, pero el corazón le martillea, tiene el estómago hecho una bola de alambre de espino. Espera los gritos, los disparos. En cambio, lo único que oye es el sonido de sus pasos, los tres pasos de Felicia por los dos de ella, los tacones de sus zapatos chasquean con suavidad sobre el pavimento de la calle Lubelska, alejándose un poco más rápido de los guardias y sus esposas, del taller, de las calles sucias y de las supuestas enfermedades contagiosas.

Mila gira por primera vez a la derecha en Romualda Traugutta y caminan en silencio otras seis manzanas antes de meterse en un callejón vacío. Allí, entre las sombras, el corazón de Mila empieza a ir más despacio. Se le relajan los músculos del cuello. En un momento, una vez que se haya recompuesto, volverá a la calle Warszawska, al antiguo edificio de sus padres, donde llamará a la puerta de sus vecinos y amigos, los Sobczak, y, si la dejan, pasará la noche. Mañana utilizará su documento de identidad falso para intentar viajar a Varsovia. No están a salvo, ni mucho menos —si las atrapan, las matarán—, pero han escapado de la prisión del gueto. Al menos la primera fase de su plan ha funcionado. *Puedes hacerlo,* se dice Mila. Mira hacia atrás para asegurarse de que no la han seguido, se detiene, se agacha, rodea la mejilla de Felicia con la palma de la mano y aprieta los labios contra la frente de su hija.

—Buena chica —susurra—. Buena chica.

33

Sol y Nechuma

Radom, la Polonia ocupada por los alemanes – MAYO DE 1942

Nechuma y Sol yacen despiertos en su colchón, con los dedos entrelazados. Miran al techo, demasiado angustiados como para dormir.

En el gueto hay rumores de que pronto se liquidará Wałowa. Nadie está del todo seguro de lo que significa eso, pero últimamente, los rumores, cada uno más aterrador que el anterior, se han visto agravados por las noticias de lo ocurrido en Łódź. Allí, según la resistencia, los alemanes deportaron a miles de judíos de un gueto mucho más grande que el de Radom a un campo de concentración en Chelmno, un pueblo cercano. Los judíos pensaban que los enviaban a un campo de trabajo. Pero entonces, hace unos días, un par de prisioneros que habían escapado aparecieron en Varsovia con historias tan escalofriantes que Nechuma no puede pensar en otra cosa. Según informaron, en Chelmno no había trabajo. En su lugar, los judíos fueron apilados, hasta ciento cincuenta a la vez, en furgones y asfixiados con gas —hombres, mujeres, niños, bebés—, todo en cuestión de horas.

Nechuma solía tranquilizarse pensando que ya habían vivido pogromos antes, que, con el tiempo, la lucha y el derramamiento de sangre acabarían pasando. Pero con las noticias de Łódź ha comprendido que la situación en la que se encuentran ahora es algo totalmente distinto. No se trata solo de estar sometidos a una profunda hambruna y pobreza. Esto no es persecución. Esto es exterminio.

—Los nazis no se saldrán con la suya —dice—. Los detendrán.

Sol no responde.

Nechuma exhala despacio, y en el sofocante silencio que se produce a continuación es consciente de lo mucho que le duele todo. Incluso le duelen los párpados, como si suplicaran descansar. Su propio cuerpo la confunde. A menudo se pregunta cómo Sol y ella tienen fuerzas para seguir adelante. Viven en un estado de perpetuo dolor, agotamiento y hambre, extenuados por sus largas jornadas en la cafetería, por sus patéticas raciones, por los trucos mentales que utilizan para ignorar los horrores que los rodean a diario. Ya están casi insensibilizados al chasquido constante de los fusiles dentro de los muros del gueto, a pasar alrededor de los cuerpos de los muertos y moribundos en las calles, a protegerse los ojos cuando pasan por la entrada del gueto, donde las SS han empezado a colgar a los judíos por el cuello y a ahorcarlos poco a poco, prolongando su agonía todo lo posible para que los demás vean y entiendan: *Esto es lo que pasa cuando rompes las reglas. Esto es lo que les pasa a los insolentes, a los que desafían o, simplemente, a los que tienen mala suerte.* Una vez, Nechuma vio a un niño de apenas cinco o seis años colgado de esa manera, a pocos minutos, según parecía, de la muerte, y aunque no se atrevía a mirarlo a los ojos, se permitió ver sus pies sin zapatos, tan pequeños y pálidos, con los tobillos flexionados por el dolor. Deseó poder acercarse a él y tocarlo, consolarlo de alguna manera, pero sabía que hacerlo significaría una bala en la cabeza o una soga alrededor del cuello.

—Al menos los americanos han entrado en la guerra —dice, y repite la pizca de esperanza que ha estado circulando entre los demás en el gueto: un rayo de esperanza, algo a lo que aferrarse—. Quizá se pueda detener a los alemanes.

—Tal vez —acepta Sol—. Pero será demasiado tarde para nosotros. —Se le quiebra la voz y Nechuma se da cuenta de que está conteniendo las lágrimas—. Si empiezan a atacar los guetos de Radom, seremos dos de los primeros en caer. Puede que perdonen a los jóvenes. Y quién sabe, quizá ni siquiera a ellos.

En el fondo de su alma, Nechuma sabe que su marido tiene razón, pero no se atreve a admitirlo, al menos no en voz alta. Toma la mano de Sol y le da un beso, presiona la palma contra su mejilla.

—Mi amor. Ya no sé lo que va a pasar, pero nos espere lo que nos espere, al menos nos tendremos el uno al otro. Estaremos juntos.

Hace un mes, uno de sus hijos podría haberlos ayudado. Pero ahora están solos en el gueto. Jakob está con Bella en la fábrica AVL cerca del gueto de Glinice, y Mila, reza Nechuma, está de camino a reunirse con Halina en Varsovia. Felicia y ella no habían regresado a Wałowa desde que intentaron escapar, pero eso podría significar cualquier cosa. Ahora que la situación es cada vez más desesperada, su única esperanza es Halina. Pero Halina aún no ha tenido suerte a la hora de conseguirles trabajo en la fábrica de armas de Pionki, y el tiempo se les acaba.

«Sigo trabajando para conseguir un traslado —prometió Halina la última vez que escribió—. Manteneos fuertes, no perdáis la fe».

Están en contacto con Halina, al menos a través de cartas que entran y salen a escondidas del gueto con la ayuda de Isaac. Nechuma apenas soporta pensar en el destino de sus hijos desaparecidos. No sabe nada de Genek desde que Herta y él desaparecieron de Leópolis hace dos años, y pronto hará cuatro años que no ve a Addy. Daría cualquier cosa, incluso la vida, por saber que están vivos y sanos y salvos.

Nechuma se lleva una mano al corazón. No hay nada peor, ni siquiera el infierno cotidiano del gueto, para una madre que vivir con tanto miedo e incertidumbre sobre el destino de sus hijos. A medida que pasan las semanas, los meses y los años, el tormento en su interior crece y arde, un *crescendo* de miseria que amenaza con destrozarla. Empieza a preguntarse cuánto más podrá soportar el dolor.

Bajo sus dedos, Nechuma siente el débil golpeteo de su corazón. Quiere llorar, pero tiene los ojos secos y la garganta como el papel. Parpadea en la oscuridad y las palabras de su hija resuenan en su interior. *Manteneos fuertes. No perdáis la fe.*

—Halina encontrará la forma de trasladarnos a la fábrica —dice después de un buen rato, casi en un susurro. Pero Sol no responde, y por la forma lenta en la que respira sabe que está dormido.

Piensa en que su destino está en manos de Halina. La mente de Nechuma se traslada a su infancia, a cómo, incluso antes de que pudiera hablar, Halina exigía atención y, cuando no la obtenía, su solución era encontrar algo frágil y romperlo. O simplemente gritar. En cómo, cuándo Halina iba al colegio, solía decir que estaba demasiado enferma para ir a clase; Nechuma le ponía una mano en la frente y de vez en cuando dejaba que Halina se quedase en casa, para minutos después verla trotar por el pasillo hasta el salón, donde se quedaba tumbada boca abajo durante horas, hojeando una de las revistas de Mila y arrancando fotos de vestidos que le gustaban.

Su Halina ha crecido tanto desde el comienzo de todo esto. Tal vez ella pueda ser la que los saque de aquí de verdad. *Halina*. Nechuma cierra los ojos e intenta descansar. Mientras duerme, se imagina en la ventana de su antigua casa, mirando por encima de las copas de los castaños que bordean la calle Warszawska. La calle está vacía, pero el cielo está repleto de pájaros. Medio dormida, Nechuma los observa entrar y salir de las nubes, posarse de vez en cuando en una rama para observar el entorno y despegar de nuevo. Se le ralentiza la respiración. Se queda dormida pensando en Halina sobrevolándola, con los brazos abiertos como si fuesen alas, los ojos brillantes y alerta mientras busca una salida para todos.

34

Halina y Adam

Varsovia, la Polonia ocupada por los alemanes – Mayo de 1942

—¿Crees que alguien nos ha delatado? —susurra Halina. Adam y ella están sentados a una pequeña mesa en la cocina del ático que han alquilado en Varsovia.

Adam se quita las gafas y se frota los ojos.

—Apenas conocemos a nadie en Varsovia —dice. Llevan un mes en el apartamento y al principio se sentían seguros allí. Pero ayer, la mujer del casero subió las escaleras sin avisar, husmeando como un sabueso mientras les hacía preguntas sobre sus familias, sus trabajos y sobre cómo se criaron—. Y nuestros papeles están impecables —añade Adam. Había tenido mucho cuidado al hacer sus documentos de identidad. El apellido que eligieron, Brzoza, es de lo más polaco y católico. Gracias a sus identidades falsas y a su aspecto (el pelo rubio y los ojos verdes de Halina y los pómulos altos y la piel clara de Adam), pasan por arios sin ningún problema. Pero no hay duda de que acaban de llegar a Varsovia y no tienen amigos ni familia cerca, lo que los hace sospechosos.

—¿Qué hacemos? ¿Nos mudamos?

Adam se desliza las gafas por la nariz y mira a Halina a través de los gruesos cristales redondos.

—Eso sería admitir que somos culpables. Creo que… —hace una pausa, golpeando con el índice el mantel a cuadros azul y blanco que cubre la mesa—, creo que tengo un plan. —Halina asiente, expectante. Necesitan un plan con urgencia. Si no, es cuestión de tiempo que la mujer del casero los denuncie a la policía.

—Aleksandra sospecha que somos judíos, a pesar de nuestros papeles… He estado tratando de averiguar cómo podemos demostrar que *no* lo somos, y la única manera de probarlo, quiero decir de probarlo *de verdad*... es que ella vea que no lo somos. Bueno, que *yo* no lo soy.

Halina sacude la cabeza.

—No te sigo.

Adam suspira, se remueve en su asiento.

—He estado experimentando con una forma de... —Mira incómodo a su regazo, pero sus palabras son interrumpidas por un sonido. Alguien sube las escaleras del ático. Su barbilla se inclina hacia la puerta detrás de él—. Es ella —susurra Adam cuando los pasos se acercan. Halina y él se miran. Adam señala la luz que cuelga sobre el lavabo—. ¡La luz! —dice. Halina lo mira extrañada—. La luz junto al lavabo, apágala. —Se desabrocha el cinturón.

—¿Por qué? —pregunta Halina, corriendo hacia el lavabo. Llaman a la puerta.

—Ya voy —grita Adam.

Halina tira de una cadenita para apagar la luz. Las manos de Adam se encuentran dentro de sus pantalones, moviéndose deprisa.

—Por el amor de Dios, ¿qué...? —jadea Halina.

—Confía en mí —susurra Adam. Los golpes son cada vez más fuertes. Adam se levanta, se dirige al lavabo y se abrocha el cinturón. Halina asiente y va hacia la puerta.

—¿Estáis ahí? Dejadme entrar. —La voz al otro lado de la puerta es estridente, está al borde de la histeria. Adam levanta el pulgar hacia Halina. Un momento después, Aleksandra entra en el apartamento, mirándolos fijamente.

—Hola, Aleksandra —dice Halina, mirando a Adam, cuyas manos descansan con indiferencia sobre el lavabo de porcelana.

Aleksandra ignora el saludo y cruza la habitación hacia Adam, arrastrando una nube de disconformidad.

—Seré breve —dice, deteniéndose a un brazo de él y entrecerrando los ojos hasta convertirlos en rendijas—. Alguien me ha hecho creer que nos habéis estado mintiendo. Dicen que sois judíos. ¿Y sabes qué? —señala a Adam con un largo dedo—, yo os defendí, les dije vuestro apellido, les aseguré que erais buenos cristianos como los demás, pero ahora no estoy tan segura. —Una pequeña gota blanca de saliva se aferra a su labio superior—. Es verdad, ¿a que sí? —ladra—. Sois judíos, ¿no?

Adam levanta las palmas de las manos.

—Por favor...

—Por favor, ¿qué? ¿Por favor que os perdone por haber puesto nuestras vidas en peligro? ¿No sabéis que podrían arrestarnos y colgarnos por dar cobijo a *judíos*?

La columna vertebral de Adam se tensa.

—Con quienquiera que hayas hablado se equivoca —dice, con voz fría—. Y para ser franco, me siento ofendido. No hay ni una gota de sangre judía en nuestra familia.

—¿Por qué debería creerte? —gruñe Aleksandra.

—¿Me estás llamando «mentiroso»?

—Tengo una fuente. —Aleksandra se rodea los huesos de la cadera con los puños y sus brazos forman triángulos a la altura del torso—. Dices que no eres un *Jude*. Pero no puedes demostrarlo.

Adam aprieta los labios formando una línea fina y apretada.

—No tengo que demostrarte nada —dice, deseando que las palabras salgan con calma.

—¡Dices eso porque estás mintiendo! —le espeta Aleksandra.

Adam le sostiene la mirada.

—Bien. ¿Quieres pruebas? —Se lleva la mano al cinturón. Halina no se ha movido de la puerta. Detrás de Aleksandra, jadea y se tapa la boca. Mientras Adam lucha con su hebilla, Aleksandra hace un ruido extraño, como un hipido. Pero antes de que pueda objetar, Adam, en un arrebato de furia, se baja la cremallera de los pantalones, mete los pulgares bajo la cinturilla y, de un solo movimiento, se los baja, junto con la ropa interior, hasta las rodillas. Halina se tapa los ojos, incapaz de mirar.

Aleksandra se queda boquiabierta. Paralizada.

Adam se levanta la camisa.

—¿Es suficiente prueba para ti? —grita mientras sus pantalones caen en un montón alrededor de sus tobillos. Mira hacia abajo, medio esperando ver su camuflaje horriblemente expuesto. Esa mañana se había puesto la venda con una solución de clara de huevo cruda y agua, estudiándose en el espejo. Esperaba que entre las sombras pasara por prepucio. Para su alivio, la venda no se ha movido.

Halina mira entrecerrando los dedos la silueta de su marido junto al lavabo. Entre las sombras, distingue la forma de sus genitales. Ahora entiende por qué le ha pedido que apagase la luz del lavabo.

—¡Por Dios, ya basta! —Aleksandra resopla y aparta la barbilla con disgusto. Da un paso atrás, como si fuese a vomitar.

Halina exhala, estupefacta de que el plan de Adam haya funcionado, y preguntándose cuánto tiempo llevaba caminando con una venda adherida a la entrepierna. Se aclara la garganta y abre la puerta, lo que indica que es hora de que Aleksandra se marche.

—Llamarnos «judíos» —murmura Adam en voz baja mientras se agacha para subirse los pantalones por encima de los muslos.

La mujer del casero se palpa la blusa con nerviosismo y la piel del cuello está llena de manchas rojas y calientes. Evita mirar a Halina a los ojos y cruza la puerta en dirección a las escaleras sin decir una palabra. Halina cierra la puerta tras de sí y espera a que los pasos se alejen antes de volverse para mirar a Adam. Niega con la cabeza.

Adam levanta las palmas de las manos hacia el techo, encogiendo los hombros hacia las orejas.

—No sabía qué más hacer —dice.

Halina se tapa la boca. Adam se mira los pies y vuelve a mirarla a ella, y cuando sus miradas se cruzan, las comisuras de sus labios se curvan en una sonrisa y Halina se ríe en silencio contra la palma de la mano. Tarda un rato en serenarse. Se seca las lágrimas y cruza la habitación.

—Podrías haberme avisado —dice, apoyando los antebrazos en el pecho de Adam.

—No tuve tiempo —susurra Adam. Le rodea la cintura con los brazos.

—Ojalá hubiera visto la cara de Aleksandra —dice Halina—. Parecía desgraciada al salir.

—Tenía la boca tan abierta que casi le llegaba al suelo.

—Eres un hombre valiente, Adam —dice Halina en voz baja.

—Soy un hombre con suerte. Me sorprende que el vendaje haya aguantado.

—¡Menos mal! Me habías puesto nerviosa.

—Lo siento.

—¿Todavía sigue… puesto? —Halina mira hacia abajo en el espacio entre ellos.

—Me lo quité cuando Aleksandra se iba. Me estaba volviendo loco. Llevaba horas con él puesto, me sorprende que no notases que andaba raro.

Halina vuelve a reírse y niega con la cabeza.

—¿Te dolió al quitártelo? ¿Está todo bien ahí abajo?

—Creo que sí.

Halina entrecierra los ojos. La adrenalina la ha excitado y el calor de Adam contra ella es, de repente, irresistible.

—Será mejor que eche un vistazo —le dice, se acerca al cinturón y se lo desabrocha. Lo besa y cierra los ojos mientras los pantalones vuelven a caer sobre sus tobillos.

4 DE AGOSTO DE 1942: *A última hora, por la noche, el gueto más pequeño de Radom, Glinice, es acordonado por la policía e iluminado con reflectores; entre cien y ciento cincuenta niños y ancianos son asesinados en el acto; al día siguiente, más o menos otros diez mil son enviados por ferrocarril al campo de exterminio de Treblinka.*

35

Jakob y Bella

Fábrica AVL, Radom, la Polonia ocupada por los alemanes
— 6 DE AGOSTO DE 1942

De pie, sobre la tapa del váter del baño de caballeros de una forma precaria, Bella espera la llamada de Jakob. Tiene una mano apoyada en la pared para mantener el equilibrio, con el abrigo de invierno sobre el codo y la otra en el costado, agarrada al asa de una pequeña maleta de cuero. La puerta del lavabo es pequeña, la posición es insoportable: si se endereza, su cabeza asomará por encima; si baja del retrete, sus pies se verán por debajo; si se mueve, corre el riesgo de caerse o, peor aún, de resbalar en el fétido agujero que tiene entre los pies. Por suerte, nadie ha venido a inspeccionar el lavabo en los últimos treinta minutos. Pero, de todas formas, Bella se mantiene en esa posición y hace todo lo posible por ignorar el calor sofocante, las punzadas en la parte baja de la espalda, el hedor abrumador de las heces y del orín rancio. *Date prisa, Jakob. ¿Por qué tardas tanto?*

Su plan, si funciona, es escapar de los confines de la AVL sin ser descubiertos y dirigirse al gueto de Glinice, que está cerca. Una parte de ella aún se aferra a la esperanza de encontrar allí a sus padres, vivos. A salvo. Pero lo presiente. Ya no están.

El gueto ha sido liquidado. Un amigo de la policía polaca se lo había advertido a Bella y a Jakob. Habían sido muy amigos de Ruben en la escuela y se sintieron esperanzados cuando le asignaron el servicio de patrulla en la AVL; pensaron que tal vez podría serles de ayuda. Pero las dos veces que Bella se había cruzado con él, había pasado de largo sin siquiera asentir con la cabeza o mirar en su dirección. Por supuesto, no era ninguna sorpresa, ya que esta nueva dinámica entre viejos amigos era habitual. Por eso, a Bella la tomó con la guardia baja cuando, una semana atrás, Ruben la agarró del brazo, la empujó hacia un armario y la siguió al interior, echando el cerrojo tras de sí. Bella, que ya se esperaba lo peor, había rezado para que, lo que fuere que tuviera planeado para ella, al menos fuese rápido. En lugar de eso, Ruben la sorprendió volviéndose hacia ella con una mirada de profunda tristeza.

«Siento haber estado ignorándote, Bella —dijo con un tono de voz que apenas superaba el susurro—. Me arrancarían la cabeza si... Da igual, tienes familia en el gueto, ¿verdad? —preguntó en la oscuridad. Bella había asentido con la cabeza—. Hoy me he enterado de que Glinice va a ser liquidado dentro de una semana. Quedarán un puñado de trabajos chapuza, puede que unos pocos se salven, que los envíen a Wałowa, pero el resto... —dirigió la mirada al suelo».

Cuando Bella preguntó a dónde enviarían a los judíos, Ruben habló en voz tan baja que Bella tuvo que esforzarse para distinguir las palabras.

«Oí a un par de oficiales de las SS hablar de un campo cerca de Treblinka —susurró Rubén».

«¿Un campo de trabajo? —preguntó Bella, pero Rubén no respondió, solo negó con la cabeza».

Con estas noticias, Bella suplicó a Maier, el capataz de la fábrica, que le permitiera llevar a sus padres a AVL. De alguna manera accedió, e incluso le dio un *ausweis* para que pudiera recorrer a pie los dos kilómetros que la separaban de Glinice una noche. Ruben la acompañó. Pero sus padres se negaron a marcharse.

«Si crees que podemos salir de aquí, es que te has vuelto loca —le dijo su padre—. Ese tal Herr Maier dice que podemos trabajar para él, pero díselo a los guardias del gueto, diles que vamos a dejar nuestros trabajos aquí por otro, y se reirán, y luego nos meterán una bala entre ceja y ceja, y a ti también. Ya lo hemos visto antes».

Bella podía ver el terror en los ojos de su padre. Pero ella insistió.

«Por favor, papá. Ya se han llevado a Anna. No dejes que se os lleven a vosotros también... al menos tenéis que intentarlo. Ruben puede ayudar —insistió, con la voz anormalmente aguda, entrecortada por la desesperación».

«Es demasiado peligroso para nosotros —dijo su madre, negando con la cabeza—. Vete, Bella. Vete. Sálvate tú».

Bella odió a sus padres por rechazar su plan, por renunciar a la esperanza. Les había dado la oportunidad de escapar, de tomar las riendas de su destino, pero en lugar de tomar las riendas, se habían resistido y se habían desplomado sobre la montura, dominados por el miedo.

«¡Por favor!», había suplicado Bella al final, sollozando en los brazos de su madre, con las lágrimas inundándole las mejillas, pero podía verlo en la inclinación de sus hombros, en la mirada gacha que tenían: habían perdido las ganas de luchar. La fuerza que les quedaba se había esfumado con la ausencia de Anna. Eran la cáscara de lo que habían sido, estaban vacíos, agotados y asustados. Cuando Bella y Ruben se fueron de Glinice sin ellos, Bella estaba fuera de sí.

Pocos días después, el 4 de agosto a medianoche, comenzó la liquidación del gueto de Glinice, como había predicho Ruben. A dos kilómetros de distancia, en la fábrica, Bella pudo oír los débiles disparos y los escalofriantes gritos que los siguieron. Desamparada, desesperada y sin apenas fuerzas tras días sin dormir, se desmayó. Jakob la encontró en los barracones de la fábrica, acurrucada en posición fetal y negándose a hablar, o incluso a mirarlo. No podía hacer otra cosa que sollozar. Jakob, que no tenía palabras para consolarla, se tumbó a su lado, la abrazó y la sostuvo mientras lloraba. Pasaron horas antes de que cesaran los disparos. Cuando cesaron, Bella se quedó en silencio.

Al amanecer del día siguiente, Jakob ayudó a Bella a volver a su litera y comunicó al guardia asignado al barracón que su mujer estaba demasiado enferma para trabajar. «¿Seguro que está viva?», preguntó el guardia cuando asomó la cabeza por el barracón y encontró a Bella tumbada de espaldas, inmóvil, con un paño húmedo sobre la frente. Una hora más tarde, Maier declaró por los altavoces que AVL iba a cerrar, que los judíos serían enviados a otra fábrica y que debían hacer las maletas. Maier dijo que debían prepararse para partir a las nueve en punto de la mañana siguiente. Pero Jakob sabía perfectamente a dónde los enviarían. Necesitaban una forma de escapar. Esa noche, Jakob obligó a Bella a comer un mendrugo de pan y le rogó que reuniera fuerzas. «Te necesito conmigo —le dijo—. No podemos quedarnos aquí, ¿lo entiendes?». Bella había asentido, y Jakob le explicó su plan, que incluía un par de alicates cortaalambres, aunque a Bella le costó seguirlo. Antes de marcharse, Jakob le rogó que se reuniera con él por la mañana, a las ocho y media, en el lavabo de los hombres.

Ahora son casi las nueve. El sol de verano golpea el techo de chapa ondulada y el aire del lavabo es sofocante. Bella teme desmayarse. Esa mañana le había costado muchísimo levantarse, y cuando lo hizo sintió como si ya no habitara su propio cuerpo, como si sus músculos se hubieran rendido. Cuando se escuchan los altavoces, parpadea, agradecida por la distracción. Es la voz de Maier.

—Trabajadores, diríjanse a la entrada de la fábrica a por sus raciones. Traigan sus pertenencias.

Bella cierra los ojos. Pronto se formará una cola delante de la fábrica. Se imagina a los guardias reunidos para escoltar a los judíos hasta la estación de tren, y se pregunta si serían los mismos guardias que supervisaron el viaje de sus padres hacia una muerte casi segura. Se le revuelve el estómago. *¿Dónde está Jakob?* Había conseguido llegar al lavabo a las ocho y veinticinco, cinco minutos antes. Ha pasado al menos media hora. *Ya debería estar aquí. Por favor...* Bella reza mientras escucha el leve golpeteo del sudor que gotea cada pocos segundos desde su barbilla hasta el suelo de cemento que tiene debajo y ahuyenta las ganas de salir disparada del lavabo y llamar a gritos a los guardias para que se la lleven a ella también. *Por favor, Jakob, date prisa.*

Al final, oye un suave repiqueteo en la puerta. Exhala y sale con cautela del baño. Su doble golpe es respondido con rapidez con otros cuatro. Abre la puerta. Fuera, Jakob asiente con la cabeza, aliviado de encontrarla allí.

—Siento llegar tarde —susurra. Le quita la maleta y la guía por el exterior del lavabo, pegándose a la pared. Bella se seca el sudor de la cara y aspira el aire fresco, agradecida de poder ponerse en manos de Jakob y simplemente seguirlo.

—¿Ves ese campo, justo detrás de los barracones de los chicos? —pregunta Jakob, señalándolo—. Vamos ahí. Pero primero tenemos que llegar a los barracones.

Bella entrecierra los ojos hacia el edificio alargado y bajo, que parece estar a unos treinta metros de distancia. Más allá hay una valla, un muro de cadenas y alambre de espino que rodea la propiedad y, al otro lado, su objetivo: un campo con trigo muy crecido.

—Vamos a tener que correr —susurra Jakob—. Y rezar para que nadie nos vea. —Se asoma con cuidado por la esquina de los aseos que dan a la parte trasera de la fábrica, y describe lo que ve: la cola de una fila de personas que se extiende alrededor del edificio desde la entrada; tres guardias en la retaguardia que indican a los últimos trabajadores que se unan a la cola. Al cabo de unos minutos, Jakob se echa hacia atrás y toma la mano de Bella—. Se han ido —dice—. Rápido. ¡Vamos!

Empuja a Bella hacia delante y pronto están levantando polvo mientras corren hacia el campo, ahora de espaldas a la fábrica. En cuestión de segundos, los pulmones de Bella empiezan a gritar, pero lo único de lo que es consciente es de que debe aferrarse con fuerza a la mano de Jakob y de que siente la tentación de darse la vuelta y mirar hacia atrás mientras corre, para ver si alguien los ha visto, pero teme que si lo hace le entre el pánico y se detenga en seco. Treinta metros se reducen a veinte, luego a diez, a cinco, y luego ralentizan el paso al agacharse detrás de los barracones de los chicos, apoyan la espalda contra la madera desgastada y toman grandes bocanadas de aire para llenar sus pulmones encendidos. Bella se inclina y apoya las manos sobre las rodillas, nota que el corazón le late en el pecho. La carrera casi la ha llevado al límite, pero también ha despertado algo en ella. Al menos por el momento, ha hecho que volviera a su cuerpo.

Respiran tan bajo como pueden a pesar del esfuerzo, escuchando con atención pasos, gritos, el chasquido de un rifle. Nada. Jakob espera un minuto y asoma la nariz por la esquina. Parece que nadie los ha visto.

—Vamos —dice Jakob, y se dirigen hacia la valla, ya sin que nadie los vea. Cuando la alcanzan, Jakob se arrodilla y trabaja a toda prisa con los alicates, tiene la frente húmeda mientras corta el acero meticulosamente hasta que hace un agujero lo bastante grande como para que puedan pasar—. Tú primero, cariño —dice levantando el trozo de alambrada. Bella se arrastra boca abajo por la abertura; Jakob le pasa la maleta y la sigue, doblando el eslabón de la cadena lo mejor que puede—. Agáchate —dice.

Trepan hasta el prado, donde se arrodillan y se arrastran, envueltos en tallos de trigo demasiado maduro que se balancean a su lado mientras se alejan de la valla recién cortada, de la fábrica y de los vagones de ganado llenos de hombres y mujeres que la noche anterior habían dormido a su lado. A cuatro patas, por un momento, Bella recuerda la mañana en que se arrastró por un prado para llegar a Leópolis al comienzo de la guerra. En aquel momento parecía que había tanto en juego... tantas incógnitas. Pero al menos entonces, tenía una hermana. Tenía a sus padres.

Al cabo de unos minutos, Jakob y ella se detienen y se ponen de rodillas para poder mirar hacia la fábrica a través de las puntas del pasto. Han recorrido una distancia considerable: la AVL se ve pequeña, como un ladrillo beige en el horizonte.

—Creo que aquí estamos a salvo —dice Jakob. Palmea los tallos a su alrededor, creando una especie de guarida para que puedan estirarse. El trigal es alto; pueden sentarse sin que se les vea la cabeza. Bella, pegajosa de sudor, extiende su abrigo en el suelo y se pone encima. Jakob vuelve a mirar hacia la fábrica—. Deberíamos esperar a que anocheciera para seguir adelante. —Bella asiente, Jakob se sienta a su lado y saca del bolsillo media patata cocida—. Guardé esto de anoche —dice, desplegando su pañuelo.

Bella no tiene hambre. Sacude la cabeza y se lleva las espinillas al pecho, apoya la mejilla en una rodilla. A su lado, Jakob frunce el ceño y se muerde el labio. No han hablado de lo que pasó la noche anterior en Glinice. ¿Hay algo que decir? Bella ha pensado en intentar abrirse, en explicar lo que se siente al perder a una madre, un padre, una hermana... a toda su familia; lo que siente al preguntarse cómo habrían cambiado las cosas si Anna y ella se hubieran escondido juntas durante los pogromos de Leópolis, y si hubiera convencido a sus padres para que vinieran a AVL. Pronto, la fábrica, al igual que el gueto, será liquidada, pero si sus padres hubieran aceptado un puesto de trabajo en la AVL, al menos habrían podido intentar escapar juntos. Pero Bella no se atreve a hablar de esas cosas. El dolor es más grande que las palabras.

A su alrededor, el trigo susurra y se mece con la brisa. Jakob rodea los hombros de Bella con un brazo. Cuando ella cierra los ojos, se le llenan las pestañas de lágrimas. Se sientan en silencio, los minutos se alargan hasta convertirse en horas, y no pueden hacer otra cosa que no sea esperar a que la luz ámbar de la tarde se oscurezca.

36

Halina

En los campos cerca de Radom, la Polonia ocupada
por los alemanes – 15 DE AGOSTO DE 1942

Su padre canturrea mientras conduce, dando golpecitos con los
pulgares en el volante de madera del pequeño Fiat negro. Detrás
de él, Halina y Nechuma están sentadas muy cerca, con los brazos unidos por los codos. Por suerte, sus viejos amigos y vecinos, los
Sobczak, habían vuelto a ayudarles y estaban dispuestos a prestarles
su coche para el viaje. Halina había pensado viajar con sus padres de
Radom a Wilanów en tren, pero le preocupaba que tuvieran que cruzar demasiados controles en las estaciones. Halina esperaba que el
coche fuera la apuesta más segura, aunque eso significara tener que
gorronear combustible, que era caro y casi imposible de conseguir. Halina había prometido devolver el depósito del Fiat lleno a los Sobczak,
y había insistido en que Liliana se quedara con el cuenco y el cucharón
de plata que Nechuma les había dejado antes de que los desalojaran, a
cambio del préstamo.

Desde el asiento de atrás, Halina observa cómo su padre contempla el paisaje: el cielo cerúleo, la campiña verde, el brillante reflejo del
sol en el sinuoso río Vístula. Se había ofrecido a conducir, pero Sol
insistió. Dijo: «No, no. Déjame a mí» y asintió como si fuese su obligación, pero en verdad ella sabía que nada le gustaría más que la oportunidad de ponerse al volante. Durante catorce meses, Nechuma y él han
vivido en un mundo confinado por muros de ladrillo y alambre de espino, por brazaletes de estrellas azules, por la monotonía y la fatiga de
los trabajos forzados. Halina sonríe porque sabe lo bien que deben sentirse aquí, en la carretera. Juntos, beben el fugaz olor de la libertad,

dulce y maduro como el aroma de las flores de los tilos que les llega a través de la ventana abierta.

Nechuma acaba de describir cómo era vivir y trabajar en la fábrica de armas de Pionki.

—Nos sentíamos muy viejos allí —dice—. Los demás eran casi niños. Tendrías que haber oído los cotilleos: «Me he enamorado... ni siquiera es guapa... hace días que no me habla...», los celos, el drama; Había olvidado lo agotador que era ser tan joven. Aunque —confiesa, bajando la voz e inclinándose hacia Halina—, a veces era bastante entretenido.

Halina no puede evitar reírse, imaginándose a sus padres rodeados de conversaciones frívolas. Se alegra de saber que en Pionki estaban mejor que en el gueto, y le habría parecido bien que pasaran la guerra viviendo en la fábrica si Adam no le hubiera avisado la semana anterior de que iban a cerrarla.

«Siento no haberme enterado antes —dijo—. Podría ocurrir cualquier día».

Halina sabía que tenía que sacar a sus padres antes de que acabaran en uno de los terribles campos a los que enviaban a los judíos cuando su mano de obra ya no era necesaria.

Conseguir el permiso para sacar a sus padres de Pionki, por supuesto, era imposible. Halina sabía que tendría que trabajar al margen del sistema. Hace una semana, armada con sus documentos arios y un bolsillo lleno de zlotys, visitó la fábrica con la intención de sobornar a un guardia de la entrada para que dejara salir a sus padres discretamente al final de su jornada laboral; alegaría que eran viejos amigos, acusados injustamente de ser judíos. Pero llegó un viernes, y se habían llevado a su madre junto con el resto de las trabajadoras a las duchas públicas; Halina tenía que trabajar esa tarde y no podía permitirse esperar a que volviera. Esta mañana, intuyendo que tenía poco tiempo y que cien zlotys podrían no ser suficientes, decidió traer consigo la última joya de su madre: la amatista. Nechuma le había dado el collar a Isaac el día de su traslado del gueto a Pionki y le había rogado que se lo llevara a Halina sano y salvo. Isaac había escrito de inmediato a Halina a Varsovia, afirmando que tenía una entrega especial de color púrpura y que ella debía ir a por ella lo antes posible.

Hitler había puesto precio a la vida de cualquier alemán que aceptara sobornos de judíos, pero como Halina aprendió en el campo de trabajo donde estuvo Adam, eso no impedía que muchos de los nazis los aceptaran. Y, en efecto, cuando le mostró al guardia de la entrada de Pionki la brillante piedra púrpura, se le iluminaron los ojos. Volvió quince minutos más tarde, con los padres de ella detrás.

—Aquí a la izquierda —le indica Halina en una señal de madera que señala Wilanów, un pequeño pueblo agrícola a las afueras de Varsovia. Cuando se desvían de la carretera principal, el asfalto se convierte en tierra y Sol mira por el retrovisor; sonríe ante la imagen de Halina y Nechuma, una al lado de la otra, disfrutando de la cercanía.

—Háblanos de ti, de los demás —dice Nechuma.

Halina duda. Sus padres aún no han oído hablar de Glinice, ni de la familia de Bella. No se ha atrevido a decírselo. La última hora ha sido tan agradable, hablar con su madre de cosas triviales, que parecía casi normal. Se resiste a volver a aceptar la tristeza del mundo. Así que, en cambio, les cuenta a sus padres el reciente encuentro cercano de Adam con la mujer del casero, contándoles la historia para que se rían y pasando por alto el hecho de que ella se había quedado petrificada en ese momento. Les habla de su trabajo en Varsovia como cocinera para un hombre de negocios alemán y de cómo Mila había encontrado trabajo hacía poco, también haciéndose pasar por aria, en casa de una familia alemana adinerada.

—¿Y Felicia? —pregunta Sol por encima del hombro—. La he echado mucho de menos.

—El casero de Mila sospechó de Felicia desde el principio —explica Halina—. Le echó un vistazo a sus ojos tristes y oscuros y supo que era judía. Mila ha conseguido salir adelante con sus papeles, pero para Felicia es mucho más difícil. He encontrado un amigo dispuesto a esconderla. —Halina intenta mantener un tono desenfadado, aunque sabe cuánto le había atormentado a Mila la decisión de dejar a su hija al cuidado de otra persona.

—¿Está allí sola? ¿Sin Mila? —pregunta Sol, y Halina puede deducir por el reflejo de los ojos de su padre en el espejo retrovisor que ya no sonríe, que ha intuido las cosas que ella había dejado sin decir.

—Sí. Ha sido duro para las dos.

—Mi dulce niña —dice Nechuma en voz baja—. Felicia debe sentirse muy sola.

—Lo está. Lo odia. Pero es lo mejor.

—¿Y Jakob? —pregunta Nechuma—. ¿Sigue en la fábrica AVL?

Halina vacila, baja la mirada a su regazo.

—Sigue allí, sí, que yo sepa. Le escribí para decirle que os habíais ido de Wałowa, y me preguntó si podía ayudar a sacar a los padres de Bella, también, del gueto de Glinice, pero... —Halina traga saliva. El coche se queda en silencio—. Lo intenté —susurra Halina.

Nechuma niega con la cabeza.

—¿Qué quieres decir?

—Es... ellos han... Han liquidado Glinice. —Apenas puede escucharse la voz de Halina por encima del ruido del motor—. Isaac dice que quedan algunas personas, pero el resto... —No puede pronunciar las palabras.

Nechuma se lleva una mano a la boca.

—Oh, no. ¿Y Wałowa?

—Parece ser que Wałowa es el siguiente.

Halina puede oír la respiración agitada de su padre en el asiento de delante. Una lágrima rueda por la mejilla de su madre. La alegría que sintieron al reunirse al inicio del viaje se ha evaporado. Nadie habla durante varios minutos. Al final, Halina rompe el silencio.

—Más despacio, papá. Es la siguiente a la izquierda. —Señala por encima de su hombro un camino estrecho. Lo siguen durante doscientos metros hasta llegar a una pequeña granja con tejado de paja.

Nechuma se limpia los ojos y respira.

—¿Es aquí? —pregunta Sol.

—Sí —dice Halina.

—¿Cómo se llamaban? —pregunta Nechuma—. ¿Los dueños?

—Górski.

Adam había encontrado a los Górski a través de la resistencia en una lista de polacos con espacio de sobra que aceptarían dinero a cambio de esconder judíos. Halina ni siquiera sabía si *Górski* era su apellido real, solo que podían acoger a sus padres; y con su trabajo fijo, podía permitirse pagarles.

Halina conoce bien la casa, la visitó una vez para presentarse e inspeccionar las condiciones de vida. La mujer había salido, pero Halina y Pan Górski, que aún no le había dicho su nombre, se habían llevado bien. Era un hombre de mediana edad, pelo rubio, complexión gruesa y ojos amables.

«¿Y está seguro de que a su mujer le parece bien este acuerdo? —había insistido Halina antes de marcharse».

«Oh, sí —dijo él—. Está nerviosa, por supuesto, es normal que lo esté, pero está de acuerdo».

Sol aminora la marcha del Fiat a medida que se acercan a la casa. No hay otra casa a la vista.

—Elegiste bien —dice Nechuma, asintiendo.

Halina mira a su madre, y por un momento se permite sentir un orgullo infantil por la aprobación de Nechuma. Sigue con la mirada la pequeña casa de campo, con esa estructura cuadrada y achaparrada, ese revestimiento de tablas de cedro y las contraventanas blancas. Había elegido a los Górski en parte porque parecían dignos de confianza y porque vivían a una hora de Varsovia, en el campo; sin vecinos cerca, Halina esperaba que hubiera menos riesgo de que alguien los denunciara.

—No es nada lujoso, pero es un lugar discreto —dice Halina—. Sin embargo, no os confiéis. Pan Górski dice que la Policía Azul ha venido ya dos veces, en busca de escondites. —Han escuchado que un judío capturado puede llegar a valer tanto como un saco de azúcar o una docena de huevos. Los polacos se toman la caza en serio. Los alemanes también. Se han inventado un nombre para ello: *Judenjagd*. «Caza de judíos». Los judíos capturados pueden ser entregados vivos o muertos, da igual. Los alemanes también han impuesto la pena de muerte contra cualquier polaco al que encuentren con un judío escondido.

—Por supuesto, los Górski han prometido no decírselo a nadie, ni siquiera a sus familiares y amigos más cercanos. Pero llevad siempre encima vuestras identificaciones falsas —continúa Halina—. Por si acaso. No podemos esperar que no tengan visitas.

Nechuma aprieta el codo de Halina.

—No te preocupes por nosotros, querida. Estaremos bien.

Halina asiente, aunque ya no sabe cómo no preocuparse por sus padres. Ocuparse de ellos se ha convertido en algo normal. Es en lo único que piensa.

Sol gira la llave del contacto; el motor emite un eructo y el silencio se apodera del coche mientras Nechuma y él miran su nuevo hogar a través del parabrisas salpicado de insectos. Un camino de pizarra azul conduce a la puerta principal, donde un llamador de latón en forma de estribo brilla a la luz del sol.

—Funcionará —dice Sol. Mira a Halina a través del espejo. Tiene los ojos enrojecidos.

—Eso espero. —Halina respira—. Deberíamos entrar.

Sol echa hacia delante el asiento del conductor para que Nechuma y Halina puedan salir, y abre el maletero del Fiat para agarrar lo que queda de sus pertenencias: una pequeña bolsa de lona con una muda de ropa cada uno, algunas fotografías, su Hagadá, y el bolso de Nechuma.

—Por aquí —dice Halina, y sus padres la siguen a la parte de atrás de la casa, donde media docena de camisas grises cuelgan de un cordel entre dos arces y donde hay un pequeño huerto con guisantes, coles y tomates.

Halina llama dos veces a la puerta trasera. Al cabo de un minuto, el rostro de Pan Górski aparece en la ventana, y, un segundo después, se abre la puerta.

—Pasad —dice, indicándoles que entren. Se adentran en silencio en las sombras de un estudio y Sol cierra la puerta tras ellos. La habitación es tal y como Halina la recuerda: pequeña, con techos bajos, un sillón de cachemir, un sofá desgastado y una estantería en la pared del fondo.

—Usted debe ser Pani Górski —dice Halina, sonriendo a la esbelta mujer de pie junto a su marido—. Yo soy Halina. Esta es mi madre, Nechuma, y mi padre, Sol. —La mujer asiente con rapidez, con las manos juntas formando un ovillo en su cintura.

Halina pasa la mirada de los Górski a sus padres. A pesar de su cautiverio, Sol y Nechuma tienen una figura amplia y suave. Hacen que los Górski, con sus cinturas estrechas y sus hombros prominentes, parezcan esqueletos.

Sol deja su mochila en el suelo y se adelanta para ofrecer su mano.

—Gracias por esto, Pani Górski —dice—. Es usted muy generosa y valiente al acogernos. Haremos todo lo posible para no molestar mientras estemos aquí. —Pani Górski mira a Sol durante un segundo antes de levantar una mano, que Sol envuelve en la suya. *Sé amable,* ruega Halina, *o si no, le romperás los huesos.*

—Madame —ofrece Nechuma, extendiendo también una mano—, háganos saber qué podemos hacer para ayudar en la casa.

—Es muy amable por su parte —dice Pan Górski, mirando a su mujer—. Y por favor, llamadnos por nuestros nombres, Albert y Marta. —Marta asiente, pero aprieta la mandíbula. Algo en el comportamiento de la mujer a Halina no le da buena espina. Se pregunta qué conversaciones habrán tenido los Górski antes de su llegada.

—Debería volver pronto —dice Halina. Señala la estantería—. ¿Podrías explicarles a mis padres cómo funciona esto antes de que me vaya?

—Claro —dice Albert. Sol y Nechuma observan cómo Albert envuelve el pequeño mueble con el torso y lo desliza con cuidado por la pared revestida de cedro.

—Tiene ruedas —observa Sol—. No me había dado cuenta.

—Sí, no se ven, pero facilitan el movimiento y lo hacen más silencioso. —Albert posa una mano en la pared—. La pared tiene ocho tablones desde el suelo hasta el techo. Si cuentas hasta el tercero y presionas justo aquí, junto a estos dos clavos —dice, pasando los dedos por un par de cabezas de clavo de hierro a ras de la madera—, oirás un clic. —Sol entorna los ojos hacia la pared mientras Albert la aprieta con fuerza. Efectivamente, la pared hace clic y una pequeña puerta cuadrada se abre—. He alineado la bisagra con el borde de los tablones, así que a menos que sepas que está aquí, la puerta es invisible.

—Un trabajo meticuloso —susurra Sol, realmente impresionado, y Albert sonríe, complacido.

—Hay tres escalones que llevan al semisótano. No podréis estar de pie —dice Albert mientras Sol y Nechuma levantan el cuello y se asoman al cuadrado negro que hay tras la pared—, pero os hemos tendido unas mantas y os hemos dejado una linterna. Ahí abajo está oscuro, como si fuese de noche. —Sol abre y cierra la pequeña puerta varias veces—. Esto de aquí —dice Albert señalando un pestillo metálico—, os permitirá cerrarla desde dentro. —Empuja la puerta hasta que hace clic de nuevo y vuelve a colocar la estantería en su sitio—. Ahora, vamos —dice Albert, haciendo un gesto con la mano por encima del hombro—, dejadme que os enseñe vuestra habitación. —Marta se hace a un lado y se pone a la retaguardia mientras su marido conduce a los Kurc por un pasillo corto hasta un dormitorio justo al lado del estudio.

—Cuando sea seguro, podéis dormir aquí —dice Albert. Sol y Nechuma contemplan la habitación, con sus paredes de estuco blanco y dos camas individuales. Un espejo oxidado cuelga sobre una sencilla cómoda de roble—. Os avisaremos cuando esperemos visitas. Róża, la hermana de Marta, viene dos veces por semana. Si alguien llega sin avisar, lo retrasaremos en la puerta para daros tiempo a meteros en el semisótano. Tendréis que llevaros todas vuestras cosas, por supuesto, así que quizá sea mejor no deshacer las maletas.

—¿Tenéis un hijo? —pregunta Sol, mirando un par de guantes de boxeo en un rincón.

Marta se sobresalta.

—Sí, Zachariasz —dice Albert—. Se ha alistado en el Ejército Nacional.

—Aunque hace varios meses que no sabemos nada de él —añade Marta en voz baja, mirando al suelo. Vuelven a refugiarse en el silencio.

Nechuma apoya la mano en el hombro de Marta.

—Nosotros tenemos tres hijos —dice.

Marta levanta la vista.

—¿Sí? ¿Dónde… dónde están?

—Uno —explica Nechuma—, lo último que sabemos es que trabaja en una fábrica a las afueras de Radom. Pero no sabemos nada de los otros dos desde el comienzo de la guerra. A uno se lo llevaron los rusos, y nuestro hijo mediano estaba en Francia cuando estalló la guerra. Ahora, no sabemos…

Marta sacude la cabeza.

—Lo siento —susurra—. Es horrible no saber dónde están, no saber si están bien.

Nechuma asiente y entre las dos mujeres pasa algo que alivia el corazón de Halina.

Albert vuelve al lado de su mujer, apoya la mano en la parte baja de su espalda.

—Pronto —declara, de repente su voz se ha vuelto sombría—, esta maldita guerra habrá terminado. Y todos podremos volver a la vida de siempre.

Los Kurc asienten y rezan para que sus palabras sean ciertas.

—Tengo que irme —dice Halina, saca de su bolso un sobre con doscientos zlotys y se lo entrega a Albert—. Volveré dentro de un mes. Tienes mi dirección; por favor, si pasa algo —dice, evitando el contacto visual con sus padres—, escríbeme enseguida.

—Por supuesto —dice Albert—. Nos vemos el mes que viene. Cuídate. —Los Górski abandonan el estudio para dar intimidad a los Kurc.

Cuando están solos, Sol sonríe a Halina y luego a la habitación que lo rodea, con las palmas de las manos hacia el techo.

—Te preocupas mucho por nosotros —dice. Las patas de gallo flanquean sus ojos, y el corazón de Halina emana añoranza por su padre, por esa sonrisa que echará de menos nada más salir por la puerta. Se acerca a él y presiona su mejilla contra el suave barril de su pecho.

—Adiós, papá —susurra, disfrutando de la sensación de estar envuelta en su calor y esperando que él no sea el primero en dejarla marchar.

—Cuídate —le dice Sol cuando se separan y le entrega las llaves del Fiat.

Con el verde de sus ojos amplificado tras un muro de lágrimas, Halina se vuelve hacia su madre, menos mal que la habitación está a oscuras: se prometió a sí misma que no lloraría. *Sé fuerte,* se recuerda. *Aquí están a salvo. Los verás dentro de un mes.*

—Adiós, mamá —dice. Se abrazan e intercambian besos en la mejilla, y Halina se da cuenta, por la forma en que el pecho de su madre sube y baja, de que Nechuma también está haciendo todo lo posible por contener las lágrimas.

Halina deja a sus padres junto a la estantería y se dirige a la puerta.

—Volveré en septiembre —dice con una mano en el pomo—. Intentaré traeros noticias.

—Por favor, hazlo —dice Sol, toma la mano de Nechuma con la suya.

Si sus padres están tan nerviosos como ella por su marcha, han hecho un buen trabajo enmascarándolo. Abre la puerta y entrecierra los ojos hacia la luz del atardecer, medio esperando sorprender a alguien espiándolos desde detrás de una de las camisas lavadas de Albert. Sale y se vuelve para mirar a sus padres. Sus rostros están ocultos por las sombras.

—Os quiero —dice a sus siluetas y cierra la puerta tras ella.

ENTRE EL 17 Y EL 18 DE AGOSTO DE 1942: *Se liquida el gueto de Wałowa, en Radom. Ochocientos residentes, incluidos los del refugio para ancianos y discapacitados, así como los pacientes del hospital del gueto, son asesinados en dos días. Deportan en trenes a Treblinka a alrededor de dieciocho mil personas más. Unos tres mil trabajadores judíos, jóvenes y cualificados, permanecen en Radom para realizar trabajos forzados.*

37

Genek y Herta

Un destello naranja atraviesa el espacio entre sus hombros. Genek se sobresalta. Herta cubre el rostro de Józef con la mano por instinto. Son tres de los veinte reclutas polacos encajonados en la cama de una vieja camioneta, sentados cadera con cadera sobre planchas de madera contrachapada a lo largo de la plataforma. Todos han llegado de diferentes campos —liberados como Genek y Herta, gracias a la amnistía— para luchar por los Aliados. Sus cuerpos están en mal estado: llenos de forúnculos, tiña, sarna; el pelo, sucio e infestado de piojos, pegado a sus frentes. Ropas hechas jirones cuelgan sueltas sobre cuerpos demacrados y un olor nauseabundo los rodea, siguiendo al camión como una sombra repulsiva y maloliente. Algunos de los más enfermos yacen desplomados a los pies de Genek y Herta, incapaces de sentarse por sí solos, al parecer a pocas horas de la muerte.

Llevan tres días de viaje, bordeando la costa del mar Caspio por una estrecha carretera de tierra flanqueada por dunas y alguna que otra palmera.

—Supongo que ya casi hemos llegado a Teherán —dice Genek. Miran con los ojos muy abiertos a los persas que bordean la polvorienta carretera, que les devuelven la mirada.

—Debemos dar pena —susurra Herta.

Por ahora, Teherán marca el final de su viaje de cinco mil kilómetros. Hace un año que los liberaron del campo de trabajo de Altynay, nueve meses desde que abandonaron Wrewskoje, Uzbekistán, donde se vieron obligados a pasar el invierno. Enero y febrero fueron duros para ellos. Sometidos a una dieta de ochenta gramos de pan y un plato de sopa aguada al día, vieron mermada su silueta hasta perder una cuarta parte de su peso corporal. Si no hubiese sido por las mantas que Anders les había dado, habrían muerto congelados.

Pero tuvieron suerte. Cientos de personas que, al igual que ellos, habían llegado a Uzbekistán para alistarse en el ejército, fueron enterradas en Wrewskoje. Cada semana, un carro atravesaba el pueblo para recoger los restos óseos de los que habían perdido la batalla contra la malaria, el tifus, la neumonía, la disentería y el hambre. Recogían a los muertos con horcas y los amontonaban en pilas en el exterior de la ciudad. Cuando los montones crecían demasiado, alguien los empapaba en petróleo y los quemaba, provocando un olor nauseabundo que permanecía en el aire mucho después de que los cuerpos se hubieran reducido a cenizas.

En marzo quedó claro que Stalin no podía o no quería alimentar ni equipar como era debido a los exiliados que se habían alistado en el ejército de Anders. Había cuarenta y cuatro mil reclutas, según el registro, esperando órdenes en Uzbekistán; sin embargo, las raciones suministradas por los soviéticos eran para veintiséis mil. Furioso, Anders presionó a Stalin para que le permitiera evacuar sus tropas a Persia, donde quedarían bajo el cuidado de los británicos. Cuando Stalin por fin accedió, Genek y Herta emprendieron otro éxodo de cuatro meses, en el que atravesaron dos mil cuatrocientos kilómetros de interminable estepa y desierto a través de Samarcanda y Chirakchi hasta el puerto de Krasnovodsk, Turkmenistán, a orillas del mar Caspio. Allí fueron rodeados por miembros del NKVD que portaban grandes bolsas de lona: «Tirad las pertenencias que no podáis llevar», les dijeron, una orden bastante inútil, ya que la mayoría no llevaban nada más que las camisas a la espalda. «También el dinero y los documentos», añadieron. Les dijeron que los registrarían al embarcar. «Cualquiera que intente pasar dinero o documentos de contrabando fuera del país será arrestado». Genek y Herta habían gastado sus últimos zlotys hacía meses. Les habían confiscado los pasaportes polacos en Leópolis. Se despidieron de los certificados de amnistía y de los permisos de no residente expedidos en Altynay, así como de los pasaportes extranjeros expedidos en Wrewskoje. Sin una sola moneda o forma de identificarse en sus bolsillos, se convirtieron en nómadas de verdad. Pero daba igual: fuesen cuales fueren los requisitos para sacarlos de las garras del Puño de Hierro y ponerlos en manos de los británicos y del general Anders, estaban más que dispuestos a cumplirlos. No fue hasta que subieron por la empinada pasarela para embarcar en el *Kaganovich*, el oxidado carguero que los llevaría al puerto persa de Pahlevi, que percibieron el primer atisbo de libertad en el aire caliente y salado.

Sin embargo, al cabo de unos días en el mar, ese olor se vio rápidamente superado por el de los vómitos, las heces y la orina. Durante cuarenta y ocho horas infernales, permanecieron hombro con hombro con los otros miles de pasajeros a bordo, con los zapatos empapados de excrementos, el cuero cabelludo ardiendo bajo el sol implacable y el estómago revuelto por el interminable oleaje. Cada centímetro cuadrado del barco estaba ocupado: la bodega, la cubierta, las escaleras, incluso los botes salvavidas. Muchos murieron, y sus cuerpos inertes, sostenidos por las manos extendidas, pasaron por encima de la cubierta hasta la apertura más cercana del buque donde los arrojaban por la borda y el mar se los tragaba.

En agosto, Genek y Herta llegaron a Pahlevi, un puerto persa situado en la orilla meridional del mar Caspio. Adormecidos por el cansancio y mareados por el hambre y la sed, se enteraron de que el último barco que había cruzado el Caspio, con más de mil personas a bordo, se había hundido. Durmieron dos noches en la playa de Pahlevi a cielo abierto hasta que llegó una comitiva de camionetas para llevarlos a Teherán, donde les dijeron que los esperaba una división del ejército polaco.

Una segunda esfera sobrevuela el cielo, y esta vez Genek la atrapa por acto reflejo. Se pregunta por qué los lugareños se burlarían de un grupo de gente de aspecto tan lamentable. Pero cuando abre la mano, encuentra una naranja. Y muy buena. Fresca. Rechoncha. La primera pieza de fruta que sus dedos han tocado en más de dos años. Echa un vistazo por encima del hombro para ver quién la ha tirado, y se fija en una joven con un pañuelo granate en la cabeza, de pie junto a la acera y con las manos sobre los hombros de los dos niños que tiene delante. Ella sonríe, sus ojos marrones son suaves y están llenos de compasión, y de repente queda claro: no lanzó la naranja en señal de falta de respeto, sino como un regalo. Un sustento. A Genek se le llenan los ojos de lágrimas mientras hace girar la fruta entre las palmas de las manos. *Un regalo.* Saluda a la mujer persa, que le devuelve el saludo y desaparece entre una nube de polvo. Genek no recuerda la última vez que un desconocido hizo algo amable por él sin esperar nada a cambio.

Clava una uña sucia en la naranja, la pela y le da un gajo a Herta. Ella muerde un trozo y acerca lo que queda a los labios de Józef; se ríe por lo bajo cuando arruga la nariz.

—Es una naranja, Ze —le dice. Una palabra nueva para él—. *Pomarańcza.* Pronto aprenderás a que te guste.

Genek pela un trozo y cierra los ojos mientras mastica. El sabor estalla en su lengua. Es lo más dulce que ha probado nunca.

Su campamento está orientado al norte, tiene vistas a la costa del mar Caspio y, más allá, al gris púrpura de los montes Elburz.

—¿Estamos en el cielo? —susurra Herta mientras se acercan, tendiéndole la mano a Genek. Dos jóvenes inglesas asienten con la cabeza bajo el ala de sus gorras militares y los dirigen hacia una serie de tiendas largas y estrechas con las lonas enrolladas y atadas para permitir el paso del aire.

—Los hombres a la derecha, las mujeres a la izquierda —explican, señalando dos tiendas marcadas como ESTERILIZACIÓN.

En la tienda de los hombres, Genek está más que dispuesto a desvestirse: había cambiado la ropa que le sobraba por leña y raciones de comida extra para pasar el invierno siberiano; desde entonces lleva casi todos los días los mismos pantalones, camisa y ropa interior. Se dirige, desnudo, hacia una manguera que rociá algo que le quema las fosas nasales al acercarse.

—Es mejor que cierres los ojos —le dice el recluta que está a punto de terminar.

La ducha de esterilización escuece, pero Genek saborea el frío mordisco de la solución cayendo en cascada sobre sus costillas, desprendiendo la mugre de su piel, limpiándolo de su tiempo en el exilio.

Cuando termina, abre los ojos, aliviado al ver que se han llevado su pequeño montón de ropa raída, sin duda para quemarla. Se sacude las extremidades con unas gotas de la solución desinfectante y se reúne con el resto de reclutas frente a un cubo de lo que parece agua de mar, donde se enjuaga con una esponja, ¡una esponja! Con otros esperando detrás de él, hace todo lo posible por no deleitarse durante uno o dos minutos más en lo que es su primer baño de verdad en meses. Ahora huele a una mezcla de cloro y mar, le dan una toalla y lo guían a otra tienda, esta vez llena de montones de ropa nueva: calzoncillos, camisetas y uniformes de varias formas y tallas. Elige un par de pantalones ligeros de color caqui y se pone una camisa de manga corta con solapas sobre la cabeza, el algodón suave y lujoso sobre el pecho. En una tercera tienda le entregan un par de zapatos de lona de color blanco, un sombrero de corcho, un saco de dátiles, seis cigarrillos y una pequeña suma de dinero.

—El desayuno es a las siete en punto —le dice el intendente cuando se da la vuelta para marcharse.

—¿El desayuno? —Está tan acostumbrado a vivir de una sola comida al día, que el concepto de poner algo nutritivo en su estómago al amanecer se ha convertido en algo extraño.

—Ya sabes, pan, queso, mermelada, té. —¡Queso, mermelada y té! Genek asiente, babeando, demasiado eufórico como para hablar.

En la playa, ve a Herta sentada con Józef sobre el regazo y una cesta de naranjas a su lado. Le han dado los mismos pantalones caqui y la misma camisa, pero con corte femenino. Józef está desnudo, salvo por un pañal de tela y un pañuelo que Herta ha empapado de agua y le ha puesto en la cabeza. Da pataditas en la arena con los pies, fascinado por el tacto de los diminutos granos calientes contra su piel. Pasa un joven persa que vende uvas. Se sientan un rato en silencio, mirando al horizonte, a la brillante superficie del mar Caspio y a la línea dentada de la cordillera de Elburz que se cierne sobre él.

—Creo que hemos venido al lugar correcto —dice Genek y sonríe.

TEHERÁN, AGOSTO DE 1942: *Poco después de que los hombres de Anders lleguen a Teherán, Stalin insiste en enviar a los polacos directamente a la batalla, pero Anders insiste en que necesitan más tiempo para recuperarse. Muchos de sus hombres mueren en Teherán, algunos demasiado débiles y enfermos por el éxodo, algunos incapaces de digerir la repentina ingesta de comida en abundancia. Otros, con los cuidados de los persas y los suministros enviados desde Gran Bretaña, se vuelven más fuertes. En octubre, cuando llegan trajes de combate nuevos y botas de cuero de verdad, los ánimos en el campamento de Teherán alcanzan su punto más álgido.*

23 DE AGOSTO DE 1942: *Comienza la batalla de Stalingrado. La Alemania nazi, apoyada por las fuerzas del Eje, traspasa los límites de sus territorios europeos y lucha por el control de Stalingrado, en el suroeste de Rusia, en la que se convertirá en una de las batallas más sangrientas de la historia.*

38

Felicia

Varsovia, la Polonia ocupada por los alemanes
– SEPTIEMBRE DE 1942

elicia canta en voz baja para sí misma —la canción sobre el gatito que le enseñó su abuelo— mientras está en cuclillas sobre el
suelo de linóleo de la cocina, haciendo equilibrio con un nido de
cuencos metálicos que pone uno encima de otro. Cada pocos minutos
mira el reloj redondo que cuelga junto a los fogones (su madre le había
enseñado hacía poco a interpretar la hora), contando los minutos que
faltan para las cinco en punto, cuando Mila tiene que llegar. El piso
pertenece a una amiga de su tía Halina. Es mucho más bonito que el
piso del gueto, pero al menos en el gueto su madre venía a casa todas
las noches. Aquí, en Varsovia, por razones que Felicia aún no comprende, su madre vive en un apartamento distinto, calle abajo. Pasan
tiempo juntas los fines de semana, y una vez a la semana Mila viene al
piso a entregar dinero para el casero. La pareja que vive en el piso trabaja, así que Felicia se ha acostumbrado a pasar los días sola. Hay otro
polizón, un anciano llamado Karl que llegó hace unas semanas, pero
con el que no se relaciona mucho. Se dedica sobre todo a leer o a quedarse en su habitación, cosa que a Felicia le parece bien, ya que se siente incómoda cuando la gente que no conoce, sobre todo los hombres, le
hacen preguntas.

La puerta del apartamento se cierra con un ruido metálico y Felicia
mira el reloj, la aguja larga. Es demasiado pronto. Su madre suele estar
aquí poco después de las cinco, no antes, y los dueños no llegan a casa
hasta las seis. Por un momento imagina que es su padre. «¡Te encontré!», diría al irrumpir por la puerta con su uniforme militar. Pero entonces

se queda helada, se pregunta si debería esconderse. Le han dicho que tuviera cuidado con los extraños. La puerta del apartamento se abre y se cierra, y al cabo de un momento la llama una voz. Felicia se tranquiliza al reconocer que es Franka, la prima de su madre.

—Felicia, cariño, soy yo. Franka. Tu madre no ha podido venir —explica mientras se dirige del vestíbulo a la cocina—. Ahí estás —dice al encontrar a Felicia sentada en el suelo entre sus cuencos—. Tu madre está bien, pero hoy tiene que trabajar hasta tarde. —Franka deja una caja sobre la mesa y se inclina para abrazar a Felicia.

—¿Tiene que trabajar hasta tarde? —pregunta Felicia, mirando más allá de Franka, como deseando que aparezca su madre.

—Intentará venir a visitarte mañana. —Franka se levanta—. ¿Estás bien? ¿Va todo bien por aquí?

Felicia mira a Franka. Parece nerviosa, como si tuviera prisa.

—Estoy bien. ¿Vas a quedarte conmigo? —pregunta, aunque sabe la respuesta.

—Ojalá pudiera, amor. Pero esta tarde trabajo y Sabine me espera abajo. Vino conmigo para vigilar mientras traía el dinero. No deberían verme aquí arriba.

Felicia suspira y se levanta para ver de cerca la caja que Franka había puesto sobre la mesa de la cocina.

—¿Qué es eso? —pregunta. Se acerca su cuarto cumpleaños y le ha estado pidiendo a su madre un vestido nuevo. Piensa que tal vez Franka le ha traído uno.

—Son zapatos. Pensé que era mejor que pareciera que había venido a traer algo, por si alguien me preguntaba por qué estaba aquí —dice Franka.

—Oh. —Los ojos de Felicia están a la altura de la caja. Se pone de puntillas para echar un vistazo debajo de la tapa, preguntándose qué aspecto tendrían y a qué olerían un par de zapatos nuevos. Pero los Oxford que hay dentro están desgastados.

—¿Necesitas algo? —pregunta Franka y saca un sobre de dentro de su camisa.

Felicia mira al suelo. Necesita muchas cosas. No contesta.

Franka guarda el sobre en el lugar de siempre, detrás de un marco encima de la estufa.

—¿Dónde está el señor…? ¿Cómo se llama? —pregunta, echando un vistazo al pasillo.

Felicia está a punto de explicarle que Karl aún no ha salido de su habitación cuando alguien llama con fuerza a la puerta. Lo primero que piensa Felicia es que debe de ser Sabine, la amiga de Franka. Pero Franka se sobresalta. Mira el reloj y luego a Felicia. Se miran fijamente, sin saber qué hacer. Después de llamar otra vez, Franka levanta el mantel y señala debajo.

—¡Escóndete, rápido! —susurra.

Felicia se escabulle debajo de la mesa. Hay un tercer golpe; esta vez suena como metal chocando contra madera. Felicia comprende que, si nadie responde, van a tirar la puerta abajo.

Franka ajusta el mantel para que cuelgue del suelo.

—¡Ya voy! —grita, y luego se pone en cuclillas y susurra a través del mantel—: Si te encuentran, eres la hija del conserje.

Soy la hija del conserje. Son las palabras que debe pronunciar si alguien la descubre escondida. En los meses que han pasado desde que se mudó al apartamento, no ha necesitado usarlas; hasta hoy, solo había venido sin avisar el casero.

—Soy la hija del conserje —susurra, tanteando la mentira.

En cuanto Franka llega a la puerta, Felicia oye voces. Tres, cuatro quizá, gritando en un idioma que ha aprendido a reconocer como alemán. Las voces pertenecen a hombres. Salen del vestíbulo y entran en la cocina. Debajo de la mesa, Felicia se sobresalta al oír el estruendo de sus cuencos esparcidos por el suelo.

En medio del caos, también se oye la voz de Franka, que habla deprisa —explica que no vive aquí, y luego algo sobre los zapatos—, pero los alemanes no parecen interesados.

—*Halt die Schnauze!* —ladra uno de ellos, y Felicia contiene la respiración mientras retroceden por el pasillo hacia los dormitorios. Por un momento reina el silencio. Felicia siente la tentación de correr o de llamar a Franka, pero decide contar. *Uno, dos, tres.* Antes de que pueda contar hasta cuatro, se oyen más gritos, y cuando oye la voz de Karl se estremece. ¿Es a él a quien han venido a buscar?

Pronto hay cuerpos moviéndose, botas golpeando con fuerza por el pasillo en su dirección, y luego hay gente en la cocina, más gritos, y Karl está llorando mientras ruega, con una voz patética, suplicante:

—¡Por favor, no, por favor! Tengo papeles. —Felicia reza por él, reza para que los alemanes agarren sus papeles y se vayan, pero es inútil. Se oye un disparo. Franka grita y, un segundo después, el suelo de linóleo tiembla por el peso de algo pesado que choca contra él con un ruido sordo e inquietante.

Felicia se tapa la boca con las manos, intentando amortiguar cualquier sonido torturador que se le pueda escapar. El corazón le late tan fuerte y deprisa que parece que en cualquier momento se le va a salir por la garganta.

Uno de los intrusos se ríe. Felicia intenta contener la respiración, pero su cuerpo tiembla por el esfuerzo. Se oyen crujidos. Más risas. Algo sobre zloty.

—¿Lo ves? —grazna una voz en un polaco chapurreado, probablemente a Franka—. ¿Ves lo que pasa cuando intentan esconderse? Dile a quién pertenezca este lugar que volveremos.

Algo se mueve en la periferia de Felicia. Una línea carmesí serpentea despacio hacia ella por debajo del mantel. Casi vomita cuando se da cuenta de lo que es. Se desliza en silencio hasta el otro extremo de la mesa, se lleva las rodillas al pecho y cierra los ojos.

—Sí, señor. —La voz de Franka apenas es audible.

Al final, las voces y los pasos comienzan a alejarse y la puerta del apartamento se cierra con un chasquido. Los alemanes se han ido.

El instinto de Felicia es moverse, salir lo más rápido posible de debajo de la mesa, alejarse de la escena sangrienta, pero no puede. Apoya la cabeza en las rodillas y llora. Un momento después, Franka está ahí, con ella debajo de la mesa, sosteniendo su cuerpo hecho un ovillo.

—No pasa nada —susurra, con los labios pegados a la oreja de Felicia mientras la mece de un lado a otro, de un lado a otro—. Estás bien. Todo irá bien.

39

Addy

Río de Janeiro, Brasil – ENERO DE 1943

Una vez terminado su trabajo en el interior, la primera parada de Addy al volver a Río de Janeiro desde Minas Gerais es la oficina de correos de Copacabana. En Minas había rezado todas las noches para que llegase una carta, pero sus esperanzas se desvanecen de inmediato al entrar y atrae la atención de Gabriela.

—Lo siento, Addy —dice Gabriela detrás del mostrador—. Esperaba tener algo para ti. —Parece estar apenada de verdad por tener que darle esa noticia.

Addy se obliga a sonreír.

—No pasa nada. Es una ilusión. —Se pasa la mano por el pelo.

—Me alegro de tenerte de vuelta —dice Gabriela cuando Addy se da la vuelta para marcharse.

—Nos vemos la semana que viene —añade con un optimismo fingido.

Al salir de la oficina de correos, baja el mentón y le empieza a doler el pecho. Ha sido un iluso por haber albergado esperanzas. Resopla, lucha contra las lágrimas, y cuadra los hombros. Se dice a sí mismo que no saldrá nada bueno de todo este anhelo. *Tienes que hacer algo más. Algo. Lo que sea.* Decide que esta tarde irá a la biblioteca. Hojeará los periódicos extranjeros, buscará pistas. Tal vez encuentre una noticia que le levante el ánimo. Lo que había leído en Minas era desolador y, a veces, confuso. Un artículo describía los esfuerzos de Hitler por erradicar a los judíos de Europa como «asesinatos en masa premeditados» e informaba de un número impensable de muertes. Otro artículo decía que la «situación judía» se había exagerado mucho, que los judíos no estaban siendo exterminados, sino que simplemente estaban siendo perseguidos. Addy no sabía qué creer. Y le resultaba exasperante que la poca información que conseguía encontrar solía estar metida en medio de una publicación periódica, como si los propios redactores no estuvieran muy seguros de si los hechos eran ciertos, como si el titular MÁS DE UN MILLÓN DE MUERTOS DESDE EL COMIENZO DE LA GUERRA no tuviese cabida en la primera página. Al parecer, el destino de los judíos de Europa despertaba poco interés en Brasil. Pero Addy no podía pensar en otra cosa.

Se pone las gafas de sol y se mete una mano en el bolsillo por instinto en busca del pañuelo de su madre, frota el suave lino blanco entre los dedos hasta que se le secan los ojos. Mira el reloj. Ha quedado con Eliska para comer en quince minutos.

Eliska había ido de visita a Minas una vez mientras él estaba allí, pero verla no había hecho nada para reparar lo que había empezado a parecer una relación rota. Eliska se había desanimado cuando Addy le contó lo preocupado que estaba, que no podía pensar en otra cosa que no fuese en su familia.

«Ojalá pudiera entender por lo que estás pasando —había dicho, y esa fue la primera vez que Addy la vio llorar—. Addy... ¿y si nunca encuentras a tu familia? Entonces, ¿qué? ¿Qué vas a hacer?».

Addy había odiado oír esas palabras y lo que implicaban, le había molestado que las dijera, aunque eran las mismas preguntas que se hacía a sí mismo.

«Te tendré a ti —había dicho Addy en voz baja, pero sus palabras cayeron en saco roto».

Ahora era obvio. Eliska sabía tan bien como él que, mientras no tuviera a su familia, nunca podría comprometerse del todo a construir una vida con ella, a amarla con todo su corazón. Addy se dio cuenta de que las lágrimas de Eliska no eran por él, sino por ella misma. Ya había empezado a imaginarse un futuro sin él.

Al final de la manzana, Addy se acerca a las mesas al aire libre del Café Campanha. Llega pronto. Eliska aún no ha llegado. Toma asiento en una mesa libre, preguntándose si la conversación que está a punto de tener lugar desembocará en un compromiso cancelado y, de ser así, qué significará eso para los dos. Afligido, saca su cuaderno de cuero del bolsillo de la camisa. Hacía meses que no anotaba nada, pero todos los pensamientos sobre su familia y Eliska y sobre lo que significaba amar y ser amado han dado lugar a una nueva melodía. Esboza un pentagrama en la página en blanco y añade el conocido compás de tres cuartos. Mientras las primeras notas caen sobre el papel, decide que esta nueva pieza será un vals lento en escala menor.

40

Mila

Varsovia, la Polonia ocupada por los alemanes
– Enero de 1943

Edgar, que había cumplido cinco años la semana anterior, salta junto a Mila mientras ella camina. Está moqueando y tiene la nariz rosada por el frío.

—Este no es el camino al parque, Frau Kremski. —Lo dice como si fuera más listo que ella.

—Ya lo sé. Haremos una parada en el camino. Solo será un momento.

Tras pasar los últimos cuatro meses en Varsovia trabajando para una familia de nazis, Mila habla alemán con fluidez.

En la casa de los Bäcker (que, según supo Mila, había pertenecido a una familia de judíos que ahora vivían, supuso, en el gueto de Varsovia), Mila es conocida como Iza Kremski. El padre de Edgar es un oficial de alto rango de la Gestapo. Su madre, Gundula, es tan vaga como el gato de la casa, pero lo que le falta de productividad lo compensa con un temperamento ardiente y un furioso sentido del derecho: una sabelotodo propensa a dar portazos y a despilfarrar el dinero de su marido. El trabajo de Mila dista mucho de ser ideal, pero está bien pagado y, a pesar de que cada día se le rompe el corazón al estar cerca de un niño que no es suyo, Edgar le cae bien, por muy mimado que esté, y el trabajo es mucho mejor que el que tenía en el taller de Wałowa. Al menos aquí en Varsovia, a diferencia de en el gueto, tiene un poco de libertad.

Mila pasa las mañanas limpiando muebles con un paño húmedo, frotando los azulejos de porcelana del baño y preparando la comida. Por las tardes lleva a Edgar al parque. Da igual el tiempo que haga

—helada o lluvia, aguanieve o nieve—, Gundula insiste en que su hijo pase una hora al aire libre. Y así, todos los días, Mila y el niño recorren el mismo camino desde la puerta de la casa de los Bäcker por la calle Stępińska hasta el extremo sur del parque Łazienki. Hoy, sin embargo, Mila se ha desviado unas manzanas hacia el oeste, a una calle llamada Zbierska. Es un riesgo —todavía no sabe cómo convencerá a Edgar para que no diga nada del rodeo—, pero Edith le había dicho que viniera durante el día, y necesita verla con urgencia.

Mila conoció a Edith, una costurera, poco después de haber aceptado el trabajo con los Bäcker. Edith visita el apartamento todas las semanas para coser un mantel o confeccionar un vestido para Frau Bäcker, una chaqueta para Herr Bäcker o unos pantalones para Edgar. Ayer, cuando Gundula estaba fuera, Edith llegó cuando Mila estaba puliendo un cajón lleno de plata y empezaron a hablar. Se entendieron muy bien, hablando en voz baja en su polaco natal. Mila no pudo evitar sospechar que Edith también era judía y se hacía pasar por aria, una corazonada que se confirmó cuando Edith mencionó casualmente que había crecido al este de la calle Okopowa, una zona que Mila reconoció de inmediato como el barrio judío, que ahora formaba parte del gueto de la ciudad. Cuando Mila le habló de Felicia, Edith mencionó un convento católico a las afueras de la ciudad que quizás aceptara niños huérfanos. «Podría averiguar si hay sitio para uno más», le propuso, pero justo cuando lo dijo, Gundula regresó, y las mujeres trabajaron el resto de la tarde en silencio. Antes de marcharse, Edith le dio a Mila su dirección, garabateada en una esquina de una de las revistas de los Bäcker. «Vivo calle arriba —susurró, y luego añadió—: Tendrás que visitarme a primera hora de la tarde, cuando mis vecinos están trabajando; son… observadores».

Mila mira el pequeño papel triangular que tiene en la palma de la mano y comprueba la dirección: *El n° 4 de Zbierska*.

—¿Qué tipo de parada? —Quiere saber Edgar—. Quiero ir al parque.

—Tu madre me ha pedido que pasase a ver a Edith, la costurera —miente Mila—. Ya la conoces, la has visto por casa. Te tomó medidas la semana pasada, para una camisa.

—¿Para qué?

—No te preocupes. Solo será un segundo. —Mila pulsa el botón junto al nombre de Edith, agradecida de que la costurera hubiera incluido un apellido en la dirección, y al cabo de un momento la voz de Edith chirría por un altavoz.

—¿Quién es? —pregunta en polaco.

Mila se aclara la garganta.

—Edith, soy… soy Iza. Vengo con Edgar. Por favor, ¿podríamos subir un momento? —Un segundo después, la puerta zumba y Mila y Edgar suben tres pisos por una estrecha escalera hasta una puerta marcada como 3° B.

Edith la saluda con una sonrisa.

—Hola, Iza. Edgar. Por favor, pasad. —Edgar frunce el ceño cuando entran.

—Siento irrumpir de improviso —dice Mila. Mira a Edgar, preguntándose cuánto polaco puede entender, y vuelve a mirar a Edith—. Ayer mencionaste un convento…

Edith asiente en señal de comprensión.

—Sí. Está en un pueblo llamado Włocławek a unos ochenta kilómetros de aquí. De hecho, hoy he enviado una carta para hacerles saber que hay una niña desamparada. En cuanto me contesten te avisaré.

—Gracias. —Mila respira—. Te agradezco mucho la ayuda.

—Por supuesto.

Edgar tira de la falda de Mila.

—¿Podemos irnos? Ha pasado un minuto.

—Sí, podemos irnos. Nos vamos al parque —añade Mila, volviendo al alemán mientras se da la vuelta para marcharse, intentando mantener un aire desenfadado al hablar.

—Gracias por la visita, Iza —dice Edith—. Espero que no paséis frío ahí fuera.

—Lo intentaremos.

Al día siguiente, en cuanto cuelga su abrigo en el perchero del vestíbulo de casa de los Bäcker, Mila nota que algo va mal. El apartamento está tranquilo, en un silencio inquietante. El señor Bäcker ya debería estar trabajando, pero la mayoría de los días Mila se encuentra a Gundula de un lado para otro, garabateando una lista de tareas, y a Edgar jugando a la pelota o corriendo por la casa envuelto en una especie de batalla imaginaria, gritando: «¡Pum! ¡Pum! ¡Pum!» con las manos en alto como si fueran pistolas. Sin embargo, hoy, el silencio que reina en el apartamento hace que a Mila se le hielen las venas.

Tiembla mientras avanza por un pasillo hasta el salón. Está vacío. Continúa hacia la cocina, pero se detiene al pasar por el comedor. Hay una figura al fondo de la sala, sentada inmóvil al principio de la mesa. Incluso desde el pasillo, Mila puede ver que Gundula tiene las mejillas rojas y los ojos encendidos por la rabia. Mila, que lucha contra el instinto de marcharse tan rápido como había venido, se vuelve hacia ella, pero se queda en la puerta.

—¿Frau Bäcker? ¿Va todo bien? —pregunta, con las manos juntas a la altura de la cintura.

Gundula la mira durante un segundo. Cuando habla, apenas mueve los labios.

—No, Iza, no va todo bien. Edgar me dijo que ayer fuisteis a casa de la costurera, de camino al parque.

A Mila se le corta la respiración.

—Sí, así fue. Le pido disculpas, debería habérselo dicho.

—Sí, deberías habérmelo dicho. —La voz de Gundula es de repente más alta y severa de lo que Mila había oído antes—. Por favor, ¿qué motivo te llevó a hacer semejante visita?

Mila había supuesto que Edgar diría algo y se había inventado una excusa.

—Le pregunté si podía venir a mi casa esta semana —empieza a decir Mila—, porque necesito una falda nueva con urgencia. Me daba vergüenza decírselo. —Mila baja la mirada—. Llevo esta desde hace años, ya que yo… no puedo permitirme comprar una nueva. Edith mencionó un día que tenía tela extra que podía vender por una mínima parte de lo que costaría en una tienda.

Gundula fulmina a Mila con la mirada, moviendo la cabeza despacio de izquierda a derecha.

—*Una falda.*

—Sí, Madame.

—¿Dónde *está* esa falda?

—Me la está preparando mientras hablamos, dijo que me la traería la semana que viene.

—No te creo. —La compostura que Gundula mantenía hace un minuto ha empezado a desmoronarse.

—¿Perdone?

—¡Mientes! Lo veo en tus ojos. Mientes sobre la falda, sobre tu nombre, ¡sobre *todo*!

La cara de Edgar asoma por una puerta detrás de Gundula.

—*Mutter?* ¿Qué...?

—Te dije que te quedases en tu habitación —gruñe Gundula—. ¡Vete! —Edgar desaparece y la silla de Gundula choca contra el suelo de madera mientras se levanta—. Me tomas por tonta, Iza, si es que te llamas así.

Mila deja caer las manos a los lados.

—Claro que me llamo así, Madame. Y claro que tiene razón al enfadarse por una cosa, y es por no haberle contado lo de nuestra visita a la costurera. Lo siento mucho. Pero se equivoca al acusarme de mentir sobre mi identidad. Me ofende que diga tal cosa.

Cuando Gundula se acerca, Mila nota una vena que sobresale como una serpiente púrpura de su cuello y da un paso atrás, su instinto le suplica una vez más que se dé la vuelta y corra, que huya. Pero se mantiene firme: huir no haría más que revelar la verdad.

Gundula está lo bastante cerca para que Mila pueda oler su aliento cuando se detiene, cierra las manos en puños y exhala, exasperada. Suena como un gruñido.

—Se lo dije a mi marido —escupe—. Le dije que no se podía confiar en ti. Tú espera a que te arreste, ¡ya verás!

Mila retrocede poco a poco hacia el pasillo.

—Madame —dice con calma—, está exagerando. Tal vez un vaso de agua le ayude. Le traeré uno. —Cuando se gira para dirigirse a la cocina, Mila percibe algo alarmante en su periferia: la sombra de un objeto que se mueve a gran velocidad sobre su cabeza. Se agacha, pero es demasiado tarde. El jarrón golpea la parte posterior de su cráneo con el estruendo ahuecado de dos objetos pesados al chocar. A sus pies, el cristal se hace añicos.

El mundo de Mila se oscurece durante un instante. El dolor es intenso. Con los ojos cerrados, trata de alcanzar la puerta, y da gracias cuando sus dedos la encuentran. Cuando abre los ojos, se toca la nuca con la mano libre; se le ha formado un bulto en el lugar donde la golpeó el jarrón. Se mira los dedos. Aunque parezca mentira, no hay sangre. Solo dolor. *Deberías haber huido.*

—Dios mío. Dios mío. —Gundula está llorando—. ¿Estás bien? *Ach mein Gott.*

Mila recupera el equilibrio, se levanta con cautela del montón de cristales rotos que tiene a sus pies y se dirige a un armario del pasillo para tomar una escoba. Cuando regresa, Gundula está de pie en el lugar donde la dejó, sacudiendo la cabeza, con los ojos desorbitados, como los de una mujer enloquecida.

—No pretendía… lo siento —gimotea.

Mila no responde. En lugar de eso, barre. Gundula se sienta en una silla del comedor y murmura para sí misma.

Cuando su recogedor está lleno, Mila lo lleva a la cocina, vacía el vidrio en un cubo de basura que hay bajo el fregadero y vuelve a dejar el recogedor en el armario. Agarra los dos frascos de leche vacíos del mostrador, sujeta uno con cada mano y vuelve sobre sus pasos, intenta ignorar con desesperación el latido que le irradia desde la nuca hasta las cuencas de los ojos, la voz de su interior que le suplica que salga de allí, y que salga rápido.

—Voy a por leche —dice con voz calmada al pasar por la puerta del comedor. Y tan en silencio como había venido, se marcha, sin intención de volver.

41

Bella

Varsovia, la Polonia ocupada por los alemanes
– Enero de 1943

Detrás de la caja registradora, mientras estudia a las dos alemanas que miran los vestidos, Bella se da cuenta de que son madre e hija. Tienen la misma piel de color marfil y las mismas mandíbulas afiladas, la misma forma de comportarse, de inclinar la cabeza mientras recorren con los dedos los vestidos que cuelgan en hileras por toda la tienda. Bella parpadea y se le llenan los ojos de lágrimas.

—Este te quedaría bien —dice la niña, acercándole un vestido de lana azul al torso de su madre—. El color es ideal. Combina con tus ojos.

Bella y Jakob llevan seis meses en Varsovia. Por un instante pensaron en quedarse en Radom, pero Radom era una ciudad pequeña si se comparaba con Varsovia, y temían que los reconocieran. Además, no había trabajo. Ambos guetos habían sido liquidados y solo quedaban unos pocos trabajadores jóvenes. Y, por supuesto, los padres de Bella ya no estaban. Los habían deportado con los demás, como había advertido Ruben, y ya no era ningún secreto: si te enviaban a Treblinka, no volvías.

Y así, sin más guardias a las puertas del gueto, Bella y Jakob habían recogido las pocas pertenencias que pudieron rescatar de sus pisos vacíos, rezaron para que sus documentos de identidad les sirvieran y tomaron un tren a Varsovia, utilizando para el billete todos los zlotys que tenían guardados menos unos pocos.

Al principio, Bella esperaba que el cambio de aires en Varsovia la ayudase a superar el dolor. Pero parecía que dondequiera que fuese, dondequiera que mirase, había recuerdos. Tres hermanas jugando en el parque. Un padre ayudando a su hija a subir a un carro. Las parejas madre-hija que frecuentaban la tienda donde trabajaba. Era una tortura. Bella se pasó semanas sin poder dormir. Sin poder pensar. Sin poder comer. Para empezar, tampoco es que hubiera mucho que comer, pero la idea de la comida le resultaba repulsiva y la rechazaba. Se le acentuaron los pómulos y, bajo la camisa, las costillas sobresalían como un teclado compuesto únicamente de sostenidos y bemoles. Sentía como si caminase sobre el agua con pesas atadas a las muñecas, como si en cualquier momento fuese a ahogarse. Tenía el corazón roto y odiaba que Jakob le preguntara constantemente si se encontraba bien, que intentara convencerla de que comiera un poco. «Vuelve a mí, amor —suplicaba—. Parece que estás tan lejos». Pero no podía. El único momento en que sentía algo parecido a su antiguo yo era cuando hacían el amor, pero incluso entonces la sensación no duraba. El contacto de la piel de él con la de ella le recordaba que estaba viva; y la culpa que la consumía después era tan fuerte que le daba náuseas.

Durante aquellas primeras semanas en Varsovia, Bella supo que no podría vivir mucho más sumergida en un mar de tristeza. Deseaba con todas sus fuerzas volver a sentirse ella misma. Ser mejor persona, mejor esposa. Aceptar lo que había pasado. Seguir adelante. Pero perder a su hermana, y luego a sus padres... fue desgarrador. Sus muertes la carcomían cuando estaba despierta y la atormentaban cuando dormía. Todas las noches veía cómo arrastraban a su hermana al bosque, cómo sus padres subían a los trenes que los llevarían a la muerte. Cada noche soñaba con cómo podría haberlos ayudado.

En noviembre empezó a sujetarse la cintura de la falda con alfileres para evitar que se le cayera de las caderas. Fue entonces cuando se dio cuenta de que tenía un problema, de que Jakob tenía razón. Necesitaba comer. Cuidarse. Lo necesitaba a él. Se preguntó si no sería demasiado tarde. Llevaban meses viviendo separados —Jakob había dicho que así estaban más seguros, que sus identificaciones falsas eran más creíbles—, pero Bella sabía que había una parte de él que no podía quedarse de brazos cruzados, viendo cómo ella se deterioraba. ¿Cómo iba a culparlo? Llevaba tanto tiempo de luto que había olvidado lo que significaba amar al hombre que, antes de que su mundo se derrumbara, lo era todo para ella. Se prometió intentar recomponerse.

—Nos lo llevamos —dice la madre, dejando el vestido sobre el mostrador.

Bella respira hondo, conteniendo las lágrimas.

—Por supuesto —dice. Ahora su alemán es perfecto—. Es una buena elección. —Esboza una sonrisa. *No dejes que vea que estás disgustada.* Le da el cambio a la mujer.

Cuando se marchan, Bella cierra los ojos, agotada por el esfuerzo de mantener la compostura. *Siempre habrá cosas que te hagan recordar,* piensa. *Habrá días que no estén tan mal y otros que sean insoportables.* Se dice a sí misma que lo que importa es que, incluso en los días más duros, cuando el dolor es tan intenso que apenas puede respirar, debe seguir adelante. Debe levantarse, vestirse e ir a trabajar. Aceptará cada día como se presente. Seguirá adelante.

42

Mila y Felicia

Varsovia, la Polonia ocupada por los alemanes
– Febrero de 1943

C uando su madre le dijo que por fin había encontrado un lugar seguro para que viviera —lo llamó *convento*—, Felicia tuvo sus dudas.

«Habrá niños a tu alrededor —dijo Mila, tratando de animarla—. Niñas de todas las edades. Y un grupo de monjas buenas que cuidarán de ti. Ya no tendrás que estar sola».

Aunque Felicia estaba desesperada por tener compañía, lo que ansiaba era la compañía de su madre. Odiaba que Mila volviera a abandonarla.

«¿Las demás serán como... como yo? —había querido saber, preguntándose si, en efecto, alguna de las chicas de ese lugar del que hablaba su madre querría ser su amiga».

Mila le dijo que eran católicas y le explicó que, mientras ella estuviera allí, Felicia también lo sería. Seguro que las otras chicas querrían ser sus amigas.

«Haz lo que dicen las monjas, cariño —añadió—, y te prometo que cuidarán bien de ti».

El primer día en el convento, a Felicia le tiñen su pelo rojo canela de rubio. Ya no es Felicia Kajler, sino Barbara Cedransk. Le enseñan a persignarse y a comulgar. Al cabo de una semana, cuando una de las monjas se da cuenta de que dice las oraciones en voz baja, lleva a Felicia al despacho de la madre superiora y le pregunta sobre su educación. Felicia se sorprende al oír la convicción en la voz de la madre superiora cuando suelta:

—Conozco a la familia de esta niña desde hace mucho tiempo. La tratamos como a las demás. —De hecho, por muy desnutrida que esté, a Felicia la tratan un poco mejor que a las demás. La madre superiora suele darle a Felicia un poco de tarta cuando las demás no miran, le concede unos minutos más todos los días al aire libre, bajo el sol, y la cuida de cerca durante el tiempo libre de las niñas, interviniendo cuando las mayores, que han considerado a la flacucha recién llegada la enana del grupo, le lanzan insultos o palos.

Con el gorro de lana calado sobre la frente, Mila pasea junto a la valla de madera del jardín del convento, intentando distinguir las caras de las niñas que juegan dentro. Puede hacer una visita a la semana, pero esta no está programada. No puede evitarlo. Odia estar lejos de su hija. Recorre el jardín intentando descifrar cuál de los pequeños cuerpos es el de Felicia. Con sus oscuros abrigos de invierno y sus gorros, las niñas se parecen. Corren y gritan, y su aliento sale en forma de nubes de sus bocas de labios rosados mientras juegan. Mila sonríe. Hay algo en el sonido de sus risas que, por un momento, la llena de esperanza. Al final, se da cuenta de que una niña, más delgada que las demás, está quieta, mirando fijamente en su dirección.

Mila se dirige como si nada hacia la valla, luchando contra el impulso de saludar, de saltar las vigas de madera, de tomar a su hija en brazos y llevársela de vuelta a Varsovia. Felicia también se acerca a la valla, con la barbilla ladeada, tiene curiosidad por saber por qué ha venido su madre, la sigue de cerca, y debe darse cuenta de que es demasiado pronto para la próxima visita que tiene programada. Mila sonríe y asiente con suavidad. *No hay de qué preocuparse,* dice con los ojos.

Felicia también asiente, en señal de comprensión. A un tiro de piedra de su madre, se detiene junto a un banco, apoya el pie en él y se agacha, como si estuviera intentando atarse los cordones de los zapatos. Se le cae el sombrero y el pelo rubio se le derrama, rodeándole la cara pequeña y pecosa. Mira a su madre entre las piernas y, como sabe que los demás no la ven, la saluda con la mano.

Te quiero, articula con los labios Mila y le lanza un beso.

Felicia sonríe y le devuelve el beso. *Yo también te quiero.*

Mila mira, parpadeando para evitar las lágrimas, cómo se levanta Felicia, se ajusta el gorro y vuelve trotando hacia donde están las otras niñas.

43

Genek

Genek vuelve a tener dolores de estómago. Cuando aparecen (normalmente cada treinta minutos, más o menos, en el peor momento), se dobla sobre sí mismo y hace una mueca.

El invierno anterior, cuando empezaron los dolores, Herta preguntó: «¿Cómo es?». «Como si alguien me retorciera los intestinos con un tenedor», respondió. Herta le había rogado que fuese al médico, pero Genek no quería. Supuso que su sistema digestivo solo necesitaba tiempo para reajustarse a una dieta algo normal. «Estaré bien», insistió. Además, había tanta gente en Teherán en peor situación que él que resultaba difícil justificar el gasto del valioso tiempo y los recursos del único médico.

Pero eso fue en Persia. Ahora están en Palestina, donde, bajo el cuidado del ejército británico, sus colegas polacos del ejército de Anders y él tienen acceso a media docena de tiendas médicas, una gran cantidad de suministros y un equipo médico. Ahora, los dolores son constantes y se han intensificado hasta el punto de que Genek se pregunta si una úlcera se ha comido las paredes de su estómago.

«Vamos —dijo Herta el día anterior, con un tono menos compasivo que frustrado—. Por favor, Genek, ve a ver a alguien antes de que sea demasiado tarde. No dejes que algo que podría haberse solucionado te derrumbe ahora, después de todo lo que hemos pasado».

Está sentado en el borde del catre, con los dedos de los pies rozando el suelo, desnudo salvo por una bata blanca de algodón que se abre por detrás. Detrás de él, un médico le presiona las costillas con la pieza fría y redonda de un estetoscopio y emite unos soniditos por la nariz mientras Genek responde a cada una de sus preguntas.

—Túmbate —le dice el médico. Genek balancea las piernas sobre el catre y se echa hacia atrás, estremeciéndose cuando los dedos del médico presionan la carne pálida de su estómago—. Creo que tiene una úlcera —dice—. Manténgase alejado de los cítricos y de todo lo ácido. Nada de naranjas ni limones. Trate de comer solo cosas suaves. También tengo algunos medicamentos para ayudar a neutralizarlo. Empecemos por ahí, y veremos cómo le va en una semana.

—De acuerdo —Genek asiente.

El médico se ajusta el estetoscopio al cuello y guarda el bolígrafo en el bolsillo de la bata.

—Ahora vuelvo —dice—. No se mueva.

Genek lo observa desaparecer. La última vez que tuvo que ponerse una bata de hospital fue a los catorce años, cuando le extirparon las amígdalas. No recuerda mucho de la operación, pero sí el zumo de manzana recién exprimido del que disfrutó después, junto con una semana de mimos de su madre. Una oleada de nostalgia. Lo que daría ahora mismo por ver a su madre. Han pasado tres años y medio desde que se fue de casa.

Casa. Piensa en lo lejos que ha viajado en los últimos cuarenta y dos meses. En su apartamento de Leópolis y en la noche en que el NKVD aporreó su puerta; en cómo había hecho la maleta, sabiendo de algún modo que cuando se fueran no volverían. Piensa en los vagones de ganado en los que ha estado confinado durante semanas, oscuros y húmedos y plagados de enfermedades, y en los barracones de Siberia y en la noche helada en la que nació Józef. Piensa en todos los cadáveres que vio en su éxodo desde Siberia, pasando por Kazajistán, Uzbekistán y Turkmenistán hasta Persia, en el campamento militar de Teherán, al que llamó «hogar» durante cuatro meses, y en el viaje de Teherán a Tel Aviv y en cómo, mientras su camión serpenteaba por las estrechas carreteras de la cordillera de los Zagros, contempló la posibilidad real de despeñarse mil quinientos metros hasta el fondo del valle. Piensa en las hermosas playas de Palestina y en lo mucho que las echará de menos cuando lo envíen a la batalla; últimamente se ha hablado mucho de que el ejército de Anders será enviado a Europa para luchar en el frente italiano.

Por supuesto, su *hogar* verdadero siempre será Radom. Eso lo sabe. Cruza los tobillos y cierra los ojos, y, al instante, su mente ha abandonado la tienda médica y ha llegado a una escena que conoce bien: una reunión familiar en la calle Warszawska, en el apartamento donde creció. Está en el salón, sentado en un sofá de terciopelo azul bajo el retrato de su bisabuelo Gerszon, por el que recibió su nombre. Herta cuida de Józef a su lado. Addy está en el Steinway tocando una versión improvisada de *Anything Goes* de Cole Porter. Halina y Adam bailan. Mila y Nechuma charlan junto a la chimenea de nogal, observando, riéndose, mientras Sol hace girar a Felicia en el aire. En un rincón, Jakob está de pie en una silla, contemplando el espectáculo a través del objetivo de su Rolleiflex.

Genek haría cualquier cosa por volver a vivir una velada de cena y música en casa, en la Radom de antes de la guerra. Pero tan rápido como la escena en el salón de sus padres entra en su mente, surge un nuevo pensamiento, un recuerdo más reciente. Se le retuercen las tripas y le duele el abdomen al recordar la conversación que había escuchado al pasar por el camarote del capitán a principios de semana: «Tiene que ser una exageración —había dicho uno de los capitanes—. ¿Más de un millón?». «Alguien dijo que dos —respondió otra voz». «Han liquidado cientos de campos y guetos». «Qué cabrones de mierda —declaró la primera voz». Se hizo el silencio por un momento, y Genek tuvo que luchar contra el instinto de abrirse paso hacia el interior, de exigir más información. Pero sabía que no debía hacerlo. El pánico en sus ojos podría delatarlo: después de todo, se suponía que era católico. Pero ¿*millones*? Seguro que se referían a judíos. Su madre, su padre, sus hermanas y su sobrina pequeña... lo último que sabía era que todos estaban en el gueto. También sus tíos y sus primos. Ha escrito a casa muchas veces, pero no ha recibido respuesta. *Por favor, reza, que las cifras sean una exageración. Que la familia esté a salvo. Por favor.*

Con un nudo en la garganta, Genek se recuerda a sí mismo que debería dar gracias, que está con Herta y Józef. Están juntos y, en su mayoría, gozan de buena salud. Quién sabe cuánto tiempo se quedarán, pero por ahora tiene la suerte de que Tel Aviv sea su hogar. La ciudad, asentada sobre la arena blanca y las orillas bordeadas de palmeras del Mediterráneo azul verdoso, es más hermosa que ninguna otra que haya visto jamás. Incluso el aire es agradable, de algún modo huele siempre a naranjas dulces y adelfas. Herta lo había resumido en una palabra el día que llegaron: «Paraíso».

El bullicio de la tienda médica vuelve a la conciencia de Genek —el murmullo de las voces, el quejido de la lona al estirarse cuando su compañero rueda a su lado, el ruido metálico de un orinal al ser sustituido bajo un catre— y cuando vuelve en sí, algo llama su atención. Una voz. Una que reconoce. Una de una vida anterior. Una voz que le recuerda su hogar. Su hogar de verdad. Abre los ojos.

La mayoría de los pacientes de la tienda duermen o leen. Unos pocos hablan en voz baja con los médicos a su lado. Genek recorre la habitación, escucha con atención. La voz ha desaparecido. Se lo ha imaginado, una parte de él sigue atrapada en su recuerdo de Radom. Pero entonces la oye de nuevo, y esta vez se incorpora. Ahí, se da cuenta, mirando por encima de su hombro, que viene de un médico de pie de espaldas a él, tres camas más abajo. Genek balancea las piernas sobre el catre, intrigado. El médico es una cabeza más bajo que Genek, con la postura erguida y el pelo oscuro rapado a ras del cuero cabelludo. Genek se queda mirándolo fijamente hasta que por fin se gira, mira a través de unas gafas perfectamente redondas mientras garabatea algo en su portapapeles. Genek lo reconoce de inmediato. El corazón se le sube a la garganta mientras se levanta.

—¡Eh! —grita Genek. Las dos docenas de hombres, media docena de médicos y un puñado de enfermeras de la tienda dejan de hacer lo que están haciendo un momento para mirar en dirección a Genek. Vuelve a gritar—: ¡Eh, Selim!

El médico levanta la vista de su portapapeles y examina la sala hasta que por fin su mirada se posa en Genek. Parpadea y sacude la cabeza.

—¿Genek?

Genek salta del catre, sin darse cuenta de que su trasero está medio al descubierto, y corre hacia su cuñado.

—¡Selim!

—¿Qué…? — balbucea Selim—: ¿Qué haces aquí?

Genek, demasiado abrumado como para hablar, rodea con sus brazos el torso de Selim, casi levantándolo del suelo en su abrazo. El resto de la tienda médica los observa un segundo, con una sonrisa en los labios. Algunas de las enfermeras que están junto a la retaguardia expuesta de Genek intercambian miradas y reprimen risitas antes de volver a sus quehaceres.

—No sabes cuánto me alegro de verte, hermano —dice Genek sacudiendo la cabeza.

Selim sonríe.

—Yo también me alegro mucho de verte.

—Desapareciste de Leópolis. Pensamos que te habíamos perdido. ¿Qué ha pasado? Espera, Selim... —Genek lo mantiene a distancia, estudiando su rostro—. Dime, ¿has tenido noticias de la familia? —Ver a su cuñado ha encendido algo en él, una mezcla de esperanza y anhelo. Tal vez sea una buena señal. Tal vez si Selim está vivo, los otros también.

Selim baja los hombros y Genek deja caer las manos a los lados.

—Iba a preguntarte lo mismo —dice Selim—. Me enviaron a Kazajistán y no me dejaron escribir desde el campo. Las cartas que he escrito desde entonces no han obtenido respuesta.

Genek baja la voz para que los demás no lo oigan.

—Las mías igual —dice en voz baja, desinflándose—. Lo último que supe de alguien fue justo antes de que nos detuvieran a Herta y a mí en Leópolis. De eso hace casi dos años. Por aquel entonces, Mila estaba en Radom, viviendo en el gueto con mis padres.

—El *gueto* —susurra Selim. Ha palidecido.

—Es difícil de imaginar, lo sé.

—Han... han estado liquidando los guetos, ¿te has enterado?

—Lo he oído —dice Genek. Los hombres se quedan callados durante un segundo.

—Me repito una y otra vez que están bien —añade Genek, y mira hacia el techo de la tienda, como si buscase respuestas—. Pero me gustaría estar seguro. —Baja la mirada para mirar a Selim—. No saberlo es lo peor.

Selim asiente.

—Pienso a menudo en Felicia —dice Genek, dándose cuenta de que aún no le ha contado a su cuñado lo de Józef—. Ahora debe tener... ¿tres años?

—Cuatro. —La voz de Selim es lejana.

—Selim —empieza a decir Genek. Hace una pausa, se relame los labios, avergonzado de sentirse tan afortunado cuando, por lo que ninguno de los dos sabe, Selim podría haber perdido a todo el mundo—. Herta y yo tenemos un hijo. Nació en Siberia. Cumplirá dos años en marzo.

Selim parece contento. Sonríe.

—*Mazel tov*, hermano —dice—. ¿Cómo se llama?

—Józef. Lo llamamos Ze como apodo cariñoso.

Los dos hombres se miran a los pies durante un rato, sin saber qué decir a continuación.

—¿Cómo se llamaba el campamento de Kazajistán en el que estuviste? —pregunta Genek.

—Dolinka. Fui médico allí y en el pueblo que había cerca.

Genek asiente, impresionado ante la idea de que se necesitara un campo de detención, una amnistía y un ejército para que Selim pudiera ejercer la profesión que se le había negado en Radom.

—Ojalá hubiéramos tenido un par de médicos como tú en nuestro campo —dice, sacudiendo la cabeza.

—¿Dónde estabais?

—La verdad es que no tengo ni idea. La ciudad más cercana a donde estábamos se llamaba Altynay. Una auténtica mierda. Lo único bueno que salió de allí fue Ze.

Selim escanea el esbelto cuerpo de Genek, inquisitivo.

—¿Te encuentras bien?

—Oh. Sí, bien, es solo el estómago, nada más. Altynay me ha destrozado. Malditos soviéticos. El médico cree que es una úlcera.

—He estado tratando a unos cuantos así. Si no estás mejor pronto házmelo saber. Veré qué puedo hacer para ayudar.

—Gracias.

Un paciente lo llama desde el otro lado de la habitación, y Selim hace un gesto con el portapapeles.

—Será mejor que me vaya.

Genek asiente.

—Por supuesto —Pero cuando Selim se da la vuelta, a Genek se le ocurre algo y vuelve a agarrar el hombro de su cuñado—. Espera, Selim, antes de irte —le dice—, he estado pensando que debería empezar a escribir a la Cruz Roja, ahora que se me puede localizar a través del ejército. —Otto, el amigo de Genek, acababa de conseguir contactar con su hermano de esa manera, y Genek no pudo evitar preguntarse si él podría tener una suerte parecida—. Quizá podríamos ir juntos, rellenar algunos formularios, enviar algunos telegramas.

Selim asiente.

—Merece la pena intentarlo —dice.

Quedan en verse dentro de unos días en la oficina de la Cruz Roja en Tel Aviv. Selim se guarda el portapapeles bajo el brazo y se da la vuelta para marcharse.

—Selim —dice Genek, dejando que se le dibuje una sonrisa en la cara—. Me alegro mucho de verte.

Selim le devuelve la sonrisa.

—Yo también, Genek. Nos vemos el domingo. Estoy deseando conocer a tu hijo.

Genek sacude la cabeza mientras regresa a su catre. *Selim, de todos los lugares posibles, en Palestina. Es una buena señal, tiene que serlo.* Genek decide que no limitará su búsqueda en la Cruz Roja a Polonia. Enviará telegramas a las oficinas de la Cruz Roja de toda Europa, Oriente Medio y América. Seguramente, si los otros están vivos, también habrán estado en contacto con los servicios de localización.

Se sube de nuevo al catre y se tumba, apoya una mano sobre el corazón y la otra sobre el estómago, donde, por ahora, el dolor ha remitido.

DEL 19 DE ABRIL AL 16 DE MAYO DE 1943, LEVANTAMIENTO DEL GUETO DE VARSOVIA: *Al liquidar el Gueto de Varsovia, Hitler deporta y extermina a unos trescientos mil judíos. Los cincuenta mil que quedan planean en secreto una represalia armada. El levantamiento comienza la víspera de la Pascua Judía, al inicio de una operación de liquidación final; los residentes del gueto se niegan a ser capturados y luchan contra los alemanes durante casi un mes hasta que los nazis los derrotan con la sistemática destrucción e incendio del gueto. Miles de judíos mueren en combate y los queman vivos o los asfixian; los que sobreviven al levantamiento son enviados a Treblinka y a otros campos de exterminio.*

SEPTIEMPRE DE 1943: *Los hombres de Anders destinados a Tel Aviv son movilizados y enviados a Europa para luchar en el frente italiano; las esposas y los hijos se quedan en Tel Aviv.*

44

Halina

Varsovia, la Polonia ocupada por los alemanes
– Octubre de 1943

—**S**iéntate —sisea el oficial, señalando una silla de metal frente a su escritorio en la pequeña oficina de la policía ferroviaria.

Halina aprieta los labios formando una línea de rabia. Se siente más segura cuando está de pie.

—He dicho *que te sentases*.

Halina obedece. Sentada, se encuentra frente a frente con la pistola enfundada en el cinturón del alemán.

Sabe que es solo cuestión de tiempo que se le acabe la suerte.

Esa mañana, al salir de su apartamento en el centro de Varsovia, se despidió de Adam con un beso y le recordó que no volvería hasta tarde. Su plan era ir a la estación de tren después del trabajo, ir hasta Wilanów y recorrer a pie los cuatro kilómetros que la separaban de la casa de los Górski, en el campo, donde vería a sus padres y les entregaría la paga del mes de octubre. Se quedaría una hora y luego regresaría a Varsovia. Ya ha hecho el viaje a Wilanów tres veces y, hasta ahora, sus documentos falsos, necesarios para comprar los billetes y subir y bajar del tren, han funcionado a la perfección.

Sin embargo, hoy apenas ha conseguido pasar el control de billetes en la estación de Varsovia. Estaba esperando junto a las vías cuando se le acercó un miembro de la Gestapo, la policía secreta de Hitler, exigiéndole su documentación.

«¿Por qué necesita verla? —le preguntó en polaco (ahora domina el alemán, pero la Gestapo desconfía de los polacos que hablan alemán)».

«Control rutinario —respondió. Estudió su documento de identidad y le preguntó su nombre y fecha de nacimiento».

«Brzoza —había recitado Halina convencida—. 17 de abril de 1917».

Pero el oficial sacudió la cabeza al acercarse al tren.

«Te vienes conmigo —dijo, llevándose a Halina del brazo a través de la estación».

—¿Para quién trabajas? —quiere saber el funcionario. Permanece de pie. Halina conoció a su nuevo jefe, Herr Den, hacía apenas dos semanas. Había asistido a una cena en casa de su anterior jefe, donde ella trabajaba como criada y ayudante de cocina. Den es austriaco, un banquero de éxito que tiene unos sesenta años. Halina recuerda la noche en que le sirvió la cena por primera vez y cómo él la observó con atención mientras trabajaba. Halina había crecido en un hogar con cocinera y criada, y apreciaba el buen servicio. Esa misma noche, Den la sorprendió. Estaba en el fregadero cuando él se acercó; no se dio cuenta de que estaba en la habitación hasta que estuvo a su lado.

«¿Chopin?», le preguntó, tomándola desprevenida.

«¿Cómo dices?», respondió ella.

«La melodía que estabas tarareando, ¿era Chopin?».

Halina no se había dado cuenta de que estaba tarareando.

«Sí —asintió—. Supongo que sí».

Den había sonreído.

«Tienes un gusto musical exquisito», le dijo, antes de darse la vuelta para marcharse. Al día siguiente, la agencia de colocación le comunicó que empezaría a trabajar para Den la semana siguiente. Halina no sabe si él sospecha o no que es judía. De momento, parece gustarle.

—Trabajo para Herr Gerard Den —dice Halina, suspirando, como si la pregunta le hubiera molestado.

—¿A qué se dedica?

—Es director del Banco Austriaco en Varsovia.

—¿Qué tipo de trabajo hace?

—Soy su asistenta.

—¿Cuál es su teléfono?

Halina recita de memoria el número de teléfono del banco y espera a que el agente marque. Malditos controles rutinarios. Maldita sea la

Gestapo. Malditos los polacos, que se encargan de avisar a los alemanes, de delatar a los judíos a todas horas. ¿Por qué? ¿Por un kilo de azúcar? La amistad no significa nada más. Lo supo en Radom, el día que su amiga de la escuela, Sylvia, hizo que no la conocía cuando pasó por su lado de camino a la granja de remolacha; y aquí en Varsovia, donde ha sido acusada en varias ocasiones de ser judía, se lo ha recordado a menudo.

No se trataba solo de la desconfiada casera. También estaba la amiga de su antigua jefa, una mujer alemana que un día la siguió por la calle y le susurró un rencoroso: «¡Sé tu secreto!» cuando se encontró hombro con hombro con Halina en la acera. Sin pensárselo, Halina la arrastró a un callejón, le puso la paga de una semana en la palma de la mano y le dijo con los dientes apretados que mantuviera la boca cerrada, antes de que se diera cuenta de que era más seguro no confesárselo nunca a nadie. Poco después, le preocupaba que, si no seguía sobornándola, la mujer pudiera revelar su identidad a su jefe, así que se buscó un nuevo trabajo.

También estaba el soldado de la Wehrmacht que reconoció a Halina de Leópolis, de antes de que adoptara su nuevo nombre. Ella había optado por un enfoque más suave para tantearlo, y lo había invitado a tomar un expreso en un café regentado por nazis de la calle Piękna. Se mostró encantadora y charló con él durante una hora entera, al final de la cual el soldado parecía más enamorado que curioso por su vida anterior; ella lo dejó con un beso en la mejilla y la intuición de que, aunque recordara su verdadera identidad, la mantendría en secreto.

Por supuesto, no podía hacer nada contra los polacos que escuchó en la calle Chłodna el día de mayo en que las SS arrasaron y liquidaron a los últimos habitantes del gueto de la ciudad en un último esfuerzo por sofocar un levantamiento. «Eh, mira, los judíos están ardiendo», había dicho uno de los polacos al pasar Halina. «Se lo merecían», profirió otro. Halina se esforzó al máximo por no agarrar a los hombres por las solapas y sacudirlos. Aquel día estuvo a punto de renunciar a su identidad aria para luchar junto a los judíos en el levantamiento. Para desempeñar un papel, por muy inútil que fuese, en la lucha contra los alemanes. Pero, en ese momento, se recordó a sí misma que tenía que pensar en sus padres. En su hermana. Tenía que mantenerse a salvo para mantener a salvo a su familia. Y así había visto desde lejos cómo ardía el gueto, con el corazón lleno de dolor y odio, pero también de orgullo: nunca antes había presenciado un acto de defensa propia tan valiente.

El agente se lleva el teléfono a la oreja y la mira fijamente. Ella le devuelve la mirada, desafiante, indignada. Al cabo de un minuto, alguien responde al otro lado.

—Me gustaría hablar con Herr Den, por favor —dice el oficial. Se produce una pausa larga, después aparece otra voz al otro lado de la línea—. Herr Den. Siento molestarlo. Tengo a alguien aquí en la estación que dice trabajar para usted, y tengo razones para creer que no es quien dice ser. —Halina contiene la respiración. Se concentra en su postura: los hombros hacia abajo, la espalda recta, las rodillas y los pies apretados—. Dice llamarse *Brzoza: B-R-Z-O-Z-A.* —La línea se queda en silencio. ¿Den ha colgado? ¿Cuál es su plan alternativo? Oye un murmullo, la voz de su jefe, pero no distingue las palabras. Sea lo que fuere lo que esté diciendo, su tono es de enfado.

La cobertura debe de ser mala, porque el oficial ralentiza su discurso para enunciar cada palabra.

—Sus papeles dicen que es *cristiana.* —Den está volviendo a hablar. Ahora más alto. El agente mantiene el teléfono a un palmo de la oreja, con el ceño fruncido, hasta que cesan los ladridos. Halina capta algunas palabras—: Avergonzado... seguro... de mí mismo.

—Está seguro. Está bien, está bien, no, no venga. No será necesario. Yo... sí, lo entiendo, lo haremos, señor, de inmediato. Me disculpo de nuevo por haberlo molestado. —El oficial cuelga el teléfono en su base.

Halina exhala. Se levanta y extiende la palma de la mano sobre el escritorio.

—Mis papeles —dice con indignación. El agente frunce el ceño y le pasa el documento de identidad por la mesa. Halina lo agarra—. ¡Qué barbaridad! —escupe en voz baja, lo bastante alto para que la oiga el oficial, antes de darse la vuelta para marcharse.

DE ENERO A MARZO DE 1944: *Los Aliados, en un esfuerzo por asegurarse una ruta hacia Roma, inician una serie de ataques que resultan fallidos contra el bastión alemán de Monte Cassino, situado en la región del Lacio, en el centro de Italia.*

45

Genek

Río Sangro, en el centro de Italia – ABRIL DE 1944

—**M**ás vale que sea algo bueno —dice Otto, echándose hacia atrás en la silla y cruzándose de brazos sobre el pecho. Genek asiente y contiene las ganas de bostezar. Entre la lluvia persistente y la *grochówka* de guisantes que le llena el estómago (en concreto, este plato pesaba tanto que la cuchara se le había quedado clavada en el cuenco, como el asta de una bandera), está a punto de entrar en estado comatoso. En la parte delantera del comedor, su oficial al mando, Pawlak, se sube a una plataforma de madera de un metro de altura, una especie de podio, desde la que da sus discursos. Está muy serio.

—Parece que esta noche va en serio —comenta Genek cuando la conversación bajo la tienda se apaga y los ojos se vuelven hacia el capitán de hombros cuadrados que tienen delante.

—Dijiste eso la última vez. Y la vez anterior. —Otto resopla y niega con la cabeza.

Genek y Otto, junto con el resto de los cuarenta mil reclutas de Anders, se han refugiado durante el mes de abril a orillas del río Sangro, en Italia. Su posición, como Pawlak les mostró en el mapa cuando llegaron, es estratégica: a dos días de camino de Monte Cassino, un bastión alemán a unos ciento veinte kilómetros al sudeste de Roma. El Cassino es un monasterio de mil cuatrocientos años de antigüedad con paredes de roca que se eleva a quinientos veinte metros sobre el nivel del mar, pero lo más importante es que es el centro de la línea de defensa nazi. Los alemanes que lo ocupan lo utilizan como torre de vigilancia para detectar y derribar a cualquiera que se acerque. Las fuerzas de los Aliados lo han atacado tres veces, pero hasta ahora ha sido inexpugnable.

—Quizá las noticias de esta noche sean distintas —dice Genek. Otto pone los ojos en blanco.

A pesar de las quejas de Otto, Genek está agradecido por tener a su amigo al lado. Ha sido la única constante desde que dejaron atrás en Tel Aviv a Herta, Józef y Julia, la mujer de Otto, para viajar con el ejército por Egipto y cruzar el Mediterráneo en un barco británico hasta Italia. Por supuesto, solo habían hecho prácticas de tiro con sus ametralladoras, pero los hombres comprendieron sin llegar a decirlo en voz alta que, cuando por fin llegasen las órdenes y se encontrasen apuntando a objetivos reales, se cuidarían los unos a los otros, y también a sus familias, en caso de que les ocurriera algo a cualquiera de ellos en el campo de batalla.

—¡Caballeros! —gritó Pawlak. Los hombres de la Primera Brigada de Reconocimiento del Ejército Polaco se preparan—. ¡Escuchad! Tengo noticias. Órdenes. Por fin, lo que todos estábamos esperando.

Las cejas de Otto se elevan. Mira a Genek. *Tenías razón*, articula, y sonríe. Genek descruza las piernas, se inclina hacia delante en la silla y, de repente, sus sentidos se agudizan.

Pawlak se aclara la garganta.

—Las fuerzas de los Aliados y el presidente Roosevelt se han reunido para discutir una cuarta ofensiva masiva en Monte Cassino —empieza a decir—. La primera fase del plan (nombre en clave: Operación DIADEM) requiere un engaño a gran escala, dirigido al mariscal de campo Kesselring. El objetivo: convencer a Kesselring de que los Aliados han renunciado a seguir atacando la Colina del Monasterio, y que ahora nuestra misión consiste en llegar a Civitavecchia.

A Genek y a Otto los han informado con todo lujo de detalles sobre los tres ataques anteriores a Monte Cassino, cada uno de ellos un amargo y sangriento fracaso. El primero fue en enero, cuando británicos y franceses intentaron flanquear el monasterio desde el oeste y el este, respectivamente, mientras el Cuerpo Expedicionario Francés luchaba bajo el hielo y la nieve contra los alemanes de la Quinta División de Montaña en el norte. Pero los británicos y los franceses se encontraron con un intenso fuego de mortero, y los combatientes helados del

Cuerpo Expedicionario, aunque estuvieron cerca de la victoria, al final se vieron superados en número. En febrero se llevó a cabo un segundo intento, cuando cientos de aviones de combate de los Aliados lanzaron una serie de bombas de 450 kilos sobre Cassino, lo que redujo el monasterio a ruinas. El cuerpo neozelandés se dispuso a ocupar las ruinas, pero era imposible maniobrar en el escarpado terreno que conducía a ellas, y los paracaidistas alemanes llegaron primero al monumento, ahora sin tejado. Un mes después, en el tercer intento de los Aliados en Monte Cassino, el Cuerpo de Nueva Zelanda lanzó 1.250 toneladas de explosivos sobre Cassino, arrasando la ciudad y llevando la defensa alemana a un punto de inflexión. Una división de tropas indias estuvo a punto de hacerse con el monasterio, pero tras ser atacados durante nueve días con bombas de mortero, misiles Nebelwerfer y proyectiles de humo, los Aliados se vieron obligados a retirarse una vez más.

Genek repasa los números en su mente. Tres intentos fallidos. Miles de bajas. ¿Qué hace creer a su oficial al mando que un cuarto intento saldrá bien?

—Las tácticas de distracción —exclama Pawlak— incluyen mensajes en clave destinados a ser interceptados por los servicios de inteligencia alemanes y el envío de tropas aliadas a Salerno y Nápoles para que se las vea «practicando» —hace comillas con los dedos al decir esa palabra— desembarcos de tropas anfibias. También que las fuerzas aéreas aliadas realicen vuelos de reconocimiento llamativos sobre las playas de Civitavecchia y que se proporcione información falsa a los espías alemanes. Estas tácticas son clave para el éxito de la misión.

Los hombres de Pawlak asienten, conteniendo la respiración de forma colectiva mientras esperan las noticias más importantes: sus órdenes. Pawlak se aclara la garganta. La lluvia cae sobre la lona encerada.

—En este cuarto intento en Monte Cassino —dice Pawlak, baja la voz más que antes—, han dado órdenes a trece divisiones, con el objetivo de asegurar el perímetro de Cassino. El II Cuerpo de EE.UU. atacará desde el oeste por la costa a lo largo de la línea de la Ruta 7 hacia Roma; el Cuerpo Expedicionario Francés intentará escalar las Montañas Aurunci hacia el este; en medio, el XIII Cuerpo británico atacará a lo largo del valle del Liri. Sin embargo, al Ejército de Anders se le ha asignado lo que creo que es la tarea más crítica de la misión. —Hace una pausa y mira a sus hombres. Están en silencio, escuchan con atención, con la columna vertebral erguida y la mandíbula apretada.

Pawlak pronuncia cada una de sus palabras con cuidado.

—Caballeros, a nosotros, los hombres del II Cuerpo Polaco, se nos ha encomendado la tarea de tomar la Colina del Monasterio.

Las palabras golpearon a Genek como si le hubieran dado un puñetazo en el esófago, dejándolo sin aire.

—Intentaremos hacer lo que la Cuarta División india no pudo hacer en febrero: aislar el monasterio y presionar por detrás hasta el valle del Liri. Allí nos uniremos al XIII Cuerpo. El I Cuerpo canadiense se mantendrá en la reserva para aprovechar el avance. Si tenemos éxito —añade Pawlak—, penetraremos en la línea Gustav y asaltaremos la posición del Décimo Ejército alemán. Abriremos el camino a Roma.

Un murmullo inunda la tienda mientras los reclutas asimilan la trascendencia de su misión. Genek y Otto se miran.

—Confío plenamente en este ejército —prosigue Pawlak, y asiente con la cabeza—. Este es un momento histórico para Anders. Este es el momento de que Polonia brille. ¡Juntos, haremos que nuestro país se sienta orgulloso! —Alza los dos primeros dedos de la mano hacia su gorra y la carpa estalla: los hombres saltan de sus sillas, vitorean, bombean sus puños en el aire, aplauden, gritan.

—¡Este es nuestro momento! ¡Es nuestro momento de brillar! ¡Que Dios salve a Polonia! —gritan.

Genek sigue su ejemplo y se levanta, aunque no se atreve a participar en el jolgorio. Las rodillas le fallan y el estómago se le revuelve, amenazándolo con vomitar la cena.

Mientras los hombres se acomodan en sus asientos, Pawlak explica que el Cuerpo Expedicionario Francés ya ha empezado a construir en secreto puentes camuflados sobre el río Rapido, que el ejército de Anders tendrá que cruzar para llegar al monasterio.

—Hasta ahora, los puentes han pasado desapercibidos —explica—. Cuando el último esté terminado, dejaremos nuestra posición aquí y nos trasladaremos al este, a un punto a lo largo del Rapido. Para mantener el secreto, viajaremos de noche en grupos pequeños, bajo el más estricto silencio de radio. Recojan sus cosas, caballeros, y prepárense para la batalla. Las órdenes para movernos llegarán en cualquier momento.

Sentado, con las piernas cruzadas, en su tienda de campaña, Genek enrolla los calcetines de repuesto y la camiseta interior en bultos apretados y húmedos y los mete en el fondo de su mochila. Ajusta la linterna frontal, con las palabras de Pawlak resonando en su mente. Está pasando: se va a la guerra. ¿Cómo se desarrollará la misión? Desde luego, no hay forma de saberlo, y es lo que le asusta, no saber, incluso más que la idea de escalar una colina de quinientos veinte metros hacia un ejército de alemanes con las armas apuntándole desde detrás de una fortaleza de piedra.

Lo que Genek sí sabe es que los polacos forman parte de una veintena de divisiones aliadas, entre ellas estadounidenses, canadienses, francesas, británicas, neozelandesas, sudafricanas, marroquíes, indias y argelinas, situadas a lo largo de los treinta kilómetros que separan Cassino del golfo de Gaeta. ¿Por qué los Aliados asignarían a los polacos, de entre todos los ejércitos, lo que podría considerarse como la tarea más desalentadora de todas? ¿Por qué elegir a hombres que no proceden de campos de entrenamiento de élite, sino de campos de trabajo, hombres que necesitaron casi un año de descanso y recuperación en Oriente Medio antes de que su líder los considerara lo bastante aptos como para luchar? No tiene ningún sentido. Que el mundo tenga tanta fe en el Ejército de Anders es una aberración además de un honor. Y luego, por supuesto, está lo que Genek se niega a creer: que el variopinto grupo de polacos carece tanto de valor que lo mejor es utilizarlos como carne de cañón en lo que es, sin duda, una misión suicida. *No,* Genek se recuerda a sí mismo que han sido elegidos por una razón; son polacos y lo que les falta en preparación lo compensarán con fervor.

Mete en la mochila un par de guantes y ropa interior de lana, un diario y una baraja de cartas. Contempla un ejemplar gastado de *I Burn Paris,* de Jasieński, junto a su estera, saca de la cubierta interior un trozo de papel con membrete del ejército y busca un bolígrafo en el bolsillo de la camisa. Deja de guardar sus cosas durante un segundo, se tumba de lado y coloca la página en blanco sobre la cubierta del libro.

«Querida Herta», escribe y entonces se detiene. Se sentiría mejor si pudiera hablarle de su misión, la primera: ¡tomar Cassino! ¡El eje de la defensa alemana! Intenta imaginarse a sí mismo en la batalla, pero la imagen le parece surrealista, como sacada de una película. ¿Estaría impresionada al conocer sus órdenes? ¿Al saber que estaba a punto de formar parte de algo tan noble? ¿Tan importante? ¿O al menos algo que tuviera el potencial para ser importante? ¿O estaría aterrorizada, al igual que él, por la enormidad de la tarea, por la perspectiva de encontrarse en el lugar equivocado en el momento equivocado? Genek sabe que la aterrorizaría. Ella le rogaría que se pusiese a salvo. Sin embargo, Genek se recuerda a sí mismo que Herta nunca lo sabrá. Le han prohibido poner por escrito cualquier cosa que, de ser interceptada, pudiese dar una pista de su plan. Así que escribe:

¿Qué tal Tel Aviv? Espero que haga sol. Nosotros seguimos en suelo italiano. La lluvia es implacable. Mi tienda, mi ropa, todo está siempre húmedo; no recuerdo lo que se siente al ponerse una camisa seca. Sin mucho más que hacer que ponerme a cubierto y esperar, he pasado horas jugando a las cartas y leyendo y releyendo el puñado de libros que me han ido pasando: Strug, Jasieński, Stern, Wat. Hay una obra de poesía de Leśmian que te gustará, se titula Forest Happenings. *Tal vez puedas conseguir un ejemplar.*

Genek escucha el sonido de las gotas de lluvia sobre la estructura en forma de «A» de su tienda y piensa en el fin de semana en la montaña en el que vio por primera vez a Herta. Se imagina a sí mismo con su jersey blanco de punto y sus pantalones de tweed inglés, Herta a su lado con su elegante chaqueta de esquí, las mejillas sonrosadas por el frío, el pelo recién lavado y con olor a lavanda. Ahora, al recordarlo, parece surrealista, como si lo hubiera soñado.

Continúa escribiendo:

A pesar de la lluvia, aquí los ánimos están por las nubes. Incluso Wojtek parece estar de buen humor y se pasea feliz por el campamento en busca de comida. Deberías ver cuánto ha crecido.

El soldado Wojtek, el único miembro oficial cuadrúpedo del Ejército de Anders, es un oso. Lo encontraron abandonado en Irán. *Wojtek*, que en polaco significa «guerrero que sonríe», es ahora la mascota oficiosa del II Cuerpo Polaco. Ha viajado con el ejército desde Irán, pasando por Irak, Siria, Palestina y Egipto, hasta llegar a Italia. Por el camino, ha aprendido a transportar munición y a saludar cuando se lo saluda; disfruta con un buen combate de boxeo, y asiente con la cabeza cuando se le recompensa con una cerveza o un cigarrillo, que devora con avidez. Como es lógico, Wojtek es, sin lugar a dudas, el miembro más popular del II Cuerpo Polaco.

Genek se tumba boca abajo y lee lo que ha escrito. ¿Su mujer se dará cuenta? Herta lo conoce lo suficiente como para darse cuenta de que oculta algo. Va a la contraportada de *I Burn Paris* y saca una foto. En ella, Herta, encaramada a un muro bajo de piedra en Tel Aviv, lleva un vestido nuevo gris. Él está a su lado con su atuendo militar. Recuerda cuando Otto hizo la foto. Mientras Otto contaba hasta tres, Julia había sujetado a Józef y, justo antes de que él hiciera la foto, Herta había pasado su brazo por el de Genek, se había inclinado hacia él y le había dado un golpecito juguetón en el dedo del pie, como una colegiala en una cita.

La echa de menos, más de lo que creía que era humanamente posible. A Józef también.

No estoy seguro de cuándo podré volver a escribir. Pronto nos reubicarán. Me pondré en contacto en cuanto pueda. Por favor, no te preocupes.

Genek piensa que, claro que Herta se preocupará y se arrepiente de las palabras que ha elegido. Está preocupado. Aterrado. Muerde el extremo del bolígrafo. Tres fracasos. Un ejército de exprisioneros. Las probabilidades no están a favor del II Cuerpo Polaco.

Termina la carta:

¿Cómo estás? ¿Cómo está Ze? Escríbeme de vuelta pronto. Te quie-
ro y te echo de menos, más de lo que puedas imaginar. Tuyo, Genek.

46

Addy

Río de Janeiro, Brasil – ABRIL DE 1944

La noche que Addy regresó de Minas Gerais, Eliska y él pusieron fin a su compromiso. Estuvieron de acuerdo en que no estaban destinados a casarse. No era fácil, ninguno de los dos quería estar solo, ni querían ser vistos como personas que renunciarían por voluntad propia, aunque en este caso ambos sabían que renunciar era lo mejor. Se dijeron que seguirían siendo amigos. Y por duro que fuese, una vez que tomaron la decisión, Addy se sintió mil kilos más ligero.

Por supuesto, Madame Lowbeer estaba encantada de saber que el compromiso se había cancelado y, poco después, en un giro irónico de los acontecimientos, volvió a apreciar a Addy. Al parecer, con la perspectiva de tenerlo como yerno oficialmente descartada, la Grande Dame era capaz de socializar con un polaco. Había empezado a invitar a Addy a su apartamento los fines de semana para tocar el piano y a pedirle ayuda cuando se le estropeaba la radio. Incluso se había ofrecido a hablar con un contacto de General Electric en Estados Unidos, por si alguna vez decidía emigrar al norte.

Addy se pasó los meses siguientes a la ruptura enfocado en su trabajo, en sus viajes semanales a la oficina de correos y en las emisiones de radio y las publicaciones de los periódicos que le daban noticias de la guerra. Ninguna de ellas era alentadora. Los constantes combates en Anzio y Monte Cassino (Italia), las bombas que caían sobre el Pacífico Sur y Alemania… A Addy todo aquello lo ponía enfermo. La única información prometedora que encontró fue la del presidente estadounidense Franklin Roosevelt emitiendo una orden ejecutiva para crear una Junta de Refugiados de Guerra, que se encargaría de «rescatar a las víctimas de la opresión enemiga en peligro inminente de muerte», como rezaba el artículo. Addy pensó que al menos alguien, en alguna parte, estaba ayudando, y se preguntó qué posibilidades había de que sus padres, hermanos y hermanas estuvieran entre los rescatados.

Addy estaba especialmente desanimado cuando su amigo Jonathan llamó a la puerta de su apartamento en Copacabana. «Voy a dar una fiesta el próximo fin de semana —dijo Jonathan con su elegante acento británico—. Vas a venir. Si no recuerdo mal, tu cumpleaños está a la vuelta de la esquina. Ya has estado bastante tiempo hibernando». Addy agitó la mano en señal de protesta, pero antes de que pudiera declinar la invitación, Jonathan añadió: «He invitado a las chicas de la embajada», con una sonrisa que decía: *Te vendría bien una cita, hermano*. Addy había oído hablar mucho de las chicas de la embajada americana —entre el pequeño círculo de expatriados de Río eran bastante famosas por su buen aspecto y su espíritu aventurero—, pero nunca había conocido a ninguna.

«Lo digo en serio. Deberías venir —insistió Jonathan—. Solo a tomar una copa. Será divertido».

El sábado por la noche, Addy está en un rincón del piso de Jonathan en Ipanema tomando una *cachaça* con agua, entablando conversaciones y saliendo de ellas. Se distrae pensando en su casa. Dentro de dos días cumplirá treinta y un años. Halina, esté donde esté, tendrá veintisiete. Habrán pasado seis años desde que lo celebraron juntos. Addy recuerda cómo, para su último cumpleaños, el número veinticinco, Halina y él habían pasado la noche en uno de los nuevos clubes de Radom, donde habían bebido demasiado champán y bailado hasta que les dolieron los pies. Ha rememorado mil veces los detalles de aquella noche, dándoles vueltas y vueltas para mantenerlos nítidos: el regusto ácido de la tarta de limón que habían compartido; la sensación de las manos de su hermana en las suyas mientras bailaban; el emocionante chasquido al descorchar la segunda botella de Ruinart, la forma en que las burbujas le habían quemado la garganta y le habían entumecido la lengua unos sorbos después. Pésaj había sido la noche anterior. La familia lo había celebrado con el bullicio habitual, reunidos primero en la mesa del comedor y después alrededor del piano en el salón de la calle Warszawska. Addy le da vueltas a su copa, observando cómo un solo cubito de hielo orbita el vaso y preguntándose si Halina estará en alguna parte pensando también en él.

Cuando levanta la vista, una figura al otro lado de la habitación le llama la atención. Una morena. Está de pie junto a la ventana con una copa de vino en la mano, escuchando a una amiga, el único signo de calma en medio de la cacofonía. ¿Una chica de la embajada? Debe de serlo. De repente, el resto de la sala se vuelve invisible. Addy estudia el cuerpo alto y delgado de la joven, la elegante inclinación de sus pómulos, su sonrisa fácil. Lleva un vestido verde pálido de algodón con botones en la parte delantera y que se ata con un lazo a la cintura, un reloj de pulsera sencillo y sandalias de cuero marrón con tiras finas que rodean los delicados huesos de sus tobillos sin apretar. Tiene una mirada suave y una expresión sincera, como si no tuviera nada que ocultar. Es hermosa, impresionante, pero discreta. Incluso desde lejos es capaz de percibir su modestia.

Venga, decide. Quizá Jonathan tenía razón. Con un desconcertante nerviosismo en las tripas, Addy deja el vaso y atraviesa la habitación. Al acercarse, la chica se da la vuelta. Él le ofrece una mano.

—Addy —dice, y después, en la misma bocanada de aire—: Por favor, perdona por mi inglés.

La morena sonríe.

—Encantada de conocerte —dice, estrechándole la mano. Addy tenía razón: definitivamente es americana—. Soy Caroline. No te disculpes, tu inglés es adorable. —Habla despacio, y la forma en que pronuncia las palabras, suaves y fluidas, de modo que él no sabe dónde acaba una y empieza la siguiente, hace que Addy se sienta como en casa a su lado. Addy se da cuenta de que emana un aire de aceptación y tranquilidad: parece que se contenta con ser lo que es. Algo se agita en el corazón de Addy cuando comprende que, una vez, él también fue así.

Caroline tiene paciencia con el inglés chapurreado de Addy. Cuando él se equivoca con una palabra, ella espera a que reflexione, a que lo intente de nuevo, y le recuerda a Addy que está bien ir despacio, tomarse su tiempo. Cuando él le pregunta de qué parte de Estados Unidos es, ella le habla del pueblo de Carolina del Sur en el que nació.

—Me encantó crecer allí —dice Caroline—. Clinton era una localidad muy unida, y siempre estuvimos muy implicados en las escuelas y en la iglesia… pero creo que siempre supe que no me quedaría. Tenía que irme. Empezó a parecerme tan pequeño. Mi pobre madre. —Caroline suspira, describe la conmoción de su madre al enterarse de que su mejor amiga, Virginia, y ella habían hecho planes para viajar a Sudamérica—. Pensó que estábamos locas por irnos y dejar nuestras vidas en Carolina del Sur.

Addy asiente, con una sonrisa.

—Sois… cómo se dice… no tenéis miedo.

—Supongo que se podría decir que fuimos valientes al venir aquí. Aunque creo que solo buscábamos una aventura.

—Mi padre también dejó su hogar en Polonia —dice—. Por América. Para vivir aventuras. Cuando era joven. Sin hijos. Siempre me decía lo mucho que me iba a gustar Nueva York.

—¿Por qué volvió? —pregunta Caroline.

—Para ayudar a su madre —dice Addy—. Después de la muerte de su esposo, ella se quedó sola en casa cuidando a cinco niños. Mi padre quería ayudar.

Caroline sonríe.

—Parece un buen hombre, tu padre.

Su conversación termina cuando una amiga, a la que Caroline presenta como Virginia, y que se hace llamar Ginna, al final tira de ella. Ginna dice que se van a otra fiesta, le guiña un ojo azul a Addy mientras da un codazo a Caroline. Addy observa la nuca de las mujeres mientras se dirigen hacia la puerta, y desea que la conversación no hubiera terminado tan rápido.

Poco después se marcha, dándole a Jonathan una palmada amistosa en la espalda al salir.

—Gracias, *amigo* —dice—. Me alegro de haber venido.

Piensa en Caroline cuando vuelve a casa, y casi cada minuto de la semana siguiente. Había algo en ella que le hacía desear con todas sus fuerzas conocerla mejor. Así que, tras localizar su dirección en Leme, se arma de valor y le deja una nota bajo la puerta, escrita con la ayuda de un diccionario francés-inglés recién comprado.

Querida Caroline:

Me encantó hablar contigo el fin de semana pasado. Si me lo permites me gustaría invitarte a cenar al restaurante Belmond, cerca del Hotel Copacabana Palace. Sugiero nos encontremos en el Palace para un aperitivo a las ocho este sábado, 29 de abril. Espero verte allí.

Con cariño,
Addy Kurc

Unos días más tarde, con una camisa recién planchada y una orquídea violeta que había comprado en un puesto de flores por el camino, Addy llega al Copacabana Palace, con el mismo cosquilleo en las entrañas que sintió cuando Caroline y él se conocieron. Está mirando la hora —las ocho en punto— cuando Caroline cruza la puerta giratoria de cristal del vestíbulo. Lo saluda con la mano y, al instante, Addy se olvida de los nervios.

En el bar del hotel, hablan de sus días y de las cosas que les gustan de Río. El inglés de Addy ha mejorado —nunca antes había estado tan motivado para aprender—, pero sigue siendo difícil. Sin embargo, Caroline no parece darse cuenta.

—La primera vez que comí una *churrascaria* —se sonroja—, me puse mala. Me sentía tan mal por dejar carne en el plato, que me la comí a la fuerza, ¡y luego me trajeron más!

Addy bromea sobre la insoportable lentitud con la que se mueven los cariocas, paseando sobre la barra sus dos primeros dedos para demostrar su cadencia en comparación con la de un brasileño típico.

—Aquí nadie tiene prisa —dice moviendo la cabeza.

Más tarde, en el Belmond, Caroline le pide a Addy que ordene por los dos. Mientras conversan, esta vez en torno a cuencos de *moqueca de camarão,* gambas cocinadas en leche de coco, Addy se entera de que Caroline es una de cuatro hermanos Martin, y que sus tres hermanos mayores, cuyos nombres le pide que repita una y otra vez —Edward, Taylor y Venable—, siguen viviendo en Clinton.

—Cuando éramos pequeños teníamos una vaca en el patio trasero —dice Caroline, y se le iluminan los ojos al rememorarlo. Addy casi se atraganta cuando revela que la vaca se llamaba Sarah, el nombre hebreo de su hermana pequeña Halina, le explica él. Caroline se sonroja—. Espero no haberte ofendido —dice—. ¡Sarah formaba parte de la familia! —añade—. La ordeñábamos y a veces incluso la llevábamos al colegio.

Addy sonríe.

—Parece que tu Sarah era mucho menos testaruda que la mía. —Continúa hablándole a Caroline de Halina, recordando la vez que, después de ver la película *Sucedió una noche,* insistió en tener el pelo bien corto para parecerse a Claudette Colbert, y cómo se había negado a salir de casa durante días, convencida de que ese peinado no le sentaba bien. Riéndose, Addy se da cuenta de lo bien que le sienta hablar de su familia, de cómo oír sus nombres ayuda, de alguna manera, a confirmar su existencia.

Caroline también le habla de su familia, de su padre, profesor de matemáticas en el Presbyterian College de Clinton, que había dado clases hasta su muerte en 1935.

—No crecimos con muchos lujos —dice—, salvo la educación. Con un padre profesor, puedes imaginarte lo que pensaba de nuestra educación.

Addy asiente. Sus padres no eran profesores, pero recibir una buena educación también fue primordial en su casa mientras crecía.

—¿Cómo llamabas a tu padre? —pregunta Addy, curioso—. ¿Cómo se llamaba?

Caroline sonríe.

—Se llamaba Abram.

Addy la mira.

—¿Abram? ¿Como parecido a *Abraham*?

—Sí, Abram. Deriva de Abraham. Es un apellido. Heredado de mi bisabuelo.

Addy sonríe, busca en el bolsillo el pañuelo de su madre y lo deja sobre la mesa, entre los dos.

—Mi madre... —hace la mímica de coser con aguja e hilo.

—¿Cose?

—Sí, cosió esto para mí, antes de irme de Polonia. Aquí —señala Addy—, estas son mis... ¿cómo se dice?

—Iniciales.

—Son mis iniciales: la «A» es por mi nombre hebreo, Abraham.

Caroline se inclina sobre el pañuelo, estudiando el bordado.

—¿Tú también eres Abraham?

—Sí.

—Nuestras familias tienen muy buen gusto con los nombres —dice Caroline, y sonríe.

Addy dobla el pañuelo y se lo vuelve a meter en el bolsillo. Decide que tal vez estén entretejidos con el mismo hilo.

Caroline se queda callada durante un momento. Se mira el regazo.

—Mi madre falleció hace tres años —dice—. Es uno de mis mayores pesares, no haber estado allí cuando murió.

Es una confesión que sorprende a Addy, pues acaba de conocer a Caroline. En los años que pasó con Eliska, ella apenas habló de su pasado, y mucho menos de sus pesares. Asiente comprensivo, pensando en su propia madre y deseando poder decir algo para consolarla. Quizá Caroline se sentiría menos sola sabiendo que él también echaba mucho de menos a su madre. Por supuesto, no le había contado que había perdido el contacto con su familia. Se había acostumbrado tanto a evitar el tema que ni siquiera estaba seguro de poder hablar de ello. ¿Por dónde empezar?

Levanta la vista y se encuentra con los ojos de Caroline. Hay algo tan sincero en ella, tan amable. Comprende que se puede hablar con ella. *Inténtalo.*

—Sé cómo te sientes —dice.

Caroline parece sorprendida.

—¿Tú también has perdido a tu madre?

—Bueno, no exactamente. No lo sé. Mi familia, creo, sigue en Polonia.

—¿Crees?

Addy se mira el regazo.

—No lo sé seguro. Somos judíos.

Caroline le estrecha la mano por encima de la mesa con lágrimas en los ojos, y de repente la historia que no ha contado durante tantos años sale a la luz.

Dos semanas más tarde, Addy y Caroline se sientan en un escritorio pegado a una ventana orientada al este en el apartamento de Caroline con vistas a la playa de Leme, con una pila de papeles ante ellos. Se han visto casi todos los días desde su primera cena en Belmond. Fue idea de Caroline ponerse en contacto con la Cruz Roja para que le ayudaran a localizar a su familia. Addy dicta, apoyándose en el brazo de Caroline mientras escribe. Su optimismo lo ha llenado de energía, y las palabras salen de sus labios más rápido de lo que ella puede seguirlas.

—Espera, espera, más despacio. —Caroline se ríe—. ¿Puedes deletrearme otra vez el nombre de tu madre? —Levanta la vista, el marrón aterciopelado de sus iris se refleja en la luz. Su estilográfica se cierne sobre el papel. Addy se aclara la garganta. La suavidad de sus ojos y el olor a jabón de su pelo castaño le hacen perder el hilo. Deletrea *Nechuma*, intentando no estropear la pronunciación inglesa de las letras, y luego el nombre de su padre y los de cada uno de sus hermanos. Addy observa que la letra cursiva de Caroline es más sencilla y elegante que la suya.

Cuando termina la carta, Caroline saca un papelito de su bolso.

—He preguntado en la embajada —dice, dejándolo entre los dos y pasando el dedo por una lista de ciudades—, y parece que hay Cruz Roja en todas partes. Deberíamos enviar tu carta a varias oficinas, por si acaso. —Addy asiente y examina las quince ciudades que Caroline ha recopilado, desde Marsella, Londres y Ginebra hasta Tel Aviv y Delhi. Ha escrito una dirección al lado de cada una.

Hablan en voz baja mientras Caroline escribe con esmero quince copias de la carta de Addy. Cuando termina, recoge la pila de hojas de papel y la golpea con suavidad sobre la mesa para que los bordes queden bien alineados, y luego se la entrega a Addy.

—Gracias —dice Addy—. Esto es muy importante para mí —añade, con una mano sobre el corazón, deseando poder expresar mejor lo mucho que su ayuda significa para él.

Caroline asiente.

—Lo sé. Es horrible lo que está pasando allí. Espero que obtengas alguna respuesta. Al menos, por ahora, sabrás que has hecho todo lo que has podido. —Tiene una expresión sincera en el rostro, sus palabras son reconfortantes. Apenas hace unas semanas que la conoce, pero Addy ha aprendido que no hay nada que adivinar cuando se trata de saber lo que piensa Caroline. Simplemente dice lo que quiere decir, sin florituras. A él le parece un rasgo refrescante.

—Tienes un corazón de oro —dice Addy, dándose cuenta a medida que las palabras se le escapan de lo tópicas que son, pero no le importa.

Los dedos de Caroline son largos y estrechos en las puntas. Los agita delante de su cara y sacude la cabeza. Addy también ha aprendido que no se le da bien recibir halagos.

—Mañana las llevo a la oficina de correos —dice.

—¿Me avisarás en cuanto sepas algo?

—Sí, por supuesto.

A través de la ventana, Addy mira hacia el este, sobre Leme Rock y el azul profundo del Atlántico, hacia Europa.

—Con el tiempo —dice, tratando de sonar esperanzado—, con el tiempo los encontraré.

11 DE MAYO DE 1944: *Comienza la cuarta y última batalla de Monte Cassino. Como se esperaba, los Aliados toman a las fuerzas alemanas por sorpresa. Mientras el Cuerpo Expedicionario Francés destruye la zona sur de las defensas alemanas, el XIII Cuerpo, una formación del Octavo Ejército Británico, avanza hacia el interior, capturando la ciudad de Cassino y atacando a las fuerzas alemanas en el valle del Liri. Los polacos, en su primer intento de tomar Cassino, se ven derrotados; las bajas se acercan a las cuatro mil y dos batallones son aniquilados por completo. A pesar de los continuos ataques, el monasterio permanece inexpugnable.*

47

Genek

U n mortero dispara misiles sobre su cabeza. Genek se sujeta el casco con las manos, con el cuerpo pegado a la ladera de la montaña. Se ha acostumbrado al dolor punzante de las rodillas y los codos al aterrizar contra la implacable roca, a la arenilla del polvo entre los dientes, al constante ruido y el zumbido de la artillería resonando en sus oídos a una proximidad muy incómoda. Cuatrocientos metros más arriba, lo que queda del enemigo —un regimiento de lo que se calcula que son ochocientos paracaidistas alemanes— dispara ráfaga tras ráfaga de proyectiles desde las ruinas del monasterio. Genek no puede evitar preguntarse de dónde procede toda esa munición. *Seguro que pronto se les acabará.*

Los polacos han logrado tomar por sorpresa a los alemanes, pero, aunque superan con creces en número a los nazis, el ejército de Anders sigue estando en clara desventaja. La ladera de la montaña, después de días de bombardeos aéreos, se ha visto reducida a escombros, por lo que la subida cuesta arriba es extremadamente difícil. No pueden ver al enemigo, por lo que deben llegar a la cima del monasterio antes de tener la oportunidad de un tiro limpio; mientras tanto, sin un lugar seguro para cubrirse, están, en gran parte, indefensos y expuestos.

Con el cuerpo aún abrazado a la ladera de la montaña, Genek maldice entre dientes. Se suponía que el ejército era la opción segura. La forma de salir de Siberia. La manera de mantener unida a su familia. Y lo fue, durante un tiempo. Ahora, está tan seguro como una diana en un campo de tiro, y su familia se encuentra a unos 4.700 kilómetros, en Palestina. Genek no puede evitar pensar en cómo el primer intento de los polacos en Monte Cassino, cinco días antes, al igual que los tres anteriores, había sido un fracaso desgarrador. Recibidos con mortero, fuego de armas ligeras y la ira devastadora de un cañón panzer de 75 mm, las principales divisiones de infantería de Anders fueron prácticamente aniquiladas tras unas pocas horas de combate. Tan rápido como empezó la operación, el II Cuerpo Polaco se vio obligado a retirarse, con un balance de bajas de casi cuatro mil hombres. Genek y Otto dieron las gracias por haber sido asignados a una división de infantería en la retaguardia y maldijeron el hecho de que, a pesar de las bajas que también había sufrido el enemigo, el monasterio seguía en manos alemanas. Hasta ahora, la única noticia alentadora que habían recibido en la campaña procedía del general Juin, jefe del Cuerpo Expedicionario Francés, que informaba de que sus hombres habían tomado Monte Maio y estaban ahora en condiciones de ayudar al XIII Cuerpo británico estacionado en el valle del Liri. Sin embargo, aún dependía de los polacos conquistar el monasterio. Habían lanzado un segundo intento esa mañana.

Más misiles. El chasquido de la artillería aérea. El ruido metálico de la artillería al chocar con la piedra. Alguien grita montaña abajo. Genek permanece agachado. Piensa en Herta, en Józef, contempla la posibilidad de encontrar una roca y esconderse debajo de ella hasta que cesen los combates. Pero entonces le viene a la mente una imagen: su familia en manos de los nazis, obligada a ir a un campo de exterminio. Su familia, parte de los supuestos millones de muertos. Se le hace un nudo en la garganta y se le encienden las mejillas. No puede esconderse. Está aquí. Si esta misión es un éxito, habrá ayudado a doblegar a los alemanes y a recordar al mundo que Polonia, aunque derrotada en Europa, sigue siendo una potencia a tener en cuenta. Se traga el sabor metálico del miedo que tiene en el fondo de la lengua y se da cuenta de que, misión suicida o no, si existe la posibilidad de ayudar a poner fin a esta miserable guerra, no va a rendirse.

Genek espera a que se produzca una pausa en el fuego de artillería y trepa unos metros por la montaña, con el cuerpo a la altura del suelo y vigilando de cerca las minas y los cables trampa. Al asegurar la fortaleza, los alemanes dejaron a su paso un aluvión de trampas explosivas que habían costado la vida a muchos compañeros de Genek. Él ha sido entrenado para desactivar una mina, pero se pregunta si, en estas circunstancias, tendría el ingenio suficiente para llevar a cabo la maniobra en caso de toparse con un explosivo por el camino. Otro estruendo, una explosión monstruosa, en algún punto a la derecha de Genek. Su cuerpo choca contra la montaña, casi dejándolo sin aliento. *¿Qué cojones ha sido eso?* Le zumban los oídos. Entre los hombres de Anders se ha hablado mucho de si los paracaidistas enemigos en Cassino tienen acceso al cañón ferroviario K5 de 28 cm empleado en Anzio. Los alemanes llaman al cañón Leopold. Los Aliados se refieren a él como Anzio Annie. Sus proyectiles pesan alrededor de un cuarto de tonelada y tienen un alcance de más de ciento treinta kilómetros. Mientras trata de recuperar el aliento, Genek razona que es imposible que hayan podido subir esa cosa a la montaña; si lo hubieran hecho, está bastante seguro de que ya habría volado en pedazos. El aire vuelve a llenarse de disparos de metralleta. Levanta la barbilla, recupera el aliento y trepa unos metros más por la ladera.

18 DE MAYO DE 1944: *En su segundo ataque a Monte Cassino, el II Cuerpo Polaco se enfrenta a constantes ataques de artillería y morteros desde las posiciones alemanas fuertemente fortificadas. Con poca protección de la naturaleza, la lucha es feroz y a veces cuerpo a cuerpo. Sin embargo, gracias al exitoso avance del Cuerpo Expedicionario Francés en el valle del Liri, los paracaidistas alemanes se retiran de Cassino a una nueva posición defensiva en la Línea Hitleriana, en el norte. A primera hora de la mañana del 18 de mayo, los polacos toman el monasterio. Están tan maltrechos que solo unos pocos tienen fuerzas para subir los últimos cien metros. Cuando lo hacen, una bandera polaca se iza sobre las ruinas, y un himno,* Las amapolas rojas en Monte Cassino, *es cantado para celebrar la victoria polaca. El camino a Roma queda despejado.*

6 DE JUNIO DE 1944, DÍA D: *La batalla de Normandía, bautizada con el nombre en clave de Operación Overlord, comienza con un asalto militar por mar masivo en el que 156.000 soldados de los Aliados, dirigidos por el general Eisenhower, asaltan un tramo de ochenta kilómetros fuertemente fortificados de la costa de Normandía. La marea baja, el mal tiempo y un plan de engaño por parte de los Aliados les permiten sorprender a los nazis.*

48

Jakob y Bella

Varsovia, la Polonia ocupada por los alemanes
– 1 DE AGOSTO DE 1944

Al oír la primera explosión, a Bella la sangre la recorre desde la cabeza hasta los dedos de los pies. Sin pensárselo, se pone a cuatro patas detrás de la caja, al fondo de la tienda. La detonación, lo bastante cerca como para hacer sonar las monedas del cajón de la caja registradora, va seguida de gritos y de un rápido estallido de disparos. Bella se arrastra hasta la esquina del mostrador y se asoma al escaparate de cristal. Fuera, tres hombres uniformados pasan corriendo con metralletas Błyskawica. Cae otra bomba y se cubre de forma instintiva la cabeza con las manos. Está sucediendo. El alzamiento del Ejército Nacional. Tiene que marcharse. Rápido.

Se arrastra hasta la pequeña habitación que ha alquilado en la parte de atrás de la tienda, y piensa con desesperación qué llevarse. El bolso, el cepillo —no, el cepillo no, eso no es importante—, las llaves, aunque se pregunta si el edificio seguirá en pie dentro de un día. En el último segundo levanta el colchón, saca dos fotografías, una de sus padres y otra de Anna y ella de pequeñas, y se las mete en el dobladillo del abrigo. Piensa en cerrar la puerta de la tienda, pero cuando pasan corriendo cuatro hombres uniformados más, decide no hacerlo. Se dirige a toda prisa al fondo de la tienda y sale sin hacer ruido por la puerta de atrás.

Fuera, la calle está vacía. Se detiene para recuperar el aliento. Las palabras de Jakob resuenan en sus oídos. hace una semana, cuando el levantamiento parecía inminente, le dijo: «Mi edificio tiene un sótano seguro. Si hay enfrentamientos, reúnete conmigo allí». Tendrá que cruzar el río Vístula para llegar hasta él. Bella sale corriendo hacia el noreste, en dirección al puente del Boulevard Wójtowska, y se mete en un callejón cuando oye el zumbido de los aviones de la Luftwaffe aproximándose. Con el cuerpo pegado a la pared, levanta el cuello y cuenta seis aviones. Vuelan bajo, como buitres. Se pregunta si debería esperar, salir corriendo cuando el cielo se haya despejado, pero decide que es mejor no perder el tiempo. Necesita estar con Jakob. *Has recorrido este trayecto miles de veces*, razona, *son diez minutos de camino. Venga.*

Bella acelera el paso y se esfuerza por mantener un ojo en el cielo mientras corre, pero los adoquines desiguales se lo ponen difícil. En dos ocasiones, se detiene un segundo antes de torcerse un tobillo, y al final decide que está más segura si vigila dónde pisa y escucha si hay aviones, en lugar de caminar a ciegas, con la barbilla inclinada hacia el cielo. Ha recorrido seis manzanas cuando vuelve a oírse el ruido de un Stuka. Se mete en otro callejón, justo cuando una sombra se cierne sobre ella. *Por favor, Dios, no,* reza, cierra los ojos y se aprieta contra la pared, a la espera. El sonido se desvanece. Abre los ojos y vuelve a ponerse en camino. ¿Dónde están todos? Las calles están vacías. Deben de estar escondidos.

El levantamiento no es ninguna sorpresa. En Varsovia, todo el mundo había oído rumores de que ocurriría, y todos tenían un plan para cuando llegase el día, aunque nadie sabía exactamente cuándo. Bella y Jakob habían tenido la suerte de contar con Adam para estar al corriente de todo lo que pasaba en la resistencia. «Podría empezar cualquier día», dijo el fin de semana anterior. «El Ejército Nacional está esperando la llegada del Ejército Rojo».

Las potencias del Eje, según se informa en el *Biuletyn Informacyjny,* empiezan por fin a tambalearse. Las tropas aliadas estaban quebrando las defensas nazis en Normandía y se hablaba de una campaña masiva de los Aliados en Italia. Adam dijo que el Ejército Nacional Polaco esperaba que, con el Ejército Rojo como apoyo, podría obligar a los alemanes a abandonar la capital de su país y, a su vez, inclinar la balanza hacia la victoria de los Aliados en Europa.

Sonaba noble. Jakob y Adam habían hablado de meterse en el Ejército Nacional, querían ayudar con todas sus fuerzas. Ahora, Bella da las gracias de que Halina los haya convencido de lo contrario. Ella también quería una Polonia liberada más que nada en el mundo. Pero, según les recordó, el Ejército Nacional no veía con buenos ojos a los judíos y, además, los polacos eran muy inferiores en número. Varsovia todavía estaba plagada de alemanes. *Mira lo que pasó*, incitó Halina, *después del levantamiento del gueto. ¿Y si el Ejército Rojo no coopera?* El Ejército Nacional contaba con la ayuda de Stalin, pero ya los había defraudado antes, advirtió Halina, rogándoles a Jakob y a Adam que no perdiesen la cabeza. *Por favor*, dijo, *la resistencia os necesita. Hay más de una forma de enfrentarse al enemigo.*

Bella gira a la derecha con brusquedad y se dirige hacia el este por el Boulevard Wójtowska, agradecida de ver el agua del río más adelante. Sin embargo, a medida que se acerca, aminora el paso. ¿Dónde está el puente? No está. Está destruido. En su lugar, un montón de hierros chisporroteantes y agua a raudales. Acelera el paso y vira hacia el norte, bordeando la curva del Vístula, rezando por encontrar un puente intacto.

Diez manzanas más adelante, con los pulmones en llamas y la blusa empapada de sudor, se siente aliviada al comprobar que el puente de Torun'ski sigue en pie. Sin embargo, el cielo está plagado de Junkers. Ignorándolos, junto con el dolor punzante del pecho, el ardor de los cuádriceps y la voz interior que le grita que busque una zanja y se ponga a cubierto, corre todo lo que puede.

A medio camino del puente, aparece una docena de hombres. Se abalanzan hacia ella con zancadas frenéticas. A Bella se le entumecen las piernas hasta que se da cuenta, por el atuendo, de que son polacos. Civiles. Varios llevan rifles colgados del hombro. Otros llevan horcas y palas. Unos pocos empuñan cuchillos de carnicero. Galopan en su dirección, gritando, pero Bella está demasiado agotada, con la respiración demasiado agitada para distinguir las palabras. No es hasta que sus caminos casi se cruzan cuando se da cuenta de que los hombres le están gritando a ella.

—¡Estás yendo por el camino equivocado! —rugen, sosteniendo las armas sobre sus cabezas como si fueran guerreros—. ¡Ven a luchar con nosotros! Por Polonia y por la victoria. —Bella sacude la cabeza mientras corre, fijándose en el suelo para mantener el equilibrio. No levanta la vista hasta que llega a la puerta de Jakob.

Es su octavo día escondidos; el bombardeo no ha cesado. Bella y Jakob no paran de preguntarse si los demás —Halina, Adam, Mila, Franka y su familia— habrán encontrado un lugar seguro donde refugiarse, qué aspecto tendrá Varsovia cuando el bombardeo termine.

Compartían el sótano con una pareja que había llegado con un niño de dieciocho meses, un fardo de heno y, para asombro de Jakob y Bella, una vaca lechera. Les costó trabajo, pero al final consiguieron que el reticente animal bajase las escaleras hasta el sótano. La vaca huele —no les queda otra que recoger el estiércol en un montón en un rincón—, pero siempre tiene las ubres llenas. Dos veces al día, la leche fresca se pone a hervir en un cubo en el fogón, la madre del niño había dicho que era para que el bebé pudiera beberla, aunque Bella estaba convencida de que la leche de vaca fresca no le haría daño. Pensó en quejarse —subir era peligroso y una tontería tremenda, dadas las circunstancias—, pero se contuvo, no quería alterar la dinámica amistosa del grupo. Hoy le toca a Bella hervir la leche.

Comprueba el reloj. Han pasado casi treinta minutos desde la última explosión. Una tregua. Jakob, que está con ella al pie de la escalera, asiente.

—Ten cuidado —le dice.

Ella le devuelve el gesto y sube las escaleras con el cubo en la mano. Cuando llega a donde están los fogones, vierte la leche en un cazo, enciende una cerilla y gira el botón negro bajo el quemador para encender la llama. Cuando la leche empieza a hervir, se acerca de puntillas a la ventana. Fuera, el paisaje urbano es surrealista. Uno de cada tres edificios de la calle Danusi ha sido arrasado. Otros siguen en pie, pero les faltan los tejados, como si los hubieran decapitado. Observa el cielo y maldice cuando aparece un enjambre de aviones de la Luftwaffe. *Maldita sea.* Al principio, los aviones son pequeños, pero se acercan y, al hacerlo, cambian de rumbo y desaparecen. Bella se aleja de la ventana, desearía poder tenerlos vigilados. Escucha con atención, mientras mira fijamente la leche, queriendo que hierva. Al cabo de un momento, el zumbido de los aviones se hace más fuerte. Jakob golpea el suelo con el palo de la escoba para indicarle que vuelva al sótano. Él también debe oírlo. Y entonces, en algún lugar no muy lejos de allí, cae una bomba y la habitación tiembla, sacudiendo los platos de porcelana de las estanterías. Jakob vuelve a dar golpes, esta vez más fuertes. Lo escucha llamarla a través de las tablas del suelo.

—¡Bella!

—¡Ya voy! —grita, poniendo el botón de los fogones en la posición de apagado. Otra bomba. Esta vez más cerca. Puede que en su manzana. Debería dejarlo todo y salir corriendo, pero antes decide envolverse la mano con un paño y llevarse la leche. Mientras agarra el asa del cazo, su oído capta algo nuevo. Al principio suena como un gato, como un profundo quejido felino. *Olvídate de la leche,* se reprende, dejando caer el paño de cocina al darse la vuelta. Pero es demasiado tarde. Apenas ha llegado a la puerta cuando estalla la ventana. La cocina se ennegrece de hollín y Bella siente cómo sale despedida. Sus brazos acarician el aire con impotencia, moviéndose a cámara lenta como si nadara bajo el agua, como si intentara escapar de una pesadilla. Cristales rotos. Metralla. Los platos caen de las estanterías y se hacen añicos. Bella aterriza con fuerza y se queda tumbada boca abajo, con las manos sobre la nuca, intentando respirar, pero el aire está lleno de humo y es difícil. Cae otra bomba y el suelo bajo sus pies tiembla.

Ahora Jakob grita, pero su voz suena apagada, muy lejana. Con los ojos cerrados, Bella hace un escáner mental de su cuerpo. Mueve los dedos de los pies y de las manos. Sus extremidades están ahí y parecen funcionar. Pero está mojada. ¿Está sangrando? No le duele nada. ¿Qué le quema? Aturdida, se incorpora, tose y abre los ojos. La habitación está borrosa, como si la viera a través de un cristal sucio. Parpadea. A medida que su mundo se va enfocando, se da cuenta de lo que parece ser un penacho gris que serpentea hacia el techo desde la parte trasera de los fogones. Bella se queda helada: ¿había apagado el hornillo? Sí, ¿verdad? Sí, sí, está apagado. Mira los restos esparcidos por el suelo: trozos de cristal, platos rotos, madera astillada y muchos trozos de metralla. El cazo está tirado en un charco de leche entre los escombros. Se mira la ropa: no está sangrando, sino mojada por la leche.

—¡Bella! —grita Jakob, tiene la voz agitada por el miedo. De pronto, está allí, en cuclillas junto a ella, con las manos sobre sus hombros, sobre sus mejillas—. ¡Bella! ¿Estás bien?

Bella puede oírlo, pero apenas. Asiente con la cabeza.

—Sí, estoy bien —murmura. Él la ayuda a ponerse de pie. Algo huele a quemado.

—¿Los fogones? —pregunta Jakob. La cocina empieza a silbar.

—Están apagados.

—Salgamos de aquí.

Las piernas de Bella se tambalean como si fuesen zancos. Jakob la ayuda a levantarse y le echa el brazo por encima del hombro, medio cargando con ella hasta las escaleras del sótano.

—¿Seguro que estás bien? Pensé... pensé...

—No pasa nada, cariño. Estoy bien.

17 DE OCTUBRE DE 1944: *[Varsovia] debe desaparecer por completo de la superficie de la Tierra y servir únicamente como una estación de transporte para la Wehrmacht. No puede quedar ni una sola piedra en pie. Todos los edificios deben ser arrasados hasta sus cimientos.*

—*Heinrich Himmler, jefe de las SS,*
Conferencia de Oficiales de las SS.

49

Mila

Han pasado casi ocho semanas desde que las bombas empezaron a caer sobre Varsovia a principios de agosto. Cuando cayó la primera, Mila se planteó pedir prestado un coche para ir a buscar a Felicia al convento de Włocławek, pero sabía que nunca llegaría. Al menos, no con vida. Varsovia era un campo de batalla enorme. Todo el mundo estaba escondido. Había alemanes apostados en las afueras de la ciudad, escondidos en búnkeres, a la espera de atacar en cuanto el Ejército Nacional mostrara un signo de debilidad. Marcharse sería imposible. Así que huyó al apartamento de Halina en el centro de la ciudad, en la calle Stawki, donde pasó los días y las noches acurrucada con su hermana y Adam en el sótano del edificio, escuchando en la oscuridad cómo la ciudad era diezmada encima de ellos.

Cada semana, más o menos, un amigo de la resistencia traía un pequeño paquete con comida y noticias. Ninguna de ellas era prometedora: los polacos estaban en minoría y muy superados en armamento; 10.000 residentes, al parecer, habían sido ejecutados en Wola, 7.000 en la Ciudad Vieja; otros miles habían sido transportados a los campos de exterminio; ni siquiera los enfermos se salvaban: casi todos los pacientes del Hospital Wolski habían sido asesinados. A medida que el asedio se prolongaba, el Ejército Nacional se desesperaba. «¿Stalin ha enviado refuerzos?», preguntaba Adam cada vez que recibía noticias de la resistencia. La respuesta era siempre «no», no había señales de ayuda por parte de los rusos. Así que los bombardeos continuaron y, poco a poco, la que una vez fue la próspera capital de Polonia fue desapareciendo. Al cabo de una semana, un tercio de la ciudad había sido arrasado, luego la mitad y después dos tercios.

Mila está hecha polvo, destrozada por la distancia que la separa de Felicia. No tiene forma de saber si las bombas han llegado a Włocławek, y nunca se le ocurrió preguntar si el convento tenía un lugar donde refugiarse. Con poco que comer y aún menos apetito, los pantalones le cuelgan de la cintura. Está atrapada. Y cada día que pasa —ha contado cincuenta y dos desde que se escondió— está más desesperada. Al parecer, cada pocos minutos, el suelo tiembla cuando cae otro explosivo de acero que destruye casas, comercios, escuelas, iglesias, puentes, coches y gente a su paso. Y no puede hacer otra cosa que no sea escuchar y esperar.

50

Halina

Prisión de Montelupich, Cracovia, la Polonia ocupada
por los alemanes – 7 DE OCTUBRE DE 1944

Halina se despierta sobresaltada por el chasquido metálico de una llave en una cerradura y el chirrido del hierro rozando el cemento al abrirse de un tirón la puerta de su celda. Entrecierra el ojo que no está hinchado.

—¡Brzoza! —espeta Betz—. Arriba. Ahora.

Se levanta despacio, mientras jadea por el dolor punzante que siente en la espalda. En los cuatro días que lleva encarcelada, la han interrogado más de una docena de veces. Con cada interrogatorio, ha vuelto a la celda con más moratones, cada uno de ellos de un tono púrpura más intenso que el anterior. Está a punto de rendirse. Pero sabe que debe tragarse el dolor, la humillación, la sangre que le gotea de la nariz, la frente y el labio superior. No debe derrumbarse. Es lo bastante lista como para saber que los que se derrumban no vuelven a levantarse. Y se niega a exhalar su último aliento en esta cárcel olvidada de la mano de Dios. No puede dejar que la Gestapo gane.

Encarcelaron a Halina pocos días después de que el general Bór ondeara la bandera blanca y diera por terminada la sublevación de Varsovia. Al final, los hombres de Stalin, apostados en las afueras de la ciudad, nunca llegaron; tras sesenta y tres días de lucha, el Ejército Nacional se vio obligado a rendirse. El 2 de octubre, por primera vez en dos meses, se hizo el silencio en la ciudad. Cuando Halina salió al exterior, conmocionada, sucia y medio muerta de hambre, Varsovia, aún en llamas, estaba irreconocible. Su edificio era uno de los dos únicos que quedaban intactos en la calle Stawki. Los demás habían sido arrasados. Algunos estaban cortados por la mitad, dejando al descubierto el interior en un alarmante estado de desorden: inodoros, cabeceros, porcelana, teteras y sofás de salón empujados al azar contra el metal retorcido y el ladrillo, pero la mayoría no eran más que caparazones, con el interior vaciado, destripado, como un pez. Halina se había abierto camino a través de la ciudad arrasada para intentar encontrar a Jakob y a Franka, una tarea casi imposible ya que muchas de las carreteras estaban intransitables. Primero llegó a la puerta de Franka, donde cayó de rodillas: el edificio había desaparecido. Franka, sus padres y su hermano no aparecían por ninguna parte. Una hora más tarde, cuando Halina llegó al apartamento de Jakob, descubrió que su edificio también había sido destruido. Estuvo a punto de desmayarse cuando Jakob salió de entre los escombros con Bella a cuestas. Estaban a salvo. Pero también estaban hambrientos.

Para entonces, Halina apenas podía pensar con claridad. Franka y su familia habían desaparecido. Sabía que no podía irse de Varsovia sin intentar encontrarlos. Pero Adam, Jakob, Bella y ella estaban en apuros. Estaban hambrientos y sin dinero, y pronto llegaría el invierno. Antes del levantamiento, el jefe de Halina, Herr Den, le había dicho que había pedido el traslado a Cracovia. «Si necesitas algo, búscame en el banco del centro, en Rynek Kleparski», le había dicho. Halina no tenía más remedio que pedirle ayuda. Por supuesto, Adam se opuso a la idea, alegando que no era seguro que Halina viajara sola a Cracovia. Pero Halina insistió. En Varsovia aún funcionaba una parte de la resistencia y necesitaban a Adam más que nunca. Y también estaba Mila, que tenía prisa por llegar hasta Felicia. «Si te quedas, puedes ayudar a Mila a encontrar una manera de llegar a Włocławek, y puedes seguir buscando a Franka —dijo Halina—. Por favor, estaré bien sola». Prometió que iría y volvería enseguida con algo de dinero, suficiente como para pasar el invierno. Al final, Adam aceptó. Y así, tras un intercambio con otro joven judío (su abrigo por un saco de patatas para alimentar a los demás mientras ella estaba fuera), Halina partió hacia Cracovia.

Sin embargo, al día siguiente, en la estación de tren de Cracovia, su plan se truncó bruscamente cuando, instantes después de desembarcar, fue detenida. La Gestapo que la detuvo no mostró ningún interés en su historia ni en ponerse en contacto con Herr Den para confirmarla. «Entonces dejad que le envíe un telegrama a mi marido», dijo Halina, sin intentar disimular su enfado. Una vez más, la Gestapo la ignoró. Al cabo de una hora, un coche de policía la escoltó por el centro de Cracovia hasta la triste y célebre cárcel de Montelupich. Al atravesar la entrada de ladrillo rojo de la prisión, miró el alambre de espino y los cristales rotos que rodeaban el edificio y supo, sin lugar a dudas, que no volvería a Varsovia. Al menos no pronto. Y que Adam estaría destrozado.

—¡Brzoza!

—Ya voy —gruñe Halina. Pasa por encima de piernas y brazos mientras cojea hacia la puerta.

De las casi tres docenas de mujeres que comparten la celda, muy pocas son judías, al menos que ella sepa. Ella es una de cuatro, quizá cinco. La mayoría de las encarceladas en el pabellón de mujeres de Montelupich parecen ser ladronas, contrabandistas, espías, miembros de diversas organizaciones de resistencia. Su delito, según la Gestapo, es su fe. Pero ella nunca lo admitirá. Su religión nunca será un crimen.

—Quítame las manos de encima —gruñe cuando Betz cierra la puerta de la celda tras ellos y le pasa un brazo por la espalda, empujándola por el pasillo delante de él.

—Cállate, doradita.

Al principio, Halina pensó que su apodo se debía a su pelo rubio, pero pronto se dio cuenta de que se debía a las estrellas amarillas que llevaban los judíos en Europa.

—No soy judía.

—Eso no es lo que dice tu amigo Pinkus.

El corazón de Halina le golpea la caja torácica. *Pinkus*. ¿Cómo saben su nombre? Pinkus, el chico judío con el que había negociado con su abrigo antes de irse de Varsovia. Pinkus debe haber sido capturado y haber dado su nombre con la esperanza de que eso lo ayudase de alguna forma. Maldice su estupidez.

—No conozco a ningún Pinkus.

—Pinkus, el judío que se llevó tu abrigo. Dice que te conoce. Afirma que no eres quien dices ser.

Pinkus, cobarde de mierda.

—¿Por qué iba un judío a delatar a otro judío? —Halina resopla.

—Pasa a menudo.

—Bueno, ya te lo he dicho, no conozco a esa persona. Está mintiendo. Te dirá cualquier cosa para salvar su vida.

En la celda sin ventanas y llena de manchas de sangre que la Gestapo ha destinado al interrogatorio, ofrece la misma explicación una y otra vez, esta vez a dos brutos que reconoce de interrogatorios anteriores: a uno por la espantosa cicatriz que tiene en el ojo y al otro por la cojera.

—Le diste tu abrigo —grita el de la cicatriz—. Si eres polaca, tal como dices, ¿por qué hiciste negocios con un judío?

—¡No sabía que era judío! —Halina se postra—. Llevaba semanas sin comer. Me ofreció patatas. ¿Qué podía hacer? —De repente, un puño la agarra por el cuello y la estampa contra la pared de la celda—. No sabía que era judío —resopla.

Crac. Su frente choca contra la pared.

—¡Deja de mentir!

El dolor la ciega. El cuerpo de Halina está inerte.

—¿No... no lo ves? —escupe—. ¡Es venganza! ¡Los judíos... están tratando de vengarse... de los polacos!

Otro *crac,* otra fractura, un chorro que le cae por la nariz, el sabor caliente y acre de la sangre. *No debes vacilar.*

—Ha jurado por la tumba de su madre —sisea uno de la Gestapo—. ¿Qué dices a eso?

—Los judíos... nos odian. —*Zas.* Habla entre dientes, con una mejilla estampada contra la pared—. Siempre lo han hecho... ¡es venganza!

Zas. El crujido óseo y sordo de su mandíbula al chocar con el dorso de una mano.

—Mírate, ¡pareces una judía!

La respiración de Halina se vuelve húmeda, pesada.

—No... me... insultes. Mirad... a vuestras mujeres. Rubias... con... ojos azules. ¿Son judías?

Crac. Otra vez, su cráneo contra la pared. Ahora hay sangre en sus pestañas, le quema los ojos.

—¿Por qué deberíamos creerte?

—¿Y por qué no? Mis... ¡mis papeles no mienten! Y... mi jefe tampoco... Herr Den. Llamadlo. Está en el banco en Rynek Kleparski. Ya os lo he dicho... Iba a verlo cuando vosotros, bastardos, me arrestasteis. —Por supuesto, esta parte de su historia es cierta.

—Olvídate de Den. No nos sirve de nada —sisea el cojo.

—Entonces mandad un telegrama a mi marido.

—La única persona útil para nosotros eres tú, doradita —grita el de la cicatriz—. Dices que eres polaca. Pues recita el Padrenuestro.

Halina sacude la cabeza, finge fastidio y agradece en silencio el hecho de que sus padres hubieran optado por enviarla a un instituto polaco en lugar de a una de las escuelas judías de Radom.

—Otra vez. Padre nuestro, que estás en los cielos, santificado sea tu nombre...

—Vale, vale, basta.

—Llamad a mi jefe —suplica Halina, agotada. Él es la única carta que le queda, su última esperanza. Se pregunta si los alemanes han intentado siquiera contactar con él. Tal vez Herr Den quedó atrapado en el levantamiento en Varsovia y nunca llegó a Cracovia. O tal vez han llamado, y al final ha renunciado a responder por ella. Pero parecía tan decidido: «Ven a Cracovia. Encuéntrame, te ayudaré». Ella lo había intentado. Y ahora está aquí. Ha pasado menos de una semana y ya tiene el cuerpo hecho polvo. No sabe cuántos interrogatorios más podrá soportar. Una de las recién llegadas le ha dicho que Varsovia sigue en llamas. No deja de preocuparse por Adam, que debía haber perdido la cabeza cuando ella no regresó, por Mila, que apenas podía valerse por sí misma cuando Halina se marchó, y por Franka, pero sobre todo está preocupada por sus padres. Los Górski esperaban dinero una vez al mes para mantener a salvo a sus padres, y ahora llevan casi dos meses sin recibir nada. ¿Podría contar con la bondad de los Górski para que sus padres sobrevivieran? Ha visto su humilde hogar; apenas pueden mantenerse. Halina no puede evitar imaginárselo: Albert acompañando a sus padres fuera de la casa, incapaz de mirarlos a los ojos: *Lo siento, ojalá pudierais quedaros, pero si no os vais moriremos todos de hambre*. Seguramente, con el tiempo los Górski la darán por muerta. La familia la dará por muerta.

Volveré a vosotros, dice en silencio, en parte para sí misma y en parte para Adam y sus padres, por si están escuchando, mientras la escoltan, por fin, de vuelta a su celda.

51

Mila

E l trayecto hasta el convento dura el doble de lo habitual. Muchas de las calles están intransitables, lo que obliga a Mila a dar rodeos muy largos. Todo lo que antes le resultaba familiar a lo largo del camino ha desaparecido: la fábrica de barriles de Józefina, la curtiduría de Mszczonów... el paisaje se ha reducido a un interminable mosaico de escombros.

Mila se inclina hacia delante y mira a través del parabrisas del V6 que ha robado. Adam y ella habían encontrado el coche tirado a una manzana del apartamento de Halina; hicieron falta seis personas para volver a ponerlo sobre sus ruedas. Adam la había ayudado a arrancarlo. Le faltaban las cuatro ventanillas, pero eso daba igual. El depósito, en un golpe de buena suerte, aún estaba a un cuarto de su capacidad; tenía combustible suficiente para ir y volver del convento.

Da golpecitos nerviosos con los pulgares en el volante, escudriñando los restos. Mila piensa que se ha equivocado de sitio. ¿Se ha equivocado de camino? Apenas ha dormido desde hace semanas, es posible que se haya perdido. El convento debería estar justo ahí, delante, podría jurarlo... y entonces su vista capta algo negro, un fragmento de pizarra que sobresale de la tierra. Se le revuelve el estómago al reconocerlo como la pizarra que una vez fue. Está en el lugar correcto. El convento ya no existe. Ha desaparecido. Ha volado en mil pedazos.

Sin pensárselo, se baja del coche, con el motor aún encendido, y cruza a toda velocidad el terreno donde había visto a su hija por última vez, saltando por encima de ladrillos desparramados y postes de valla rotos sobre la hierba alta. Al ver una silla de escritorio diminuta boca abajo, cae de rodillas. Tiene la boca abierta, pero se queda sin aire, sin fuerzas. Y entonces sus gritos atraviesan el cielo de octubre como si fuesen cuchillos, haciéndose más violentos con cada inhalación desesperada.

—Señorita, señorita. —Mila está siendo zarandeada por un joven. Apenas le oye, aunque está arrodillado a su lado—. Señorita —dice.

Siente el peso de una mano en el hombro. Tiene la garganta en carne viva, las mejillas llenas de lágrimas y una voz implacable en la cabeza: *¡Mira lo que has hecho! ¡Nunca debiste dejarla aquí!* Le palpita el corazón como si alguien le hubiera clavado una jabalina.

Mila levanta la vista, parpadea, se lleva una mano al pecho y otra a la frente. Se da cuenta de que alguien ha apagado el motor del V6.

—Hay un sótano —explica el joven—. Llevo días intentando llegar hasta allí. Me llamo Tymoteusz. Mi hija Emilia también está ahí abajo. ¿Y la suya es…?

—Felicia —susurra Mila, con la mente tan agitada que no recuerda que en el convento su hija se llamaba Barbara.

—Venga, ayúdeme, aún puede haber esperanza.

Mila y Tymoteusz se turnan para levantar los escombros del lugar donde estuvo el convento.

—Ves —explica Tymoteusz y señala—: Esto parece ser una escalera. Si podemos despejarla, quizás encontremos una puerta al búnker.

Llevan casi dos horas trabajando cuando Tymoteusz se detiene, se arrodilla y apoya la cabeza en la tierra.

—¡He oído algo! ¿Tú también lo has oído?

Mila se arrodilla y contiene la respiración mientras escucha. Pero al cabo de unos segundos, sacude la cabeza.

—No oigo nada. ¿Cómo ha sonado?

—Como un golpe.

A Mila se le acelera el pulso. Se ponen de pie y comienzan a levantar escombros de nuevo, esta vez con un propósito y un hilo de esperanza renovados. Y entonces, cuando Mila se agacha para agarrar un bloque de cemento, se queda paralizada. *Ahí está. Un sonido.* Sí, un golpe, que viene de debajo de sus pies.

—¡Lo oigo! —jadea. Acerca la cara a los escombros y grita lo más alto que puede—: ¡Os oímos! Estamos aquí. ¡Vamos a por vosotras! —Sus gritos son respondidos con otro golpe. Un grito ahogado. De inmediato, las lágrimas brotan de los ojos de Mila—. Son ellas. —Medio solloza, medio ríe, y entonces se recuerda a sí misma que un golpe puede significar cualquier cosa. Podría significar que solo hay un superviviente.

Ahora trabajan más rápido, Mila se limpia el sudor y las lágrimas de las mejillas, Tymoteusz respira con dificultad, con las cejas juntas en señal de concentración. Les sangran las manos. Los músculos que recorren sus espinas dorsales sufren espasmos. Cuando se detienen, descansan un minuto o dos, no más, charlan para no imaginarse lo peor.

—¿Cuántos años tiene Emilia? —pregunta Mila.

—Siete. ¿Y Felicia?

—Cumplirá seis en noviembre.

Mila pregunta de dónde es Tymoteusz, pero elude el tema de la madre de Emilia, con la esperanza de que no pregunte por el padre de Felicia.

Están a medio camino de despejar el hueco de la escalera cuando el sol se esconde, lo que significa que disponen de otra hora, como mucho, de luz. Sin embargo, ambos saben que no se irán hasta que la escalera esté despejada.

—He traído una linterna —dice Tymoteusz, como si le leyera el pensamiento a Mila—. Vamos a sacarlas de ahí. Esta noche.

Hay estrellas en lo alto cuando por fin llegan a la puerta del búnker. Mila había pensado que habría más gritos, más comunicación con quienquiera que hubiera llamado antes, pero desde que establecieron el primer contacto no ha oído nada, ni un ruido, y de repente no son los escombros ni la oscuridad ni el trabajo de abrir la puerta lo que la aterroriza, sino el silencio. Seguro que quienquiera que esté dentro puede oírlos ahora, ¿por qué ese silencio? Agarra la linterna con manos temblorosas y la apunta al pomo de la puerta, y mira con la cara medio desencajada cómo Tymoteusz la abre.

—¿Estás bien? —pregunta Tymoteusz.

Mila no está segura de poder moverse.

—Creo que sí —susurra.

Tymoteusz la sujeta del brazo.

—Ven —le dice, y se adentran juntos en las sombras.

Mila desliza un haz de luz estrecho un metro por delante de ella mientras se arrastran en silencio hacia dentro. Al principio no ven más que el suelo de cemento, con las grietas y el polvo iluminados por el resplandor de la luz. Pero entonces la luz capta lo que parecen ser pisadas, y un segundo después Mila salta al oír una voz, no muy lejos de ellos. La reconoce como la de la madre superiora.

—Estamos aquí.

Mila apunta con la linterna en dirección a la voz. Allí, a lo largo de la pared más alejada del búnker, empieza a distinguir cuerpos, grandes y pequeños. Los más pequeños, la mayoría, permanecen inmóviles. Algunos se incorporan y se frotan los ojos. *¡Corre hacia ellos!*, grita el corazón de Mila. *¡Encuéntrala! Está ahí, tiene que estar.* Pero no puede. Tiene los pies clavados en el suelo y sus pulmones rechazan el aire, que de repente huele a excrementos y a algo más, algo horrible. Mila comprende que es la muerte. Huele a muerto. Los pensamientos van y vienen a toda velocidad. ¿Y si Felicia no estuviera allí? ¿Y si estaba fuera cuando empezó el bombardeo? ¿O si está allí, pero es una de las que no se mueve? Demasiado enferma como para sentarse, o peor…

—Ven. —Tymoteusz le da un codazo y ella se mueve a su lado, incapaz de respirar. Alguien tose. Se dirigen hacia la madre superiora, que permanece sentada, parece incapaz de mantenerse en pie. Cuando llegan hasta ella, Mila pasa la linterna por encima de los demás. Hay al menos una docena de cadáveres.

—Madre superiora —susurra Mila—. Soy Mila, Felicia… Barbara, quiero decir que soy la madre de Barbara. Y-y Tymoteusz…

—El padre de Emilia —dice Tymoteusz.

Mila dirige la luz hacia ella y hacia Tymoteusz durante un instante.

—Las niñas. ¿Están…?

—¿Papá? —Suave, asustada, una voz penetra en la oscuridad y Tymoteusz se queda paralizado.

—¡Emilia! —Cae de rodillas ante su hija, que se pierde en sus brazos. Ambos lloran.

—Siento mucho no haber podido llegar antes —susurra Mila a la madre superiora—. ¿Cuánto... cuánto tiempo hace que...?

—*Mamusiu*.

Felicia. Mila recorre con su linterna la multitud de cuerpos hasta que al final se posa sobre su hija. Parpadea, tragándose las lágrimas. Felicia lucha por mantenerse en pie. Bañadas por la luz, las cuencas de sus ojos parecen demasiado pronunciadas en su pequeño rostro, e incluso desde lejos Mila puede ver que tiene el cuello y las mejillas llenas de ampollas.

—¡Felicia! —Mila coloca la linterna en la mano de la madre superiora y se lanza por el suelo del búnker—. Mi niña. —Se arrodilla junto a Felicia y la levanta, acunándola con un brazo bajo el cuello y otro bajo las piernas. No pesa nada. Tiene el cuerpo caliente. Demasiado caliente, reconoce Mila. Felicia murmura. Dice que le duele algo, pero no tiene palabras ni energía para explicarlo. Mila la mece con suavidad—. Ya lo sé. Lo siento mucho. Lo siento mucho. Ya estoy aquí, cariño. Shhh. Estoy aquí. Estás bien. Te vas a poner bien. —Repite las palabras una y otra vez, meciendo a su febril hija en brazos como si fuese un bebé.

En algún sitio, por encima de su hombro, oye que alguien le habla. Tymoteusz. Habla en voz baja, pero con urgencia.

—Conozco a un médico en Varsovia. Tienes que llevarla con él —dice—. Ahora mismo.

17 DE ENERO DE 1945: *Las tropas soviéticas toman Varsovia. Ese mismo día, los alemanes se retiran de Cracovia.*

18 DE ENERO DE 1945: *Con las fuerzas aliadas tan cerca, Alemania lleva a cabo un último intento desesperado por evacuar Auschwitz y los campos circundantes; unos sesenta mil prisioneros son obligados a partir a pie en lo que más tarde se denominará la «marcha de la muerte» hacia la ciudad de Wodzisław, en el suroeste de Polonia. Miles son asesinados antes de la marcha y más de quince mil mueren en el trayecto. A los que quedan los cargan en trenes de mercancías en Wodzisław y los envían a campos de concentración en Alemania. En las próximas semanas y meses tendrán lugar marchas similares desde campos como Stutthof, Buchenwald y Dachau.*

52

Halina

Prisión de Montelupich, Cracovia, la Polonia ocupada por los alemanes – 20 DE ENERO DE 1945

Un rayo de luz iridiscente atraviesa su celda desde una ventana de barrotes diminuta situada a tres metros de altura, iluminando un cuadrado de cemento en la pared de enfrente. Por la posición de la luz, Halina sabe que es tarde. Pronto se hará de noche. Cierra los ojos, con los párpados pesados por el cansancio. La noche anterior no durmió nada. Al principio, achacaba su malestar al frío. Tiene la manta raída y su jergón de paja no amortigua el gélido frío de enero que emana del suelo. Pero incluso para los estándares de Montelupich, la noche había sido ajetreada. Parece que cada pocos minutos la despiertan los gritos desgarradores de alguien en una celda situada un piso por encima de la suya, o los sollozos de un preso en el pasillo. La miseria es asfixiante; es como si en cualquier momento fuese a envolverla.

Las compañeras de celda de Halina, que antes eran treinta y dos, se han reducido a doce. Al puñado de personas que se descubrió que eran judías se las llevaron hace meses. Otras llegan y se esfuman a cada rato. La semana pasada llegó una mujer polaca, acusada de espiar para el Ejército Nacional. Dos días después, la sacaron de la celda antes del amanecer; cuando el sol empezaba a salir, Halina oyó un grito y luego el ruido de un disparo. La mujer nunca regresó.

Acurrucada de lado, con las manos entre las rodillas, se tambalea al borde del sueño, medio escuchando los susurros de dos reclusas que están en montones de paja contiguos al suyo.

—Está pasando algo —dice una de ellas—. Están actuando de forma extraña.

—Sí —coincide la otra—. ¿Qué puede significar?

Halina también ha notado un cambio. Los alemanes se comportan de forma diferente. Algunos, como Betz, han desaparecido, lo que para ella es una bendición: hace semanas que no la llaman a la sala de interrogatorios. Los hombres que ahora se acercan a la puerta para llevarse a un prisionero o dejar una lata de sopa aguada, en los pocos ratos que los ve, parecen apresurados. Distraídos. Incluso nerviosos. Sus compañeras de celda tienen razón. Está pasando algo. Hay rumores de que los alemanes están perdiendo la guerra. Que el Ejército Rojo está entrando en Varsovia. ¿Podrían ser ciertos esos rumores? Halina piensa en sus padres escondidos a todas horas, en Adam, en Mila, en Jakob y en Bella, que se supone que siguen en Varsovia. En Franka y su familia: Adam, ¿habrá podido encontrarlos? ¿Varsovia será liberada pronto? ¿Cracovia será la siguiente?

La puerta se abre.

—¡Brzoza!

Halina se incorpora. Se impulsa para sentarse y luego se levanta despacio, con las articulaciones rígidas mientras cruza la celda.

El alemán de la puerta apesta a alcohol rancio. Le agarra el codo con fuerza mientras caminan por el pasillo, pero en lugar de girar a la derecha hacia la sala de interrogatorios, abre de un empujón una puerta que da a una escalera, la misma escalera por la que ella había bajado hacía casi cuatro meses, en octubre, cuando la escoltaron por primera vez a las entrañas del pabellón de mujeres de Montelupich.

—*Herauf* —indica el alemán, soltándola del codo. *Arriba*.

Halina utiliza la barandilla metálica, sujetándose a ella con fuerza a cada paso por miedo a que le fallen las piernas. Al final de la escalera, la acompañan por otra puerta y luego por un largo pasillo hasta un despacho con el nombre Hahn impreso en letras negras sobre una puerta de cristal opaco. Dentro, el hombre que está detrás del escritorio —Herr Hahn, supone Halina— lleva un uniforme con la insignia del doble rayo de la *Sicherheitspolizei*. Asiente con la cabeza y, al instante, Halina se queda de pie, sola, temblando, en la puerta.

—Siéntate —dice Hahn en alemán, mirando hacia una silla de madera frente a su escritorio. Tiene los ojos cansados y el pelo ligeramente revuelto.

Halina se sienta con cuidado en el borde de la silla. Piensa en cómo va a matarla la Gestapo, si será rápido, si sufrirá. Si su familia, en caso de seguir con vida, se enterará de su destino.

Hahn desliza un trozo de pergamino por el escritorio.

—Frau Brzoza. Sus papeles para salir de aquí.

Halina se lo queda mirando durante un momento. Y luego baja la mirada hacia los documentos.

—Frau Brzoza, parece que su arresto no fue válido.

Levanta la vista.

—Llevamos meses intentando contactar con su jefe, Herr Den. Resulta que su banco había cerrado. Pero por fin lo hemos encontrado, y ha declarado que usted es quien dice ser. —Hahn hace un ovillo con los dedos—. Parece que se ha cometido un error.

Halina exhala. Una furia abrasadora le recorre la columna vertebral mientras mira fijamente al hombre que tiene enfrente. Lleva casi cuatro meses encerrada, hambrienta, maltratada. No ha dejado de preocuparse por su familia. Y ahora esto, ¿una disculpa a medias? Abre la boca, furiosa, pero no le salen las palabras. En lugar de eso, traga saliva. Y mientras el alivio la inunda, aplacando su ira, se marea. La habitación le da vueltas. Por primera vez en su vida, se queda sin palabras.

—Puedes irte —dice Hahn—. Puedes recuperar tus pertenencias cuando salgas.

Halina parpadea.

—¿Lo has entendido? Eres libre de irte.

Apoya ambas manos en los brazos de la silla y se incorpora.

—Gracias —susurra Halina, cuando recupera el control. *Gracias,* susurra, esta vez en silencio, a Herr Den. Lo ha vuelto a hacer. Le ha salvado la vida. No sabe cómo se lo pagará. No tiene nada que darle. De alguna forma, algún día, encontrará la manera. Pero primero, necesita contactar con Adam. *Por favor, que esté vivo. Que mi familia esté viva.*

En la oficina de la prisión, Halina toma su bolso y la ropa con la que llegó, y entra en un lavabo para cambiarse. La blusa y la falda le sientan de maravilla, pero su aspecto es chocante.

—Oh, cielos —susurra cuando ve su reflejo en el espejo que hay sobre el lavabo. Tiene los ojos inyectados en sangre y la piel de debajo, morada como una berenjena. Los moratones de los pómulos se han desvanecido hasta adquirir un color verde apagado, pero el corte que tiene sobre la ceja derecha —grueso y con costras negras, con una furiosa erupción roja alrededor— es escabroso. Tiene el pelo hecho un desastre. Inclinada sobre el lavabo, junta las palmas de las manos y se moja la cara con un par de puñados de agua. Finalmente, saca un pasador del bolso y se peina un mechón de pelo rubio con los dedos unas cuantas veces antes de pasárselo por la frente y sujetarlo a un lado en un intento por cubrir la herida que tiene en la frente.

Dobla su andrajoso mono de presidiaria, lo deja en el suelo y rebusca en el bolso, donde, de milagro, encuentra el reloj y la cartera. El dinero, por supuesto, que estaba destinado a los Górski, ha desaparecido. Pero su identificación falsa está ahí. Su permiso de trabajo. Una tarjeta con los datos de Den. Y —se le revuelve el estómago al sentirlo aún oculto en el suave forro— el documento de identidad de Adam. Su verdadera identificación. Con su verdadero nombre, Eichenwald. Halina y Adam se habían intercambiado sus antiguos carnés al principio de la guerra, poco después de casarse. Fue idea de Adam.

«Nunca se sabe cuándo podemos volver a necesitarlos —había dicho—; hasta entonces, mejor no darle a nadie la oportunidad de que los encuentre».

Halina había hecho un corte en el forro de su bolso y había cosido en él la identificación de Adam. No tuvo tiempo de sacarlo después de su detención y antes de entregarlo a la Gestapo. Los alemanes lo habían pasado por alto. Halina, aliviada por el descuido, sale de la prisión tan rápido como se lo permiten sus articulaciones hinchadas.

Fuera, el frío de enero la abofetea con fuerza. Parches de nieve y hielo cubren la calle adoquinada. Llegó a principios de octubre, cuando el tiempo aún era relativamente suave y había intercambiado con Pinkus su abrigo de invierno. Su ligera gabardina no es rival para el frío invernal. Se sube el cuello hasta la barbilla y se mete las manos en los bolsillos, entrecerrando los ojos con incomodidad ante la luz del sol. Ignorando el viento que le corta las mejillas y el dolor punzante que siente en las rodillas, camina a paso ligero, decidida a poner todo el espacio que pueda entre ella y Montelupich mientras contempla qué hacer a continuación.

En una calle llamada Kamienna, se detiene en un quiosco, donde por primera vez desde que salió de la prisión se da cuenta de que no ha visto a ningún alemán por las calles. Hojea los periódicos y se alegra al leer que los soviéticos habían tomado Varsovia hacía apenas tres días. Que los nazis habían comenzado a huir de Cracovia. Que, en Francia, los alemanes se retiraban de las Ardenas. ¡Estas son buenas noticias! Tal vez los rumores que circulaban por Montelupich eran ciertos, tal vez la guerra terminaría pronto.

Halina busca entre la pequeña multitud de polacos reunidos en la caseta a alguien que pueda indicarle la dirección de Herr Den. Hahn había dicho que el banco estaba cerrado, pero quizá con la retirada de los alemanes lo hayan reabierto. Después de todo, pudieron ponerse en contacto con él. Decide que, si no está en el banco, tendrá que localizar su domicilio. Se pondrá en contacto con él. Le dará las gracias. Le prometerá que le devolverá el dinero y le pedirá un préstamo. Lo suficiente como para poder comer y volver a Varsovia, donde, espera, encontrará a su familia intacta.

53

Halina y Adam

Wilanów, la Polonia ocupada por los soviéticos
– FEBRERO DE 1945

—Es esta de aquí, a la izquierda —dice Halina, y Adam hace
girar el Volkswagen por el estrecho camino que lleva a la
casa de los Górski—. Gracias por venir —añade.
Desde detrás del volante, Adam la mira y asiente.
—No hay de qué.
Halina apoya una mano en la rodilla de Adam, sumamente agradecida por el hombre que tiene a su lado. Nunca olvidaría el día en
que regresó de Cracovia a su apartamento de Varsovia y lo encontró
esperándola. Mila, Felicia, Jakob y Bella también estaban allí. La sensación de verlos juntos, a sus hermanos, era indescriptible. Sin embargo,
su euforia se desvaneció cuando Adam le dijo que no tenía noticias de
Franka ni de su familia. Seguían desaparecidos. Sus padres y sus tres
hermanos (dos hermanos y una hermana con un hijo de dos años) también habían desaparecido poco después de que Halina se marchara a
Cracovia. Adam había intentado encontrarlos con todas sus fuerzas,
pero no había tenido suerte.
Al principio se había arrepentido de pedirle que la acompañara a
Wilanów, pero sabía que él nunca la dejaría viajar sola, y que, si llegaba a una casa vacía o recibía malas noticias de los Górski, no tendría
fuerzas para regresar sola a Varsovia.
Adam detiene el Volkswagen y Halina mira la casa de los Górski a
través del parabrisas lleno de polvo. Parece desgastada, como si la guerra le hubiera pasado factura. Falta una docena de tejas en el tejado y la
pintura blanca ha empezado a desprenderse de las contraventanas como

la corteza de un abedul. Las malas hierbas crecen en los espacios entre la pasarela de pizarra azul que conduce a la puerta. A Halina se le revuelve el estómago. La casa parece abandonada. Adam le dijo que escribió a los Górski dos veces durante el invierno para ver cómo estaban, prometiendo enviarles dinero en cuanto pudiera, pero nunca recibió respuesta.

Halina se pasa los dedos por la antiestética cicatriz de la ceja y luego se lleva la mano al bolsillo, donde ha metido un sobre con zlotys, la mitad de la suma que Herr Den le prestó cuando por fin lo encontró en Cracovia. Han pasado siete meses desde que pudo entregar el dinero a los Górski, desde la última vez que vio a sus padres, y es lo único que puede hacer para no temer que la peor de sus pesadillas se haya hecho realidad.

—Que estén aquí —susurra Halina, deseando que desaparezcan los horribles escenarios que su mente se ha vuelto experta en inventar: que los Górski, arruinados, se habían visto obligados a dejar a sus padres en la estación de tren para que se las arreglaran solos con sus documentos de identidad falsos; que la hermana de Marta, fisgoneando, había descubierto la pared falsa detrás de la librería y había amenazado con denunciar a Albert por albergar a un judío a menos que se deshiciera de ellos; que un vecino había visto la colada de sus padres, sospechosamente más grande que la de los Górski, tendida en el patio trasero, y había denunciado a los Górski a la Policía Azul; que la Gestapo les había hecho una visita sorpresa y había descubierto a sus padres antes de que tuvieran la oportunidad de meterse en su escondite. Las posibilidades eran infinitas.

Adam apaga el motor. Halina toma aire, exhala a través de un hueco entre sus labios.

—¿Preparada? —pregunta Adam.

Halina asiente.

Sale del coche y se adelanta, guiando a Adam hasta la parte trasera de la casa. En la puerta, se vuelve y sacude la cabeza.

—No sé si puedo —dice.

—Sí puedes —dice Adam—. ¿Quieres que llame a la puerta?

—Sí —susurra Halina—. Dos veces. Llama dos veces.

Cuando Adam la rodea con la mano, Halina mira desde la puerta hasta sus pies y ve una hilera de diminutas hormigas negras marchando por el umbral de piedra. Adam golpea la puerta con los nudillos dos veces y le tiende la mano. Halina contiene la respiración y escucha. En algún rincón detrás de ella, una paloma torcaz arrulla. Un perro ladra. El viento agita las hojas escamosas de un ciprés. Y por fin, el sonido de unos pasos. Si los pasos pertenecen a los Górski, Halina sabe que sus expresiones lo dirán todo, y se queda mirando el pomo de la puerta, a la expectativa.

Albert abre la puerta, más delgado y canoso que la última vez que lo vio. Al verla, alza las cejas.

—¡Eres tú! —dice, y luego se tapa la boca con una mano, sacudiendo la cabeza con incredulidad—. Halina —dice entre sus dedos—. Pensábamos...

Halina se obliga a mirarlo. Abre la boca, pero no se atreve a hablar. No tiene valor para preguntarle lo que necesita saber. Busca en sus ojos una respuesta, pero lo único que puede leer es la sorpresa de encontrarla en su puerta.

—Pasad, por favor —dice Albert, haciéndoles señas para que entren—. He estado muy preocupado con las noticias que llegaban de Varsovia. Tanta devastación. ¿Cómo diablos...?

Adam se presenta y en un instante se ven envueltos entre las sombras mientras Albert cierra la puerta tras ellos.

—Aquí —dice Albert, encendiendo una lámpara—. Está muy oscuro.

Halina parpadea y busca en el estudio alguna señal de sus padres, pero la habitación está tal como la recuerda. El jarrón de cerámica azul en el alféizar de la ventana, el estampado de cachemira verde que adorna el sillón de la esquina, la Biblia que descansa en una mesita de roble junto al sofá... no hay nada fuera de lo habitual. Deja que sus ojos recorran la pared del fondo hasta la estantería con ruedas invisibles.

Albert se aclara la garganta.

—Bien —dice, dirigiéndose a las estanterías.

Halina traga saliva. Un destello de esperanza.

—Cuando vi llegar tu coche y no lo reconocí —dice Albert, apartando con cuidado las estanterías de la pared entablada de cedro—, pensé que sería mejor que se escondieran. Por si acaso.

Sería mejor que se escondieran.

Albert golpea la pared en el lugar donde antes estaba la estantería.

—Pan i Pani Kurc —dice en voz baja.

De repente, Halina tiene las mejillas calientes. Se le eriza la piel. Detrás de ella, Adam le apoya las manos en los hombros y se inclina para rozarle la oreja con la barbilla.

—Están aquí —susurra. Bajo las tablas del suelo, hay movimiento.

Halina escucha con atención: el arrastre de los cuerpos que se mueven en su dirección, el sonido sordo de las suelas de cuero al chocar con la madera, el chasquido de un cerrojo al abrirse.

Y entonces, salen. Primero su padre, luego su madre, con los ojos entrecerrados mientras suben los escalones, encorvados al principio, desde el semisótano de los Górski hasta el luminoso estudio. A Nechuma se le escapa un sonido extraño cuando se endereza y encuentra a Halina detrás de ella. Albert se hace a un lado mientras las mujeres se abrazan.

—Halina —susurra Sol. Rodea con sus brazos la unión de su mujer y su hija, cerrando los ojos mientras las abraza, con la nariz hundida en el pequeño espacio que hay entre la parte superior de sus cabezas. Permanecen así durante un buen rato, con sus cuerpos fundidos en uno solo, llorando en silencio, hasta que al final madre, padre e hija se separan y se secan los ojos. Sol parece sorprendido de ver a Adam.

—Pan Kurc. —Adam asiente y sonríe. No ha visto a sus ahora suegros desde antes de casarse con Halina. Sol se ríe, le tiende la mano y abraza a Adam.

—Por favor, hijo mío —dice, con las patas de gallo flanqueando sus ojos—, puedes llamarme Sol.

PARTE III

8 DE MAYO DE 1945: *Día de la Victoria en Europa. Alemania se rinde y se proclama la victoria de los Aliados en Europa.*

54

La familia Kurc

Łódź, Polonia – 8 DE MAYO DE 1945

A dam juguetea con el sintonizador de la radio, ajustándolo hasta que una voz crepita por los altavoces.

—En unos minutos —dice un locutor en polaco—, traduciremos una emisión en directo desde la Casa Blanca en Estados Unidos. Por favor, sigan con nosotros.

Halina abre la ventana del salón. Tres pisos más abajo, el boulevard está vacío. Al parecer, todo el mundo está en casa, junto a la radio, para escuchar las noticias que Łódź, toda la Europa ocupada, y el mundo en general, espera desde hace más de una década.

La decisión de Halina de llevar a la familia a Łódź fue práctica. Se las habían arreglado durante un tiempo en Varsovia, pero la ciudad, lo que quedaba de ella, era inhabitable. Habían hablado de volver a Radom, incluso se habían atrevido a hacer una visita y pasar la noche con los Sobczak, pero se habían encontrado con que el apartamento de la calle Warszawska y la tienda de sus padres ya estaban ocupados por polacos. Halina no estaba preparada para lo que sentiría al ser recibida en la puerta de su casa por extraños, extraños que la miraban con el ceño fruncido, que decían que no tenían intención de marcharse, que tenían el descaro de creer que lo que una vez perteneció a su familia ahora era suyo.

A Halina, el encuentro la enfureció tanto que montó en cólera; fue Adam quien la hizo entrar en razón, recordándole que la guerra aún no había terminado, que seguían haciéndose pasar por arios y que un arrebato no haría más que llamar la atención de una forma peligrosa. Se había marchado de Radom abatida pero decidida a encontrar una ciudad donde asentarse, al menos hasta el final de la guerra: una ciudad con suficiente industria como para hallar trabajo y con apartamentos donde alojar a lo que quedaba de la familia, incluidos sus padres, a los que había convencido para que se quedaran en Wilonów hasta que la guerra terminara oficialmente. Según había oído Halina, en Łódź había apartamentos, trabajo y una oficina de la Cruz Roja. Y, efectivamente, no tardó mucho en dar con un lugar donde vivir cuando llegaron. El gueto de la ciudad había sido liquidado más tarde que la mayoría, lo que significaba que había cientos de casas vacías en el antiguo barrio judío y no había suficientes polacos para ocuparlas. Era nauseabundo pensar en lo que había sido de las familias que habían vivido allí antes que ellos, pero Halina sabía que no podían permitirse un alquiler en el centro de la ciudad. Eligió dos apartamentos juntos, los más espaciosos que pudo encontrar. Les faltaba la mitad del mobiliario, pero había tantas casas vacías que pudo rescatar suficientes piezas como para hacerlas habitables.

La familia está en silencio mientras Jakob coloca cinco sillas en un semicírculo alrededor de la chimenea, donde la radio está colocada como una lápida sobre la repisa.

—Siéntate, amor —le dice a Bella. Ella se acomoda con delicadeza en la silla y apoya una mano en la sutil curva de su vientre. Está embarazada de seis meses. Mila, Halina, Adam y Jakob también se sientan, mientras Felicia se acurruca en el suelo, haciendo una mueca de dolor al llevarse las rodillas al pecho. Mila le peina a Felicia el pelo con los dedos, que ha empezado a crecer en su color rojo natural en las raíces. Le rompe el corazón ver a su hija sufriendo. El escorbuto que contrajo en el búnker del convento ha remitido bastante, pero sigue quejándose de dolor en las articulaciones. Mila suspira: al menos ha recuperado el apetito. Felicia se había negado a comer durante semanas cuando Mila la rescató, alegando que comer le dolía demasiado.

Por fin, la voz de Harry Truman, el nuevo presidente de los Estados Unidos, sale de los altavoces de la radio y la familia se inclina hacia ella.

—Esta es una hora solemne, pero gloriosa —proyecta Truman a través de la interferencia de la estática. El locutor local traduce—. El general Eisenhower —continúa Truman— informa de que las fuerzas de Alemania se han rendido a las Naciones Unidas. —Hace una pausa y añade—: ¡Las banderas de la libertad ondean por toda Europa!

Las palabras «libertad» y «ondean» resuenan en la habitación, suspendidas en el aire como si fuesen confeti.

La familia mira fijamente la radio y luego se miran unos a otros mientras la aliteración del presidente se posa con tiento sobre sus regazos. Adam se quita las gafas y levanta la barbilla hacia el techo, pellizcándose el puente de la nariz con el pulgar y el índice. Bella se seca una lágrima y Jakob le tiende la mano. Mila se muerde el labio. Felicia mira a los demás y luego a su madre, con ojos inquisitivos, sin saber por qué lloran ante lo que ella entiende que es una buena noticia.

Halina intenta imaginarse al presidente estadounidense sentado triunfante tras su escritorio a unos seis mil kilómetros al oeste del lugar donde se encuentran. Truman lo llamó el *Día V-E: La Victoria en Europa*. Pero a Halina, la palabra «victoria» le parece vacía. Incluso falsa. No hay nada de victorioso en la Varsovia en ruinas que han dejado, ni en el hecho de que gran parte de la familia siga desaparecida, ni en el hecho de que, a su alrededor, en lo que una vez fue el enorme gueto de Łódź, puedan sentir los fantasmas de doscientos mil judíos, la mayoría de los cuales, según se rumorea, murieron en los furgones de gas y en las cámaras de Chełmno y Auschwitz.

Una ovación apagada llega desde el apartamento de al lado. A través de la ventana, unos gritos desde la calle. Łódź ha empezado a celebrarlo. El mundo ha empezado a celebrarlo. Hitler ha sido derrotado, la guerra ha terminado. Lo que, técnicamente, significa que son libres de volver a ser Kurc, Eichenwald y Kajler. Volver a ser judíos. Pero el ambiente en el apartamento no es de celebración. No mientras el resto de la familia esté en paradero desconocido. Y no con tantos muertos. Cada día aumenta el número estimado de víctimas. Primero fue un millón, luego dos cifras tan grandes que ni siquiera pueden empezar a comprender su enormidad.

Cuando el discurso de Truman termina, el locutor polaco afirma que la Cruz Roja seguirá levantando decenas de oficinas y campos de refugiados por toda Europa, instando a los supervivientes a que se registren. Adam apaga la radio y el salón vuelve a enmudecer. ¿Hay algo que decir? Al final, es Halina quien llena el silencio.

—Mañana —declara, tratando de mantener la voz firme—, volveré a la Cruz Roja para comprobar que todos nuestros nombres estén registrados. Preguntaré por los campos de refugiados y cuándo exactamente podremos acceder a una lista de nombres. Y empezaré a preparar la llegada de mamá y papá de las afueras.

En la calle de abajo, los vítores son cada vez más fuertes. Halina se levanta, se acerca a la ventana y la cierra con cuidado.

55

La familia Kurc

Todos los días, Halina recorre una distancia que ya le resulta familiar desde su apartamento de Łódź, primero hasta la sede provisional de la Cruz Roja en el centro de la ciudad, luego hasta las nuevas oficinas de la Sociedad Hebrea de Ayuda a los Inmigrantes y, por último, hasta el Comité Judío Estadounidense de Distribución Conjunta, o el Joint, como lo llaman todos, con la esperanza de tener noticias de sus familiares desaparecidos. Cuando no está haciendo sus rondas, consulta el periódico local, que ha empezado a publicar listas de nombres y anuncios clasificados de supervivientes que buscan familiares. En la radio también hay una emisora dedicada a ayudar a los supervivientes a volver a ponerse en contacto; ella ha llamado dos veces. La semana pasada, las esperanzas de Halina se dispararon cuando descubrió el nombre de Franka en una lista publicada por el Comité Central de Judíos de Polonia, una organización financiada por el Joint. Habían enviado a Franka, con su hermano y sus padres, a un campo a las afueras de Lublin llamado Majdanek; por algún inexplicable giro del destino, Salek, Terza y ella habían sobrevivido. Su padre, Moshe, no tuvo tanta suerte. Halina ha empezado a hacer trámites para que sus primos y su tía lleguen a Łódź, pero le han dicho que podría llevar meses; están entre los miles de refugiados que esperan ayuda en el campo de refugiados donde los han destinado. Al menos Nechuma y Sol ya están aquí, en Łódź; por fin ha conseguido sacarlos del campo.

Deben de estar hartándose de mí, piensa Halina mientras se acerca a las oficinas de la Cruz Roja, donde los voluntarios ya la conocen bien. Suelen recibirla con una media sonrisa, un movimiento de cabeza y un triste «Lo siento, no hay noticias». Sin embargo, hoy la puerta de aluminio apenas se ha cerrado tras ella cuando una de las voluntarias se abalanza sobre ella.

—¡Es para ti! —grita la mujer, agitando un pequeño papel blanco sobre su cabeza. Una docena de personas se giran. En un espacio que suele estar lleno de tristeza, la emoción en la voz de la mujer resulta chocante.

Halina se detiene, mira por encima del hombro y luego a la voluntaria.

—¿Para mí? ¿Qué... qué hay para mí?

—¡Esto! —La voluntaria sostiene un telegrama entre los pulgares y los índices a la distancia de un brazo y luego lo lee en voz alta—: Con Selim en Italia. Búscanos por el II Cuerpo Polaco. Genek Kurc.

Al oír el nombre de su hermano, Halina pierde el equilibrio y extiende los brazos en un acto reflejo para no caerse.

—¿Qué? ¿Dónde está? —Le tiembla la voz—. Déjame ver. —Alarga la mano hacia el telegrama, mareada. ¿El II Cuerpo Polaco? ¿Ese no es el éjercito de Anders? Con *Selim*, a quien todos creían muerto. Halina apenas puede respirar. Todo el mundo en Łódź habla del general Anders. Sus hombres y él son héroes. Tomaron Monte Cassino. Lucharon en el río Senio, en la batalla de Bolonia. Halina sacude la cabeza e intenta imaginarse a Genek y a su cuñado Selim de uniforme, en la batalla, haciendo historia. Pero no puede.

—Miralo por ti misma.

Halina agarra el telegrama con tanta fuerza que las uñas de sus pulgares se vuelven blancas. Reza para que no haya ningún error.

CON SELIM EN ITALIA
BÚSCANOS X EL II CUERPO POLACO
GENEK KURC

Efectivamente, el nombre de su hermano está escrito en la parte inferior. Levanta la vista. Los demás la observan, esperando una reacción. Halina abre la boca y luego la cierra, tragándose lo que podría ser un sollozo o una carcajada.

—¡Gracias! —murmura al final, apretando el telegrama contra su pecho—. ¡Gracias!

La oficina se llena de aplausos mientras Halina se lleva el telegrama a los labios y lo besa una y otra vez. Las lágrimas empiezan a caer por sus mejillas, pero las ignora. Un pensamiento invade su mente. *No hay ningún error. Están vivos.* Se mete el telegrama en el bolsillo de la blusa, sale de la oficina y echa a correr. Doce manzanas más tarde, sube las escaleras de su apartamento de dos en dos y se encuentra a sus padres en la cocina, preparando la cena.

Su madre levanta la vista cuando Halina los mira a través de la puerta, jadeando y con las mejillas sonrojadas.

—¿Estás bien? —pregunta Nechuma, alarmada, con el cuchillo suspendido sobre una zanahoria—. ¿Has estado llorando?

Halina no sabe por dónde empezar.

—¿Está Mila en casa? —pregunta, sin aliento.

—Ha ido al mercado con Felicia; volverá enseguida. Halina, ¿qué pasa? —Nechuma deja el cuchillo y se limpia las manos en un paño de cocina que lleva sujeto a la cinturilla de la falda.

A su lado, Sol se queda inmóvil.

—Halina, dinos... ¿qué ha pasado? —Mira a Halina con atención, con el ceño fruncido por la preocupación.

—Tengo noticias —exclama Halina—. ¿Cuánto hace que Mila...? —Se detiene al oír abrirse una puerta—. ¡Mila! —Corre hacia el vestíbulo, saluda a su hermana en la puerta y le quita la bolsa de lona de los brazos—. Menos mal que estás aquí. Ven, date prisa.

—¿Por qué estás tan agitada? —pregunta Mila—. ¡Estás empapada de sudor!

—¡Noticias! ¡Tengo noticias!

Los ojos de Mila se agrandan, el color avellana de sus iris rodeado de repente por un mar de blanco.

—¿Qué? ¿Qué tipo de noticias? —Una noticia puede significar cualquier cosa. Felicia y ella siguen a Halina por el pasillo.

En la puerta de la cocina, Halina hace un gesto a sus padres para que se reúnan con ella en el salón.

—Venid —dice. Cuando la familia está reunida, Halina toma aire. Apenas puede contenerse—. Acabo de llegar de la Cruz Roja —dice, se mete la mano en el bolsillo de la blusa y saca el telegrama. Se esfuerza por mantener las manos firmes mientras sostiene el valioso trozo de papel para que lo vea su familia—. Ha llegado hoy, de *Italia*. —Lee el telegrama en voz alta, pronunciando cada palabra con cuidado—: «Con Selim en Italia. Búscanos por el II Cuerpo Polaco». —Mira a su madre, a su padre, a su hermana, a Felicia, sus ojos bailan entre ellos, llenándose de nuevo de lágrimas—. Firmado, «Genek Kurc» —añade con la voz temblorosa.

—¿Qué? —Mila tira de Felicia hacia ella, y le acuna la cabeza contra la parte baja de sus costillas.

Nechuma agarra el brazo de Sol para estabilizarse.

—Léelo otra vez —susurra Sol.

Halina vuelve a leer el telegrama y después lo lee otra vez. Para cuando llega a la tercera lectura, Nechuma está llorando, y el diminuto apartamento se llena con la profunda carcajada de Sol.

—Es la mejor noticia que he oído desde... desde que tengo memoria —dice, con los hombros temblorosos.

Se abrazan de dos en dos, Sol y Nechuma, Mila y Felicia, Mila y Halina, Halina y Nechuma, y luego se acurrucan como si fueran uno, como una rueda gigante, con las manos alrededor de la cintura y la frente apretada contra la del otro, Felicia en medio. El tiempo se esfuma mientras se abrazan, se ríen y lloran, Sol repite una y otra vez las doce palabras perfectas del telegrama.

Halina es la primera en separarse del círculo.

—¡Jakob! —grita—. ¡Tengo que ir a decírselo a Jakob!

—Sí, ve —dice Nechuma, secándose los ojos—. Dile que se reúna con nosotros aquí para cenar esta noche.

—Lo haré —dice Halina, echando a correr por el pasillo. La puerta se abre y luego se cierra y poco después un silencio se cierne sobre el apartamento.

—*Mamusiu?* —susurra Felicia, mirando a su madre como si estuviese esperando una explicación. Pero Mila ha enmudecido. Dirige la mirada de izquierda a derecha, como si buscara en la habitación algo que no puede ver. Un fantasma, tal vez.

Al darse cuenta, Nechuma apoya una mano en el hombro de Sol.

—¿Podrías preparar un poco de té con Felicia? —susurra. Sol mira a Mila y asiente, indicándole a Felicia que vaya a la cocina.

Cuando se quedan solas, Nechuma se vuelve hacia Mila y le toca el brazo.

—Mila, ¿qué pasa, cariño?

Mila parpadea y niega con la cabeza.

—No es nada, mamá, es que…

—Ven —dice Nechuma, guiando a Mila a la pequeña mesa del salón donde comen.

Mila se mueve despacio, con la mente en otra parte mientras se sienta. Apoya los codos en la mesa, cierra las manos en un puño gigante y apoya la barbilla sobre los pulgares. Durante un rato, ninguna de las dos habla.

—No es lo que esperabas, encontrarlo —dice Nechuma, elige las palabras con cuidado—. No pensabas que siguiera vivo.

—No. —Una lágrima resbala por el rabillo del ojo de Mila y rueda por su mejilla. Nechuma la limpia con delicadeza.

—Debes sentir alivio, ¿verdad?

Mila asiente.

—Claro. —Levanta la barbilla y se gira para mirar a su madre—. Es solo que… me he pasado los últimos seis años creyendo que él… estaba muerto. Me había hecho a la idea. Incluso lo acepté, por terrible que suene.

—Es comprensible. Tenías que seguir adelante por el bien de Felicia. Hiciste lo que haría cualquier madre.

—No debería haberme rendido con él. Debería haber tenido más esperanzas. ¿Qué clase de esposa renuncia a su marido?

—Por favor —dice Nechuma, con voz suave, comprensiva—. ¿Qué se suponía que tenías que pensar? No sabías nada de él. Todos pensábamos que estaba muerto. Además, ahora eso ya no importa.

Mila mira por encima del hombro hacia la cocina.

—Tengo que hablar con Felicia. —Mila había hablado cada vez menos de Selim desde que admitió ante Felicia que no estaba segura de cuál había sido su destino; desde que eligió, por su propio bien, creer que se había ido. Pero Felicia se había negado a dejarlo ir. Se había pasado el último año haciendo preguntas sobre él, rogándole a su madre que le diera detalles—. Lo ha fabricado de tal manera en su cabeza —añade Mila—. ¿Y si se… decepciona? Cuando él se fue, no era más que una bebé, sana, de mejillas sonrosadas… ¿Y si…? —Mila se detiene, incapaz de describir lo mucho que ha cambiado Felicia.

Nechuma busca las manos de Mila, pone las palmas sobre ellas.

—Mila, cariño, sé que todo esto es repentino, pero piénsalo de esta forma: te han dado una oportunidad, una oportunidad preciosa, imposible, de empezar de nuevo. Y Selim es el padre de Felicia. Ella lo querrá. Y él la querrá, como tú la quieres. Incondicionalmente.

Mila asiente.

—Tienes razón —susurra—. Es que odio que él no la conozca.

—Dale tiempo —dice Nechuma—, y dátelo a ti también, tiempo para descubrir cómo ser una familia. Ten paciencia. Intenta no darle muchas vueltas. Ya te has preocupado bastante como para toda una vida.

Mila saca las manos de debajo de las de su madre para secarse una lágrima de la mejilla. Se pregunta qué significa vivir un día de su vida sin preocupaciones. ¿Sin un plan? Ha organizado cada minuto de cada día lo mejor que ha podido desde que empezó la guerra. Mila se pregunta si es capaz de dejar que las cosas se desarrollen por sí solas.

Esa noche, una vez que Felicia se ha dormido, la familia se sienta a la mesa del comedor y estudia el mapa que tienen delante. Halina le ha enviado un telegrama a Genek, haciéndole saber que, la mayor parte de la familia está viva y bien. «Todavía no sabemos nada de Addy», escribió. «¿Cuándo te concederán los permisos? ¿Dónde nos vemos?».

El proceso de decidir cuál será el próximo paso es difícil. Porque lo más probable es que «próximo» signifique un nuevo «para siempre». Que signifique pensar dónde asentarse. Dónde empezar de nuevo. Durante la guerra, sus opciones eran más reducidas, el riesgo era mayor, su misión era singular. En cierto modo, era simple. Mantener la barbilla baja y la guardia alta. Estar un paso por delante. Seguir con vida un día más. No dejar que el enemigo ganara. Pensar en un plan a largo plazo se antoja complicado y una carga, como flexionar un músculo atrofiado.

—La primera pregunta es —dice Halina, mirando alrededor de la mesa—: ¿Nos quedamos en Polonia?

Sol niega con la cabeza. Su mirada es severa. A pesar de las noticias de Genek en Italia, últimamente ha encontrado muy pocos motivos para sonreír. Hace dos semanas, poco después de enterarse de la muerte de su cuñado Moshe, descubrió que al comienzo de la guerra también habían muerto una hermana, dos hermanos, cuatro primos y media docena de sobrinos que vivían en Cracovia. Su extensa familia, antaño tan numerosa, había quedado reducida a unos pocos. La noticia lo había destrozado. Presiona la yema del dedo índice sobre la mesa.

—Aquí —dice, con el ceño fruncido—, no estamos seguros.

Los demás se quedan sentados en silencio, considerando lo que sí saben y lo que no. Los alemanes se han rendido, sí, pero para los supervivientes judíos la guerra dista mucho de haber terminado. Los Kurc ya han oído historias de judíos que regresan a sus pueblos natales para ser asaltados, robados y, a veces, asesinados. En una ocasión, estalló un pogromo cuando un grupo de lugareños acusó a un judío que regresaba de haber secuestrado a un niño polaco —lo colgaron de un árbol— y, días después, decenas de judíos fueron asesinados a tiros en la calle. Al parecer, Sol tiene razón.

Las miradas se vuelven hacia Nechuma. Ella asiente con la cabeza, mirando a su marido y luego hacia el mapa.

—Estoy de acuerdo. Deberíamos irnos. —Las palabras pesan en sus pulmones, dejándola sin aliento. Es una declaración que nunca pensó que haría. Hace seis años, la proclamación de Hitler de expulsar a los judíos del continente parecía absurda. Nadie creía que planes tan despiadados pudieran hacerse realidad. Pero ahora lo saben. Han visto los periódicos, las fotografías, han empezado a procesar las cifras. Ahora no se puede negar lo que el enemigo es capaz de hacer—. Creo que es lo mejor —añade, tragando saliva. La idea de dejar atrás todo lo que una vez fue suyo: su hogar, sus calles, su tienda, sus amigos… es casi imposible de concebir. Pero Nechuma se recuerda a sí misma que esas cosas son parte del pasado. De una vida que ya no existe. Ahora hay extraños viviendo en su casa. Aunque quisieran, ¿Sol y ella podrían recuperarla? ¿Y quién queda de sus amigos? El gueto lleva años vacío. Por lo que sabían, ya no quedaban judíos en Radom. Sol tiene razón. No es sensato quedarse en Polonia. La historia se repite. Esa es una verdad de la que está segura.

—Yo opino lo mismo —dice Mila—. Quiero que Felicia crezca en un lugar donde pueda sentirse segura, donde pueda sentirse… *normal.* —Mila frunce el ceño, preguntándose qué significa el concepto de «normal» para su hija. La única vida que Felicia conoce es la de ser perseguida. La de ser obligada a esconderse. La de colarse por las puertas del gueto. La de ser abandonada en manos de extraños. Tiene casi siete años y, salvo el primer año, ha pasado toda su vida rodeada de guerra, con la enfermiza certeza de que hay gente que desea su muerte por el mero hecho de haber nacido. Al menos Mila y sus hermanos tienen la edad suficiente para saber que no siempre ha sido así. Pero la guerra, la persecución, el luchar cada día por sobrevivir… *esto* es lo normal para Felicia. A Mila se le humedecen los ojos—. Pensad en todo lo que hemos pasado —dice—. Todo por lo que ha pasado Felicia. No hay manera de borrar lo que ha sucedido aquí. —Sacude la cabeza—. Hay demasiados fantasmas, demasiados recuerdos.

Al lado de Mila, Bella asiente, y a Jakob le duele el corazón por ella. Todos saben que Bella es incapaz de volver a Radom. Sin sus padres ni su hermana, allí no le queda nada. Jakob busca la mano de Bella y, al rodearla con los dedos, no puede evitar recordar cómo, en los peores meses de su angustia, estuvo a punto de perderla. La forma en que lo había echado de su vida. Lo había destrozado verla así, verla desaparecer. Nunca se había sentido tan impotente. Tampoco había sentido un alivio tan grande como cuando por fin ella hizo el esfuerzo, poco a poco, de levantarse y seguir adelante. Había visto destellos de la antigua Bella en Varsovia, pero es este embarazo, la nueva vida que lleva dentro, lo que parece haberla ayudado a recuperar la fuerza que necesitaba para, por fin, curarse.

Jakob mira a sus padres. Por la forma en que su madre parece estar preparándose, intuye que sabe lo que está a punto de decirles. Ya le ha dicho que Bella y él están pensando en irse a vivir a Estados Unidos, pero las palabras no salen con facilidad.

—El tío de Bella en Illinois —comienza a decir en voz baja— ha accedido a patrocinarnos. No nos garantiza un visado, claro está, pero es un comienzo. Y creo que lo lógico es que lo aceptemos. —Seguramente los demás comprenden que, al menos en Estados Unidos, Bella podrá estar rodeada de lo que queda de su familia.

—Cuando lleguemos a Chicago —dice Bella, mirando de Nechuma a Sol—, podemos preguntar por los visados para el resto de la familia. Si os interesa.

—De momento nos quedaremos en Polonia —añade Jakob—, al menos hasta que llegue el bebé.

Un patrocinio a América. La idea se instala en el corazón de Nechuma como si fuese un peso de plomo. Si fuese por ella, pasaría hasta la última hora de su vida con sus hijos al lado. Pero no puede discutir con Jakob. Sería una estupidez por su parte no aceptar la ayuda del tío de Bella. Sin un padrino, es casi imposible conseguir un visado estadounidense.

Jakob continúa explicando que, de momento, no se permite a ningún barco navegar de Europa a Estados Unidos, pero que las restricciones se levantarán pronto.

—Parece ser que hay barcos de pasajeros que salen de Bremerhaven —dice, inclinándose sobre el mapa y señalando una ciudad del noroeste de Alemania—. Una vez que nazca el bebé —dice—, pensamos hacer de un campo de refugiados aquí, en Stuttgart, nuestro hogar temporal. A partir de ahí, deberíamos tener más posibilidades de conseguir visados.

Halina mira fijamente a Jakob desde el otro lado de la mesa, con la boca apretada por el disgusto. Le horroriza la idea de que su hermano se vaya a vivir a Alemania.

—¿No hay campos de refugiados en Polonia? —espeta—. ¿No estarías mejor aquí? —Mueve la cabeza con vehemencia y sus ojos verdes desafían a los de él—. Prefiero cortarme el cuello antes que poner un pie en el vientre del mal.

El tono de Halina es cortante, pero, aunque antes hubiera molestado a Jakob, ahora ya no. Entiende que proteger a la familia se ha convertido en su trabajo y que solo vela por él. Jakob la mira, comprensivo, y está de acuerdo en que la idea de mudarse a Alemania es desconcertante.

—Créeme, Halina, no será fácil. Pero si eso significa que estemos un paso más cerca de una nueva vida en Estados Unidos, entonces estamos dispuestos a hacer lo que haga falta. A estas alturas, creo que podemos decir que hemos pasado por cosas peores.

La estancia enmudece un instante antes de que Halina vuelva a hablar.

—Muy bien, pues —declara—. Jakob, Bella y tú tenéis motivos para quedaros. Pero nosotros no. Creo que todos estamos de acuerdo en eso. Yo voto por que vayamos a Italia. Con Genek y Selim. A partir de ahí, podemos decidir juntos, como una familia, a dónde ir después. —Mira a sus padres.

Nechuma y Sol se miran.

—Ojalá supiéramos si Addy... —dice Nechuma, deteniéndose para corregir su elección de palabras—, dónde está Addy. —Los demás guardan silencio, sumidos en sus propios temores. Pero Nechuma asiente—. Italia.

—No podemos olvidar que Mussolini fue aliado de Hitler durante la guerra —advierte Sol—. Yo propongo que busquemos la ruta con el menor número posible de controles civiles.

Y así, la decisión está tomada: Jakob y Bella viajarán dentro de unos meses de Łódź a Stuttgart y, con suerte, a América, y los demás viajarán a Italia.

Mientras la familia se inclina sobre el mapa, Adam traza con el dedo desde el suroeste de Łódź hasta Italia, y enumera las ciudades que hay entre una y otra donde está convencido de que podría haber oficinas de la Cruz Roja: Katowice, Viena, Salzburgo, Innsbruck. Omite Cracovia, porque está seguro de que a su mujer no le convendría volver a ningún lugar que se encuentre dentro de un radio de cincuenta kilómetros de la prisión de Montelupich. La ruta requeriría atravesar Checoslovaquia y Austria. Están de acuerdo en que es la única opción buena.

—Escribiré a Terza, Franka y Salek para informarles de nuestros planes —dice Halina, pensando en voz alta—. Preguntaré al Joint si pueden ayudarnos a pagar los gastos de su viaje, para que puedan reunirse con nosotros en Italia. Y hablaré con las chicas de la Cruz Roja, quizá puedan ayudarnos a planificar una ruta o hablarnos de otros lugares de la Cruz Roja que tal vez no conozcamos por el camino. Necesitaremos vodka y cigarrillos. Para los puestos de control.

Nechuma mira a Sol, imaginando el viaje. Llegar a Italia no será fácil. Pero si lo consiguen, se reunirá con su primogénito. ¡Y Felicia tendrá un padre! La idea la anima. Al comienzo de la guerra, no tenía ni idea de si Sol y ella vivirían para ver el final, si sus hijos vivirían para ver el final, si alguna vez volverían a estar juntos, como una piña. El día en que los alemanes entraron en Radom, su mundo se hizo pedazos. Desde entonces, había visto cómo todas las verdades básicas de la vida que una vez conoció: su hogar, su familia, su seguridad... se iban con el viento. Ahora, esos fragmentos de su pasado han empezado a volver a la tierra y, por primera vez en más de media década, se ha permitido creer que, con tiempo y paciencia, podría ser capaz de recomponer algo parecido a lo que un día fue. Nunca será igual, es lo bastante lista como para darse cuenta de ello. Pero están aquí y, casi todos, juntos, cosa que empieza a sentirse como una especie de milagro.

Por supuesto, no puede evitar fijarse en las piezas que faltan, en Moshe y la familia que Sol ha perdido y en los parientes de Adam, que siguen en paradero desconocido... y, sobre todo, en el enorme vacío que corresponde a su hijo mediano. ¿Qué ha sido de su Addy? Los ánimos de Nechuma se desploman mientras se enfrenta al misterio, a la posibilidad de no saberlo nunca y a la realidad de que su mundo, su tapiz, nunca estará completo sin él.

56

Halina

Los Alpes austriacos – JULIO DE 1945

A través de un claro entre los árboles, Halina no puede ver nada más que el cielo azul acero. Son las ocho de la tarde pasadas, pero aún hay luz suficiente para leer un libro, si tuviera uno. Sus padres, Mila y Felicia, están dormidos; sus cuerpos impregnados de sudor tendidos por el campamento, y las cabezas apoyadas en bolsos y pequeñas bolsas de cuero que contienen lo que queda de sus pertenencias. Halina suspira al escuchar el zumbido de un pájaro carpintero en el tronco de un álamo cercano. Aún falta una hora para que anochezca, y sabe que todavía faltan dos horas para que se rinda y se duerma. Decide aprovechar los últimos resquicios de luz y saca un pañuelo del bolsillo interior con cremallera de su bolso. Lo despliega y coloca los cigarrillos que le quedan en fila en el suelo delante de ella, contándolos. Hay doce. Espera que sean suficientes para sobornar a los guardias del próximo control.

«Quedamos en Bari», escribió Genek en su última carta. A pesar de las severas restricciones a los viajes civiles, Halina, Nechuma, Sol, Mila y Felicia no tardaron en abandonar Łódź. Adam se había quedado.

«Vete tú —le dijo a Halina—. Yo me quedaré, para conseguir ahorrar un poco». Había encontrado un trabajo estable en un cine local. «Te veré en Italia cuando te hayas establecido», dijo. Halina no discutió con él. Unas semanas antes, Adam había encontrado, a través del Servicio Internacional de Localización, los nombres de sus padres, hermanos y sobrino en una lista de muertos confirmados. No había más información, solo sus nueve nombres, marcados en una página entre cientos de otros. Adam estaba destrozado, y el hecho de que no le hubieran explicado cómo ni cuándo habían muerto lo estaba volviendo loco. Halina sabía que no se había quedado por el trabajo. Necesitaba respuestas.

Y así, Halina y los demás se habían marchado, armados con tantos cigarrillos y botellas de vodka como habían podido cargar. Halina había contratado a un chófer para que llevara a la familia a Katowice, una ciudad situada doscientos kilómetros al sur de Łódź. En Katowice, Halina, que aún hablaba ruso con fluidez, consiguió que viajasen en la parte trasera de un camión que llevaba suministros al Ejército Rojo en Viena. El viaje duró días. Los Kurc permanecieron escondidos, metidos entre cajas de uniformes y carne en lata, con miedo de que, si los descubrían cruzando la frontera de Checoslovaquia o la de Austria sin los documentos adecuados, los reportasen o, peor aún, los encarcelasen.

Desde Viena, hicieron autostop hasta Graz, donde los dejaron en la base de los Alpes Calcáreos del Sur, una imponente cordillera nevada que serpenteaba hacia el suroeste a través de Austria y se adentraba en Italia. Halina se preguntaba si sus padres y Felicia, que aún estaba delgada como un palo, serían capaces de soportar la caminata: los Alpes eran imponentes, más altos que cualquier montaña que hubiera visto antes. Pero, a menos que quisieran enfrentarse a una docena de estaciones de tren y controles fronterizos, cruzarlos a pie era su mejor opción. Tras una semana de descanso en Graz, los Kurc se deshicieron de algunas de sus pertenencias, llenaron el espacio que quedaba en sus maletas con pan y agua y, utilizando lo que les restaba de sus ahorros (Adam había insistido en que se llevasen lo poco que tenía), contrataron a un guía —un joven austriaco que se llamaba Wilhelm— para que les mostrara el camino a través de la cordillera. «Tenéis suerte de que el verano haya llegado un poco antes —dijo Wilhelm el día de su partida—. Los Alpes del Sur están cubiertos de nieve diez meses al año, y en esta época suelen estar intransitables».

Caminaban todos los días desde las siete de la mañana a las siete de la tarde. Wilhelm les fue muy útil como guía, hasta que una mañana se despertaron y descubrieron que había desaparecido. Por suerte, había dejado el resto de la comida, junto a su mapa. Maldiciendo la cobardía del joven austriaco, se designó a sí misma como líder.

Enrolla el pañuelo alrededor de los cigarrillos y los vuelve a meter en el bolso, luego saca el mapa del bolsillo del pecho y lo abre con cuidado por las esquinas; con todo el uso que le han dado, ahora tiene los bordes suaves como el terciopelo y unas arrugas inquietantemente finas. Quita unas cuantas piedrecitas del suelo y deja el mapa sobre él, trazando con una uña manchada de suciedad el punto aproximado en el que se encuentran y la ciudad más cercana al pie de los Alpes del Sur, Villach, un pueblo al norte de la frontera italiana. Calcula otras cuarenta horas de camino, hacia el sur, lo que significa que podrían estar en Italia en cuatro días. Será todo un reto. Sus pulmones se han acostumbrado a los tres mil metros de altitud, pero las suelas de sus zapatos, que no están pensadas para un uso tan frecuente y duro, han empezado a romperse. Tendrán que ser muy precavidos, sobre todo a la hora de descender. Halina se plantea interrumpir el viaje para descansar las piernas. El día anterior, Sol había tropezado con una raíz en el camino y estuvo a punto de torcerse el tobillo. Todos están agotados. Doce horas de caminata al día es mucho. Pero también andan escasos de provisiones, con apenas cuatro o cinco días de pan y agua como máximo. Halina decide que seguirán adelante. Lo mejor es llegar a suelo italiano. Lo más seguro es que los demás estén de acuerdo.

Un águila de cola blanca sobrevuela la zona y Halina se maravilla ante su enorme tamaño; luego mira la mochila de provisiones que ha colgado de una rama cercana y comprueba que la ha cerrado bien. *Cierra los ojos*, se dice a sí misma. Vuelve a guardarse el mapa en el bolsillo de la camisa, junta los dedos y apoya la cabeza en las palmas de las manos. Tiene el cuerpo agotado por el esfuerzo del día, pero está demasiado nerviosa como para dormir. Sus pensamientos, como el tamborileo incesante del pájaro carpintero que habita en la zona, van y vienen por partida triple. ¿Y si se equivoca de ruta al bajar la montaña? Podrían perderse, quedarse sin comida y no llegar nunca a Italia. ¿Y si llegan a Italia y las autoridades los deportan? Hace apenas un mes que el país estaba ocupado por los nazis. ¿Y si le pasa algo a Adam en Łódź? Transcurrirán semanas —más, quizás— antes de que ella pueda escribirle con remitente.

Halina contempla el cielo cada vez más oscuro. No son solo los escenarios posibles los que la mantienen despierta. También hay una parte de ella que está demasiado emocionada como para dormir. En pocos días se reunirá con su hermano mayor. Imagina lo que sentirá al ver a Genek por primera vez después de tantos años. Oír su risa. Darle un beso en sus mejillas con hoyuelos. Sentarse juntos, como una familia, y trazar un plan, dónde ir después. La idea de pensar en un futuro más allá de la guerra es emocionante, embriagadora: a Halina se le acelera el corazón solo con pensarlo. Tal vez Bella tenga razón, tal vez sus parientes podrían patrocinar a toda la familia Kurc, y podrían mudarse a los Estados Unidos. O tal vez se dirijan al norte, al Reino Unido, o al sur, a Palestina, o a la otra punta del planeta, a Australia. Por supuesto, su decisión dependerá de qué país esté dispuesto a abrirles las puertas.

Deja de pensar y duerme, se dice Halina. Mientras se pone de lado, dobla un brazo en forma de almohada, apoya la cabeza en el codo y se lleva una mano a la parte baja del vientre. Lleva dos semanas de retraso. Intenta hacer cálculos, contar los días que han pasado desde que Adam y ella se vieron, pero le resulta casi imposible. Ha pasado tantos años pensando en el futuro que su cerebro ha olvidado cómo mirar atrás en el tiempo. Los días antes de que se fueran de Łódź están borrosos. ¿Podría ser? Tal vez. Es posible. Pero también es posible que sea un retraso. Ya ha pasado antes. No sangró ni una vez durante los meses que estuvo encarcelada en Cracovia. Demasiado estrés. Muy poca comida. *Nunca se sabe,* se dice Halina con una sonrisa. Todo es posible. *Por ahora, lleva a la familia sana y salva a Italia. Concéntrate en lo que tienes entre manos. En los próximos cuatro días.* Decide que, por el momento, eso es lo único que importa.

57

La familia Kurc

F elicia duerme en posición fetal junto a Mila, con la mejilla apoyada en el muslo de su madre. Mila, demasiado nerviosa como para cerrar los ojos, apoya una mano en el hombro de Felicia y aprieta la frente contra la ventanilla, contemplando el azul del Adriático mientras el tren avanza a toda velocidad hacia Bari. Ensaya por milésima vez lo que le dirá a su marido cuando lo vea. Debería ser obvio: *Te he echado de menos. Te quiero. Han pasado tantas cosas... ¿por dónde empiezo?* Pero incluso en su mente, las palabras le parecen forzadas.

Nechuma le había dicho que tuviera paciencia. Que intentara no darle tantas vueltas. Pero Mila no puede evitarlo. Se pregunta si Selim será el mismo hombre que conoció antes de la guerra, intenta imaginarse volver al ritmo de marido y mujer: Selim desempeñando de nuevo el papel de patriarca, fuente de ingresos, protector de su destino. ¿Podría hacerlo? ¿Podrá aprender a pasar a un segundo plano? ¿A depender de nuevo de él? Felicia y ella han estado solas tanto tiempo que no está segura de estar preparada para dejar que otra persona tome las riendas. Aunque esa persona sea el padre de Felicia.

Al otro lado del pasillo, Halina se abanica con un periódico. Había empezado el viaje sentada frente a Mila, pero conversar con su hermana mientras veía pasar el paisaje en sentido inverso le había revuelto el estómago, así que se trasladó a un asiento donde pudiera mirar hacia delante. Está embarazada. Ahora está segura. Se le revuelve el estómago cuando está vacío, tiene los pechos hinchados y sensibles, y los pantalones le quedan ajustados a la cintura. ¡Está embarazada! Es una verdad tan desalentadora como emocionante. Aún no le ha dicho nada a su familia. Piensa decírselo cuando lleguen a Bari. Y tendrá que idear una forma ingeniosa de compartir la noticia con Adam cuando vuelva a Łódź, tal vez gastándose un dineral en una llamada telefónica. Dirá: *Acabo de cruzar los Alpes y estoy embarazada*. Si alguien le hubiera dicho antes de la guerra que a los veintiocho años conduciría a su familia a través de una cordillera, embarazada y a pie, se habría reído a carcajadas. ¡No es una chica de campo! ¿Tres semanas de travesía por las montañas, durmiendo en el suelo, con pan duro y agua como sustento? ¿Con un bebé a cuestas? Ni hablar.

Halina repasa mentalmente las últimas semanas de viaje y se sorprende ante el hecho de que, a pesar de las circunstancias, no haya oído ni una sola queja. Ni de Mila, que caminaba durante horas cada día con Felicia a cuestas; ni de sus padres, cuyas cojeras se hacían más evidentes cada día; ni siquiera de Felicia, cuyos zapatos eran tan pequeños que los dedos de sus pies llenos de ampollas habían acabado por hacer un agujero en uno de ellos, y que, cuando su madre no la llevaba en brazos, tenía que dar dos zancadas por cada una de las de los adultos para seguir su ritmo.

Por suerte, cruzaron la frontera con Italia sin contratiempos.

Siamo italiani, mintió Halina a las autoridades británicas del puesto de control de Tarcento. Ante la negativa de los guardias, Halina abrió el bolso. «Volvemos a casa con nuestras familias», dijo, sacando los cigarrillos que le quedaban.

Caminar por primera vez por suelo italiano era una sensación extraña. Nechuma era la única del grupo que había estado antes: solía visitar Milán dos veces al año para comprar seda y lino para la tienda. Para pasar el rato y distraerse de sus doloridas rodillas durante el descenso de los Alpes, contaba historias de sus viajes, de cómo los vendedores de los mercados de Milán la habían apodado «la tigresa ciega», porque iba de puesto en puesto frotando muestras de tela entre el pulgar y el índice, siempre con los ojos cerrados, antes de hacer una oferta. Cuando se trataba de calidad, no había forma de engañarla: «Puedo adivinar el precio con la precisión de una lira», decía, orgullosa.

Una vez en Italia, Halina preguntó cómo llegar al pueblo más cercano. Caminaron otras seis horas, agotadas sus reservas de agua; estaba anocheciendo y todos estaban al borde del delirio cuando llamaron a la puerta de una pequeña casa en las afueras del pueblo. Halina se dio cuenta de que no estaban en condiciones de pasar otra noche a la intemperie, con solo un mendrugo de pan para comer y nada que beber, y rezó en silencio para que quien los recibiera mirara a su mugriento y desaliñado grupo con simpatía y no con recelo. Respiró aliviada cuando un joven granjero de ojos amables y su mujer abrieron la puerta y les hicieron señas para que entraran. Nechuma pudo hablarles con el poco italiano que sabía, y pronto estuvieron devorando platos calientes de *pasta aglio e olio* a la pimienta. Aquella noche, los cinco Kurc durmieron mejor que en meses, sobre las mantas que la pareja había extendido por el suelo.

A la mañana siguiente, tras dar profusamente las gracias a sus anfitriones italianos, los Kurc continuaron a pie hacia la estación de tren. Por el camino, se cruzaron con un grupo de soldados americanos que bajaron de sus Jeeps verdes cuando Halina sonrió y saludó. Los estadounidenses, uno de los cuales afortunadamente hablaba francés, estaban ansiosos por conocer la situación en Polonia. Sacudieron la cabeza con incredulidad cuando Halina les contó en pocas palabras la insondable devastación de Varsovia y el camino que su familia y ella habían seguido para huir de su patria y llegar sanos y salvos a Italia.

Antes de marcharse, un joven sargento de ojos azules con un parche que decía T. O'Driscoll cosido al uniforme se metió la mano en el bolsillo y se puso en cuclillas junto a Felicia.

«Aquí tienes, pequeña —le dijo en un idioma que Felicia nunca había oído antes. Se sonrojó cuando el apuesto americano le entregó un paquete de papel de aluminio marrón y plateado—. Es una barrita Hershey. Espero que te guste —dijo el sargento O'Driscoll».

«*Merci* —dijo Mila, dándole un apretón a la mano libre de Felicia».

«*Merci* —imitó Felicia en voz baja».

«¿Hacia dónde desde aquí? —había preguntado el americano, dándole una palmadita en la cabeza a Felicia mientras se levantaba. El soldado que hablaba francés tradujo».

«Con la familia de Bari —explicó Halina».

«Estáis muy lejos de Bari».

«Se nos da bastante bien caminar —dijo Halina con una sonrisa».

«Esperad aquí».

El sargento O'Driscoll se marchó y regresó unos minutos después con un billete de cinco dólares.

«El tren es más rápido —dijo, entregándole el billete a Halina y devolviéndole la sonrisa».

Enfrente de Halina, Nechuma y Sol se duermen a ratos, cabeceando mientras el tren choca contra las vías. Al observarlos como si los viera a través de los ojos de Genek, Halina puede ver cuánto los ha envejecido la guerra. Parecen veinte años más viejos que antes de que los encerrasen en el gueto, obligados a esconderse, casi muertos de hambre.

—*Bari, cinque minuti!* —dice el conductor.

Mila pasa las yemas de los dedos por las cicatrices de escorbuto que aún marcan el cuello y las mejillas de Felicia. Ahora lleva el pelo hasta los hombros, rubio de orejas para abajo. Bajo los párpados, los ojos de Felicia dan un respingo. Le tiembla la frente. Incluso dormida, Mila sabe que su hija parece asustada. Los últimos cinco años la han despojado de su inocencia. Una lágrima se derrama del ojo de Mila, baja por su mejilla y cae sobre el cuello de la blusa de Felicia, dejando una pequeña mancha redonda en el algodón.

Mila se limpia los ojos y su mente vuelve a Selim. A las preguntas que no puede ignorar. ¿Qué pensará de Felicia, la hija que nunca conoció? ¿Qué pensará Felicia de él? Ayer había preguntado cómo llamar a Selim. «¿Qué tal si para empezar lo llamas *padre*?», había sugerido Mila.

Unos minutos más tarde, cuando el tren empieza a reducir la velocidad, el ritmo cardíaco de Mila se acelera. Se suplica a sí misma que acepte el regalo del marido y padre que ella y Felicia están a punto de recibir. Dios sabe lo que le ha ocurrido a la familia de él: a su padre, un relojero de modestos recursos, a sus ocho hermanos. Lo último que sabía era que una hermana, Eugenia, había emigrado a París, y un hermano, David, a Palestina; creía que el resto se había quedado en Varsovia. Había intentado localizarlos antes de la sublevación, pero o bien se habían marchado por su propia voluntad o habían sido enviados lejos; no pudo encontrar rastro de ellos. Sabe que es una bendición reunirse

pronto con su marido, en medio de la inconcebible tragedia que la guerra ha dejado a su paso. La mayoría de la gente daría cualquier cosa por
estar en su lugar.

Los frenos chirrían. El paisaje al otro lado de la ventanilla se ralentiza. Mila puede ver la estación de Bari a unos cien metros, y en el
andén, gente, esperando. Mientras frota con suavidad el hombro de
Felicia para despertarla, se hace una promesa a sí misma: abrazar a su
marido con el corazón abierto. Pintará una imagen de estabilidad, por
mucho que le cueste. Por el bien de Felicia. Y Mila se dice a sí misma
que lo que ocurra después, lo que Selim piense de la niña que tiene en
su regazo con el pelo de dos tonos y cicatrices rosadas antiestéticas en
la cara, si Felicia aprenderá a amar al hombre que no recuerda haber
conocido, son cosas que es mejor dejar en manos del destino.

58

La familia Kurc

La estación de Bari es un caos. Tres filas de cuerpos se agolpan en el andén: hombres de uniforme, niños pequeños sujetos a las manos de los que parecen ser sus abuelos, mujeres con sus mejores vestidos, saludando, de puntillas, con la parte posterior de las pantorrillas pintada con largas líneas de carboncillo para dar la impresión de que llevan medias.

Cuando los Kurc salen del tren, Halina va a la cabeza, Nechuma y Sol la siguen de cerca y Mila va en la retaguardia, con las correas de una mochila de cuero colgadas del hombro y la mano aferrada a la de Felicia. Arrastran los pies para no pisarse los talones, un grupo de cinco que se mueve como si fueran uno.

—Vamos a esperar aquí —dice Halina por encima del hombro mientras se abren paso entre la multitud hasta una marquesina en la que se lee BARI CENTRALE y, junto a ella, un cartel con una flecha hacia PIAZZA ROMA. Reunidos bajo la marquesina, se quedan juntos, formando una especie de círculo, buscando caras conocidas en el andén. Poco acostumbrados a ver a Genek y a Selim vestidos de militares, se recuerdan a sí mismos que solo deben buscar hombres con uniforme polaco.

—*Kurde* —refunfuña Halina—, soy demasiado bajita. No veo nada.

—Presta atención a ver si escuchas hablar polaco —sugiere Nechuma.

En el andén se hablan varios idiomas: italiano, por supuesto, y algo de ruso, francés y húngaro. Pero de momento nada de polaco. Los italianos son los más ruidosos. Se mueven despacio y hablan con las manos, con gestos bruscos.

—¿Veis algo? —grita Halina por encima del estruendo.

Mila niega con la cabeza.

—Aún nada. —Es la más alta del grupo. Girando sobre sí misma, recorre el mar de desconocidos que la rodea, dejando que sus ojos se detengan de vez en cuando en la nuca de una cabeza hasta que esta se vuelve para revelar un rostro que no se parece en nada a su marido o a su hermano, y después pasa con rapidez al siguiente miembro de la muchedumbre.

—*Mamusiu* —dice Felicia mientras aprieta la mano de Mila.

—¿Sí, cariño?

—¿Lo ves?

Mila sacude la cabeza e intenta sonreír.

—Todavía no, amor. Pero estoy segura de que está aquí. —Se inclina con rapidez para darle un beso en la mejilla a Felicia.

Cuando se levanta, sus ojos captan algo entre la gente y se le para el corazón. Un perfil. Guapo. Alto. Moreno, aunque con el nacimiento del pelo más entrado de lo que recordaba... ¿podría ser?

—¡Genek! —grita, agitando un brazo sobre su cabeza. Detrás de ella, Nechuma jadea. Genek se vuelve, con los ojos brillantes, escudriñando los rostros en la dirección desde la que ha oído su nombre, hasta encontrarse con el de Mila.

—¿Dónde? ¿Dónde estás mirando? —grita Halina, dando saltitos.

La voz de Genek se eleva, de algún modo audible en medio del barullo.

—¡Mila! —Su brazo sale disparado por encima de su cabeza, golpeando el sombrero de alguien que tiene delante. Desaparece un segundo para recoger el sombrero y, cuando vuelve a salir a la superficie, se dirige hacia ella—. ¡No os mováis! —grita Genek—. ¡Voy hacia vosotros!

—¡Es él! ¡Es él! ¡Es él! —Halina, Sol y Nechuma se hacen eco de la euforia de los demás, dando saltitos rápidos en su sitio. Oír la voz de Genek ya es motivo suficiente para celebrar.

Mila deja caer su mochila y levanta a Felicia hasta la cintura. La niña aún no ha recuperado el peso que perdió en el búnker del convento; Mila puede sostenerla sin problemas sobre la cadera con un solo brazo. Mila señala a Genek.

—¿Lo ves? Justo ahí. Tu tío, Genek. Es el guapo, el de la sonrisa bonita y los hoyuelos. Saluda. —Felicia sonríe y saluda con su madre.

—¿Y papá? ¿Está con él? —La voz de Felicia casi es engullida por la cacofonía.

Una idea golpea a Mila con fuerza y rapidez: ¿y si Selim no está aquí? ¿Y si ha pasado algo desde la última vez que se escribieron? ¿Y si se ha ido? ¿Y si no ha tenido el valor de reunirse con ellas? *¿Dónde estás, Selim?*

—Todavía no veo a tu padre —empieza a decir, pero a medida que su hermano se acerca, advierte un cuerpo que lo sigue de cerca. Pelo oscuro, una cabeza más bajo que Genek. Al principio no lo había visto—. Espera. ¡Creo que lo veo! Está justo detrás de tu tío.

Felicia arquea el cuello.

—Saluda tú primero —dice, de repente se vuelve tímida.

Mila asiente, baja a Felicia al suelo y la agarra de la mano.

—Vale.

—Genek... ¿está cerca? —pregunta Nechuma—. ¿Está Selim con él también?

Mila se da la vuelta para mirar a su madre.

—Sí, Selim está con él. Ven —dice, acercándose a Nechuma y tirando de ella con suavidad para que se ponga delante—. Genek está casi aquí. Deberías ser la primera en saludarlo.

Genek está atascado detrás de un grupo de lugareños. Mila ve cómo pierde la paciencia, tuerce el cuerpo y se abre paso a empujones. Un par de hombres le gritan en italiano, pero él no se inmuta.

Las lágrimas que han brotado de los ojos de Nechuma se deslizan por sus mejillas como el agua de una presa rota cuando por fin ve a su hijo mayor caminar hacia ella, aún más elegante con su atuendo militar de lo que lo recordaba.

—¡Genek! —Es lo único que consigue decir cuando él la ve. También tiene los ojos llorosos. Se acerca y ella se acerca él, y se funden en un abrazo largo, temblando de risa, de pena y de alegría desinhibida. Nechuma cierra los ojos y siente el calor de su hijo irradiar a través de ella mientras él la mece con delicadeza de un lado a otro.

—Te he echado mucho de menos, mamá.

Nechuma está demasiado emocionada como para hablar. Cuando por fin se aparta de él, Genek se limpia los ojos con las palmas de las manos y sonríe a su familia. Antes de que pueda decir una palabra, Halina salta a sus brazos.

—Lo habéis conseguido. —Genek se ríe—. No puedo imaginarme lo lejos que habéis llegado.

—No tienes ni idea —dice Halina.

—Y tú… —Genek sonríe, admirando a su sobrina—. ¡Mírate! La última vez que te vi no eras más grande que un gatito. —Felicia se sonroja. Él se pone en cuclillas y rodea a Felicia con los brazos, y luego a Mila, que lo aprieta con fuerza.

—Ay, Genek, me alegro tanto de verte —dice Mila.

Cuando Genek se acerca por fin a su padre, recibe el abrazo más largo y fuerte de su vida.

—Yo también te he echado de menos, padre —dice con la garganta entrecortada.

Mientras padre e hijo se aferran el uno al otro, Mila vuelve a prestar atención a la multitud. Selim está a un metro de distancia con la gorra en la mano. Se miran durante un instante y Mila levanta una mano con torpeza, como si quisiera saludar, y luego le hace un gesto a Felicia para que se una a ella.

—No quería interrumpir —dice Selim, acercándose.

Mila apenas puede respirar al contemplar la imagen del hombre que tiene delante: pelo castaño corto, gafas redondas, postura perfecta. Esperaba que tuviera un aspecto diferente, pero, de hecho, sigue siendo el mismo.

Abre la boca.

—Yo… Selim, yo… —Pero después de tantas semanas pensando qué decir en este momento, descubre que las palabras la han abandonado.

—Mila —dice Selim, acercándose a ella.

Mila cierra los ojos mientras él la acerca. Huele a jabón. Después de abrazarse durante un momento, ella se separa y se inclina, acunando una de las manos de su hija entre las suyas.

—Felicia, cariño —dice en voz baja, mirando de su hija a Selim—, este es tu padre.

Felicia sigue la mirada de su madre y posa los ojos en su padre.

Selim se aclara la garganta, mira de Felicia a Mila. Mila se levanta. *Vamos*, asiente. Selim se arrodilla para que Felicia no tenga que levantar la vista para mirarlo.

—Felicia… —empieza a decir y, entonces, traga saliva. Toma aire y empieza de nuevo—. Felicia, te he traído algo. —Mete la mano en el bolsillo, saca una moneda de plata acuñada y se la da a la niña. Ella la sostiene en la palma de la mano, estudiándola—. Después de que ayudara a traer al mundo a su bebé —añade Selim—, una joven familia persa me dio esto. ¿Ves el león aquí? —Señala el relieve—. Lleva una espada. Aquí arriba está su corona. Y en el reverso… —Voltea con cuidado la moneda en la palma de la mano de Felicia—. Esto de aquí es un símbolo farsi para el número cinco. Pero a mí me parece un corazón.

Felicia frota el pulgar sobre el relieve.

Selim mira de nuevo a Mila, que sonríe.

—Qué regalo más especial —dice Mila, apoyando una mano en el hombro de Felicia. Felicia mira a su madre y luego a su padre.

—Gracias, papá —dice Felicia.

Selim guarda silencio un rato mientras observa a la niña que tiene delante.

—¿Te parece bien si te doy un abrazo, Felicia? —pregunta. Felicia asiente. Cuando Selim rodea con los brazos la estrecha figura de su hija, Felicia apoya la mejilla en su hombro y Mila tiene que morderse el labio para no llorar.

59

Jakob y Bella

Łódź, Polonia – OCTUBRE DE 1945

Es un tren alemán. Las letras garabateadas en pintura blanca sobre los vagones de ganado astillados y de color óxido decían KOBLEN, por Koblenz, donde se originó.

Un soldado vestido con el atuendo del Ejército Nacional camina por la vía y cierra las puertas de los vagones mientras ayuda a subir a los pocos pasajeros que quedan en el andén. Jakob y Bella son dos de los últimos en hacerlo.

—¿Lista? —pregunta Jakob.

A su lado, Bella asiente. Su hijo Victor, de dos meses, duerme entre sus brazos.

—Tú primero.

Alguien ha colocado un cajón de madera junto a su coche, para facilitar el acceso. Jakob levanta la maleta y respira el rancio aroma a polvo y putrefacción. Se estremece cuando se levanta de la caja para sentarse en el borde del vagón, tratando de apartar la imagen de los cientos, miles, tal vez más, que sin duda subieron al mismo vagón antes que él, con destino a lugares como Treblinka, Chełmno y Auschwitz, nombres que ahora son sinónimos de muerte. Se le hace un nudo en el pecho al pensar en que los padres de Bella debieron de viajar en un tren como este.

Bella lo mira desde la plataforma y sonríe, y a Jakob casi se le saltan las lágrimas. Le asombra su fortaleza. Hace dos años casi había perdido las ganas de vivir. Apenas la reconocía. Hoy le recuerda a la chica de la que se enamoró. Excepto que ahora, no son solo ellos. Ahora son una familia. Jakob extiende los brazos.

—Arriba —susurra Bella—. ¿Lo tienes? —pregunta, antes de aflojar el agarre.

—Lo tengo.

Jakob le da un beso en la mejilla a Victor y entonces lo arropa con el codo y le tiende la mano libre a Bella. Cuando los tres están dentro, los demás se reúnen enseguida a su alrededor. Hay algo en Victor, su aroma a leche malteada y su piel satinada, que infunde esperanza a los atormentados supervivientes que lo rodean.

Suena un silbato.

—*Dwie minuty!* —grita el revisor—. ¡Dos minutos! ¡El tren sale en dos minutos!

El vagón está lleno, pero no abarrotado. Jakob y Bella conocen a la mayoría de los pasajeros: algunos son de Łódź, otros de Radom. La mayoría son judíos. Están destinados a un campo de desplazados en Stuttgart, Alemania. Allí, según les han dicho, el Organismo de Socorro y Rehabilitación de las Naciones Unidas, al que todo el mundo se refiere por sus siglas, UNRRA, y el Joint se han instalado para proporcionar a los refugiados unas condiciones de vida hospitalarias y, por primera vez desde que la mayoría puede recordar, un amplio suministro de alimentos. Jakob y Bella esperan que en Stuttgart puedan comunicarse mejor con el tío de Bella que vive en Illinois. Y si todo va bien, a su debido tiempo se les permitirá emigrar a los Estados Unidos. A *América*. La palabra resuena cuando la pronuncian: libertad, oportunidades, la posibilidad de empezar de nuevo. *América*. A veces suena demasiado perfecta, como la última nota de un nocturno que flota, suspendido en el tiempo, antes de desvanecerse y perderse sin remedio. Pero es plausible, se recuerdan a sí mismos. Esperan que pronto se apruebe su petición y entonces solo harán falta tres visados.

Jakob y Bella hablan a menudo de la idea de que su hijo, en caso de que su plan salga adelante, crezca en Estados Unidos. Sobre lo que significará introducir a Victor en un estilo de vida, un idioma y una cultura completamente diferentes. *Seguro que estará mejor*, dicen ellos, aunque no tienen ni idea de lo que supone crecer en Estados Unidos.

Se oye un segundo silbido y Bella da un salto.

—¡Ah! —grita Jakob—. ¡Casi se me olvida! —Coloca a Victor en los brazos de Bella, agarra su cámara y baja con rapidez al andén.

Bella sacude la cabeza y lo mira desde la puerta del vagón.

—¿A dónde vas? Estamos a punto de salir.

—Quería hacer una foto —dice Jakob, agitando la mano—. Aquí, rápido, todos, mirad hacia aquí.

—¿Ahora? —pregunta Bella, pero no discute. Hace un gesto a los demás para que se unan a ella y se reúnen con rapidez en la puerta. Juntos, se ponen de pie y sonríen.

A través del objetivo de su Rolleiflex, Jakob estudia a sus sujetos. Se da cuenta de que el grupo, ataviado con gabardinas hasta el cuello, vestidos de lana que llegan justo por debajo de la rodilla, blusas entalladas y zapatos de cuero cerrados, parece, al enfocarlo bien, mucho mejor de lo que debería, todo sea dicho. Agotado. Pero también —Jakob levanta la vista y sonríe— orgulloso. *Clic.* Hace la foto justo cuando las ruedas del tren empiezan a girar.

—¡Date prisa, amor! —grita Bella y Jakob vuelve a subir al vagón.

El soldado del Ejército Nacional pasa y cierra la puerta inferior del vagón.

—¿Abierta? —pregunta señalando la puerta superior.

—Abierta —responden con rápidez los pasajeros.

—Como quieran —dice el soldado.

El tren empieza a avanzar a paso de tortuga. Jakob y Bella se quedan de pie junto a la puerta, mirando cómo se desliza el mundo exterior, despacio al principio, luego más deprisa a medida que aumenta la velocidad. Jakob se agarra a la puerta de madera con una mano y rodea a Bella con la otra. Ella se apoya en él para mantener el equilibrio y se inclina para besar la parte superior de la cabeza de Victor. Victor la mira fijamente, sin pestañear, sosteniéndole la mirada.

—Hasta la próxima, *Polsko* —dice Jakob, aunque Bella y él saben perfectamente que es muy probable que no haya una próxima vez.

Mientras el tren acelera, Bella contempla el efímero paisaje urbano de Polonia, contemplando las fachadas de piedra del siglo XVII, los tejados de tejas rojas, la cúpula dorada de la catedral Alexander Nevsky.

—Adiós —susurra ella, pero sus palabras se pierden, engullidas por el rítmico traqueteo del tren que avanza por las vías a toda velocidad hacia el oeste, en dirección a Alemania.

El campo de desplazados de Stuttgart Oeste no es tanto un campo sino una manzana. No hay vallas ni límites, solo una calle de dos carriles en lo alto de una colina llamada Bismarckstrasse, bordeada por una hilera de edificios de tres y cuatro pisos a cada lado. El apartamento de Jakob y Bella está completamente amueblado, gracias, según se enteraron, al general Eisenhower, que había visitado el campo de concentración vecino de Vaihingen an der Enz justo después del Día de la Victoria de Europa. Conmocionado y enfurecido por lo que había ocurrido allí, Eisenhower pidió a los lugareños de Stuttgart que proporcionaran un refugio para los judíos que habían vivido para ver el final de la guerra; cuando se negaron, perdió la paciencia y exigió una evacuación. «Llévense sus pertenencias personales, pero dejen los muebles, la vajilla, la cubertería de plata y todo lo demás —ordenó, y añadió—: Tienen veinticuatro horas».

Aunque la mayoría de los judíos que desembarcaron en Stuttgart Oeste se quedaron prácticamente sin nada —sin casa, sin familia, sin una sola posesión a su nombre—, el campo representa una grata sensación de renovación. Ayuda el hecho de que en Bismarckstrasse haya un puñado de supervivientes de Radom, entre ellos el doctor Baum, al que Bella había visto por una amigdalitis cuando era niña y que ahora le hace revisiones a Victor todos los meses. También ayuda que los desplazados puedan, por fin, honrar las tradiciones y fiestas que durante tanto tiempo se les prohibió celebrar. A finales de noviembre, cuando fueron invitados por los capellanes judíos del ejército estadounidense a una celebración en honor de la primera noche de Hanukkah en la ópera de Stuttgart, estaban eufóricos. Jakob y Bella, junto con otros cientos de desplazados internos, habían viajado en tranvía hasta el centro de la ciudad para asistir a la ceremonia, en la que no cabía nadie más. Cuando salieron, sintieron, por primera vez desde que tenían memoria, un abrumador sentimiento de pertenencia.

En el campo nadie hablaba de la guerra. Era como si los refugiados tuvieran prisa por olvidar los años perdidos, por empezar de cero. Y eso hicieron. En primavera, los romances en el campo de refugiados surgían con las flores de lis. Había bodas a las que asistir los fines de semana, y cada mes nacían media docena de bebés. También se impulsó la creación de un sistema educativo, otro lujo que casi no existía durante la guerra, para los jóvenes del campo. Los apartamentos se convirtieron en aulas donde los niños recibían clases de todo tipo, desde sionismo hasta matemáticas, música, dibujo y corte y confección. También había clases para adultos de medicina dental, metalurgia, marroquinería y corte y confección. Bella dirigía una clase de confección de ropa interior, corsés y sombreros.

Durante los primeros meses en Stuttgart, Jakob y Bella se pasaron la mayor parte del día de un lado a otro entre la oficina del UNRRA, donde un grupo de estadounidenses les racionaba comida, ropa y suministros, y la oficina del Consulado General de Estados Unidos, donde comprobaban a diario el estado de sus papeles de emigración. En cada visita, Bella preguntaba: «¿Algo de mi tío, Fred Tatar?». Hasta ahora solo habían recibido un telegrama, cuando llegaron al campo: «Estoy trabajando en el patrocinio», escribió el tío de Bella. Pero no habían vuelto a saber de él.

En una calurosa tarde de sábado, Bella y Victor se sientan en una manta al borde de un improvisado campo de fútbol a un paseo de Bismarckstrasse.

—¿Ves a tu papá por allí? —pregunta Bella, acercando la cabeza a la de Victor y señalando. Jakob está de pie, con las manos apoyadas en la cintura, cerca de la portería contraria. Mira en su dirección y saluda. Jakob había ayudado a crear la liga de fútbol del campamento; era un buen ejercicio y la distracción perfecta para la larga espera del papeleo para emigrar. Sus compañeros y él practicaban a diario y competían dos veces por semana, sobre todo contra equipos de otros refugiados judíos, pero de vez en cuando contra alguno de los equipos locales de Stuttgart. Los partidos contra los alemanes se disputan en un campo mucho más bonito que los de la liga judía, pero Jakob está acostumbrado por sus días jugando contra las ligas polacas en Radom. También es consciente de lo rápido que puede torcerse un partido, y puede distinguir a los alemanes que juegan para divertirse y a los que aún albergan un evidente resentimiento hacia los judíos, desde el momento en que entran en el campo. Cuando se enfrenta a estos últimos, los insultos no tardan en llegar: *judíos asquerosos, ladrones manipuladores, cerdos, os lo merecíais*. Los hombres del equipo de Jakob se han acostumbrado a la hostilidad y, aunque a menudo son capaces de derrotar a sus oponentes, inevitablemente deciden en el descanso que lo mejor para ellos es seguir adelante y dejar que los bastardos ganen, porque no se puede ignorar de lo que es capaz un grupo de alemanes enfurecidos, dentro o fuera del campo.

Suena un silbato. El partido ha terminado. Jakob tiene una rodilla pelada y la camiseta manchada de tierra, pero está radiante. Estrecha la mano del equipo contrario (un amistoso; Bella solo asiste en los partidos que juegan los equipos judíos) y trota hasta la línea de banda.

—Hola, cielo —dice, plantando un beso sudoroso en los labios de Bella y acercándose a Victor—. ¿Has visto mi gol, grandullón? ¿Damos la vuelta de la victoria? —Sale trotando con Victor en brazos.

—¡Ten cuidado, cariño! —grita Bella tras él—. ¡Apenas puede sostener la cabeza!

—¡Está bien! —Jakob se ríe por encima del hombro—. ¡Le encanta!

Bella suspira y observa cómo la cabeza casi calva de Victor se balancea mientras Jakob trota en círculo antes de volver a la manta. Victor sonríe tanto que Bella puede verle los cuatro dientes.

—¿Cuándo crees que será lo bastante mayor para dar patadas a un balón? —pregunta Jakob, una vez terminada su vuelta de la victoria. Deja a Victor con cuidado sobre la manta junto a Bella.

—Muy pronto, amor —responde ella riéndose—. Muy pronto.

60
Addy

Río de Janeiro, Brasil – FEBRERO DE 1946

Addy camina por el paseo de mosaicos en blanco y negro de la Avenida Atlántica de Copacabana y charla con uno de los pocos polacos del *Alsacia* con los que ha mantenido el contacto: Sebastian, un escritor que nació en Cracovia. Sebastian, al igual que Addy, había conseguido cruzar el Estrecho de Gibraltar y llegar al *Cabo do Hornos* «vendiendo los gemelos de oro de mi abuelo», dijo. Addy y él no suelen verse por Río, pero cuando lo hacen, disfrutan de la oportunidad de volver a su lengua materna. Hablar en el idioma con el que crecieron es reconfortante, en cierto modo, un guiño a un capítulo de sus vidas, una época y un lugar que ahora solo existen en sus recuerdos. Inevitablemente, sus encuentros desembocan en discusiones sobre las cosas triviales que más echan de menos de Polonia: para Sebastian, el olor de las amapolas en primavera, la dulzura de la mermelada de pétalos de rosa de un *pączki z różą*, la emoción de viajar a Varsovia para ver una ópera nueva en el Teatro Wielki; para Addy, disfrutar del placer de ir al cine una noche de verano para ver la última película de Charlie Chaplin, deteniéndose por el camino para escuchar las melodías del Stradivarius de Roman Totenberg que flotan desde las ventanas abiertas de arriba, el irresistible sabor de las galletas con forma de estrella de su madre mojadas en una taza de chocolate caliente dulce y espeso después de haber pasado el día patinando sobre hielo en el estanque del parque Stary Ogród.

Por supuesto, más que echar de menos el *pączki* y el patinaje sobre hielo en el estanque, Addy y Sebastian echan de menos a sus familias. Durante un tiempo, hablaron largo y tendido de sus padres y hermanos, comparando infinitas hipótesis sobre quién podría haber acabado dónde; pero a medida que pasaban los meses y luego los años sin tener noticias de los parientes que habían dejado atrás, preguntarse en voz alta por su destino se volvió muy difícil, y redujeron al mínimo las conversaciones sobre sus familias.

—¿Has sabido algo de Cracovia? —pregunta Addy.

Sebastian sacude la cabeza para decir que no.

—¿Y tú de Radom?

—No —dice Addy, aclarándose la garganta e intentando que no parezca que está decepcionado. Desde el Día de la Victoria de Europa, como lo llamó el presidente estadounidense Harry Truman, Addy ha duplicado sus esfuerzos para comunicarse con la Cruz Roja, con la esperanza, los sueños y las plegarias de que, con la guerra por fin terminada, su familia pudiera aparecer. Pero, hasta ahora, las únicas noticias que ha recibido son las del asombroso número de campos de concentración que se han ido descubriendo por toda Europa, sobre todo en Polonia. Parece que todos los días las fuerzas de los Aliados se topan con otro campo, otro puñado de supervivientes a punto de morir. Los periódicos han empezado a publicar fotos. Las imágenes son espeluznantes. En ellas, los supervivientes parecen más muertos que vivos. Tienen la piel prácticamente translúcida, las mejillas, los ojos y las clavículas hundidos. La mayoría llevan pijamas de rayas de prisión que cuelgan con lástima de unos omóplatos demasiado afilados. Van descalzos y no tienen pelo en la cabeza. Los que no llevan camisa están tan demacrados que las costillas y los huesos de la cadera les sobresalen un palmo de la cintura. Cuando Addy se topa con una foto, no puede evitar mirarla fijamente, hirviendo de rabia y desesperación, aterrorizado de encontrarse con una cara conocida.

La posibilidad de que su familia haya muerto en uno de los campos de Hitler es demasiado palpable. Sus hermanos a rayas. Sus hermosas hermanas humilladas, sin pelo. Su madre y su padre, abrazados mientras respiran por última vez, ahogados por gases tóxicos. Cuando esas imágenes invaden su cabeza, las rehuye y, en su lugar, piensa en sus padres y en sus hermanos tal y como los dejó: en Genek sacando un cigarrillo de su pitillera de plata, en Jakob sonriendo con el brazo alrededor del hombro de Bella, en Mila tocando las teclas del piano de cola, en Halina echando hacia atrás su rubia cabeza en un ataque de risa, en su madre con un bolígrafo en mano en su escritorio, en su padre junto a la ventana, observando a las palomas mientras tararea un fragmento de *Casanova* de Różycki, la ópera que Addy y él vieron juntos en Varsovia para el vigésimo cumpleaños de Addy. Se niega a recordarlos de otra manera.

Sebastian cambia de tema y los hombres siguen paseando, con los ojos entrecerrados por el reflejo del sol vespertino que se hunde en las espumosas olas de Copacabana.

—¿Nos sentamos a picar algo? —pregunta Addy mientras se acercan a Leme Rock, en el extremo norte de la playa.

—Vale. Tanto hablar de *pączki* me ha dado hambre.

En la roca, giran a la izquierda por Rua Anchieta, y Addy señala el apartamento de Caroline con vistas a la playa de Leme.

—¿Cómo está Caroline? —pregunta Sebastian.

—Está bien. Aunque cada vez habla más de volver a Estados Unidos.

—Supongo que te llevaría con ella —dice Sebastian con una sonrisa.

Addy sonríe con timidez.

—Ese es el plan. —Durante el verano, Addy había decidido que no podía esperar más para pedirle a Caroline que fuera su esposa. Se casaron en julio, con Sebastian y Ginna, la amiga de Caroline, a su lado. La sonrisa de Addy se desvanece al imaginar lo que sentirá Caroline al volver a Estados Unidos sin sus padres para darle la bienvenida. Según le había contado, su padre murió antes de la guerra. Su madre murió poco después de que Caroline se trasladase a Brasil. Addy se pregunta: *¿Qué es peor? ¿perder a tus padres sin despedirte o perder el contacto con ellos sin saber si (cuándo) volverás a verlos?* Digiere el dilema mientras camina. Caroline, al menos, tiene respuestas. Él no. ¿Y si nunca las tiene? ¿Y si se queda el resto de su vida preguntándose qué le pasó a su familia? O peor aún, qué habría pasado si se hubiera quedado en Francia y hubiera encontrado la forma de volver a Polonia.

Addy rememora el día en que vio a su madre por última vez, en la estación de tren de Radom. Fue en 1938. Hace casi una década. Tenía veinticinco años. Había vuelto a casa para Rosh Hashaná, y ella lo había acompañado a la estación la mañana de su partida. Mete la mano en el bolsillo y pasa los dedos por el pañuelo que ella le dio en aquella visita, recuerda cómo lo había abrazado mientras esperaban el tren, con el codo pegado al suyo; cómo le había dicho que se cuidara y le había dado un beso en cada mejilla, cómo lo había abrazado con fuerza al despedirse y cómo había agitado su pañuelo por encima de la cabeza cuando el tren partió; cómo lo había agitado y agitado hasta convertirse en una mancha en el andén, una silueta diminuta que no quería marcharse hasta perder de vista el tren.

—Sentémonos en Porcão —sugiere Sebastian, y Addy parpadea al volver al presente. Asiente.

Aún no son las cinco y las mesas de plástico repartidas por el exterior de Porcão ya están llenas de brasileños que charlan y fuman entre platos de croquetas de bacalao frito y botellas de Brahma Chopp. Addy echa un vistazo a una mesa con tres parejas de lo más atractivas. Las mujeres, reunidas en un extremo, parecen absortas en una conversación fascinante; hablan rápido, sus cejas bailan y se mueven al ritmo de su charla, mientras que, frente a ellas, sus compañeros morenos se recuestan en sus sillas, contemplando el paisaje, con la mandíbula relajada y los cigarrillos entre los dedos. Uno de los hombres parece tan distendido que Addy se pregunta si podría dormirse y caerse.

Addy y Sebastian hacen señas a un camarero, que les indica con los dedos abiertos que tardarán otros cinco minutos en conseguir una mesa fuera. Mientras esperan, hablan de sus planes para el fin de semana. Sebastian se marcha esa noche a São Paulo para visitar a un amigo. El único plan de Addy es pasar tiempo con Caroline. Mira el reloj: son casi las cinco. Ella llegará pronto de la embajada. Addy está a punto de preguntarle a Sebastian qué le parece São Paulo —él nunca ha estado— cuando siente un golpecito en el hombro y se gira. El joven que está a su lado parece tener unos veinticinco años, va bien peinado y tiene unos ojos verde pálido que le recuerdan enseguida a los de su hermana Halina.

—¿Disculpe, señor? —le dice el desconocido.

Addy mira a Sebastian y sonríe.

—¡Un polaco! ¡Qué me dices!

El joven parece avergonzado.

—Siento molestarlos. No he podido evitar oírlos hablar en polaco y tengo que preguntarles... —Mira primero a Addy y luego a Sebastian—. ¿Por casualidad alguno de ustedes conoce a un caballero llamado *Addy Kurc*?

Addy echa la cabeza hacia atrás y emite un «¡Ja!» que suena más a un grito que a una carcajada, lo que sobresalta a las personas sentadas en las mesas más cercanas a ellos. El joven se mira los pies.

—Lo sé, es poco probable —dice, sacudiendo la cabeza—. Pero no hay tantos polacos en Río, y he tenido problemas para localizar a este tal señor Kurc, eso es todo. Parece que la dirección que tenemos es antigua.

Addy se había mudado a un nuevo apartamento en Carvalho Mendonça tres semanas antes. Le tiende la mano.

—Encantado de conocerlo.

El joven parpadea.

—¿Usted... usted es Addy Kurc?

—¿En qué lío te has metido? —pregunta Sebastian con preocupación fingida.

—No estoy seguro —bromea Addy, con los ojos color avellana brillantes. Mira a Sebastian, le guiña un ojo y vuelve a prestar atención al joven polaco que tienen delante—. Dígamelo usted.

—Ah, no hay ningún problema, señor —dice el joven, todavía dándole la mano a Addy—. Trabajo para el consulado polaco. Hemos recibido un telegrama para usted.

Addy se encoge al oír la palabra «telegrama». El joven le agarra la mano con fuerza para evitar que se caiga.

—¿Un telegrama de *quién*? —De repente, Addy está serio. Sus ojos recorren el rostro del desconocido, como si se esforzara por resolver un enigma.

El joven polaco explica que no puede revelar ninguna información hasta que Addy llegue a la embajada, que está a media hora a pie de Leme.

—La oficina cerrará en diez minutos —añade—. Es mejor que venga el... —Pero antes de que pueda decir «lunes», Addy ya se ha ido.

—¡Gracias! —Addy grita por encima del hombro mientras corre—. ¡Sebastian, te debo una cerveza! —grita.

—¡Vete! —grita Sebastian, aunque Addy ya está demasiado lejos para oírlo, con la parte superior de la cabeza sumergiéndose y zigzagueando mientras se lanza entre los cuerpos bronceados del paseo que se mueven a un ritmo mucho más pausado que el suyo.

Cuando Addy llega a la embajada está empapado en sudor, hasta la camiseta interior blanca de algodón. Son las cinco y diez. La puerta del edificio está cerrada. Golpea la madera con los nudillos hasta que alguien responde.

—¡Por favor! —suplica entre jadeos cuando le dicen que la embajada está cerrada—. He recibido un telegrama. Es muy importante.

El empleado de la embajada mira el reloj.

—Lo siento, señor, pero… —empieza a decir, pero Addy lo interrumpe.

—Por favor —balbucea—. Haré lo que sea.

Es obvio para ambos hombres que «la embajada está cerrada» no es una respuesta con la que Addy vaya a conformarse. Al final, el caballero de la puerta asiente, aflojándose la corbata.

—Está bien. —Se detienen ante un pequeño despacho con una placa al lado en la que se lee M. SANTOS.

—¿Usted es Santos? —pregunta Addy.

El caballero niega con la cabeza mientras Addy lo sigue al interior del despacho.

—Yo soy Roberto. Santos se encarga de los telegramas que llegan. Guarda aquí los que no ha archivado. —Roberto rodea el escritorio—. Tome asiento —dice, señala una silla, se saca las gafas del bolsillo de la camisa, se las pone y mira una pila de quince centímetros de lo que parece ser papel recién entintado.

Addy está muy nervioso como para sentarse.

—Soy Addy —dice—, Addy Kurc.

—Deletréeme su nombre —dice Roberto—. El apellido primero. —Se lame el pulgar y se sube las gafas por la nariz.

Addy deletrea su nombre y camina mordiéndose la lengua. Es lo único que puede hacer para guardar silencio. Por fin, Roberto se detiene y saca un papel de la pila.

—Addy Kurc —lee, y luego levanta la vista—. ¿Es usted?

—¡Sí! ¡Sí! —Addy saca la cartera.

—No hace falta identificación —dice Roberto y sacude la mano en el aire—. Me creo que sea quien dice ser. —Echa un vistazo al telegrama y se lo pasa a Addy por encima de la mesa—. Parece que llegó hace dos semanas, de la Cruz Roja.

Addy acepta el telegrama y se prepara. Las malas noticias vendrían en el periódico, en las listas de muertos, pero un telegrama... Se dice a sí mismo que un telegrama no puede ser una mala noticia. Agarra el papel fino con ambas manos, se lo pone justo delante de la nariz y lee.

QUERIDO HERMANO:

QUÉ ALEGRÍA ENCONTRARTE EN LA LISTA DE LA CRUZ ROJA

ESTOY CON HERMANAS Y PADRES EN ITALIA

JAKOB ESPERA VISADO PARA EE.UU. ESCRÍBEME.

CON AMOR, GENEK

Addy devora las palabras de la página. De alguna manera, una de las cartas que Caroline había escrito a las oficinas de la Cruz Roja de todo el mundo —hace casi dos años— debía de haber encontrado a su hermano. Sacude la cabeza, parpadea y, de repente, es como si estuviera flotando en un reino que no pertenece a su cuerpo. Desde algún lugar cercano al techo de la embajada, mira fijamente la sala, a Roberto, a sí mismo, aún con el telegrama en la mano, a las minúsculas letras negras esparcidas por el papel. El sonido de su propia risa es lo único que lo hace volver a la Tierra.

—Hágame un favor, señor —dice Addy, devolviéndole el telegrama por encima del escritorio a Roberto—. ¿Podría leérmelo? Quiero estar seguro de que no estoy soñando.

Mientras Roberto lee el mensaje en voz alta, la risa de Addy se desvanece y se le ilumina la cabeza. Se apoya en el escritorio con una mano y se tapa la boca con la otra.

—¿Está bien? —De repente, Roberto parece preocupado.

—Están vivos —susurra Addy en sus dedos. Las palabras se le clavan en el corazón y se endereza de golpe, llevándose las palmas a las sienes—. Están *vivos*. ¿Puedo volver a verlo?

—Es suyo —dice Roberto, devolviéndole el telegrama a Addy.

Addy se lleva el trozo de papel al pecho y cierra los ojos. Cuando levanta la vista, las lágrimas le brotan por el rabillo del ojo, juntándose con las gotas de sudor que caen por sus mejillas.

—¡Gracias! —dice—. ¡Gracias!

29 DE MARZO DE 1946: *Un grupo de 250 policías alemanes armados con fusiles del ejército estadounidense entran en el campo de refugiados de Stuttgart, alegando que han sido autorizados por el ejército estadounidense para registrar los edificios. Se desata una pelea y varios judíos resultan heridos. Samuel Danziger, de Radom, es asesinado. Su muerte, junto con el atentado, aparece en toda la prensa estadounidense; poco después, Estados Unidos imparte una política más liberal a la hora de abrir sus puertas a los refugiados judíos.*

61

Jakob y Bella

Mar del Norte – 13 DE MAYO DE 1946

De pie, en la proa del *SS Marine Perch*, Jakob levanta su Rolleiflex y juega con el diafragma mientras mira a través del objetivo a su mujer y a su hijo. Una brisa constante, salada y fresca, trae consigo un suspiro de primavera. Bella acuna a Victor entre sus brazos y sonríe mientras el clic del botón de la cámara de Jakob llena el espacio que hay entre ellos.

Habían zarpado de Bremerhaven esa mañana, siguiendo el río Weser hacia el Mar del Norte. Al anochecer, el *Perch*, como lo llamaban de forma cariñosa, giraría su proa hacia el oeste y se dispondría a cruzar el Atlántico.

Tres semanas antes, el Consulado General de los Estados Unidos en Stuttgart les había comunicado que, a la espera de un examen físico (los refugiados con enfermedades graves no podían entrar en los Estados Unidos), se aprobaría su patrocinio y sus visados les esperarían en Bremerhaven. El doctor Baum había hecho el reconocimiento médico y había aprobado a Jakob, a Bella y a Victor con unas notas perfectas. Les hicieron una fotografía y expidieron certificados de identificación. Dos semanas después, se despidieron de sus amigos de Stuttgart y se embarcaron en un tren nocturno. En Bremerhaven durmieron una semana en el suelo, bajo un cartel que decía EMIGRANT STAGING AREA, hasta que el *Marine Perch* llegó a puerto y les permitieron embarcar.

El *Perch* es un viejo buque de tropas con capacidad para mil pasajeros, uno de los primeros de este tipo en llevar refugiados de Europa a América. Un barco de la libertad. Sin ahorros, Jakob y Bella confiaron en el Joint para cubrir los 142 dólares que costaba el pasaje; también habían repartido cinco dólares a cada uno de los refugiados a bordo. Antes de marcharse de Stuttgart, Jakob y Bella habían guardado sus raciones de café del UNRRA y las habían cambiado por un par de camisas limpias —una camisa azul para Jakob y una blusa blanca con el cuello ribeteado para Bella— y un gorro blanco de algodón para Victor. Querían estar lo mejor posible para cuando Fred, el tío de Bella, los recibiera en suelo estadounidense.

Una joven se acerca, arrullando. Desde que embarcaron, apenas ha pasado un minuto sin que alguien se detenga a preguntar la edad de Victor, dónde nació o, simplemente, a felicitar a Bella y a Jakob por el joven viajero que los acompaña en su travesía hacia los Estados Unidos.

—*Quel âge a t'il?* —pregunta la joven mirando por encima del brazo de Bella.

—En agosto cumplirá un año —responde Bella en francés.

La joven sonríe.

—¿Cómo se llama?

—Su nombre es Victor. —Bella toca con el dorso del dedo índice la suave piel de la mejilla de Victor. Jakob y ella no habían tardado mucho en decidir cómo llamar a su primogénito. *Victor* resumía la euforia que sintieron cuando terminó la guerra y se dieron cuenta de que, a pesar de los retos que parecían insuperables, no solo habían sobrevivido, sino que habían conseguido traer una nueva vida al mundo. Jakob y Bella solían pensar que algún día, cuando fuera lo suficientemente mayor, su hijo comprendería el significado de su nombre.

La mujer inclina la cabeza y asiente, con los ojos fijos en los labios rosados en forma de corazón de Victor, un poco entreabiertos mientras duerme.

—Es precioso.

Bella también se queda mirándolo.

—Gracias.

—Tiene un sueño muy tranquilo.

Bella asiente y sonríe.

—Sí, parece que no le preocupa nada en el mundo.

62

La familia Kurc

Río de Janeiro, Brasil – 30 DE JUNIO DE 1946

—Será mejor que te des prisa —dice Caroline, sonriendo a Addy desde su cama en la planta de maternidad del Hospital Samaritano—. Vete —añade, con su mejor voz de maestra de escuela, indicando que no aceptará un «no» por respuesta.

—Estaremos bien. —Con su acento del sur de Estados Unidos, la palabra «bien» es larga y poco precisa al final.

Addy la mira y después mira a Kathleen, que está dormida en una incubadora a los pies de la cama. Nació hace dos días, tres semanas antes de tiempo, con apenas dos kilos de peso. Los médicos les han asegurado que está sana, pero que necesitará el calor y el oxígeno de la incubadora durante al menos una semana antes de poder salir del hospital. Addy besa a su mujer.

—Caroline —dice, con los ojos húmedos—, gracias.

Caroline no solo lo había ayudado a encontrar a su familia a través de la Cruz Roja, sino que también había canjeado sus bonos de guerra estadounidenses, sus únicos ahorros, para ayudar a pagar el pasaje de su familia desde Italia. Addy le había suplicado que no lo hiciera —le había prometido que hallaría la forma de pagar los billetes él mismo—, pero ella había insistido.

Caroline sacude la cabeza.

—Addy, por favor. Me alegro mucho por ti. Ahora vete —lo insta, apretándole la mano—. Antes de que llegues tarde.

—¡Te quiero! —Addy sonríe y sale corriendo hacia la puerta.

El barco de sus padres llega a Río a las once. A bordo van Nechuma y Sol, su hermana Halina y su cuñado Adam, junto con un primo,

Ala, que había perdido el contacto con la familia al principio de la guerra pero que había sobrevivido escondiéndose, según escribió Nechuma, y el hermano de Herta, Zigmund, a quien Addy solo había visto una vez antes de la guerra. Genek, Herta y un hijo, Józef; Mila, Selim y Felicia; y los primos de Addy, Franka y Salek, y la tía Terza zarparán hacia Río en el próximo barco que salga de Nápoles. *Quince* parientes. Addy no acaba de asimilar la realidad. Desde que llegó a Brasil, ese ha sido su único sueño: encontrar a su familia sana y salva, traerla a Río, empezar de nuevo juntos. Se había dicho a sí mismo una y otra vez que el escenario era plausible, pero siempre existía la posibilidad de que no lo fuera, de que su sueño fuera solo eso, un sueño, que acabaría entrando en el reino de las pesadillas y atormentándolo durante el resto de sus días.

Y entonces llegó el telegrama y Addy se pasó semanas riendo y llorando, de pronto, no sabía cómo comportarse sin el peso de la culpa y la preocupación que se habían adherido a su interior como una lapa durante casi una década. Ahora se sentía más ligero y libre. «Soy libre», le dijo a Caroline una vez, cuando ella le preguntó cómo se sentía. Fue la única manera en que pudo describir la sensación. Libre, por fin, para creer con todo su corazón que no estaba solo.

Addy había respondido al telegrama de Genek de inmediato, implorándole que vinieran a Río. Vargas había vuelto a abrir las puertas de Brasil a los refugiados. La familia en Italia aceptó de inmediato. Genek escribió que solicitarían visados enseguida. Por supuesto, el proceso de adquisición de papeles y pasajes a Sudamérica sería lento, pero eso le daría tiempo a Addy para preparar su llegada.

En cuanto la decisión estuvo tomada, Addy se puso manos a la obra para preparar el alojamiento: para sus padres, un apartamento en la Avenida Atlántica; para Halina y Adam, un estudio de un dormitorio justo al final de la calle, en Carvalho Mendonça; para sus primos y su tía Terza, un piso de dos dormitorios en la Rua Belfort Roxo. Ha amueblado cada espacio con un puñado de elementos básicos que ha construido a mano: somieres, un escritorio y dos estanterías. Con la ayuda de Caroline, ha reunido una mezcla de platos, cubiertos y algunas ollas y sartenes, junto con un par de pareos y lienzos de arte de bajo coste del mercadillo de São Cristóvão para colgar en las paredes.

Los apartamentos son modestos; palidecen en comparación con la hermosa casa de la calle Warszawska donde pasó su juventud, pero es lo mejor que puede hacer.

«Espero que no les importe vivir como estudiantes universitarios durante un tiempo», había dicho Addy con un suspiro antes de que naciera Kathleen, echando un vistazo al apartamento que pronto habitarían sus padres. El sencillo escritorio de contrachapado que había construido la semana anterior de pronto le pareció cómico en comparación con el precioso escritorio de madera satinada que recordaba de la sala de estar de su madre en Radom.

«Ay, Addy —le aseguró Caroline—. No van a estar otra cosa que no sea agradecidos».

Las palmeras que flanquean la Rua Bambina son una mancha verde en la periferia de Addy, que avanza a toda velocidad en el Chevrolet que Sebastian le ha prestado para la ocasión. Sacude la cabeza. Una parte de él aún tiene la sensación de estar viviendo una especie de ilusión. Hace dos días, sintió por primera vez la diminuta mano de su primogénita alrededor de su dedo meñique, y pronto sentirá el tacto de su madre, su padre, sus hermanas, su hermano y sus primos, la sobrina que aún no conoce y un nuevo sobrino. Ha imaginado el reencuentro una y otra vez. Pero nada, comprende que nada en el mundo, puede prepararlo para lo que será ver a su familia en persona. Sentir el calor de sus mejillas contra las suyas. Oír el sonido de sus voces.

Mientras Addy conduce, su mente retrocede en el tiempo hasta la mañana de Toulouse, en marzo de 1939, cuando abrió la carta de su madre en la que le contaba cómo habían empezado a cambiar las cosas en Radom. Piensa en su paso por el ejército francés, en cómo falsificó sus papeles de desmovilización, que aún lleva en su cartera de piel de serpiente. Se imagina a sí mismo del brazo de Eliska a bordo del *Alsina*, haciendo trueques con los lugareños en Dakar, saliendo del campamento de Kasha Tadla en Casablanca y entrando en el *Cabo do Hornos*. Recuerda su viaje a través del Atlántico, sus semanas de encarcelamiento en Isla Flores, su primer trabajo en una encuadernadora de Río, sus innumerables visitas a la oficina de correos de Copacabana y a las oficinas de la Cruz Roja. Piensa en la fiesta de Jonathan, en lo deprisa y fuerte que le había retumbado el corazón cuando se armó de valor para presentarse a Caroline. Piensa en el empleado del consulado de ojos verdes que se había apersonado fuera de Porção, en las palabras estampadas en el telegrama fino como un pañuelo que había recibido, palabras que, de repente, lo cambiaron todo. Hace casi ocho años que no ve a su familia. ¡Ocho años! Tienen casi una década para ponerse al día. ¿Por dónde empezarán? Hay tanto que aprender y él tiene tanto que contar.

Addy llega al puerto a las once en punto. Aparca a toda prisa, casi arrancando el freno de mano del Chevrolet, y corre hacia el edificio de aduanas de ladrillo blanco que lo separa de la bahía de Guanabara. Ya ha estado cuatro veces en el edificio: dos cuando llegó por primera vez a Río y otras dos el mes pasado para informarse de lo que iba a pasar exactamente cuando arribara su familia. Le han dicho que los escoltarán desde el barco hasta una oficina de control de pasaportes, y luego a otra oficina donde les harán una serie de preguntas antes de confirmar y sellar sus visados. No se le permitirá saludarlos hasta que finalice el proceso.

Demasiado emocionado como para esperar dentro, Addy bordea el edificio de aduanas y se detiene en seco cuando la bahía aparece ante sus ojos. Hay muchas pequeñas embarcaciones pesqueras en el puerto y un par de barcos de carga, pero solo uno que podría transportar a su familia. A menos de quinientos metros, un buque de transporte flota en su dirección, expulsando vapor de un par de enormes turbinas hacia el cielo despejado. Es enorme. *El Duque de Caxias*. ¡Tiene que ser ese!

A medida que el barco se acerca, Addy puede divisar las diminutas siluetas de los pasajeros que se alinean en su proa, pero es imposible distinguir una figura de otra. Se protege los ojos del sol y los entrecierra sobre el horizonte mientras camina por el muelle, enhebrándose entre las otras personas que se han reunido para recibir al barco. El *Duque* avanza con una lentitud insoportable. Addy camina al final del muelle. No puede aguantar más.

—*Olá!* —grita, saludando a un pescador que pasa remando en su bote. El viejo levanta la vista. Addy saca cinco cruzeiros del bolsillo—. ¿Me presta su bote?

Sentado en el banco de madera de la barca, Addy rema de espaldas al *Duque*, observando cómo los ladrillos blancos del edificio de la aduana se empequeñecen con cada brazada. Pasa junto a una boya que marca el final de la zona de *nowake* de la bahía, y un capitán que se dirige a la orilla le silba: *Perigoso!*, pero Addy se limita a remar con más fuerza, hacia aguas más profundas, mirando de vez en cuando hacia atrás para ver cómo avanza.

Cuando los que saludan reunidos en el muelle no son más que puntitos en el horizonte, Addy deja los remos, con el corazón latiéndole como si fuese un metrónomo a ciento veinte pulsaciones por minuto bajo la camisa. Jadeando, lanza los pies sobre el banco y se vuelve hacia el *Duque*. Protegiéndose de nuevo los ojos del sol, se levanta despacio, con los pies abiertos para mantener el equilibrio, escudriñando la proa del barco. ¡Lo que daría por ver una cara conocida! No ha habido suerte. Todavía está demasiado lejos. Se agacha para sentarse, se vuelve de espaldas al barco y rema más cerca.

Está a treinta metros del *Duque* cuando sus tímpanos se activan y una descarga de energía recorre su cuerpo. Reconoce la voz, la voz que, durante casi una década, solo ha oído en sueños.

—¡Aaaa-dy!

Deja caer los remos en el bote y se pone en pie, demasiado rápido, casi volcando antes de recuperar el equilibrio. Y entonces la ve, agitando un pañuelo sobre su cabeza, igual que el día que la dejó en la estación de tren: su madre. Y junto a ella, su padre, que mueve un bastón de arriba abajo como si estuviera haciendo agujeros en el cielo, y junto a él, su hermana, que agita frenética un brazo y sujeta un gran bulto con el otro, tal vez un bebé. Sería propio de su hermana pequeña querer sorprenderlo con esta noticia. Addy estira el cuello y mira a su familia, con los brazos abiertos en forma de «V» gigante; si pudiera llegar un poco más lejos, los tocaría. Grita sus nombres y ellos le contestan, y ahora él está llorando, y ellos también, incluso su padre.

63

La familia Kurc

Addy y Caroline han apiñado dieciocho sillas, dos tronas y un cesto alrededor de tres mesas pequeñas que han puesto juntas en el salón. La mayoría de los muebles son prestados. El horno lleva encendido casi todo el día, desprendiendo un calor que ha convertido su pequeño apartamento en una especie de sauna, pero nadie parece darse cuenta, o si lo hacen, no les importa. Las conversaciones, el tintineo de la vajilla y el olor a matzá recién hecha llenan el piso mientras la familia prepara los últimos detalles de una comida muy esperada: la primera Pascua Judía que celebran juntos desde antes de la guerra. Hace seis meses, un barco llamado *Campana* trajo al resto de la familia a Río. Los únicos que faltan son Jakob, Bella y Victor. Jakob escribe a menudo. En su última carta decía que había encontrado trabajo como fotógrafo en Estados Unidos. En su correspondencia suele incluir una o dos fotografías, casi siempre de Victor, que cumplirá dos años dentro de unos meses. En ocasiones especiales envía un telegrama. Ese mismo día habían recibido uno:

PENSANDO EN VOSOTROS DESDE ILLINOIS. L'CHAIM. J

Addy ha decidido que lo llamarán por teléfono desde el apartamento de un vecino después de cenar.

Sol prepara la mesa, tarareando mientras alisa el mantel que Nechuma ha cosido con un pequeño trozo de encaje que compraron en Nápoles. Coloca su Hagadá junto a su asiento, en uno de los extremos de la mesa, y los libros de oraciones que han conseguido en cada una de las sillas.

En la cocina, Nechuma y Mila reparten tazones de agua salada, pelan huevos y comprueban el horno cada pocos minutos para asegurarse de no hornear demasiado la matzá. Mila sumerge una cuchara de madera en una olla de sopa y sopla sobre el caldo claro antes de extender la cuchara para que su madre la pruebe.

—¿Qué le falta?

Nechuma se limpia las manos en el delantal y se lleva la cuchara a la boca. Sonríe.

—¡Lo único que le falta es lo que me he tragado!

Mila se ríe. Hacía años que no oía a su madre usar esa expresión.

En la mesa, Genek sirve generosas raciones de vino, mirando de vez en cuando a Józef, que acaba de cumplir seis años, mientras juega con su prima mayor Felicia, que cumplirá nueve en noviembre. Están sentados en el suelo junto a la ventana, absortos en un juego que consiste en recoger palos sin mover el resto, discutiendo en portugués sobre si Józef tocó o no un palo azul con el dedo meñique en su último turno.

—¡Lo has hecho, vi cómo se movía! —dice Felicia, exasperada.

—No —insiste Józef.

Adam también se sienta en el suelo, junto a su hijo Ricardo, que tiene un año y parece contento de ver cómo su prima Kathleen, de diez meses, gatea a su alrededor.

—Va a estar correteando mucho antes de que tú aprendas a ponerte de pie —se burla Adam, apretando uno de los muslos rollizos de Ricardo.

Ricardo nació el 1 de febrero en el Hospital Federico II de Nápoles. Sin embargo, en septiembre, unos meses después de que la familia llegara a Río, Halina «perdió» el certificado de nacimiento italiano y solicitó uno nuevo. Cuando los funcionarios brasileños le preguntaron la edad de su hijo, Halina mintió y dijo que había nacido en agosto, en suelo brasileño. Halina y Adam estuvieron de acuerdo en que a Ricardo le iría mejor al dejar atrás su identidad europea. Con la familia de Adam muerta —al final supo que habían muerto en Auschwitz—, y con la familia de Halina ahora en Brasil y Estados Unidos, ya no tenían lazos con su tierra natal. Si los funcionarios brasileños hubieran observado de cerca la amplia papada de Ricardo, sin duda habrían deducido que era demasiado grande para haber nacido apenas un mes antes. Pero Ricardo estaba dormido, oculto bajo un montón de mantas en su carro, y los funcionarios no le prestaron mucha atención. Al cabo de un mes, le expidieron su segunda partida de nacimiento, esta vez brasileña, con fecha de nacimiento el 15 de agosto de 1946. Se decidió mantener en secreto la verdadera fecha de nacimiento de Ricardo.

Junto a Adam, Caroline se arrodilla en el suelo para enseñarle a Herta cómo envolver a su segundo hijo, Michel, que solo tiene dos semanas.

—Nechuma me enseñó a hacer esto con Kathleen —dice en voz baja, ajustando la suave tela de muselina que hay debajo de Michel. Antes de que llegaran, a Caroline le preocupaba lo que la familia de Addy pudiera pensar de ella, la americana a la que su hijo había incluido en su vida y que no sabía nada del sufrimiento y las penurias que habían padecido. Addy le había asegurado una y otra vez que la adorarían.

«Ya lo hacen —había dicho—. Tú eres la razón por la que están aquí, ¿recuerdas?».

Herta asiente con la cabeza y Caroline sonríe, agradecida de que, a pesar de la barrera del idioma, pueda ser de ayuda.

—El truco está en sujetar los brazos —añade y hace una demostración mientras habla.

En el rincón de la habitación donde Addy guarda su tocadiscos —un derroche de última hora antes de que llegase la familia—, Halina y él hojean una pequeña colección de discos y discuten qué poner a continuación. Addy sugiere Ellington, pero Halina se opone.

—Escuchemos algo de aquí —dice. Se ponen de acuerdo en el joven compositor y violinista brasileño Cláudio Santoro. Addy regula el volumen cuando comienza la primera pieza (un solo de piano con una melodía moderna y de jazz) y observa con una sonrisa cómo, al otro lado de la habitación, su padre se acerca a su madre, le rodea la cintura con una mano y se balancea con ella al ritmo de la música, con los ojos cerrados.

Falta poco para las seis cuando la cena está lista. Fuera, el cielo ha empezado a oscurecerse. El otoño está llegando a su fin en Río, los días son cortos y las noches frescas. Addy baja el volumen del tocadiscos antes de quitar la aguja; la habitación se queda en silencio mientras los demás se dirigen a sus asientos. Caroline y Halina colocan a Ricardo y a Kathleen en sus tronas y les ponen servilletas de algodón en el cuello. Frente a ellos, Genek palmea la silla contigua a la suya y pellizca con disimulo las costillas de Józef mientras el mayor se desliza hasta su sitio. Józef aparta la mano de Genek, entrecerrando los ojos azules y esbozando una sonrisa con hoyuelos. Herta coloca al hermanito de Józef, Michel, cómodamente envuelto en su manta, en el viejo cesto de Kathleen.

Frente a Genek, Mila y Selim se sientan con Felicia entre ellos.

—Estás muy guapa —le susurra Selim a Felicia—. Me gusta tu lazo —añade.

Felicia se lleva la mano a la cinta azul marino, regalo de Caroline, que sujeta su coleta. Sonríe con timidez, aún insegura de cómo aceptar un cumplido de su padre, pero disfrutando de sus palabras, que la llenan de felicidad.

Terza, Franka, Salek, Ala y Zigmund se sientan en las sillas que quedan.

Mientras Sol se ubica en la cabecera de la mesa, Nechuma le ofrece a Caroline una caja de cerillas. Normalmente sería Nechuma quien encendiera las velas —es tradición que en la Pascua Judía lo haga la mujer de más edad de la casa—, pero Nechuma había insistido.

«Es tu casa —había dicho cuando Addy le preguntó si le gustaría hacer el honor—. Yo puedo dar la bendición, pero me gustaría mucho que Caroline encendiera las velas».

Al principio, Caroline había dudado en aceptar la responsabilidad. No solo era su primera Pascua, sino que era la primera que pasaba con su nueva familia: haría cualquier cosa por ayudar, dijo, pero preferiría hacerlo sin llamar la atención. «Esto no es por mí», insistió. Addy la había convencido diciéndole lo mucho que significaría para él y para su madre.

Caroline enciende una cerilla y acerca la llama a las dos mechas. A su lado, Nechuma recita una oración de apertura. Una vez terminada la oración, las mujeres toman asiento, Caroline junto a Addy y Nechuma en la cabecera de la mesa frente a su marido, y la atención se dirige a Sol. Sol mira a su alrededor, saluda en silencio a todos los comensales y sus ojos brillan a la luz de las velas. Por último, mira a Nechuma. Nechuma respira hondo, echa los hombros hacia atrás e inclina la barbilla para empezar. Sol le devuelve el gesto. Nechuma observa cómo sus hombros suben y bajan, preguntándose por un momento si su marido podría ponerse a llorar. Sabe que, si lo hace, a ella también se le hará un nudo en la garganta. Pero poco después, Sol sonríe. Abre el Hagadá y levanta la copa.

—*Barukh atah Adonai eloheinu...* —canta, y de repente, la piel de los brazos de todos los adultos que hay en la pequeña estancia se pone de gallina.

La bendición de Sol es breve:

«Bendito seas, nuestro Señor, Amo del universo,

Tú que nos has mantenido con vida y nos has ayudado,

Y nos has traído a este momento tan especial».

Las palabras reposan con delicadeza en el aire húmedo mientras la familia asimila la profundidad de la voz de Sol, el significado de su oración. *Nos has mantenido con vida. Nos has ayudado. Nos has traído a este momento tan especial.*

—Hoy —añade Sol—, celebramos la Fiesta de las Matzot, el momento de nuestra liberación. Amén.

—Amén —repiten los demás con las copas alzadas.

Sol pronuncia la bendición de las karpas y la familia sumerge ramitas de perejil en pequeños cuencos de agua salada.

Frente a él, Nechuma contempla los hermosos rostros de sus hijos, sus cónyuges, sus cinco nietos, sus primos y sus suegros, y por un momento se detiene en la silla que Jakob ha dejado vacía. Echa un vistazo a su reloj, un regalo de Addy («Por todos los cumpleaños que me he perdido», le había dicho); sin duda, Jakob, lejos de allí, en Illinois, estaría sentado en su propia cena de la Pascua Judía en ese mismo momento, celebrándolo con la familia de Bella.

Cuando Nechuma levanta la vista, los ojos se le llenan de lágrimas y los rostros que la rodean se vuelven borrosos. Sus hijos. Todos ellos. Sanos. Vivos. Creciendo. Había pasado tantos años temiendo lo peor, imaginando lo inimaginable, con el corazón hueco por el miedo. Ahora, resulta surrealista recordarlo, considerar todos los lugares en los que habían estado, el caos, la muerte y la destrucción que les habían seguido a un paso de cada uno de sus movimientos, las decisiones que habían tomado y los planes que habían trazado, sin saber si viviría para volver a ver a su familia, o si ellos vivirían para verla a ella. Hicieron lo que pudieron, esperaron y rezaron. Pero ahora... ahora ya no hay que esperar. Están aquí. Su familia. Por fin, como por milagro, completa. Las lágrimas ruedan por las mejillas de Nechuma mientras da las gracias en silencio.

Un segundo después, siente calidez. Una mano en su codo. La de Addy. Nechuma sonríe y le indica con un movimiento de cabeza que está bien. Él sonríe, con los ojos húmedos, y le tiende el pañuelo. Cuando se ha secado las lágrimas, extiende el pañuelo sobre su muslo y pasa los dedos por las letras AAIK, bordadas con hilo blanco, recordando el cuidado con que lo bordó y el día en que se lo regaló a Addy.

Frente a ella, Sol se afana en romper un trozo de matzá para apartarlo para el afikomán. Mila le susurra algo al oído a Felicia. Halina hace rebotar a Ricardo sobre sus rodillas, lo contenta mojando la punta del dedo en un cuenco de agua salada junto a su plato y ofreciéndole a probar. Genek rodea a Józef y a Herta con un brazo y les apoya las manos en los hombros. Herta sonríe y miran juntos a Michel, que duerme plácidamente en su canasto.

Herta había descubierto que estaba embarazada poco después de enterarse de que sus padres, su hermana Lola, su cuñado y su sobrina —todos menos su hermano Zigmund— habían sido asesinados en un campo de concentración cerca de Bielsko. La noticia la había destrozado, y se había preguntado cómo podría seguir adelante sabiendo que era tía de una niña a la que nunca conocería, sabiendo que Józef solo conocería a sus abuelos maternos por sus nombres. Durante meses, la pena, la rabia y el remordimiento la cegaron mientras se desvelaba por las noches, preguntándose si habría podido hacer algo para salvarlos. Su embarazo le había ayudado a volver a ver las cosas con claridad, a recurrir a la resistencia que le había permitido superar sus años como exiliada en Siberia, como madre primeriza sola en Palestina, esperando noticias del frente. Y cuando nació su segundo hijo en marzo, Genek y ella estuvieron de acuerdo: se llamaría Michel, como su padre. Pasan un plato de matzá por la mesa y Felicia se agita en su asiento. Como es la más joven de la sala que sabe leer, su abuelo le ha pedido que recitase las Cuatro Preguntas. Han practicado juntos todos los días durante semanas, con Felicia haciendo las preguntas y Sol cantando las respuestas.

—¿Preparada? —El tono de Sol es amable.

Felicia asiente, respira hondo y empieza:

—*Mah nishtanah halaila hazeh...* —Canta. Su voz, suave y pura como la miel, hechiza la sala. Los demás están embelesados.

Al final del *maggid,* Sol recita una bendición sobre una segunda copa de vino y luego sobre la matzá, de la que parte una esquina y se la come. Se pasan cuencos de rábano picante y *charoset* para bendecir el *maror* y el *korekh.*

Cuando por fin llega la hora del festín, las conversaciones estallan mientras se reparten tazones de sopa de matzá y se pasan fuentes de *gefilte* salado, pollo asado al tomillo y una sabrosa falda de ternera.

—*L'chaim!* —grita Addy, mientras se van amontonando los platos.

—*L'chaim* —repiten los demás.

Con el estómago lleno, la familia recoge la mesa y Sol se levanta de la silla. Llevaba semanas planeando el lugar perfecto para esconder el afikomán, y como sería el primer Pésaj tradicional que Józef y Felicia recordarían. Se había preocupado de explicarles el significado del ritual. Mete la matzá detrás de una hilera de libros en una estantería baja de la habitación de Addy y Caroline, no demasiado difícil de encontrar para Józef ni demasiado fácil para Felicia. Cuando regresa, los niños se alejan por el pequeño pasillo y los adultos sonríen al oír sus pasos rápidos y alejados. Sol sonríe, y Nechuma sacude la cabeza. Por fin se ha cumplido su deseo: celebrarlo entre niños con la edad suficiente como para disfrutar de la búsqueda. Se imagina la que se le va a venir encima el año que viene, cuando Ricardo y Kathleen puedan participar.

Felicia vuelve unos minutos después, con la servilleta.

—¡Ha sido demasiado fácil! —grita Sol mientras le entrega la matzá—. Venid —dice, indicando a Felicia y a Józef que se unan a él en la cabecera de la mesa. Con un nieto a cada lado, Sol rodea a cada uno con sus brazos—. Ahora dígame, Mademoiselle Kajler —dice, repentinamente serio, bajando la voz unas octavas—, ¿cuánto pide por este afikomán?

Felicia no sabe qué decir.

—¿Qué tal un cruzeiro? —Sol saca una moneda del bolsillo y la pone sobre la mesa. Felicia abre los ojos y se queda embobada, pero acaba agarrando la moneda—. ¿Eso es todo? —se burla Sol, antes de que la alcance. Felicia está confusa. Mira a su abuelo, con los dedos aún suspendidos sobre el cruzeiro—. ¿No crees que te mereces más? —pregunta Sol, guiñándoles un ojo a los que están mirando. Felicia nunca ha regateado. Esta es su primera lección. Hace una pausa y retira los dedos a la vez que sonríe.

—*Mais!* ¡Vale más! —declara y se sonroja cuando la mesa estalla en carcajadas.

—Bueno, si insistes. —Sol suspira y deja otro cruzeiro sobre la mesa.

Felicia vuelve a alargar la mano, por instinto, pero esta vez hace una pausa, llama la atención de Sol. Deja caer la mano, sacude la cabeza, orgullosa de sí misma por resistir.

—Eres una gran negociadora —dice Sol, hinchando las mejillas mientras exhala con fuerza y vuelve a escarbar en el bolsillo—. ¿Tú que piensas, jovencito?; ¿deberíamos ofrecerle algo más? —pregunta, volviéndose hacia Józef, que lo ha estado siguiendo, embelesado.

—*Si, dziadek, si!* —exclama a la vez que asiente con entusiasmo.

Cuando el bolsillo de Sol está vacío, levanta las manos en señal de derrota.

—¡Me has quitado todo lo que tenía! —declara—. Pero, jovencita —añade, apoyando una palma sobre la cabeza roja de Felicia—, te lo has ganado. —Felicia sonríe y le da un beso a su *dziadek* en la mejilla—. Y tú, señor —dice Sol, dirigiendo su atención a Józef—. Tú también has hecho un gran esfuerzo, estoy seguro. ¡El año que viene quizá seas tú quien robe el afikomán! —Saca una última moneda del bolsillo de su camisa y la desliza en la palma de la mano de Józef—. Ahora vamos, los dos. Sentaos. Ya casi hemos terminado con nuestro Pésaj.

Los niños vuelven a sus sitios en la mesa, Józef rebosante de alegría, Felicia con el puño apretado con fuerza en torno a su colección de cruzeiros y abriéndolo un poco para enseñárselo a su padre. Selim exclama en silencio, con los ojos muy abiertos.

Las copas de vino se llenan por tercera y cuarta vez mientras Sol recita una oración al profeta Elías, para quien han dejado abierta la puerta del apartamento. Cantan *Eliyahu Ha-Navi*, y Addy, Genek, Mila y Halina se turnan para recitar salmos.

Cuando Sol deja la copa vacía, vuelve a mirar a la mesa y sonríe.

—¡Nuestro Séder está completo! —dice, con la voz llena de orgullo y relajada por el vino. Sin vacilar, empieza a cantar *Adir Hu* y los demás se unen a él, las voces cada vez más altas y enfáticas con cada estribillo.

Yivneh veito b'karov,
Bim'heirah, bim'heirah, b'yameinu b'karov.
Ei-l b'neih! Ei-l b'neih!
B'neih veit'kha b'karov!

Que reconstruya su casa pronto,
Rápido, rápido y en nuestros días, pronto.
¡Dios, reconstruye! ¡Dios, reconstruye!
¡Reconstruye tu casa pronto!

—¿Es la hora ya? —Halina canta—. ¿Podemos bailar? —En el momento justo, sus hermanos saltan de sus asientos, las mesas se apartan y las ventanas se abren todo lo que sus estrechos marcos permiten. Fuera, ha oscurecido.

Addy saca la cabeza por la ventana para respirar el aire fresco de la noche. Encima de él, una luna llena proyecta su brillo plateado a través del cielo aterciopelado y sobre la calle adoquinada de abajo. Addy entrecierra los ojos, sonríe y vuelve a meterse dentro.

—Primero Mila —pide Genek.

—Estoy oxidada —dice Mila mientras toma asiento en la banqueta del piano—, pero lo haré lo mejor que pueda. —Toca la *Mazurca en si bemol mayor* de Chopin, una pieza popular y alegre con una energía tan propia de los polacos que los Kurc se quedan quietos por un momento mientras las notas inundan sus corazones de los recuerdos de su hogar.

A pesar de los años que lleva alejada de las teclas, la interpretación de Mila es impecable. Luego, toca Halina y, después, llega el turno de Addy, que pone a la familia en pie con una animada interpretación de *Strike Up Band* de Gershwin. En la calle, los transeúntes levantan el cuello y sonríen al escuchar las risas y la melodía que sale de las ventanas abiertas de los Kurc, cuatro pisos más arriba.

Es medianoche pasada. Están desparramados por el salón, tendidos sobre las sillas, por el suelo. Los niños duermen. En el tocadiscos suena *Shine* de Louis Armstrong.

Addy se sienta junto a Caroline en el sofá. Tiene la cabeza apoyada en un cojín y los ojos cerrados.

—Eres increíble —susurra Addy, entrelazando sus dedos con los de ella, y Caroline sonríe, con los ojos aún cerrados. No solo había orquestado la llamada a Estados Unidos para contactar con Jakob (toda la familia se había amontonado en el salón del vecino para saludarlo), sino que también había demostrado ser una anfitriona cortés y paciente, atendiendo con su calma y tranquilidad a los bulliciosos políglotas que habían pululado por su pequeña casa. Durante toda la velada se hablaron tres idiomas: polaco, portugués y yidis, ninguno de ellos inglés. Pero si Caroline estaba algo preocupada, no lo dejó entrever.

Caroline abre los ojos y se gira para mirar a Addy. Su voz es suave, sincera.

—Tienes una familia preciosa —dice.

Addy le aprieta la mano y se echa hacia atrás para apoyar la cabeza en el cojín del sofá, dando golpecitos con los dedos de los pies al ritmo de la música.

Just because I always wear a smile
Like to dress up in the latest style
'Cause I'm glad I'm livin'
I take these troubles all with a smile

Addy tararea la melodía, desea que la noche no acabe nunca.

Nota de la autora

Un año, con mi abuelo

Cuando yo era pequeña, mi abuelo Eddy (el Addy Kurc de mi historia) era, a mi ver, un estadounidense de los pies a la cabeza. Era un hombre de negocios exitoso. Para mí, su inglés era perfecto. Vivía en una casa grande y moderna en la misma calle en la que vivíamos nosotros, con ventanales que iban del suelo al techo, un porche ideal para recibir invitados y un Ford en la entrada. No me importaba mucho que las únicas canciones infantiles que me enseñase fuesen en francés, que el kétchup (*un produit chimique*, como él lo llamaba) estuviese estrictamente prohibido en su despensa o que hubiese hecho él mismo la mitad de las cosas de su casa (el cachivache que mantenía el jabón seco colgando de un imán sobre el lavabo; los bustos de arcilla de sus hijos en la escalera; la sauna de cedro del sótano; las cortinas del salón, tejidas en su telar artesanal). Me resultaba curioso cuando decía cosas como «No aterrices con el paracaídas en el círculo de gravilla» en la mesa (¿qué significaba eso?), y me molestaba un poco cuando fingía no oírme si respondía a una de sus preguntas con un «vale» o un «ajá»; «sí» era la única respuesta afirmativa que cumplía sus normas gramaticales. Echando la vista atrás, supongo que otros habrán tachado estos hábitos de raros. Pero yo, hija única con un único abuelo vivo, no conocía otra cosa. Al igual que hacía oídos sordos a la leve inflexión que ahora me dice mi madre que tenía en su pronunciación inglesa, era ciega a sus rarezas. Quería mucho a mi abuelo, simplemente era tal y como era.

Por supuesto, había cosas de mi abuelo que me impresionaban mucho. Para empezar, su música. Nunca había conocido a una persona tan devota de su arte. Sus estanterías estaban llenas de discos de vinilo, ordenados alfabéticamente por compositor, y de repertorios para piano. En su casa siempre había música: jazz, blues, música clásica y, a veces, un álbum suyo. A menudo llegaba y lo encontraba ante las teclas de su Steinway, con un lápiz del nº 2 detrás de la oreja mientras trazaba melodías para una nueva composición, que practicaba, retocaba y volvía a practicar hasta que estaba contento con ella. De vez en cuando me pedía que me sentara a su lado mientras tocaba, y se me aceleraba el corazón mientras lo observaba con atención, a la espera de la sutil inclinación de cabeza que significaba que había llegado el momento de pasar a la siguiente página de su partitura. «*Merci*, Georgie», decía cuando llegábamos al final de la pieza, y yo le sonreía, orgullosa de haber sido útil. Casi todos los días, cuando mi abuelo terminaba de tocar, me preguntaba si quería que me diera una clase, y yo siempre le decía que sí, no porque compartiera su afinidad con el piano (nunca se me dio bien), sino porque sabía lo feliz que le hacía enseñarme. Sacaba un libro para principiantes de la estantería y yo apoyaba los dedos sobre las teclas con timidez, mientras sentía el calor de su muslo contra el mío y me esforzaba en no cometer ningún error mientras él me guiaba paciente por los compases de la obra de la *Sinfonía Sorpresa de Haydn*. Tenía muchas ganas de impresionarlo.

Aparte de las dotes para la música de mi abuelo, me asombraba que fuese capaz de hablar siete idiomas. Atribuía su fluidez al hecho de que tenía oficinas por todo el mundo y familia en Brasil y Francia, aunque la única pariente de su generación a la que conocía personalmente era a Halina, una hermana a la que estaba muy unido. Vino de visita algunas veces, desde São Paulo, y de vez en cuando un primo de mi edad venía de París a quedarse con nosotros unas semanas en verano para aprender inglés. Al parecer, en su familia todos hablaban al menos dos idiomas.

Lo que no sabía de mi abuelo cuando era pequeña era que había nacido en Polonia, en una ciudad que llegó a albergar a más de treinta mil judíos; que el nombre que le pusieron al nacer no era Eddy (como se rebautizó más tarde) sino Adolf, aunque durante su infancia todos lo llamaban Addy. No tenía ni idea de que era el mediano de cinco hermanos, ni que pasó casi una década de su vida sin saber si su familia había sobrevivido a la guerra, o si habían muerto en campos de concentración o estaban entre los miles de ejecutados en los guetos de Polonia.

Mi abuelo no me ocultó estas verdades de forma intencionada, simplemente eran fragmentos de una vida anterior que había decidido dejar atrás. En Estados Unidos se había reinventado a sí mismo, y dedicaba toda su energía y creatividad al presente y al futuro. No le gustaba pensar en el pasado y nunca se me ocurrió hacerle preguntas.

Mi abuelo murió de Parkinson en 1993, cuando yo tenía catorce años. Un año después, un profesor de inglés del instituto le asignó a nuestra clase un proyecto de «I-Search» destinado a enseñarnos técnicas de investigación mientras desenterrábamos fragmentos de nuestros pasados ancestrales. Con el recuerdo de mi abuelo tan fresco, decidí sentarme a entrevistar a mi abuela, Caroline, su mujer desde hacía casi cincuenta años, para conocer mejor su historia.

Fue durante esta entrevista cuando supe de Radom por primera vez. En aquel momento no tenía ni idea de lo importante que había sido ese lugar para mi abuelo, ni de lo importante que llegaría a ser para mí, hasta el punto de que veinte años más tarde me atraería visitar la ciudad, pasear por sus calles empedradas e imaginar cómo habría sido crecer allí. Mi abuela señalaba Radom en un mapa y yo me preguntaba en voz alta si, después de la guerra, mi abuelo habría vuelto alguna vez a su antigua ciudad natal. «No», dijo mi abuela. «Eddy nunca tuvo interés en volver». Eddy tuvo la suerte de estar viviendo en Francia cuando los nazis invadieron Polonia en 1939 y fue el único miembro de su familia que escapó de Europa al comienzo de la guerra. Me contó que una vez estuvo prometido a una checa que conoció a bordo de un barco llamado *Alsina*; que ella lo vio por primera vez en Río de Janeiro, en una fiesta en Ipanema; que su primera hija, Kathleen, nació en Río pocos días antes de que él se reuniera con su familia: padres y hermanos, tíos y primos a los que no había visto ni sabido nada de ellos en casi una década. De algún modo, todos habían sobrevivido de forma milagrosa a una guerra que aniquiló a más del 90 % de los judíos de Polonia y (yo descubriría más tarde) a todos menos a unos trescientos de los treinta mil judíos de Radom.

Mi abuela explicó que una vez que su familia se asentó en Brasil, mi abuelo y ella se trasladaron a Estados Unidos, donde nacieron mi madre, Isabelle, y mi tío Tim. Mi abuelo no perdió tiempo en cambiar su nombre de Adolf Kurc (pronunciado «Koortz» en polaco) a Eddy Courts ni en jurar la ciudadanía estadounidense. Mi abuela me dijo que era un nuevo capítulo para él. Al igual que el piano fue una parte esencial de su educación, mi abuelo insistía en que sus hijos practicasen con un instrumento a diario. La conversación en la mesa tenía que ser en francés. Hacía café *espresso* mucho antes de que la mayoría de sus vecinos hubieran oído hablar de él, y le encantaba regatear con los vendedores al aire libre de la plaza Haymarket de Boston (de donde solía volver con una lengua de ternera envuelta en papel, insistiendo en que era un manjar). El único dulce que permitía en casa era chocolate negro, lo traía de sus viajes a Suiza.

La entrevista con mi abuela me dejó boquiabierta. Fue como si se hubiera levantado un velo y pudiera ver a mi abuelo con claridad por primera vez. Me di cuenta de que muchas de esas rarezas, esos rasgos que yo había tachado de extravagantes, podían atribuirse a sus raíces europeas. La entrevista también dio pie a una serie de preguntas. «¿Qué les pasó a sus padres? ¿Y a sus hermanos? ¿Cómo sobrevivieron a la guerra?». Presioné a mi abuela para que me diera detalles, pero solo pudo compartir unos pocos datos sobre sus suegros. «Conocí a su familia después de la guerra», dijo. «Apenas hablaban de sus experiencias». En casa, le pedí a mi madre que me contara todo lo que sabía. «¿El abuelo te habló alguna vez de su infancia en Radom? ¿Te habló de la guerra?». La respuesta era siempre negativa.

Y entonces, en el verano del 2000, unas semanas después de graduarme en la universidad, mi madre se ofreció a organizar una reunión de la familia Kurc en nuestra casa de Martha's Vineyard. Sus primos aceptaron: no se veían lo suficiente y muchos de sus hijos ni siquiera se conocían. Era hora de reunirse. En cuanto surgió la idea, los primos (sumaban diez) empezaron a organizar sus viajes y, cuando llegó julio, llegaron familiares de Miami, Oakland, Seattle y Chicago, y de lugares tan lejanos como Río de Janeiro, París y Tel Aviv. Con hijos y parejas, en total éramos treinta y dos.

Todas las noches de nuestra reunión, la generación de mi madre, junto con mi abuela, se reunían en el porche trasero después de cenar y charlaban. La mayoría de las noches pasaba el rato con mis primos, acurrucados en los sofás del salón, comparando aficiones y gustos musicales y cinematográficos. (¿Cómo era posible que mis primos brasileños y franceses conocieran la cultura pop estadounidense mejor que yo?) Sin embargo, la última noche salí, me senté en un banco de pícnic junto a mi tía Kath y me dediqué a escuchar.

Los primos de mi madre hablaban con naturalidad, a pesar de que sus lenguas nativas fuesen distintas y de que muchos no se hubiesen visto en décadas. Hubo risas, una canción —una nana polaca que Ricardo y su hermana pequeña, Anna, recordaban de su infancia, decían que se la habían enseñado sus abuelos—, chistes, más risas, un brindis por mi abuela, la única representación de la generación de mi abuelo. Los idiomas se alternaban a menudo entre el inglés, el francés y el portugués. Pero me las arreglé, y cuando la conversación pasó a mi abuelo y luego a la guerra, me acerqué.

A mi abuela se le iluminaron los ojos cuando contó que había conocido a mi abuelo por primera vez en Río. «Tardé años en aprender portugués. Eddy aprendió inglés en semanas». Hablaba de lo obsesionado que estaba mi abuelo con las expresiones idiomáticas americanas y de que ella no tenía valor para corregirlo cuando se equivocaba en una conversación. Mi tía Kath sacudió la cabeza al recordar la costumbre de mi abuelo de ducharse en ropa interior, una forma de bañarse y lavar la ropa al mismo tiempo cuando estaba de viaje. «Haría cualquier cosa en nombre de la eficiencia», dijo. Mi tío Tim recordaba que, de niño, mi abuelo lo avergonzaba entablando conversaciones con desconocidos, desde camareros hasta transeúntes en la calle. Dijo que podía hablar con cualquiera, y los demás se rieron, asintieron con la cabeza y, por la forma en que les brillaban los ojos, me di cuenta de lo que adoraban a mi abuelo sus sobrinas y sobrinos.

Me reí con los demás, deseando haber conocido a mi abuelo de joven, y luego me callé cuando un primo brasileño, Józef, empezó a contar historias de su padre, el hermano mayor de mi abuelo. Supe que Genek y su mujer, Herta, habían sido exiliados durante la guerra a un gulag siberiano. Se me puso la piel de gallina cuando Józef contó que había nacido en los barracones, en pleno invierno, que hacía tanto frío que se le congelaban los ojos por la noche y que, cada mañana, su madre se los abría con el calor de la leche materna.

Al oírlo, no pude evitar exclamar: «¿Que ella qué?». Pero por impactante que fuera la revelación, pronto le siguieron otras, cada una tan impactante como la anterior. Estaba la historia de la excursión de Halina por los Alpes austriacos, embarazada; de una boda prohibida en una casa a oscuras; de documentos de identidad falsos y un intento desesperado de disimular una circuncisión; de una audaz fuga de un gueto; de una angustiosa huida de un campo de exterminio. Lo primero que pensé fue: *¿Por qué estoy aprendiendo estas cosas ahora?* Y después: *Alguien tiene que escribir estas historias.*

En aquel momento no tenía ni idea de que ese *alguien* sería yo. Aquella noche no me acosté pensando que debía escribir un libro sobre la historia de mi familia. Tenía veintiún años, una carrera recién acabada bajo el brazo, estaba centrada en encontrar un trabajo, un apartamento, mi sitio en el «mundo real». Pasaría casi una década antes de que pusiera rumbo a Europa con una grabadora de voz digital y un cuaderno vacío para empezar a entrevistar a parientes sobre las experiencias de la familia durante la guerra. Con lo que me dormí aquella noche fue con una sensación de inquietud en las tripas. Estaba inspirada. Intrigada. Tenía un montón de preguntas y ansiaba respuestas.

No sé qué hora era cuando todos regresamos a nuestras habitaciones desde el porche, pero sí recuerdo que Felicia, una prima de mi madre, fue la última en hablar. Había notado que era un poco más reservada que las demás. Mientras sus primos eran sociables y abiertos, Felicia era seria, introvertida. Cuando habló, había tristeza en sus ojos.

Esa noche me enteré de que tenía poco menos de un año al comienzo de la guerra y casi siete al final. Parecía que aún tenía buena memoria, pero compartir sus experiencias la inquietaba. Pasarían años antes de que yo descubriera su historia, pero recuerdo que pensé que los recuerdos que albergaba debían de ser dolorosos.

«Nuestra familia —dijo Felicia con su marcado acento francés, con un tono serio— no debería haber sobrevivido. Al menos no tantos». Hizo una pausa, mientras escuchaba la brisa que hacía vibrar las hojas de los robles que había junto a la casa. Los demás guardamos silencio. Contuve la respiración, esperando a que continuara, a que diera algún tipo de explicación. Felicia suspiró y se llevó una mano al cuello, donde aún tenía marcas en la piel, que más tarde descubriría, de un caso casi mortal de escorbuto que había contraído durante la guerra. «En cierto modo, es un milagro —dijo al final y miró hacia los árboles—. Fuimos afortunados».

Esas palabras se quedarían conmigo hasta que la necesidad de comprender cómo mis parientes pudieron desafiar con exactitud aquellas probabilidades acabó por dominarme y no pude evitar empezar a indagar en busca de respuestas. *Fuimos los afortunados* es la historia de cómo sobrevivió mi familia.

Desde entonces

Cuando caminaba por las calles de Radom mientras escribía este libro, la ciudad natal de los Kurc había sido reconstruida y parecía acogedora y pintoresca; pero sabiendo lo que ahora sé sobre su devastadora historia durante el Holocausto, no es de extrañar que, al final de la guerra, mis antepasados nunca considerasen regresar a Polonia. A continuación, se explica de una forma breve dónde decidieron establecerse los Kurc una vez que llegaron sanos y salvos a las costas de América. (Ten en cuenta que aquí he utilizado el verdadero nombre de Bella, Maryla. Lo cambié en el libro porque me pareció que Maryla se parecía demasiado fonéticamente a Mila y podía confundir a los lectores).

Después de la guerra, Brasil se convirtió en «hogar» para los Kurc; luego lo fue Estados Unidos, y más tarde, Francia. La familia mantuvo un contacto muy cercano, sobre todo por carta, y se visitaban siempre que podían, muchas veces para la Pascua Judía.

Mila y Selim se quedaron en Río de Janeiro, donde Felicia estudió medicina. Después de graduarse, conoció a un francés y unos años más tarde se mudó a París para formar una familia. Cuando Selim falleció, Mila siguió a su hija a Francia. En la actualidad, el nieto de Mila vive en su antigua casa del Distrito XVI, a pocas manzanas de Felicia y su marido, Louis, cuyo elegante apartamento tiene vistas a la Torre Eiffel. Mila mantuvo el contacto de forma estrecha con la monja que acogió a Felicia durante la guerra. En 1985, la hermana Zygmunta recibió el título póstumo de Justa entre las Naciones, gracias a la nominación de Mila.

Halina y Adam echaron raíces en São Paulo, donde nació Anna, la hermana de Ricardo, en 1948. Compartieron casa con Nechuma y Sol, y Genek y Herta vivieron cerca con sus dos hijos, Józef y Michel. Para devolverle el favor a Herr Den por haberle salvado la vida durante la guerra, Halina le enviaba cheques regularmente a Viena. Adam y ella nunca le dijeron a su primogénito su verdadera fecha de nacimiento; Ricardo tenía unos cuarenta años y vivía en Miami cuando descubrió que había nacido en suelo italiano y no en Brasil, como indicaba su partida de nacimiento.

En Estados Unidos, Jakob y Maryla aterrizaron en Skokie, Illinois, donde nació Gary, el hermano pequeño de Victor, y donde Jakob (Jack, para sus amigos y parientes estadounidenses) continuó su carrera como fotógrafo. Mantuvieron una relación muy estrecha con Addy (que cambió su nombre a Eddy) y Caroline, que se asentaron en Massachusetts en 1947, donde nacieron la hermana de Kathleen (mi madre), Isabelle, y su hermano, Timothy. A menudo, Eddy viajaba para visitar a su familia en Illinois, Brasil y Francia, y siguió componiendo; realizó varias grabaciones, tanto de música popular como clásica, y compuso hasta su muerte.

En 2017, los nietos de Nechuma y Sol, junto con sus cónyuges y descendientes, superan los cien. Ahora estamos repartidos por Brasil, Estados Unidos, Francia, Suiza e Israel; nuestras reuniones familiares son auténticos asuntos globales. Entre nosotros hay pianistas, violinistas, violonchelistas y flautistas; ingenieros, arquitectos, abogados, médicos y banqueros; carpinteros, pilotos de moto, cineastas y fotógrafos; oficiales de la marina, organizadores de eventos, restauradores, DJ, profesores, empresarios y escritores. Cuando nos reunimos, nuestros encuentros son ruidosos y caóticos. Somos pocos los que tenemos el mismo aspecto o vestimos igual o incluso crecimos hablando los mismos idiomas. Pero compartimos un sentimiento de gratitud por el simple hecho de estar juntos. Hay amor. Y siempre hay música.

Agradecimientos

Este libro empezó como una simple promesa de recopilar la historia de mi familia, algo que necesitaba hacer por mí, por los Kurc, por mi hijo, por sus hijos y sus bisnietos, y por quienes vengan después. Sin embargo, no tenía ni idea de lo que supondría este proyecto exactamente, ni de con cuánta gente contaría a lo largo del camino.

Ante todo, la base de *Fuimos los afortunados* es la historia que me transmitió mi familia de forma oral. He recopilado horas (y horas) de grabaciones de voz digitales y he llenado muchos cuadernos con nombres, fechas y testimonios personales, gracias a las historias y recuerdos que mis familiares compartieron sin problemas. En especial, estoy en deuda con mi difunta abuela, Caroline, por salvaguardar en silencio las semillas de la historia de mi abuelo hasta que llegó el momento de compartirlas, y con Felicia, Michel, Anna, Ricardo, Victor, Kath y Tim por acogerme en sus casas, enseñarme sus hermosas ciudades y responder con paciencia a mi interminable aluvión de preguntas. Gracias también a Eliska, que nos abrió una ventana a lo que era ser un refugiado en aquellos angustiosos primeros meses de 1940, y cuya descripción de mi abuelo de joven hizo que sus ojos azules, incluso a los ochenta y ocho años, brillasen.

Durante años, viajé por todo el mundo para reunirme con familiares y amigos íntimos de los Kurc, con cualquiera que tuviera algo que ver con mi historia. Cuando había lagunas en mi investigación, localicé a supervivientes con antecedentes similares y me puse en contacto con estudiosos especializados en el Holocausto y la Segunda Guerra Mundial. Leí libros, vi películas e investigué en archivos, bibliotecas, ministerios y magistrados, y seguí cualquier pista, por inverosímil que pareciera, en busca de detalles sobre el viaje de la familia. No dejaba de asombrarme la cantidad de registros que se podían encontrar si se investigaba lo suficiente, y la buena disposición de la gente y las organizaciones de todo el mundo para ofrecer ayuda. Aunque hay demasiadas fuentes de cooperación como para mencionarlas por su nombre, me gustaría expresar aquí mi gratitud a algunas de ellas.

Gracias a Jakub Mitek, del centro cultural Resursa Obywatelska de Radom, que dedicó un día a guiarme por las calles de la ciudad natal de mi abuelo con tanta amabilidad y cuyo conocimiento enciclopédico de la ciudad y su historia añadió capas de profundidad y color a mi historia; a Susan Weinberg, por su trabajo con Radom KehilaLinks, y a Dora Zaidenweber, por compartir conmigo cómo fue crecer en la Radom de antes de la guerra; a Fábio Koifman, cuyo libro sobre el embajador Souza Dantas y cuya ayuda a la hora de recuperar documentos en los Archivos Nacionales de Brasil fueron de un valor incalculable; a Irena Czernichowska, de la Hoover Institution, que me ayudó a descubrir (entre otras cosas) el testimonio manuscrito de nueve páginas de mi tío abuelo Genek sobre sus años en el exilio y en el ejército; a Barbara Kroll, del Ministerio de Defensa del Reino Unido, que me envió un gran número de archivos militares y me ayudó a recuperar medallas de honor no reclamadas de familiares que lucharon por los Aliados; a Jan Radke, de la Cruz Roja Internacional, que me entregó en mano docenas de documentos relevantes; a los bibliotecarios y archiveros del Museo Conmemorativo del Holocausto de Estados Unidos, que respondieron a mis muchas preguntas; a la USC Shoah Foundation, por grabar entrevistas con miles de supervivientes del Holocausto (para mí, estos testimonios en vídeo son como oro); a los miembros del grupo Kresy-Siberia Yahoo que compartieron sus testimonios de primera mano y me indicaron los caminos correctos para comprender la Segunda Guerra Mundial de Stalin; a la Seattle Polish Home Association, a través de la cual me puse en contacto con un puñado de supervivientes del gulag y con una traductora que se convirtió en amiga, Aleksandra, que colaboró de cerca en mi investigación; a Hank Greenspan, Carl Shulkin y Boaz Tal, lectores históricos que con tanta generosidad me ofrecieron su tiempo y su enorme experiencia; y a las innumerables personas que han ayudado a catalogar y digitalizar las extensas bases de datos de organizaciones como JewishGen, Yad Vashem, la American

Jewish Joint Distribution Committee, la International Tracing Service, la U.S. Holocaust Memorial Museum, la Polish Institute y Sikorski Museum, y la Holocaust and War Victims Tracing Center. La enorme cantidad de información que hay disponible gracias a estos recursos es alucinante.

Mucho antes de que mi libro se pareciera en lo más mínimo a un libro, Kristina, Alicia, Chad, John y Janet, de mi grupo de escritura de Seattle, fueron de los primeros en apoyarme; me ofrecieron sus atentos comentarios y, quizá lo más importante, el ánimo que necesitaba para seguir escribiendo cada mes. Las conversaciones con Janna Cawrse Esarey inspiraron mi propia lista de Grandes Objetivos Audaces (incluido el de terminar este libro). La organización sin ánimo de lucro 826 de Seattle creyó lo suficiente en mi trabajo como para incluir una muestra en su antología de 2014: *What to Read in the Rain;* la invitación a contribuir fue un honor, y justo la motivación que necesitaba para perfeccionar mi trabajo.

John Sherman, querido amigo y compañero de letras, fue una de las primeras personas que leyó mi libro de principio a fin; su apoyo incondicional y su aguda perspicacia a lo largo de los años han contribuido a fortalecer mi confianza y a llevar mi obra a otro nivel, un nivel mejor.

La destreza de Jane Fransson en la edición hizo maravillas con mi libro. Su genuino entusiasmo por la historia de mi familia y su fe en mí como escritora encendieron una llama en mi interior y ayudaron a impulsar mi proyecto hacia la siguiente etapa de su vida.

Gracias a Sarah Dawkins, por su amistad y sus sabios consejos en el camino hacia la publicación, y a mis amigas, a las que están cerca y a las que están lejos, que durante la última década han esperado con fervor la publicación de este libro (¡rezo para que la espera haya merecido la pena!) y me han brindado un amor y un apoyo que me han levantado el ánimo en los momentos en que más lo necesitaba.

Si los libros pudieran tener almas gemelas, esa persona para *Fuimos afortunados* sería mi agente, Brettne Bloom, de The Book Group. La conexión de Brettne con mi historia fue instantánea y sincera. Su mente brillante y su ojo afable pero perspicaz me han guiado en el proceso de reflexión y en la prosa a través de innumerables colaboraciones y revisiones. Todos los días, doy las gracias por la amistad de Brettne, por su extraordinario talento y por la gran cantidad de energía y cariño que ha dedicado a que este proyecto saliera adelante.

Cuando mi manuscrito cayó en manos de mi editora en Viking, Sarah Stein, supe que el libro había encontrado su hogar. Sarah acogió mi historia y mi visión con un entusiasmo desmedido y una paciencia infinita, ofreciéndome una ronda tras otra de comentarios enriquecedores y muy acertados. Nuestra colaboración ha llevado mi historia y mi capacidad como escritora a niveles que nunca habría alcanzado yo sola.

Un enorme gracias también a todo el equipo de Viking y a las mentes creativas que han contribuido de forma tan decisiva a que este libro viera la luz y se convirtiera en la obra editada y diseñada con tanto esmero y detalle que es hoy: Andrea Schulz, Brian Tart, Kate Stark, Lindsay Prevette, Mary Stone, Shannon Twomey, Olivia Taussig, Lydia Hirt, Shannon Kelly, Ryan Boyle, Nayon Cho y Jason Ramirez. También quiero dar las gracias a Alyssa Zelman y Ryan Mitchell por su contribución al diseño artístico.

En los días de la última década en los que me preguntaba si toda la investigación y el trabajo de escritura merecían la pena, fue mi marido quien me hizo avanzar hacia la línea de meta. Un sincero gracias a Robert Farinholt, por su fe ciega en mí y en mi proyecto (no hay mayor defensor de *Fuimos los afortunados*), por su infinito optimismo (fue Robert quien se aseguró de que celebráramos cada uno de los grandes hitos del libro), y por su insistencia en pasar nuestras últimas vacaciones de verano siguiendo los pasos de la familia Kurc por Polonia, Austria e Italia y no relajándonos con los pies en la arena. No hay un alma en este planeta con la que hubiese preferido recorrer esos mil cien kilómetros.

También quiero dar las gracias a mis hijos. A Wyatt, que ahora tiene seis años y que ha crecido junto a este proyecto y se desenvuelve con una determinación firme y familiar, un rasgo del que me gustaría pensar que su bisabuelo estaría orgulloso, y en el que espero que siga confiando, como yo, para superar los altibajos de la vida. Y al nuevo miembro de la familia, Ransom, que llegó apenas unas semanas después de la publicación del libro en tapa dura. Gracias, chicos, por enraizarme, hacerme más humilde y darme más alegría y perspectiva de lo que jamás hubiera creído posible.

Desde luego, no puedo dar las gracias a mis hijos sin dar las gracias también a «nuestra Liz», como la llama Wyatt, nuestra querida niñera que, en silencio, mantuvo a nuestra familia a flote cuando yo estaba inmersa en mi trabajo.

Por último, quiero dar un gracias especial a mis padres. En primer lugar, a mi padre, Thomas Hunter, que escribió su primera novela (tras una larga y exitosa carrera como actor y guionista) cuando yo tenía tres años. Nunca olvidaré el sonido de su Olivetti en el piso de arriba de nuestra pequeña casa en los bosques de Massachusetts, ni la emoción que sentí al tener en mis manos un ejemplar recién acuñado de *Softly Walks the Beast*. Desde que garabateé mi primera obra (tenía cuatro años; llamé a mi «novela» *Charlie Walks the Beast*), mi padre ha creído en mi escritura con avidez. Es una fuente de inspiración y de motivación constante.

Y, por último, a la persona que me dio la idea de este proyecto hace muchos, muchos años y que ha estado conmigo en cada paso del camino desde entonces: mi madre, Isabelle Hunter. Nunca podré agradecerle lo suficiente lo que ha hecho para dar vida a *Fuimos afortunados*. Al haber crecido rodeada de varios de los personajes del libro, mi madre ha compartido valiosísimas historias personales que ilustran la peculiar dinámica familiar de los Kurc. Ha leído y releído mi manuscrito, y me ha ofrecido meticulosos comentarios de edición; ha comprobado hechos y ha buscado detalles por mí, y, en múltiples ocasiones, lo ha dejado todo para leer un capítulo, a menudo enviándome comentarios a una hora poco oportuna para cumplir un plazo. La pasión de mi madre por este proyecto, al igual que la mía, es infinita. Ha sido una presencia constante e incansable de principio a fin, y le estoy sumamente agradecida no solo por su tiempo y su reflexiva perspectiva, sino por todo el amor que ha infundido en mí y en las páginas de este libro.